아
름
다
움
의

선

# 아름다움의 선

*The Line of Beauty*

앨런 홀링허스트 지음
전승희 옮김

창비

프랜시스 윈덤에게 바친다.

야도(Yaddo) 예술가공동체에서 이 소설의 일부를 집필했다.
그 환대에 깊이 감사드린다.

"이 일에 대해서 무엇을 아느냐?" 왕이 앨리스에게 물었다.

"아무것도 몰라요." 앨리스가 말했다.

"전혀 아무것도?" 왕이 추궁했다.

"전혀 아무것도요." 앨리스가 말했다.

"이건 무척 중요한 사실이다." 왕이 배심원을 향해서 말했다. 그들이 석판에 이 말을 적으려고 고개를 숙이는데 흰토끼가 끼어들었다. "안 중요한 사실이다, 폐하 말씀의 뜻은 물론 그거지요." 토끼는 왕을 향해 얼굴을 찌푸리고 인상을 쓰면서, 하지만 무척 공손한 어조로 그렇게 말했다.

"안 중요한 사실이다, 물론, 내 뜻은 그거야." 왕이 서둘러 말하고는, 낮은 소리로 혼잣말을 했다. "중요하다 — 안 중요하다 — 안 중요하다 — 중요하다 —." 마치 둘 중 어느 쪽이 듣기에 더 좋은지 알아보려는 듯했다.

—『이상한 나라의 앨리스』 제12장

# 차
# 례

일러두기
1. 이 책은 Alan Hollinghurst, *The Line of Beauty* (London: Picador 2004)를 번역 저본
으로 삼았다.
2. 본문의 고딕체는 원서에서 이탤릭체로 강조한 부분이다.
3. 본문의 주는 모두 옮긴이의 것이다.
4. 외국어는 되도록 현지 발음에 가깝게 표기하고, 우리말로 굳어진 것은 관용을 따랐다.

제1부

사랑의 화음

(1983)

# 1

선거에 대해 피터 크라우더가 쓴 책은 이미 서점에 나와 있었다. '산사태 ─ 압도적 승리!'라는 제목의 그 책을, 딜런스 서점의 점원은 재치 있게도 산사태의 축소판 모양으로 진열창에 배열해놓았다. 의기양양한 수상의 모습이 연한 금빛으로 반짝거리는 이미지가 미끄러지면서 고객을 향해 쏟아지는 듯했다. 거리를 지나던 닉은 발길을 멈추고 그 책을 보기 위해 서점으로 들어갔다. 그는 피터 크라우더를 한번 만난 적이 있었고 사람들이 그를 통속적인 글쟁이라고, 그리고 '신랄한 분석가'라고 말하는 것을 들은 적도 있었다. 그는 희미한 미소를 띤 채 책장을 들추며 자신이 그 둘 중 어느 쪽이 진실에 가까운지 결정하지 못하고 있다는 사실을 감추고 있었다. 선거를 치른 지 겨우 두달 만에 발 빠르게 책을 냈다는 사실에는 분명히 통속적인 글쟁이다운 면이 있었다. 그리고 그 점은 물론 실제 글에서도 느껴졌다. 책의 신랄함은 야당의 노력을 묘사하는 부분에만 해당되는 듯했다. 닉은 책에 실린 사진들을 주의 깊게 살펴보았다. 그러나 제럴드는 그중 딱 한장, '101명의 신진 토리 하원의원'이라는 제목이 붙은 단체사진에만 포함되어 있었다. 그 사진 속에서 그는 맨 앞줄에 앉아 있었다. 무척 영리했거나 아니면 무척 재빨랐던 게 틀림없다. 제럴드의 마음속에서는 그 자리가 이미 거물급의 좌석이었던 듯, 그는 미소 띤 얼굴로 당당히 앞을 바라보며 앉아 있었다. 언젠가 뒷줄에 선 의원들이 그저 잊힌 미소와 찡그린 얼굴로 남을 때쯤이면 그의 미소와 짙은색 셔츠에 흰 칼라, 가슴 앞주머니에 느슨하게 꽂힌 손수건이 유명해질 것이 틀림없었다. 그럼에도 불구하고 그 책에 그의 이름은 단 두번 등장했다. 한번은 "호사스럽게 사는 사람"으로, 또 한번은 "바윅에서 새로 선출된 의원 제럴드 페든이 명백히 그렇듯" 보수당에서도 "소수로 전락해가는" 사립 고등학교-옥스브리지 출신 의원 가운데 한 사람으로. 닉은 별일 아닌 듯 어깨를 한번 으쓱이고 서점을 나왔으나, 일단 거리로 나서자 출판된 책에 아는 이의 이름이 언급되었다는 사실만으로 뒤늦게나마 우쭐한 기분이 들었다.

그날 저녁 8시에 블라인드 데이트가 있었는데, 뜨거운 8월의 대낮은 산들바람 같은 욕정의 꿈을 꿀 틈도 없이 긴장감이 어른거렸다. 완전히 눈먼 데이트는 아니고, 그가 사진과 편지를 보여줬을 때 캐서린 페든이 했던 말마따나 "그저 무척 근시안적인" 만남이었다. 그녀는 리오라는 이름의 그 남자의 외모를 마음에 들어하는 것 같았고, 자신이 아주 좋아하는 타입이라고도 했다. 그의 필체를 보고서 흠칫하긴 했지만. 아주 정확하고 치밀하면서도 충동적인 구석이 있는 필체였다. 캐서린에게는 『필적학 — 손안의 마음』이라는 문고본이 있었다. 사람의 성향과 억압된 본능('예술가인가, 미치광이인가?' '애완견인가, 야수인가?') 등에 관해 온갖 종류의 경고를 주는 책이었다. "저 엄청나게 큰 어센더[1]를 봐, 달링," 그녀가 말했다. "자아가 강한 사람이야." 그들은 푸른색의 작고 네모난 싸구려 편지지를 들여다보며 다시 입술을 꽉 다물었다. "그건 그냥 성욕이 아주 강하다는 뜻 아닐까?" 닉이 물었다. 그러나 그녀는 확신에 차 보였다. 그는 모르는 이에게서 이런 편지를 받았다는 사실에 흥분해서 약간은 감동스럽기까지 했다. 그러나 그 편지글 자체로만 보면 사실 크게 기대할 만한 인물은 아니었다. "닉 ── 오케이! 네 편지 봤어 ── 난 인사과(런던 브렌트 자치구)에서 일해. 만나서 관심사와 포부를 논해보자. 언제, 어디로 할까?" 그러고서 서명을 했는데 리오의 L을 엄청나게 늘여 써서 아래쪽 끝부분이 편지지 중간까지 내려와 있었다.

몇주 전 닉은 노팅힐에 위치한 페든가家의 희고 커다란 집으로 이사를 했다. 그의 방은 지붕 밑 다락방으로, 아이들이 지낸 흔적이 남아서 아직도 십대의 비밀과 반항의 분위기가 어른거리는 곳이었다. 토비의 깔끔한 방이 계단 꼭대기에 있고, 닉의 방은 천창이 난 층계참에 곧바로 면해 있으며, 캐서린의 방이 맨 끝이었다. 형제가 없는 닉은 이곳에서 자신을 잃어버렸던 가운데 자식쯤으로 생각할 수 있었다. 지난 방학 때 런던 '씨즌'을 보내자며 닉을 이곳에 데려옴으로써 닉이 자신의 보잘것없는 가족에게서 신나게 도망칠 수 있도록 해준 것은 토비였다. 반바지만 입은 토비의 모습이 여전히 다락방 복도에 어른거리는 것 같았다. 닉과 어떻게 해서 친구가 되었는지 그 자신은 아마도 모르고 있겠지만, 토비는 두 사람의 우정

---

[1] ascender, 알파벳에서 b, d, f, h처럼 a, c, e, x 같은 활자보다 위로 뻗은 소문자의 윗부분.

을 흔쾌하게 받아들였다. 옥스퍼드를 졸업한 뒤로 토비가 그 집에서 지내는 일은 거의 없었음에도 토비의 여동생과 그들 남매의 너그러운 부모는 닉을 친구처럼 대해주었다. 닉은 가족의 친구였으며 그들 가족은 닉의 어떤 면 때문에 그를 신뢰했다. 일종의 인력引力이라 할까, 수줍은 세련됨이라고 할까, 닉 자신은 분명히 알 수 없는 어떤 것 덕분에 그들은 그를 하숙인으로 받아들여주었다. 제럴드가 닉의 선거구인 바윅에서 하원의원에 당선되었을 때는 이 관계가 시적인, 혹은 운명적인 논리를 가진 것이었다고 즐거워하기도 했다.

제럴드와 레이철은 아직 프랑스에 있었는데, 그달 말 그들이 돌아올 것을 생각하면 닉은 거의 원망스러울 지경이었다. 가정부가 매일 아침 일찍 와서 그날의 식사를 준비했고, 선글라스를 머리 위에 얹은 제럴드의 비서는 어마어마한 양의 우편물을 챙기러 들르곤 했다. 정원사는 잔디 깎는 기계에서 나는 부르릉 소리로 열린 창문 밖에서 자신의 존재를 알렸다. 잡역부인 듀크 씨(가족은 그를 '각하'라고 불렀다)는 그 집의 이런저런 것들을 수리했다. 그 집에서 생활하는 것은 닉뿐이었고, 기분으로 치면 그는 자신이 그 집 주인 같았다. 그는 초저녁 켄징턴파크 가든스로 귀가하는 것이 너무나 좋았다. 태양이 나무 한그루 없는 넓은 거리를 갈퀴로 긁는 듯했고, 두개의 흰 테라스는 부유한 이웃들 간의 반드르르한 아량으로 마주 보고 있었다. 그는 자물쇠가 셋 달린 초록색 정문을 열고 들어선 뒤 다시 그것들을 하나하나 잠그고 집 안으로 들어가서는 붉은 벽으로 둘러싸인 식당을 들여다보거나 계단을 올라 두 방이 이어 붙은 응접실로 가는 것, 거기서 다시 새하얀 침실의 반쯤 열린 문을 지나치며 집 안에 서린 고요한 안정감을 느끼는 것이 너무나 좋았다. 복도를 향해 부챗살처럼 퍼진 첫 계단은 돌로 만들어져 있었다. 위층 계단에서는 참나무 특유의 은밀한 삐거덕 소리가 났다. 그는 자신이 그 계단을 앞장서서 올라가며 이 집이 진짜로 자신의 집인 양, 혹은 언젠가는 자신의 것이 될 수도 있는 집인 양 새 친구 — 리오일 수도 있겠지 — 에게 보여주는 모습을 상상해보았다. 그림이며, 도자기며, 자신이 자라면서 익숙하게 보아온 것들과는 너무도 다른 곡선을 가진 프랑스 가구들을 보여주는 모습을. 그는 윤나는 짙은색 나무에 비친 그림자처럼 희미한 자신의 모습과 동행했다. 언젠가 그는 쐐기 모양의 다락 찬장에서부터 그 자체로 일종의 박물관이라 할 만한 지하의 잡동사니 고방까지(제럴드는 그것을 '트루 드 글루아르', 즉 '영광의 구덩이'라고 불렀다) 집 전체를 다 살펴볼 기회가 있었다. 응접실 벽난로 위에는 과르디[2]의 그림, 로꼬꼬풍 액자에 담긴 베네찌아의 까쁘리초[3]가 있었고, 그 맞은편 벽에는 테두리를 금도금한 거울이 두개 걸려 있었다. 닉은 자신의 우상인 헨리 제임스처럼 자신도 "많은 양의 도금을 견딜" 수 있으리라고 느꼈다.

가끔 토비가 돌아올 때면 응접실에서는 음악소리가 요란했다. 혹은 뒷방인 아버지 서재에서 국제전화를 하거나 진토닉을 마시기도 했다. 이 모든 것은 부모에 대한 반항이라기보다 그분들의 자유로움을 당당하게 모방하는 행위였다. 때로 토비는 정원으로 가서 서둘러 셔츠를 벗어던지고 간이의자에 늘어져 『텔레그래프』의 스포츠 면을 읽기도 했다. 그는 다른 이들이 조정선수인 자신의 건장한 몸매에 감탄하는 것을 즐겼고, 그 사실을 익히 아는 닉은 발코

2 Francesco Guardi(1712~93). 이딸리아의 화가로 베네찌아화파의 일원이다.
3 capriccio, 상상을 가미해 건축과 풍경을 낭만적으로 그린 그림.

니에서 그를 바라보거나 약간 숨가쁜 느낌으로 그에게 내려갔다. 윗도리를 벗어던지는 것, 그것이야말로 미美가 쉽게 베풀 수 있는 자선행위가 아닌가. 그들은 맥주를 마셨고, 토비가 "내 동생 괜찮아? 너무 엉뚱한 짓을 하는 건 아니겠지?"라고 물으면 닉은 "괜찮아, 괜찮다고"라고 대꾸하면서 8월의 지는 해 때문에 손으로 눈을 가린 채 웃으며 그를 안심시켰는데, 토비는 그외에 닉이 느끼는 다른 감정들에 대해서는 전혀 짐작도 하지 못했다.

캐서린의 심리적 기복은 닉이 그 집에 대해 품은 신화의 일부였다. 대학 시절의 어느날 저녁에 호숫가 벤치에서 토비가 그에 대해 닉에게 털어놓았었다. 닉을 신뢰한다는 표현이었다. "그애는 심리적으로 상당히 불안정해. 말하자면," 드러내지는 않았지만 그는 자신의 언어 선택에 만족하며 말을 이었다. "그래, 감정 기복이 심하지." 닉에게는 아직 상상 속에서만 존재하던 그 집 전체가 다양한 기분의 빛과 그림자에 싸였다. 옥스퍼드의 공기에 호숫물 냄새가 배어 있듯이 그 집에서의 삶도 감정에 젖어 있는 것만 같았다. "그러니까, 면도날로 팔을 긋곤 했어." 토비는 얼굴을 찡그리며 고개를 주억거렸다. "그런 시기가 다 지났으니 정말 다행이지." 그건 단지 감정 기복의 문제라기에는 훨씬 심각한 것 같았고, 그래서 닉은 처음 그녀를 만났을 때 긴장해서 그녀의 팔을 보았다. 한쪽 팔에 2인치 정도 되는 깔끔한 선이 평행을 이루며 그어져 있었고, 다른 팔에 그어진 선들은 직각의 패턴을 이루고 있어서 글자처럼 읽어보지 않을 수 없었다. 마치 'ELLE'라는 단어를 쓰려고 했던 흔적 같았다. 그러나 그 상처들은 아문 지 오래였고 흉터만 아니었다면 오래전에 잊혔을 것이다. 이따금씩 그녀는 손가락으로 멍하니 그것들을 쓸어보곤 했다.

"캣을 돌보는 것"이 그 가족이 떠나기 전 제럴드가 제시했던, 단순하다면 단순하고 중요하다면 중요한 닉의 과제였다. 캐서린의 집이지만 책임자는 닉이었다. 마치 닉이 아닌 그녀가 하숙인인 듯, 캐서린은 불안한 야영자 같았다. 그녀는 허세 가득한 그 집의 공간에 대한 닉의 애정을 이해하지 못했고, 그림과 가구에 대한 그의 지식과 사랑을 비웃었다. "넌 정말 속물이야." 그녀는 도발적으로 웃으며 말했다. 그 말은 곧 그 가족을 좋아하는 것 또한 속물적이라는 뜻이었기에, 그로서는 얼굴에 한방 맞은 기분이었다. "꼭 그런 건 아니야." 닉은 그런 식의 소극적 인정이 최고의 부정이라는 듯 말했다. "난 그저 아름다운 것들을 사랑하는 것뿐이야." 캐서린은 쓸모없는 잡동사니가 너무 많다는 듯 우스꽝스러운 표정으로 주위를 둘러보았다. 부모가 없는 동안 그녀의 충동적 반응이라고는 소극적인 규율 위반 수준이었는데, 주로 담배를 피우고 낯선 사람들을 데려오는 것으로 나타났다. 어느날 닉이 귀가해보니 그녀는 부엌에서 나이 든 택시 기사와 함께 술을 마시며 그에게 집에 있는 물건들의 보험 액수를 이야기해주고 있었다.

아직 열아홉살에 그녀는 헤어진 남자친구 명단이 꽤 길었는데, 그들 각각에게는 별명이 있어서 그들에 대해 닉이 아는 것이라곤 '게살'이라거나 '드립드라이'[4] 혹은 '견적사' 따위의 별명이 전부였다. 캐서린은 그들 대부분을 켄징턴파크 가든스에 받아들여질 수 없다는 조건 하나만 보고 의식적으로 선택한 것 같았다. 노팅힐 레코드점에서 만난 떠돌이 같은 사십대 웨일스 남자나, 목에다 'FUCK'이라고 문신한 잘생긴 불량배나, 바빌론과 대처의 몰락

---

**4** drip-dry, 다림질이 필요 없는 천으로 제2부에서 로저의 습성과 관련된 별명으로 나온다.

에 대해 예언 같은 넋두리를 늘어놓던 이웃의 래스터페리[5] 신자 같은 사람들 말이다. 다른 이들은 사립학교 출신이나 대처 불황기를 틈타 한몫 챙기려는 젊고 말끔한 전문직이었다. 캐서린은 몸매는 호리호리한데 행동은 과감했다. 그런 매력 때문에 그녀에게 끌렸던 청년들은 바로 그 매력 때문에 겁을 내기도 했다. 성경험이 없던 닉은 그녀의 남성편력에 일종의 존경심마저 느꼈다. 그렇게 많은 실패를 경험한다는 것은 첫 단계에서 큰 성공을 경험했다는 뜻이기도 하다. 그로서는 그녀가 얼마나 매력적인지 판단하기가 불가능했다. 인물 좋은 부모의 유전자가 결합해서 토비의 나른한 아름다움을 생산했지만, 캐서린의 경우는 그와 또 달랐다. 제럴드의 커다란 입, 타인에게 믿음을 주는 입이 레이철의 갸름한 얼굴 속에 어색하게 찌그러져 들어간 모습. 캐서린의 감정은 언제나 그 입가로 쏠렸다.

그녀는 풍자적인 모든 것을 사랑했고, 성대모사를 기막히게 잘했다. 그녀는 닉과 술에 취할 때면 가족들을 우스꽝스럽게 흉내내어 기묘하게도 그들이 여전히 집에 있는 듯한 느낌을 주곤 했다. 웅웅 울리는 익살맞은 목소리에, 화려한 것을 좋아하고 『앨리스』 시리즈를 즐겨 인용하는 제럴드의 음성이 들리는 듯했다. "참말이지, 캐서린," 캐서린이 항의조로 말했다. "제아무리 참을성 많은 굴이라도 너를 참아주기는 힘들 거다." 혹은 "산수算數의 분파들을 기억하지, 닉? 야심과 주의 산만, 추하게 만들기, 그리고 조롱 말이야." 닉은 캐서린에게 맞장구를 쳤는데, 배은망덕할 정도로 무례한 행동이라는 생각이 들면서도 그러지 않을 수가 없었다. 레이철의

---

**5** Rastafari, 예수를 흑인으로 보고 에티오피아 황제 하일레 셀라시에 1세(1892~1975)를 재림예수로 섬기는 종교.

스타일은 귀족적이면서도 다소 이국적인 면이 있어서 그는 거기서 더 큰 매력을 느꼈다. 그녀가 **그룹**이라고 발음할 땐 거의 독일어처럼 들렸고 마치 그녀 자신은 결코 그런 데 속할 수 없다고 말하는 듯 여겨졌다. 위선적이라는 단어는 프랑스어처럼 발음했는데, 마치 그 단어를 자신과 다르게 발음하는 사람은 누구나 위선적이라는 의미를 담고 있는 듯 느껴졌다. 닉이 흉내내자 캐서린은 웃었지만 대단하다고 생각하는 것 같지는 않았다. 그녀는 토비를 흉내내는 데는 관심이 없었다. 그를 '흉내내기'는 어려운 게 사실이었고. 그보다는 자신의 대모인 플린트셔 공작부인을 우스꽝스럽게 흉내냈는데, 그녀는 샤론 파인골드라는 이름을 쓰던 평민 시절 크랜본체이스 학교에 다니던 레이철의 단짝 친구였다. 일상에서 그녀가 화제에 오르면 집안 잡역부 듀크 씨에 대한 그들의 농담은 특히 더 짓궂어지곤 했다. 샤론의 남편인 공작은 척추가 뒤틀렸고 그의 성은 무너져가고 있었는데, 파인골드 식초회사의 재산이 그에게 큰 도움이 되었다. 닉은 아직 그녀를 직접 만나보지 못했고, 캐서린이 몰지각하고 정력 넘치는 사교계 인사를 흉내내는 모습을 보자 자신이 아는 사람을 조롱할 때 느끼는 불편한 감정 없이 그저 즐거움을 누릴 수 있었다.

닉은 캐서린에게 그녀의 오빠를 향한 자신의 짝사랑에 대해 한 번도 이야기하지 않았다. 그녀가 놀릴까봐 두려웠던 것이다. 하지만 닉의 데이트가 일주일 뒤로 잡히자 두 사람은 리오에 대해 많은 이야기를 나누었고, 그 일주일은 기다 뛰다 다시 기어가듯 지났다. 이야깃거리가 많지는 않았어도 상상력 풍부한 두 사람이 한 인물을 추측해보기에는 충분했다. 하늘색 편지지와 수상쩍은 어센더, 그리고 캐서린은 못 들었지만 리오의 목소리도 도마에 올랐다. 약속을 정하기 위해 애써 쾌활하게 대화를 나누었는데, 그의 말투는 특징 없는 런던 말씨였고 유색인의 억양으로는 들리지 않았으며, 독특한 아이러니가 느껴지는 목소리에 기대감이라고는 찾아볼 수 없었다. 또 리오의 천연색 사진도 있었는데, 그것으로 보면 그가 스스로 주장하는 만큼 잘생기지는 않았더라도 눈길을 끄는 생김새인 것은 사실이었다. 상체만 나온 그 사진에서 그는 공원 벤치에 뒤로 기대고 앉아 있는 모습이었다. 키는 짐작하기 어려웠다. 짙은색 항공점퍼 차림에 얼굴을 찌푸린 채 먼 곳을 바라보고 있었는데, 그 때문에 이목구비에 그림자가 지는 듯, 혹은 이목구비에서 그림자가 솟아나는 듯 보였다. 그의 뒤로는 경주용 자전거의 은회색 가로대가 벤치에 기대어져 있었다.

원래의 광고 내용("흑인, 이십대 후반, 꽤 잘생김, 관심사는 영화·음악·정치, 18~40세 사이의 지적이고 비슷한 성향의 남자 구함")은 닉의 상상과 캐서린의 예감 속에서 반쯤 잊힌 터였다. 캐서린의 예감 속에서 리오는 그녀의 영역인 고통스러운 섹스와 배신의 세계로 점점 깊이 끌려들어갔다. 때때로 닉은 그와 데이트할 사람이 캐서린이 아닌 자신이라는 사실을 떠올리며 안도해야 했다. 그날 저녁 서둘러 귀가하면서 닉은 다시 한번 리오가 적은 조건을 살펴보았다. 자신이 새 연인의 기준에 미치지 못할 것이라는 느낌을 떨칠 수가 없었다. 그는 지적이었다. 방금 옥스퍼드 대학에서 일등급 학위를 받았으니까. 그러나 음악과 정치라는 말에는 무척 다양한 의미가 있지 않은가. 아무튼, 페든 가족과 알고 지내니 그와 전혀 무관한 것은 아니다. 나이 범위가 넉넉한 것도 어느정도 안도감을 주었다. 자신은 겨우 스무살이니 설혹 그 나이의 두배를 먹었더라도 여전히 리오가 원하는 대상인 것이다. 사실 리오와 이십년 동안 애인으로 지낼 수도 있다. 닉에게는 그것이 그 광고에 암호처럼 숨겨진 약속인 것처럼 느껴졌다.

이차로 배달된 우편물이 아직 현관 쪽에 흩어져 있었고, 위층에서는 아무 소리도 나지 않았다. 그러나 그는 공기의 느낌으로 집에 다른 누가 있다는 사실을 알 수 있었다. 편지들을 주워모으던 그는 제럴드가 자신 앞으로 보낸 그림엽서 한장을 발견했다. 엽서 한면은 로마네스끄풍 교회 입구를 찍은 흑백사진으로, 양쪽에 성인들이 있고 현관 아치 머리에는 '최후의 심판' 장면이 생생했다. "뽀디에 교회, 12세기"라고 제목이 적혀 있었다. 제럴드가 글씨를 크고 급하게 써서 대부분의 글자가 알아보기 어려웠는데, 아마도 그의 두꺼운 펜촉으로는 그렇게 쓸 수밖에 없었으리라. 『필적학』의 저자라면 그 글씨에서 리오의 것만큼이나 커다란 자아를 발견했을지도 모르지만, 어쨌든 주된 인상은 거의 도망치는 듯한 성급함이었다. 그가 쓴 마지막 인사는 "러브"일 수도, 아니면 "당신의"일 수도, 심지어는 좀 말이 안되긴 하지만 "헬로"라고 읽을 수도 있었다. 즉, 그와 수신자의 관계가 그다지 분명하게 드러나지 않는 편지였다. 닉이 읽어낸 바로 그들은 잘 지내고 있는 것 같았다. 엽서를 받았다는 사실은 기뻤지만, 그 편지가 자신이 만끽하고 있는 한가한 8월의 마지막이 곧 다가온다는 점을 상기시켰기 때문에 기분이 조금 우울해진 것도 사실이었다.

부엌으로 들어가보니 이른 아침에 엘레나가 다녀간 뒤로 캐서린이 엉망으로 만들어놓은 것이 틀림없었다. 육중한 찬장 서랍들이 모두 쏟아질 듯 열려 있었다. 어딘가 모르게 침입당한 분위기였다. 그는 곧장 식당 쪽으로 갔다. 상감세공 시계가 벽난로 선반의 제자리에서 똑딱거렸고 은제 금고도 잠겨 있었다. 레이철의 선조를 그린 렌바흐[6]의 갈색 초상화들이 리오처럼 심각한 표정으로 식당을 내려다보고 있었다. 위층 응접실은 창문이 곡선형 발코니를 향해 열려 있었지만 과르디의 푸른 늪 그림은 벽난로 선반 위에서 여전히 반짝이며 빛을 발하고 있었다. 가운데 부분이 불룩한 모양의 책장 아래쪽 장문이 열려 있었다. 단지 이런 집에 사는 것뿐인데 빈집털이범으로 보일 수도 있다니 얼마나 웃긴 일인가. 발코니 아래를 내려다보았지만 정원에는 아무도 없었다. 그는 침착하게 세계단을 더 올라갔고 다시 리오에 대한 조바심에 사로잡혔지만, 집을 지켜야 한다는 어른다운 염려에 비하면 그 조바심은 거의 긴장이라고 할 수도 없었다. 캐서린이 방에서 움직이는 모습이 보여 그녀의 이름을 불렀다. 바람에 그의 방문이 쾅 소리를 내며 닫혔고 창문 앞 테이블에 쌓인 책과 논문 따위로 그의 방은 후텁지근하고 답답해졌다. 닉은 "집에 누가 침입한 거 아닌가 잠깐 걱정했어"라고 말했지만, 그런 두려움은 이미 사라지고 없었다.

그가 옷걸이에서 셔츠 두장을 골라 거울에 비춰보고 있을 때 캐서린이 들어와서 그의 뒤에 섰다. 그에게 기대고 싶지만 그러지 못하고 있다는 것을 그는 금세 눈치챘다. 그녀는 거울 속 그의 눈을 마주 보지 못하고 그와 그의 어깨에 시선을 던졌다. 이제 뭘 해야 할지 그가 알고 있으리라 생각하는 듯한 눈길이었다. 그녀는 막 고통에 맞닥뜨린 사람의 혼란스러우면서도 희미한 미소를 짓고 있었다. 닉은 몇초라도 시간을 벌 생각으로, 마치 그들이 하는 장난의 하나인 양 더 활짝 웃어주었다. "파란색, 아니면 흰색?" 그가 다시 두장의 셔츠를 양 날개처럼 들고서 자신의 몸에 대보며 물었다. 곧

<hr />

**6** Franz von Lenbach(1836~1904). 독일의 화가. 귀족과 예술가, 부르주아지의 초상화로 유명하다.

그가 팔을 내리자 셔츠가 마룻바닥에 끌렸다. 이미 밤이 내리고 있었고, 경주용 자전거를 타고 월즈든의 집을 향해 가는 리오의 모습이 보이는 것 같았다. "너무 차려입는 걸까?" 그가 말했다.

그녀는 걸어와 침대에 걸터앉더니 몸을 앞으로 숙인 채 특유의 불길한 미소를 살짝 머금고서 그를 올려다보았다. 날마다 보던 자잘한 꽃무늬 드레스 차림이었다. 포토벨로 로드에서 샀음직한 것으로, 그 지역에, 혹은 그 지역에 대한 그녀의 환상에 꼭 들어맞는 그 드레스를 입고 그녀는 거리를 활보했다. 그러나 지금 보니 소매도 없고 등도 다리도 가려지지 않아 옷이라고 하기에도 민망할 정도였다. 그녀에게서 아픈 아이 같은 열기가 느껴졌음에도 불구하고, 닉은 그녀 곁에 앉아 온기를 전하듯 가볍게 안고 등을 문질러주었다. 그녀는 그의 손길을 가만히 내버려두다가 조금 뒤 몸을 약간 뺐다. 닉이 말했다. "그러면, 내가 어떻게 해줄까?" 그는 자신이 위로받기를 바라고 있음을 깨달았다. 거울 속 깊고 밝은 공간에서 은밀한 위기를 겪고 있는 두 젊은이가 보였다.

그녀가 말했다. "내 방에서 물건들 좀 치워줄래? 그래, 전부 아래층으로 가져가줘."

"그럴게."

닉은 층계참으로 가서 그녀의 방에 들어섰다. 그곳은 평소처럼 커튼이 쳐져 있었고 담배연기 때문에 공기가 시큼했다. 전등갓을 감싼 촘촘한 붉은 거즈가 위험의 냄새를 풍기면서 침대보며 속옷이며 LP 따위가 어지럽게 널린 방에 붉은빛을 던지고 있었다. 서랍과 찬장이 모두 들춰진 게 보였다──상상 속의 침입은 아마 이곳에서 좌절의 절정을 맛보았으리라. 닉은 사방을 살펴보고, 혼자서라도 상황을 정리하기 위해 마음의 준비를 했다. 그의 정신이 민첩

하고 책임감 있게 작동하고 있었지만, 그는 마지막 순간까지 무지의 시간을 연장하고 싶었다. 탁자와 침대와 어여쁘고 고풍스러운 밤나무 궤짝 위 잡동사니 더미를 보며 마음을 가다듬느라 그의 목에서 나지막한 소리가 새어나왔다. 구석 찬장에는 세면대가 붙어 있었는데, 타일을 붙인 그 가장자리에 캐서린은 수술 전에 도구를 늘어놓듯 대여섯가지 물건을 놔두었다. 고기 저미는 무거운 칼, 둥그렇고 손잡이가 둘 달린 토막 내기용 큰 칼, 살코기용 날선 칼 두개, 그리고 작달막한 지지대 두개였다. 언젠가 제럴드가 큰 고깃덩이를 곧 도망이라도 갈 것처럼 꽉 잡아서 돌리는 데 저 지지대를 사용했었다. 닉은 어색하게 그것들을 모아 들고서 새삼스럽고 무거운 마음으로 조심조심 아래층으로 가져갔다.

그녀는 아무도 부르지 말라고 고집을 부렸다. 만일 누굴 부르면 상황이 더 악화될 수도 있다고 암시를 주었다. 닉은 어찌해야 할지 망설였다. 이런 경우에 어떻게 처신해야 할지 모른다는 것은 그가 최근에 다다른 세상에 대해 어떻게 해야 할지 모른다는, 훨씬 더 큰 무지의 일부였다. 이 일을 알게 된 그녀의 부모가 충격을 받고 걱정하는 장면을 상상하니, 페든네 사람들과 함께하는 새 삶의 기록에 오점이 남으리라는 사실이 빤히 보였다. 그 자신은 짐작했지만 그들은 짐작하지 못했던 대로, 그는 결국 신뢰할 수 없는 사람이 되는 것이다. 자신의 결정이 잘못되는 것도 두려웠지만 그는 자신의 행동 자체에도 두려움을 느꼈다. 토비를 찾아보기는 해야겠지? 하지만 토비는 캐서린이 기껏해야 무심한 예의로 대하는 사람, 없는 거나 마찬가지인 존재인데? 닉은 머릿속에서 하나의 이야기를 만들어내고 있었다. 그는 캐서린이 재앙을 생각해냈고, 그것을 응시하다가, 결국 거부한 거라고 믿기로 했다. 그것과 맞서는 절차도 있었다. 한시간, 일분, 혹은 오후 내내 ─ 그런데 그것도 그저 절차였을 뿐 그 이상은 아니었을지도 모른다. 이제 그녀는 거의 말이 없었고, 수동적이었고, 하품을 많이 했고, 닉은 이 사건이 그녀 마음속의 어떤 효과적인 기제에 의해 이미 사라지고 차단되어 떨어져나간 것 아닌가 하는 생각이 들었다. 아마 그녀는 이 일을 계획하면서 처음부터 그의 반응을 염두에 두었는지도 모른다. 그녀가 "제발 나를 혼자 두지 말아줘"라고 말할 때 그 청을 거절하기란 쉬운 일이 아니었다. 그는 "물론이지, 혼자 두지 않을게"라고 대답했고, 이 일이 먼 데서부터 자신을 향해 숨통을 조이며 다가왔다는 느낌이 들었다. 그것은 토비가 호숫가에서 이야기했던 또다른 사항이었다. 토비는 캐서린에게는 혼자 둬서는 안되는 때가, 누군가 함께 있어주어야만 하는 때가 종종 있다고 말했었다. 그때 닉은 토비의 의무를 기꺼이 나누고 싶었고, 그 가족의 이해하기 힘든 모험담에 자신도 몸을 담글 수 있기를 간절히 바랐다. 그리하여 이제 그는 쳅스토 캐슬의 후미진 바에서 자신의 로맨스를 펼칠 시간에 그녀와 함께 있어주어야 하는 사람이었다. 그녀조차 그 이유를 설명하기 힘들었지만, 닉이 아닌 다른 누구도 그 일을 대신할 수는 없었다.

닉이 그녀를 데리고 응접실로 내려가자, 그녀는 레코드 수납장으로 가서 보지도 않고 음반을 하나 골라 틀었다. 행동은 할 수 있지만 심사숙고는 그녀 능력 너머의 일이라고 말하는 듯했다. 직직거리는 소리가 흘러나왔다. 턴테이블의 톤암이 판을 찾아 헤매는 듯 엉뚱한 곳에 놓였던 것이다. "아, 이제 됐어!" 닉이 말했다. 슈만의 교향곡 4번 스께르쪼 중반부였다. 그녀를 지켜보던 그는 음악에 자신을 내맡기는 그녀의 마음을 이해할 수 있을 것 같았다. 그녀의 구체적인 심리 상태는 알 수 없었지만 닉은 감사한 마음으로, 약간은 흥미로워하며 음악과 함께 떠다니는 그녀를 지켜보았다. 불안하고 걱정스럽기도 했지만 그는 잠시 동안 그 상태에 자신을 맡겼다. 삼중주는 아주 짧은 순간 중반부가 되풀이되다가 곧 마술처럼 후반부로 넘어갔다. 틀림없이 베토벤 교향곡 5번의 종장에 기반을 둔 것이리라. 그는 그녀에게 그 점에 대해 말해줄 수도 있었고, 교향곡 2번이야말로 정말 그러하며, 그 작품 전부가 종장의 의외의 제2주제를 제외하면 모두 도입부의 모티프에서 파생되어 나왔다는 사실도 설명해줄 수 있었다⋯⋯. 그는 한발짝 물러서서, 우울한 일이긴 하지만 책임감에 따라 즉시 아래층으로 가서 캐서린의 부모에게 전화를 해야겠다고 결심했다. 그러나 방을 나서면서 갑자기 리오를 떠올렸고, 그러자 자신이 그와 사귈 수 있는 유일한 기회를 놓치고 있다는 확신이 들었다. 그래서 프랑스에 전화하는 일은 나중으로 미루고 그 대신 리오에게 전화를 걸었다. 이 사태를 리오에게 어떤 식으로 설명해야 할지 알 수가 없었다. 실제 정황은 남에게 이야기하기에 너무 사적인 일 같았고, 그렇다고 대충 설명하자니 자신이 터무니없는 구실을 댄다고 생각할 것 같았다. 또다시 잘못하고 있는 듯했다. 그는 전화를 거는 동안 내내 목청을 가다듬었다.

리오는 무척 급하게 전화를 받았는데, 아직 저녁식사 중이라 준비가 덜 되어 있었기 때문이라고 했다. 닉은 그런 사실을 알게 되어 그를 파악하는 데 도움이 되었다고 생각했다. 리오의 목소리에서는 아주 미세하게 조롱의 어조가 느껴졌는데, 닉이 들었지만 잊고 있던 바로 그 느낌이었다. 닉이 사과의 말을 꺼내자 리오는 곧바로 알아듣고는 자신도 너무 바쁘기 때문에 차라리 잘되었다고 상냥하게 말했다. "아, 다행이네." 닉은 이렇게 대답하고서 순간 리오의 기분이 더 상할 수도 있겠다 싶어 "진짜로 괜찮다면……"이라고 덧붙였다.

"괜찮아, 이 친구야." 리오의 차분한 대답에서 닉은 그가 누군가 다른 사람과 함께 있다는 인상을 받았다.

"하지만 진짜로 꼭 만나고 싶어."

리오는 잠깐 침묵을 지키다가 "물론 그래야지"라고 대답했다.

"그럼, 주말은 어때?"

"안되는데. 주말은 안돼."

"왜 안되는데?"라고 묻고 싶었지만, 닉은 이미 대답을 알고 있었다. 리오는 그날 다른 후보자들을 만나기로 한 게 틀림없었다. 오디션 같은 것이리라. "다음주로 할까?" 그가 어깨를 으쓱이며 물었다. 제럴드와 레이철이 돌아오기 전에 만나서 집에 데려오고 싶었다.

"그러지. 카니발에는 가?" 리오가 물었다.

"아마 토요일쯤 — 공휴일에는 교외에 가거든. 그전에 만나." 닉은 카니발에 간절히 가고 싶었지만, 그것이 리오에게는 익숙한 영역일 거라고 생각하니 왠지 스스로가 초라하게 느껴졌다. 처음 만난 날 리오를 잃는 자신의 모습이 떠올랐다. 거리 전체가 거침없는 물결처럼 움직일 테니 돌아설 수도 없으리라.

"그럼 다음주에 전화를 주는 게 제일 좋겠네." 리오가 말했다.

"꼭 할게." 닉은 이 모든 상황을 긍정적으로 받아들이는 척 말했지만 갑자기 비참한 기분이 들어 얼굴이 굳어졌다. "있지, 오늘밤 일은 정말 미안해. 꼭 갚을게." 다음 순간 다시 침묵이 흘렀고, 닉은 자신의 말에 대해서 — 그리고 아마도 자신의 미래 전체에 대해서 — 리오가 판단을 내리고 있는 거라 생각했다. 그러나 곧 리오가 쉰 목소리로 속삭였다.

"그럼, 꼭 그래야지!" 그러더니 닉이 피식 웃으려는 참에 전화를 끊었다. 그러니 그 짧은 침묵은 공모, 낯선 사람들 사이의 공모의 순간이라 할 수 있었다. 그렇게 나쁘지 않았다. 심지어 아름답기까지 했다. 닉도 전화기를 내려놓고 복도의 거울로 가서 높은 금도금 아치 속 자신의 모습을 바라보았다. 갑자기 마음이 놓이며 기분이 고조되어, 작긴 해도 탄탄한 체구에 깨끗한 피부, 곱슬거리는 머리가 얼마나 보기 좋으냐, 생각했다. 리오가 자신에게 반할 수도 있다고 상상해보았다. 그러자 얼굴에서 핏기가 가셨고, 그는 계단을 올라갔다.

날이 서늘해질 무렵 닉과 캐서린은 뜰로 내려가 공동정원 입구를 통과해 안으로 들어섰다. 공동정원은 집만큼이나 닉이 사랑하는 런던 로맨스의 일부였다. 유럽 고도의 중심에 자리 잡은 몇몇 공원만큼이나 넓지만 사적인 공간이었고, 높은 빅토리아식 울타리 너머 호랑가시나무와 관목으로 삼면이 둘려 있었다. 이곳 열쇠를 가지지 못한 주변 거리의 사람들이 볼 수 있는 건 플라타너스와 키 큰 밤나무들 사이 빈터 한두군데 정도로, 아마도 그 너머로는 산책하는 부부나 자신보다도 느린 개를 기다리는 노인의 모습이 보일 것이다. 그리고 요즈음 같은 여름날 저녁이면 이따금씩 이파리 사이로 지빠귀와 찌르레기의 노랫소리가 들려오는 가운데 닉은 바깥을 걸어가는 소년을 흘낏 보고서 오히려 부러움을 느끼기도 했다. 정원 안에서 보내는 미소를 그 소년이 어떻게 받아들일지야 알 수 없지만. 정원 안쪽에도 감춰진 곳들이 있었는데, 낙엽송이 이어지는 울타리 뒤로 정원사용 오두막을 향해 난 굽잇길은 마치 은밀한 공간이 필요한 사람을 위해 마련된 듯했다. 그리고 모래밭과 어린이용 미끄럼틀이 설치된 울타리 둘린 놀이터도 있어서 거기서는 진짜 유니폼을 입은 보모들이 모여서 다소 늘어진 분위기로 수다를 떨곤 했다. 제일 끝에는 테니스장이 있는데, 그곳에서 들려오는 소리들, 써브를 넣고 공을 주고받으며 판정하는 소리들이 겹쳐 만드는 리듬을 듣고 있자면 8월의 어스름 속에서 열심히 운동하는 사람들이 떠오르면서 마음이 놓였다.

집들 바로 뒤에는 끝에서 끝까지 널찍한 자갈길 산책로가 바깥쪽에서 안쪽으로 약간 경사를 이루며 나 있었고, 그 옆에는 철제 울타리를 두른 도랑이 있었다. 그곳으로 아이들의 공이 굴러와 멈추기도 하고, 여름내 덥고 비가 오지 않은 탓에 먼지가 끼었지만 여전히 초록빛을 발하는 플라타너스 이파리 몇개가 떨어져내리기도 했다. 닉과 캐서린은 동작 굼뜬 노부부처럼 팔짱을 낀 채 천천히 산책을 했다. 닉은 캐서린과 새로운 방식으로, 거의 격식을 갖춰 짝을 이룬 기분이었다. 편안함이라곤 염두에 두지 않고 만든 빅토리아식 주철 벤치가 규칙적인 간격으로 놓여 있었고, 그 사이사이 잔디밭에서는 몇몇 사람들이 따스한 초저녁 황혼 아래 앉아 있거나 피크닉을 즐겼다.

일분쯤 지난 뒤 닉이 "기분 좀 나아졌어?" 하고 묻자 캐서린은 고개를 끄덕이고 보조를 맞추며 그에게 기대왔다. 그는 다시금 책임감을 느꼈다. 그것은 그의 가슴속에서 잿빛 무게추가 되어 있었다. 그는 피크닉을 즐기는 사람들이나 조깅을 하며 자신들을 향해 달려오는 사람의 시각으로 캐서린과 자신을 바라보았다. 그들은 다정한 노부부와는 영 거리가 먼 한쌍의 아이들, 큰 입 주변에 불안한 기색을 띤 깡마른 여자애와 스스로 벅찬 과제를 감당하고 있다는 것을 짐짓 모르는 척 엄숙한 표정을 짓고 있는 작은 금발 남자애였다. 물론 그는 프랑스에 전화를 해야 했다. 그리고 제럴드는 이런 일을 잘 다루지 못하니까 레이철이 전화를 받았으면 했다. 그는 방금 있었던 일의 의미와 이유를 더 자세히 알고 싶었지만 구체적으로 묻기가 망설여졌다. "이제 괜찮을 거야." 그는 그렇게만 말했다. 그 일에 대해 따져묻다가는 오히려 그 끔찍한 일을 다시 벌이게 될 뿐일지도 모른다는 생각에, 그저 오래전에 일어난 일을 궁금해하듯이 "그게 다 무엇 때문이었을까?"라고만 덧붙였다. 그녀는 그를 향해 고통스럽고 불안에 찬 시선을 보냈지만 대답은 하지 않았다. "말할 수 없어?" 닉이 물었고, 그렇게 말하는 목소리에서 가끔 자신의 아버지가 차라리 대답을 안 듣고 싶어서 공감을 표하며 얼버무릴 때와 같은 어조를 들었다. 아버지의 그 어조는 그의 가족이 다양한 위기를 적당히 벗어나는 하나의 방식이었다. 아무것도 구체적으로 언급하지 않았고, 그 어조가 세심한 이해에서 나온 것인지 아니면 그저 비겁함의 한 형태인지도 결코 알 수 없었다.

"응, 그러네."

"그래, 그러면 언제라도 하고 싶을 때 얘기해줘." 그가 대꾸했다.

오솔길 끝에는 크림색 테라스의 절벽 아래 정원사의 오두막집이 기묘하고도 비굴한 모습으로 웅크리고 있었다. 그 너머로는 거리를 향해 문이 나 있어서, 그들은 문의 소용돌이 모양 쇠장식을 통해 간간이 지나다니는 저녁의 차들을 바라보았다. 닉은 기다렸고, 이 여름날 저녁 자신이 놓친 리오를 생각하며 절망적인 기분에 잠겼다. 캐서린이 말했다. "모든 게 캄캄해졌다 번쩍할 때 그런 일이 생겨."

"그래."

"우울한 것과는 달라. 그때는 밤색이야."

"그렇구나……."

"아, 잘 이해가 안될 거야."

"아니, 계속해봐."

"이를테면 저 차 같아." 그녀가 유명인사처럼 보이는 노인을 내려주기 위해 길 건너편에 멈춘 검은색 다임러를 향해 고개를 끄떡여 보였다. 방금 들어온 가로등의 노란 불빛이 차 지붕에 반사되었고, 차가 빠져나가는 순간 둥그런 차체의 검은색 옆면과 차창에 비쳐 반짝이며 흘러갔다.

"아름답다는 얘기처럼 들리는데."

"어떤 의미에서는 아름다워. 그렇지만 그게 핵심은 아니지."

설명을 듣고도 잘 이해가 안되는 것이 자신이 너무 어리석거나 상상력이 부족한 모양이라고 닉은 생각했다. "무섭기도 할 텐데." 그가 말했다. "분명히 말이야……."

"글쎄, 알다시피 독성이 있기도 하지. 번쩍거리지만 동시에 치명적이니까. 나를 살려두고 싶어하지 않아. 그걸 내가 깨닫게 되는 거야." 그녀는 닉에게서 한발짝 물러났다. 손을 사용하려는 것이었다. "그게 있는 그대로의 세상 전체야." 세상을 나타내려는 건지 혹은 세상을 막으려는 건지 그녀가 손을 뻗으며 말을 이었다. "정확히 있는 그대로의 모든 것 말이야. 그리고 그건 완벽하게 부정적이야. 그 안에서는 살아남을 수가 없어. 화성 같은 곳에 있는 것과 마찬가지야." 그녀의 시선은 고정되어 있었지만 흐릿했다. "그래, 이게 내가 할 수 있는 최선의 설명이야." 그렇게 말한 뒤 그녀는 돌아섰다.

그는 그녀를 따라갔다. "그렇지만 다시 제자리로 돌아가기도 하잖아…….."

"그래, 닉, 그렇지." 그녀가 이따금 자기를 드러내는 순간 따라나오는 화난 듯한 어조로 말했다.

"난 그냥 이해해보려는 거야." 그녀의 눈물이 회복의 조짐일지도 모른다고 생각하며 그는 팔을 뻗어 그녀의 어깨를 감쌌다. 몇초 뒤에 그녀가 다시 몸을 움직여 닉의 팔을 벗어났다. 닉은 그녀의 동작에서 성적인 거부의 암시를 느꼈다. 마치 자신이 그녀를 성적으로 악용하기라도 한다고 생각하는 것처럼.

얼마 뒤 응접실에서 그녀가 말했다. "아, 맙소사, 닉, 오늘밤 리오하고 데이트하기로 했었잖아."

그제야 그걸 기억하다니, 닉은 믿을 수가 없었다. 그러나 그는 대답했다. "괜찮아. 다음주로 미뤘어."

캐서린은 안타깝다는 듯 미소지었다. "글쎄, 너랑 아주 잘 맞는 타입은 아니었어."

슈만은 더 클래시에게 자리를 내주었고, 더 클래시는 다시 두 사람 사이의 피곤하고도 분주한 침묵에 자리를 내주었다. 닉은 제발 그녀가 다른 음반을 더 걸지 않기를 바랐다. 그녀가 좋아하는 음악은 대부분 닉으로서는 견디기 힘든 것들이었다. 그는 손목시계를 내려다보았다. 프랑스는 한시간이 이르니 지금은 전화를 걸기엔 너무 늦은 시간이었다. 그는 합리적이고도 사려 깊은 이유로 전화를 미룰 수 있게 되었다는 사실에 막연한 안도감을 느꼈고, 다행이라고 생각했다. 그는 오래 사용하지 않은 피아노 앞으로 갔다. 검은색 뚜껑에 다양한 이절판 중고 화첩들과 리스트의 작은 청동 흉상이 놓여 있었는데, 리스트의 찌푸린 얼굴은 마치 즉석연주를 위해 악보대의 모차르트 악보를 유심히 바라보는 것만 같았다. 더듬거리는 음보들이 닉 자신에게는 모랫길 위의 빗방울처럼 느껴졌고, 그는 자신의 저녁시간이 전혀 다르게 흘러갈 수도 있었다는 생각에 차 있었다. 평범한 안단떼 곡이 그의 마음속에서 낙관주의와 단속적인 고통 사이의 생생한 대화가 되었다. 사실 음악은 그 두 감정을 불필요할 정도로 고조시켰다. 캐서린이 일어나며 말했다. "제발, 달링, 지금 망할 놈의 장례식을 하는 게 아니잖아."

"미안, 달링." 닉이 말하고 소위 발도르프 음악이라는 것을 몇초 동안 즉석에서 연주한 뒤 자리에서 일어나 어슬렁어슬렁 발코니로 갔다. 그들은 이제 막 서로를 달링이라고 부르기 시작했고, 이것은 켄징턴파크 가든스 생활이라는 더 커다란 음모의 꽤 괜찮은 일부인 듯 여겨졌다. 그러나 일단 바깥의 차가운 밤공기 속에 서자 닉은 자신이 연기를 하고 있음을, 캐서린은 두려울 정도로 그에게 낯선 존재임을 느꼈다. 아름다우면서도 독성 있는 그녀라는 우주의 신기루가 한순간 그의 눈앞에서 다시 빛나며 어른거렸던 것이다. 그러나 그는 잡을 수 없었고, 그것은 재빨리 사라져버렸다.

가까운 뒤쪽 정원에서 저녁식사 겸 파티가 있어서 사람들의 대화소리와 가볍게 달그락거리는 소리들이 잔잔한 바람에 실려왔다. 제프리라는 남자의 말에 모두가 웃는 가운데 여자들은 반쯤만 들리는 그의 이야기 사이사이 들뜬 항의조로 연신 그의 이름을 불러댔다. 바깥 공동정원에서는 누군가가 자그마한 흰 개를 데리고 산책하고 있었는데, 늦은 황혼 속에서 강중강중 뛰어다니는 개의 모습이 거의 빛을 뿜는 듯 보였다. 나무들과 지붕들 위로 런던의 우중충한 하늘빛이 높은 곳에서부터 희미한 보랏빛을 이루며 사라져가고 있었다. 여름은 모든 곳의 창문이 열리는 계절이라서 밤은 그림자로 이루어진 것만큼이나 소리로도 이루어진 것만 같았다. 나무의 바스락 소리, 잠들지 않는 차들의 부르릉 소리, 먼 곳의 자동차 경적과 브레이크를 밟을 때 나는 끼익 소리, 목소리들, 희미한 외침들, 주파수가 달라 토막토막 들리는 음악. 닉은 길고 곧은 길을 따라 3마일 북쪽에 있을 리오, 하지만 다른 어느 곳에도 있을 수 있는, 은색 자전거에 올라 볼 수 없는 속도로 움직이고 있을 리오를 갈망했다. 그가 사진을 찍힌 곳이 어느 공원일까 다시 궁금해졌다. 물론 그 사진을 찍어줬을, 리오와 친밀한 그 사람은 누구일까도. 약속이 연기되어 실망한 그는 텅 빈 느낌이었다. 흰 개를 데리고 산책을 갔던 여자가 다시 자갈길에 나타났고, 그는 만일 그녀가 고개를 들어 위를 본다면 자신을 빛나고 수준 높은 불 켜진 방을 배경으로 침착하게 서 있는, 부러워할 만한 인물로 여길지도 모르겠다는 생각이 들었다. 하지만 철제 난간에 몸을 기댄 채 밖을 내다보던 닉 자신은 어떤 새로운 약속, 향기로운 밤의 전망 혹은 비전의 가장자리까지 떠밀려갔다가 더 나아가지 못한 채 그 지점에 붙들려 있는 기분이었다.

# 2

"모두 하나씩!" 제럴드 페든이 버석거리는 갈색 종이 쇼핑백을 들고 성큼성큼 부엌으로 들어섰다. "모두들 상을 받아야지!" 볕에 그을고 활력 넘치는 그가 돌아오면서 더불어 집에도 잃어버렸던 에너지가 되돌아왔다. 마치 그의 당선을 선포하던 공무원의 말이 아직 귀에 생생하고 그 자신은 활기찬 약속으로 박수갈채에 답하고 있는 듯했다. 쇼핑백 옆면에 유명한 뻬리괴 델리의 상표가 보였다. 파란 거위가 구명 튜브처럼 보이는 것에 고개를 밀어넣고 만족스러운 미소를 머금은 부리를 디즈니식으로 구부리고 있었다.

"웩, 푸아그라는 아니겠죠." 캐서린이 말했다.

"아니, 실은 마르멜루 잼이 야옹이 몫이야." 제럴드가 리본 달린 깅엄 모자 속에서 병을 꺼내 부엌 탁자 위로 캐서린을 향해 밀어주면서 말했다.

캐서린은 "고마워요"라고 했지만 잼병은 그냥 놔둔 채 창가로 어슬렁어슬렁 걸어갔다.

"토바이어스 선물은 뭐예요?"

"그러니까, 음……." 레이철이 손짓을 했다. "까르네지."

"바로 그거야." 제럴드가 말하면서 아들에게 가죽냄새 나는 작은 초록색 스웨이드 공책을 건네주기 전에 신중하게 그것을 들춰보았다.

"고마워요, 아빠." 반바지 차림으로 긴 의자에 늘어진 채 어머니가 전해주는 소식을 들으며 신문을 훑고 있던 토비가 말했다. 그의 뒤쪽 벽은 위대하고도 유쾌한 가족사의 기록으로, 휴가 때 찍은 사진들, 유명인사들과 악수하는 사진들이 담긴 수많은 액자와 제럴드가 만평가들에게서 직접 구입한, 그를 심술궂게 그린 캐리커처 두점이 걸려 있었다. 제럴드가 부엌에 들어설 때마다 손님들은 항상 실제 그의 모습과 매부리코에 만족스러운 미소를 띠고 있는 만평 속 이미지 하나를 비교하곤 했다. 평상시의 잘생긴 얼굴 뒤에 진짜로 이 맹수 같은 폭력배가 숨어 있는 것은 아닌지 의심이 드는 것은 사실이지만, 그래도 이런 비교가 그를 돋보이게 하는 것은 분명했다.

리넨 반바지 차림에 에스빠드리유를 신은 그는 지금 차와 집 사이를 부지런히 오가며 시골 별장에서 있었던 일들을 늘어놓았고, 그 지방의 특별한 인물들을 들먹여서 자식들에게 즐거움과 후회의 감정을 불러일으키고 있었다. "다 함께 가지 못해서 정말 유감이라니까. 그리고, 알겠지만 자네도 언제 한번 꼭 와야 하네, 닉."

"그러면 저야 좋지요." 그들 주변에서 서성이며 그의 말을 열심히 듣고 있던 닉이 겸손하게 대답했다. 물론 별장에서 페든 가족과 함께 보내는 여름이야 굉장하겠지만 그들 없이 런던에서 지내는 것보다는 덜 할 것이라고 생각하지 않을 수 없었다. 모두가 돌아와서 아무렇지도 않게, 소란스럽게 차지하고 있으니 그 방이 얼마나 다르게 보이는지. 그들의 귀가는 그의 관리인 역할이 끝났음을 의미했고, 그들을 다시 만나 느낀 기쁨도 그가 사춘기를 떠올릴 때마다 연상되는 일종의 서글픈 감정, 시간이 순식간에 흘러가버렸고 자신은 기회를 놓쳤다는 생각과 함께 다가오는 서글픔으로 인해 어느정도 누그러진 터였다. 그는 이 설명하기 힘든 아픔을 덜어보고자 감사의 말을 찾는 데 열중했다. 물론 캐서린에게 위기가 닥쳤을 때 자신이 해낸 중요한 역할에 대해서는 언급하지 않았다. 그걸 말하지 않기는 했지만 지금이라도 얼른, 확실히 선의를 가지고 말하면 그렇게 말하지 않은 것에 대해서는 양해될 수 있을 듯했다. 캐서린 자신은 그 말하지 않은 문제에 대해 좀 불안해하는 것 같았지만, 아무런 의심도 하지 않는 듯한 그녀의 부모를 보며 닉은 자신이 어떤 식으로든 그녀의 편을 들어주었다는 사실을, 그러므로 그 일은 결코 알려지지 않을 것임을 알았다.

"어쨌든," 제럴드가 말을 이었다. "자네가 이 제멋대로인 야옹이 녀석을 보살펴주어서 참 다행이야. 캐서린 때문에 고생하진 않았겠지?"

"글쎄요……." 닉은 미소를 머금은 채 아래를 내려다보았다.

가족이 아니었기 때문에 그에게는 애칭이 없었고, 그래서 그는 가족끼리만 통하는 은어를 써가며 놀려대는 장난에 끼지 못했다. 닉의 선물은 작고 울퉁불퉁한 병에 담긴 '즈 프로메(약속)'라는 향수였다. 그는 감사의 뜻으로 향을 한번 맡아보며 그것을 선물한 사람들의 이런저런 배려와 멋진 취향에 대해 생각해보았다. 그의 부모라면 분명 그렇게 향기롭거나 애매한 물건을 선물하지 않았을 것이다. "괜찮을 거야." 제럴드가 마치 자신이 감식하기 힘든 물건에 대해 긍정적인 평가를 내리듯이 말했다.

"아주 좋은데요—정말 감사드려요." 닉이 말했다. 이방인으로서 그는 사교적인 매력과 선의라는 유쾌한 분위기 속에서 겉돌고 있는 스스로를 발견했다. 토비와 캐서린은 얼굴을 찌푸리거나 부루퉁한 표정을 지을 수도, 부모에게 감동하지 않거나 기뻐하지 않을 권리를 행사할 수도 있었다. 그러나 닉은 큰 공감을 표하는 관용구를 써가며 주인들과 대화하고 있는 것이다. "날씨가 아주 좋았나요?" "정말 기막힌 날씨였다고 해야겠지." "차들이 끔찍하게 막히지 않았길 바라요……." "끔찍했어!" "뽀디에의 작은 교회를 한번 보고 싶어요." 그들은 그런 식의 대화를 함께 짜나갔다. 심지어 그가 의견이 다른 경우, 예를 들면 리하르트 슈트라우스를 좋아한다는 제럴드의 말에 이의를 제기하는 행위에서조차 사교적 조화와 허용된 즐거움 같은 데서 나오는 빛이 느껴졌고, 그것은 공감을 더욱 즐겁게 만들기 위한 것, 음악으로 치면 조바꿈 같은 것이라 할 수 있었다.

레인지로버 뒷좌석에는 포도주가 많았고, 닉은 제럴드를 도와 그것을 들여왔다. 프랑스에서 매일 테니스를 치고 수영을 한 덕에 더 두둑해진 것이 틀림없는 그 하원의원의 탄탄한 등에 닉은 짜증에 가까운 감정을 느끼지 않을 수 없었다. 햇볕에 그은 다리는 닉에게 마흔다섯살의 남자에게서는 보통 불가능하다고 생각해왔던 성적 가능성을 암시하는 또 하나의 요소였다. 자신이 리오와의 만남 때문에 워낙 흥분한 탓에 다른 남자들에 대해서도 무차별적인 긴장으로 반응하는 게 아닐까 하는 생각이 들었다. 마지막 상자까지 들여놓은 뒤 제럴드가 말했다. "이것 때문에 지독한 관세를 물어야 했지."

"물론 유럽공동체의 관세장벽이 사라진다면 그런 문제 때문에 걱정할 일은 없겠죠." 토비가 말했다.

제럴드는 그 미끼를 물지 않겠다는 의미로 살짝 미소를 지었다. 집안 살림의 권한을 조심스레 레이철에게 넘기고 있던 엘레나에게도 두어 병의 포도주가 주어졌고, 그녀는 그것들을 집에 가져가려고 검은색 쇼핑백에 넣어 한쪽으로 치워두었다. 엘레나는 육십대의 과부로, 페든 가족은 그녀를 다정하게 대하면서 평등한 관계처럼 보이고자 주의를 기울였는데, 실은 그들이 없는 동안 자신이 한 일을 보고하며 그녀가 조바심을 내는 것이 그 관계의 실상을 잘 드러내주었다. 그녀를 대할 때마다 닉은 당황스러운 기분, 첫 만남에서 자신이 실수로 공손히 인사했던 기억을 떨쳐버리기가 힘들었다. 켄징턴파크 가든스를 처음 방문했을 때 토비가 나와서 그를 맞이하고는 곧 어머니가 오실 거라는 말과 함께 잠시 그를 혼자 두고 사라졌었다. 현관문 여닫는 소리가 나자 닉은 아래층으로 내려가서 현관 탁자 위 우편물을 분류하고 있던 까만 머리의 인상 좋은 여인에게 자신을 소개했다. 자신이 응접실에서 보고 있던 그림에 대해 무척 흥분해서 이야기하던 그는 그녀가 자신에게 공손히 미소지으며 악센트 강한 발음으로 중얼거리는 말을 듣고서야 상대가 레이철 여사가 아니라 이딸리아 출신 가정부라는 사실을 깨달았다. 물론 가정부에게 잘 보이려 한 것이 뭐 큰 잘못도 아니고, 과르디에 대한 엘레나의 견해가 레이철의 견해 못지않게, 그리고 제럴드의 견해보다 더 흥미로울 수도 있었다. 그렇지만 그녀는 매력적으로 기억하는 듯한 그 순간이 닉에게는 아직도 작은 실수로 남아 있었다.

그렇더라도, 토비 옆자리로 미끄러지듯 다가앉아서 그에게서 풍기는 비누냄새와 커피향을 맡으며 설탕을 집으려고 팔을 뻗다가 잠깐이나마 그의 맨무릎에 다리를 부딪기도 하면서, 닉은 자신이 얼마나 큰 성공을 거두었는가 생각했다. 그게 일년 전이었고, 이제는 모든 것이 그런 연상으로 가득했다. 그는 토비가 보는 둥 마는 둥 했던 공책을 집어들고 겉장의 부드러운 표면을 어루만졌다. 토비가 공책의 진가를 알아주지 않은 것에 대한 그 나름의 보상이기도 했고, 간접적으로나마 토비의 몸에서 따스하고 털이 부숭부숭한 어떤 부분을 어루만지는 느낌도 들었다. 언론인이 되고 싶다고 했던 토비에게 그 선물은 다소간 모욕일 수도 있었다. 그 지독하게 비싼 가격으로 선물 주는 이의 단순한 의무감을 위장한 것, 그의 재능을 게으르게 인정하는 행위일 수 있었던 것이다. 그 공책은 완전히 펼쳐지지 않을 것이고 주소 몇개나 몇가지 '단상' 정도로 채워지리라. 토비가 파업 노동자들을 방문하거나 카메라 세례를 받는 장관의 답변을 듣기 위해 밀고 밀릴 때 그것을 사용하는 모습은 확실히 상상하기 힘들었다.

"몰트비 얘기는 들으셨겠죠, 물론." 토비가 말했다.

알레르기 반응이 막 시작되는 것처럼 즉시 방 안 공기가 따끔거리기 시작하는 게 느껴졌다. 외무부 차관 중 한 사람인 헥터 몰트비는 잭 스트로의 성에서 한 소년 남창과 함께 자기 재규어에 있던 걸 들켜서 바로 사임했는데, 아마 결혼생활도 끝난 것 같았다. 지난주 내내 신문을 메운 그 이야기에 닉이 갑자기 스스로를 의식하며 마치 재규어에서 발각된 것이 자신이라도 되는 듯 얼굴을 붉힌 건 어리석은 짓이었다. 동성애가 화제에 오르면 종종 이렇게 되었고, 페든 집안의 너그러운 부엌에서도, 무심히 나왔을지 모르는 말—

그냥 감수하면 되는 간접적인 모욕이나 그저 그렇게 웃어넘길 만한 농담 — 에도 그는 두려움에 몸이 굳어버리곤 했다. 터무니없이 크고 뚱뚱한 몰트비, '신新'토리당의 걸어다니는 만화와도 같은 그 탐욕스러운 인물에 대한 언급조차도 닉에게는 자신에 대한 은밀한 암시로 여겨졌고, 그래서 그는 잠시 편집증적인 두려움에 사로잡혀 자신이 토비의 아름다운 갈색 다리에 너무 가까이 다가간 건 아닌지 의심했다.

"바보 같은 헥터." 제럴드가 말했다.

"아주 뜻밖의 일은 아닌 것 같아요." 레이철이 특유의 살짝 조롱 섞인 어조로 말했다.

"그 사람이랑 아셨죠?" 토비가 생각에 잠긴 듯한 그의 새 '인터뷰' 스타일로 물었다.

"조금." 레이철이 말했다.

"잘은 몰랐지." 제럴드가 덧붙였다.

캐서린은 가족들과 아무 관계도 맺고 싶지 않다는 생각에 빠진 채 여전히 창밖만 내다보고 있었다. "그 사람이 왜 감옥에 가야 하는지 잘 이해가 안되는데요." 그녀가 중얼거렸다.

"감옥에 가는 건 아니지, 이 바보 야옹이님아." 제럴드가 말했다. "내가 모르는 다른 일이 있는 게 아니라면 말이야. 그냥 바지를 벗고 있는 장면을 들켰을 뿐이니까." 반쯤 무의식적으로 연상되어서인지, 그는 사실을 확인해달라는 눈길로 닉을 바라보았다.

"제가 알기로도 그래요." 그 세마디 말이 자연스럽고도 신중하게 들리도록 애쓰며 닉이 말했다. 헥터 몰트비가 바지를 벗은 채 발각된 모습을 상상하니 끔찍했다. 어쨌든 그 망신살 뻗친 하원의원은 연대해줄 만한 사람도 아닌 것 같았다. 닉이 추구하는 것은 동성애 행위의 찬란하게 아름다운 이미지들이었다. 햇빛 가득한 강둑에서 수영하는 사람들처럼, 그의 황금빛 미래 속에서 일어날 일들.

"글쎄, 전 그 사람이 왜 사임해야 했는지도 모르겠어요." 캐서린이 말했다. "그가 가끔 오럴 받는 것 좀 좋아하는 게 뭐 어때서요?"

제럴드는 이 말을 능숙하게 받아넘겼지만 틀림없이 충격을 받은 것 같았다. "아니아니, 사임해야지. 정말이지 다른 대안은 없었다고." 캐서린은 비웃었지만 제럴드는 당황한 듯하면서도 책임감이 느껴지는 어조였고, 정치적으로 보편적인 노선과 공식을 따르는 그의 목소리는 어렴풋이 떨렸다.

"그 모든 일이 그 사람한테 도움이 될 수는 있겠네요." 그녀가 말했다. "자신의 진짜 정체성을 발견하게 해줄 테니까요."

제럴드는 얼굴을 찌푸리더니 종이상자에서 포도주 한병을 꺼냈다. "어떤 일이 사람들에게 도움이 되는지에 대해 넌 아주 특이한 의견을 가지고 있구나." 생각에 잠긴 채, 그러나 분개한 어조로 그가 말했다. "그나저나, 저녁식사 때 뽀디에 쌩뙤스따슈를 함께 마실까 싶은데."

"으음, 좋죠." 레이철이 낮은 목소리로 받았다. "어쨌든 얘야, 간단히 말해서 그건 저속하고 위험해." 그녀 특유의 갑작스럽고도 강경한 표현이었다.

제럴드가 말했다. "오늘 저녁은 우리와 먹는 거지, 닉?"

닉은 미소를 지은 뒤 눈길을 돌렸다. 이 너그러운 질문이 오늘 이후의 저녁식사 자리에서 그의 지위에 관해 새로운 불확실성을 떠올려주었기 때문이다. 그가 얼마나 많은 저녁을, 얼마나 자주 그들과 함께하게 될까? 언젠가 그들은 사람 숫자를 맞출 겸 가끔 그를 부를지도 모른다고 말한 적이 있었다. "정말 죄송한데요, 오늘 저녁은 곤란할 것 같아요." 그가 대답했다.

"아 저런, 마침 우리가 돌아온 날인데……."

그는 뭐라고 대답해야 좋을지 몰랐다. 캐서린은 이 상황에 혹한 듯 미소지으며 그의 망설임을 지켜보았다. "안돼요, 닉은 오늘 저녁에 데이트가 있단 말예요." 그녀가 말했다. 닉으로서는 자신의 애틋한 계획에 그녀가 솔직함을 발휘하는 것도 짜증스러웠는데, 그런 행위는 그녀의 문제에 침묵을 지켜준 자신에 대한 배신이기도 했다. 그는 얼굴을 붉혔다. 사회적 지위가 만든 깊은 균열이 방을 가로지르는 기분이었다. 모두 즐거운 것 같기도, 의혹의 시선을 던지는 것 같기도, 격려하는 것 같기도, 당황한 것 같기도 했다. 그 중 어느 쪽인지 그로서는 알 수 없었다.

닉은 한번도 남자와 데이트를 해본 적이 없었고, 캐서린이 생각하는 것보다 훨씬 더 경험이 적었다. 두 사람이 남자들에 대해 긴 대화를 나눌 때 그는 자신이 상상한 것 중 한두가지를 실화처럼 말했고, 거짓말도 조금 섞었으며, 캐서린이 닉에 대해 짐작하는 내용의 어떤 부분은 바로잡지 않고 내버려두었다. 그가 털어놓은, 그러나 실은 상상만 했을 뿐인 유혹의 이야기들은 ─ 그걸 생각해내느라 특별한 노력을 쏟은데다 계속 되풀이한 결과 ─ 부분적으로 실제 기억처럼 되어버렸다. 때때로 자신의 대화 상대가 잠자코 있는 모습을 볼 때면 그는 그들이 자신의 말을 믿지 않는다는, 하지만 그 자신이 스스로의 말을 믿기 시작했다는 사실을 꿰뚫어보고 있다는 느낌을 받곤 했다. 그는 옥스퍼드에서 보낸 마지막 해에야 자신이 동성애자임을 털어놓았고, 이 새로운 자유를 주로 이성애자 남성들을 가볍게 떠보는 데 활용했다. 그의 마음은 토비에게 있었지만 토비를 연애상대로 삼는 것은 부적절할 뿐 아니라 거의 신성모독처럼 여겨졌다. 자신에게 연인이 생긴다면 그것이 토비나 술김에 남자와 한번 자보는 다른 이성애자 남성이 아닌 동성애자 연인일 거라는 사실을 받아들일 준비가 그는 아직 되어 있지 않았다—그렇게 되면 자신이 정말로 동성애자가 되는 셈이니까. 그가 박수를 보내고, 두려워하고, 그러면서도 망설이며 모방하던 진짜 퀸[7]들은 그를 예쁘고 영리하게 보긴 해도 뭔가 마음에 안 드는 모양이었다. 어쨌든 그들은 그와 함께 침대로 가고 싶어하지 않았고, 그는 구분할 수 없게 뒤얽힌 안도와 실망 가운데서 자신이 상상한 성性의 극장으로 어슬렁거리며 돌아갈 자유를 누렸다. 그 상상의 극장에서는 절대로 쇼가 끝나지 않았고, 배우들은 결코 지치지 않았으며, 단 하나의 위험요소라면 쉽없이 반복해서 다소 진부해진다는 것뿐이었다. 그랬으니, 닉에게 데이트를 가능하게 해준 유일한 시스템에 존재하는 모든 장애물을 넘어서 추진한 리오와의 만남은 엄청난 사건일 수밖에 없었다. 드나드는 사람들의 일거수일투족을 감시하는 복도 거울의 금도금 아치 속으로 마지막으로 희망의 시선을 던졌을 때, 닉은 거울이 자신에게 허락해주길 주저하는 것 같은 느낌을 받았다. 문을 당겨 닫고 거리를 걸어내려가기 시작하면서 그는 현기증과 외로움을 느꼈고, 이 모든 일을 하는 이유가 쾌락을 위해서라는 사실을 스스로 상기해야 했다. 이 일이 무의미한 도전처럼 느껴졌던 것이다.

언덕을 서둘러 내려가면서 그는 자신의 관심사와 포부라는, 다

7 queen, 여성 역할을 하는 남성 동성애자를 가리키는 명칭.

소 의외라 할 만한 데이트의 화젯거리에 대해 다시금 생각하기 시작했다. 관심사라는 게 성적으로 매력적인 주제는 아니지. 크든 작든 어떤 주제에 대한 열정을 공유하게 되면 낯선 두 사람이 순식간에 수준 낮은 황홀감과 경쟁심이라는 특별한 상태에 빠질 수 있고, 그것은 어떤 면에서 사랑과 유사한 감정이긴 했다. 하지만 그럴 수 있는 주제를 찾아야 했다. 포부로 말하자면, 그가 보기에 자기기만적이거나 소극적이라는 인상을 주지 않고 자신의 포부에 대해 이야기하기란 어려운 일이었다. 제럴드라면 "난 내무장관이 되고 싶어"라고 말할 수 있다. 그러면 사람들은 웃으면서도 모두 그 가능성을 인정하지 않을 수 없을 것이다. 그러나 닉의 포부는 이십대 후반의 잘생긴 흑인 남자, 경주용 자전거를 타고 지방정부에서 일하는 남자의 사랑을 받는 것이었다. 이것은 그가 리오에게 고백할 수 없는 유일한 사실이었다.

그는 벌써 백번째로 쳅스토 캐슬 뒤편의 작은 바를 떠올리고 있었다. 어둠침침해서 웬만큼은 남들에게 드러나지 않는다는 이유 때문에 선택한 곳 — 일반석 사람들이 무심히 들여다보기는 하지만, 모두들 가게 바깥의 거리에 서 있는 여름날 저녁에는 거의 사용되지 않는 장소다. 오래된 위스키 상표가 붙은 거울들과 말이 끄는 짐마차 사진들 사이로 호박색 등이 있다. 그는 모직 카펫 위에서 리오와 어깨를 맞대고 몰래 손을 잡고 앉아 있는 자신의 모습을 상상해보았다.

술집에 다가가자 술 마시는 사람들 무리 가장자리에 있던 흑인 남자가 눈에 띄었고, 닉은 즉시 그가 리오라는 걸 알아챘지만 못 본 척했다. 그렇군, 체구가 꽤 작네. 게다가 턱수염 같은 것도 길렀잖아. 왜 길에서 기다리고 있지? 닉이 곧 그의 옆으로 다가가 몹시 주뼛거리며 다시 바라보자, 그가 뭔가 묻는 듯한 미소를 지었다.

"날 모르는 척하고 싶은 거라면……." 리오가 입을 열었다.

닉은 당황하여 웃으면서 손을 내밀었다. "안에 있을 거라고 생각했어."

리오는 고개를 끄덕이고 거리 쪽을 보았다. "여기 있으면 네가 오는 게 보이니까."

"아……." 닉은 다시 웃었다.

"게다가 이 동네에서는 내 자전거를 안심하고 놔둘 수가 있어야지." 바로 거기, 세련되고 가볍고 귀한 자전거, 미래의 자전거가 가장 가까운 가로등에 매여 있었다.

"아, 괜찮을 거야, 틀림없이." 닉은 얼굴을 찌푸린 채 물끄러미 그를 바라보았다. 리오가 이곳을 질 나쁜 동네로 여긴다는 사실에 놀란 것이다. 물론 자신도 이곳이 약간은 위험하다고 생각하기는 했지만. 그리고 서너 골목 떨어진 곳에 자신은 결코 들어가지 않을 술집들이 있다는 것도. 그 술집들은 이름이 무척 저질이었고, 얼핏 들여다본 내부의 위세도 엄청났다. 그렇지만 여기는……. 키 훤칠한 래스터페리 신자가 느긋하게 걸어가다가 고개를 한번 까닥했는데, 리오에게 건네는 인사였다. 고개를 끄덕인 뒤 시선을 피하는 리오의 모습이 닉이 보기에는 경계하면서도 동질감을 표하는 듯했다.

"바깥에서 이야기 좀 할까, 어때?"

닉은 마실 것을 가지러 들어갔다. 카운터 앞에 서서 바 뒤편을 힐끔 넘겨다보았다―그곳에서는 몇몇 사람들이 대화를 나누고 있었는데 아마도 술집에서 모이는 무리 중 하나인 듯했고, 방은 그가 기억하는 것보다, 혹은 희망했던 것보다 더 밝았다. 모든 것이 조금 달라 보였다. 리오는 코카콜라를 마셨지만, 그날 저녁을 위해 용기가 필요했던 닉은 겉보기에는 똑같아도 럼이 두 숏 섞인 콜라를 마셨다. 럼은 처음 마셔보는 것이었고, 그는 콜라를 좋아하는 사람이 있다는 사실에 새삼 놀랐다. 그의 마음속에서는 자신이 간절히 만나고 싶어했던 사람, 자신이 잠시 닿았다가 불안한 바깥세상에 놓아준 남자의 이미지가 떠다니고 있었다. 흘러내릴 듯한 청바지에 꽉 달라붙는 파란 셔츠를 입은 그의 모습은 너무나 섹시했고, 자신이 원하던 모습과 너무나 똑같았다. 유혹하려는, 적어도 유혹할 수 있는 자신의 능력을 과시하려는 그의 의도가 너무나 분명해 보여서 닉은 걱정이 되었다. 그는 손을 약간 떨면서 마실 것을 밖으로 내갔다.

앉을 곳이 눈에 띄지 않아 두 사람은 갈색 차양 아래 창가에 기대 섰다. 창의 불투명한 아랫부분에는 'SPIRITS'라는 단어가 화려한 빅토리아식 대문자로 새겨져 있었다. 글자의 시작과 끝에서 뻗어나온 선들이 덩굴손 모양으로 얽혀 있었다. 리오는 솔직한 얼굴로 닉을 바라보았는데, 그게 그가 거기 온 이유였기 때문이다. 닉이 웃으면서 얼굴을 붉히자 그 모습에 리오도 잠시 미소를 지었다.

"턱수염을 기르고 있네." 닉이 말했다.

"어, 피부가 민감해서…… 면도할 때 피바다가 되거든. 문자 그대로 말이야." 자기주장이 강한 사람이란 걸 드러내듯 재빨리 그를 살피며 리오가 대답했다. "그런데 또 면도를 안하면 말이지, 이렇게 수염이 살 속으로 파고들어. 완전 죽을 노릇이지. 핀으로 끝을 잡아 빼내야 한다고." 그가 작고 섬세한 손으로 수염이 짧게 난 턱을 문지르자 고르지 못한 면도자국이 눈에 띄었다. 닉이 다른 흑인 남자들에게서도 얼핏 본 적 있는 자국이었다. "그래서 말하자면 나흘이나 닷새 정도 그냥 놔뒀다가 확실하게 면도를 하는 거야. 그렇게 해서 두가지 문제를 다 피하는 거지."

"그렇군." 닉은 미소지었는데, 어느정도는 흥미로운 사실을 새로 알게 되었기 때문이기도 했다.

"그래도 대부분은 나를 알아보던데." 리오가 눈을 찡긋했다.

"그것 때문은 아닌데." 닉은 너무나 수줍어서 자신의 수줍음을 설명할 수조차 없었다. 그의 눈길은 리오의 느슨한 가랑이와 깔끔하고 짧은 수염밭 사이를 오르락내리락 미끄러지면서도 그의 잘생긴 얼굴은 되도록 피했다. 자신이 잘생겼다고 한 리오의 말을 곧이곧대로 받아들이긴 했지만, 그 형용사로는 아름답고 기묘하고 추하기까지 한 그의 면모가 계속해서 주는 충격을 제대로 묘사할 수 없었다. 그는 리오가 언급한 "대부분"이라는 말의 의미를 서서히 실감할 수 있었다. "어쨌든," 닉은 운을 떼고 술을 한모금 마셨다. 그 타는 듯한 느낌이 안도감을 주었다. "연락해온 사람들이 무척 많았겠지." 때로 마음이 불안할 때 그는 대답을 듣고 싶지 않은 질문을 던지곤 했다.

리오는 약간 우스울 정도로 거들먹거리며 두 손 들었다는 반응을 보였다. "그랬지……. 그래, 내가 답을 안한 경우도 있어, 그냥 장난치는 사람들이라서. 사진을 보내지 않거나 인상이 아주 험악한 경우에도. 아니면 아흔아홉살이거나. 심지어 여자가 연락한 경우도 있더라고. 물론 레즈비언이지. 자기 아기를 만들어주지 않겠냐는 거야." 그는 화가 나서 얼굴을 찌푸렸지만 그 모습에서는 능청스럽고 우쭐해하는 면도 엿보였다. "그리고 그 사람들이 쓰는 내용도 문제야. 아주 혐오스럽거든! 내가 그냥 떡이나 치자는 건 아니잖아. 이건 좀 다른 거거든."

"물론." 닉은 수긍했다 — 떡을 친다는 표현은 자신이 그렇게나 진지하게 관심을 가진 행위에 대한 것치고는 너무 지나치게 속된 표현이었지만.

"내가 좀 놀아보긴 했지." 리오가 그렇게 말하고 자신이 귀가하는 모습이 보이기라도 하듯 멀찌감치 거리를 내다보았다. "어쨌든, 그쪽은 괜찮아 보였어. 글도 잘 썼고."

"고마워. 그쪽도 그렇던데." 리오는 고개를 끄떡임으로써 칭찬을 받아들였다.

"게다가 철자법도 정확하고." 리오가 덧붙였다.

닉은 웃었다. "그래, 내가 그건 잘하지." 그는 자신의 짧은 편지가 현학적이고 너무 순진하게 여겨지지나 않았을까 걱정했는데, 제대로 쓴 모양이었다. 편지에 무슨 굉장한 철자법 능력을 활용할 필요는 없었다. "난 항상 '모카신'의 철자가 헷갈리더라." 그가 말했다.

"아, 거봐." 리오가 조심스럽게 킬킬대더니 화제를 바꿨다. "사는 곳이 좋던데."

"아…… 그렇지." 어디를 얘기하는 건지 정확히 모르겠다는 듯 닉이 대답했다.

"며칠 전에 자전거를 타고 그 앞을 지나갔어. 초인종을 누를 뻔했지."

"어, 누르지 그랬어. 그 집을 완전히 독차지하고 있었는데." 기회를 놓쳤다고 생각하니 토할 지경이었다.

"그래? 웬 여자가 들어가는 걸 봤는데……."

"아, 아마 캐서린이었을 거야."

리오가 고개를 끄덕였다. "캐서린. 동생인가?"

"아니, 난 동생이 없어. 친구 토비의 동생이지." 닉은 미소를 지으며 앞을 보았다. "우리 집이 아니거든."

"아······." 리오가 말했다. "그렇구나."

"맙소사, 난 그런 집안 출신이 아니야. 아니고말고. 그냥 거기 사는 것뿐이지. 토비의 부모님 댁이야. 난 아주 작은 다락방 하나만 차지하고 있어." 자신이 그곳의 일부라는 환상을 모조리 내던져버리는 말을 하며 닉은 스스로도 다소 놀라고 있었다.

리오는 약간 실망한 듯 보였다. "그렇구나······." 그러고는 고개를 천천히 가로젓는 것이었다.

"아주 좋은 친구들이긴 해. 나한텐 제2의 가족이라고 할 수 있지. 그렇지만 그 집에서 오래 지내지는 않을 거야. 학교생활을 시작할 때까지 그냥 내 편의를 좀 봐주는 거거든."

"그런데 내가 아주 괜찮은 부잣집 아들과 사귀게 되었다고 생각한 거구나." 리오가 말했다. 아마 진심일지도 모른다. 닉은 확신할 수 없었다. 일분 전까지만 해도 자신이 페든 집안의 황제 사이즈 침대에서 리오와 함께 벗고 뒹구는 모습을 상상한 것은 사실이지만, 사실 그들은 완전히 모르는 사이 아닌가? 편지가 잘 먹힌 이유가 그것이었을까? 주소와, 극도로 호사스러운 편지지?

"미안하네." 닉이 다소 웃음기 섞인 목소리로 말했다. 그는 달고 강한 럼코크, 자신과는 너무도 명백하게 유가 다른 그 술을 조금 더 마셨다. 석양의 세련된 푸른빛은 이미 외로운 끝자락을 보이고 있었다.

리오가 웃었다. "그냥 놀리려고 한 소리야!"

"알아." 닉이 희미하게 웃으며 대꾸하자 동시에 리오가 손을 뻗어 닉의 셔츠 칼라 바로 옆 어깨를 가볍게 쥐었다 천천히 놓았다. 닉은 리오의 옆구리를 가볍게 툭 치는 것으로 응수했다. 터무니없게도 마음이 놓였다. 리오의 손가락을 통해 흥분이 전해졌고, 이제 닉에게는 보도에서의 이 어색한 만남만큼이나 생생한 상상력이 몰려들어 그는 두 사람이 열정적으로 키스하는 모습을 떠올려보았다.

"그래도 친구들은 부자겠네." 리오가 말했다.

닉은 굳이 그 말을 부인하지 않았다. "아, 그들은 돈방석 위에 앉아 있지."

"그래……." 리오가 미소를 머금은 채 낮게 중얼거렸다. 그 사실을 음미하는 것인지 비난하는 것인지 불분명했다. 닉은 다른 질문을 더 기다리면서, 제럴드에 대해서는 이야기하지 말아야겠다고 결심했다. 지금 상태만으로도 이 저녁시간은 상당한 용기를 필요로 했다. 토리당의 하원의원이 반갑지 않은 감독자처럼 그들의 만남에 그림자를 드리운다면 리오는 자전거를 타고 그냥 가버릴 수도 있다. 설명이 필요하다면 아마도 레이철의 가족에 대해서는 좀 이야기할 수 있을 것 같았다. 그러나 리오는 잔을 비운 뒤 이렇게 물었을 뿐이다. "같은 걸로 한잔 더 할래?"

닉은 서둘러 자신의 잔을 비우고 말했다. "고마워. 이번에는 럼한 숏만 넣을까봐."

반시간쯤 지난 뒤 닉은 새 친구의 존재가 불러일으킨 일종의 흥분된 최면 상태에 빠져들었고, 하늘이 어두워지고 가로등이 핑크빛에서 황금빛으로 밝아지자 이 관계가 잘 풀릴 것 같다는 기분이 들었다. 약간은 불안하고 숨이 찼지만 동시에 붕 뜬 듯한 느낌이었다. 마치 외로운 책임감을 벗은 것만 같았다. 고정 좌석이 딸린 야외탁자 끝에 두 자리가 났다. 그래서 그들은 뭔가 보이지 않는 게임을 하는 것처럼, 그러면서도 그 게임을 반쯤 잊은 것처럼 서로를 향해 고개를 마주했다. 닉에게 럼주가 주는 편안함과 위로는 어둠처럼 깊어가는 것만 같은 두 사람 사이의 친밀감을 구성하는 불가결한 일부였다.

그는 주변의 다른 사람들, 그들의 탁자 곁에 있는 한쌍에게 자신들이 어떻게 보이고 들릴까 궁금했다. 저녁이 깊어가면서 그곳은 점점 시끄러워졌고, 이성애자들이 몰려올 조짐도 보였다. 닉은 리오가 다른 데이트 상대들과는 동성애자 전용 술집에서 만났을 것이라 짐작했고, 자신은 한걸음 더 나아간 그 도전에서 실패했다고 생각했다. 그곳에서 누릴 수 있는 행동의 자유를 생각하자 안타까움이 밀려왔다. 리오의 뺨을 어루만지고, 굴복하는 자의 한숨을 내쉬며 그에게 키스하고 싶었다.

아주 내밀한 이야기는 하지 않았다. 리오가 자신의 관심사에 흥미를 갖게 하기란 어려웠고, 닉이 자신의 가족과 배경에 대해 조심스럽게 털어놓아도 리오는 이야기를 더 진전시키지 않았다. 그가 미리 준비해서 문장으로 만들고 농담으로 만들어놓은 내용도 있었지만 리오에게 들려줄 수가 없었다 — 적어도 오늘 저녁에는. 한두번쯤 리오의 흥미를 끄는 데 성공하기는 했다. 닉이 토비가 상당히 매력적이긴 하지만 진짜 관심의 대상은 아니었다고, 유쾌하지만 솔직하지 못하게 일축하자 리오가 관심을 보였다(그렇게 오랫동안 그렇게 요령 없이 짝사랑한 것을 알면 리오가 자신을 이상한 놈이라고 생각할 것이었다). 또 은행가 집안인 레이철네 이야기가 나오자, 리오는 그것이 무슨 전반적인 죄의 증거라도 되는 듯 언짢게 웃으며 그의 말을 중단시켰다. 돈에 꽤나 상당히 집착하는 게 분명했다. 그리고 그의 아버지가 골동품 상인이라고 리오에게 말했을 때, 골동품 상인이라는 두 단어는 묵은 돈이 주는 고풍스러움과 사업이 풍기는 광채와 함께 특권이라는 어렴풋한 빛 속으로 결합되는 듯했다. 옥스퍼드의 잘난 친구들 사이에서 닉은 팔꿈치에 헝겊을 댄 아버지, 담요로 감싼 거울들과 윈저 의자들로 가득 찬 볼보사 부지의 주인인 아버지를 더 빛나는 인물로, 학자이자 지방 귀족의 친구로 솜씨 좋게 탈바꿈시키곤 했지만, 지금은 소심하게도 아버지를 더 보잘것없는 사람으로 바꿀 필요가 있는 것 같았다. 그러나 그건 오해였다. 리오의 오랜 연인이었던 피트가 포토벨로 로드의 골동품상이었던 것이다. "주로 프랑스 물건들이었지." 리오가 말했다. "오르몰루 장식, 불Boulle 상감, 그런 거." 사적인 과거에 대해서 그가 분명하게 말한 최초의 사실이었다. 그러고서 그는 곧 화제를 바꾸었다.

리오는 꽤나 자기중심적인 사람인 것이 분명했다 ── 캐서린의 필체 분석이 정확했던 셈이다. 그러나 그는 속생각을 일일이 설명하지 않았다. 리오는 또 닉으로서는 엄두도 못 낼 일을 했는데, 바로 자기가 어떤 유형의 사람인지 선언한 것이다. "나는 섹스가 많이 필요한 사람이야." 그가 이렇게 말하더니 덧붙였다. "나는 그래. 그리고 항상 내 생각을 이야기하지." 은연중에 자신이 그에게 반박하기라도 했던 건가, 순간적으로 닉은 의아했다. "뒤끝이 있는 사람은 아니야." 리오가 진지하게 말을 이었다. "그런 유의 사람은 아니지." "그래, 분명 그럴 것 같아." 닉은 무안한 표정으로 몸을 떨며 재빨리 맞장구를 쳤다. 아마도 블라인드 데이트의 세계에서는 그런 표현이 유용한 기술 내지 전술인 듯했다. 수줍음 많은 성격에다 타고난 낯가림 때문에 그로서는 같은 방식으로("나는 워즈워스보다 포프를 더 좋아하는 사람이야" "나는 섹스를 하고 싶어 미치겠지만 아직 해본 적은 없어") 대답할 수 없었지만 말이다. 그런 방식이 이 저녁에 흥분을 더하는 것은 사실이었다. 옥스퍼드 친구와 직관적인 통찰로 한번 겨뤄보려고 이 자리에 있는 것은 아니지 않은가. 그는 데이트 상대의 확고한 자신감이 마음에 들었다. 또한 동시에, 사람들이 허풍 떠는 한마디 한마디는 내면의 회의를 겉으로 부인하는 것이라는 얘기를 떠올리며 침묵 속에서 우월감을 느꼈다.

세번째 잔이 들어가자 닉은 몸이 달아오르고 성욕이 살짝 고개를 들었다. 그래서 숨김 없는 눈길로 리오의 입술과 목을 보면서 팔 아래쪽이 꽉 끼게 디자인된 반들거리는 파란색 반팔 셔츠의 단추를 푸는 자신을 상상해보았다. 리오가 잠시 그의 눈을 가렸는데, 그것은 일종의 은밀한 아이러니가 담긴 신호였다. 내가 취했다는 사실을 알고 있다는 뜻일까, 하고 닉은 생각했다. 자신도 어떤 신호로 반응해야 하는 건 아닐까 궁금했다. 그는 웃으며 술을 한모금 더 마셨다. 리오는 어렸을 때부터 콜라를 마셨을 거라는, 그에게는 그것이 선택이나 비판과 무관한 아주 사소한 일의 하나가 아닐까 하는 느낌이 들었다. 반면 그의 집에서 콜라를 마시는 건 눈살을 찌푸릴 천가지 일 중 하나였다 — 콜라라면 캔이건 병이건 단 하나도 집에서 본 적이 없었다. 리오는 상상조차 할 수 없을 테지만, 닉의 손에 들린 콜라잔은 은밀한 굴복의 표시였다. 그리고 나중에 느껴지는 그 음료의 톡 쏘는 달콤함은 마치 당의糖衣처럼 어둠과 자유가 뒤얽힌 분위기 속에서 그날밤의 다른 여러 시도들에 녹아드는 것 같았다. 리오가 하품을 해서 닉은 그의 입속을, 그 모든 사카린에도 불구하고 상하지 않은 희고 말간 이를 볼 수 있었다. 닉은 겸허한 마음으로, 자신의 금기나 편견에 대해 거의 인종적 혐오에 가까운 감정을 느꼈다. 그는 잠시 손을 리오의 팔뚝에 올렸다가 곧 괜한 짓을 했다고 생각했다. 리오가 손목시계를 내려다보았기 때문이다.

"시간이 많이 지났네." 그가 말했다. "늦게 가면 안되거든."

닉은 시선을 내리깔고 웅얼거렸다. "지금 가야 해?" 미소를 지으려 했지만 갑작스러운 염려로 얼굴이 굳어진 것을 스스로도 알 수 있었다. 그는 자신의 젖은 유리잔을 거친 통나무 탁자 위에서 빙글빙글 돌렸다. 다시 눈길을 들었을 때 그는 리오가 한쪽 눈썹을 치켜세우고 의심스러운 눈길로 자신을 보고 있다는 것을 알았다.

"그쪽 집으로 간다는 얘기야, 물론." 그가 말했다.

닉은 미소를 지으며 이 아름다운 반전에 얼굴을 붉혔다. 놀림을 당하다가 갑자기 놓여나 상을 받게 된 아이처럼. 그러나 그는 이렇게밖에 대답할 수 없었다. "우리 집엔 못 갈 것 같은데……."

리오가 침착하게 그를 바라보았다. "방이 좁아?"

닉은 얼굴을 찡그린 채 잠자코 있었다. 사실을 말하자면, 감히 그럴 수 없어서였다. 레이철과 제럴드에게 그럴 수는 없었다. 저속하고 위험한 일이니까. 일이 어떻게 끝날지가 그의 눈앞에 펼쳐졌다. 그들이 행복하게 동의한 일상은 영원히 시들어버릴 것이다. "안될 것 같아. 그쪽 집으로 가는 건 괜찮지만."

리오는 어깨를 으쓱했다. "좋은 방법 같지 않은데." 그가 말했다.

"내가 버스로 돌아오면 돼." 리오네 거리와 동네와 그곳의 역사적인 교회와 대중교통에 대해 열심히 추측해가며 런던을 샅샅이 연구한 닉이 말했다.

"곤란해……." 리오가 내키지 않는 듯 미소를 지으며 외면했고, 닉은 그가 당황했다는 사실을 깨달았다. "어머니가 집에 계시거든." 그가 처음으로 슬며시 드러낸 수줍음과 부끄러움, 그리고 그것을 감추려는 노력, 런던적이면서도 서인도제도적이기도 한 그 아이러니를 보고 닉은 와락 그를 껴안고 키스하고 싶은 충동을 느꼈다. "어머니가 지독히도 독실한 신자거든." 리오는 패배를 인정하듯 짧게 킬킬 웃었다.

"무슨 뜻인지 알겠어." 닉이 말했다. 이렇게 그들은 이 여름밤, 자신의 집이라고 부를 곳이라곤 없는 상황에 있었다. 이런 사실에도 일종의 로맨스는 존재했다. "좋은 생각이 있어." 닉이 떠보듯 말했다. "야외라도 괜찮다면 말이야."

"괜찮지." 리오가 대답하며 느릿느릿 그의 어깨를 넘겨다보았다. "하지만 길거리에서 바지를 벗을 순 없어."

"아니, 그게 아니라……."

"난 그 정도 잡놈은 아니거든."

닉은 불안하게 웃었다. 그는 사람들이 '거리에서' 섹스를 했다고 할 때 — 한번은 심지어 '옥스퍼드 거리에서' 했다고 말하는 것도 들었다 — 그게 무슨 소린지 통 짐작도 할 수 없었다. 반년 안에 그도 그 말의 의미를 알게 되리라는 것도 몰랐다. 그때는 여러 비유 중에서 사실을 가려낼 수 있으리라. 그는 리오가 벤치에서 일어나려고 다리를 들어올리는 모습을 보았다 — 그는 계획을 실천에 옮기기로 한 것 같았고, 물론 닉도 무슨 일이 일어날지 익히 아는 척 행동했다. 닉은 홀린 듯한 미소를 머금고, 속으로는 큰일을 앞두고 있다는 생각에 가득 차서 그의 뒤를 따라갔다. 그는 사건의 진행에, 이미 결론이 내려진 채 그들 앞에 활짝 열린 삼십분의 시간에 대해 동의한 셈이었고, 그에게 그것은 불가항력적이었다. 물론 리오가 자전거 자물쇠를 푸느라 쭈그리고 앉았을 때는 이 일이 뭔가 일상적이고도 불가피한 것인 듯 여겨지기도 했지만, 그 과감함과 독창성에 가슴이 마구 뛰었다. 이것이 첫 경험이라는 사실을 리오에게 말해야 했지만, 그가 그 말을 들으면 자신을 따분하다고 여기거나 지나치게 부담을 느낄지도 몰랐다. 그는 말끔히 면도된 리오의 목덜미를, 그 낯선 사람의 뒷머리를 내려다보았다. 곧 아무 때나 그것을 만져도 좋다는 허락을 받을 것이었다. 리오의 꽉 달라붙는 파란색 셔츠의 상표가 뒤집혀 칼라 위로 올라오자 미스 쎌프리지[8] 로고가 드러났다. 그에게 주어진 작은 비밀이자 드러난 허영심 — 그것이 너무나 우습고 감동적이고 섹시해서 닉은 어지러웠다. 그는 자전거 손잡이를 잡을 때 리오 등의 긴 근육들이 움직이는 모습을 보았다. 그런 뒤 리오가 발꿈치를 든 채 쭈그리고 앉자 헐렁한 청바지가 그의 허리 아래로 내려가면서 거리의 가로등이 엉덩이 골 부근의 갈색 피부와 팽팽하게 당겨진 속옷의 낮은 선을 드러내주었다.

그는 문을 열고 리오를 앞장세워 들어갔다. "이 정원에서는 자전거를 탈 수 없지만 끌고 가는 건 물론 괜찮을 거야."

조롱하듯 과시하는 닉의 어조를 리오는 아직 알아채지 못한 채였다. "엉덩이에 대고 박는 건 물론 안될 텐데." 그가 말했다. 기름칠 된 문이 부드럽게 찰칵 소리를 내며 그들 뒤에서 닫혔다. 그들은 관목숲의 거의 완벽한 어둠속에 함께 있게 되었다. 닉은 리오를 안고 당장 키스하고 싶었지만 그래도 되는지 확신이 서지 않았다. 엉덩이에 대고 박는다니, 명료하고 용기를 주는 말이지만 딱히 로맨틱하다고는 할 수 없었다……. 그들은 조심조심 걷기 시작했고,

**8** Miss Selfridge, 영국의 중저가 여성복 브랜드.

오솔길을 향해 방향을 틀 땐 한두발짝쯤 서로에게 기댄 채 걸었다. 이제 공기는 약간 차가워졌지만 닉은 흥분이 고조되어 강한 전율을 느꼈다. 꽉 맞는 장갑이라도 긴 듯 손가락들이 이상할 정도로 딱딱했다. 그렇게 짙은 그늘 속에서도 그는 불안에 찬 자신의 어색한 선웃음을 감추고 싶었다. 이쪽에서 거칠게 밀어붙이고 싶었지만 그런 것을 어떻게 정하는지 알지 못했다. 이제 다 알게 되겠지. 아마도 두 사람이 교대로 해야 할 것이다. 그는 리오를 숲속 깊은 곳의 넓은 잔디 쪽으로 이끌었고, 자전거는 안장 위 손 하나에 이끌려 그들 옆에서 아래위로 덜컹이며 굴러가고 있었다—마치 그들 바로 앞에서 떨며 탐색하듯이. 오른쪽으로는 플라타너스 고목들과 너도밤나무들이 반원을 그리며 높이 치솟아 있었는데, 그 가지들이 땅에 드리워 대낮에도 서늘하게 그늘진 넓은 종 모양의 텐트를 이루었다. 왼쪽으로는 자갈 깔린 오솔길 너머 높은 테라스의 윤곽과 빛나는 창문들이 끊어질 듯 이어지며 리듬을 만들고 있었다. 잔디밭 가장자리를 걸어가는 동안 닉은 반쯤 무의식적으로 창문들의 숫자를 세며 페든가의 창문이 어느 것일까 짐작해보았다. 이층의 발코니, 열린 프랑스풍 창문 안쪽 방에서 오만하게 빛나는 불빛을 알아볼 수 있었다.

"그래, 얼마나 더 가야 하지?" 리오가 말했다.

"아, 바로 저기야……." 리오의 뚱한 어조가 진심인지 아닌지 알수 없어서 닉은 킬킬거렸다. 그는 책임을 맡은 사람의 조바심으로 약간 앞장섰다. 눈이 어둠에 익숙해지자 어느 곳도 충분히 은밀하지 않은 것 같았다. 가로등 불빛 때문에 더 많은 곳이 들여다보였고 거리의 목소리들도 가까이 들려 기운이 빠졌다. 그리고 여름밤이라 당연하게도 정원 열쇠를 가진 사람들이 아직 남아서 피크닉을 하며 길고 오랜 추억담에 젖어 있는가 하면 흰 개들과 산책을 하기도 했다. 그는 너도밤나무 아래 구부정하게 섰다. 가지들이 거칠게 얽혀 있었고, 너도밤나무 열매들이 발밑에서 타닥타닥 소리를 냈다. 다시 뒷걸음질을 치던 닉은 리오와 부딪치는 바람에 균형을 잡느라 잠시 그의 허리를 쥐었다. "미안⋯⋯." 부드러운 셔츠 아래 그의 따스하고 단단한 몸이 주는 감각은 걱정스러울 만큼 아름다웠고 믿기 힘들 정도로 사치스러운 약속 같았다. 리오가 자신을 바보라고 여기지 않기를 그는 빌었다. 리오가 경험한 다른 남자들, 익명의 파트너들, 광고를 보고 연락한 사람들, 옛 연인들, 오랜 연인 피트가 자신의 뒤로 마구 모여드는 것만 같았다——성냥불이 확켜진 것처럼 포식자 같은 그들의 눈과 수염이, 그들의 확고한 성적 자신감이 보이는 듯했다. 그는 재빨리 정원사의 오두막으로 길을 안내했다.

"좋아, 여기면 되겠네." 리오가 낙엽송으로 엮은 칸막이에 자전거를 기대 세우며 말했다. 잠시 그는 다시 자전거 자물쇠를 채우려다가 곧 그만두더니 안타까운 듯한 웃음을 짓고는 그냥 버려두었다. 오두막 문에 자물쇠가 매달려 있었지만 그래도 닉은 일단 한번 밀어보았다. 그 옆 그늘진 곳에는 바닥이 평평한 손수레가 보관되어 있었고 부서진 벤치도 보였다. 월계수도 있었고, 머리 위로는 주목이 드리워 있었다. 주목의 건조하고 톡 쏘는 냄새가 커다란 퇴비더미에서 희미하게 풍기는 단내와 뒤섞였다. 닭장 안에는 여름에 깎은 잔디가 산더미처럼 쌓여 있었다. 닉에게 다가온 리오는 시선을 피한 채 따스한 잔디더미를 손가락으로 짚고 잠시 망설였다. "이 퇴비들 안쪽에서 진짜로 열이 난다네." 그가 말했다.

"그래⋯⋯." 닉은 어릴 적부터 알고 있는 사실이다.

"너무 뜨거워서 만지지도 못할 정도로 —— 100도쯤 될걸."

"그런가?" 그는 피곤한 아이처럼 손을 뻗었다.

"어쨌든," 리오가 닉의 손으로 자신의 허리를 감싸게 하더니 자신의 팔을 닉의 목에 둘러 그를 자기 쪽으로 끌어당겼다. "어쨌든……." 그렇게 말하는 그의 얼굴이 닉의 얼굴을 가로질러 옆으로 미끄러졌고, 뜻밖에 부드러운 그의 입술이 닉의 뺨과 목을 스쳤다. 닉은 격하게 숨을 몰아쉬며 손을 들어 리오의 등을 위아래로 쓰다듬었다. 리오를 향해 입술을 내밀자 그들의 입이 부딪히며 급하게 키스했다. 닉에게는 그야말로 어쩔 수 없는 욕구를 인정하는 행위였는데, 충격적인 것은 강력하고 빈틈없이 키스하는 리오에게서 느껴지는 욕구였다. 서로를 밀어내며 떨어진 뒤 리오는 희미하게 미소지었고, 닉은 다시 키스하고 싶은 생각으로 헐떡이며 고통스러워했다.

그들은 일분 —— 어쩌면 이분쯤 더 키스했다. 닉은 감미로운 리듬, 리오의 입술에서 전해지는 더할 수 없는 부드러움과 그 두꺼운 혀의 강요에 반쯤 최면이 걸려서 시간의 흐름을 의식할 수 없었다. 그 쉴 새 없는 움직임과 자신이 애무의 대상이 되었다는 사실에 숨이 멎을 것만 같았다. 술집에서 나눈 산만한 대화 중 어떤 것도 이런 걸 암시하지 않았고, 책에서도 이런 상태를 묘사한 것은 본 적이 없었다. 그는 쓰라릴 만큼 각오가 되어 있는 동시에 전혀 준비가 안된 상태이기도 했다. 리오의 손길이 자신의 머리 뒤쪽에서 고수머리를 쓸고 헤치며 다정하게 애무해주는 것을 느끼자, 그도 손을 들어 리오의 머리를 어루만졌다. 짧고 뭉툭한, 메마르고 빽빽한 머리카락이 너무나 아름답고도 낯설었다. 키스하는 이유를, 동시에 그 한계까지도 알 것 같다고 그는 생각했다 —— 그것은 본능이자 표현 수단, 열정의 전달 수단이지만 열정을 만족시켜주지는 못했다. 그래서 리오의 허리를 가볍게 잡고 있던 그의 오른손은 얼마나 마음대로 만져도 될지 여전히 확신하지 못한 채 리오의 통통한 엉덩이를 가볍게 애무하다가, 부드럽고 낡은 청바지 속 엉덩이를 꽉 쥐었다. 리오의 것이 발기해 각을 이루며 닉의 허벅지 윗부분을 향해 더욱 분명하게 하고 싶은 대로 하라고, 그의 허리띠 안쪽의 늘어난 작은 팬티 속으로 손을 넣으라고 재촉하는 듯했다. 그의 가운뎃손가락이 깊은 경계선, 소년의 것처럼 부드러운 그곳을 따라 밀고 들어갔고, 손가락 끝이 마른 주름 속까지 들어가 살짝 압박을 가하자 리오는 행복한 신음을 냈다. "나쁜 녀석이군." 그가 말했다.

그가 달라붙어 있던 닉을 가볍게 밀어서 닉은 부루퉁한 웃음과 함께 그를 놓아주었다. "금방 올게." 리오가 말한 뒤 오두막 모퉁이를 돌았다. 다시 혼자가 된 닉은 한숨을 쉬며 잠시 멈춰선 채 자제력을 발휘했다. 끊이지 않고 웅웅대는 런던 시내의 소음도 그에게는 들리지 않았고, 월계수의 짙은 잎사귀조차 제대로 건드리지 못하는 밤의 선들바람도 의식할 수 없었다. 리오는 뭘 하고 있지? 그는 자전거에 달린 얄팍한 짐바구니에서 뭔가를 꺼내고 있었다. 그는 좋은 습관을 가진 훌륭한 사람이니까. 하지만 그동안 닉은 낯선 사람과 이곳 어둠속에 있는 것이 얼마나 위험한지, 이 바보, 무슨 일이 일어날지도 모르잖아, 하고 생각했고, 그러자 피부가 잠시 따끔거리는 것 같았다. 리오가 그림자들 속의 그림자가 되어 더듬더듬 돌아왔다. "이게 필요할 것 같아서." 그가 말했다. 그리하여 위험한 흥분은 자연스럽고 아름답게 모험의 분위기 속으로 흘러들어 갔다.

다음날 닉은 한번에 삼십분씩, 자신이 전날 한 일을 생각하며 명하게 시간을 보냈다. 얌전히 접힌, 4분의 3 정도가 빈 젤 튜브를 받아들고 안도와 당황을 동시에 느끼며 어둠속에서 그것을 물끄러미 바라보았던 일, 감싸안은 리오의 몸을 돌려 그의 청바지가 자신의 것이라도 되는 듯 단추를 풀고 가만가만 내린 뒤 넓고 뭉툭하게 발기한 그의 것을 소중히 꺼낸 일, 그런 뒤 그가 기댈 수 있도록 벤치 쪽으로 그를 밀고 자신은 무릎을 꿇고서 밤도 샐 수 있을 만큼 기나긴 명단의 다른 남자들을 상대로 여러해 동안 꿈꾸어온 대로 혀와 입술을 동원해 존경을 표한 일. 그는 그때 느낀 실제 감각이나 그때 맡은 더없이 개인적인 그 희미한 냄새보다도 아마 그 자신이 하고 있는 행위가 지닌 스캔들 같은 관념을 더 사랑했던 것 같았다. 그는 바지를 비틀어 무릎까지 내렸고, 차가운 밤공기 속에서 자신의 것이 자유롭게 탄력적으로 움직이는 모습을 보고 미소지었으며, 그 미소로 리오의 괄약근에 키스했다. 이어서 리오에게 삽입한 순간 느낀 달콤한 만큼이나 흥미로운 감각에 그는 조용히 웃지 않을 수 없었다. "재미있어하니 다행이군." 리오가 웅얼거렸다. "아니, 그게 아니야." 닉이 말했다. 하지만 등을 따라 올라가 목을 사로잡은 뒤 다시 팔을 따라 내려와 손가락에 이르는 쾌락의 떨림에 뭔가 유쾌한 점이 있는 건 사실이었다. 리오의 엉덩이를 부드럽게 쥐고 그의 몸을 안아 셔츠 단추를 풀어 벗긴 뒤 그의 나체를 온몸으로 안았을 때, 그는 처음으로 황홀감을 체험했다고 느꼈다. 모든 게 정말 쉬웠다. 굉장한 요령이 필요할지도 모른다는 생각에 전날 밤 그렇게나 걱정을 했는데.

"셔츠 조심해." 리오가 말했다. "내 누이 거거든."

그 말을 듣고 닉은 그가 더욱더 사랑스럽게 느껴졌는데, 이유는 알 수 없었다. "궁둥이가 정말 부드러워." 리오의 가슴과 배의 짧고 거친 털을 주린 손으로 애무하며 닉이 속삭였다.

"그래…… 면도를 하니까…….” 더 빠르고 대담해지는 닉의 동작에 따라 리오가 신음하고 헐떡거리며 대답했다. "엉덩이로 베를 짜니까…… 얼마나 끔찍한지…… 자전거를 타면…….” 닉은 그의 목덜미에 키스했다. 불쌍한 리오! 엉덩이로 베를 짜고 수염이 살을 파고드는 그는 털의 순교자였다. "그래, 그렇게.” 그가 계시를 받은 자의 달콤한 어조로 말했다. 그러더니 앞으로 내민 팔 하나에 기대서 빠르게 연타해 자위했다. 닉은 더욱 진지하게 몰두했지만 절정에 이르기 직전 자기 자신의 모습이 짧게 스쳐갔다. 마치 나무와 덤불들이 굴러 사라져버리고 런던의 모든 빛이 자신에게 향한 듯했다. 바윅 출신의 작은 사내 닉 게스트, 흔해빠진 부모의 흔해빠진 아들인 그가 밤에 노팅힐의 정원에서 낯선 사람과 섹스하고 있다. 리오의 말이 맞았다. 너무 나쁜 짓이었고, 그런 만큼 자신이 한 짓 중에 최고였다.

얼마 뒤 리오가 잔디밭에 소변을 보았고, 그동안 닉은 자갈길 옆 벤치에 잠깐 앉아 있었다. 저기 흰 셔츠를 입은 키 크고 구부정한 사람이 이 장면을 보았을까? 리오가 닉 옆에 앉자 이제 그들 데이트의 마지막 단계, 더 형식적인 단계가 남았다는 느낌이 들었다. 닉은 갑자기 마음이 무거워졌다. 자신이 얼마나 행복해하는지 리오에게 낱낱이 보여주다니 어리석은 짓이었을지 모른다 — 그는 성취감을 누를 수가 없었고, 사랑에 주린 그의 정신과 육체는 더욱더 리오를 원했다. 닉과 리오라는 존재와 이름만으로 대기가 어지러운 듯했다. 그것들은 잠자는 월계수와 진달래 한가운데, 깨달음이 주는 슬프고 예리한 화학작용의 시큼함 속에 머물러 있었다. 키 큰 사내가 그들을 지나쳐갔다가 망설이더니 몸을 돌렸다.

"열쇠를 가진 사람들만 이곳에 들어올 수 있다는 건 알고 있겠지."

"뭐라고요?"

집들 뒤편에서 흘러나와 뒤섞인 빛 가운데서 잿빛의 성긴 머리 아래로 부드럽고 연약한 턱을 가진 사람의 여름휴가철의 홍조 띤 얼굴이 드러났다. "난 그냥 이곳이 사설 정원이라고 했어요."

"아, 압니다. 우리도 열쇠를 가지고 있어요." 이 말에는 옆에서 낮게 툴툴거리고 있던 리오도 포함되어 있었다. 욕정에서 나온 소리가 아니라 분노 섞인 긍정의 뜻이었다. 그는 주인처럼 무릎에 손을 얹어놓았는데, 무릎을 넓게 벌린 것이 섹시하면서도 무례한 자세였다.

"아, 그렇군……." 남자는 곁눈질을 하며 마지못해 웃음을 띠었다. "본 적이 없는 얼굴이라서." 그러고서 리오를 외면하는 것이, 리오야말로 이 날선 대화의 원인인 것이 분명했다 ― 그리고 닉에게는 그날 저녁 또 하나의 진부한 깨달음을 주는 반응이기도 했다. 자신이 흑인과 외출했다는 사실 말이다.

"실은 여기 자주 와요." 닉이 말했다. 그는 자신의 뒤쪽 페든가의 정원 문을 가리키며 "48번지에 살거든요"라고 덧붙였다.

"그렇군요, 그래……." 사내는 몇발짝 더 가더니 뒤를 돌아보며 의심스러우면서도 진지한 표정으로 말했다. "그렇다면 페든가에 산다는 건지……."

닉이 침착하게 대꾸했다. "예, 맞아요."

대답을 들은 사내는 놀란 기색이 역력했다 ― 대학 교정에서 공연했던 연극을 떠올리게 하는 부드럽게 누그러진 불빛 속에서 잠시 그는 달뜬 친밀감으로 녹아드는 것 같았다. "세상에…… 그 댁에 사는군요. 그렇다면 정말 굉장한데! 이보다 더 기쁠 수가 없네요. 참, 난 제프리 티치필드라고 해요. 52번지에 살고. 우리야 고작 정원 딸린 단층 아파트지만…… 그러니까, 다른 집과는 다르게 말이죠!"

닉은 고개를 끄덕이며 애매한 미소를 지었다. "닉 게스트라고 합니다." 리오와의 묘한 연대감 때문에 일어서서 악수를 하지는 않았다. 리오와의 데이트를 연기해야 했던 날 밤 발코니에서 들렸던 목소리의 주인공, 바로 그 제프리였다. 제프리의 손님들이 간간이 내던 웃음소리 때문에 그의 외로움이 더 고조되었는데, 이제 바로 그 사람이 눈앞에 있다. 하지만 닉은 그를 이긴 기분이었다. 열쇠를 가진 사람만 들어올 수 있는 정원에서 리오와 섹스까지 했으니 비밀스러운 승리였다.

"아, 아," 제프리가 말을 이었다. "참 좋은 소식이네요. 주민회에 속해 있는 우리로선 더할 나위 없이 기쁜 일이에요. 제럴드는 참 좋은 분이죠."

"사실 전 그냥 토비의 친구일 뿐이에요." 닉이 말했다.

"바로 지난밤에 우리끼리 그랬죠. 크리스마스 때쯤에는 제럴드 페든이 장관이 될 거라고. 그분이 날 알아요. 우리, 제프리와 트루디가 안부 전한다고 꼭 말해줘요." 닉은 알겠다는 뜻으로 어깨를 으쓱해 보였다. "그분이야말로 우리에게 꼭 필요한 토리당원이에요. 아주 훌륭한 이웃이기도 하다고 덧붙여야겠지만. 하원의원으로서도 무척 훌륭한 일을 하실 거라고 믿고요." 이 '하원의원으로서도'라는 말을 하면서 그는 자부심과 애정에 찬 말투로 목소리를 높였다 낮추었기 때문에 그 몇 음절에서 변덕스러운 루바또⁹의 느

9 rubato, 박자에 매이지 않는 자유로운 연주 기법.

낌이 날 정도였다.

"물론 아주 좋은 분이시죠." 그러고서 닉은 대화를 끝내기 위해 "저는 사실 토비와 캐서린의 친구라고 하는 편이 더 정확하지만요"라고 활기차게 덧붙였다.

제프리가 천천히 멀어져간 뒤 리오는 일어나 자전거를 챙기기 시작했다. 무슨 말을 해야 상황을 악화시키지 않을지 닉으로선 감도 잡을 수 없었다. 그래서 두 사람은 침묵 속에 오솔길을 걸었다. 그는 페든가를, 지붕 밑 높은 곳에 있는 자신의 방 창문 쪽을 보지 않으려 했지만 집이 자신을 보고 있는 듯한 느낌을 받았고, '저속하고 위험한 일'이라는 판결이 안개처럼 퍼지며 그날 저녁의 승리감을 퇴색시키는 것만 같았다.

"흠," 리오가 낮은 소리로 입을 열었다. "십분 사이에 엉덩이를 두가지 방식으로 핥았네." 그 말에 닉은 웃으며 리오의 팔을 쳤다. 금세 기분이 좋아졌다. "이봐, 또 만나자고, 친구." 닉이 문을 열 때 리오가 말했다. 그들은 주변을 슬쩍 두리번거리며 거리로 나왔고, 닉은 리오가 혹시 그 말을 반어적 의미로 한 건 아닐까 종잡을 수가 없었다. 그래서 그 점에 대해 분명하게 이야기하기로 했다.

"다시 만나고 싶어." 닉의 입에서 나온 세마디 말이 밤을 열어 깊이를 더해주는 듯했다. 자동차 불빛이 그의 눈을 찌르고는 그들을 스쳐 북쪽으로 긴 언덕을 내려가 쏜살같이 다른 구역을 향해 달리면서 하늘을 향한 희미한 빛으로 변해갔다.

리오는 자전거 앞뒤에 램프를 끼우느라 고개를 숙이고 있었다. 이윽고 그가 자전거를 울타리에 기대 세우고는 말했다. "이리 와봐." 약간의 인정과 굴복을 숨기려는 런던내기 말투였다. "한번 안아줘."

닉은 그를 향해 걸어가 꼭 껴안았지만 몇분 전 퇴비더미 옆에서
와 같은 확신은 전혀 느껴지지 않았다. 그는 리오의 이마에 자신의
이마를 댔다. 리오는 그와 몸집도 잘 맞았다. 아주 좋은 짝이었다.
그는 입술을 오므려 재빠르고 단호하게 리오에게 키스했다. 지나
가는 차에서 야유와 경적 소리가 들렸다. "재수없는 놈들." 리오가
중얼거렸지만 닉에게는 사실 조롱이나 경적 소리가 축하의 환호성
처럼 느껴졌다.

리오가 자전거에 올라탔다. 한 발은 무용수처럼 보도에 수직으
로 내리고 다른 발은 페달에 올렸다. 자전거에 대해, 또 자전거가
리오의 가슴에서 차지하는 확고한 지위에 대해 저녁 내내 느끼던
일종의 질투가 새로이 분함과 뒤섞였다. 자전거에 대한, 그를 그렇
게 쉽게 빼앗아가는 그것의 능력에 대한 분함이었다. "있지, 나 만
나기로 해둔 사람이 두어명 더 있거든." 그 말에 닉은 말없이 고개
를 끄덕였다. "하지만 그쪽을 봐주지는 않을 거야." 그는 안장에 자
리를 잡았다. 자전거가 비틀거리자 그는 속도를 올려 원을 그리며
돌았고, 그래서 닉은 줄곧 엉뚱한 방향을 보게 되었다. "더구나,"
리오가 말을 이었다. "거기랑 섹스하는 거 기막히게 좋던데." 그는
눈을 찡긋하고 웃어 보인 뒤 길을 건너 돌아보지 않고 언덕을 내려
가 재빨리 멀어졌다.

# 3

닉의 생일이 토비 생일의 여드레 뒤여서 토비의 스물한살 생일 파티를 닉의 파티와 함께 하자는 의견이 잠시 나왔었다. 제럴드는 "분명히 말이 되는 얘기야"라고 했고 레이첼은 그것이 "매력적인 아이디어"라고 했다. 파티는 레이첼의 오라버니 케슬러 경의 전원 저택인 호크스우드에서 열릴 예정이었는데, 닉은 그 계획이 사교 계에서 가지는 거창한 의미, 그것이 자신에게 부여할 중요성과 요 구할 규범 때문에 겁이 날 지경이었다. 하지만 그때 한번뿐 그 계 획은 다시 언급되지 않았다. 닉은 자신이 직접 그 얘기를 꺼낼 수 는 없다고 생각했고, 얼마 지나서는 어머니에게 일주일 뒤 바윅에 서 가족끼리 파티를 열도록 맡겼다. 좀 떨떠름하지만 체념한 기분 으로 그는 그 파티를 기다렸다.

토비의 파티는 8월의 마지막 일요일에 열렸다. 그날은 노팅힐 카니발이 절정에 달해 많은 주민들이 덧문을 닫고 집의 문을 잠근 뒤 별일 없기만을 바라며 별장으로 떠난 때이기도 했다. 이년 전 여름의 인종폭동 이래 카니발은 부푼 희망과 공포의 장이었다. 닉이 전날 밤 침대에 누워 있을 때 정원의 나무들이 내는 한숨소리에 섞여 언덕 아래에서 빠른 박자의 레게 음악이 쾌락의 맥박처럼 들려왔다. 리오 없이 맞이하는 두번째 밤이었다. 그는 깨어 말짱한 정신으로 누워서, 그저 생각을 한다기보다는 일종의 눈부신 슬픔 속에서 그에 대해 곱씹어보았다. 그들이 함께한 모든 일들이 생생했고, 성공의 흥분만큼이나 상실의 긴장이 날카롭게 다가왔다.

그들 일행은 다음날 아침 11시에 현관에 모였다. 닉은 제럴드가 넥타이를 맨 것을 보고 자신도 위층으로 뛰어올라가 넥타이를 매고 내려왔다. 레이철은 흰색 리넨 드레스 차림에, 흰머리가 자연스럽게 섞인 머리를 막 새로운 스타일로 다듬어 한껏 멋진 모습을 과시하고 있었다. 그녀는 미소를 지어 보임으로써 준비가 끝났음을 알렸고, 닉은 그 가족의 일부인 그들 부부의 애정과 효율성을 느낄 수 있었다. 닉과 엘레나가 레인지로버에 작은 여행가방을 실었고, 제럴드는 그들을 태우고 차단된 거리를 지나 몰려드는 군중을 뚫고 전진했다. 군데군데 모여 있는 경찰관들을 향해 제럴드는 고개를 까딱이고 핸들에서 손을 들어 권위 있게 손짓하기도 했다. 엘레나와 뒷좌석에 앉아 있던 닉은 어색하기도 하고 우쭐하기도 했다. 그는 자전거를 탄 리오를 보게 될까 두려웠고, 리오가 자신을 볼까 두렵기도 했다. 리오가 자전거를 타고 유유히 카니발을 누비는 모습을 상상하며 리오처럼 자신도 그곳에 있었더라면 하고 간절히 바랐다. 거리의 낯선 사람들과 행복하게 춤추는 리오의 모습을, 혹은 많은 사람들이 연달아 드나드는 지하 화장실에서 차례를 기다리는 그의 모습을 그려보기도 했다. 갈망이 낮은 신음이 되어 튀어나오자 그는 목청을 가다듬으며 "아, 저거 저 굉장한 장식수레 좀 봐요"라고 외쳤다.

옆길에서는 극락조처럼 노란색 날개를 세우고 꼬리를 단 한 무리의 젊은 흑인 남자들이 퍼레이드를 준비하고 있었다. "저 사람들 하는 건 참 굉장해." 레이철이 말했다.

"음악은 별로네요." 엘레나가 신이 나서 몸을 흔들며 말했다. 닉은 대꾸하지 않았다——실은 전혀 예상치 못하게 마음이 움직인 순간, 낡은 편견이 새로운 욕망 속으로 녹아드는 순간을 경험하고 있었기 때문이다. 그 음악은 그가 원하던 것을 뚜렷하게 되풀이해서 선언한다는 점에서 충격적이었다. 곧 거대한 음향기기 하나가 바로 옆의 다른 음향기기와 행복한 다툼을 벌였고, 그러자 닉이 원하던 다른 것들, 아름다우면서도 서로 어울리지 않는 것들이 공존하는 미래의 모습이 나타났다——이 모든 일이 차가 일상적인 활동이 이루어지는 주말 거리를 미끄러져가던 사오십초 사이에 일어났다.

아무튼 리오와 함께 있을 수 없다면 아주 다른 곳에 있는 편이 최선이었다. 제럴드는 보이지 않는 경찰의 호위 속에 특별대우라도 받는 것처럼 상당히 빠른 속도로 A40도로를 달렸다. 그러나 이윽고 그들은 그즈음 어디서나 그렇듯 엄청난 도로공사 현장과, 제럴드의 권위로도 아무 영향을 미칠 수 없는 기나긴 정체 행렬을 마주쳤다. 마지막 남은 구식 로터리와 신호등을 없애고 지저분하고 평평한 교외 길을 가로지르는 넓은 고속도로 건설현장이었다. 닉은 구덩이와 콘크리트로 이루어진 불모지를 점잖게 바라보았다. 그 너머 들판에서는 비포장도로용 오토바이를 탄 동네 소년들이 목적지를 향해 간다는 생각에 경멸을 표하듯 엄청난 속도로 소음을 내며 계속 주변을 돌고 있었다. 그들 곁에는 1마일은 될 법한 차량 행렬이 미래의 고속도로에서 나아가지 못한 채 꼼짝없이 서 있었다.

늘 그랬듯이 닉이 분위기를 풀어줘야 할 것 같았다. 그가 말했다. "여기가 어디쯤일까요? 미들섹스일까요?"

"미들섹스인 것 같군." 제럴드가 말했다. 그는 방해받는 것을 싫어하는데다 늘 참을성이 없었다.

"상황이 별로 좋진 않네요." 엘레나가 말했다.

"그러게요······." 시간을 때울 겸 맞장구를 쳐본다는 듯이 닉이 머뭇머뭇 웃음을 섞어 말했다. 엘레나가 파티와 그날 저녁 맡은 일 때문에 불안해하는 걸 그는 알고 있었다. 그녀는 라이어널 케슬러의 새 집사 페일스에 대해 이미 두어가지 물어봤었다. 그와 성격이 불분명한 관계를 맺고 일할 수밖에 없을 테니까.

"라이어널이 점심을 준비하고 있다면," 제럴드가 말했다. "어디서 차를 세워 미리 전화를 하는 게 좋겠군. 늦을 테니."

"아, 라이어널은 신경 안 쓸 거예요." 레이철이 말했다. "그냥 각자 가져온 음식을 먹기로 했으니까요."

"흠," 제럴드가 말했다. "라이어널과 각자 가져온 음식이라는 말이 한 문장에 쓰이는 일은 거의 없는데." 그의 어조는 조롱조였지만 형님에 대한 모종의 조바심과 의무감이 비쳤다. 레이철은 느긋한 표정으로 자리에 기댔다.

"다 괜찮을 거예요." 그녀가 말했다. 그리고 마침 그때 차가 움직이기 시작하면서 그 낙관적인 태도는 조심스럽게 받아들여졌는데, 낙관은 제럴드가 유일하게 용납하는 태도이기도 했다. 닉은 라이어널이 구식 이름이라는 사실에 대해 생각했다. 물론 리오와도 관련된 이름이었다. 하지만 리오가 살아 있는 커다란 맹수라면 라이어닐은 문장에 그려진 작은 사자에 불과했다.

오분 뒤 차량은 다시 제자리걸음을 하고 있었다.

"이 망할 놈의 정체." 제럴드의 말에 엘레나는 조금 당황한 듯 보였다.

"어서 그 저택을 보고 싶네요." 닉이 작정한 듯 밝은 목소리로 말했다. "다른 모든 것도요."

"글쎄, 금세 볼 수는 없겠는데." 제럴드가 대꾸했다.

"아, 그놈의 저택." 레이철도 웃으며 한숨을 쉬었다.

닉이 말을 이었다. "하긴 어머님은 안 좋아하실 수도 있겠네요. 거기서 자라셨으니 달리 보이시겠죠." 그는 그녀의 비위를 맞추고 있다는 사실이 의식되었다.

"모르겠네," 레이철이 대답했다. "그 집을 내가 좋아하는지 안 좋아하는지."

"내 생각에는 말이지," 제럴드가 말했다. "호크스우드를 구성하는 건 그 집 안의 내용물이라고 봐야 할 것 같아. 저택 자체로만 보자면 빅토리아식 흉물이라고 해야겠지."

"음……." 레이철과의 대화에서 그녀가 낮게 "음……" 하거나 건조한 목소리로 천천히 "그래요……"라고 말하는 것은 의외로 회의적인 반응을 뜻하기도 했다. 닉은 그녀가 하는 말, 동의나 반대의 정도를 미묘한 암시를 통해서만 내비치는 행위에서 엿보이는 상류 계급다운 경제성을 사랑했다. 자신도 그런 기술을 배우게 되기를 간절히 원했다. 제럴드가 대화 중에 역력히 드러내는 노력과는 너무나 달라서, 그는 이따금씩 제럴드가 그녀를 제대로 이해한 건지 궁금했다. 닉이 말했다.

"저는 그 저택의 내용물만 아니라 저택도 좋아할 것 같은데요."

레이철은 고마워하는 듯하면서도 그 주제에 모호한 태도를 유지했기 때문에 닉은 약간 핀잔을 받은 기분이었다. 아마도 자신이 평생 알아온 장소를 묘사하기란 누구도 불가능하리라. 닉의 관심을 얕잡지는 않았지만 그녀 자신이 흥미를 갖는 건 기대할 수 없을 듯했다. 묘사하기보다는 즐기는 것이 그녀의 숙명이었다. 그녀가 말했다. "물론, 그러니까, 렘브란트 그림들뿐 아니라 현대 작품도 있어." 그렇게 말하면서 그녀는 흥미로운 사항 하나를 기억해냈다는 사실에 만족한 듯 잠시 미소를 지어 보였다.

호크스우드는 초대 케슬러 남작을 위해 1880년대에 지어진 건물이었다. 저택은 버킹엄셔의 너도밤나무숲 한가운데, 인공적으로 평평하게 고른 언덕 꼭대기에 서 있었다. 너도밤나무들의 키가 엄청나게 자라 이제 꼭대기의 작은 첨탑들을 제외하면 저택은 외부로 전혀 모습이 드러나지 않았다. 길게 이어진 마을들을 통과해 수위실과 캐틀 그리드[10]를 지나 영내로 들어서서 풀을 뜯는 사슴들 사이로 반마일을 가는 여정은 닉에게는 복합적인 의미에서 클라이맥스라 할 만했다. 저택의 반짝이는 창문이 보이기 시작하자 그는 자신이 비평가의 눈길로, 감탄의 시선으로 ── 그중 어느 쪽인지 스스로 가늠할 수 없었다 ── 프랑스 겨자 색깔로 칠한 돌벽과 경사 급한 지붕들 이쪽저쪽을 둘러보며 활짝 웃고 있다는 걸 깨달았다. 그는 페브스너[11]의 책에서 이 저택을 고상하면서도 재미있게 묘사한 내용을 읽은 적이 있다. 17세기에 건축된 성에 판유리와 마루 밑 중앙난방, 수많은 화장실과 24시간 온수 같은 현대적 사치를 도입했다는 사실이었다. 그러나 그런 내용으로도 보는 이를 정면으

10 cattle grid, 가축이 지나가지 못하게 도랑에 놓은 사람과 마차 전용 격자 다리.
11 Nikolaus Pevsner(1902~83). 독일 출신 건축사·미술사학자.

로 응시하는 이 장소의 막강한 존재감에는 전혀 대비할 수가 없었다. 제럴드가 뽀르뜨 꼬셰르(차량 출입문) 앞에 차를 세웠고, 그들은 차에서 내려 집 안으로 들어갔다. 닉은 맨 마지막으로 들어가며 모든 것을 관찰했는데, 그러는 사이에 줄무늬 예복 바지를 입은 진짜 집사 페일스가 그들을 맞이하러 나왔다. 그들은 이미 중앙홀에 들어서 있었는데, 그곳은 이층 높이에 상층부에는 아케이드식 갤러리가 있고 바로끄식 묘소의 일부로 만들어진 거대한 벽난로가 자리 잡은, 이 저택의 특징적인 공간이었다. 닉은 미술관과 호화로운 호텔이 뒤섞인 듯한 기묘하고도 고혹적인 공간에 들어선 느낌이었다.

각자 준비해온 음식을 먹는다는 말은, 빠리의 웅장한 타운하우스에서 통째로 실어온 듯 벽면에 하늘색으로 칠한 로꼬꼬풍 패널이 늘어선 방의 원형 식탁에서 세심하게 준비된 가벼운 점심을 먹는다는 뜻으로 밝혀졌다. 천장에는 꽃으로 장식된 타원 속에 나체의 여인 둘이 장미 화환을 들고 있었다. 닉은 벽난로 위의 풍경화가 쎄잔의 작품임을 금방 알아보았다. 그 그림을 보니 자신의 사회적 위치이동을 유쾌하게 의식할 수 있었다. 그건 오로지 부자들만 만들어낼 수 있는 순간들 중 하나였고, 그 순간의 서사에 푹 빠진 그는 벌써 감수성 예민한 누군가—다시 말해서 그 자신만큼 감수성 예민한 누군가—에게 그 장면을 이야기하는 모습을 상상했다. 그런 이야기를 하는 게 좋을까 망설이고 있는데, 케슬러 경이 자리에 앉으며 말했다. "저것 봐, 내가 쎄잔의 작품을 옮겨왔지."

레이철은 그림을 흘긋 본 뒤 대답했다. "아, 그랬군요." 전체적으로 편안하고 나른한 태도였다. 그녀는 환영한다는 의미로 매력적으로 어깨를 으쓱하고 격의 없이 닉에게 의자를 권했다. 제럴드는 그 그림을 다소 비평하듯이 바라보았는데, 나중에 유용할지도 모르는 서류를 자세히 살펴볼 때처럼 날카로운 태도였다.

이 정도는 말해도 괜찮겠지, 생각하며 닉이 말했다. "참 아름답군요." 그러자 케슬러 경이 맞장구를 쳤다. "그래, 참 괜찮지?"

예순살 정도 되어 보이는 케슬러는 레이철보다 키가 작고 뚱뚱했으며, 대머리에 대칭이 잘 맞지 않는 얼굴에다 기민해 보였다. 그는 진회색 정장을 입고 있었는데, 패션이나 심지어는 계절과도 무관해 보였다. 더워 보였지만 누구나 이렇게 입어야 한다고 말하는 것만 같았다. 그는 연어를 먹었고 달짝지근한 독일산 백포도주를 마셨는데, 예사로워 보이면서도 풍미를 즐기는 듯한 형언하기 힘든 그 태도에서 유럽 온갖 곳의 회의실과 시골 저택과 축제의 식당에서 평생 점심을 먹어왔다는 사실을 짐작할 수 있었다. 그가 말했다. "그래, 토바이어스와 캐서린은 언제 오지?"

"정확한 시간을 말씀드리기는 힘들 것 같군요." 제럴드가 말했다. "토비는 여자친구와 운전해서 옵니다. 쏘피 티퍼라고 모리스 티퍼의 딸인데, 아주 장래가 촉망되는 배우죠." 그러고서 레이철을 바라보자 그녀가 말했다.

"맞아요, 무척이나 장래가 촉망되죠……." 일종의 망설임, 그녀는 자기 생각은 어느정도 유보적이지만 상냥하게도 굳이 그렇게 말하지는 않겠다는 투였다. 때때로 닉은 몇몇 친구들의 경우에 오직 누구의 자식이라는 사실만이 유일하게 그들의 바쁜 부모가 주목하는 것이 아닌가 하는 느낌을 받곤 했다. 케슬러 경은 모리스 티퍼라는 이름을 듣고 코맹맹이 소리로 웅얼거렸는데, 그것은 서로 다른 유의 부자들이 상대를 야유하는 난해한 방식 중 하나였다. 토비는 실업계 거물의 딸과 데이트함으로써 부모의 기대를 고분고분 충족해준다는 듯이 옥스퍼드 대학 2학년 때부터 쏘피 티퍼와의 관계를 무의미하게 끌어오고 있었다.

"캐서린으로 말하자면," 제럴드가 말을 이었다. "이름도 기억나지 않고 내가 한번도 만난 적이 없다고 말할 수밖에 없는 소위 남자친구라는 아이가 데려온답니다." 그는 이렇게 말하고 활짝 웃었다. "하지만 아마 느지막이 타이어에 불이 나게 도착할 거예요. 사실 이쪽 일은 우리보다 닉이 더 잘 알 겁니다."

닉으로선 아는 바가 거의 없었다. "러셀 말씀이시죠? 맞아요, 아주 좋은 친구죠. 전도유망한 사진작가랍니다." 닉은 그들의 태도와 관점을 성공적으로 흉내내어 대답했다. 닉이 리오와의 성공적인 만남에 신이 나서 아주 세세하게 묘사하자 캐서린은 엊그제야, 그가 느끼기에는 마지못한 듯 자신의 남자친구라며 러셀에 대해 이야기해주었었다. 실제로 러셀을 만난 적은 없지만 닉은 다시 한번 "아주 좋은 친구지요"라고 덧붙이는 것이 좋을 것 같았다.

케슬러 경이 말했다. "글쎄, 침실은 충분히 준비되어 있고, 페일스가 폭스 앤드 하운즈와 호스 앤드 그룹에도 예약을 해놓았지. 둘 다 괜찮은 장소라고 하더군. 구체적인 방 배정이야 내가 신경 쓸 일은 아니고." 케슬러는 결혼한 적이 없었는데, 겉모습만 보면 동성애자라는 느낌은 들지 않았다. 자신의 사교계 영역에 있는 젊은 이들에 대해서 그는 알지만 모르는 체하는 전략을 유지했다. "그리고 수상은 못 오시지." 그가 덧붙였다.

"수상은 못 오시게 되었군요." 제럴드가 한동안은 실제로 그럴 가능성도 있었다는 투로 되풀이했다.

"나로서는 다행이지."

"정말 다행이에요." 레이철도 말했다.

제럴드는 웃음 섞인 항의조로 웅얼대다가 그래도 내무장관을 비롯해 여러 각료들이 올 것이라고 반박하듯 말했다.

"그 사람들이야 문제될 게 없지." 케슬러 경이 말하며 작은 종을 흔들어 하인을 불렀다.

점심식사 후 그들은 커다란 방 몇개를 둘러보았는데, 침묵이 고여 있는 그 방들에는 더운 여름날 시골 저택에서 맡을 수 있는 다채롭고 세련되며 건조한 냄새가 감돌고 있었다. 아버지가 시계태엽을 감기 위해 바워 인근의 몇몇 대저택을 방문할 때 함께 간 적이 있어서 닉에게는 친숙한 냄새였다——어린 시절을 떠올리게 하는 냄새, 더 오래되고 외딴 그 집들의 냄새에는 보통 개냄새와 습기도 섞여 있었지만 말이다. 이곳에는 빅토리아 시대 전성기의 모든 것, 그림과 태피스트리와 도자기와 가구가 넘쳐났다. 이 집에 비하면 켄징턴파크 가든스는 상대적으로 헐벗은 듯 느껴졌다. 가구는 대부분 프랑스제에 엄청난 고급품들이었다. 닉은 뒤에 처져서 그것들을 살펴보면서 그에 대한 지식과 호기심으로 가슴이 뛰는 것을 느꼈다. 그가 말했다. "저 루이 15세풍 에스크리뚜아르(필사용 접이식 책상)…… 참으로 굉장하네요, 어르신?" 닉의 아버지는 닉에게 모든 귀족을 어르신이라고 부르도록 가르쳤다. 귀족과 마주치는 일은 시계공의 방문에 계속해서 따라다니는 가슴 떨리는 위험이었다. 그리고 이제 닉은 그 호칭에서 묻어나는 부드러운 순종의 어조에 즐거움을 느꼈다.

케슬러 경이 돌아보더니 그를 향해 되돌아왔다. "아, 그렇지." 그가 미소를 지으며 말했다. "자네 말이 꼭 맞네. 사실 이 책상은 뽕빠두르 부인을 위해 제작된 것이지."

"정말 대단하군요!" 그들은 그 앞에 서서 배가 불룩하고 희한할 만큼 작은, 금박 잎사귀로 장식된 책상—킹우드였던가?—을 감상했다. 케슬러 경이 서랍 하나를 잡아당겨 열자 그 안에 들어 있던 작은 도자기 상자들 때문에 달가닥 소리가 났다. 그는 서랍을 밀어 닫았다. "가구에 대해서 잘 아는구먼." 그가 말했다.

"조금 압니다." 닉이 말했다. "부친께서 골동품 분야에서 일하시거든요."

"아, 그렇군. 아주 좋아." 마치 닉이 청소부의 아들이라고 고백하기라도 한 듯 제럴드가 말했다. "내 선거구민 중의 한 사람이니 나도 알고 있어야지."

"자, 그럼 모두 돌아보게나." 케슬러 경이 말했다. "뭐든 다 둘러보도록 해."

"정말 좋을 거다." 제럴드가 말했다. "알겠지만 이 저택은 외부인에게 공개된 적이 전혀 없거든, 닉."

케슬러 경이 직접 그를 서재로 안내했다. 그곳에 있는 책들은 내용보다 장정이 훨씬 더 중요한 게 틀림없었다. 조각을 새겨 금박 입힌 책장의 도금한 창살 너머로 보이는 책등에 입힌 두꺼운 금박이 위압적인 부유함의 분위기를 뿜어내고 있었다. 그 책들은 닉이 매일 읽고 다루는 책들과는 전혀 다른 의미를 지닌 듯했다. 케슬러 경은 책장 문을 열고 커다란 책 한권을 꺼냈다. 로꼬꼬풍 금박 잎사귀와 덩굴손으로 찬란하게 장식된, 초록빛 도는 갈색 가죽 표지를 입힌 프랑스어판 『라퐁뗀 우화선집』. 순전히 디자인과 비용을 과시하는 자연의 복제품이었다. 그들이 나란히 서서 그 책을 감상하는 동안 닉은 케슬러 경의 깨끗한 양복과 향수에서 은은하게 풍기는 기분 좋은 냄새를 맡을 수 있었다. 그 책을 손으로 만져도 좋다고 허락을 받지는 못했지만 닉은 우아한 새와 짐승으로 가득한, 표지와 마찬가지로 엄청나게 근사한 속지의 그림들을 얼핏 볼 수 있었다. 경멸적인 태도까지는 아니더라도, 케슬러 경은 자신이 생각하기에 닉의 무지와 아마도 그저 공손함에서 나왔을 관심의 표현에 적절한 방식으로 재빠르고 건조하게 그 책을 보여주었다. 실은 닉은 그 책이 너무나 마음에 들었지만 더 오래 보여달라고 부탁해서 주인을 지루하게 하고 싶지는 않았다. 그 책이 그의 수집품 가운데 최고의 것인지 아니면 그냥 아무거나 뽑은 것인지는 분명치 않았다.

"모두 상당히……." 케슬러 경이 말했다.

닉이 곧 뒤를 이었다. "예, 그렇네요……."

그런 뒤 그들은 약간 거리를 둔 채 일이분 동안 더 책들을 살펴보았다. 닉은 다른 책들 중에서 비교적 소박하고 다가가기 쉬워 보이는 A. 트롤럽 전집을 발견했다. 『우리가 사는 방식』을 꺼내 들었는데, 그 책에는 가문의 문장을 새긴 장서표가 붙어 있었고 책장은 아직 잘리지 않은 채였다.[12] "무슨 책인가, 그건?" 케슬러 경이 온화하게 소유권을 드러내는 목소리로 물었다. "아, 트롤럽을 좋아하는 모양이군."

"사실 꼭 그렇다고 할 수 있을지는 모르겠습니다." 닉이 말했다. "저는 항상 그가 너무 급하게 썼다는 생각이 들거든요. 헨리 제임스가 트롤럽에 대해 한 말이 뭐였죠? 그의 '법제화된 영국 문제들에 대한 엄청난 양의 증언'이라고 했던가요?"

다소 과시하는 듯한 이 말에 케슬러 경은 잠시 짓궂은 존중의 눈

---

12 서양에서는 전통적으로 책장을 자르지 않은 채 책을 출판하고, 독자가 읽으며 한장 한장 칼로 잘라나갔다.

길을 보냈지만 이어서 "트롤럽도 괜찮지. 돈 문제에 대해 아주 잘 알아"라고만 대꾸했다.

"아, 예……." 자신이 돈에 전혀 무지한데다 트롤럽을 읽지 않기로 한 데에는 미학적 편견도 작용했기 때문에 닉은 이중으로 자격을 잃은 듯한 기분을 느끼며 말했다. "솔직히 말씀드리자면 그의 작품 중 아직 못 읽은 것이 많습니다."

"그래도 이 책에 대해서는 알겠지." 케슬러 경이 말했다.

"물론 이 책은 꽤 잘 썼지요." 닉이 조심스럽게 수긍하는 태도로 책등을 보며 말했다. 풍부한 자기암시 비슷한 과정을 거치면서 때로 그에게는 읽은 척한 책에 대한 기억이 읽었지만 반쯤 잊은 책에 대한 기억만큼이나 생생했다. 그는 책을 제자리에 꽂고 금박 입힌 책장 문을 닫았다. 아마도 그의 자의식일 뿐이겠지만, 자신에게는 새롭지만 그 주인에게는 무척 친숙한 어떤 공식 업무를 방금 사교라는 명목으로 수행했다는 느낌이 들었다.

"토바이어스와 그래머스쿨 친구라고?"

"아, 아닙니다, 어르신." 닉은 바워 그래머스쿨에 대해서는 언급하지 않기로 마음먹었다. "옥스퍼드를 함께 다녔어요, 우스터 칼리지요. 저는 영문학을 전공했고 토비는 물론 PPE[13]를 전공했지요."

"그렇지……." 케슬러 경이 대답했는데, 아마 그 사실을 잘 모르고 있던 듯했다. "같은 학번이랬지."

"예, 맞습니다." 닉이 대답했다. 그 대답이 수위실에서 토비를 처음 본 순간 다른 모든 것을 잊었던 그때부터 지금까지 단 삼년이라는 역사적인 시간을 비춰주는 듯했다.

---

13 철학·정치학·경제학을 아우르는 전공. 옥스퍼드 대학에서 처음 도입했다.

"그래, 자네가 일등급이었고?"

"예"라고 대답할 수 있었기 때문에, 닉은 중얼대듯 던진 그 질문에 담긴 도전적 확신이 마음에 들었다. 만일 그렇지 않았다면, 만일 그가 토비처럼 이등급이었다면 모든 것이 달라졌을 테고 그렇다고 거짓말을 하는 것도 현명하지 않았을 테니까.

"그래, 내 조카의 가능성을 어떻게 보나?" 케슬러 경이 미소를 띠고 물었다. 그가 어떤 경쟁에 대해 묻는 것인지 어떤 예측불허의 사건에 대해 묻는 것인지 닉에게는 분명치 않았다.

"잘할 것이라고 생각합니다." 미소를 돌려주며, 그는 친구 사이에 용인될 만한 아이러니의 테두리 안에서 우정 어린 긍정을 내비치는 이 미묘한 일을 스스로 잘해냈다고 느꼈다.

케슬러 경은 잠시 그 대답을 가늠해보는 듯했다. "그래, 이제 자네 계획은 무언가?"

"다음달에 유니버시티 칼리지 런던UCL에서 영문학 대학원 과정을 시작합니다."

"아, 그렇구먼." 케슬러 경의 희미한 미소와 당겨진 턱이 실망을 누르고 있다는 것을 보여주었다. "그래, 선택한 분야는 무어지?"

"음, 문체를 공부해보고 싶습니다." 닉이 말했다. 분명 어디에나 존재하는 개념을 환히 비추듯 강조하는 이 표현은 입학사정관들에게는 좋은 인상을 주었지만 케슬러 경에게는 확신을 주지 못하는 듯했다. 뽕빠두르 부인의 에스크리뚜아르를 소유한 사람이 문체에 무관심할 수는 없으리라는 것이 닉의 생각이었다. 그러나 케슬러 경의 대답은 그저 문체와 실체의 관계에 대한 오래된 경구를 염두에 둔 것 같았다.

"스띨, 뚜 꾸르(문체, 그것뿐)?"

"글쎄요, 세기 전환기의 문체 — 콘래드, 메러디스, 그리고 물론 헨리 제임스의 문체죠." 그 말은 전부 아무 의미도 없는 일, 적어도 두해를 낭비하는 일이라는 얘기로 들렸다. 진짜로 문체에 관심이 있었지만 아직 연구를 해보지 않았으니 자신이 무엇을 입증할 수 있을지 모르는 닉으로서는 얼굴을 붉히지 않을 수 없었다.

"아," 케슬러 경이 알겠다는 듯 말했다. "장애물로서의 문체로군."

닉은 미소지었다. "맞습니다. 혹은 아마도 무언가를 감추기도 하고 드러내기도 하는 것으로서의 문체라고 할 수도 있겠고요." 웬일인지 이 말은 좀 외설스럽게, 마치 케슬러 경에게 비밀이 있으리라 의심하는 것처럼 들렸다. "헨리 제임스에 큰 흥미를 가지고 있다고 말씀드릴 수 있습니다."

"그래, 이제 보니 제임스 연구자로군."

"아, 그럼요!" 그러고서 닉은 유쾌하고도 도전적인 미소를 지었다. 그건 일종의 커밍아웃이었는데, 자신이 왜 트롤럽과 맺어진 적 없으며 앞으로도 절대 맺어질 리 없는지를 뒤늦게 드러낸 셈이었다.

"헨리 제임스도 물론 이 집에 묵은 일이 있지. 우리가 좀 속되다고 생각했던 것 같더구먼." 케슬러 경이 마치 지난주에 있었던 일인 것처럼 말했다.

"정말 멋지네요!" 닉이 말했다.

"자네가 옛날 앨범에 관심을 가질지도 모르겠는데. 어디 보세." 케슬러 경은 책장 아래 캐비닛 중 하나로 다가가 끼익 소리를 내는 열쇠를 돌린 뒤 몸을 숙여 가죽 장정의 커다란 앨범 두권을 꺼내 중앙 탁자로 가지고 왔다. 이번에도 재빠르고 감질나게 살펴보아야 했다. 케슬러 경은 무거운 앨범을 넘겨가다가 새로 조성된 숲과 빅토리아 시기 정원의 광활한 경관을 보여주느라 이따금씩 멈추곤 했다. 혹은 의자와 탁자, 스탠드의 화분들과 이젤에 놓인 그림들, 모든 곳, 모든 각도에서 찍은, 늘어진 잎사귀들이 아치를 그리는 화분에 심긴 종려나무 따위가 우스꽝스러우리만치 가득 들어찬 실내 사진에서 멈추기도 했다. 이제 저택은 지어진 지 한세기가 되어 역사적인 빛과 냄새를 지니고 있었고 안정되고 무르익어 보였지만, 그때는 신축 건물의 태가 역력했다. 두번째 앨범에는 테라스 계단에서 포즈를 취한 단체사진들을 모아놓았는데, 사진마다 작고 화려한 필체로 설명이 달려 있었다. 공작부인, 준남작, 미국의 공작부인들, 밸푸어 가문, 싸순 가문, 골드스미스 가문, 스튜어트 가문 사람들과 수많은 케슬러들에 대해 쓴 그 설명들을 읽으며 여러날을 보냈으면 하고 닉은 바랐다. 트위드천으로 만든 망또와 함부르크식 모자를 쓴 에드워드 7세를 가운데 두고 선 사람들의 발밑 자갈밭에는 기묘하게도 짐승털로 만든 깔개가 깔려 있었다. 그리고 1903년 5월 사진에는 스무명가량의 사람들이 모여 있었는데, 두번째 줄에 레이디 페얼리, 씨미언 케슬러 각하, 헨리 제임스 선생, 랭트리 부인, 헥섬 백작이 있었다⋯⋯ 유쾌하고 자유로운 분위기의 사진이었다. 줄무늬 조끼에 엄지를 넣고 챙 넓은 여행용 모자에 눈이 가린 주인은 약간 간사해 보였지만.

"그래, 저택에 대한 인상이 어때?" 캐서린이 잔디를 가로질러오며 물었다.

"글쎄⋯⋯ 두말할 것도 없이, 그야말로 굉장하지." 그는 오후 내내 받은 인상에 지쳐 멍멍했지만 그녀에게는 조심스럽게 대답했다.

"맞아, 망할, 진짜 굉장하지!" 그녀가 환하게 바보 같은 웃음을 지으며 동의했다. 이런 거친 표현은 평소 말투가 아니었기에 닉은 그것이 그녀가 러셀에게 보여주는 가면의 일부일 거라고 짐작했다. 러셀은 그 자리에 있지 않았지만(카메라를 들고 어딘가에서 바쁘게 사진을 찍고 있었다) 쓰고 있던 가면을 벗으려면 쓸데없이 노력해야 할 테니까. 발을 이상하게 끌며 걷는 것이나 멍하면서도 어렴풋이 교활함이 느껴지는 미소도 그런 연기의 일부였다. 이 모든 건 성적 만족감을 전달하려는 행동이었으리라.

"오는 길은 어땠어?"

"아, 괜찮았어 —— 러셀은 운전을 정말 위험하게 해."

"아…… 우리는 공사 때문에 길이 완전히 막혔어. 네 아빠가 꽤 짜증을 내셨지."

캐서린은 그에게 안됐다는 눈길을 던졌다. "분명 아빠가 길을 잘못 택했을 거야." 그녀가 말했다.

그들은 격식을 갖춰 꾸민 정원을 한가로이 거닐었다. 장미향이 회양목 산울타리에서 풍기는 고양이 오줌 같은 냄새와 뒤섞였고, 둥그런 연못에 높은 흰 구름이 희미하게 걸려 있는 여름 하늘이 비쳤다. "맙소사, 좀 앉자." 캐서린이 마치 몇시간쯤 걸은 사람처럼 말했다. 그들은 벌거벗은 두 정령의 감독 아래 놓인 돌벤치를 향해 갔다. 부자들이 벌거벗은 이들을 모아 자신들을 시중들게 하는 정도는 참 놀랍다. 케슬러 경도 집에서 거의 늘 팔다리를 쭉 뻗은 님프나 자의식 없는 영웅들을 바라보고 있을 터였다. "러셀이 사진 찍는 거 금세 마칠 거야. 그러면 소개해줄게. 네가 그 사람을 마음에 들어할지 모르겠다."

"그가 얼마나 매력적인지 내가 벌써 모두에게 다 말해놓았거든. 그러니까 마음에 들어야만 해."

"그랬어……?" 캐서린이 고마워하며 재미있다는 듯 웃음을 지었다. 그녀는 담배를 찾느라 스팽글 달린 이브닝백을 뒤졌다. "지금은 『더 페이스』에 실릴 사진을 잔뜩 찍고 있어. 아주 뛰어난 사진작가야."

"그 얘기도 했어. 다들 『더 페이스』를 구독하겠지, 물론."

그 말에 캐서린이 툴툴거렸다. "제럴드가 뭐라고 떠들어댔겠군."

"그냥 한번도 만난 적이 없어서 의견이 없다고 하던데."

"음…… 보통은 안 만났다고 의견이 없는 사람은 아니거든. 사실 전혀 그답지 않은 반응이네." 그녀가 찰칵 라이터를 켜 담배연기를 한모금 깊이 들이마시고 — 내뱉은 뒤 머리를 살짝 들어 편하게 뒤로 기댔다. "전혀, 전혀, 전혀." 아일랜드 억양으로 그녀는 멍하니 되풀이했다.

"글쎄……" 닉은 모두들 사이좋게 지냈으면 했지만, 이 경우만큼은 굳이 끼어들고 싶지 않았다. 그녀가 러셀에 대해 자유롭게 이야기하는 만큼 자신도 리오에 대해서 자유롭게 말할 수 있었으면 싶었다 — 만일 그 얘기를 꺼낸다면 그녀는 자신의 기분을 언짢게 할, 그렇지만 사실일지도 모를 얘기를 할 터였다. 그녀가 말했다.

"어머니가 집 구경시켜주셨어?"

"아니, 실은 네 외삼촌이 구경시켜주셨어. 꽤 정중한 대접을 받은 기분이야."

캐서린이 잠시 멈췄다 감탄스럽다는 듯 연기를 뿜었다. "그럼, 외삼촌에 대해서는 어떻게 생각해?"

"아주 친절하신 것 같던데."

"음. 어떤 것 같아? 동성애자는 아니지?"

"응, 그런 느낌은 전혀 못 받았어." 닉이 다소 진지하게 말했다.

사람들은 자신에게 그런 것을 알아채는 능력이 있을 거라고 기대하곤 했다. 하지만 사실 닉은 동성애자가 아닌 사람을 그렇다고 생각하는 경우가 많았고, 그래서 그들에게, 또 자신의 부정확한 감각에 계속 실망하며 지내왔다. 캐서린에게는 말하지 않았지만 그 집을 구경하고 나서 그가 마음에 걸렸던 것은 그 반대의 경우였다. 자신의 동성애자적인 어떤 면이 케슬러 경의 비위를 거스른 것은 아닐까? 그 노회한 사람이 자신을 신뢰할 수 없는 얄팍한 사람이라고 생각한 것은 아닐까? 케슬러 경이 — 영리하고 냉담한 그만의 방식으로 — 닉이 동성애자라는 사실을 간파하지 않았을까? "그분이 내게 앞으로 뭘 할 거냐고 물으셨어. 내가 일을 구하러 온 게 아니었을 뿐 약간 면접 같았지."

"글쎄, 언젠가 일을 구할 수도 있잖아." 캐서린이 말했다. "그러면 틀림없이 기억하실걸. 타조처럼 기억력이 좋으시거든."

"그럴 수도 있겠지. 그런데 그분이 실제로 무슨 일을 하시는지는 잘 모르겠더라."

그녀는 그가 농담을 하고 있는 게 틀림없다는 듯 그를 보았다. "그 은행이라는 걸 소유하고 있어, 달링."

"그래, 그건 알지만……."

"돈뭉치가 엄청 많은 커다란 건물 말이야." 그녀가 담배 든 손을 우스꽝스럽게 흔들었다. "그리고 그 건물에 들어가서 그걸 더 많은 돈으로 만드는 거지."

닉은 이 단순한 야유를 그냥 한 귀로 흘릴 생각이었다. "그렇구나. 너도 그분이 실제로 무슨 일을 하는지는 모르는 거네."

그녀가 그를 빤히 쳐다보다가 다시 히히대며 웃었다. "전혀 모르지, 달링!"

좀 떨어져서 오른쪽으로 잘 다듬어진 너도밤나무 울타리가 흔들리더니 이어서 키 큰 남자가 목에 건 카메라를 받쳐든 채 옆걸음으로 울타리를 넘어왔다. 그들은 그가 다가오는 모습을 지켜보았고, 캐서린은 흐뭇해하면서도 긴장한 얼굴로 한 손을 의자 바닥에 짚은 채 몸을 비스듬히 젖혔다. "그래, 그 상태로 가만히 있어봐." 그가 그렇게 말하고는 걸어오면서 재빨리 사진을 두어장 찍었다. "멋있어." 그가 말했다.

그러니까 러셀은 그녀의 남자친구들 중에서 나이가 꽤 많은 축이었다. 아마 서른살 정도로, 그을린 피부에 머리가 벗어지고 있었고 도시 사진가답게 무심한 듯 투지에 찬 표정이었다. 검은색 티셔츠에 야구화, 주머니가 스무개쯤 달린 조끼에 필름띠를 두른 모습이었다. 러셀은 그들 앞을 지나쳐 찰칵찰칵 사진을 찍으면서 자신의 도착과 쭈뼛거리는 닉의 태도, 즉흥적이고 엉뚱한 것에 대한 캐서린의 갈망으로 버무려진 이 작은 사건을 유쾌하게 활용하고 있었다. 그녀는 맥없이 뒤로 기댄 채 혀로 윗입술을 축이며 포즈를 취했다. 그녀가 사귀는 남자들의 나이가 비교적 많은 편이라는 건 좋은 일일까, 나쁜 일일까? 그는 보호자일 수도 학대자일 수도 있다—그녀의 필적학 책에 나와 있는 내용과 마찬가지로 도무지 알 수 없는 일이었다. 러셀이 그녀를 당겨 꽉 껴안았고, 그러자 캐서린이 내키지 않는 듯 말했다.

"참, 이쪽은 닉이야."

"안녕, 닉." 러셀이 말했다.

"안녕!"

"여기서 누구 만났어?" 캐서린이 약간 걱정스러운 어조로 물었다.

"응, 방금 저 뒤의 출장 요리사들하고 이야기하던 중이었어. 대처는 안 오나보데."

"아, 유감이네, 러셀." 캐서린이 말했다.

닉이 거만한 말투를 흉내내며 거들었다. "그래도 내무장관은 오지." 하지만 리오가 그랬듯이 러셀도 그것이 조롱 섞인 장난이란 걸 알아차리지 못했다.

"대처가 트위스트를 쳤으면 했는데. 아니면 술에 취하든지."

"그러게, 포고 스틱¹⁴을 타고 뛰든지!" 그러더니 캐서린이 요란하게 웃음을 터뜨렸다. 러셀은 별로 즐거워하는 것 같지 않았다.

"내 스물한번째 생일에 그 여자가 온다면 별로일 거야." 그가 말했다.

"토비도 그녀가 오기를 바라진 않았을 거야." 닉이 변명하듯 말했다. 딱하게도 캐서린이 아버지의 환상을 사실로 받아들이고 그걸 이용해 러셀을 꾄 것이 분명했다. 지도자가 참석했으면 하는 소망이 엉뚱한 곳으로 스며든 셈이다.

"글쎄, 토비야 집에서 파티하는 걸로 충분히 만족했겠지." 그녀가 거들었다. 아버지와 오빠의 의견 차이라는 문제에 부딪히자 그녀는 누구 편을 들어야 할지 결정하지 못하는 듯했다. 그저 적당히 불만을 표해서 러셀에게 잘 보이려는 의도가 닉의 눈에 뻔히 보였다. "그렇지만 제럴드는 모든 일에 자기가 나서서 장관들을 다 불러야만 직성이 풀리지. 이건 파티가 아니고, 달링, 파티회의라니까!"

"글쎄……." 러셀은 킬킬 웃으며 긴 팔을 덜렁대면서 자기라면 그들을 다 대적할 수 있다는 듯 느릿느릿 몇번 박수를 쳤다.

"우리 집만 해도 엄청나게 크거든." 캐서린이 말을 이었다. "라

---

**14** pogo stick, 용수철 달린 발판에 올라타 콩콩 뛰어다니는 놀이기구.

이어널 삼촌 댁이 굉장하지 않다는 건 물론 아니지만." 그들은 부드러운 잔디와 격식을 갖춘 소용돌이 모양 화단 장식들 너머 그 저택을 향해 돌아서서 눈살을 찌푸렸다. 뾰족 솟은 슬레이트 지붕 위의 구리로 된 마감장식이 어찌나 높고 화려한지 꼭 액체 방울이 선을 이루며 미끄러져내리는 느낌이었다. "다만 토비의 조정팀 친구들이 거시기에다 토하기 시작하면 라이어널 삼촌도 좋아하기만 하진 않겠지."

"거시기가 아니고 여기저기겠지." 닉이 다정하게 고쳐주었다.

러셀이 그를 향해 눈을 끔뻑하고 물었다. "라이어널 삼촌 말이야, 호모지?"

"아니, 아니." 러셀의 표현에 캐서린은 잠시 더듬거리다가 말했다. "전혀 아니야."

닉의 정찬용 재킷은 삼촌 아치의 것이었다. 더블브레스트에 어깨선이 넓고 요새 다시 유행하는 스타일이었다. 윤나는 양쪽 깃이 거의 겨드랑이에 닿을 정도로 뾰족했고 반들거리는 실크 단추가 달려 있었다. 응접실을 가로지르며 그는 거울 속 자신의 모습을 흘 깃 보고 만족스러운 미소를 지었다. 정장용 윙 칼라를 단 그는 자기 안의 멋쟁이다운 면모, 연기자로서의 방종과 규율에 대한 어떤 기억으로 기분이 고조되었다. 근사한 식사를 하고 비밥에 맞춰 춤추는 긴 여름밤에 이 재킷을 입을 때의 단 한가지 문제는 날이 더워지면서 아주 옛날 옛적 링컨셔 호텔에서 열렸던 수많은 정찬 무도회의 유령이 깨어나 코를 찌르는 퀴퀴한 냄새를, 점점 더 무시하기 힘들 지경으로 풍긴다는 사실이었다. 그런 작용을 지연시키고 중화할 요량으로 닉은 즈 프로메를 재킷 여기저기에 뿌렸다.

긴 테라스에서는 음료가 건네지고 있었고, 닉이 프랑스식 창문을 통해 그리로 나갔을 땐 웃고 떠드는 작은 무리가 두엇 있었다. 모두들 휴가를 보내고서, 장미와 베고니아처럼 짙게 스며드는 저녁빛을 붙들어두고 싶어하는 모습이었다. 제럴드는 어쩐지 낯익어 보이는 남자와 헬멧 같은 모양의 금발을 한 그의 아내와 어울려 대화를 나누고 있었다. 그의 미소와 너털웃음 소리에서 닉은 그가 최선을 다해 상대방의 비위를 맞추고 있다는 사실을 알 수 있었다. 닉의 친한 친구들은 아직 아무도 도착하지 않았고, 토비는 아직 이층에서 한없이 시간을 들여 옷을 차려입는 중인 쏘피와 함께였다. 그는 검은 눈의 젊은 웨이터에게서 샴페인잔을 받아들고 화단 속 무릎 높이의 미로 안으로 한가롭게 걸어들어갔다. 웨이터가 자신에 대해 어떻게 생각할지, 잘 손질된 잔디와 좁은 자갈길을 혼자 어슬렁거리는 자신을 바라보고 있을지 궁금했다. 그 또한 재작년 크리스마스 때 웨이터로 일해서 두차례쯤 이웃의 사냥꾼 무도회에서 비슷한 모습으로 쟁반을 들고 이리저리 오갔었다. 앞으로 또 그러지 말라는 법도 없었다. 그는 자신이 외톨이처럼 보일지도 모른다고, 자신이 실은 이 거울의 세계에 속하지 않는다는 사실을 그 웨이터가 알아차렸을 수도 있다고 생각했다. 자신이 동성애자라는 것도 알아볼 수 있을까? 케슬러 경보다 더 확실히? 그 웨이터와 마주쳤던 순간 무언가 깊이 이해하는 가운데 유머와 호기심 가득한 시선을 오래 교환하면서, 닉은 자신들 두 사람이 공유하고 있을지 모를 것을 암시하는 듯한 느낌을 받았다……. 두번째로 잔을 채우면서 접촉할 때는 적절히 응대할 수 있으리라. 오솔길의 소용돌이 모양 장식을 따라가다가 다시 저택이 보이는 지점에 도착해보니 그 웨이터는 다른 곳으로 가고 없었고, 그 대신 폴 톰킨스가 어슬렁거리며 다가왔다.

"어이!"

옥스퍼드 시절 톰킨스는 으레 폴리로 불렸는데, 문득 그 별명이 지나치게 친근하게 혹은 시비를 거는 듯이 여겨져서 닉은 "어이, 폴" 하고 대꾸했다. "잘 지내?" 그러면서 그는 대학생활을 낭만적으로 돌아볼 때 폴은 자신의 기억에서 지워진 인물이라는 사실을 깨달았다.

"아주 잘 지내지." 폴이 의미심장하게 대답했다. 꽉 끼는 야회복을 입은 그의 모습은 크고 둥그스름한 몸통이 볼 좁은 발과 턱이 늘어진 긴 머리통을 향해 가늘어지는 듯 보였다. 닉의 대학생활 내내 그는 떠들썩한 친구이자 심술과 야망으로 끊임없이 소란을 피우던 학생, 유니언과 MCR에 속한[15] 일종의 괴물이었다. 공무원시험에서 수석에 가까운 성적을 받고 최근 화이트홀[16]의 유망한 부서에서 일을 시작한 터였다. 분별력을 과시하려는 성향과 스캔들을 좋아하는 천성 사이에서 격전을 벌이느라 그는 눈이 휘둥그레져 있었다. 그가 잔을 들었다. "멋진 친구 라이어널 케슬러에게 경의를! 웨이터들한테 여긴 완전 천국이겠어."

"그러게."

"샴페인을 가지고 다니는 저 친구는 마데이라에서 왔다더라. 좀 웃기지."

"아, 그런가……."

---

**15** '유니언'은 옥스퍼드 대학의 유명한 토론클럽인 옥스퍼드 유니언(The Oxford Union)을, 'MCR'은 옥스퍼드 대학의 학생 사교단체 중 하나인 미들커먼룸(Middle Common Room)을 말한다.

**16** Whitehall, 런던의 관청가, 즉 영국 정부를 가리킨다.

"글쎄, 반대의 경우보다야 낫겠지. 하지만 어쨌든 지금은 풀럼에 살고 있대. 진짜 우리 집에서 엄청 가까워."

"저기 저 친구 말이구나."

"뜨리스땅이야." 폴이 닉에게 장난스러운 눈길을 던졌다. "다음 주에 우리가 데이트한 다음에 더 물어보라고, 친구."

"아." 닉의 얼굴이 잠시 안타까움으로 굳어졌다. 자신의 무능이 쓰라렸다. 여드름 자국투성이에 보통 수준의 배려심도 갖추지 못한 뚱뚱한 폴리가 다른 남자들에게 그렇게 인기 있는 이유가 뭔지, 정말 알 수가 없었다. 학창 시절에 그는 주방에서 일하는 청년들부터 확고한 이성애자인 조정팀 캡틴까지 거의 불가능한 상대들 상당수를 유혹하는 데 성공했다. 관계가 오래 지속된 적은 없었지만 그렇다 해도 그것은 의지와 낙관주의와 기술의 놀라운 승리였다. 닉은 그가 약간 무서웠다. 그는 커다란 항아리 모양 대좌臺座 주변을 돌아 한두발짝 가다가 장미꽃 너머로 모여드는 손님들을 바라보았다. 유명한 텔레비전 프로그램 진행자가 자신의 인기를 증명하듯 모여든 젊은 여자들을 향해 매력적으로 이야기를 풀어놓고 있었다. 닉이 말했다. "꽤 저명한 사람들이 모였군."

"으음." 폴의 이 소리는 회의적인 기색과 함께 이곳에도 기회가 있다는 암시를 담고 있었다. 그는 담배 한개비를 꺼내 불을 붙였다. "그건 무엇을 저명하다고 하느냐에 달려 있지. 어쨌든 지난 선거 때부터 부인네들이 참 놀랍지 않아? 그들이 애초부터 품어온 의심이 이제는 완전히 부정되는 것 같잖아. 남자들이 어지간히 몹쓸 짓들을 했는데 그러고도 아무 탈이 없었단 말이야. 아무 탈이 없는 정도가 아니고 다수가 계속 그렇게 하라고 요구까지 했단 말이지. 그게 대충 화이트홀의 분위기야— 경제는 파탄 지경에 아무도 직장이 없는데 그 사람들은 신경도 안 써. 황홀경이지. 그리고 부인네들은, 알다시피 모두…… 그 여자 같은 모습이야. 모두 푸른 리본을 매고[17] 그 여자랑 똑같은 헤어스타일을 했다니까."

"글쎄, 레이철은 아닌데." 닉이 대꾸했다. 그는 화이트홀에 겨우 오분 정도 있었을 뿐인 폴이 과연 그곳 분위기를 요약할 수 있는 건지 상당히 의심스러웠다.

"물론 그렇지, 이 친구야. 하지만 레이철은 훨씬 더 격조가 있잖아. 유대인의 격조이긴 해도 격조는 격조니까. 그리고 남편 이름이 노먼은 아니란 말이지."[18]

닉은 폴이 하는 말에 반박하고 싶었지만 그렇다고 너무 정색하고 싶지도 않았다. "그래, 아니지. 켄[19]도 아니고." 그가 말했다.

폴은 담배를 깊이 빨아들인 뒤 쉬 하는 소리와 함께 연기를 길게 뿜었다. "오늘 저녁 제럴드가 상당히 맛있어 보인다고 말하지 않을 수 없군."

"제럴드 페든 말이야……?"

"물론이지."

"날 놀리는 건가."

"내 말에 충격을 받았나보네." 폴이 미안한 기색도 없이 말했다.

"전혀." 닉이 대답했다. 닉에게 인생이란 일련의 충격을 그럭저럭 헤쳐가는 과정이었다. "아니, 내 생각에 그는……."

---

**17** 당시 수상 마거릿 대처가 즐기던 차림이다.
**18** Norman Tebbit(1931~ ). 영국 보수당 정치인으로 대처 내각에서 고용부·상공부 장관, 보수당 의장 등을 지냈다.
**19** Ken Livingstone(1945~ ). 영국 좌파 정치인으로 런던 시장과 하원의원 등을 지냈다.

"물론 너야 지금 그 댁에 살고 있으니 그 완전무결한 찬란함에 익숙해졌겠지."

닉은 웃었고, 그들은 함께 예의 하원의원이 빠르고 유쾌한 말투로 우렁차게 강조해가며 하던 이야기를 마무리짓는 모습을 바라보았다. 그 주변에는 푸른색 드레스를 입은 여성들이 곱게 깔린 자갈길 위에 잔물결을 일으키며 조금씩 휘청거리고 있었다. "무척 매력적인 분이라는 건 부정할 수 없지." 닉이 말했다.

"아하…… 그래, 그 집에 지금 누가 살지? 너와 그 식구들, 그리고 잠자는 숲속의 미녀?"

토비가 그렇게 조롱 섞인 칭찬을 받는 것이 닉은 듣기 좋았다. "잠자는 숲속의 미녀는 집에 있는 경우가 별로 없어. 알겠지만 자기 몫의 아파트를 받았으니까. 그렇지만 물론 캐서린이 있지."

"아, 맞아, 나도 캐서린 아주 좋아해. 방금 보니까 완전 사기꾼 같은 남자랑 1미터쯤 되어 보이는 조인트[20]를 피우고 있던데. 대단한 아가씨야."

"아주 불행한 아가씨인 건 틀림없지." 닉은 자신이 그녀의 불길한 비밀을 알고 있다는 데 대해 잠시 우쭐한 기분이 되었다.

폴의 눈썹은 그 말이 틀렸음을 드러내고 있었다. "그래? 볼 때마다 딴 남자하고 나타나던데. 정말 행복해야 할 아가씨 아닌가? 여자가 원할 만한 것은 모두 가지고 있잖아."

"꼭 캐서린의 아버지처럼 말하네. 그분이 아주 정확히 똑같은 말씀을 하시는 걸 들은 적이 있지."

"아, 저기 좀 봐!" 폴이 말했다. 그는 빙그레 웃은 뒤 반쯤 피우다

---

20 joint, 마리화나의 속어.

만 담배를 길에 던져 발로 껐다. "토비가 왔군." 그가 고갯짓으로 가리킨 응접실 쪽에서 토비가 쏘피와 팔짱을 끼고 나타났다. 생일 파티라기보다 결혼식 같았다. "세상에, 운 좋은 년!" 폴이 그 한쌍의 순수한 눈부심을 묘하게도 솔직히 수긍하며 중얼거렸다.

"그러게. 나도 저 여자 싫어."

"아, 굉장한 여자지. 인물 좋고, 머리는 물병만큼 나쁘고 ── 물론 배우로서 장래성이 대단하고."

"꼭 맞는 말이야."

폴은 그를 향해 촌뜨기 사촌에게 하듯이 웃어 보였다. "에이, 그렇게 진지하게 받아들이지 마. 어쨌든 다들 창녀잖아. 이 사내놈들 모두에게도 가격이 매겨져 있고. 토비가 브랜디 한병 들이켠 뒤에 새벽 2시쯤 만나봐. 그럼 너 하고 싶은 대로 다 할 수 있을걸. 내가 장담한다고."

그로서는 너무나 황당한, 거의 무서울 정도로 흥분되는 생각에 닉은 미소조차 짓기 힘들었다. 감정을 가지고 이렇게 심한 장난을 치다니, 이 폴리라는 자식은 영악한 친구였다. 닉이 말했다. "으음, 어쨌든 이 파티는 여자친구를 위한 축제 같은데."

그리고 테라스에 모인 사람들은 금세 숫자가 두배 세배로 불어나면서 점점 더 효율적으로 재생산하는 종(種)의 분위기를 띠었다. 대부분 닉의 옥스퍼드 동기인 청년들은 모두 정장 차림으로 정치인들과 텔레비전에 나오는 명사들을 넘겨다보며 그들의 모습에서 엄청나게 성공한 자신의 미래를 엿보았다 ── 가면을 쓰자 새로운 자아를 발견한 듯 기분 좋은 윤기가 그들 사이에 감돌았다. 그들은 쓸데없이 아가씨들과 섞이는 일도 없었다. 흡연실과 독신남의 자리가 마련되던 빅토리아 시대 전성기에 그 저택에서 통용되던 규칙이 아직도 그들을 이끌어 구속하는 듯 보일 정도였다. 그러나 벨 벳과 실크로 지은 번쩍이는 옷을 입고 엄마 화장대에 뛰어든 아이들처럼 화려하게 치장한 여자들 또한 새로운 힘과 권위를 지니고 있었다. 해가 기울면서 그들의 힘과 권위는 점점 더 파고들며 극적인 모습을 띠었고 묘한 매력을 지닌 그림자를 던졌다.

폴이 말했다. "미리 알려줄 게 있는데, 와니 우라디가 약혼했어."

"아, 저런." 닉이 말했다. 약혼이라니, 참으로 맥빠지는 일이었다. "좀더 생각해볼 것이지." 자신과 와니의 행복한 미래, 다른 미래가 그의 머릿속에 그려졌다──마음씨 곱고 엄청난 부자에 소년들을 사랑하는 교황을 위해 그려진 세례요한만큼 아름다운 와니. 그의 아버지가 미라 슈퍼마켓 체인을 소유하고 있어서 닉은 미라마트에서 우유 한병이나 초콜릿 하나를 살 때마다 와니의 호주머니에 돈을 집어넣는 듯 어렴풋이 색정적인 느낌이 들곤 했다. 그가 말했다. "그 친구 오늘밤에 올 것 같은데."

"그 창녀새끼야 오지. 이 집 진입로에서 그 자식의 음탕한 차를 봤거든." 창녀라는 표현은 자신과의 섹스에 동의한 누구에게나 쓰는 폴의 용어였다. 하지만 닉이 알기로 폴은 와니하고는 그런 일이 없었다. 토비처럼 와니도 멀고 순수한 환상의 영역에 남아 있었고, 그를 가질 수 없다는 사실이 불러일으키는 도전의식에 걸맞게 그 환상은 더욱 강렬하고 독창적으로 자라났다. 진짜로 그와 연인이 될 가능성이 있기나 했던 듯 닉은 상실감을 느꼈는데, 침대에 혼자 누운 채 마음속에서 그와의 관계를 아주 깊이 발전시켜왔던 것이다. 거대한 이성애의 급행열차가 자신의 친구들을 모두 일등칸──침대차──에 태운 채 정시에 플랫폼을 떠나는 장면이 보이는 것만 같았다! 기차가 속도를 내면서 그는 자신이 가진 것에 매달렸다.

그의 첫 관계, 퇴비더미 옆에서 벌어졌던 리오와의 십오분. "여기에서 호모는 우리 둘뿐인가?" 닉이 말했다.

"그렇진 않을걸." 그런 우연 때문에 그날밤 닉의 파트너가 되고 싶지는 않다는 표정으로 폴이 대답했다. "세상에, 진짜 그 망할 놈의 내무장관이 왔네. 좀 꿈틀거려봐야겠는데. 나 어때 보여?"

"아주 멋져." 닉이 말했다.

"아, 그럴 줄 알았어." 우쭐대는 학생처럼 폴이 가장자리에 기름기가 번지르르한 자신의 머리칼을 쓸어넘겼다. "가야겠네, 친구!" 어마어마한 새 먹잇감을 시야에 넣은 그가 바보같이 집중한 표정으로 말했다. 그러고는 열망에 찬 당당한 걸음걸이로 자리를 떠 작고 낮은 나무 울타리를 뛰어넘었다. 제럴드가 자기 아들을 내무장관에게 소개하는 현장에 도착한 폴의 모습이 보였다. 그 자리는 마치 주빈이 두 사람이고 둘 모두 서로의 존재에 기분 좋게 당황한 듯한 모습이었다. 폴리는 주변을 얼쩡거리다가 과감하게 뚫고 들어갔다. 그의 얼굴에 서린 진지한 흥분이 얼핏 닉의 눈에 띄었고, 이어서 그 모습은 무리 속으로 사라졌다.

"그래, 어떤 사람이지?" 러셀이 물었다. "캐서린의 아버지 말이야. 뭘 좋아해?" 그는 탁자 너머로 캐서린을 바라보고는 이어서 그 방 더 멀리에 있는 제럴드 쪽으로 눈길을 던졌다. 제럴드는 곁에 있는 금발 여성에게 미소짓고 있었지만 표정에서는 이제 곧 연설할 사람 특유의 집중력을 드러내는 미세한 활기가 느껴졌다. 그들은 커다란 홀의 열두어개쯤 되는 식탁 중 하나에 앉아 있었다. 막바지에 이른 정찬은 기대에 찬 분위기로 소란스러웠다.

"포도주." 술이 취해서 말이 많아지긴 했지만 여전히 러셀의 부추김을 경계하고 있던 닉이 말했다. 러셀은 주름 잡힌 식탁보 위에서 잔을 돌리고 있었다. "포도주. 자기 아내…… 또……."

"권력." 캐서린이 날카롭게 덧붙였다.

"권력……." 닉은 고개를 끄덕여 그것도 목록에 추가했다. "웬즐리데일 치즈도 무척 좋아하지. 아, 그리고 리하르트 슈트라우스의 음악도—특히."

"그렇군." 러셀이 말했다. "나도 리하르트 슈트라우스의 음악은 좀 좋아해."

"아, 나도 웬즐리데일 치즈는 좀 좋아해." 닉이 말했다.

러셀은 그의 말을 이해하지 못했다는 듯, 혹은 그의 얼굴에 주먹을 한방 먹이겠다고 암시하듯 그를 향해 눈을 깜박였다. 그렇지만 이어서 마지못해 미소를 지었다. "그러니까 변태적인 것 중에서는 별로 좋아하는 게 없다, 이거군."

"권력." 캐서린이 다시 말했다. "그리고 연설하는 것." 잔이 울리고 소란함이 잦아드는 바람에 많은 사람들이 이어지는 그녀의 말을 들었다. "아버지는 연설하기를 좋아해."

닉은 제럴드와 토비를 잘 보려고 의자를 뒤로 밀었다. 토비는 얼굴을 붉힌 채 염려와 긴장이 섞인 미소를 띠고 주변을 돌아보고 있었다. 그의 아버지가 슬쩍 놀리며 칭찬하고 술취한 그의 친구들—동기들—은 환호할 십분간의 시련, 묘하게 즐거울 시련이 그를 기다리고 있었다. 닉은 그를 향해 웃어주었고, 그를 도와주고 싶었지만 물론 무력했다. 그 자신부터 염려와 억지 열정으로 지인의 연설을 기다리느라 얼굴을 붉히고 있었다.

제럴드는 자주 쓰지 않는 반달 모양 안경을 쓰고 작은 메모지를 손에 든 채 팔을 쭉 뻗었다. "장관님, 귀족 여러분, 그리고 신사 숙녀 여러분," 그가 입을 열었다. 이 오래된 관용구를 말하는 약간 비꼬는 듯 무심한 어조가 영리하게도 청중으로 하여금 아, 그렇지, 물론 공작부인과 그 아들, 그리고 케슬러 경과 마터스 클럽 소속의 토비의 친구인 젊고 뚱뚱한 셉턴 경이 여기 참석했지, 생각하게 만드는 효과를 자아냈다. "저명한 손님들, 가족과 친구들, 오늘 진정으로 멋진 이 장소에 여러분 모두를 모시게 되어서 참으로 기쁩니다. 그리고 정말이지, 세계적으로 유명한 도자기 수집품들을 우스터 칼리지의 퍼스트15 클럽에 기증하신 라이어널 케슬러께 진심으로 감사드립니다. 예나 지금이나 쎌프리지 표지판에 써 있듯이 '파손된 것은 모두 변상해야 합니다'." 이 말이 분위기에 잘 맞는지 닉으로서는 알 수 없었지만 여기저기서 사람들이 웃는 소리가 들린 것은 사실이었다. "정치지도자들과 영화계 스타들이 참석해주신 것도 영광입니다. 그리고 토바이어스는 여왕 폐하의 정부 각료들이 이렇게 많이 참석해주신 것을 큰 영광으로 생각하고 있을 듯싶습니다. 저의 재치 넘치는 딸이 말하길 이 자리가 '파티라기보다는 파티회의'라고 했다더군요." 불안한 웃음소리가 잠시 들리다가 적당한 때에 "저는 다만 우리가 블랙풀에서 만날 10월에도 제가 지금과 마찬가지로 중요한 역할을 하고 있기를 바랄 따름입니다"라는 말이 이어졌다. 하원의원들은 이 말에 대해 점잖게 킬킬거렸지만, 정치지도자라는 수식어를 다른 사람들보다 더 심각하게 받아들인 내무장관은 자기 앞에 놓인 커피잔을 향해 수수께끼 같은 미소를 지었을 뿐이다. 러셀은 캐서린에게 상당히 큰 소리로 "멋졌어!"라고 말하고는 두어번 박수까지 쳤다.

"자, 여러분께서도 들으셨으리라 생각하지만," 제럴드가 그제야 그들을 향해 재빨리 눈길을 던지며 말을 이었다. "토비는 오늘 스물한살이 되었습니다. '오래 고대해온 스물한살'에 대한 존슨 박사의 유명한 어구를 말씀드리고 싶어서 간밤에 다시 찾아봤는데 실은 제가, 그리고 틀림없이 여기 계신 여러분 대부분도 그러시리라 짐작하는데, 그 내용을 잘 알지 못하고 있었더군요." 여기서 제럴드는 감탄할 만큼 거만한 태도로 메모지를 내려다보았다. "'조상의 돈을 아낌없이 내어주라,' 위대한 챔<sup>21</sup>은 말합니다. '절약의 노예들에게 작별을 고하라……. 주머니가 꽉 차고 기운 넘치는 선남이 떠들썩하게 놀 때, 몇 에이커의 땅이 다 무엇이냐. 집들이 다 무엇이냐. 젖었거나 말랐거나, 그저 먼지일 뿐.' 그러니 위대한 은행가들의 손자이자 조카, 우리 시대의 훌륭한 지주地主민주주의 속에서 성년이 된 한 젊은이에게 주기에 적절한 충고는 아니지요. 그리고 젖은 것과 마른 것 사이에서 선택을 망설인다는 것도 물론 더이상 좋은 일이 아니고요."

많은 사람들이 폭소를 터뜨린 가운데 닉은 다시 토비의 눈길을 포착해 길게, 이삼초가량 그를 응시했다. 어쩌면 그가 긴장을 푸는 데 도움을 주었을지도 모르겠다. 토비는 너무 초조한 나머지 아버지의 연설에 제대로 귀를 기울이지 못했고, 농담 때문이라기보다는 그저 다른 사람들을 따라 웃고 있었다. 존슨 박사의 시가 가차없는 풍자라는 것도 깨닫지 못하다니, 제럴드다웠다. 닉은 그 방을 둘러보며 대학의 홀을 떠올렸다. 제럴드와 더 영향력 있는 손님들이 높은 식탁에 선택되어 앉아 있는 모양새였다. 혹은 종종 이런 집을 개조한 다른 기관처럼 보이기도 했다. 위쪽으로 갤러리의 아케이드에서는 하인 한두명이 다음 무대가 펼쳐지기만을 기다리며

21 영국의 시인·비평가 쌔뮤얼 존슨(Samuel Johnson)의 별명.

무표정한 얼굴로 귀를 기울이고 있었다. 높이가 10피트쯤 되는 거대한 전기 샹들리에에서는 금박 장식의 위로 말린 가지에 매달린 유리 백합들이 뿌연 빛을 발하고 있었다. 캐서린은 그 아래 앉기를 거부했고, 오로지 그 이유로 그들의 식탁 전체가 방의 이 구석으로 밀려난 터였다. 샹들리에가 떨어지기라도 한다면 와니 우라디를 박살낼 수도 있다는 사실을 닉은 깨달았다. 그 또한 그런 가능성에 조금 불안해지기 시작했다.

제럴드는 이제 토비의 삶을 익살스럽게 소개했고, 그 얘기를 듣고 있던 닉은 다시금 결혼에 대해, 모두에게 끔찍한 신랑 들러리의 연설에 대해, 그리고 스물한살 생일이 지나면 곧 결혼이 뒤따른다는 이성애자에게 주어진 엄청난 가능성에 대해 잇달아 생각했다. 그에게 보이는 거라곤 쏘피 티퍼의 뒤통수뿐이었는데 아마 그 머리도 그와 비슷한 생각을, 밝고 앞날이 창창한 음조로 바꾸어 하고 있을 것이었다. "그 시절 아직 십대였던 토바이어스는," 제럴드가 말을 이었다. "첫째, 이녁 파월이 사회주의자라고 믿었으며, 둘째, 홉스의 책을 불살랐고, 셋째, 정체를 알 수 없는 곳에 엄청난 액수의 돈을 쏟아부었습니다. 옥스퍼드에 들어가서는 정치학, 철학 및 경제학 통합 학위라는 거부할 수 없는 선택을 감행했고요." 다시 웃음소리가 이어졌다 — 제럴드는 무척 능란하게 웃음소리를 이끌어냈다. 그들은 술에 취한데다 유순하며 심지어 속이기도 쉬운 사람들이었고, 연설이란 일종의 속임수니까. 동시에 젊은이들 사이에는 일종의 공감대가 형성되어 있었는데, 그들은 연설이란 좀 난처한 내용이라도 괜찮고 아마 그러는 편이 좋다는 사실을 이해할 만큼 어른스러운 친구들, 옥스퍼드답게 시끌벅적하면서도 잘난 친구들이었다. 이 연설에 여성들이 더 열렬한 반응을 보이는지, 폴리가 그러듯이 그들도 주최자의 '찬란함'을 발견하고 있는지 닉은 궁금했다. 닉 자신은 제럴드에 대한 애정과 실은 그가 상당히 끔찍한 사람일지도 모른다는, 자신이 오랫동안 부정해온 변덕스러운 의심 언저리를 느긋하게 탐색하고 있었다. 케슬러 경의 반응을 볼 수 있었다면 좋았을 거라고 그는 생각했다.

"그리고 여러분도 아시다시피 토바이어스는 이제," 제럴드가 말했다. "적어도 당분간은 언론계라는 진로를 선택했습니다. 솔직히 말해서 처음에는 조금 불안하기도 했지만, 토비가 의회를 스케치하는 기자가 되고 싶은 생각은 없다기에 안심할 수 있었죠.『가디언』지에서 제기한 영문 모를 소문이 있었죠. 저야 대강 넘어가기를 바라지만, 어쨌든 일단 토비가 질문을 하면 대답하기 전에 깊이 생각해보고 모든 것에 대해서 필사적으로 부인하기로 결심했습니다."

닉은 유쾌한 듯 어깨를 살짝 으쓱이며 주변을 둘러보았는데, 마데이라에서 온 웨이터 뜨리스땅이 뒤쪽 문가에 서서 멍하니 이 파티의 진행을 바라보는 모습이 눈에 띄었다. 출장요리 회사 웨이터인 그로서는 너무나 많은 연설에 귀를 기울여야 하리라. 더욱이 그 연설들 하나하나는 내부자만 알 수 있는 농담과 암시로 가득 차 있겠지. 그는 무슨 생각을 하고 있을까? 그 모두에 대해 생각하고 있을까? 그는 엄청나게 크고 아름다운 손, 거장의 손을 지니고 있었다. 비대칭을 이룬 그의 연회복 바지 앞섶은 그 안의 내용물을 암시하며 불룩 솟아 곡선을 만들고 있었다. 닉이 자신을 바라보는 것을 깨닫자 그는 아주 희미한 미소를 보내며 명령을 속삭여주길 기다린다는 듯 고개를 까딱했다. 내가 자신에게 호감을 가지고 있다는 것도 모르겠지, 웨이터를 절대 사람으로 보지 않는 멋쟁이들 중 한 명인 줄만 알겠지, 하고 닉은 생각했다. 그는 고개를 저으며 시선을 돌렸고, 익숙한 그의 실망은 눈에 띄지 않았다. 가방에 소지품을 챙기면서 러셀에게 짜증스러운 눈길을 보내는 캐서린의 모습이 눈에 들어왔다. 러셀은 그녀에게 입술만 움직여 "뭐라고?" 하고 물었는데, 그 또한 짜증이 나는 모양이었다. "그래, 토비," 제럴드가 목소리를 높이며 말을 늦추었다. "축하하고, 축복하며, 사랑한다. 생일 축하한다! 여러분 — 모두 — 잔을 들어주십시오. 토비를 위하여!"

"토비를 위하여!" 잔 부딪는 소리가 겹치며 요란하게 울려퍼지고 환호와 휘파람과 박수갈채가 뒤따랐다. 연사가 아니라 토비를 위한 박수, 특별한 날의 과장되고 비현실적인 환호였다. 닉은 눈물을 글썽이며 잔을 들고는 감정을 감추기 위해 연신 샴페인을 홀짝거렸다. 그러나 캐서린은 금박 입힌 작은 의자를 식탁에서 휙 밀어젖히더니 뜨리스땅을 지나쳐 서둘러 나갔다. 뜨리스땅이 도울 일이 있는지 알아보려고 잠시 그녀를 뒤따라 나갔다. 닉과 러셀은 서로를 바라보았지만 그때 토비가 자리에서 일어섰고, 그 순간 닉이 그녀를 따라 나간다는 것은 있을 수 없는 일이었다. 닉은 정말이지 이 어마어마하고 고상한 방에 있는 그 누구보다 토비를 사랑했고, 그의 연설이 이어지는 동안 그와 함께할 작정이었다.

"아닙니다." 토비가 말했다. "아버지께서 그 일에 대해 조금 잘못 알고 계신 것 같은데요. 제가 『가디언』지에서 아버지를 인터뷰하게 하려고 시도한 것은 사실지만 그 사람들은 별 흥미가 없었어요!" 그리 재미있는 말이 아니었음에도 그의 친구들은 웃어주었다. 사뭇 자축하는 분위기였던 제럴드는 재빨리 겸손하게 부루퉁한 표정을 짓지 않을 수 없었다. "그들의 대답은 '그가 뭔가 큰일을 할 때까지 기다려'였죠." 그런 뒤 그는 아버지를 향해 돌아서서 말했다. "물론 저는 오래 기다리진 않아도 될 거라고 말했고요."

토비의 태도에서는 순수함이 느껴졌다. 그는 짓궂게 놀려대는 가족의 전통을 이어보려 노력했지만 마음이 너무 물러서 아직은 제럴드의 적수가 되지 못했다. 처음 일어섰을 때 당장이라도 기절할 사람처럼 놀랄 만큼 창백하던 얼굴은 긴장이 풀리자 갑자기 화끈 달아올랐는데, 스스로 자신의 달아오른 뺨을 의식하고 있다는 사실을 그의 불안한 미소가 보여주고 있었다. 그가 말을 이었다. "길게 말씀드릴 생각은 없습니다." 실망을 표하는 약한 신음소리가 들렸다. "하지만 무엇보다도 오늘 우리 모두를 이 자리에 초대해주신 다정하고 너그러운 라이어널 외삼촌께 감사를 드리고 싶습니다. 이보다 더 훌륭한 파티는 상상할 수 없어요──그리고 이런 파티를 치렀으니 앞으로 제 삶이 아주 긴 용두사미가 될 것 같은 끔찍한 기분도 드네요." 이 말에 이어 케슬러 경을 위한 환호와 갈채가 쏟아졌다. 감사 인사를 받는 상황에 익숙할 게 틀림없는 케슬러 경도 이렇게 공식적인 사랑의 표현에는 익숙지 않은 듯했다. 이번에도 역시 가족을 향한 토비의 애정 표현은 강력하고 감상적이면서도 약간은 의외였다. 닉은 욕정과 격려와 조바심이 뒤섞인 황홀함 속에서 토비를 향해 미소지었다. 마치 연극 속의 아름다운 배우를 바라보고 좇으며 갈망하는 것 같았다.

"저는 또한," 토비가 이어서 말했다. "남아프리카에서 여기까지 먼 길을 와준 오랜 친구 조시와 캐럴라인에게 깊은 감동을 받았습니다. 아, 그리고 여기 온 김에 자신들의 결혼식도 끼워넣을 예정이라더군요." 아무도 조시와 캐럴라인이 누군지 몰랐지만 사람들은 너그럽게 갈채를 보냈다. 닉은 자신이 토비의 목소리에 거의 넋이 나간 채 귀를 기울이고 있는 걸 알았다. 제럴드와는 정반대로, 토비의 말에서는 악의 섞인 자만심이라곤 전혀 느껴지지 않았다. 제럴드는 옥스퍼드 유니언에서 훈련을 거쳐 수많은 이사회에서 단련된 노련하고 자신감 넘치는 연사였고, 그의 어조는 솔직함과 가식이 결합되어 기묘하게 매력적인 효과를 냈다. 토비는 그의 많은 친구들과 마찬가지로 요즘의 사립학교 억양, 즉 계급을 부인하는 모호한 억양을 사용했다. 지금은 약간 취한데다 긴장도 한 탓에 그는 부모가 자기 같은 자식을 참아주다니 "끔찍히도 너그럽다"라고 말하며 모음을 옛날식으로 발음했다. 연설을 통해 무슨 말을 하려는 건지 그 자신조차 알지 못하는 듯했다. 마치 결혼식의 신랑과 감사인사를 전할 사람의 목록을 가진 수상자의 중간쯤 되는 것 같았다. 소년다운 수법으로 그는 자신으로부터 친구들에게로 주의를 돌렸는데, 이런 점도 아버지와 정반대였다. "쌤은 바지가 두벌 필요할 것"이라거나 "메리에게는 더이상 박하주를 허락하지 않을 것"이라는 등의 농담은 언젠가 그들이 저지른 창피스러운 실수와 관련된 얘기가 틀림없었지만, 의원들은 지루해하기 시작했다. 닉은 옥스퍼드 시절의 향수를 느끼며 감동에 젖었다. 그뒤로는 문, 아마도 참나무 문이 부드럽지만 확실하게 닫혀버린 그 시절 말이다. 닉은 언급되지 않았다. 그러나 그는 이것이 친밀함의 표시라고 생각했다. 그의 눈길은 토비를 감쌌고, 그는 자신의 무기력한 미소와 들어올려 손뼉을 치는 손 뒤로 꿈속의 자신이 그를 향해 달려가 껴안고 뜨거운 그의 얼굴에 키스하는 모습을 보았다.

자신의 방에서 닉은 재킷을 벗고 체념한 듯 냄새를 맡아보았다. 즈 프로메를 더 뿌려야 할 시간이었다. 그는 화장실로 가서 작은 지붕창을 열고 뺨에 찬물을 뿌렸다. 축배를 들다가 그는 취하고 말았다 — 늘 딱 한잔을 더 마시는 바람에 억울하게도 우습게 취하곤 했다. 파티는 아직도 몇시간 더 계속될 예정이었다. 그것은 즐거움의 의식이자 전통이자 관습이었고, 모두가 그 사치스러움과 격식에 대한 충실함 때문에 그것을 사랑했다. 곧 무도장으로 이동할 것이고, 그러면 모든 이가 쌍을 이루어 엉덩이와 허벅지와 미끄러지는 손을 이용해 서로에게 구애하도록 허용될 것이다. 닉은 거울을 들여다보고 그 안에서 혼자 비틀거리는 자신을 보았다. 십분 전에 토비에게 느꼈던 사랑이 갑작스러운 갈증과 함께 리오에게로, 모든 것을 바꿔버린 그의 키스로, 그의 면도 자국으로, 그의 엉덩짝 사이 훌륭하게 면도된 깊은 곳에 대한 상상으로 옮겨갔다. 기억의 정확성, 실제 벌어진 일의 타는 듯한 사실성으로 인해 한동안 그의 눈앞이 새까매졌다. 일이초쯤 지나 정신을 차려보니 스스로를 내맡기던 순간을 재현하듯 볼이 붉어진 채 가쁜 숨을 쉬고 있는 거울 속 자신의 모습이 눈에 들어왔다. 그는 넥타이를 완벽하게 다시 매고 손으로 머리를 쓸어내렸다. 고수머리를 쓸어내리는 손동작에는 자신에 대한 일종의 애정이 깃들어 있었다. 리오를 통해 그것을 배운 듯한 기분이었다. 거울은 단풍나무 목재로 가장자리를 두른 담백한 타원형이었다. 세면대는 루이 16세식 진품 서랍장을 잘라 대야와 높이 솟고 갈라진 소리가 나는 한쌍의 수도꼭지를 붙여 개조한 것이었다. 그러니까 루이 16세식 서랍장을 소유하고 있다면, 수십개씩 가지고 있다면 그것들을 제멋대로 야만적으로 다룰 수도 있는 것이다. 서랍장이란 결국 편리함을 위해 존재하는 물건이니까. 그러니 결국, 이런 집에 시계태엽 감는 사람의 아들이 아닌 가족의 친구로 머무는 것은 얼마나 대단한 일인가.

계단을 빠른 걸음으로 내려가다가 그는 와니 우라디가 올라오는 것을 보았다. 때때로 닉은 다리 사이를 다정하게 더듬거나 길고 숨가쁜 키스를 나누는 상상으로 와니와의 인사를 대신하곤 했다. 한번은 와니를 벌거벗겨 밤새 기숙사 방에 묶어놓는 상상을 한 적도 있었다. 상상 속에서는 또 기억할 수 없을 정도로 자주, 쉬지 않고 와니와 항문성교를 했다. 자신의 여자친구, 약혼녀가 뒤따라오고 있는지 돌아보는 와니 자신은 물론 이 모든 일에 대해서 전혀 모르고 있었다. 사실 그들은 거의 모르는 사이였다.

"어이, 와니!" 닉이 말했다.

"어이!" 아마도 그의 이름을 기억하지 못하는 듯했지만 와니도 다정하게 대꾸했다.

"축하를 해야겠지……."

"아, 그래." 와니는 웃으며 고개를 숙였다. "정말 고마워." 닉은 언젠가 느릿느릿 시간이 흐르던 세미나실에서 생각했던 것처럼, 그렇게 긴 속눈썹을 통해서 보는 세상은 틀림없이 특별하게 그늘이 지고 불순물이 다 걸러진 모습이리라 생각했다. 두 사람은 문득 결심한 듯 악수를 나누었다. 와니는 짜증스럽게 중얼거리며 다시 뒤를 돌아보았는데, 그 태도가 너무나 다정하고 공손해서 마치 닉을 어떤 악의 없는 공모에 끌어들이는 것만 같았다. "마르띤을 소개할게." 그가 말했다. 그의 성기, 얌전하고 별로 의식되지 않지만 무시하기 힘들 만큼 항상 약간 왼쪽으로 도드라져 있는 그의 성기는 닉에게 욕정을 불러일으킨다는 면에서 자극적이었다. 그는 지금 몽롱한 아주 짧은 순간을 틈타 그것을 흘깃 엿보았다. 그 성기와 검은 고수머리 때문에 와니는 약간 60년대의 팝스타 같은 분위기를 풍겼다 ― 그런 모습이 그의 어리숙한 예의 바름과 상당히 모순돼 보이긴 했지만.

"약혼 기간이 길기를 바라." 닉은 그렇게 말하는 자신의 목소리를 들었다.

"아, 저기 오네……." 그들은 붉은색 카펫이 깔린 얕은 계단을 밟고 그들을 향해 올라오고 있는 아가씨를 함께 내려다보았다. 그녀는 진홍빛 블라우스에 길고 다소 빳빳한 검은색 스커트 차림이었는데, 양손으로 치맛자락을 살짝 들어올리고 있어서 계단을 하나하나 밟을 때마다 무릎인사를 하는 것처럼 보였다. 건전한 느낌을 주는 여성으로 잘 꾸몄지만 유행을 따른 옷차림은 아니었다. "마르띤이야." 와니가 말했다. "이쪽은 닉 게스트. 우스터에 함께 다녔어."

닉은 와니가 자신의 이름을 알고 있다는 사실에 미소지으며, 마르띤의 차가운 손을 잡고서 잠깐이나마 자신이 그녀가 몰랐던 약혼자의 옛 친구로서 재미난 의심의 대상이 되는 것을 상상해보았다. "만나서 기쁘군요. 축하드려요." 그가 말했다. 이 모든 축하가 그에게 어렴풋이 자학의 열기를 불러일으켰다.

"아 ― 정말 감사드려요. 그렇군요, 앙뚜안이 벌써 얘기했군요." 그녀의 프랑스식 억양이 닉에게 와니의 가족과 그의 과거에 관한 미지의 연결망을 떠올려주었다. 아마 빠리나 베이루트…… 세계적인 부자의 진짜 생활 같은 것을. 와니는 그런 생활 속에 있다가 가끔씩 옥스퍼드로 내려와 드라이든에 대한 에세이를 읽거나 앵글로색슨의 수수께끼를 번역했던 것이다. 앙뚜안이 그의 본명이지만 어린 시절 그가 그 이름을 와니라고 발음했기 때문에 그것이 애칭으로 굳어진 것이고.

"정말 행복하시겠어요."

마르띤은 미소만 지을 뿐 아무 말도 하지 않았다. 닉은 그녀의 넓고 창백한 얼굴에 승리감에 찬 기색이 있는지 살펴보았다. 자신이 와니와 약혼했다면 그렇게 느꼈을 텐데.

"우리 방으로 가려는 참이었어." 와니가 말했다. "갔다가 바로 비밥을 추러 내려오려고."

"글쎄, 아마 자기는 비밥을 추겠지." 마르띤은 벌써 자신만의 생각을 내비치며, 하지만 참을성 있게 말했다. 계단을 내려가던 닉에게 그런 그녀의 태도는 단호한 어른스러움으로 각인되었다. 자신은 상상할 수 없거나 굳이 바라지 않는 안정적인 행복, 평온함의 얼굴이 분명 그러하리라.

그는 바람을 좀 쐬고 싶었지만 사람들이 안으로 뛰어들어오느라 홀이 떠들썩했다. 바깥에서는 어두워진 밤하늘에서 가는 비가 흩뿌리기 시작했다. 닉은 커다란 전구 램프가 쏘아올리는 빛 속에서 반짝이며 흩날리는 빗방울들을 바라보았다. 바깥 진입로의 원형 도로에서는 두어명의 운전기사들이 조명등을 켠 다임러 앞에 앉아 이야기를 나누며 주인을 기다리고 있었다. 그리고 접이식 지붕에 'WHO6'라는 민망한 번호판이 붙은[22] 와니의 메르세데스가 보였다. 누군가 "자! 모두들 무도장으로 오세요!"라고 외치는 소리가 들렸다. 여기저기서 동의의 합창이 이어졌다.

"만세! 춤이다!" 슬론[23]족처럼 생긴 여자 하나가 잔뜩 취해서는 누군지 기억해내려는 듯 닉의 얼굴을 뚫어지게 바라보며 외쳤다.

"그 잘난 무도장이 어디야?" 한 젊은이가 소리쳤다. 그들은 이제 다시 일꾼들이 현실적인 효율성에 따라 정리 중인 홀로 모여들었다.

"흡연실에 있어요." 닉이 말했다. 자신이 이걸 알고 있다는 사실에, 그리고 갑자기 무리를 안내하게 되었다는 데 그는 흥분했다. 모

---

22 1970, 80년대 엄청난 인기를 누린 영국 록 밴드 '더 후(The Who)'의 이름을 딴 번호판. 이런 번호판을 단 것 자체가 부유한 특권층임을 보여준다.
23 Sloane, 런던 상류층 출신의 젊은 여성들.

두가 어지럽게 그를 따랐고, 슬론족처럼 생긴 여자는 마구 웃으며
외쳤다. "야아, 흡연실에 있구나!" 그러면서 길을 훤히 아는 웃기는
작은 사내 닉을 앞장세웠다.

런던에서 온 토비의 친구 하나가 디스코를 틀었고, 초대 케슬러
남작의 경주마들이 그려진 그림들 위로 빨갛고 파란 스포트라이트
가 번쩍였다. 대부분의 사람들이 즉시 몸을 흔들기 시작했는데, 조
금 어색하긴 해도 행복하고 단호한 표정들이었다. 닉 또한 당장이
라도 춤을 출 것처럼 벽 주변을 어슬렁거리다가 박자에 맞춰 고개
를 끄떡이며 문가로 돌아와서는 재빨리 방을 빠져나왔다. 옥스퍼
드의 마지막 학기에 줄기차게 들었던 「너의 숨결마다」[24]라는 노래
가 울리고 있었다. 그 노래가 닉을 터무니없이 슬프게 했다.

그는 어딘가 불안하고 자신이 잊힌 듯한 느낌, 그 파티의 주변인
이 된 느낌이 들었다. 이 파티를 그 자신의 파티로 여기던 순간도
있었는데. 파트너 없는 남자들이 늘어선 독신자 복도의 암울한 전
망 속에서 그는 잠시 자신의 외로움 때문에 혼란스러웠다. 그것은
자신은 이 사람들과 함께 이 집에 속하지 않는다는 공포에 가까운
느낌이었다. 손님 일부는 서재로 갔는데, 열린 문으로 다가가자 드
문드문 대화 소리가 들려왔고, 그 위로 타고난 권리인 듯 두드러진
목소리도 하나둘 들렸다. 제럴드가 닉이 알아들을 수 없는 무슨 말
인가를 꺼내자 모두의 웃음소리를 뚫고 반쯤 귀에 익은 다른 목소
리가 "내가 알기로, 마거릿은 안 그래!"라고 재빨리 그 말을 고쳐
주었다. 등잔불이 켜진 방의 입구에 선 채 닉은 잠시 자신이 술취
한 학생 같다고 생각했다. 실제로 술에 취해 있기도 했고. 또한 드

---

**24** Every Breath You Take, 영국 록 밴드 '더 폴리스(The Police)'가 1983년 발표한
곡명.

러난 어깨들과 벌게진 얼굴들과 씨가연기로 이루어진 어른의 세계를 들여다보느라 잠 못 드는 아이, 존재가 거의 드러나지 않는 크게 낙심한 아이 같은 느낌도 들었다. 레이철과 눈이 마주치자 그녀가 미소를 지었고, 닉은 안으로 들어섰다. 불을 지피지 않은 벽난로 앞에서 몸을 덥히는 자세로 거만하게 서 있던 제럴드가 소리쳤다. "아, 닉!" 그러나 소개하기에는 사람들이 너무 많았다. 어지럽게 커다란 원을 이룬 사람들이 잠시 그의 쪽을 돌아보았다가 아무것도 보지 못했다는 듯 다시 몸을 돌렸다.

레이철은 다른 사람들과 거리를 둔 채 검은 옷을 입은 주름 많은 노부인과 작은 소파에 앉아 있었다. 그 노부인과 함께 있으니 레이철도 아름답고 짓궂기까지 한 젊은 여성으로 보였다. 그녀가 말했다. "주디, 토비의 훌륭한 친구인 닉 게스트를 소개드린 적이 있나요? 닉, 이분은 레이디 파트리지, 제럴드의 어머님이셔."

"아, 그렇군요!" 닉이 말했다. "만나뵙게 되어 정말 기쁩니다."

"안녕하시오?" 노부인이 건조하지만 쾌활한 태도로 말했다. **토비의 훌륭한 친구** — 충분히 음미할 만한, 거기 담긴 관대함과 순수함과 계산에 대해 분석할 가치가 있는 표현이었다.

레이철이 자리를 조금 비켜주었지만 소파에는 그가 앉을 자리가 없었다. 다소 빳빳한 실크 재질의 넓게 퍼진 라벤더색 드레스를 입은 그녀는 헨리 제임스가 이곳에 묵으러 왔던 80여년 전 싸전트[25]가 그린 초상화 속 귀부인 같았다. 닉은 그들 앞에 서서 미소를 지었다.

"좋은 향이 나네." 레이철이 멋지게 차려입은 자식에게 어머니

---

**25** John S. Sargent(1856~1925). 미국 화가로 상류층 초상화가로 이름을 날렸다.

가 가끔 그러듯 장난삼아 희롱하는 어조로 말했다.

"씨가냄새는 정말 참을 수가 없지 않니?" 레이디 파트리지가 말했다.

"라이어널도 싫어해요." 레이철이 조용히 대답했다. 그건 닉도 마찬가지였다. 닉에게 씨가에서 풍기는 건조한 실험실의 지독한 냄새는 남자들의 취향과 습관에 깃든 설명할 수 없는 자신감, 자신의 취향과 습관을 동료들에게 아무렇지도 않게 강요하는 태도를 뜻했다. 그러나 제럴드가 얼굴을 찌푸린 채 왼눈을 찡그리며 씨가 한대를 피우고 있었기 때문에 그는 아무 말도 하지 않았다.

"제럴드가 저런 습관을 어디서 배웠는지 모르겠어." 레이디 파트리지가 말했다. 그러자 레이철이 한숨을 쉬며 아내와 어머니가 공유하는 실망을 익살스럽게 인정한다는 의미로 고개를 흔들었다. "토바이어스와 캐서린도 피우니?"

"아니요, 천만다행이지요. 그애들이 거기 매력을 느낀 적은 없어요." 레이철이 대답했다. 그리고 다시 한번 닉은 아무 말도 하지 않았다. 자신의 가족과는 비교할 수 없이 매력적이고 재미있는 자잘한 까칠함과 충돌로 점철된 그 가족의 로맨스는 항상 그를 사로잡았다. 그리고 그것은 이제 제럴드의 어머니라는 존재로 인해 새로운 차원을 더한 참이었다. 그녀의 태도에서는 느릿느릿하면서도 바지런한 면이 느껴졌고, 얼굴에는 파우더를 듬뿍 발랐고 입술에는 대담한 빨간색을 칠했다. 그녀에게서는 뭔가 권위적인 면이 엿보여서 닉은 그녀의 비위를 맞춰야 할 것 같은 기분이 들었다. 토비보다 제럴드를 더 화려해 보이게 하는 것과 같은 요소가 그녀 또한 제럴드보다 더 위엄 있어 보이게 만들었다.

"바람을 좀 쐴 수 있겠지." 그녀가 닉은 거의 거들떠보지도 않고

서 말했다. 닉은 그들을 뒤따라 창문 쪽으로 가서 새시를 밀어올려 땅에서 올라오는 차고 습한 공기를 불러들였다.

"자, 됐어요!" 이제 그들과 친구가 된 듯한 기분으로 닉이 말했다.

"자네도 이 집에 머무나?" 레이디 파트리지가 물었다.

"예, 꼭대기층의 아주 작은 방을 쓰고 있습니다."

"호크스우드에 작은 방이 있는 줄은 몰랐군. 하긴 꼭대기층에 올라가본 적이 없으니." 그의 겸손함을 가져다가 그를 더욱 바닥까지 끌어내린 그녀의 솜씨에 닉은 반쯤 경탄하지 않을 수 없었다. 자신의 말이 그녀 자신에 대한 모욕으로 느껴질 정도였다.

"그건 작다는 것을 보는 기준에 달려 있기도 하겠지요." 그는 이렇게 말하며 기분을 맞춰주려는 기색이 뚜렷한 웃음을 지었다. 술에 취하면 따라오는 약간의 피해망상이 이미 생긴 터라 그로서는 자신의 태도가 건방진지 매력적인지도 확신할 수 없었다. 아마 자신이 뜻한 것과 정반대의 이야기를 했을 거라고 그는 생각했다. 웨이터 한명이 쟁반을 들고 다가와서 브랜디를 권했고, 그가 브랜디를 따르는 모습을 닉은 놀랄 만큼 움츠러든 마음으로 바라보았다. "아, 그만요…… 됐어요!" 그는 멋지고 어딘지 음흉해 보이는 웨이터였지만 뜨리스땅은 아니었다. 뜨리스땅은 닉의 마음속에서 특별한 문턱을 넘어온 존재여서 이제 부재중에도 생생했고 완전히 반한 상대가 되어 있었다. 그는 자신이 이 웨이터에게도 반할 수 있을까 궁금했다 — 두어번의 마주침, 지금 같은 좌절감, 반쯤 의식적인 결심 한번이면 될 터였다. 그러면 그 청년의 모습이 머릿속에 각인될 테고, 그가 나타날 때마다 맥박이 요동치겠지.

레이철이 말했다. "닉은 런던에서도 우리와 함께 지내고 있어요. 런던에서는 진짜로 지붕 밑의 작은 방에서 지내지요."

"네가 누구를 들었다고 말한 기억이 나는 것도 같구나." 레이디 파트리지가 여전히 닉은 바라보지도 않은 채 말했다. 마치 자신도 이들에게 속한다는 닉의 비밀스러운 환상, 그녀의 아름다운 손자와 은밀한 형제 같은 관계라는 그의 환상에 대해 감을 잡고 재빠른 영역 본능에 따라 그것을 제거해버리려 하는 것만 같았다. "토비가 엄청나게 인기가 많은 건 분명하지." 그녀가 말했다. "정말 잘생겼지, 안 그러냐?"

"그럼요." 닉이 가볍게 대답하고는 얼굴을 붉히며 토비를 찾는 듯 얼굴을 돌렸다.

"그애가 캐서린의 오빠라니, 사람들은 짐작도 못 할 거야. 그 녀석이 행운을 다 독차지했어."

"외모가 **진짜** 행운이라면 —" 닉이 반쯤 입을 떼었다.

"그런데 내무장관과 춤추고 있는 저 조그만 안경잡이는 누구지?"

"으음, 전에 본 적이 있는 분인데요." 닉이 말하고 큰 소리로 웃었다.

"모던트 애널리스트예요." 레이철이 대답했다.

"모턴 댄버스?" 레이디 파트리지가 그 이름을 확인했다.[26]

레이철이 목소리를 높였다. "아이들이 모던트 애널리스트라고들 불러요. 실은 피터 크라우더라는 언론인이죠."

"『메일』지에서 그가 쓴 글을 본 적이 있지." 레이디 파트리지가 말했다.

"아, 맞아요." 닉이 다시 입을 열었다. 그는 내무장관 앞에서 구애하듯 껑충거리고, 새로운 질문을 던지며 그를 향해 고개를 수

---

**26** '모던트 애널리스트(mordant analyst)'는 신랄한 분석가라는 뜻. 모턴 댄버스와 발음이 비슷하다.

그리고, 대답을 듣고는 놀라 튀어오르며 춤을 추는 듯 보이긴 했다 —— 둔하고 목이 짧은 내무장관 또한 어색하지만 공손한 태도로 비슷하게 반응할 수밖에 없는 상황이었다.

"나라면 저렇게 흥분하지는 않을 텐데." 레이디 파트리지가 말했다. "저녁식사를 하는 동안…… 유색인 문제에 대해서 말도 안되는 이야기를 많이 하더구나. 내가 그 옆에 앉지는 않았지만 말소리가 계속 들리더라고. 인종주의 말이야." 보통 그 단어의 의미를 사람들이 혐오하는 만큼이나 자신은 그 단어 자체가 불쾌하다는 태도였다.

"그 문제에 대해서 말도 안되는 얘기들이 많이 오간 건 사실이지요." 닉이 너그럽게 모호한 태도로 말했다. 노부인은 생각에 잠긴 표정으로 그를 바라보았다.

그들이 돌아서자, 입술에는 걱정 어린 미소를 띠고 눈길에는 살짝 질투를 내비치며 내무장관을 구해주러 가는 제럴드의 모습이 보였다. 그는 내무장관을 향해 친근한 태도로 몸을 수그리고 거의 껴안다시피 해서, 하지만 모두를 놀래줄 일을 준비하는 사람처럼 재빨리 주변을 돌아보며 그를 이끌고 나왔다. 그러자 펑펑 플래시 터지는 소리가 났고, 또 한번 플래시가 터졌다.

"아! 마침내 『태틀러』[27]지가 나타났군!" 레이디 파트리지가 외쳤다. 그녀는 가볍게 머리를 매만지고 표정을 가다듬어 교태…… 당당함…… 반가움…… 오래된 지혜 같은 것들을 드러냈다. 그중 어느 쪽의 효과를 목표로 한 것인지는 알 수 없었.

캐서린은 서둘러 닉과 팻 그레이슨을 끌고 독신자 복도를 지나

---

**27** *Tatler*, 영국 사교계와 정계, 패션과 라이프스타일 등을 다루는 잡지.

춤곡이 둥둥 울리는 쪽으로 갔다.

"괜찮아, 달링?" 닉이 물었다.

"미안, 달링. 그 끔찍한 연설 때문에 ─ 그 이상 도저히 듣고 있을 수가 없더라고!" 그녀는 발랄했지만 말이 좀 느리고 장난스러웠다. 마약에 취한 게 틀림없었다.

"약간 자기중심적인 연설이었다고 할 수 있지."

그녀가 자기 할머니에 버금가는 거만한 미소를 지었다. "자기 생일이었다면야 더없이 훌륭했겠지, 안 그래? 딱한 페든!"

연설에서 잘나가는 영화배우라고 언급되었던 사람이리라 짐작되는 팻이 입을 열었다. "우, 그래도 따져보면 그리 나쁘지 않았던 것 같은데." 무얼 따져보았다는 것인지는 밝히지 않았다. 닉은 그가 「쎼들리」라는 텔레비전 프로그램에서 동명의 주인공인 미끈한 악당 역할을 연기하는 것을 본 적이 있는데, 실물로 보니 텔레비전에서보다 무척 작고 늙은데다 동성애자처럼 보이기도 해서 좀 놀랐다. 그가 그렇다는 것을 캐서린은 아는지 모르겠지만, 「쎼들리」는 그의 어머니가 좋아하는 프로그램이었다. "우, 글쎄 이거 잘하는 건지 모르겠네, 캐서린……." 그들이 방으로 들어서자 그가 다시 말했다. 하지만 캐서린이 그를 군중 쪽으로 끌어당기자 그는 손가락을 튕기며 그녀에게 섹시하게 찡긋해 보이고는 경쾌한 발걸음으로 그녀 주변을 돌았다. 캐서린은 이 우스꽝스러운 광경 전부가 마음에 드는 모양이었다. 하지만 닉이 보기에 팻은 반갑지 않은 미래, 바보에다 멍청하고 늙은 동성애자 유명인사일 뿐이었다. 그가 방을 가로질러 빠져나오자 사람들은 굉장한 인기인이라도 만난 듯 소리를 지르고 웃음 띤 얼굴로 거칠게 포옹했다. 브랜디가 제몫을 한 것이다. 하지만 닉은 잠시나마 자신이 팻 그레이슨에 대해 우월감을 가졌다는 사실, 이 군중과 한패처럼 행세했다는 것이 부끄러웠다. 닉이 기분이 좀 나아져 팀 카즈웰에게 웃어 보이자 그가 방을 가로질러 다가와 닉을 붙잡아 빙빙 돌리는 바람에 그들은 함께 발을 헛디뎠고 팀의 젖은 숨결에 그의 뺨이 화끈거렸다. 팀은 "와!" 하고 소리치고는 계속 좌충우돌하다가 믹 재거처럼 팔을 쳐든 채 군중을 향해 뒷걸음질로 서서히 물러났다. "예쁜 청년, 잘 즐기고 있지?" 닉이 인사하자 토비에게 달라붙어 춤을 추던 쏘피 티퍼가 어깨 너머로 그를 바라보았다. 닉은 그들이 미처 말리기 전에 두 사람에게 입맞춤을 하고는 가슴이 미어지면서도 환하게 웃으며 다시 "괜찮지?" 하고 외쳤다. 토비는 엄지손가락을 세워 주먹을 쳐든 뒤 곧 무리 속으로 사라졌다. 계속 춤을 추던 닉은 칼라가 꽉 조이고 땀이 나 윗옷 단추를 풀었다가 다시 잠갔다. 아, 방 저쪽 끝에 창문 하나가 열려 있어서 그는 잠시 그 앞에서 춤을 추며 얼굴을 돌려 비 내리는 정원의 냄새를 맡았다. 벽을 따라 놓인 높은 장의자에 마르띤이 앉아 있었는데, 몇초 간격으로 번쩍거리는 초록색 섬광 속에서 그녀의 참을성 있는 옆모습은 해쓱하고 멍해 보였다. "안─녕!" 닉이 그녀를 부르며 자리에서 멈춰 그녀 옆에 반쯤 무릎을 꿇었다. "와니와 함께 있지 않아요?" 그녀는 어깨를 으쓱하며 돌아보았다. "아, 어디 있겠죠……." 그러자 갑자기 와니가 자신의 환상 속 그 모습들을 기꺼이 보여주리라는 확신이 들면서 닉은 그가 간절히 보고 싶어졌다. 그 환상에는 계산된 이야기 전개도 들어 있는데 ─ 자신이 몸무게를 실어 반쯤은 떠밀듯 와니의 품으로 자신의 몸을 밀어붙이는 것이다. 아가씨들 셋이서 팔꿈치를 맞댄 채 줄을 맞춰 돌면서 디스코를 추고 있었다. 닉은 그럴 수 없었다. 여자들은 남자들보다 춤을 잘 추었다. 마치 춤이 그들 고유의 영역이라도 되는 것 같았다. 그들의 소란스러운 파트너들은 스스로를 웃음거리로 만들고 있었다. 닉은 문 옆에 있는 것이 싫었다. 그쪽으로 나이 든 쌍들이 어슬렁어슬렁 들어와 스팬다우 발레의 음악이 너무도 편하다는 듯 앞뒤로 몸을 흔들었다. 냇 해머의 드레스 셔츠가 빛났고 그의 눈 흰자위는 소름 끼치게 기괴했다. 그들은 잠시 손을 맞잡았는데, 냇이 눈을 부릅뜨고 그를 바라보는 바람에 닉은 기분이 이상했다. 이어 냇은 "이 계집애 같은 놈!"이라고 소리친 뒤 닉의 등을 찰싹 치고 그의 귀에 덤벼들어 입맞춤을 해준 뒤 멀어져갔다. "네 눈 좀 봐!" 메리 써튼이 닉을 보고는 흠칫 놀랐고, 닉 역시 눈을 휘둥그레 떴다. 벽난로 부근에서 비밥을 추다가는 재받이돌의 두둑한 가장자리에 걸려 넘어지기 십상이었다. 그레이엄 스트롱 쪽으로 넘어진 닉이 그에게 "만나서 반가워!" 하고 말했다. 친한 사이가 아님에도 때때로 그레이엄에게 욕망을 느꼈었다. "나중에 함께 춤춰." 그가 말했지만 그레이엄은 이미 등을 돌린 뒤였고, 닉은 캐서린과 러셀과 팻 그레이슨을 다시 마주쳤다. 함께 있기가 어색하던 차였는지 그들은 그를 보고 무척 반가워했다.

홀에서 작은 응접실로 들어가는 문을 열자 재킷을 벗은 남자 하나가 일어나 "죄송합니다, 선생님"이라고 말하더니 웃음기 없는 얼굴로 그에게 다가왔다.

"정말 미안해요." 닉이 대꾸했다. "잘못 들어온 모양이네." 그러고는 다시 나와 쾅 소리를 내며 문을 닫았다.

멀리서 음악이 울려댔고 서재에서 들리는 사람들의 와자지껄한 웃음소리가 귓가에서 커다랗게 웅웅거렸다. 천장의 전기 샹들리에에 달린 100송이 백합이 빛을 내며 떨었고 ─ 그의 맥박에 맞추어 약동하는 모든 것에 망설이듯 생명이 깃들었다. 그는 연달아 나오는 환하게 불 켜진 침실들을 미끄러지듯 지나쳐 나아갔다. 버려져 있지만 즐거운 방들이었고 긴 베개나 젖혀진 커튼은 언뜻 사람이 숨어 있는 것처럼 보였다. 가끔씩 멈춰서서 맥박이 고동치는 작은 청동 조상이나 탁자를 내려다보며 감상했는데, 그가 시선을 돌리는 데 따라 그것들이 빙글빙글 돌았다. 사랑스러운 옛친구 뽕빠두르 후작부인의 에스크리뚜아르 위에 애무하듯 약간 무게를 실어 기대자 그 책상은 삐걱거리는 소리를 냈다 — 만일 누군가가 이 장면을 보고 있다면 말인데, 그는 이런 것을 사랑하는 사람이었다. 그는 낮에 점심을 먹었던 식당으로 들어가 전등 스위치를 찾아 쎄잔이 그린 풍경화를 아주 자세히 살펴보았다. 은밀하게 기하학적 구도가 엿보이는 그 그림에서도 역시 맥박이 고동치고 있었다. 왜 그는 그 작품에 대해 혼잣말을 했던 걸까? 외아들의 헌신적인 친구로서 그의 안내를 필요로 하는, 닉의 상상 속 친구가 어깨 너머에 있었다. 그가 말했다. 구도…… 다양한 초록색들……. 닉은 예리한 견해를 지녔지만 표현을 자제했고, 그러다 조금씩 표현하기도 했다. 그리고 한발짝 한발짝 조심스레 걸어 옆문을 열고 갈색 통로로 가서는 모퉁이를 돌아 거기 있는 다른 문들에 다다른 그는 기운을 돋우는 차가운 바람을 마주하자 열린 뒷문을 통해 그 너머 이슬비 속에 반짝이는 하인용 마당으로 나갔다. 불이 환히 밝혀진 이곳에는 감상적인 분위기가 없었다. 양초의 색을 풍부하게 해주는 광채도, 그림을 밝혀주는 등도 없었다. 청바지를 입은 남자들이 물건들을 턱턱 쌓고 무너뜨렸고, 닉을 스쳐지나며 서로를 향해 계속 외쳐댔다. 닉 자신은 "고마워!"라든지 "미안!"이라는 말을 해도 들리지 않는 유령이 되어버린 듯했다. 식기실에서 유리잔을 씻고 있는 뜨리스땅의 모습에 닉은 갑자기 마구 요동치는 가슴으로 그의 뒤로 다가갔다. 그들이 친구 이상의 사이라도 되는 듯 미소를 띠고 있었지만 닉은 뜨리스땅이 지금 일하는 중이라는 것, 시간은 새벽 1시에, 자신은 나비넥타이를 맨 주정꾼으로 희망과 욕망의 그릇된 음조에 맞춰 걷고 있다는 것을 충분히 의식하고 있었다.

"어이, 이봐!"

뜨리스땅은 고개를 돌리더니 한숨을 쉬고는 일을 계속했다. "도와주러 오셨나요?" 반쯤 찬 끌라레잔에는 립스틱이 묻고 담배꽁초가 담겨 있었고 받침에 뭔가 눌어붙은 유리잔들이 금속 쟁반에 담겨 계속 들어오고 있었다.

"음…… 내가 돕다가는 다 깨뜨려버릴 게 틀림없지." 닉이 말하고는 놀라운 자신의 행운을 의식하며, 한편으로는 거절당할 염려 속에서 그를 응시했다.

"아……! 피곤하네요." 뜨리스땅은 닉이 길을 막았다는 듯 방을 가로질러갔다. "아홉시간을 계속 서서 일했다고요."

"피곤하겠군." 닉이 말하며 다정하게 쓰다듬듯, 어루만지듯 손과 몸을 내밀었다. 하지만 손은 닿지 않았고, 뜨리스땅은 내민 손을 무시했다. 이대로 끝나버리는 걸까. "그래…… 일은 언제 끝나지?"

"아, 그쪽이 다 끝나야 우리도 끝나죠." 그가 손을 행주에 닦고는 담배에 불을 붙인 뒤 뒤늦게 닉에게 한개비 권하는 시늉을 했다. 닉은 담배를 싫어했지만 즉시 받았다. 한모금 들이마시자 골이 띵했다. "그래, 파티는 즐거운가요?" 뜨리스땅이 물었다.

"그래……." 닉이 말하고는 어깨를 으쓱하며 빈정대듯 크게 웃었다. 자신이 호크스우드의 손님이라는 사실을 과시하는 동시에 그곳에 참석한 다른 손님들을 조롱하고 싶었다. 아주 즐거운 시간을 보내고 있으며 일하는 사람들이 물론 너무도 훌륭하게 파티를 준비했다는 걸, 그렇지만 자신은 그것을 즐길 수도 떠날 수도 있는 사람이라는 점을 암시하고 싶었다. 게다가 (여기서 그는 점잖고도 과감하게 눈을 감았는데) 자신은 더 좋은 즐길 방법을 알고 있다는 사실도. 아마 그 의도 전부를 알아차리지는 못한 모양인지, 뜨리스땅은 일종의 골칫거리라도 되는 듯 우울한 표정으로 닉을 바라보았다. 닉은 취해서 절로 나오는 웃음을 지으며 자신이 무슨 짓을 하고 있는지 안다는 표정으로 그를 마주 보았다.

뜨리스땅에게 이제 나비넥타이는 보이지 않았고, 셔츠의 윗단추 두개를 풀어 하얀 속옷이 들여다보였다. 소매를 걷어올려서 검은 털이 팔에 줄무늬를 이루며 드러났지만 가슴에서 무릎까지는 흰 앞치마에 단단히 감싸여 있었고, 그 바람에 강한 암시를 주던 그것은 감추어져 있었다. 식기실에는 형광등 하나가 밝혀져 있어서 그의 피곤한 검은 얼굴을 적나라하게 비추었다. 그의 모습은 닉의 기억과 완전히 달라 보여서 매력적이라고 느끼려면 약간의 노력을 기울여 정욕을 발동해야 했다. 그를 포기하고 파티로 돌아가도 좋을 듯했다. "손님들이 정말 많이 왔나보네요?" 뜨리스땅이 말했다. 그는 술잔과 쓰레기로 덮인 쟁반들에 부루퉁한 눈길을 던지고는 무슨 전문기술이라도 공유한 듯 폴리가 그런 것처럼 이를 부딪쳐 못마땅한 소리를 내며 담배연기를 내뿜었다. 그러자 닉은 폴리가 뜨리스땅을 차지했다는 생각에 심한 질투심을 느꼈고, 계속 머물러 있어야겠다고 생각했다. "정말, 친구가 많은 분이에요, 그 토비 씨 말이죠……. 나도 그분이 마음에 들던데. 꼭 배우 같잖아요?" 뜨리스땅이 자기 얼굴 옆으로 부채처럼 긴 손가락을 펼쳐서 토비의 이목구비와 골격과 표정에서 드러나는 전반적인 화려함을 표현했다.

"그래, 그렇지." 닉은 킬킬 웃고는 담배를 한모금 들이마셨다. 잠시 그 웨이터 앞에 토비의 얼굴이 어른거리는 듯했다. 웨이터의 얼굴은 모든 면에서 토비보다 못했지만……. 그러나 자신이 뜨리스땅에게 그렇게 흠뻑 빠지지 않았다는 사실이야말로 동성애자가 선택할 수밖에 없는 차선책에 대한 일종의 교훈 아닐까? 이 뒤편 계단을 방문한 목적은 터무니없는 갈망이 아니라 섹스가 전부였다. 그가 원하는 것을 다른 곳에서는 얻을 수 없을 터였다. 이 청년의 우묵한 눈에는 도전이, 그의 이국적인 면모에는 어딘가 암호 같은 구석이 있었다 — 사실 마데이라 사람들은 이런 가벼운 섹스를 좋아하는 게 아닐까? 그러지 말라는 법도 없지…….

"그래, 얼마나 마셨어요?" 뜨리스땅이 물었다.

"아, 아주 많이."

"그래요?"

"글쎄, 더 많이 마신 사람들도 좀 있지." 닉이 말했다. 그는 담배를 한모금 빨고서 그것을 옷깃 옆에 들고 있었다. 담배를 피우는 자신의 모습이 어리숙하고 뻔해 보인다는 느낌이 들었다. 리오와의 데이트에서 좋았던 것은 물론 그것이 데이트라는 사실이었다 — 그들 둘 다 자신들이 만난 이유를 알고 있었다. 반면 뜨리스땅과의 만남은 순전히 자신의 머릿속에만 존재하는 것인지도 몰랐다. 두 사람 사이의 피상적인 대화가 이 만남이 얼마나 헛된 것인지를 보여주는 것인지 아니면 진정성의 표시인지, 그는 확신할 수 없었다. 더 화려하고 자극적으로 구워삶아야 할 것 같았다. 그가 눈썹을 약간 세우고 말했다. "그래, 마데이라에서 왔다고."

뜨리스땅이 눈을 가늘게 뜨더니 처음으로 슬쩍 미소를 지었다. "어떻게 아세요?" 그가 물었다. 그 순간을 틈타 닉은 그의 눈길을 붙들었다. "아, 알겠다. 덩치 큰 분이 말해줬죠?"

"엄청 크지." 닉이 말했다. "어쨌든 몸의 가운데 부분은 말이야!"

뜨리스땅이 담뱃갑 속을 들여다보았다. 거기 폴리의 명함이 있었다. "이 사람 말이죠?" 그가 물었다. 닉은 아무렇지도 않은 듯 그것을 바라보았지만, 이 일로 한수 배운 기분이었다. 폴 톰킨스 박사, 러블록 맨션 23호……. 벌써 그렇게 자리를 잡았군. 사내들이 끊임없이 들락거리는 진찰실 같은 곳에 말이지. 명함을 뒤집자 폴리가 적어준 것이 보였다. 9월 4일 저녁 8시 정각! "왜 정각이라고 적었을까요?" 뜨리스땅이 물었다.

"아, 아주 바쁜 사람이니까." 닉이 말했다. 그러고는 이때다 싶어 갑자기 팔을 내밀고 입술에는 폴리에 대한 형언할 수 없는 조소를 담은 채 두발짝 앞으로 움직였다.

"이봐, 실례 —" 얼굴이 불그스름한 사내가 문으로 얼굴을 들이밀더니 턱을 당기고는 거드름을 피우며 건성으로 웃었다. "무슨 일이 있나 해서 말이야!" 닉은 얼굴을 붉혔고, 뜨리스땅은 닉의 기분이 상할 만큼 경멸적으로 조용히 콧방귀를 뀌며 말했다. "밥, 별일 없지?"

밥은 그에게 여러 방에 관한 지시를 내렸다. 하인다운 조소와 동정 어린 존중을 담아 "각하"가 두어번 언급되었고, 그러는 동안 닉은 자신이 케슬러 경과 개인적으로 아는 사이이며, 함께 점심을 먹었고, 그가 자신에게 모로니[28]까지 보여주었다는 것을 드러내기 위해 너그러운 웃음을 짓고서 몸을 좌우로 흔들었다. 밥이 떠나자 뜨리스땅이 말했다. "이제 당신을 어쩌죠?" 그다지 친근하지도 않고 그렇다고 놀리는 태도도 아니었다.

---

**28** Giovanni Battista Moroni(1520~79). 이딸리아의 화가로 16세기의 가장 유명한 초상화가 중 한 사람이다.

"몰라." 새로운 실패가 점점 분명해지는 가운데, 닉은 취해서인지 큰 실망도 느끼지 않고 쾌활하게 말했다.

"이제 가봐야 해요." 뜨리스땅이 주머니에서 나비넥타이를 꺼내 고무줄과 클립을 만지작거렸다. 닉은 그가 앞치마를 벗는 모습을 지켜보았다. "자, 좋아요. 이따 중앙계단 옆에서 만나요, 3시에."

"아…… 좋아, 아주 좋아!" 닉이 말했다. 약속에 대해서도 기다림에 대해서도, 행복한 안도감이 들었다. "3시……."

"정각." 뜨리스땅이 인상을 쓰며 확인했다.

닉은 토비의 침실을 들여다보았다. 2시쯤 음악이 끝났을 때 이리로 올라온 그의 친구 한 무리가 닉을 평가하듯 느긋하게 바라보았다. "들어와서 문 좀 닫아줄래?" 널찍한 침대에 늘어진 친구들 사이에 앉아 있던 토비가 손짓했다. 그에게는 에드워드 7세가 잤던 킹스룸이 주어졌다 — 침대맡 위쪽으로 푸른 실크 장식이 금박 왕관 모양으로 좀 웃기게 접혀 있었다. 반대편 벽에는 편안해 보이는 르누아르의 누드화가 걸려 있었다. 닉은 엄청난 크기의 소파 앞 마룻바닥에 앉은 무리에게로 갔다. 소파에는 뚱뚱한 셉턴 경이 넥타이를 풀고 매력적으로 취한 한 여자의 허벅지를 베고 누워 있었다. 열린 커튼과 창문 하나가 내무장관의 코를 피해 마리화나 냄새를 멀리 내보내고 있었다. 어쩐지 밤늦은 대학 기숙사 방의 분위기가 재현된 듯한 광경이었다. 여자들의 스타킹 신은 발이 남자친구의 무릎 위로 뻗어 있고, 공중에는 연기가 떠돌고, 두세 사람의 목소리가 좌중을 지배하는 분위기 말이다. 그 무리는 위협적이면서 매력적이기도 했다. 개러스 레인이 히틀러와 괴벨스에 대해서 장광설을 늘어놓고 있었는데, 연설조의 단조로운 목소리와 자신의 말장난에 저 먼저 낄낄대는 웃음이 옥스퍼드 시절의 지루한 분위기를 어느정도 재현하고 있었다. '동급생들 중 가장 유능한 역사가'로 알려진 그였지만, 지금은 일등을 차지하는 데 실패해서 그것을 만회하기 위해 끝없이 구두시험을 치르고 있는 사람 같았다. 이야기가 계속되는 와중에도 술에 취해 먹먹한 닉의 귀에는 그 방에 침묵 또한 조금 남아 있는 듯 느껴졌다. 자신의 움직임과 말이 그것을 침범한 것 같았는데…… 그럼에도 아무런 흔적도 남지 않은 기분이었다. 이 방에는 그의 다른 친구들도 몇명 있었지만 학교 졸업 두달 만에 설명하기 힘들 정도로 거리가 생긴 것만 같았다. 단순하지만 강력하고 오랫동안 준비된 변화가 이미 일어나, 그들은 자신들의 진짜 삶을 시작하면서 닉 역시 그다운 진짜 삶 속에 혼자 남겨놓은 것이었다. 그가 다시 침대 쪽으로 가 가장자리에 걸터앉자 토비가 몸을 내밀어 마리화나 한개비를 건넸다.

"고마워……." 닉이 그에게 미소를 지었다. 마침내 우정을 확인한 두 사람 사이가 달콤하게 빛나는 느낌이었다. 이것이야말로 그가 그날밤 내내 기다려온 것이었다.

"세상에, 달링, 너한테서 창부의 응접실 같은 냄새가 나는데." 토비가 말했다. 계속 그를 응시한 채 따끔거리는 목으로 연기를 삼키느라 닉은 잠시 마비 상태였고, 이어 수치심과 즐거움으로 얼굴을 붉혔다. 토비가 처음으로 자신을 '달링'이라고 불렀다는 사실을 한껏 음미했고, 마리화나만큼이나 그 말 때문에 훈훈해지고 현기증이 났다. 이윽고 연기를 내뿜고 나서야 그는 토비의 말 뒷부분에 함축된 노골적인 이성애적 의미를 깨달았다. 그가 말했다.

"네가 그런 걸 어떻게 아는데?" 토비가 진짜로 창부의 응접실에 가봤던 걸까, 고지식하게도 궁금증이 일었다. 토비가 좁은 계단을 비틀거리며 올라가는 이미지가 떠올랐다.

토비는 눈을 찡긋했다. "파티 재미있어?"

"응, 멋져." 닉은 마음속에 떠올랐던 이미지를 무시하며 고마운 마음으로 주변을 둘러보았다. 마음속 그 밤의 이미지는 시골 저택이나 계단에 대한 꿈을 꿀 때 흔히 그렇듯 반은 추격이고 반은 도망인 여행, 더듬거리고 넘어지며 끝없이 이어지는 긴 여행이었다. "그나저나, 쏘피는 어디 갔지?"

"런던으로 돌아가야 해서. 그래. 월요일에 오디션이 있대."

"아, 그렇군……" 닉에게는 반가운 소식이었다. 그리고 술에 취하고 약에 취해 눈을 반짝이는 토비도 그 사실에 안도하는 듯 보였다. 그는 그녀를 집으로 보내면서 느꼈던 어른다운 책임감이 좋았고, 그녀로부터 자유로운 것도 좋았다. 그가 목소리를 높여 말했다.

"아, 망할 놈의 괴벨스 얘기 좀 그만해!" 그러나 깜짝 놀라 어리둥절해서 잠시 공회전을 하던 개러스라는 기계에는 완충장치가 달려 있던 터라 곧이어 철거덕거리며 다시 움직이기 시작했다.

오늘밤 커다란 침대 위의 토비는 왕이었고, 이 순간 그의 친구들은 그의 신하들이었다. 그는 어린애가 유치하게 흉내내기 놀이를 하듯 신이 나서 자신의 역할을 연기하고 있었다. 닉에게는 매우 감동적이고 흥분되는 모습이었다. 마리화나가 뒤늦게 효과를 발휘해 마음을 마사지하듯 주무르고 해방시킴에 따라 닉은 손을 뒤로 뻗어 토비의 손을 잡았고, 그들은 그런 자세로 삼사십초가량 천국 속에 축 늘어져 있었다. 방이 다정하고 유쾌한 분위기, 즈 프로메처럼 무시할 수 없는 달콤함에 잠겨 있는 것 같았다. 한참 전에 폴리가 정원에서 했던 말을 떠올리며 닉은 아마, 마침내, 이번만큼은 토비가 정말로 자기 것이 될 거라고 생각했다.

주변으로는 마리화나에 취해 중얼대며 말린 종이 위로 고개를 끄떡이는 모습이 보였고, 램프의 불빛 속에서 사람들은 희미하지만 밝게 빛나고 있었다. "그렇지만 히틀러가 '최종 해결책'[29]을 승인한 걸까?" 개러스가 자문하듯 말했다. 이 유명한 문제를 두고 상세한 논의가 펼쳐질 참인 것이 분명했다.

연봉 2만 파운드를 받기로 하고 곧장 케슬러 은행에 취직한 고수머리의 천재 쌤 저먼이 낄낄거리며 항의했다. "이 집에 유대인이 득시글거리고 있으니 그 망할 놈의 최종 해결책 이야기 좀 그만할래? 지금 파티잖아……." 그러더니 그는 얼굴을 찌푸리고, 퉁명스럽게 반응할 수밖에 없었던 예민한 사람답게 킁킁 콧소리를 내며 마실 것을 향해 손을 뻗었다.

"그럼 스탈린 얘기를 해볼까……." 개러스가 익살스럽게 말했다.

잠시 생각에 잠겨 있던 로디 셉턴이 힘을 주어 말했다. "글쎄, 나는 망할 놈의 유대인이 아닌데."

"토바이어스가 유대인이잖아." 셉턴의 여자친구가 말했다. "안 그래, 달링?"

"제발, 클레어……." 로디가 말했다.

클레어는 더욱 확신에 찬 눈으로 토비를 보았다. "누가 내무장관도 유대인이라고 했던 것 같은데……?"

"가만있으라고, 클레어!" 로디가 몹시 화를 내며 고함을 질렀다. 한번도 목소리를 높여본 적 없는 속 깊고 침착한 여자친구가 실은 위험할 정도로 흥분을 잘하는 성격이라는 것이 로디의 확고한 믿음이었다. 아마도 그것은 자신이 성적 화산 같은 존재를 길들였음

---

**29** 나치의 유대인 학살 작전명.

을 암시하는 그 나름의 방식일지도 몰랐다. 한편으로는 자신이 아버지 재산관리인의 딸, 즉 중류층이 분명한 아가씨와 데이트하는 이유를 설명하는 데도 도움이 되는 모양이었다.

클레어는 이 새로운 생각의 실마리를 계속 따라가며 주변을 둘러보았다. "유대인이지, 냇?"

"그래, 달링," 냇이 대답했다. "적어도 반은 유대인이지."

"그리고 나머지 반은 망할 놈의 웨일스인이고." 로디가 거들었다. 그녀의 무릎에 얹은 고개를 돌려 그녀를 올려다보느라 그의 눈이 사시가 되었다. "세상에, 너 엄청 취했구나." 그가 말했다.

이것은 마터스 클럽에서 재치로 통하는 모욕이자 실제로 가장 자주 하는 말 중 하나이기도 했다. 닉은 토비를 따라 한번 나무판을 붙여 만든 마터스 클럽의 비좁은 식당에 간 적이 있는데, 그곳은 타이핑을 하고 술을 마구 마시고 음모를 꾸미고 용납될 수 없는 말들을 서로에게, 그리고 그들에게 시달리는 직원들에게 짖어대는 크라이스트처치 단과대학의 멋쟁이들과 옥스퍼드 유니언의 떠버리들로 귀가 멍멍할 지경이었다. 그것은 도전적일 정도로 배타적인 또다른 세계였고, 토비가 그런 곳에 속한다는 것이 그에게는 충격적이었다.

"너 엄청 취했다, 이 망할 자식, 셉턴." 토비가 말했다. 그는 양말을 벗어 공 모양으로 만들더니 그 뚱뚱한 친구의 머리를 향해 아주 세게 던져 정확히 맞혔다.

"이 망할 놈의 새끼, 페든." 로디는 중얼댔지만 그냥 넘어갔다.

닉은 콘래드의 소설에 나오는 바다가 은유로서 자아로부터의 도피이자 자아의 발견이기도 하다고 설명했는데 ― 그가 되풀이해서 말할 때마다 요점이 점점 더 분명히 드러났다. 그는 그 개념의 아름다움을 생각하며 웃었다. 마리화나를 잘 피우지 못하는 그는 첫번째 피운 것이 아무 효과도 없다고 생각해 얼굴을 찡그리며 하나 더 피웠고, 그 바람에 몇시간 동안 헤매면서 수다를 떨게 되었다. 냇 핸머가 옆의 마룻바닥에 앉아 있었는데, 그의 따스한 허벅지가 그의 허벅지를 기분 좋게 지그시 누르고 있었다. 오늘 저녁 냇에게서는 매력적인 동성애자 같은 면이 느껴졌다. 닉이 이야기하는 동안 그는 고개를 끄덕이며 닉의 눈을 들여다보았다. 닉은 마리화나가 마치 냇의 커다란 손처럼 자신의 이마를 지그시 누르는 것만 같았다. 쌤 저먼도 고개를 끄덕이고 미소지으며 닉이 잘못 알고 있는 『승리』[30]의 줄거리 한 대목을 별일 아니라는 듯 수정해주었다. 경제학도이면서도 안 읽는 책이 없고, 비올라를 연주하며, 자기만큼 전지전능하지 못한 사람들에게도 기분 좋은 관심을 보여주는 그를 닉은 무척 좋아했다.

그는 등을 대고 누워 냇 핸머의 말에 귀를 기울이고 싶었고, 그리고 어쩌면 그와 오래 키스를 나누기를 바랐다. 리오처럼 입술이 두껍거나 부드럽지는 않지만 냇은 (전에는 미처 몰랐는데) 아름답다고 할 만했고, 물론 후작이기도 했다. 그들은 둘 다 재킷을 벗은 채였다. 냇은 자신도 소설을 쓸 생각이라고 했다. 컴퓨터를 샀는데 "진짜 섹시한 기계"라고 했다. 마리화나 덕분에 모든 것이 훈훈하게 다 설명되는 듯해서 닉은 그의 말뜻을 이해했다. "읽고 싶네." 그가 말했다. 방 건너편에서는 개러스가 다른 전쟁으로 화제를 바꿔 마비 상태가 된 듯 보이는 젊은 아가씨들 무리에게 유틀란트 해전을 묘사하고 있었다. 그의 커다란 벨벳 나비넥타이는 교수의 것

**30** *Victory*, 조지프 콘래드(Joseph Conrad)의 소설.

인 양 자부심에 넘쳤다. 앞으로 사십오년쯤 더 쉬지 않고 이야기할 기세였다.

닉은 남자친구가 얼마나 보고 싶은지 모른다고 말하는 자신의 목소리를 들었고, 그러자 가슴이 마구 뛰었다. 쌤이 미소를 지었다—그는 순수하고 성숙한 이성애자였지만 모든 것을 침착하게 받아들였다. 냇이 너그럽게 말했다. "아, 그러니까…… 그러니까 만나는 사람이 있군?" 그래서 닉이 대답했다. "응……." 그러고서 냉큼 그들에게 광고와 만남, 정원에서의 섹스, 두 집 건너 사는 제프리와 있었던 우스꽝스러운 에피소드에 대해 전부 늘어놓았다. 그리고 이제 자신들이 정기적으로 만나는 관계라는 것도. 마리화나는 그에게 일종의 진실의 약이었고—거기에는 다소 의외의 결과가 따라붙었다. 그는 자신이 성적 존재로서 기능하고 있다는 사실을 그들에게 과시하고 싶었는데, 이야기를 하다보니 자신의 삶이 얼마나 기묘하고 낯설게 들릴까 싶은 생각이 들었던 것이다. 그래서 좀더 균형 잡히고 평범한 삶으로 만들기 위해 가벼운 손질을 가했다.

"나는 전혀 모르고 있었네." 브랜디병을 들고 맨발로 돌아다니던 토비가 말했다. 빙그레 웃고 있었지만 약간 놀라고, 또 닉이 연애 사실을 자신에게 말하지 않았기 때문인지 약간 상처도 받은 것 같았다.

"아, 그랬구나……." 닉이 말했다. "미안……. 아주 매력적인 흑인인데, 이름은 리오야."

"오늘 그 친구도 데려오지 그랬어." 토비가 말했다. "왜 말 안했어?"

"그러게." 닉이 말했다. 그러나 벗겨질 듯한 청바지에 누이의 셔츠를 입은 리오가 이 자리에 있는 모습만 상상해봐도 그것은 있을 수 없는 일이었다. 더욱이 잘난 체하는 옥스퍼드 녀석들에 대한 그의 조롱은 또 얼마나 이 자리에서 삐걱거렸겠는가.

"왜인지 물어봐도 돼?" 조금 전까지 코를 골다가 이제 누가 간지럽히는 바람에 깨어난 셉턴 경이 원망스럽다는 듯 충혈된 눈으로 물었다. 아무도 그가 무슨 이야기를 하는 건지 알 수가 없었다. "이미 여기 저 망할 놈의…… 우구가 있는데." 그렇게 웅얼거리고 그는 미안하다는 시늉을 하며 간신히 몸을 일으켰다. 옥스퍼드 우스터 칼리지의 럭비팀 루스헤드[31]의 기둥이자 파티에 참석한 유일한 흑인 찰리 음웨구가 방에 있는지 살피기 위해서였다. "그러니까, 제기랄." 그가 말했다. 셉턴은 소문난 익살꾼이라서 모두가 그의 자기풍자를 받아주었고, 닉 역시 그저 눈썹을 세우고 한숨만 내쉬었을 뿐이다. 잠시 동안 예의 따분함과 조심스러움이 마리화나가 만든 새로운 로맨스를 뚫고 다시 표면으로 올라왔다.

닉을 다정하게 바라보던 클레어가 말했다. "흑인 남자들이 아주 매력적일 수 있다고 생각해. 작고 귀여운 귀를 가지고 있잖아. 가끔…… 모르긴 해도…… 아주 좋을 것 같아."

"가만있으라니까, 클레어!" 로디 셉턴이 자기가 생각한 최악의 공포가 현실로 드러났다는 듯 짖어댔다. 그는 바닥에 있던 안경을 향해 비틀비틀 걸어갔다.

"아니, 나 실은 아주 질투 나." 클레어가 말하며 장난치듯 셉턴 경의 배를 찔렀다.

"아, 이 암소 좀 봐!" 셉턴 경이 말했다. 그러고는 방금 방으로 들

---

31 loose-head. 럭비에서 스크럼을 짜고 서 있을 때 공이 떨어질 가장 가까운 곳에 서 있는 앞줄의 선수.

어온 와니 우라디에게 천천히, 그러나 게걸스럽게 다시 초점을 맞추었다. "아, 우라디, 어서 와. 그 흰 가루 좀 우리에게 줄 테지, 이 아랍놈."

"아, 정말!" 클레어가 다른 사람들에게 절망적으로 호소하듯 말했다.

그러나 와니는 셉턴을 무시한 채 사람들 무리를 뚫고 침대와 토비 쪽으로 걸어왔다. 헐렁한 초록색 상의로 갈아입은 차림이었다. 닉은 스스로 뭘 하는지도 잊고 호기심에 차 열렬하게 그의 아름다움에만 집중했다. 균형 잡히고 약간 둥그스름한 모양의 강한 턱, 지극히 부드럽고 깊은 눈매, 광대뼈와 긴 코, 작은 귀와 탄력 있는 고수머리, 잔인할 만큼 매력적인 입술의 곡선이 그 집 안의 다른 모든 것을 김빠지게, 가식적이거나 전혀 무의미한 것으로 만들어버렸다. 닉은 잘생긴 냇을 버리고 왕의 침대로 다시 기어올라가고 싶은 마음이 간절했다. 그는 셉턴에 대해 대신 사과하는 의미로 눈알을 굴렸지만 와니가 그걸 알아본 기색은 없었다. 그리고 무리는 곧 다른 주제에 대해 이야기하기 시작했다. 와니는 토비 곁에 팔꿈치를 괴고 잠시 기대앉아서 속눈썹 사이로 방의 분위기를 파악했다. 토비는 어떤 여자의 것일 분홍색 시폰 스카프를 집어들고 술취한 자의 인내심을 발휘해 그것을 감아 터번을 만들고 있었다. 터번에 대해서도 와니는 아무 말이 없었다. 워낙 친한 사이라 그런 것으로 왈가왈부할 필요가 없다는 듯. 터번과 자신은 타인들과 다른 시간과 문화에 속하는 존재라는 듯. 그가 "씨 뛰 뵈(원한다면)……"라고 말한 뒤 일어서서 화장실로 가는 모습을 닉은 지켜보았다. 토비는 이야기를 나누는 친구들에게 억지웃음을 지으며 조금 더 앉아 있었지만 곧 하품을 하더니 사람들 사이를 헤치고 와니가 간 쪽으로 갔다. 닉은 두 사람 모두를 질투하며 그들이 벌일 일에 대해 공포에 가까운 충격을 받은 채 멍하니 앉아 있었다. 그들이 돌아왔을 때 그는 부모가 저지른 악행의 증거를 찾으려 애쓰는 아이처럼 기를 쓰고 그들을 바라보았다. 약간은 애써 흥분을 가라앉히는 모습, 그리고 기묘하게도 거기 모인 다른 사람들에 비해 덜 행복하고 덜 지쳐 보이는, 다소 가식적으로 엄숙한 표정을 짓는 모습이 보였다. 그들 사이에서는 어떤 은밀한 이해가 번득였다.

마리화나가 방을 한바퀴 돌아 다시 그에게 왔고, 닉은 그것을 한껏 들이마셨다. 그런 뒤 일어서서 열린 창가로 가 고요히 젖은 밤을 내다보았다. 잔디 너머 커다란 너도밤나무들이 하늘에 방금 떠오른 새벽빛을 배경으로 잿빛 실루엣을 그리고 있었다. 여명의 효과는 무척 아름다웠다. 파티보다 훨씬 더 거대한 어떤 것. 돌고 있는 지구와 새벽 첫 새들의 밝고 현실적인 지저귐. 아직 해가 뜨려면 분명 몇시간은 더 기다려야겠지만…… 그는 몸을 꼿꼿이 세우고 허리춤을 잡고서 침착하게 손목시계를 앞으로 들어올렸다. 4시 7분. 그는 돌아서서 방 안의 다른 사람들을 바라보았다. 다들 취했거나 활기를 띤 모습이었는데, 그들이 얼마나 무신경한가 하는 생각에 그의 마음은 무겁게 짓눌렸다 ─ 웨이터와의 데이트나 그것을 깜박 잊었을 때의 낭패감 같은 것은 상상도 할 수 없는 사람들. 그는 문을 향해 몇발짝 떼다가 마리화나 때문에 방향감각을 잃고 걸음을 늦추었다가 곧 완전히 멈춰섰다. 결국, 그는 어디로 향하고 있었던 걸까? 모든 것이 합의라도 한 듯 침묵 속으로 잦아드는 것만 같았다. 닉은 자기가 거기 서 있는 게 너무 눈에 띄지 않을까 생각했다. 마치 아무도 농담을 하지 않았는데 조심스럽게 웃는 사람처럼. 그러나 다른 사람들을 보니 그들도 모두 마찬가지로 정지 상태에서 멍하니 있는 것 같았다. 아마도 그들이 들이마신 마약이 굉장히 강력했던 모양이다. 닉은 왼쪽 다리를 내디뎌 앞으로 나아가야겠다고, 그런 의도를 무릎을 통해서 발로 내려보내려고 생각했지만, 그 의도는 행동이 되지 못하고 사그라져버렸다. 이곳에 이렇게 오래 서 있어야 한다고 생각하니 조금 괴로웠다. 그는 더욱 과감하게 사람들을 둘러보았다. 이젠 그들 중 몇몇의 이름조차 기억할 수가 없었다. 그들은 느리게 눈을 깜박거리고, 살짝 얼굴을 움직여 미소를 지었다. "그래……." 냇 핸머가 무척 신중한 어조로 고개를 끄덕이며 자기만 들은 어떤 이야기에 동의를 표했다. "그렇겠지……." 닉도 거들다가 그것이 제럴드와 BBC에 관한 대화라는 것을 깨닫고는 멈추고 주변을 둘러보았다. 눈치챈 사람은 없었다. "하지만 그게 바로 비스마르크의 뜻 아닌가 생각하는 거지?" 개러스가 말했다.

그다음 장면이 어떻게 시작되었는지 닉은 기억할 수 없었다. 쌤 저먼이 너무 웃어대다가 마룻바닥에 벌러덩 누웠지만 다음 순간 목이 막혀 일어나 앉아야 했다. 여자들 중 하나가 비웃듯 그에게 손짓했지만 정말로 비웃은 것은 아니었다. 그녀 자신도 못 참겠다는 듯 웃고 있었으니까. 냇은 얼굴이 시뻘게져서는 흘러나오는 눈물을 멈춰보려고 입꼬리를 잡아당기고 있었다. 닉은 웃음을 멈추려고 마룻바닥을 골똘히 내려다봐야만 했고, 그러다 위를 올려다본 순간 다시 발작하듯 웃음이 터졌다. 마치 딸꾹질 같았다. 아니, 딸꾹질이었다. 모든 게 브랜디병과 르누아르의 귀부인과 침대 위 금박으로 장식된 회반죽 왕관이 이루는 떠들썩하고 설명할 수 없는 우스꽝스러움과 더불어 뒤섞였고, 그것들은 다시 그들 모두의 생각과 나비넥타이들과 계획들과 반대의견들과 더불어 뒤섞였다.

# 4

"'그건 영웅의 생애가 아니라 개의 생애다'라고 이 곡의 초연에 대해 어떤 평론가가 말했지요. 루돌프 코트너와 탤러해시 씸포니의 공연을 들은 뒤라면 차라리 개의 아침식사라고 느낄 것 같군요." 토요일 아침 켄징턴파크 가든스의 부엌이었다. BBC 프로그램 「빌딩 어 라이브러리」에서 어떤 명민한 젊은이가 리하르트 슈트라우스의 교향시 『영웅의 생애』의 여러 음반을 비교하고 있었다.

"하하하!" 처음에는 볼펜으로, 이제는 테니스 라켓으로 몸을 위아래로 들썩이며 지휘하던 제럴드가 웃음을 터뜨렸다. 레이철이 일정을 짜고 부엌과 지하실에서 직접 생각해낸 소소한 일거리를 수행하는 이 가정적인 아침을 그는 사랑했다. 오늘은 그가 좋아하는 작곡가의 음악이 라디오에서 흘러나와서 더더욱 좋은 날이었다. 그는 머리를 좌우로 흔들며, 경쟁적인 해석과 함께 같은 소절이 점점 커지면서 반복되는데도 개의치 않고 그곳에서 방해꾼으로 머무적거리고 있었다. 그는 영웅의 적들을 트집쟁이들(플루트)과 독설가들(오보에), 그리고 불평꾼들(잉글리시호른)로 나누는 데 커다란 흥미를 느꼈고, 영웅이 승리한 순간 정력적인 포핸드 스트로크로 그들 모두를 찬장 속으로 몰아넣었다.

"하지만 이제「영웅의 평화를 위한 업적」으로 넘어가기로 하지요" 하고 해설자가 말했다. "슈트라우스는 여기서 자신의 이전 교향시와 가곡들에서 따온 가락들을 자화자찬하듯 활용하고 있습니다."

"이 친구 어조가 마음에 안 드네. 아, 이제는······! 닉," 엄청나게 크고 흥겹게 소리가 확대되는 와중에 제럴드가 말했다. "자네도 인정할 수밖에 없을걸."

식탁에 앉은 닉은 커피를 한잔 마신 뒤라 머리가 맑았고 모든 종류의 것에 대해 논평할 준비가 되어 있었다. 그에게는 슈트라우스의 오만한 자신감이 오늘 유난히 더 짜증스러웠다. 리오를 가능한 미래로 생각했던 꿈이 허공에 흩어져버린 절박했던 두주를 보내며 느낀 좌절감에 대해 전혀 존중심을 보여주지 않는 그 자신감 말이다. 하지만 그는 얼굴을 무섭게 찡그리는 정도로 만족했다. 슈트라우스에 대한 그들의 견해는 늘 엇갈렸고 그는 항상 유쾌하게 전투 태세를 취했는데, 그러다보면 늘 더욱 현기증 나는 높이까지 껑충 비약하곤 했다 ── 그런 뒤에는 단단한 땅에 이를 때까지 조금 거리를 두어야 했지만. 맞수가 있다는 단순한 사실 때문에 맞수가 없었다면 굳이 까집지 않았을 감춰진 감정과 극단적인 견해들이 표면으로 떠올랐다. 그에게는 리하르트 슈트라우스를 모욕하는 것이 긴급한 과제가 되었고 그는 그 과제를 즐겁게, 그러나 그것이 마치 단순한 취향의 문제 이상의 사안인 듯 다소 신경질적으로 해냈다.

그는 슈트라우스의 모티프와 그것을 활용해 창조된 마력적인 음악에서 느끼는 섬세한 기쁨조차 부인하게 된다는 사실에서 자신이 그 과정에서 느끼는 기묘한 열의의 정도를 짐작할 수 있었다. 이를테면, 지금 듣고 있는 이 엄청난 곡조는 그의 마음속에 여러날 동안 계속 남아 있을 것이었다. 그는 제럴드 역시 흥겨워하며 기분이 고양된 것을 알아차렸는데, 그런 모습이 약간은 당혹스러워서였는지 곧 음악이 희미해지자 쉽사리 이렇게 말할 수 있었다. "아니에요, 아니죠. 이건 정말 아니에요."

"지금 것은 헤르베르트 폰 카라얀이 베를린 필하모닉 최고의 현악 연주자들과 녹음한 음반입니다."

"맞아, 우리한테도 있는 음반이지?" 제럴드가 말했다. "카라얀의 연주 말이야, 닉?" 그가 이렇게 물은 것은 닉이 여름 동안 레코드장의 음반을 모두 알파벳순으로 정리했기 때문이었다.

"음, 그런 것 같아요."

"그렇지만," 예의 영리한 젊은이가 라디오 속에서 말을 이었다. "소리의 풍부함 자체와 저 빠른 템포만 놓고 볼 때 이 해석이 과장된 것은 아닌가 하는 의문을 가질 수 있지 않을까요? 자기 자신에 대한 아이러니가 이 부분의 본질을 구성하는 일부인데, 그것을 제거해버리니 작품이 저속함에 탐닉하는 쪽으로 쉽게 빠져버리고 마는 겁니다. 같은 부분에 대한 베르나르트 하이팅크와 콘세르트헤바우의 해석을 들어봅시다."

논쟁 중에 부상을 당한 제럴드는 위엄을 잃지 않기 위해 애쓰며 냉정한 척 근엄하게 찡그린 표정을 지었다. 오케스트라는 다시 한번 사납게 돌진했다. "이 해석은 그리 마음에 들지 않는군." 제럴드가 말하고는 조금 뒤 덧붙였다. "장엄한 게 뭐가 저속하다는 건지 모르겠네."

닉이 말했다. "아, 만일 저속함이 걱정이라면 슈트라우스는 절대 들으시면 안돼죠."

"허······!" 갑자기 유쾌함을 되찾은 제럴드가 항의했다.

"초기의 F단조 쌤포니라면 모를까요." 닉이 말했다. "하지만 그것조차도······."

"저 러셀네 집에 가요." 모자를 쓴 캐서린이 영웅의 업적을 안 듣겠다는 건지 아버지의 반대를 안 듣겠다는 건지, 손가락으로 귀를 막고 지나가며 말했다. 하지만 제럴드는 말했다.

"그래라, 야옹아." 그러고는 호른의 빵 소리에 맞춰 기세 좋게 발을 굴렀다. 망할 놈의 소리 ─ 이것은 캐서린이 모든 웅장한 낭만주의 음악을 부르는 말이었다 ─ 의 명백한 사례였다. 그녀가 현관으로 나가고 앞문이 쾅 닫히는 소리가 들려왔다.

문제는 이것이었다. 이 엄청난 장황함, 싸구려 재료에 낭비되는 눈부신 기교, 거대하게 부푼 육체가 무가치한 낭비의 삶에 맡겨진 채 정신줄을 놓았다는 기분. 바그너의 고상하고 형이상학적인 언어를 부르주아의 진부한 삶에 적용하는 행위에 나타난 저속하기 이를 데 없는 취향도 문제였다. 슈트라우스는 그 부조리함을 아주 가끔씩만 의식하는 듯했다! 하지만 그런 말은 입 밖에 낼 수 없었다. 너무 현학적으로 들릴 테고 너무 진지해 보일 것이었다. 제럴드는 이건 음악일 뿐이라고 대꾸할 것이다. 닉은 잠시 신문을 읽으려고 해봤지만 이상할 만큼 흥분한 나머지 집중이 안되었다.

"그리고 잉글리시호른이 마침내 불평하는 반대자가 아닌 목가적 관악기로 변모하면서 가슴 아픈 멜로디를 끌어들이는데, 이로써 영웅이 이 세상과 곧 작별할 것임을 알리는 거죠. 그것을 어떻게 연주하면 안되는지를 보기 위해 까라까스 라디오 오케스트라의 중저가 앨범으로 돌아가봅시다. 이 오케스트라의 독주자는 이 중대한 성격의 변화에 대해 아무 얘기도 못 들은 것 같죠……."

"제럴드, 노먼하고 연락됐어요?" 레이철이 자기 말을 듣고나 있는 건지 모르겠다는 듯 고집스러운 어조로 물었다. 하지만 그녀의 질문이나 요구는 당연히도 가장 중요한 것이었기에, 제럴드는 대답했다.

"그랬지, 달링. 연락했어." 그러면서 그녀가 정원에서 가져온 줄기가 긴 노란 장미가 가득 담긴 바구니를 들어주기 위해 그녀에게 다가갔다. 도움이 필요하지 않았던 그녀는 그 사소한 신사다운 몸짓, 그저 그들이 공유하는 습관 같은 행위는 거의 무시하듯 지나쳐버렸다. "페니가 얘기나 좀 하러 올 거요. 노먼 말로는 토리당에서 일하기에는 그녀가 너무 고상한 사람이라고 하던데."

"일하게 되면 무척 좋아할 거예요." 레이철이 말했다. 토비와 캐서린의 개성 넘치는 초상화, 각각 응접실과 이층 층계참에 걸려 있는 그것들을 그려준 노먼 켄트는 레이철이 학창 시절부터 알던 '좌파' 친구들 중 한 사람으로, 레이철은 그와의 관계를 끈질기게 유지하고 있었다. 페니는 그의 수줍은 금발머리 딸이었는데, 그녀 또한 막 옥스퍼드를 졸업하고 돌아와 있었다. 그녀가 제럴드를 위해 일하게 될지도 모른다는 얘기가 오가던 터였다. "캐서린 일어났나요? 아니면 내려왔나?" 레이철이 물었다.

"음? 아니, 위층에도 아래층에도 없어. 나갔거든. 『더 페이스』에서 일하는 남자를 만나러 갔지."

"아." 레이철이 장미 줄기를 의미심장하게 잘라냈다. "그랬군요, 어머님이랑 점심 먹기 전까지는 돌아왔으면 좋겠는데."

"글쎄, 모르겠네." 제럴드가 말했다. 점심때는 특히 토비와 쏘피가 오기로 되어 있는 만큼 그녀가 없는 편이 훨씬 수월하리라 생각하는 것이 틀림없었다. 그는 『영웅의 생애』의 마지막 추천 음반까지 다 들은 뒤 생각에 잠겨 라디오를 껐다. 그가 말했다. "괜찮지, 닉? 그 친구 말이야."

"누구…… 러셀요? 괜찮은 것 같던데요." 닉은 이주 전, 그를 만나보기도 전에 열렬하게 칭찬했던 터라, 그를 만나본 지금은 도저히 참을 수 없는 사람이라고 생각하면서도 모호하게나마 긍정적으로 얘기하지 않을 수 없었다.

"아, 다행이야." 제럴드가 그 점을 확인해서 기쁜 듯 말했다.

"난 좀 안 좋아 보이던데요." 레이철이 말했다.

"무슨 말씀이신지 알 것 같아요." 닉이 거들었다.

"우리가 배운 게 하나 있는데, 닉," 제럴드가 말했다. "그애의 남자친구는 전부 멋지다는 거야. 우리의 지적이 그애한테는 마지막 배신 같은 거지. 그 사람이 매력적이지 않으면 않을수록 우리는 더 열심히 멋지다고 해야 해."

"우리는 러셀이 너무 마음에 들어." 레이철이 말했다.

"인물이 뛰어난 사람이 아니긴 하죠." 닉이 재빨리 양보하는 투로 말했다. 캐서린이 바로 그 점 때문에 그를 멋있다고 생각하고 '눈부신 잠자리 상대'라고 말한다는 걸 그는 알고 있었다.

"아, 맙소사, 불량배 같지." 레이철이 한껏 미소를 지으며 맞장구를 쳤다. "그 사람이 호크스우드에서 찍은 사진들을 보니까 사람들이 모두 바보처럼 보이더라고. 순전히 악의를 가지고 찍었던데."

"쉬운 목표물이었겠지." 제럴드가 명백한 반대의 뜻으로 말했다. 캐서린이 지난주 식사 중에 일부 사진을 돌렸었다. 입자 굵은 흑백사진으로, 플래시는 쓰지 않고 노출을 오래 두고 찍어서 사람들의 얼굴이 길게 늘어나고 심술궂은 표정으로 나온 것들이었다. 제럴드와 내무장관이 『태틀러』지를 위해 포즈를 취하는 장면은 작은 걸작이었다. 캐서린이 보여주지 않은 것들 중에는 손님들끼리 정사를 벌이는 장면, 볼기를 드러낸 장면, 분수에 오줌을 싸거나 코카인을 흡입하는 장면들 따위가 있었다. "『더 페이스』가 그런 잡지인 모양이지?" 제럴드가 말했다. "일종의 풍자……."

"꼭 그런 건 아니고요," 닉이 말했다. "그보다는 팝이나 패션 쪽 잡지죠."

"한부 봤으면 싶은데." 레이철이 조심스럽게 말했다. 그래서 닉은 층계를 네단 올라 캐서린의 방에 가서 잡지를 찾았다. 남의 방에 마음대로 들어왔다는 생각과 삼주 전 그 방에서 일어날 뻔한 일에 대한 기억을 떨쳐버릴 수 없어서 그는 서둘러 내려와야 했다. 주인들의 방문을 지나치면서는 너무 충격적인 사진이 없는지 확인하기 위해 얼른 잡지를 들춰보았다. 그는 『더 페이스』가 꽤 마음에 들었지만 잘 이해할 수는 없었다. 표지에 실린 곱슬머리 보이 조지의 표백된 이미지는 러셀의 작품이었다. 부엌으로 돌아온 닉은 문득 실수로 자기가 가지고 있던 포르노 잡지 네권 중 하나를 가져온 것처럼 당황스러운 기분이 들었다. 그가 잡지를 건네자 두 사람은 그것을 식탁 위에 놓고 함께 들춰보았다.

"으음…… 해로울 건 전혀 없군." 제럴드가 중얼거렸다.

"그렇죠—그냥 애들 보는 잡지예요." 두 사람에게 설명해서 충격을 완화해보려고 얼쩡거리다가 닉이 맞장구를 쳤다. 자기 세대 젊은이의 문화에 대해 대단한 안내자는 못되지만, 그 잡지가 단순히 애들 보는 게 아니라는 사실은 닉도 알고 있었다. 두 사람은 반

라의 섹시한 모델들이 베개를 들고 싸우는 시늉을 하는 양면 패션
화보에서 멈췄다. 여성들에 대한 흥미를 감추느라 얼굴을 살짝 찡
그리는 제럴드의 모습에 닉은 그들의 그런 표현이 자신과 부모 사
이에서 벌어지는 난국과 다르지 않다는 것을 깨달았다. 그의 부모
라면 잡지 전체의 성적인 면을 부각한 스타일에 얼굴을 붉힌 채 섹
스 어쩌고는 언급할 수도 없어서 아마 '어리석다'거나 '쓰레기 같
다'고 했을 것이다. 아름다운 남자들의 나신을 보면서는 그 자신마
저 얼굴이 시뻘게졌다. 그가 말했다. "이 타이포그래피가 좀 끔찍하
긴 해요."

"정말 끔찍하지?" 레이철이 고맙다는 듯 거들었다. "할 말이 없
네." 그들은 다 같이 "'제 어미랑 붙어먹을 저놈을 여기서 끌어내!'
라고 콜리전[32]의 대디 맘보는 말한다"라는 문장으로 시작하는 기사
를 읽기 시작했다.

"됐어." 제럴드가 간단히 일축하며 클럽과 앨범 광고가 나온 면
을 넘겼다. 그는 잡지 자체보다도 레이철이 그런 것을 봐야 했다는
사실에 다소 언짢은 모양이었다. "여기엔 그 젊은 천재의 작품이
없나보지……?"

"음, 있어요. 표지 사진을 찍었죠."

"아……." 제럴드가 근엄한 척 그 사진을 자세히 살펴보았다.
"아, 그렇군. '사진 러셀 스윈번-스티븐슨'이라고 써 있군."

"성이 있는 줄은 몰랐네." 레이철이 말했다.

"하나도 아니고 둘인데." 제럴드가 말했다 — 아주 나쁜 집안 출
신은 아닐 수도 있겠다는 듯이.

32 Collision, 1979년 결성된 미국의 메탈 밴드.

그들은 보이 조지의 진홍색 미소와 특이한 모양의 모자를 바라보았다. 닉의 눈에는 전혀 섹시하지 않았지만 엄청나게 성적 암시를 던지는 인물이었다.

"보이 조지가 남자지?" 레이철이 물었다.

"예, 그럼요."

"조지 엘리엇 같은 인물은 아니고."

"아니요, 전혀."

"그렇게 물을 만도 하군." 제럴드가 말했다.

정문의 벨이 울렸다. 그냥 한번 삐 하고 울리는 것이 아니라 짧고 빠르게, 여러번 금속성 소리를 냈다. "주디가 벌써 오셨나?" 레이철이 꽤 짜증스러운 투로 말했다. 제럴드가 현관으로 나가자 곧 문이 홱 열리는 소리, 제럴드가 특유의 단호하고 상대방의 기를 꺾는 웅웅거리는 목소리로 "안녕하시오" 하고 말하는 소리가 들렸다. 그러자 또다른 음색이, 닉의 심장을 뛰게 만들고 그 집 안의 침체된 공기를 환히 비추며 떨게 하는 리오의 목소리가 들려왔다.

"안녕하세요, 페든 씨. 니컬러스 군이 집에 있는지 궁금합니다만."

"음, 그래요, 있고말고……. 닉!" 제럴드가 불렀지만 닉은 이미 그쪽으로 나가고 있었다. 당황스러움과 자부심으로 자신이 느끼기에 이상할 만큼 걸음걸이가 뻣뻣했다. 갑작스럽고 영문 모를 방문이었지만 그는 웃음을 그칠 수 없었다. 그의 생애 최초로 연인의 방문을 받은 것이었고, 최초라는 사실은 스캔들처럼 현란한 면이 있었다. 제럴드는 리오에게 들어오라고 권하지 않았고, 닉이 지나갈 수 있도록 조금 뒤로 물러서더니 무슨 문제라도 있는지 지켜보겠다는 듯 그 자리에 서 있었다.

"안녕, 닉!" 리오가 말했다.

"리오!"

닉은 그와 악수를 하고 손을 잡은 채 번쩍이는 또스까나식 기둥들 사이의 좁은 현관으로 나갔다.

"잘 지냈어?" 냉소적으로 약간 웃음을 지으며 말했지만 리오의 눈은 거의 닉을 애무하듯 비밀스러운 메시지를 보내고 있었다. 그러고서 그는 눈짓으로 제럴드가 들어갔다는 것을 알렸다. 하지만 제럴드의 말소리가 그에게도 들렸을 것이다. "닉의 친구인 모양인데……" 하고 잠시 후 "아니, 검둥이야" 하는 소리가.

"정말 반가워." 흥분으로 미친 것처럼 보이고 싶지는 않아서 닉은 조금 조심스럽게 말하고는 덧붙였다. "네 생각 많이 했어. 뭘 하고 있을까 궁금했지." 그의 어머니가 비난의 기색을 애정을 담아 완곡하게 말할 때와 약간 비슷한 어조다. 그는 처음 보는 것처럼 리오의 머리를 바라보았다. 그의 코와, 수염과, 스스로의 약함을 인정하는 느리고 수줍은 미소를.

"그래, 메시지 받았어." 리오가 말했다. 그는 넓고 환한 길을 내려다보았고 닉은 그가 근처에 몇번 왔었다는, 사실이지만 뜻이 알쏭달쏭한 말을 기억해냈다. "미안해, 회신 못해서."

"아, 괜찮아." 닉이 말했다. 그리고 자신이 좌절 속에서 기다리며 몇주를 보냈다는 사실조차 이미 반쯤 잊었다는 걸 깨달았다.

"그래, 내가 좀 몸이 안 좋았어." 리오가 말했다.

"아, 저런." 닉은 그 말을 진심으로 믿었고, 사랑스럽게도 그 말 덕분에 새로운 공감과 개입의 여지가 열렸음을 느꼈다. "저런……."

"흉부 어쩌구인데 그게 잘 안 떨어지더라고."

"하지만 이제 나아진 건지……."

"아, 그럼!" 리오가 눈을 찡긋하며 몸을 들썩였다. 그 대답에 닉은 이렇게 얘기해도 괜찮겠다고 생각했다.

"너무 한데서 섹스를 해서 그런가봐." 실은 무슨 말을 하는 게 좋을지, 어떤 말이 우습고 어떤 말이 부적절한 건지 판단할 수가 없었다. 그는 자신의 무지가 드러날까 겁이 났다.

"나쁜 사람이네, 진짜." 리오가 그의 말을 긍정하듯 말했다. "이 나쁜 녀석." 그는 두 사람의 첫 데이트 때 입었던 낡은 청바지, 닉에게는 이제 감동적인 에피소드가 되어버린 그 바지를 입고 있었다. 그는 그것을 알아보았고, 사랑했다. 위에는 훈련의 엄격함과 느긋함을 연상시키는 운동복을 지퍼를 끝까지 올려 입었는데, 그렇게 차려입은 그의 모습은 뭔가 행동할, 혹은 행동하지 않을 준비가 된 사람 같아 보였다. "덤불숲에서 좀 뒹굴었던 거, 한번도 안 잊었어."

"나도 안 잊었지." 닉이 어깨 뒤를 살짝 넘겨다보며 아찔한 흥분을 누르면서 대꾸했다.

"그 친구 부끄럼 많고 좀 잘난 척은 하지만 저 코듀로이 바지 속에 괜찮은 게 있긴 하다, 한번 해보자, 그렇게 생각했었어. 그리고 내가 정말 옳았지, 헨리!"

닉은 기뻐서 얼굴을 붉혔고 어떤 것이 부끄럼 타는 것인지, 어떤 것이 잘난 체하는 것인지 구별할 방법이 있었으면 좋겠다고 생각했다. 그 문제는 오랫동안 그를 괴롭혀왔다. 그는 무조건적인 사랑을 바라듯 순수한 칭찬을 원했다.

"어쨌든 이 근처를 지나다가 한번 운을 시험해보자 싶었지." 리오가 의미심장한 시선으로 그의 위아래를 훑어보며 말했다. "포토벨로 쪽에 피트한테 좀 들러야 하는데 ― 같이 갈 생각이 있는지 모르겠네."

"그럼!" 리오의 전 애인을 방문하는 것이 두번째 데이트의 이상적인 시나리오는 전혀 아니라고 생각하면서도 닉은 대답했다.

"잠깐이면 돼. 그 친구 몸이 무척 안 좋거든. 피트 말이야."

"아, 저런……" 닉이 말했다. 이번에는 소유욕을 바탕으로 한 동정심은 아니었다. 검은색 택시가 서서히 그들을 향해 다가오는 것이 보였다. 뒷좌석의 누군가가 성급하게 밖을 내다보았다. 택시는 그들 바로 앞에서 멈췄고, 기사가 뒷문을 열기 위해 팔을 굽혀 열린 창문 밖으로 뻗었다. 손님(닉은 그녀가 레이디 파트리지임을 알아보았다)이 내리지 않자 희한한 광경이 벌어졌는데, 기사가 택시에서 내려 문을 열고 과장된 몸짓으로 물러섰고 그녀는 차에서 내리며 형식적으로 고개를 까딱하는 것이었다.

"잘난 척 멋대로 구는 저 노파는 누구야?" 리오가 말했다. 앞쪽 계단에 서 있는 두 사람을 향한 그녀의 날카로운 눈초리에는 어딘가 싸울 듯한 기색이 엿보였다. 가족끼리의 식사라기보다 정찬에 오는 사람처럼 푸른색 드레스에 정장 윗도리를 입은 모습에서 풍기는 분위기도 마찬가지였다. 닉은 그녀를 보고 활짝 웃으며 소리쳤다. "안녕하세요, 레이디 파트리지!"

"자알 있었나?" 레이디 파트리지가 최소한으로만 다정하게, 모르는 팬이 인사할 때 서둘러 응대하는 유명인사처럼 흔쾌한 태도로 말했다. 그녀가 자신을 잊었다는 사실을 믿을 수 없었지만, 닉은 거의 빈정대는 듯한 정중한 인사로 그녀를 맞이했다.

"친구인 리오 찰스를 소개해드려도 괜찮을까요? 이분은 레이디 파트리지셔." 가까이서 보니 그녀는 반짝이는 검은색 실과 은색 실로 수놓은 웃옷을 입고 있었는데, 비늘 같은 질감이어서 그보다 더 얇은 천이었다면 늘어지고 올이 풀릴 수도 있을 것 같았다. 그녀가 미소를 띠고 말했다.

"안녕하시오?" 특별히 다정한 어조였지만 그럼에도 불구하고 뭔가 결정적인 메시지가 실려 있었다 ─ 그들이 다시는 서로 말을 섞을 일이 없다는 확신이. 리오가 안녕하시냐고 인사한 뒤 손을 내밀었지만 그녀는 재빨리 그의 곁을 지나쳐 열린 앞문으로 들어갔다. "제럴드, 레이철, 아가!" 다소 신경질적인 목소리였다. 그들이 주는 안심이 필요했던 것이다.

포토벨로 로드는 페든가의 초록색 정문에서 단 이분 만에 걸어갈 수 있는 거리여서 달콤한 연애 장면을 연출할 시간이 없었다. 리오는 한 손으로 자전거를 끌며 걸었고, 닉은 그의 곁에서 천천히 걸었다. 아무렇지 않은 듯 보였지만 닉은 현기증이 날 만큼 집중해 있었다. 자신의 머리 위를 둥둥 떠가는 느낌이었다. 아마 사람들이 흔히 하는 말마따나 허공을 걷는 느낌, 롤러스케이트처럼 연습을 하면 익숙해질지 몰라도 처음에는 비틀거리고 요동치는 그런 느낌이었다. 너무나 중요한 질문이 있어서, 그는 그 대신 다른 이야기를 늘어놓고 있었다. "제럴드에 대해 아는 것 같던데."

"그 눈부신 페든 씨 말이지." 리오가 대수롭지 않은 표정으로 말했다. 제럴드가 눈부신이라는 단어를 얼마나 자주 쓰는지 알고 있다는 듯. "보아하니 네 생각에 내가 알지 말았으면 하는 뭔가가 있는 것 같던데, 그런 건 늘 마음에 걸린단 말이지 ─ 내가 원래 그래. 게다가 정원에서 네 친구 제프리가 의회에 대해서 뭐라뭐라 했잖아. 그래서 일하면서 그걸 전부 찾아봤지. 선거인단 명부, 명사록. 이제 너에 대해 모르는 게 없어."

"그렇군." 닉이 말했다. 기분이 좋기도 했지만 직업인으로서 리오의 면모를 처음으로 엿봐서 조금 놀랍기도 했다. 물론 자신도 처음 토비를 좋아하게 되었을 때 비슷한 조사를 했었다. 거기서 간접적인 흥분을 맛보기도 했다. 제럴드의 생일, 취미 활동, 다양한 이사직, 그런 것들이 닉이 그의 아들에게서 원했던 소소하고 친밀한 일들, 키스나 그 이상의 것들을 조금쯤은 대신해주었으니까. 리오의 경우엔 꼭 그런 것만은 아니었겠지만.

"토리당치고는 꽤 잘생겼던데." 리오가 말했다.

"그래. 나만 빼고 다른 사람들은 다 좋아하는 것 같더라."

리오는 그에게 살짝 능글맞은 미소를 보냈다. "마음에 든다는 뜻은 아니야." 그가 말했다. "텔레비전에 나오는 사람같이 생겼어."

"글쎄, 곧 텔레비전에 나갈걸, 틀림없이. 실은 양당에 다 괴물 같은 사람들이 있지, 외모로 보자면."

"그건 그래."

닉은 망설였다. "하지만 보수주의에는 일종의 미학적 빈곤이 있어, 그렇지 않아?"

"그런가?"

"그 파란색은 진짜 말도 안되잖아."

리오가 생각에 잠긴 표정으로 고개를 끄덕였다. "그게 그들의 가장 큰 문제라고 할 수는 없지만."

주말의 인파는 역에서 오는 길을 따라, 가파른 언덕길을 내려가며 계속 늘어나고 있었다. 피트의 가게는 왼쪽에 둥그렇게 모여 있는 가게들 중 하나였다. 옛날 보석상처럼 검은색 바탕에 금색 대문자로 '피터 모슨'이라고 씌어 있었다. 창에 그물 같은 것이 덮여 있었지만 가게는 열려 있었다. 리오가 문을 어깨로 밀어 열더니 자전거를 들어 문 앞 철망 깔개 위로 올리느라 멈칫거렸다. 그러는 동안 문에서는 손님이 왔다는 걸 알리는 종소리가 연신 울려댔다. 닉은 가게 문이 닫히고 우편물이 제멋대로 바닥에 떨어져 있던 어느날 그곳을 들여다본 적이 있었다. 문 양옆에는 대리석으로 된 앙삐르 양식의 탁자 한쌍이 있었고 그 너머는 가게라기보다는 반쯤 빈 창고처럼 보이는 공간이었다.

가겟방에서 피트가 통화하는 소리가 들려왔다. 리오가 익숙한 동작으로 자전거를 세운 뒤 어슬렁거리며 들어갔다. 닉은 혼자 남겨진 채 리오의 뒷모습, 약간 튀어오르는 듯도 하고 춤추는 듯도 한 그의 발걸음을 기다리며 눈을 깜박이고 있었다. 피트가 전화를 끊는 소리, 이어 키스와 포옹하는 소리가 낮게 들려왔다. "아, 그랬지……." 피트의 목소리였다. "아니야, 좀 나아졌어."

"내 새 친구 닉을 보여주려고 데려왔어. 아주 괜찮은 친구야." 리오가 가볍고 명랑한 목소리로 말했고, 그 목소리를 듣는 순간 닉은 앞으로의 반시간이 그들 세 사람 모두에게 어색한 순간이 되리라는 것을 알았다. 무슨 이야기가 오갈지 무척 신경이 곤두섰다. 자신이 동성애자의 삶에 대해서 농담도 잘 이해하지 못하고 아는 것도 부족하다는 사실을 너무 자주 느껴온 터였다. 흥미와 흥분을 느끼면서도, 남자끼리 짝짓는다는 관념이 그에게는 약간 충격이었다. 리오와 잠정적으로 다소 어색하게 만나고 있긴 하지만 사실 아직 진짜 짝은 아니었으니까.

"그래, 이게 다 무슨 일이래?" 피트가 리오의 뒤를 따라 방으로 들어서며 물었다.

"이쪽은 피트, 이쪽은 닉." 리오가 활짝 웃으며 그들에게 인사를 재촉했다. 리오가 상대방의 마음을 사로잡고 안심시키려 노력하는 모습은 처음이었다. 그 모습만 보면, 길게 봐서 다른 모든 일이 가능할 것 같았다. "피트는 나와 가장 친한 옛 친구야." 리오가 런던내기 말투로 고백했다. "그렇지 않아, 달링?" 두 사람은 악수했고,

피트는 이 일이 그리 달갑지는 않다는 듯 얼굴을 약간 찡그리며 말했다.

"또 학교 앞에서 얼쩡거렸군, 이 끔찍한 노인네."

리오가 눈썹을 세우며 대꾸했다. "글쎄, 네가 나를 유모차에서 낚아챘을 때 내가 몇살이었는지 굳이 다시 일러주진 않을게."

그로서는 자연스럽게 웃을 수 없는 슬랩스틱코미디 같은 가식적인 농담인데다 그들이 공유한 과거를 들여다보는 것이 놀랄 만큼 고통스러웠지만, 닉은 크게 웃었다. 리오가 아직 유모차에 있는 모습을 상상해보니 어느정도 그럴싸하기도 했다. 아직 작고 젊다는 것은 보통은 유리한 점이지만 진심으로, 어린아이로 여겨지고 싶지는 않았다. "사실 난 스물한살이에요." 그가 툴툴거리듯 말했다.

"그것 보라니까!" 피트가 말했다.

"닉은 여기서 아주 가까운 곳에 살아." 리오가 말했다. "켄징턴 파크 가든스."

"아, 멋지네."

"아, 실은 당분간 그냥 거기서 지내는 거예요. 대학 친구의 집이 거든요."

리오는 굳이 더 설명하지 않고 말을 이었다. "이 친구가 가구에 대해서 좀 알아. 아버지가 그 일을 하시거든."

피트는 어깨를 으쓱하며 얼마 안되는 가게의 물건들을 가리켰다. "마음대로 둘러봐." 그가 말했다. 닉은 예의 바르게 그 말을 따랐다. 닉이 가구를 둘러보는 동안 옛 연인들은 놀리듯 조용히 수다를 떨었는데, 좋은 내용이든 나쁜 내용이든 닉으로서는 전혀 알고 싶지 않았기 때문에 그 소리를 듣지 않으려고 머릿속으로 곡조를 떠올리고 있었다. 그는 약간 낡은 루이 16세풍 의자와 대리석으로

만든 소년의 두상, 수상쩍은 도금으로 번쩍거리는 캐비닛, 창가에
놓인 한쌍의 탁자를 찬찬히 살펴보았다. 그 탁자 두개는 닉이 호크
스우드에서 본 세면대로 개조된 서랍장을 떠올리게 했다. 벽 한면
은 적갈색 나무 아래 사람들이 춤추며 포옹하는 바쿠스 축제의 한
장면을 묘사한 커다랗고 칙칙한 태피스트리로 덮여 있었다. 공간
에 비해 길이가 훨씬 길어서 태피스트리는 바닥 쪽으로 느슨히 말
려 있었는데, 그 부분에서 사티로스가 음흉한 미소를 띤 채 림보
댄서처럼 마루 쪽으로 미끄러져 내려오고 있었다.

　유일하게 흥미로운 존재, 닉이 인정하는 존재이자 그의 맞수가
될 수 있는 존재는 피트 자신이었다. 연갈색 머리가 조금 벗어지고
잿빛이 섞인 성긴 턱수염에, 나이는 아마도 사십대 중반 정도 되어
보였다. 몸은 말랐고 닉과 리오보다 1, 2인치 정도 키가 컸으며 어
깨가 벌써 약간 구부정했다. 꽉 끼는 낡은 청바지에 데님 상의를
입고 있었는데, 눈에 띄는 것은 다른 면, 일종의 태도, 뭔가 권태로
운 듯하면서도 도전적인 태도였다. 성적 도전과 호전적 동맹의 시
대에서 튀어나온 듯한 사람으로, 평생 무엇을 위해 싸워본 적이 없
는 닉 같은 애송이는 자기 상대가 아니라고 무시하는 눈길을 던지
는 것만 같았다. 혹은 닉이 자신의 불편한 느낌, 실제로 존재하는
동성애의 세계를 들여다볼 때마다 느끼던 기분, 어렴풋한 우월감
과 동시에 소심해지는 기분을 그런 식으로 합리화하는 것인지도
모른다. 닉은 피트가 외설스러운 분위기의 고가구상이거나 아니면
자신의 아버지처럼 나비넥타이를 매고 턱수염을 깔끔하게 정리한
중성적 인물일 것이라 상상했었다. 지금 이 사람이 바로 피트라니,
리오를 다시 봐야 할 것 같았다. 그래서 그는 앙증맞은 멋진 엉덩
이를 피트의 책상 귀퉁이에 걸치고 서 있는 리오를 힐끔 쳐다보았

고, 그가 매력과는 거리가 먼 중년 사내와 아주 편안히 있는 모습을 확인했다 ― 리오의 애인이었던 그 사람, 닉은 아직 꿈만 꾸고 있는 백가지 일을 리오와 꾸준히 해온 사람과. 닉은 그 관계가 언제, 어떻게 끝났는지 알지 못했다. 그들은 오랜 기간에 걸쳐 확립되고 결국 끝나버린 어떤 관계에서 오는 안정감을 공유하고 있는 듯 보였고, 그것을 꼭 원하는 건 아니었지만 그는 그들이 부러웠다. 닉에게 이 관계에 대해 아무 말도 하지 않은 것은 리오가 하고 있는 게임의 일부였다. 혹은 그의 스타일일 수도 있었다. 하지만 만일 리오가 피트 같은 사람을 좋아한다면 닉은 그를 대신해 같은 자리에 선택될 가능성은 없다는 생각이 와락 들었다.

"저것 좀 봐, 닉." 피트가 친절하게도 그에게 관심거리를 주려는 듯 큰 소리로 말했다. "뭔지 알지?"

"괜찮은 소품이네." 리오가 말했다.

"아주 괜찮은 소품이지." 피트가 말했다. "루이 15세야."

닉은 약간 뒤틀린 상감세공을 자세히 살펴보았다. "아, 앙꾸아뉘르(방 모서리에 놓는 세모꼴 궤)군요." 그가 말하고는 매력있게 덧붙였다. "네스 빠(안 그래요)?"

"우리는 코너 찬장이라고 부르지." 피트가 대답했다. "이런 친구를 어디서 찾은 거야, 베이비?"

"아…… 그냥 길거리에서." 리오가 아주 다정한 눈길로 닉을 찬찬히 바라보다 윙크를 던지며 말했다. "왠지 길을 잃은 것 같더라고."

"아직 상처 하나 없는데." 피트가 말했다.

"아직은." 리오가 말했다.

"그래, 아버지 가게는 어디에 있나, 닉?" 피트가 물었다.

"아, 바윅에요 ― 노샘프턴셔예요."

"그 사람들, 그거 바릭이라고 발음하지 않나?"

"끔찍하게 잘난 사람들만요."

피트는 담배에 불을 붙여 깊게 빨았다. 그러더니 거의 토할 것처럼 기침을 해댔다. "아, 이제 괜찮군." 그가 말했다. "맞아, 바—윅. 나도 아는 곳이야. 재미있고 다정하다고 할 만한 곳이지, 안 그래?"

"아주 훌륭한 18세기식 시장 건물이 있어요." 그의 기억을 도와 닉이 말했다.

"언젠가 거기서 총재정부 시절의 작은 책상을 구한 적이 있어. 가운데가 불룩한 스타일인데, 어떤 건지 알겠지."

"아마 저희 가게는 아니었을 거예요. 개스턴네 가게였을 것 같네요. 아버지는 주로 영국산 가구를 파시거든요."

"그래? 그 동네는 요새 경기가 어떤가?"

"실은 꽤 한산해요." 닉이 말했다.

"여기선 아예 거래가 없어. 거꾸로 가고 있지. 마담이 사년만 더 수상으로 있다간 모두 거리에 나앉게 될 거야." 피트는 다시 기침을 했고, 리오가 담배를 빼앗으려 하자 손을 내밀어 거부했다. "그래, 런던에는 얼마나 오래 있었나, 닉?"

"한…… 여섯주 정도?"

"여섯주…… 그렇군. 그렇다면 아직도 여기저기 살펴보는 중이겠네. 아니면 그냥 가까운 데서 구하나? 볼런티어 식당은 가봤겠지."

리오가 닉의 망설임을 알아차리고 말했다. "이 친구 그 낡고 지저분한 데는 안 갔으면 좋겠어. 적어도 거기 가는 다른 사람들처럼 예순살쯤 될 때까지는."

"이리저리 탐색을 하고 있어요." 닉이 말했다.

"글쎄, 요새 젊은 친구들은 어디로 가나?"

"글쎄요, 섀프츠베리가 있고요." 닉은 폴리 톰킨스가 자신이 자주 정복한 장소처럼 말하던 선술집 이름을 들먹였다.

"선술집을 자주 가지는 않는 것 같은데, 맞지?" 리오가 말했다.

"리프트로 가면 좋을걸." 피트가 말했다. "혹시 초콜릿 중독자라면 말이야."

닉은 얼굴을 붉히며 말없이 고개를 저었다. "사실 잘 모르겠어요." 리오 앞이라 무척 당황스러웠지만 타인들이 자신의 성적 취향을 짐작하고 정의하는 게 기분 좋은 것은 사실이었다. 그 자신조차도 이제야 막 스스로의 취향을 짐작하기 시작했다고 느끼고 있었다.

"리언틴 양을 만난 건 언제지?"

그 날짜는 정확히 기억하고 있었지만 심술궂은 질문에 재빨리 대답을 내놓는 건 어리석다고 생각해 "한 삼주쯤 되었어요"라고만 대답했다. 피트가 리오라는 이름을 여성화해서 부른 데 움찔하지는 않았다. 간혹 폴리 톰킨스를 '그녀'라고 부르는 대화를 따라가기 힘든 적도 있었지만, 그로서는 그럴 필요를 느끼지도 않는데다 그렇게 부르는 것이 더 재미있다고 생각하지도 않았다.

"내가 이 여자를 그렇게 부르거든." 피트가 말했다. "리언틴 가격표[33]라고 자네도 수표책을 준비해놨어야 할 거야."

딱히 대꾸할 필요가 없는 말이었지만 리오는 꼬박꼬박 대답했다. "가격표에 대해서라면 당신이 모르는 게 별로 없지, 피트."

닉은 킥킥 웃으며 피트에게로 시선을 돌렸고, 그가 음울한 빛깔의 태피스트리를 멍하니 바라보며 담배를 피우는 동안 찡그린 표

---

33 미국의 전설적인 성악가 리언틴 프라이스(Leontyne Price)의 성 'Price'를 비튼 말장난.

정이 사라지는 것을 지켜보았다. 저 태피스트리는 무슨 수를 써도 팔리지 않아 가게 전체에 악운을 가져오는 것으로 여기고 거저에 가까운 값으로 주게 될 물건일지도 모른다. 어디가 아픈지는 모르겠지만 피트가 병에 걸렸다고 했던 얘기가 떠올랐다. "터무니없이 큰 침대가 하나 있거든." 피트가 입을 열었다. "도저히 혼자 옮길 수가 없네." 그때 전화가 울려 피트는 뒷방으로 들어갔다. "그것 좀 봐줘."

침대는 분해되어 세로 홈이 새겨진 기둥과 정교하게 장식된 네모난 캐노피 틀, 로꼬꼬풍 그림이 세공된 머리쪽과 발쪽 나무판이 따로따로 벽에 기대 세워져 있었다. "어디 좀 볼까." 리오가 어슬렁거리며 다가와서 지나치며 닉의 팔을 잠깐 어루만졌다. 그는 두 사람 모두에게 다정하게 굴었고, 정말로 침대를 구경하고 싶은 건 분명 아니었다. 그것들이 와장창 무너지기라도 할까 싶어서 그들은 손대고 싶지 않았다. 닉은 빛바랜 금박과 평소라면 눈에 띄지 않을 안쪽 가장자리의 윤내지 않은 면을 들여다보았다. 평생 특이한 각도에서 가구들을 보아온 그는 도돌도돌한 장식이며 기둥 머리며 사자머리 장식 같은 것들을 얼굴 높이에서 보던 어린 시절의 감각, 이를테면 거친 내부 표면에서 희미하게 나무냄새가 풍겨나오는 탁자와 찬장 따위를 작고 정교한 목조 건물로 여기고 그 안으로 기어들고 싶어하는 어린 시절의 감각을 지니고 있었다. 이 침대는 무척 웅장했지만 틀에 벌레 먹은 자국이 있었고, 가리개는 달려 있지 않았다. 그는 그것을 조립해 그 안으로 들어가고 싶은 어린 시절의 충동을 느꼈다. 리오가 발판의 그림을 보려고 쭈그려 앉았다. "이거 괜찮네." 그가 말했다. "어떻게 생각해?"

닉은 뒤에 서서 두 사람의 첫 데이트 때 그가 자전거를 정리하던 순간 그랬듯이 그를 내려다보고 있었다. 그러다가 문득 죄책감이라도 느낀 듯 시선을 돌려 폭 넓은 스커트를 입은 숙녀들과 류트를 연주하는 애인들, 푸른빛과 은빛의 나무들을 바라보았다. 그런 뒤 다시금 허리띠를 하지 않은 리오의 청바지가 그의 허리께에서 벌어진 모습을 내려다보았다. 그와 처음 만난 뒤로 백번도 더 눈앞에 떠올려보고 다시 경험한 장면, 이후에 이어진 섹스보다도 더 강력하고 상징적인 장면이었다. 리오의 단단해진 엉덩이가 튀어나온 모습과 그의 속옷에서 보이는 자극적인 푸른색 가로선. 이렇게 다시 볼 기회가 생겼다는 사실에는 약속의 확인과도 같은 이중의 힘이 있었고, 이제 닉의 망설임은 곧 닥쳐올 커다란 행복의 순간을 앞두고 느끼는 잠시간의 염려에 지나지 않았다. "아주 괜찮네." 닉이 말했다.

리오는 발뒤꿈치의 힘을 한쪽에서 다른 쪽으로 조금 옮겼다. "보여?" 그가 물었다.

닉은 웃으며 한숨을 쉬었다. "응, 보여." 그의 낮은 목소리가 피트 없이 나누는 이 대화를 순식간에 은밀한 것으로 만들었다.

"그래, 어떻게 생각해?" 리오가 밝은 목소리로 물었다.

"아…… 아주 아름다워." 닉이 속삭였다. 그는 뒷방의 열린 문을 얼른 돌아본 뒤 몸을 굽혀 손을 집어넣었다. 이번에는 푸른색 가로선도 없이, 오로지 부드럽게 면도한 곡선의 리오만 손에 잡혔다. 일이초 후에 닉은 손을 뻗어 리오의 목 주변에 부드럽게 갖다댔다. 리오는 중심을 잡기 위해 몸을 닉의 다리에 살짝 기대고 딱딱해진 닉의 그것에 두어번 자신의 어깨를 굴렸다.

"음, 진짜 좋아하는군." 그가 말했다.

"너무 좋아." 닉이 중얼거렸다.

피트가 다시 나타났을 때 그들은 주머니에 손을 넣고서 방을 어슬렁거리고 있었다. "내 말 못 믿을걸." 그가 말했다. "방금 그 침대를 팔았어."

"아, 그래?" 리오가 말했다. "닉이 아주 멋있다고 말하던 참이었는데. 하지만 꽤 손을 봐야 하는 물건이라고. 그랬지, 닉?"

그 가게에서 보낸 마지막 몇분은 터무니없이 기묘하게 흘러갔다. 두 사람의 대화 내용을 이해하기는 어려웠지만 ― 워낙 기분이 좋았던 닉은 다른 사람에게 아무런 관심이 없었고, 그래서 이 방문의 마무리는 리오에게 맡겨버렸다. 가구와 물건들은 더 화려해 보이면서도 동시에 지극히 상관없는 존재가 된 듯했다. 그사이에 무슨 일인가 일어났다는 것, 공기가 반짝이며 떨리고 있다는 사실을 피트는 분명히 감지했으리라. 그에 대해 뭔가 독설을 퍼붓더라도 이상한 일은 아니리라. 그러나 그는 그러지 않았다. 현실적이고 초연한 피트는 정말로 리오에게 더이상 미련이 없는 것 같았다. 그것이 조금 아쉽기는 했다. 피트가 질투심을 느꼈다면 더 좋았을 텐데.

"음, 점심 먹으러 가야겠네." 리오가 말했다. "배고파. 넌 어때, 닉?"

"굶어죽을 지경이지." 닉은 일종의 행복한 비명을 내질렀다.

그들은 모두 웃고 악수를 나누었는데, 피트는 리오를 안으며 재빨리 한차례 다정하게 툭툭 친 다음 곧장 밀어냈다.


그리하여 그들은 거리로 나섰다. 옆구리를 밀치며 거리를 메운 군중에도 아랑곳없이 그들은 리오의 자전거 바퀴가 내는 약하고 부드러운 틱틱 소리와 함께 그 흐름을 거스르며 천천히 언덕을 걸어내려갔다. 닉에게는 모두 새로운 경험이었다. 다른 남자와 서로 좋아하며 부드럽게 부푼 감정의 흐름에 실려 함께 있는 것 ─ 그 감정은 가끔 가게 문전에서, 혹은 잡동사니를 파는 수레의 차양 아래서 소용돌이가 되었다. 더이상 점심 얘기는 하지 않았는데, 좋은 신호였다. 사실 그들은 거의 침묵 속에서 가끔씩 눈길만 교환할 뿐이었고, 그 눈길은 멋진 선웃음으로 변하곤 했다. 정욕 때문에 닉은 허벅지가 쓰리고 위와 목구멍이 쥐어짜이는 듯했으며, 그렇게 많은 것이 주어지는 것은 온당치 않다는 듯 미소 사이사이로 신음이 새어나올 것만 같았다. 그는 한두발자국 뒤떨어져서 고개를 저으며 걸었다. 그는 리오의 청바지가 되었으면 싶었다. 한가하게 걷는 그의 다리를 자연스럽고 리듬감 있게 애무하며 잠시 잡았다가 놓곤 할 수 있을 테니까. 그는 리오 앞에서 끊임없이 손을 나부끼며 이 물건 저 물건, 의자, 접시, 지나가는 펑크족의 파란색 스파이크 스타일 머리를 가리켰다. 리오의 심사를 받은 모든 남자들 중에서 자신이 제일이었던 게 틀림없었다. 그는 연신 리오의 엉덩이를 슬쩍슬쩍 만졌다. 그렇게 해도 좋다고 허락된 것만으로도 행복했다. 리오도 똑같은 방식으로 그를 대한 것은 아니었다. 주의 깊게 거리를 살피며 다른 남자들이 지나갈 땐 그들의 섹시하게 헝클어진 머리를 보고 짓궂은 표정으로 눈썹을 세우기도 했지만, 그래도 상관없었다. 그런 것은 그저 일종의 잉여, 닉에 대한 넘쳐흐르는 욕정이 기웃거리며 흘러나오는 것일 뿐이니까. 군중 사이를 한가하게 헤집고 가는 동안 닉은 자신이 받은 도덕교육의 영향으로 스스로를 돌보지 않았던 여러해를 훌쩍 뛰어넘어 새로운 영역으로 나아가고 있다는 사실을 깨달았다. 바로 이런 기분이구나!

어떤 수레의 술 달린 캐노피 아래로 쏘피 티퍼가 고개를 숙인 채 검은 벨벳 천에 비스듬히 꽂힌 낡은 반지와 팔찌를 들여다보는 옆

모습이 보였다. 처음 든 생각은 못 본 척 지나치자는 것이었다. 그녀를 부러워하던 마음이 되살아났다. 그러나 곧 그녀 뒤에 서 있는 토비가 보였다. 그 자신은 흥미가 없으면서도 입을 꽉 다물고 미소를 띤 채 함께 보는 척 고개를 숙이고 있는 모습이 꼭 남편 같았다. 그는 잠시 그녀의 어깨에 턱을 괴었고, 그녀는 그에게 뭐라고 속삭였다. 남을 의식하지 않는 자기만족의 순간을 엿본 듯 불편한 느낌이 들었다. 그들은 당연히 아름다운 한쌍이었고 섬세하지만 인공적인 불빛 아래 선 모델들처럼 시장의 잡동사니라는 어두운 배경 속에서 빛나 보였다. 닉은 고개를 돌리고 리오를 위해서 뭔가 살게 있을지 찾아보았다. 정말 그러고 싶었다. 곧 닥칠 사교적인 만남이 성공적으로 끝나게 될 이유는 수없이 많았다. "어이, 게스트!" 토비가 성큼성큼 수레를 돌아 다가와서는 그를 잡고 뺨에 확실하게 입을 맞추었다.

"안녕, 토비." 그들 사이의 입맞춤은 그전까지 전혀 없던 일이었지만 생일파티 이후에 어떤 이유에서인지 가능해졌고, 쏘피가 거기 있기 때문에 괜찮은 일처럼 느껴지기도 했다. 그동안 그렇게 안했다는 게 오히려 당황스러운 듯, 그런 과거를 지운다는 의미에서 토비에게는 거의 다행에 가까운 일인 것 같았다. 닉으로서는 토비의 따스한 체온을 온몸에 느낄 수 있어서 아주 달콤한 일이었지만 동시에 무시할 수 없이 슬픈 일이기도 했다. 그 이상 더 친밀한 행동은 뒤따르지 않는다는 것을 확인하고서야 주어진, 그가 할 수 있는 최대한의 양보가 분명했기 때문이다.

"안녕, 닉!" 쏘피도 환한 표정으로 다가와서 그의 양볼에 호의의 입맞춤을 해주었다. 닉으로서는 그 호의를 그녀가 전도유망한 배우라는 점과 관련짓지 않을 수 없었다. 그는 리오를 소개하고 싶었지만 호크스우드에서 자신이 마약에 취해 흥분한 상태로 떠들어 댄 일 때문에 말실수가 나올 수도 있을 것 같았다. 그때는 단순한 자신의 희망사항을 사실로 끄집어낸, 불가피하지만 놀라운 순간들 중 하나였다. 그가 말했다.

"그러다 점심에 늦겠는데." 말하고 보니 자신의 말이 좀 무례하게 들릴 수도 있겠다는 생각이 들었다.

"그러게 말이야." 토비가 대답했다. "할머니가 쏘피에게 설교를 늘어놓으려고 하셔서, 그 시간을 가능한 한 줄여보려고."

"이런, 하지만 난 당신 할머니 좋던데." 쏘피가 뽀로통한 척 말했다.

"아니, 참 대단한 분이지." 토비가 말했다. 그 말을 듣자 옥스퍼드에서 그가 곧잘 아무렇지도 않게 자기 부모의 유명한 친구들에 대해 이야기하던 일이 떠올랐다. 닉은 리오를 향해 슬며시 웃었다. 쏘피만 없었다면 토비를 화려한 과거의 액세서리로, 아마 그 이상의 존재로 자랑할 수도 있었을 텐데, 하고 그는 생각했다. 하지만 토비는 이렇게 절망적으로 남의 차지가 되어 있었다.

닉이 말했다. "쏘피 티퍼랑 토비 페든. 여긴 리오 찰스야." 그러자 리오가 악수를 하며 둘에게 모두 "리오예요"라고 말했다.

"그랬지." 토비가 말했다. "멋지네요…… 얘기 들었어요." 그러더니 격려하듯 짓궂은 미소를 지었다.

"아, 그런가요." 어떤 반응이 돌아올지 확신할 수 없다는 듯 리오가 무표정하게 대꾸했다.

"리오는 닉의 새 남자친구야." 토비가 쏘피에게 소개했다. "그래, 정말 좋은 소식이지."

리오를 흘낏 바라본 닉은 속이 타들어갔다. 아직은 자신이 선택권을 포기하지 않았다는 듯 무섭도록 무감한 표정이었다. 몇분 전까지 솟구치던 자신감이 어리석게 느껴졌다. 닉이 말했다. "글쎄, 서두르고 싶지는 않아."

"하지만 정말 좋은 소식이에요." 쏘피가 닉의 행복이나 그의 마음속 불행이 모두 오랫동안 자신의 관심사이기라도 했던 것처럼 말했다. 흑인 남자친구를 얻은 이중의 승리를 축복해주려고 무척 애쓰고 있는 게 틀림없었다.

"닉이 그쪽 이야기를 많이 안하더라고요." 토비가 말했다. "하지만 이제, 말하자면 현장을 잡혔네요!" 그러고서 얼굴을 붉혔다.

"아직은 그냥 걸음마 뗀 단계예요." 리오가 말했다.

"정말 멋져요." 토비는 지금 상황에 대해 자신과 쏘피가 상상하는 것들로 인해서 쏘피만큼이나 신이 난 것 같았다. 그리고 닉은 그의 더 깊숙한 이유, 심지어는 무의식적인 이유를 서글픈 마음으로, 그러나 분명히 알아볼 수 있었다. 닉이 사랑의 감정을 다른 남자에게 전이함으로써 토비는 막연히 느끼던 압박감, 닉이 표현하지 못한 기대감이 주던 부담에서 비로소 벗어났을 수도 있지 않은가. 제럴드가 전혀 다른 일에나 썼을 법한 표현을 빌리자면, 그것은 크게 권장될 만한 일이었다. 그리고 아마 쏘피도 그것을 알아챘을지 모른다. 잠자리에 들기 전 두 사람이 그 주제에 대해 막연한 문젯거리라고 이야기를 나눴을 수도 있다. 그저 잠시, 그러고는 곧 침대 발치에 벗어던진 신발짝처럼 별문제 아니게 되었으리라. "그래, 점심 함께 안할래요?" 토비가 말을 이었다.

"초대 안 받았는데요." 리오가 명랑하게 고개를 저었다. 닉은 그 생각만으로도 부담스러웠다. 모든 종류의 속물적 고려와 염려의 집적이자 그의 삶의 이질적인 부분들이 고통스럽게 교차하는 장.

리오-제럴드-토비-쏘피-레이디 파트리지…….

"그렇다면 다음 기회에." 토비가 말했다. "우리는 가야 해, 핍스. 하지만 곧 다 같이 또 만나도록 하지?"

"마음에 드는 반지를 못 찾을 줄 알았다니까." 쏘피가 강인함을 감춘 다정한 태도를 다시 숨기듯 뾰로통하게 말했다.

"점심 먹고 다시 오자. 당연히 반지가 있어야지." 토비가 달랬고, 닉은 그 어조가 거슬렸다.

리오는 약간 비웃는 듯한 표정으로 그 젊은 한쌍을 찬찬히 뜯어보다가 입을 열었다. "어디서 본 게 틀림없는데." 그러고는 단정적인 자신의 말에 스스로 약간 당황했다. 쏘피의 얼굴에는 망설이면서도 기뻐하는 표정이 역력했다.

"아……."

"내가 완전히 잘못 기억하는 건지도 모르지만," 리오가 말했다. "혹시 「잉글리시 로즈」에 나오지 않았어요?"

그녀는 실망해서 기억을 더듬는 듯했다. "아, 아니에요……. 눈썰미가 있으시네요. 하지만 아니에요. 그 영화에는 출연하지 않았어요."

"거기 나온 건 베치 틸든이었지." 닉이 말했다.

"맞아, 그래그래, 베치……. 하지만 어디선가 뵌 게 틀림없는데……."

닉은 그녀가 출연한 작품은 고작 둘뿐이라고, 하나는 「베르주라끄」의 한 화였고 다른 하나는 그녀의 아버지가 출자하고 학생들이 만든 영화 「하얀 악마」로, 게이트 극장에서 단 한번 심야상영을 했다고 말하고 싶었다.

"「하얀 악마」라는 영화에 출연한 적이 있어요." 쏘피가 어린아이에게 쓰는 말투로 말했다.

"그거였군요!" 리오가 말했다. "맞아요! 아주 훌륭한 영화였어요. 내가 아주 좋아하는 영화예요."

"기쁘네요." 쏘피가 말했다. "정말 친절하세요!"

기적적으로 자신 앞에 서 있는 여자와 함께 영화 장면들이 다시 머릿속에서 돌고 있는 듯, 리오는 미소 띤 얼굴로 그녀를 바라보았다. "맞아, 그 독살 장면, 그리고…… 그 영화 봤어, 닉? 「하얀 악마」?"

"안타깝게도 못 보고 지나갔어." 닉이 말했다. 한밤중에 선글라스를 끼고 지프에 올라 와자지껄 다니며 영화제작자 흉내를 내던 학부 학생들은 분명히 기억하고 있었다. 플라미네오 역을 맡은 제이미 스텔러드, 말씨가 느릿느릿한 마터스 클럽의 멍청이는 그가 특히 싫어하는 치였다.

"내가 얘기를 안할 수가 없는데, 그 친구 — 제이미였지? 와아……."

"그렇죠." 쏘피가 말했다. "그 친구가 마음에 들 거라고 생각했어요."

"잘 맞혔네요, 아가씨." 리오가 좀 건방져 보일 만큼 환하게 웃어서 닉은 그가 쏘피를 놀리는 건지도 모른다고 생각했다. "하지만 그 친구는 그거 아니죠? 사실대로 말해줘요. 아니죠?"

"아! 아닌 것 같은데요, 아니에요. 그렇게 묻는 사람들이 많기는 해요." 쏘피가 이해한다는 어조로 대꾸했다.

리오는 달관한 사람 같은 태도로 받아넘겼다. "음, 그 영화가 또 상영된다면 내가 이 친구를 꼭 데려갈 거예요." 마치 그들 모두가 경직된 사고방식에 사로잡힌 사람이라는 듯, 최고 수준의 교양인 닉이 여전히 시험 지식으로만 머리가 차 있는데다 복수극에 나오는 인물들에만 젖어 있다는 말투였다.

"좋아." 영화를 보러 간다면 덤불 뒤편이 아닌 따뜻하고 어두운 곳에서 두어시간 있을 수 있겠다고 생각하며 닉이 대답하고는 덧붙였다. "게다가 내가 제이미 스텔러드에 대해 온갖 이야기를 해줄 수 있지."

그러나 리오의 진짜 관심은 쏘피에게 있었다. "그래, 다음 출연작은 뭐예요?" 그가 물었다. 닉은 토비를 향해 미안하다는 듯 눈썹을 살짝 세웠다. 토비는 장래가 촉망되는 여배우의 애인이다보니 자신이 부차적인 역할을 하는 것은 어쩔 수 없다는 듯 이해심 많은 태도로 고개를 저었다. 쏘피 자신은 칭찬에도, 리오 같은 사람과 대화하는 것에도 익숙지 않은 듯 다소 지나치게 흥분한 것 같았다. 어쨌든 대화는 아주 잘 흘러가는 듯했다. "알려드릴게요." 그녀가 말했다. "닉에게 전화번호를 받으면 되니까요!"

닉은 자신에게도 토비 같은 자신감이 있었으면 하고 바랐다. 쏘피에 대한 리오의 관심 때문에 무시당하는 것 같은 기분이 들었다. 하지만 실은 아마도 자신이 리오와 연인 사이라고 떠벌린 것이 어리석고 유치했다는 생각에서 나온 감정일 것이다. 토비가 말했다. "그런데 우리 정말 가야 해서, 핍스." 그 애칭이 너무 바보 같아서 닉은 더이상 다른 일에는 신경이 쓰이지 않았다.

그러나 다시 리오와 함께 말없이 거리를 걸으면서, 그는 연애라는 것의 참모습을 알 것 같았다. 기적적인 순간이 지속적으로 보장된다는 것은 그 일부에 지나지 않는 것이다. 팔다리가 묘하게 뻣뻣했고, 손은 눈사람을 만들다 들어와 활활 타는 불을 쬐는 사람처럼 따끔거렸다. 그는 자신이 배짱이 부족해서 혹은 지나치게 행복한 기대를 하다가 성공을 놓쳐버린 다른 경우들과 지금 이 순간이 무척 비슷하다고 느꼈다. 먼저 피트와, 이어서 쏘피와 있을 때 보인 리오의 다정한 행동들은 모두 썰물처럼 빠져나갔고, 자신들 두 사람만이 이 끔찍한 소음과 군중 속에 남겨졌다. 닉은 긴장한 미소를 띤 채 그를 흘깃 보았다. 그러자 리오가 약간 우울하고 무심한 태도로 목을 이리저리 돌리며 스트레칭을 했다. "음," 마침내 닉이 입을 열었다. "어디로 가고 싶어?"

"몰라, 남자친구." 리오가 말했다.

닉은 서글프게 웃었고, 왠지 모르지만 이제 솔직해져야 할 것 같았다. "까페?" 그가 물었다. "인도 음식? 샌드위치 가게?" 그것이 그가 상상할 수 있는 최선이었다.

"글쎄, 뭔가 필요하긴 한데." 리오가 날카로운 눈초리로 그를 바라보며 높낮이 없는 자극적인 어조로 비꼬듯 말했다. "샌드위치는 아니야."

닉으로선 감히 그의 말뜻을 짐작도 할 수 없었다. "아……." 그가 말했다. 리오는 고개를 돌려 탁한 녹색과 갈색 유리그릇들을 노려보았다. 안정적이고 가정적인 삶을 암시하듯 번쩍거리는 그것들이 두 사람 앞에 장애물로 자리한 것만 같았다.

"피트하고는 그의 가게에라도 가면 됐는데, 나와 너는 어디로 가지?"

그의 문제는 이것뿐일까, 이게 유일한 장애물일까……? "그러게 말이야, 우리에게는 집이 없네." 닉이 말했다.

"집 없는 사랑." 리오가 어깨를 으쓱했다가 신중하게 고개를 끄덕이며 말했다. 마치 노래의 제목을 가늠하듯이.

# 5

닉은 저녁식사 전에 잠깐 기회를 잡아 집세를 냈다. 늘 어색한
일이었다. "아, 저런……." 레이철은 10파운드짜리 지폐 두장이 저
녁식사에 초대받아 온 손님이 가져온 초콜릿 한상자나 꽃 한다발
처럼 작은 사치인 동시에 약간은 성가신 물건이라도 된다는 듯한
반응이었다. 살구를 담은 그릇을 내려놓을 자리를 찾으며 그녀가
말했다. "정 그렇다면……."

닉은 어깨를 으쓱하고는 콧소리를 냈다. "당연히 드려야죠." 방
금 택시비로 5파운드를 쓴데다 요새 온갖 생각 없는 짓들을 하는
중이었다. 돈을 안 내도 된다면 얼마나 좋았을까.

"어쨌든, 고마워!" 레이철은 돈을 고맙게 받아 반으로 접어 들고
그대로 서 있었는데 그걸 어디다 놓아야 좋을지 모르겠는 것 같았
다. 그때 테니스를 마친 제럴드와 배저 브로건이 돌아왔다. 정원에
서 철제 계단을 오르는 발걸음소리가 단조롭게 울리더니, 이어 두

사람이 활력 넘치는 덩치 큰 소년들처럼 부엌으로 들어섰다. 방금 무슨 거래가 있었는지 제럴드는 순식간에 알아차렸다. 다음 순간 그가 말했다. "이 친구, 아주 혼쭐을 내줬어!" 그러면서 자신의 라켓을 텅 소리가 나게 의자에 내려놓았다.

"맙소사, 페든, 이 거짓말쟁이," 배저가 말했다. "3세트에선 6 대 4였어요, 레이치."

제럴드는 의기양양하게 고개를 흔들었다. "내가 저 친구 기분을 좀 맞춰준 거야."

"아주 막상막하였나봐요." 레이철이 나름 현명하게 대꾸했다.

두 사람 다 그 말을 받아들이기 어려운 모양이었다. "솔직히 금 안인지 밖인지에 대한 판정을 놓고 좀 터무니없는 주장을 했는데 내가 그냥 넘어가준 거죠." 배저가 말했다. 그는 식탁 주변을 어슬 렁거리며 숟가락을 들었다 놓더니 이어 무심결에 마늘 다지는 기구를 들었다 놓았다. 닉은 그들의 시합 이야기가 재미있다는 듯 미소를 지었지만 실은 배저의 자유롭고 편안한 태도와 그가 제럴드에게 경쟁심을 불러일으킨다는 사실에, 그리고 아마 그런 사실의 다른 면일 텐데, 그를 향한 제럴드의 오래고 깊은 애정에 질투를 느꼈다. "어이, 닉!" 배저가 캐묻는 듯 비웃는 듯한 특유의 어조로 말했다.

"안녕하세요, 배저?" 닉이 말했다. 그는 검은 머리에 황회색 머리칼이 섞여 배저, 즉 오소리처럼 보인다는 이유로 그런 별명이 붙었는데, 닉은 남이나 다름없는 그를 별명으로 부름으로써 자신이 이 가족의 신화에 참여하고 있다는 그 나름의 자의식을 가지고 있기도 했지만, 사실 냉정하고 비판적이고 거의 적대적으로 들리는 이름인 '데릭'보다는 그 이름이 더 편하기도 했다.

배저는 배저대로 오랜 친구의 집에서 마주친 닉이라는 존재를 궁금해하는 것이 분명했고, 그를 알아보려고 익살스러운 추측을 시도했다. 그가 즐기는 장난의 일부였다. 그는 온종일 어슬렁거리며 유도심문을 하고 옛날 스캔들을 들춰내고 새로운 스캔들을 캐내려고 눈을 반짝이는 사람이었다. 그가 말했다. "그래, 오늘 뭘 했나, 닉?"

"아, 그냥 평소와 똑같았어요." 닉이 말했다. "아시다시피 아침나절에는 도서관에서 서고에 책이 도착하기를 기다리고, 오후에는 서지학 수업인 '텍스트의 변형 묘사 방법론'을 듣고요." 그는 배저에게 자신을 낡은 갈색 제본처럼 무미건조한 인물로 드러냈다. 하지만 이 '텍스트의 변형'이라는 말은 그가 실제로 한 일, 즉 수업을 빼먹고 햄프스테드 히스에서 리오와 두시간 동안 즐긴 섹스에 대한 암시로 반짝였다. 그것은 배저가 다룰 수 있는 범위를 넘어선 스캔들이리라. 사실 배저는 그 집에 묵은 첫날 밤에 옥스퍼드 시절 친구 중 한명을 너무나 끔찍한 동성애자로 묘사했던 것이다.

"레몬향 보리차 마실래, 배저?" 제럴드가 말했다.

"고마워, 허풍선이." 닉으로서는 절대로 부르지 못할 흥미로운 옛 별명을 들먹이며 배저가 대답했다. 제럴드는 현명하게도 아무런 이의도 달지 않았다. 두 남자는 흰색 테니스복 차림으로 선 채 레몬향 보리차를 긴 잔에 따라 꿀꺽꿀꺽 마시느라 사이사이 숨을 헐떡이거나 또 싱글거렸다. 제럴드의 다리는 아직 갈색이었고 프레드 페리 반바지가 당황스러울 정도로 탄탄한 엉덩이를 돋보이게 했다. 그에 비해 마르고 볼품없어 보이는 배저의 에어텍스 셔츠는 제럴드의 것보다 더 땀에 절고 얼굴을 닦느라 잡아당겨서인지 비뚤어져 있었다. 그는 지저분하고 낡은 즈크화를 신은 데 비해 밑창이 두꺼운 트레이너화를 신은 제럴드는 퉁퉁 튀어오르는 듯, 혹은 약간 공중에 떠 있는 듯 보였다.

엘레나가 핏물 밴 밀가루 반죽을 바른 사슴고기의 관절인지 다리인지를 가지고 식료품 저장실에서 서둘러 나왔다. 해마다 9월이면 호크스우드에서 잡아 보내 페든가의 다용도실에서 보름 동안 널어 말리는 사슴고기 처리의 전과정은 엘레나에게는 커다란 시련이었다. 그것을 과시하느라 늘 일련의 만찬을 베푸는 제럴드에게야 거들먹거릴 수 있는 손쉬운 기회였지만 말이다. 엘레나가 식탁 위에 무거운 접시를 내려놓는 순간 방에서 내려오던 캐서린은 그 광경을 보지 않으려고 손을 쳐들어 눈을 가렸다. "음 — 저것 좀 봐, 캣!" 배저가 말했다.

"다행히 그걸 먹는 모습은 안 봐도 되겠네요." 캐서린이 말했다. 그러면서도 자신의 혐오감을 살짝 즐기듯 고기를 재빨리 훔쳐보기는 했지만.

"그럼 외출하는 거냐, 야옹이?" 제럴드가 물었다. 나간다는 말이 반갑기는 했지만 약간 기분이 상하기도 해서 살짝 찌푸린 얼굴이었다.

"우리랑 뭐라도 마시고 나가지 그러니, 달링?" 레이철이 말했다.

"시간이 있으면 그럴 텐데요." 캐서린이 대꾸했다. "하원의원들만 모이는 건가요?"

"아니." 제럴드가 말했다. "네 할머니는 하원의원이 아니잖니."

"정말이지, 주님께 감사할 일이네요." 캐서린이 말했다.

"그리고 모든 립스컴도 하원의원은 아니고."

"하원의원은 두 분이 오셔." 레이철이 덧붙였는데, 두 사람이 너무 적다는 뜻인지 그만하면 충분하다는 뜻인지 알 수 없었다.

"맞아, 팀스와 그룸이지!" 마치 그 두 사람이 상상할 수 있는 가장 즐거운 손님이라도 되는 것처럼 제럴드가 말했다.

"한번도 '안녕하세요'라고 말하지 않는 사람 말이군요!"

"말도 안되는 소리." 제럴드가 말했다. "그가 인사하는 걸 들은 적이 분명히 있는 것 같은데……."

"모든 립스컴이 온다면 저는 그냥 코트를 입고 있을게요. 그 사람은 제 피를 차갑게 만들거든요."

"모든은 중요한 사람이야." 제럴드가 말했다. "의장이 그의 말에 귀를 기울이거든."

"닉이 숫자를 채워줄 거예요." 캐서린이 말했다.

닉이 눈꺼풀을 깜박이자 제럴드가 말했다. "닉이 숫자를 채우다니, 애야, 닉은 우리…… 우리 집안의 일부지."

캐서린이 착한 아이와 말썽쟁이를 가르는 공간 너머로 닉에게 약간 비웃음 섞인 눈초리를 보내고는 말했다. "닉은 아첨꾼 신하로 딱이죠?"

"아, 엘레나," 레이철이 말했다. "캐서린은 식사를 안할 거야. 한 사람 몫을 빼야겠네 ─ 그래, 한 사람 몫을 빼야 해." 엘레나는 자리를 새로 배치하기 위해 식당으로 갔다가 조금 뒤에 돌아와 이의를 제기했다.

"페든 부인, 전부 해서 열세분인데요."

"아……." 레이철은 안타깝지만 어쩌겠냐는 듯 어깨를 으쓱했다.

"맞아. 그래도 우리 중 누구도 13공포증을 가지고 있을 것 같지는 않은데?" 제럴드가 말했다. 캐서린이 다른 더 흔한 공포증 외에도 선예先銳공포증, 질주공포증, 공간공포증, 어둠공포증 등을 시시때때로 앓았기 때문에 가족 모두가 공포증 이름을 꿰고 있었다 ─

그들에게는 일종의 놀이나 다름없었지만, 거기 선 채 입술을 깨물고 있는 엘레나에게는 아무 효과가 없었다.

"저런, 저녁식사를 함께해야 할 텐데." 배저가 눈치 없이 캐서린을 잡으려고 손을 뻗으며 말했다. "저 아름다운 사슴고기를 어떻게 거부할 수가 있니?"

"흠," 캐서린이 말했다. "야전병원에서 나온 꼴인데요." 그러더니 닉에게 빠지라고 살짝 눈짓을 보냈다. 그녀가 사슴 엉덩이 고기를 잘라먹을 수 없는 것은 아마도 날카롭고 뾰족한 물체를 무서워하는 선예공포증 때문이 아닐까 하고 닉은 생각했다. 가족은 그녀가 과거에 겪은 고통에 대해 알면서도 재발하지 않는 것 같으면 마음 편히 그 일을 잊어버렸다. 최근 고기 써는 칼과 관련해서 일어났던 고통에 대해 아는 사람은 닉뿐이었다. 그가 말했다.

"좌석 숫자가 문제가 된다면 제가 빠져도 괜찮은데요." 이곳 저녁식사의 간살스러운 화려함을 즐기곤 했지만, 그는 자신이 지독한 사랑에 빠진 터라 식사 중 촛불 속에 앉아 미소를 지으며 온통 리오의 꿈만 꾸고 있을 거라는 사실을 알았다. 말도 않고, 정신이 딴 데 가 있을 것이다. 지금도 이미 일종의 간지러움을 느끼며 애인과 함께했던 순간의 너무도 생생한 기억을 되새기고 있지 않은가.

"아니, 아니야." 레이철이 급히 고개를 움칫거리며 낮은 소리로 말했다.

"엘레나, 그냥 모험을 해보자고!" 제럴드가 선언했다. "씨…… 바 베네(그래…… 괜찮아). 닉, 그냥 짝 없이 있어야겠지만 음……." 닉 말고는 아무도 주목하거나 염려하지 않는 불행한 순종의 표정을 한 채 엘레나가 식당으로 돌아갔다. "우리가 지금 12세기의 깔라브리아에 사는 건 아니니까." 제럴드는 말을 잇던 중 전화가 울리자 벽에서 수화기를 집어들고 최근 새로 익힌 사무적인 말투로 말했다. "페든입니다. 예, 여보세요…… 뭐라고요? 맞아요, 맞습니다, 여기 있어요. 맞아요, 그래요. 음, 그래, 여기 받아보게." 그가 수화기를 닉을 향해 내밀었다. "리오야." 닉은 조금 전 자신이 했던 생각을 그들 모두에게 들킨 것처럼 얼굴을 붉혔다. 부엌은 순간적으로 침묵에 잠겼고 제럴드가 그에게 눈짓을 했는데, 닉이 느끼기에는 그 눈짓에 단호함과 실망감이 담긴 것만 같았다. 하지만 아마도 생각이 끊겨서 인상을 쓴 것일 뿐 아무 의미 없는 표정이었을 것이다.

캐서린이 말했다. "리오라면 전화가 몇시간이고 늘어질 텐데." 그러자 레이철이 동의한다는 듯 고개를 끄덕였다. "그래, 서재에 가서 받는 게 좋겠네." 제럴드는 자신이 동성애자의 노골적인 현실, 동성애자 사이의 실제 통화를 마주하리라고는 상상해본 적도 없다는 듯한 표정으로 다시금 그를 보았지만, 곧 고개를 끄덕이며 다정하게 말했다. "물론 좋을 대로 해. 급한 전화 같은데."

"아, 핫라인." 배저가 스캔들에 민감한 촉수로 공기 중의 어색한 기운을 감지하고는 말했다. 하지만 닉이 복도를 걸어가며 느낀 것은 사태를 파악한 레이철이 자신을 보호하고 있다는 사실이었다. 제럴드는 타인에 대해 그 어떤 면도 진정으로 파악하지는 못하는 사람이었다. 그에게 타인이란 사회적 과정 속의 동적 요소에 지나지 않았다. 그들은 그에게 동의하는 존재거나 그를 좌절시키는 존재였고, 유명한 그의 환대 또한 기묘하게도 그에게는 대인관계에 이렇다 할 요령이 없다는 사실을 위장하는 것일 뿐이었다. 이 모든 느낌이 서재 문을 미는 순간 해방감과 함께 분명하게 닉을 덮쳐왔다. 잠시 후 그는 제럴드의 책상 옆에 서서 섹시하게 소곤거리기 시작했는데, 그 집에서 제럴드의 취향, 즉 취향의 진공 상태를 보여주는 유일한 방에서 리오의 목소리를 듣고 있자니 아름답도록 초현실적인 느낌이었다. 초록색 가죽 안락의자며 천을 두른 난로망이며 놋쇠 램프 같은 것들, 제럴드식의 남자들끼리의 모의를 위한 완벽한 무대였다.

"흠, 무척 유쾌하던걸." 리오가 반은 놀리듯 반은 흉내내듯 닉이 자주 쓰는 단어를 써서 말했다. "정말이지 무척 유쾌했어."

"좋았어, 달링?" 닉이 물었다.

"나쁘진 않았어." 리오가 대답했다.

닉은 기분이 좋아서 활짝 웃었다. "내 생각에도 견딜 만했던 것 같아."

"그럴 줄 알았어." 리오가 말했다. "자전거 체위는 안해도 될 것 같아."

닉은 반쯤 열린 문 쪽을 돌아보았다. "내가 너무 심하게 했나?" 그가 궁금하다는 듯 물었다. 그러면서 최근 몇주 동안 거듭 되새겨온 감정—사소한 말에서 느껴지는 해방감, 자신이 무슨 말을 하든 기꺼이 용납된다는 사실에서 오는 해방감을 만끽했다.

"넌 아주 나쁜 아이야." 리오가 말했다.

"음, 네가 계속 그렇다고 하네."

"그래, 뭐 하고 있어?"

"글쎄……." 닉이 말했다. 리오와의 대화는 달콤했지만 그가 전화한 이유는 짐작할 수 없었다. 그가 이렇게 전화한 것이 처음이라 불안한 기대감에 설레기도 했다. 그러다 마침내 리오 자신도 아마 연인과 대화하는 단순한 즐거움, 그냥 섹스를 위해서 섹스를 즐기듯 그저 대화의 즐거움을 바라고 전화했으리라는 것을 알았다. "나

지금 아주 단단히 발기한 상태에서 제럴드의 책상 앞에 앉아 있어." 닉이 말했다.

잠시 사이를 두었다가 리오가 나직이 속삭였다. "그렇게 유혹하지 마. 어머니랑 같이 있단 말이야."

방에는 이미 어스름이 내려 있었다. 닉은 줄을 당겨 책상 위에 놓인 램프의 불을 켰다. 제럴드는 마치 두 아내를 극진히 위하는 중혼자처럼 레이철과 수상의 사진을 둘 다 은색 액자에 넣어 세워놓았다. 커다란 탁상용 다이어리가 펼쳐져 뒤의 '메모' 면이 보였는데, 거기에 제럴드는 이렇게 적어놓았다. "바윅: 에이전트(매닝)—아내 이름은 재닛이 '아니라' 베로니카(재닛은 파커의 아내)." 제럴드는 특유의 활달한 표정으로 파커에게 베로니카는 잘 있느냐고, 그리고 매닝에게는 재닛은 어떻게 지내느냐고 물었다가 무척 어리둥절한 표정과 마주했었다. 재닛 파커는 물론 닉이 아는 사람이었다. 래컴스에서 매니저로 일하는 사람으로 오페라틱에서 노래를 하기도 했다. "그래, 이따가 뭐 할 건데?" 리오가 물었다.

"아, 아주 대단한 만찬에 참석할 거야." 닉이 말했다. 그는 자신이 켄징턴파크 가든스에서의 생활을 리오에게 과시하고 싶어한다는 사실을 자각하고 있었지만 동시에 그것을 부인하고 싶기도 했다. "아마 아주 지루할 거야—나는 그냥 머릿수 맞추려고 끼워준 거거든."

"세상에." 리오가 못 믿겠다는 투로 말했다.

"끔찍한 늙은 토리당원들이 우글댈걸." 닉이 리오의 언어와 관점을 흉내내며 킬킬거렸다.

"아, 그럼 할머니도 오셔?"

"물론 오시지."

"못된 할망구." 리오가 말했다. 집앞에서 만났을 때 그녀에게 아무렇지 않게 당한 모욕을 그땐 무심결에 지나쳤다가 나중에야 명처럼 떠올렸던 것이다. "나를 초대해야 해. 우리의 이 매력 넘치는 대화를 이어가야지." 그가 말했다.

리오가 집으로 온다는 얘기는 첫 데이트 이후로 몇차례 나왔지만 매번 공중에 떠 있다가 흩어지곤 했다. 닉이 말했다. "있지, 내가 빠져나갈 수 있을 거야." 그러자 그날 저녁의 논리 —— 머릿수, 에티켓, 미신의 논리 —— 가 정말로 더 심오한 자연의 힘, 사랑의 원리, 그를 집에서 끌어내 리오의 품으로 보내려는 논리의 표현인 듯 느껴졌다. "확실히 빠져나갈 수 있어." 그가 다시 말했다. 하지만 그렇게 말하는 순간 리오를 못 봐도 괜찮을 거라는 생각, 그들이 오후를 함께 보내며 경험했던 엄청난 충격이 충분히 소화될 때까지 헤어져 있는 것에도 그 나름 로맨스가 있다는 생각이 떠올랐다. 이런 날도 나름의 목적이 있고 상향곡선과 하향곡선이 있는 것 아닌가. 그것을 바꾸는 건 꼴사나운 일이 될 것 같았다.

"아니야, 좋은 시간 보내." 아마도 같은 직감에서인 듯, 리오가 말했다. "포도주 한잔 마시고."

"그래, 그러겠지. 너한테 더 좋은 생각이 있는 게 아니라면 말이야……." 닉은 긴장과 장난기가 뒤섞인 미소를 지으며 책상 앞 의자를 빙그르르 돌렸다 —— 빨간 전화 코드가 팽팽해지며 이리저리 튀었다. 의자는 우주선 선장이 쓰는 것처럼 검은 가죽을 씌운 것으로 등받이가 높고 가운데가 파여 있었다.

"자기 아주 욕심이 많군, 욕심이 많아." 리오가 말했다.

"자기를 사랑하기 때문이지." 닉이 덤덤하게 진실을 이야기했다.

리오는 이 말의 울림을 그 자신의 사랑을 고백하는 기회로 삼았다. 더 말할 필요도 없을 만큼 전술적인 짧고 깊은 침묵이 흘렀다. 그가 말했다. "다른 남자들한테도 다 그렇게 말하는 거 알아." 리오가 지닌 수줍음의 한 형태라고나 해야 받아들일 수 있는 맥없는 대꾸. 닉은 마음속에서 그 말을 샅샅이 훑어보고서 자신이 원하던 것을 발견했다. 그는 조용히 대꾸했다. "아니, 너한테만이야."

"그래." 리오는 편안한 목소리로 대답했고, 이어 아주 커다랗게 가짜 하품을 했다. "그래, 나는 조금 이따 피트의 가게에 잠깐 들를 것 같아. 어떻게 지내나 보려고."

"그렇군." 닉이 얼른 말했다. "그럼 — 내 안부 전해줘!" 그건 걱정 — 숨어 있던, 예상치 못한 일이 생긴 데 대한 염려에서 나온 말이었다.

"그럴게." 리오가 말했다.

"피트는 어떻게 지내?"

"글쎄, 좀 안 좋아. 병 때문에 전혀 기운이 없어."

"아, 저런." 닉이 말했다. 그러나 자신의 감정을 추스르느라 더이상 캐묻지는 못했다. 그는 피트의 방을 배경으로 떠오르는 다정한 장면이 아니라 자신이 있는 장소에 생각을 집중하기 위해 책상 주변을 둘러보았다. '원자력 시대의 국가 안보'라는 두꺼운 원고 위에 '모든 립스컴의 책상에서'라고 인쇄된 메모지가 놓여 있었다. 원고의 첫 두면에는 제럴드가 밑줄을 긋고 굵은 글씨로 표시를 해두었다. '주목 — 핵 위협'이라는 글자가 보였다.

"그럼, 베이비," 리오가 조용히 말했다. "곧 만나. 주말에 만나기로 하자, 오케이? 이제 끊어야 해. 엄마가 전화 쓰신대."

"내일 전화할게……."

"그래, 아무튼 통화해서 좋았어."

이어서 닉은 방을 채운 침묵 속에서 두근거리는 가슴을 안고 입술을 꽉 다문 채 그 편안하고도 냉소적인 런던 사투리, '좋았어'에 매달려 있었다. 물론 리오는 집에 있으니까 편하게 말을 할 수 없었을 것이다. 아마 더 표현하고 싶었으리라. 오늘 오후만 생각해봐도 그가 전화를 했다는 사실 자체가 너무나 다정한 일 아닌가. 대화는 로맨틱한 보너스였고, 하지만 구체적인 내용은 이렇다 할 게 아무것도 없었고, 양귀비들 사이에 쐐기풀이 섞여 있었다. 잠시 동안 닉은 그들이 떨어져 있다는 사실이 비극, 점점 어둠이 짙어지는 드라마처럼 느껴졌다. 서류 캐비닛과 포도주병과 이제 막 액자가게에서 돌아온 사진, 101명의 새 토리당 하원의원들의 확대된 모습이 자리한 끔찍한 사무실에 자신이 서 있는 동안 리오는 자전거를 타고 신나게 달리는 모습이 머릿속에 그려졌다.

식당으로 가보니 사람들은 씻고 옷을 갈아입느라 흩어져 있었고, 그 거침없이 경쾌한 움직임에 닉은 유령이라도 된 기분이었다. 레이철이 식탁에 앉아서 이탤릭체용 만년필로 좌석 이름표를 만들고 있었다. 그녀는 고개를 들어 그를 흘깃 바라보았는데, 분명한 호의와 상대방에게 상처를 주지 않으려는 배려심 말고도 그 시선에서는 약간의 긴장이 느껴졌다. 그녀가 입을 열었다. "별일 없지?"

"예, 고맙습니다. 다 괜찮아요." 닉은 정신을 차리고 물론 인생은 무척 멋진 것이라고, 다만 자신이 기대한 것보다 더 많은 것이 — 그리고 더 적은 것이 있을 뿐이라고 새삼스레 생각했다.

"이름을 배저라고 써야 할지 데릭이라고 써야 할지 모르겠네. 어떻게 할까? 그냥 데릭이라고 쓸까봐, 제자리를 알려주기 위해서라도."

"어쨌든, 자리를 알리는 이름표니까요." 닉이 거들었다.

"내 말이 바로 그거야!" 레이철이 말하고 훅 불어 잉크를 말렸다. 그녀는 다시 잠깐 그를 올려다보았다. "그런데, 닉, 원하면 언제라도 친구를 데려와도 괜찮아."

"아, 예…… 고맙습니다."

"그러니까, 닉이 그래서는 안된다고 생각한다면 우리 식구 모두 너무 속상할 거야. 얼마가 될지 모르지만 우리와 함께 있는 동안은 여기가 닉의 집이니까." 이 말에 '우리', 너그러움을 표현하는 그 일반적인 단어를 사용했다는 사실에 닉은 기분이 상했고, 그가 이 집에 영원히 살지는 않으리라는 점을 사실상 인정한 것도 마찬가지로 그랬다.

"알고 있습니다. 정말 친절하세요. 물론, 그렇게 할게요."

"글쎄…… 캐서린이 그러는데, 닉에게 음…… 특별한 새 친구가 생겼다면서." 그녀는 잠시 심각한 표정이 되었다. 너그럽게 마음을 먹었지만 그런 사람을 어떻게 불러야 하는지 알 수 없어 좀 난처해졌던 것이다. "그냥 그가 언제라도 와도 환영이라고 알려주고 싶었어."

"고맙습니다." 닉이 다시 말하고 그렇게 다 밝혀졌다는 사실에 얼굴을 붉히며 미소를 지었다. 이렇게 당황스러울 정도로 간단한 일이었다니. 안도감과 함께 왠지 속았다는 느낌도 들었다. 손에 쥐인 자유를 활용할 용기가 자신에게 있을지는 확신할 수 없었다. 그러는 대신 대학 동창인 괜찮은 백인 청년을 데려와서 무의미한 티타임을 갖거나 아니면 자신의 비겁함에 우울해하며 흥청거리는 저녁을 보내게 되지 않을까.

"토비가 집을 나가고 보니 말이야," 레이철이 말했다. "이제 너무나 우울한 노인들뿐이잖니. 그러니까 우리를 위해서라도 그렇게 해!"열세 사람을 초대해 저녁식사를 하는 마흔일곱살 여성의 입에서 나온 이 말은 매력적인 과장이나 다름없었다. 하지만 거기에는 일말의 진실도 담겨 있었다. 그녀가 콕 집어 그를 아들로 생각한다고 말한 것은 아니잖은가 ── 그를 치켜세우지도, 깔아뭉개지도 않았다. 그저 하나의 일상적인 습관, 젊은이와 그의 친구들이 집을 들락거릴 필요성을 인정한 것뿐이었다. 그녀가 좌석 이름표들을 정리한 뒤 방 이쪽으로 건너왔을 때 닉은 그녀에게 살짝 입맞춤을 했는데, 그녀는 그것을 아주 적절한 행동으로 받아들이는 듯했다.

실은 토비와 쏘피도 그날 저녁 그곳에 있었다. 그들은 일찍 돌아왔고, 닉은 그들과 응접실에서 진토닉을 마셨다. 첼시의 아파트에서 둘이 함께 살며 누리는 만족스러운 분위기나, 이 방처럼 엄청나게 큰 방에서 다리를 소파에 올리고 편히 앉거나 벽난로 선반에 손을 대고 편히 서 있을 더 굉장한 미래의 분위기를 옮겨온 것만 같은 모습이었다. 토비는 가볍게 추궁당하는 '남편' 역할을 아주 다정하게 해냈고, 쏘피는 자신의 힘을 시험해보는 아이가 그러듯이 과장하거나 비꼬지 않고 그에 대한 자신의 권리를 주장했다. 그녀는 토비가 자면서 이 가는 소리를 흉내냈다. 닉은 침실을 엿보는 듯한 이 광경에 조심스럽게 킥킥거렸지만, 신비스러움이라곤 찾아볼 수 없는 그녀의 태도에 묘하게도 마음이 놓이는 스스로를 깨달았다. 그녀는 코를 골고 근육을 씰룩거리는 토비를 차지했지만 그에 대한 닉의 감정이 만들어낸 낭만적인 영역, 희생과 무의미한 짓거리와 향기로운 옥스퍼드의 밤들로 이루어진 거미줄은 다치지 않고 건재했다. 토비는 닉에게도 아주 다정하게 대했다. 벽난로 근처에 있다가 닉 쪽으로 와서는 그의 의자 옆 깔개에 엎드렸기 때문에 닉은 손을 내밀어 그의 목덜미를 어루만질 수 있었다. 잠시 언짢아하는 것처럼 보이긴 했지만 쏘피는 곧 그 상황도 장악했다. "아—두 사람 더 자주 만나야겠네." 그녀가 말했다. "이렇게 함께 있는 모습을 보니 좋은데." 조금 뒤 토비는 어렴풋이 남을 의식한 듯 일어나 책을 한권 찾는 척했다.

"당신의 멋진 친구는 어떻게 지내요?" 쏘피가 물었다.

"아…… 리오 말인가요?"

"리오, 예, 그 친구."

"아, 그 친구…… 잘 지내죠!" 또 그 얘기다. 닉은 그 일, 그러니까 그렇게 은밀한 일, 자신의 두려움과 환상이 그렇게나 깊숙이 침투한 일에 대해 다른 사람이 명랑하게 물어보는 상황에 아직 익숙하지 않았다. 토비도 책장에서 고개를 돌려 격려하는 듯한 미소를 머금고 그를 바라보았다.

"참…… 멋진 분이에요." 쏘피가 말했다. 쏘피와의 대화는 발전해가기보다 한 장소에 편안히, 혹은 성가시게 머무는 경향이 있었다.

닉은 칭찬이 반가웠지만 믿기지는 않았다. "그 친구도 쏘피를 만나서 좋았다고 하던데요." 그가 말했다.

"아아……." 다들 자신에게 그런 반응을 보인다는 듯 쏘피는 기분 좋은 소리를 냈다.

"네 작품을 무척 좋아하는 팬이야, 핍스." 토비가 말했다.

"알아." 쏘피가 겸손하게 고개를 숙이며 앉았다. 옥스퍼드에서는 그 짙은 금발을 길게 내려뜨렸었는데, 그사이에 잘라 다이애나 스타일로 뒤로 넘긴 머리칼이 고개를 흔들 때마다 찰랑댔다. 그녀는 잘 어울리지 않는 끈 없는 빨간색 드레스를 입고 있었다.

"연극의 배역을 하나 따냈지." 토비가 말했다.

"아, 쉿……." 쏘피가 말렸다.

"아니, 우리 모두 함께 공연을 보러 가야지. 닉, 개막일날 가자. 모두 함께 가기로 해."

"물론 그래야지." 닉이 말했다. "무슨 역할인데요?"

쏘피는 살짝 몸을 떨더니 말했다. "그냥 알려드리는 편이 낫겠네요." 그러더니 마치 또다른 약혼을 발표하는 것처럼 서둘렀다. "윈더미어 부인[34] 역할을 맡게 됐는데……."

"굉장하네요. 아주 훌륭할 거예요." 그것은 놀랄 만큼 대단한 역할이었지만, 닉의 머리에 떠오르는 건 웨스트민스터의 응접실에서 장미꽃 줄기를 자르는 독선적인 젊은 아내를 연기하는 그녀의 모습이었다. 그리고 그 끔찍한 독백을 하는 모습도.

"어떨지 잘 모르겠어요. 아주 전위적인 감독이거든요. 그 사람은…… 그는 사실 동성애자이기도 해요. 해체주의적인 작품 독해가 될 거래요. 물론 그것 때문에 걱정하는 건 아녜요. 해체주의도 해봤으니까. 하지만 엄마랑 아빠는 안 좋아하실 수도 있을 거 같아요."

"부모님이 어떻게 생각하실지 걱정하며 지낼 수야 없죠." 닉이 말했다.

"맞는 말이야." 토비가 말했다. "어쨌든 당신 어머니는 꽤 최신식이시잖아. 항상 전위적인 음악회나 그런 데 가시고."

"그건 그래. 엄마는 괜찮으실 거야."

토비가 킬킬댔다. "물론 셰익스피어가 태어나지 않았더라면 좋았을 거라는 게 당신 아버지가 하신 가장 유명한 말씀이긴 하지만."

---

**34** 오스카 와일드(Oscar Wilde)의 희곡 「윈더미어 부인의 부채」(Lady Windermere's Fan)의 주인공.

"그게 아빠의 가장 유명한 말인지는 모르겠네." 쏘피가 약간 감정이 상한 듯 대꾸했다. 사실 모리스 티퍼가 한 유명한 말이면 아마도 주식 투자자들을 위한 이윤 폭이나 수익과 관련된 것일 가능성이 높았다. "우스터 칼리지에서 「페리클레스」를 보면서 모기에 죽을 만큼 뜯긴 다음에 하신 말씀이니까."

"아……." 닉이 낮게 말했다. 그 연극에서 쏘피가 마리나 역할을 맡았을 때 토비가 티레의 영주를 연기하며 수줍게 우쭐대던 것이 떠올랐다.

"당신은 가엾은 우리 아빠에게 너무 심하게 굴어." 쏘피가 이미 무대 위에 서 있는 것처럼 짐짓 연극적인 태도로 말했다.

캐서린이 저녁 외출을 위해 스팽글로 뒤덮인 짧은 드레스를 차려입고 겉에는 단추를 채우지 않은 연회색 우비를 걸친 채 들어왔다. 굽 높은 검정 구두와 하얗게 빛나는 스타킹도 신고 있었다.

"세상에!" 토비가 말했다.

"안녕, 달링." 캐서린이 몸을 굽혀 쏘피에게 입을 맞추며 은밀한 어조로 말했다. 쏘피는 캐서린을 자신과 토비의 관계에서 가장 도전적인 존재로 여기고 있었고, 그 사실을 아는 캐서린은 그녀를 딱하다는 듯 대했다. 토비와 사귀고 있지만 않았다면 쏘피가 마음 놓고 그녀를 대했을 바로 그 방식으로 말이다. "멋진 드레스네. 너무 좋다." 캐서린이 말했다.

"아, 고마워." 쏘피가 미소를 지으며 눈을 깜박였다.

"이제 외출하는 건가, 동생?" 토비가 물었다.

캐서린은 마실 것이 놓인 탁자를 향해 갔다. "저녁에 나가." 그녀가 말했다. 러셀이 스토크 뉴잉턴의 개막식에 데려가준댔거든."

"그래, 그게 어디지?" 토비가 말했다.

"런던에서 유명한 구역이야," 캐서린이 말했다. "상류사회 사람들이 선호하는 곳이지. 안 그래, 쏘프?"

"응, 물론 — 달링, 당신도 들어봤잖아." 쏘피가 말했다.

"농담한 거야." 토비가 말했다. 그 모습을 보며 닉은 사실 토비에게서 농담이라는 건 기대하기 어렵지 않나 생각했다. 토비가 농담을 하면 항상 진담인지 농담인지 구별하기가 어려웠다. 이어서 지금 이곳의 파티가 아닌 맥주캔과 마리화나 연기가 넘쳐나는 소란스러운 파티, 그곳에 애인과 함께 애인의 애인 자격으로 참석한다는 생각을 하니 가슴이 아렸고, 그는 캐서린이 부러웠다. 그가 떠올린 것은 옥스퍼드 시절의 파티 이미지였지만 흑인으로 가득 찬 어떤 집의 파티, 텔레비전에서만 본 이미지도 뒤섞여 있었다.

토비가 말했다. "난 바지를 찾으러 위층에 가봐야겠다. 냇의 파티에 갈 거야, 닉?"

"무슨 파티?" 다른 종류의 파티, 딱히 자신의 참석을 원하지 않는 화려한 백인 이성애자들의 파티를 생각하며 닉은 다시 한번, 아까보다는 약하게 가슴이 아린 것을 느꼈다.

"아, 무슨 70년대식 파티를 연다던데……." 토비가 안타까운 듯 말했다.

"아니, 나는 초대받지 못했어." 닉은 호크스우드에서 냇과 함께 취해서 마룻바닥에 앉아 있는 동안 느꼈던 다정한 분위기를 생각하며 초연한 미소를 지었다. "런던에서 하는 거야?"

"그게 문젠데, 교외에 있는 그 망할 놈의 성에서 열리거든."

"그렇군. 70년대식 파티를 열기엔 아직 너무 말도 안되게 이른 거 아닌가?" 닉이 말했다. "그러니까, 70년대는 정말 끔찍했는데 누가 돌아가고 싶어한다고?" 실은 그 성 — 와이엇풍 실내장식으로 꾸며진 변방 영주의 요새를 구경할 기회가 있었으면 하고 간절하게 바랐지만 말이다.

"글쎄, 사립 출신 남자들은 사춘기 때로 돌아가고 싶어하잖아. 안 그래, 쏘프?" 캐서린이 아주 기다란 잔에 마실 것을 담아 들고 돌아오며 말했다.

"뭐, 그렇지." 쏘피가 좀 시무룩하게 대꾸했다.

"개중에는 평생을 그러면서 사는 치들도 있지." 캐서린이 말했다. 그녀는 한 손을 엉덩이에 얹고 벽난로 앞에 서 있었는데, 마치 그런 웃기는 짓거리들과는 저 멀리 떨어져 미래의 음악에 맞춰 움직일 태세가 되어 있다는 듯한 모습이었다.

토비는 사과하듯 어깨를 으쓱였다. "난 그냥 그때 입었던 디스코 바지를 찾고 싶은 것뿐이야!"

하마터면 닉은 "아, 그 자주색 바지?" 하고 말할 뻔했다. 그는 사실 토비의 방에 있는 것들을 속속들이 뒤지고, 그의 어린 시절 일기를 읽고, 작아진 수영복의 거즈 속감 냄새를 맡아보고, 아래로 통이 넓어지는 자주색 바지를 입어보기까지 했던 것이다(바지가 너무 길어서 서 있는 모습이 우스꽝스러웠다). 그래서 그 바지가 어디 있는지도 잘 알고 있었지만, 그저 고개를 끄덕이고 남은 진토닉을 쭉 들이켰을 뿐이다.

제럴드는 즐겨 입는 분홍 셔츠에 흰 칼라, 파란 넥타이를 맨 짙은색 정장 차림으로 내려왔다. 다른 사람들의 모자람을 용서한다는 듯 자신의 품위 있는 옷차림이 제시하는 기준을 의식하며 미소를 띤 모습이었다. 그는 캐서린의 옷차림을 모른 척 넘어가겠다는 결심을 보여주듯 미소를 지우지 않은 채 방을 가로질러갔다. 손바닥만 한 드레스 위에 우비를 걸치고 있어서 그녀는 벌거벗은 것처럼 보일 지경이었다. 뒤이어 들어온 배저는 제럴드보다 조심성이 부족했다. "세상에, 애야!" 그가 말했다.

"아뇨, 배저 아저씨, 내 대녀야, 하고 부르셔야죠." 캐서린은 아주 어린아이가 주제넘게 건방을 떨듯 대꾸했다.

배저가 인상을 찌푸리고 웅얼거렸다. "그래, 내 말이 바로 그 말이다. 내가 너의 품행이나 뭐 그런 것을 지키기로 약속한 것 아니냐?" 그가 손을 모아 비비며 그녀를 유심히 훑어보았다.

"아저씨가 그런 일에 가장 적합한 분이라고 생각할 사람이 있을지 모르겠네요." 캐서린은 낮은 안락의자에 다리를 옆으로 모으고 앉아 진을 홀짝거렸다.

"그거 너무 많이 마시는 건 아니지, 야옹이?" 제럴드가 물었다.

"첫잔이에요, 아빠." 캐서린이 말했다. 그러나 닉은 제럴드가 불안해하는 이유를 알 수 있었다. 캐서린은 오늘밤 스스로의 도전에 취해 있었다. 그는 그녀를 바라보는 배저의 모습을 살펴보았다. 막 샤워를 하고 이마 중앙의 희끗희끗한 머리를 매끈하게 뒤로 넘긴 배저에게서는 어딘가 남세스러우면서도 분방한 분위기가 느껴졌다. 토비의 말에 따르면 아프리카 어느 지역에서 그는 배저가 아니라 일종의 하이에나로 알려져 있다고 했다. 확실히 그에게서는 허기진 채 먹잇감을 찾아 어슬렁거리는 짐승의 분위기가 풍겼다. 그가 외설적인 농담으로 대녀를 놀릴 수 있는 건 그런 일이 당연히 말도 안되는 짓이고 따라서 우스꽝스러운 농담으로 여겨지기에 가능한 일이었다.

캐서린은 계속 거기 머물며 모두에게 인사를 했고, 배리 그룸이 결코 "안녕하세요?"라는 말을 한 적이 없다는 자신의 주장을 시험해보았다. 제럴드는 캐서린의 도전을 받아들여 "안녕하신가, 배리?"라고 말하며 그의 손을 잡고는 마치 선거유세를 할 때처럼 뭔가 확인하듯이 다른 손으로 그 손을 감쌌다. 그러자 배리는 미심쩍은 듯웃으며 방을 둘러보았다. "제럴드, 놀랐는걸." ─ 그러고는 시간을끌어 제럴드의 마음을 불편하게 한 뒤에 말했다. ─ "**초록색 정문이라니. 그건 올바른 신호가 아닌데 말이야.**"[35] 그의 말은 웃음을 자아냈지만 그 웃음이 그의 예상보다 더 열렬하고 복합적이어서 그는잠시 움츠렸다가 어깨를 폈다. 제럴드의 뒤를 따라 방을 가로지르며 소개를 받는 동안 그는 거들먹거리면서 비평하듯 고개를 끄덕였지만 결코 안녕하시냐는 인사말은 하지 않았다. 캐서린과 악수를 나눌 때도 매력 있다는 듯 "아하! 아름답군!"이라고 약간은 위협적인 태도로 말했을 뿐이다. 부인은 어디 있느냐고 캐서린이 묻자 그는 아직 주차하는 중이라고 대답했다.

캐서린이 거기 머물며 사람들을 소개받고 손님들의 접대를 도우려는 것은 좋은 일이었지만, 가족들에게는 다소 불길한 행동이기도 했다. 그녀는 실내에서 우비를 입고서 모두를 불안하게 했고, 그녀가 언제 떠날지 이제나저제나 기다리고 있는 아버지의 소망을 비웃는 것 같았다. 그는 뭐라고 한소리 하려다가도 우비를 입어서 이상하게 보이는 것이 그 안에 감춰진 거의 발가벗다시피 한 차림보다는 낫다고 계산한 듯, 가끔 그녀를 바라보며 한눈을 팔았다. 그녀를 모든 립스컴에게 소개하면서는 마지못해하는 기색이 역력했다. 화강암의 반짝이는 작은 빛과도 같은 매력을 지닌 그 은발의늙은 미국인은 그녀와 악수를 하면서 자신이 전적으로 부인하기로

---

**35** 토리당을 상징하는 파란색을 쓰지 않은 것에 대한 농담.

작정한 과거의 실수와 마주친 사람처럼 조소했다. 닉과 함께 그녀를 보고 있던 토비가 말했다. "맙소사, 쟤, 그러니까, 스트립쇼로 유혹하는 그런 여자들처럼 보이잖아."

"스트리퍼그램³⁶ 같아." 쏘피가 말했다.

레이디 파트리지가 들어섰는데, 닉이 전에도 보았듯이 사교라면 진저리가 난다는 듯한 태도였다. 그녀는 이곳이 완전히 자기 집인 양 행동하고 싶어하면서도 동시에 자신의 도착이 하나의 사건이 되기를 원했다. 귀가 어두워서 자신의 등장이 어떤 효과를 자아내고 있는지 확실하게 알 수 없자 그러잖아도 불만스러운 기분이 더 증폭되었다. 배저가 마실 것을 가져오자 그녀는 아첨하듯 시시덕대는 그를 받아주었다. 그녀는 배저를 좋아했다. 소년 시절부터 알고 지내온데다 언젠가 방학 중에 그녀의 집에 머물다가 이하선염에 걸렸을 땐 직접 간호해준 적도 있었다──그 일은 지금까지도 그들 사이 우정의 잣대로 회자되곤 했는데, 그런 얘기는 다소 아슬아슬한 것이기도 했다. 그때 배저의 불알이 자몽만 한 크기로 부풀었던 것이다. 닉은 며칠 전에 그 농담을 들었는데, 자신이 부모와 함께 할 만한 농담이었다. 모든 게 변해서 더이상 얘기할 수 없게 되기 전 과거의 약간 외설적인 사건에 대한 가벼운 농담 말이다.

닉은 내내 리오를 생각하고 있었고, 그래서 리오가 이 위압적이고 이질적인 사람들의 만남과 힘 겨루기와 축하가 어우러진 장면의 한 요소, 보이지 않는 하나의 맥락이 된 것 같았다. 거기 모인 사람들은 그 사실을 모르고 있었는데, 그래서 그런 사실이 더 우습고 더 아름다웠다. 그는 제럴드처럼 증류주에 키니네 한방울을 섞

---

**36** strippergram, 생일 등 기념일을 맞은 사람 앞에서 스트립쇼를 해주는 사람.

어 진토닉을 한잔 더 만들고는 아무도 자신에게 말을 걸지 않는 데 패념치 않고 이리저리 떠다녔다. 그는 리오, 자신의 설명에 기꺼이 귀기울이는 학생 리오에게 설명해주듯 새삼스럽게 그림들을 자세히 바라보았다. 과르디의 작품 앞에 서 있는 하원의원 존과 그레타 팀스 부부는 마치 파티장을 잘못 찾아온 사람들, 이보다 더 대담한 파티를 원하는 사람들 같았다. 존 팀스는 회색 양복 차림이었고 그레타 팀스는 목에 흰 리본이 달린 푸른색 임부용 드레스를 입어 눈에 띄었다. 임신을 한 쪽은 오히려 수상처럼 보였지만 말이다. 존 팀스는 내무부 차관으로, 제럴드보다 분명 몇살 어린데도 올되고 진지한데다 동요하는 법이 없는 성격에 거만한 태도를 지니고 있었다. 배리 그룸이 "안녕하시오?"라고 인사하는 법이 없다면 존 팀스는 얼핏 보기에 눈을 깜박이는 법이 없는 사람이라 할 만했다. 고정된 그의 시선은 거의 관능적이기까지 했고, 그의 발언에서는 의미와 상관없이 상대에게 최면을 거는 듯한 속도와 음조가 느껴졌다. 그는 열성적으로 말했고 적어도 그 자신은 그렇게 믿고 또 보이고 싶은 듯했지만, 전혀 진정으로 흥분했다고는 볼 수 없었다. 그들은 포클랜드 전쟁에 대해, 그 사건을 기념비를 세워 기념하고 연례 공휴일로 경축할 필요성에 대해 이야기를 나누었다. "우리 시대의 트래펄가 기념일이지." 팀스가 말하자 그의 아내는 그보다 한 발 더 나아가 활기차게 대답했다. "트래펄가 기념일 자체를 부활시키는 것은 어떨까요? 트래펄가 기념일도 부활되어야 해요! 우리 자식들은 대불전쟁을 잊고 있어요⋯⋯." 아내의 열렬한 반응에 존 팀스는 기분이 좋은 듯, 그 때문에 그녀가 더욱 사랑스럽다는 듯, 하지만 자신은 그렇게까지 주장할 생각은 없다는 듯한 태도로 그녀 너머 방 저편을 응시했다. 닉은 그들을 소개받지 못했는데(사실 팀스 부부는 자기들끼리 대화하고 있었으니까), 존 팀스의 시선이 잠시 닉을 더듬어보는 것 같더니 미심쩍은 듯 닉에게 머물렀다. "영원한 포클랜드 기념비를 보고 싶지 않나?" 존 팀스가 닉을 향해 물었다.

"음, 글쎄요······." 닉이 존중하는 태도로, 동시에 자신은 이 주제에 대해 아무 견해도 없다는 사실에 스스로 놀라며 말했다. 팀스가 그 문제에 그렇게 확신을 갖고 있다는 점도 놀라웠다. 닉은 리오가 자기 옆에 서서 닉은 절대 기억할 수 없는 종류의 중요한 사실이나 반박을 제시하는 장면을 상상했다. 그 방 군데군데 흩어져 있던 주요 세력들을 모두 섭렵한 캐서린이 나타났다. "포클랜드 이야기를 하던 참이었어." 닉이 말했다.

"수상은 연례 퍼레이드 쪽을 선호한다고 하시더군." 존 팀스가 말했다. "훌륭한 기념비와 함께 말이야. 그녀의 진정한 승리였지."

"그리고 남성들의 승리이기도 했죠." 호르몬 때문에 얼굴이 붉어진 그레타 팀스가 거들었다. "남성들은 정말 견실했어요."

"견실했고말고, 달링." 팀스가 말했다. "그야말로 불굴의 남자들이었어."

"아니죠." 캐서린이 귀를 막은 채 빙그레 웃으며 대꾸했다. "그건 별로예요. 저는 견이라는 소리가 들어가는 단어를 참을 수가 없어요. 제 말 이해하세요?"

"아······." 그레타 팀스가 말했다. "난 항상 그 단어들이 멋지다고 생각해왔는데!"

"그렇군요. 이만 가볼게요!" 그러고서 캐서린은 활짝 웃으며 방을 돌아보았다. 아마도 그녀의 미소는 평생 무방비하고 연약해 보이리라. "안녕" 하는 모든 이의 불규칙한 합창소리와 "아, 그녀가 가네?" 하며 킬킬거리는 소리, 그리고 어린아이가 일찍 잠들 때 느낄 만한 즐거움이 갑자기 일깨워진 듯한 안도감과 사람들의 시선 따위가 그녀를 뒤따랐다. "안녕, 할머니!" 그녀가 방 중앙에 있던 레이디 파트리지에게 키스를 보내며 특히 큰 소리로 말했다. "아침에 봐요, 아빠." 그러고서 그녀는 핸드백을 들고 하이힐을 신은 채 천천히 나갔다. 레이디 파트리지는 모든 립스컴을 엿보며 그의 놀란 표정을 살폈다. 섹스 클럽의 간판 아가씨 같은 캐서린의 모습을 보며 혹시라도 그가 재미있어한다면 그녀의 할머니로서 농담투로 한마디 할 작정이었다. 하지만 립스컴은 실망스럽다는 표정으로 제럴드를 보고 있었다.

레이디 파트리지는 립스컴의 팔을 끼고 식당으로 들어갔다. 정식 '입장'까지는 아니지만 페든가의 파티에서 응접실에서 돌계단을 내려와 촛불 속으로 걸어들어가는 동선은 손님들에게 때로 기억을, 혹은 불안을 일깨우곤 했다. 립스컴이 '신세계'의 정중한 격식에 따라 팔꿈치를 내밀자, 진토닉 두잔을 마신 뒤 돌진이라도 할 것 같던 제럴드의 어머니는 옛 애인처럼 그에게 기댔다. 식당에서 립스컴은 이 집의 수호자라도 된 듯 호기심 어린 표정으로 사람들이 자기 자리를 찾아가는 모습을 둘러보았다. "그래, 나는 늘 이곳이 참 훌륭한 방이라고 생각해." 레이디 파트리지가 자기 자리로 다가가며 말했다.

"이분들이 선조들이신가요, 레이디 파트리지?" 립스컴이 물었다.

"그렇지, 그래……." 레이디 파트리지가 명한 표정으로 너그럽게 말했다.

"아니요, 어머님 선조들은 아니셔요." 레이철이 조용하지만 분명한 목소리로 말했다. "제 조부와 대고모님이시랍니다."

닉은 식탁 가운데 앉게 되어 있었고 페니 켄트가 오른쪽에, 제니 그룹이 왼쪽에 있었다. 가장 따분한 자리였지만 그는 자기만의 친구와 함께 있었기에 그다지 신경 쓰이지 않았다. 닉은 농담이라도 나누듯 크랩 케이크를 덥석 물었다. "이 가족과 어떤 관계세요?" 제니 그룸이 예상 밖의 대답에 대비하며 진지한 표정으로 물었다.

"좀 묘하지만 편한 관계죠." 닉은 이렇게 말했다가 그녀가 그 대답을 못마땅해하는 기색이 역력하기에 조금 덧붙였다. "토비하고 오랜 친구 사이예요."

"아, 제럴드의 아들 말이군요……. 그가 『가디언』지에서 일한다고 들었어요!" 토비가 『가디언』에서 인턴십을 한다는 사실이 닉이라는 존재의 반체제성을 훨씬 능가하는 스캔들인 모양이었다. 한 집에 스캔들은 하나로 충분하다.

"글쎄요, 직접 물어보시죠. 바로 저기 앉아 있는데." 닉이 가족제도의 미덕에 대해 열변을 토하는 그레타 팀스의 말에 귀를 기울이고 있는 토비의 귀에 들릴 만큼 큰 소리로 말했다. 토비는 알아들었다는 뜻으로 은근한 미소를 지었지만, 이어 자신이 계속 듣고 있음을 나타내기 위해 그레타를 향해 "아, 그렇군요"라고 말했다.

"아, 그래야죠. 아버지를 많이 닮았군요." 제니가 얼굴을 찡그리며 말했다. "그래, 당신은 무슨 일을 하세요?"

"UCL에서 박사과정을 밟고 있어요. 그러니까 저…… 헨리 제임스 연구로요." 그녀가 문체라는 주제에는 전혀 관심이 없을 것 같아서 닉은 그렇게만 말했다.

"아……." 제니는 조심스럽게 그 주제에 접근했다. "그렇군요. 내가 헨리 제임스까지는 읽을 기회가 없어서."

"그렇군요." 그러거나 말거나 닉은 아무 관심도 없이 대꾸했다.

"아니, 가만, 한편 읽기는 했나? 『존슨 박사』나 뭐 그런 작품."

"아니…… 아닌 것 같은데요."

"아, 그렇지. 물론 『존슨 박사』는 아니죠!"

"보즈웰이 썼죠."

"아프리카가 무대였는데……. 맞아요, 『존슨 씨』라는 작품."

"『존슨 씨』는 조이스 케리의 소설인데요."

"그렇죠. 내가 그 작가 작품을 하나 읽은 줄 알았네요."

사슴고기가 들어오자 제럴드가 큰 소리로 말했다. "접시 만지지 마세요! 접시 만지지 말아요!" 뭔가 큰일이라도 날 거라는 투였다. "사슴고기를 먹으려면 접시가 아주 뜨거워야 하거든요." 사실 접시가 펄펄 끓지 않으면 기름이 굳어서 볼썽사나웠다. "예, 형님이 사슴농장을 가지고 있어서요." 그가 모든 립스컴에게 설명했다. "요새는 아주 드문 시설이지요." 손님들은 앞에 놓인 사슴고기를 겸손하게 바라보았다. "아니요," 제럴드가 누군가가 물어줬으면 하는 질문에 스스로 답하는 특유의 강렬한 말버릇으로 말을 이었다. "이건 수사슴고기예요. 암사슴보다 먼저 맛이 들고, 맛도 훨씬 낫지요." 그는 직접 부르고뉴산 포도주를 들고 방을 돌았다. "이걸 좋아하실 것 같군요." 그가 배리 그룹에게 말했고, 배리는 자신이 취향보다는 돈을 더 많이 가졌다고 평가되는 인물이라는 사실을 아는 듯 초조하게 그 냄새를 맡았다.

닉은 식탁 저편에 있던 레이철과 잠시 미소를 교환했다. 그녀의 미소는 배리뿐 아니라 제럴드까지 살짝 비웃는 듯했다. 닉은 레이철과 이해를 공유한다는 사실에 전율을 느끼며 버건디를 한모금 들이켰다. 그것은 자신감 있는 어머니가 자식에게 허용하는 자유—아버지를 향한 장난스런 공모 같은 것이었다. 그는 제럴드와 레이철이 한번이라도 다툰 적이 있을까 궁금했다. 만일 무슨 일이 일어난대도 그건 새하얗고 은밀한 침실 안의 일, 문간방 건너 두개의 닫힌 문 저편에서 일어나는 일이었다. 그럼으로써 뭔가 성적인 일이기도 했고.

잠시 동안 쉬었다가 리오를 다시 생각할 때면 머릿속에서 커다랗게 관현악이 울리는 것만 같았다. 그는 덤불 아래 코트를 깔고 누운 리오를 그려보았다. 셔츠와 면스웨터는 겨드랑이까지 올라가 있고, 청바지와 속옷은 무릎께에 걸려 있고, 자잘한 낙엽이 허벅지를 찌르는 모습 ── 그와 동시에 들려오는 엄청난 화음. 강렬한 삐찌까또, 가장 장중한 금관악기의 덮치는 듯한 소리, 그 너머로 머리카락이 곤두설 만큼 화려한 현악기 소리가 높고 낮게 한꺼번에 들려왔다. 그 소리는 아주 손쉽게 그를 단박에 넘어뜨리고 또 던져올리는 것 같았다. 그런 기분을 곧장 다시 경험할 수는 없었지만, 조금만 기다리면 리오가 몸을 일으켜 자신에게 키스하는 모습이 보이고 사랑의 화음이 다시 그의 피부에 몸서리를 일으킬 것이었다. 마침 페니가 제럴드를 위해 일하고 싶다며 굉장히 열성적으로 이야기하는 중에 자신만의 상상에 빠져 있던 닉은 갑자기 소스라치며 보이지 않는 친구를 향해 미소를 지었다. 그 모습을 본 페니가 자신의 말이 우습게 들렸나 염려할 정도였다. 그는 그 음악이 자신이 아는 곡의 일부인지 아니면 스스로 지어낸 것인지 궁금했다. 대참사의 씨앗을 품고 있는 것으로 보아 「트리스탄」의 화음은 분명 아닐 것이다. 만일 실재하는 곡이라면 리하르트 슈트라우스의 곡, 도끼 살해 장면이거나 참수 장면, 혹은 그 비슷한 일종의 저속한 잔학행위를 묘사하는 부분일지도 모른다는 끔찍한 생각이 들었다. 한편으로 닉에게 그것은 무서운 동시에 말로 할 수 없을 만큼 행복한 장면이었다.

"그래, UCL 생활은 어때?" 옥스퍼드에서 그리로 가다니 안타깝게 추락했다는 듯 페니가 상냥하게 물었다. 두 사람은 학생일 때 만난 적이 없어서 옥스퍼드라는 말의 의미는 각자에게 달랐지만 페니는 옥스퍼드를 마치 그들이 공유하는 양 묻고 있었다.

"아, 괜찮아……." 닉은 대답하고 고맙다는 태도로 덧붙였다. "알겠지만 옥스퍼드와는 전혀 달라. 교정은 상당히 우울하지. 영문과 빌딩이 전에 매트리스 공장이었다는 사실을 얼마 전에 알았어."

"세상에!"

"좀 우울한 곳이긴 해. 교직원 절반이 알코올의존증이라는 게 놀라운 일도 아니지." 페니가 묘하게 흥분해서 웃자 닉은 왠지 배신자가 된 기분이었다. 사실 그는 에트릭 교수를 깊이 존경했으니 말이다. 에트릭 교수는 금세 닉에게 배려 깊은 신뢰를 보내주었고, 닉의 논문 주제에서 닉 자신조차 꿈도 꾸지 못하던 가능성을 발견해냈다. 그러나 닉의 연구에는 큰 진전이 없었다. 도서관에서 시간을 보낼 때 닉의 눈은 책장을 살짝 벗어나 리오에 대한 깊고 단순한 환상 속을 떠돌아다녔다. 메러디스나 제임스의 문장이 위대하게 전개되다가 점점 속도가 더뎌지면서 성행위의 기억으로 고조된 괄호들과 반시간 내내 이어지는 종속절들 속으로 사라지는 것이다. 닉은 지도교수의 신뢰에 보답하고 싶고 뜻한 만큼 현명하게 열심히 연구하고 싶었기 때문에 죄의식을 느꼈다. 페니가 말했다. "연구 주제가 헨리 제임스였지?"

"어…… 맞아." 닉이 대답했다.

그 점을 확인한 뒤 뭔가 더 중요한 얘기를 할 것처럼 보였지만 그녀는 그저 "우리 아버지한테 헨리 제임스의 책이 엄청 많아. 아마 거장이라고 부르는 것 같던데"라고만 말했다.

"그렇게 부르는 사람들이 좀 있지, 나를 포함해서." 닉이 말했다. 그는 애호가로서의 행복한 겸손을 드러내며 눈을 깜박이면서 동시에 갈색 고기를 네모나게 잘랐다.

"'예술이 인생을 만든다', 그게 그 작가의 모토 아니었나? 아버지가 그 말을 자주 인용하시거든."

"인생을 만들고, 흥미를 만들고, 의미를 만들어 우리로 하여금 생각하고 적용하게 하는 것은 예술이다. 그리고 그런 과정에 존재하는 힘과 아름다움을 대체할 수 있는 것을 나는 알지 못한다." 닉이 인용했다.

"그런 비슷한 문장이었어." 페니는 촛불을 바라보며 만족스러운 미소를 지었다. "헨리 제임스라면 우리를 어떻게 묘사할까?" 그녀가 말을 이었다.

"글쎄……." 닉은 그 질문에 대해 곰곰이 생각해보았다. 그가 생각하기에 그녀는 순전한 자신감과 확고한 무지로 무장한 채 질문을 던지는 기품 있는 이모나 고모 같은 사람이었다. 그녀의 성적 미래는 어떨까 하고 업신여기듯 생각해보았다. 어떤 유의 남자는 저 통통하고 하얀 목에 혈색을 돌게 하는 일을 좋아할지도 모를 일이다. 그가 말했다. "우리에게 무척 호의적이었을 거야. 우리가 얼마나 대단하고, 얼마나 아름다운지 말했겠지. 우리가 활용할 아주 절묘한 말을 해주었을 테고. 우리는 그가 우리를 완전히 간파했다는 사실을 죽기 직전까지도 깨닫지 못할걸."

"그가 상류사회에 대해 작품을 썼으니까. 맞지?" 페니의 태도를 보아하니 자신이 바로 그 상류사회에 속한다고, 그리고 아마도 그 사실이 간파당하는 것을 막아준다고 생각하는 것이 틀림없었다.

"꽤 많이 썼지." 닉이 대답했다. 그리고 여름에 케슬러 경과 나눈 대화를 떠올리며 자신이 오랫동안 생각한 대답을 들려주듯 말을 이었다. "사람들은 그가 돈에 대해 이해하지 못했다고들 하지. 하지만 돈의 효과에 대해서는 잘 알고 있었어. 그리고 돈을 가졌다는 사실이 사람들의 생각에 미치는 영향에 대해서도." 그는 탁자를 가로질러 다정하게 토비 쪽을 바라보았다. 토비는 순전히 마음씨가 착해서 종종 부자처럼 생각하지 않으려고 애썼는데, 한번도 실제로 그렇게 할 수는 없었다. "제임스는 저속한 것을 혐오했어." 그가 덧붙였다. "하지만 어떤 것을 저속하다고 부르는 것은 그것에 대한 제대로 된 설명에 실패한 것이라고 말하기도 했지."

페니는 이 말이 잘 이해가 안되는 것처럼 보였는데, 실은 다른 쪽 귀로 배저의 말에 귀를 기울이고 있었던 것이다. 그녀가 갑자기 얼굴을 붉히며 킬킬거리는 모습을 보고 닉은 배저가 언제나와 같이 그에게 슬쩍 성적인 도전을 하고 있다는 사실을 깨달았다 — 닉을 가리켜 호모라고 부르는 식으로 말이다.

토비는 그레타 팀스에게 귀를 기울이고 있었지만 시선은 그녀 너머, 모든 립스컴이 건조한 눈길로 살펴보고 있는 쏘피에게 고정되어 있었다. "아뇨," 쏘피가 마지못해 대답했다. "큰 영화는 겨우 한편에만 출연했어요."

"그럼 연극은요?" 립스컴은 묘하게 끈질김과 무관심이 뒤섞인 태도로 물었다.

"글쎄요, 한 작품에 곧 출연할 예정이에요. 그게…… 다소 최신 스타일 작품이 될 것 같은데,「윈더미어 부인의 부채」예요."

제니 그룸이 캐서린에 대해 그녀가 진짜로 사람들이 말하는 것처럼 그렇게 황당하냐면서 묻기 시작했다. 닉은 좀 꾸물거리며 대답하느라 립스컴이 쏘피에게서 끌어낸 진실의 절반만 들을 수 있었다. 즉 자신이 윈더미어 부인 역을 연기하는 것은 아니고, "아, 그냥 작은 역할이에요. 아니요! 배울 게 아주 많은 것은 아니고요⋯⋯. 아, 아뇨, 그녀는 아니고, 그건 괜찮은 역이지요. 어쨌든 감독이 다 망칠 것 같아요"라면서 실은 자신이 "예, 엄마"라는 두 단어밖에 말하지 않는 걸로 유명한 레이디 애거사 역을 한다고 말했다. 닉은 그 장면이 무척 우습다고 생각하고는 곧이어 쏘피가 안됐다는 생각이 들었다.

레이철이 말했다. "얘야, 얼마나 재미있겠니? 초연날 우리 모두 함께 가볼게." 그 태도가 무척 진지해서 거의 사적 영역을 넘어선 연대라 할 만한 것이 시어머니와 며느리가 될지도 모르는 두 사람 사이에 효과적으로 형성되는 것 같았다.

레이디 파트리지는 립스컴이 다른 사람에게로 관심을 돌리는 것에 질투를 느끼며 은근히 자신의 고관절 수술 이야기로 대화를 유도했다. "아, 도싯에서 그 수술을 했는데 매력적인 처녀들이, 간호사들 말이죠, 의사 한두명은 유색인이었지만 그들을 상대할 일은 전혀 없었고⋯⋯. 내가 병원 출입을 그렇게 자주 하는 사람이 아니긴 한데!" 그녀는 다짐하듯 그렇게 말했다. "돌아가신 우리 남편은 병원 생활을 꽤 하셨지만."

"아⋯⋯." 립스컴은 어느 정도로 애도의 뜻을 표하는 게 좋을까 궁리하고 있었다.

그녀는 안경을 벗어들고 처세에 능한 사람다운 한숨을 쉬었다. "글쎄, 남편을 둘씩이나 저세상으로 보냈으니 충분히 산 것 같아요." 마치 청혼의 여지를 남기는 듯한 투였다. 립스컴의 반응이 궁금했는지 그녀는 그를 바라본 뒤 말을 이었다. "실은 둘 다 이름이

잭이었지! 실제로는 성격이 아주 다른 사람들이었는데……. 석회암과 치즈처럼 겉보기에는 비슷할지 몰라도 천양지차였지. 단 한 순간도 서로를 참지 못했을 거예요 ─ 만난 적이 있다면 말이지만!" 그녀가 꼭 전화기를 붙든 채 먼 곳에서 오는 대답과 질문을 듣고 있는 사람 같아 보인다고 닉은 생각했다. "잭 페튼, 물론 제럴드의 아버지는 어떤 면으로는 참 재미있는 사람이었지. 법을 전공했는데, 아주 법률가적인 사람이었고 아주, 아주 잘생겼고……. 그리고 잭 파트리지, 물론 잭 경은, 그래요, 법조계와는 거리가 멀었지, 전혀……. 현실적인 사람, 건설인이었어요. 아는지 모르지만 몇군데 새 고속도로를 건설했고……. 맞아, 몇군데 M도로들, M몇번이었더라, 아주 훌륭한 도로들을 닦았는데……."

식탁의 상석에 앉은 제럴드는 어머니가 무슨 말을 하는지 신경이 쓰이는 모양이었다. 닉은 잭 파트리지가 작위를 수여받은 지 얼마 되지 않아 파산했다는 사실을 알고 있었다. 최근 벌어진 우스운 역전의 사례 중 하나였다. 의붓아들의 명예라는 점에서 보자면 그와 엮여서 좋을 게 없었다. 제럴드가 단호히 끼어들어 말했다. "어이, 모든, 내가 SDI에 대한 자네의 논문에 완전히 빠졌는데 말이지."

"아……." 립스컴은 자신이 그렇게 쉽게 아첨에 넘어가는 사람이 아니라는 뜻으로 미소를 지었다. "자네가 내 결론에 동의할 줄은 몰랐는데."

"아, **물론** 동의하고말고." 제럴드가 놀라울 정도로 얼굴 가득 조소를 띠고 말했는데, 그 표정으로 보아 아마 처음 몇면 이상 읽지 않은 게 틀림없었다. "어떻게 동의하지 않을 수 있겠나!"

"글쎄, 실제 사람들의 반응을 보면 놀랄걸." 립스컴이 말했다.

"전화에 관한 얘기인가요?" 레이디 파트리지가 물었다.

"미사일 방어체계에 관한 거예요, 어머니." 제럴드가 큰 소리로 말했다.

"아시잖아요, 할머니, 별들의 전쟁." 토비가 거들었다.

"STD를 생각하신 거군요, 주디." 배저가 말했다.

"아." 레이디 파트리지는 당황해서라기보다는 자신이 주목을 받았다는 사실에 만족스러운 미소를 지었다.

"대통령이 6개월 전에 전략방어계획을 선포했거든요." 모든 립스컴이 약간 조급한 태도로 진지하게 설명했다. "미국을 모든 유도탄 시스템 공격에서 보호할 목적으로 수립된 거지요. 요컨대 핵무기가 우리에게 도달하기 전에 그것을 격퇴하고 파괴하기 위해 방어용 방패를 만드는 겁니다."

"참 좋은 기획이군." 레이디 파트리지가 말했다. 이 말은 반어적인 표현으로 들렸고, 실제로 그 계획이 황당하다는 조롱의 반응도 있는 터였다. 그러나 닉은 생각했다. 아니, 이 노마님은 무기라든지 무기예산 일반에 대해 찬성할 사람이지.

"제 생각에 이건 거부하기 힘든 기획입니다." 립스컴이 왼손을 권위 있게 식탁에 올려놓으며 말했다. 그는 새끼손가락에 도장을 새긴 반지를 끼고 있었지만 결혼반지는 보이지 않았다. 물론 큰 의미가 있는 건 아니었다. 닉의 아버지와 그의 친구들도 결혼반지를 끼지 않았으니까. 그 상징성 때문인지, 막연하게 여성적인 것이라고들 생각하는 것이다. 그는 '모든 립스컴의 책상에서'라는 메모지를 떠올렸다 —— 실제로는 다른 어디에서 나왔을까 궁금하게 만드는 문구였다. '뒷전에서' '화장실에서' '모든 립스컴의 벽장에서'……. 글쎄, 그런 생각이 들지 않겠는가. 그가 그 나름의 방어체계를 가진 사람임에는 틀림없었다.

푸딩을 먹고 나자 여성들이 물러갔다. 닉의 생각은 계단을 오르는 그들을 따라갔다. 그는 자신도 그들을 따라가라는 허락을 받으면 좋겠다고 생각하면서 의자에 무릎 하나를 걸친 채 서 있었다. "이리로 오지, 닉." 제럴드가 말했다. 남자들은 다 함께 식탁의 제럴드 쪽으로 모여들어 여자들이 비운 자리를 유쾌하게 채웠다. 닉은 식탁을 치우러 온 엘레나에게 레이디 파트리지의 립스틱이 묻은 냅킨을 건넸다. 닉이 좋아하는 남자들의 모임도 많았지만, 지금은 제니 그룸이라도 좋으니 여자라는 완충장치가 있었으면 좋겠다는 생각이 들었다. 대체로 참을성 부족한 제니 그룸의 성격은 남편에 대한 그녀의 증오에서 비롯된 슬픈 결과라고 닉은 결론을 내린 바 있다. 지금은 배리 그룸이 이런 자리의 에티켓이라면 지겨울 만큼 익숙하다는 듯 상을 찌푸린 채 닉의 건너편에 앉았다. 닉은 구원을 찾아 탁자 건너 토비를 바라보았지만, 그는 씨가 상자와 씨가 커터를 꺼내고 있었다. 제럴드는 디캔터들을 돌리는 중이었다. 닉이 오늘 자전거를 끌고 떠나가던 리오의 모습을 그려보자 사랑의 화음이 들려왔는데, 이제 소리가 조심스러웠다. 그는 다른 사람들이 그 소리를 듣기를 원치 않았다. 리오의 걸음걸이, 그가 튀어오르는 모습, 반쯤은 의식적이고 반쯤은 무의식적인 그 아름다운 효과의 창출을 심지어 자기 자신에게조차 어떻게 묘사할 수 있단 말인가. "조언 한마디 해주지." 배리 그룸이 상표가 보이지 않는 포트와인과 끌라레병 사이에서 어느 것을 고를까 거만한 태도로 바라보며 그에게 말을 건넸다.

"아, 예." 닉은 대답하며 발기가 수그러드는 것을 느꼈다. "절대로 자본의 12퍼센트 이상은 주식에 투자하지 말게."

"아……." 닉은 익살스럽게 숨을 죽였지만 화라도 난 사람처럼 진지한 얼굴을 한 배리 그룸을 보고 말을 이었다. "12퍼센트, 그렇군요. 꼭 기억하도록 하겠습니다. 아, 훌륭한 조언을 해주신 것 같네요."

"12퍼센트," 배리 그룸이 되풀이했다. "그게 내가 해줄 수 있는 최고의 조언이지." 닉과 함께 제럴드로부터 가장 먼 끝자리에 앉아 있던 그가 디캔터를 닉에게 건넸다. 닉은 포트와인을 조금 따른 뒤 그것을 모든 립스컴에게 약간 서두르듯, 애교스럽게 건네주었다. 립스컴은 씨가를 자르고 있었는데, 잔뜩 집중해서 그의 얇은 입술이 아래로 휘면서 무언가를 경멸적으로 숙고하는 듯 보였다. 그 경멸의 대상이 씨가는 아닐 테니 아마 함께 있던 사람들이리라. 여성들이 없어서 진지하면서도 딱히 조심할 필요가 없는 상황, 그가 마음껏 의견을 펼칠 수 있는 기회였음에도 그는 신중한, 혹은 부루퉁한 표정이었다. 닉은 제럴드가 안됐다는 생각이 들었지만 자신이 도울 방법은 없어 보였다. 자신이 사람들과 친해지는 방법은 예술과 음악에 대한 대화로 감수성을 과시해서 갑작스러운 친밀감을 형성하는 식이었다. 그러나 립스컴은 자신을 묵살할 뿐 아니라 마찬가지로 그런 종류의 친밀함도 거부할 것 같았다. 닉은 다시금 리오라면 어떻게 말하고 행동했을까 자문해보았다. 그는 모든 것에 대해서 얼마나 또렷하고 냉소적인 견해를 지니고 있는가.

"그래, 데릭," 배리 그룸이 신랄하게 들릴 만큼 무신경한 어조로 말했다. "얼마나 오래 머물 예정인가?"

배저는 일이초 정도 달래듯 씨가를 피우고 무법자처럼 연기구름을 뿜어내더니, "저 허풍선이 친구가 그만 가라고 할 때까지"라고 말하며 고개를 제럴드 쪽으로 까딱거렸다.

"아, 그를 그런 별명으로 부르는군?" 배리가 경쟁적으로 씰룩거렸다.

배저는 불분명한 소리를 내며 씨가를 짧게 들이마시고는 말을 이었다. "옥스퍼드 시절에 그랬지……." 그는 배리를 약올리기가 얼마나 쉬운지 알고 있었다. "아니 그게, 지금 내가 있는 곳을 수리하고 있는데, 그래서 여기 있는 걸세."

"아, 그래? 그게 어딘가?" 배리가 미심쩍은 듯 물었다.

배저가 이 질문을 못 들은 척하자 배리는 질문을 되풀이했다. 마침내 배저가 머리 둔한 사람에게 힌트를 준다는 듯 대답했다. "글쎄, 실은 자네가 일하는 곳에서 꽤 가까운 곳이네." 그건 그저 더 약을 올리기 위해 만들어낸 비밀 같았다. 게다가 수상쩍게 쉬쉬하는 배저의 분위기에도 잘 맞았고 말이다. "그냥 작은 아파트야. 삐에 다떼르(임시 거처)지."

"그러니까 첩질 하는 곳이군." 배리가 날카로운 어조로 그 적나라한 어구를 이용해 자신의 공격성을 확실히 전달했다. 배저조차 다소 당황한 것처럼 보였다. 제럴드는 비난의 뜻을 실어 숨을 훅 들이쉬더니 마치 은밀한 화제라도 이야기하듯 존 팀스와 그의 오랜 멘토를 향해 수상의 천재성이라는 새로운 화제에 대해 이야기를 이어갔다. 토비 쪽을 건너다보니, 그는 초점이 불분명한 전반적인 연대를 표하듯 닉을 향해 눈을 깜박해 보였다.

"수상이 오늘 저녁에 여기 오시려나 궁금했는데." 립스컴이 말했다. "그런 종류의 파티가 아니라는 건 물론 알지만 말이지."

"아……." 제럴드가 약간 미안한 기색으로 말했다. "정말 유감이네. 수상님이 시간이 없으셔서 말이야. 하지만 만나게 해주기를 원한다면……."

립스컴이 드물게도 미소를 지었다. "화요일에 점심을 같이할 예정이니 전혀 그럴 필요 없네."

"아, 그렇군?" 제럴드가 다정함 속에 부러움을 슬쩍 감춘 미소를 지으며 말했다.

그런 상황이 십분에서 십오분 정도 계속되는 동안 닉은 제럴드가 간명하게 예언했듯 '외톨이'가 되어 두 대화 중간에 끼여 있었다. 그는 디캔터를 감사히 받아 전하거나 식탁 위 나뭇가지 모양 촛대의 그림자나 배리 그룹의 머리 바로 위 허공을 쳐다보며 희미한 미소를 짓고 있었다. 간간이 배저의 농담에 불분명한 소리로 대꾸하기도 했는데, 촛불빛 덕분에 부드러워진 분위기 속에서 보니 다른 손님들에 비하면 배저가 거의 자신의 친구로 여겨질 지경이었다. 그는 이야기에 귀기울이지 않으면서도 대체로 존경의 침묵을 이끌어내는 립스컴의 한두마디 말에 사려 깊게 고개를 끄덕이기도 했다. 씨가에서 풍기는 고약한 냄새가 가득했지만 알코올이 비밀의 안전장치가 되어주었다. 배리 그룹에게서 느껴지는 짜증스러운 구석은 심지어 그를 매력적으로 만들어서, 그로 인해 다시 짜증이 나기를 바라게 될 지경이었다. 그는 믿을 수 없을 정도로 공격적이었고 그 때문이었을까—배리 그룹은 자신이 간절히 바라는 대상을 경멸적으로 표현했다. 하지만 그는 제럴드와 친했다. 그들은 동업자인데다 서로에게서 유용성을 발견했다. 아마 그것이 이 어른들의 모임 배후에 자리한 헤아리기 힘든 진실이었을 것이다.

배리가 말했다. "당신들 옥스퍼드 치들이 마터스 클럽을 가지고 거들먹거리는 꼴이라니." 그러더니 끌라레를 마시느라 인상을 구겼다. "그래, 당신들이 무얼 위해 순교했는데?[37] 내가 알고 싶은 건 그거라고."

"어…… 숙취를 위해서." 배저가 말했다.

"맞아요, 술이에요." 토비가 끼어들어 솔직하게 고개를 끄덕였다.

"초과인출과 계급차별도요." 닉이 익살스럽게 덧붙였다.

배리가 그를 응시했다. "뭐야, 자네도 거기 멤버였나?"

"아니, 아니에요." 닉이 말했다.

"그럴 줄 알았어!"

그때 앞문이 열렸다가 쾅 소리를 내며 닫혔고, 그사이에 복도에서 덜그럭거리는 소리가 들려왔다. 그런 뒤 곧장 벨이 짧고 급박하게 세번 울렸다. 당황한 외침이 이어지다가 문이 다시 벌컥 열렸고, 캐서린의 것이 틀림없는 목소리가 들렸다. 식당에서는 그녀가 뭔가 서둘러 말하고 있다는 사실만 알 수 있을 뿐이었다. 닉의 눈은 식탁에 앉은 다른 사람들의 얼굴을 미끄러지듯 훑으며 궁금해하거나 불쾌해하는, 혹은 심지어 가볍게 흥분을 느끼는 듯한 표정들을 살펴보았다. 존 팀스는 눈도 깜짝하지 않고 방의 닫힌 문을 빤히 바라보았고, 배저는 씨가 연기를 내뿜으며 느긋이 기대앉아 있었다. "좋아요!" 캐서린의 목소리였다.

"아무리 점잖은 사람이라도 저 아이는 참아주기 힘들 거야." 제럴드가 노기 가득한 얼굴로 말했다. 그러나 자기 말의 효과를 살피려 시선을 던질 땐 약간 즐거워하는 기색도 섞여 있었다.

그런 뒤 앞문이 다시금, 더 조심스럽게 열렸는데, 이번엔 남자의 목소리가 들려왔다. "조심해야지……." 닉은 러셀의 목소리인가 하고 살짝 키득거렸지만 제럴드는 씨가를 내려놓고 자리에서 일어

---

**37** 마터스 클럽(Martyrs' Club)의 'martyr'는 '순교자'를 뜻한다.

섰다. "실례지만……." 그는 웅얼대고 뒷문을 향해 걸어갔는데 얼굴에서 웃음기가 가서 있었다. "동생이네요." 토비가 말했다. "그렇군." 모든 립스컴이 말했다. 제럴드가 문을 열었을 때 바깥의 사내는 낮고 다급하게 말을 잇고 있었다. "좀 진정해야지, 캐시. 마음에 안 드네. 네가 이런 모습을 보이는 건 전혀 마음에 안 들어." 카리브 지방 말투를 알아들은 즉시 닉은 감상적인 유대감으로 가슴이 찡해왔다. 그는 식탁 위 씨가 연기로 숨 막히는 모임, 옥스퍼드 출신끼리의 잡담과 배리의 불평으로부터 그리로 둥둥 떠가는 느낌이 들었다.

"당신 누구지?" 제럴드가 물었다.

"아, 맙소사, 아빠!" 캐서린이 말했다. 울고 있는 것이 분명했다. 그녀가 목소리를 높이자 마지막 말이 울음과 섞이며 부서졌다.

"그럼 캐시의 아버님이신가요, 그렇다면……."

닉은 제럴드의 날선 태도가 전혀 도움이 안되리라는 사실을 짐작하고 말려야겠다고 판단해서 자리에서 일어나 복도로 갔다. 제럴드는 전혀 모르는, 하지만 이제는 제대로 논의해야 할지 모를 상황이 걱정스럽기도 했다. 그 자신 역시 사태의 진실을 반쯤밖에 알지 못했다. 만일 누군가가 자신이 괜찮다고 말할 때 그 말을 믿는 게 잘못일까? 그녀는 양손으로 핸드백의 금색 체인을 꼭 붙잡고 분노한 모습, 곧 울음을 터뜨릴 듯 연약한 모습으로 계단 아래 서 있었다. 닉은 거의 웃음을 터뜨릴 뻔했다. 어린애에게 닥친 난국을 보고 그 자신 또한 겁이 나면서도 얼핏 웃음을 터뜨려 아이를 안심시키려다 오히려 비웃는 것처럼 보일 수도 있는 상황이었다. 어떻게든 이 일을 수습해야 할 것 같았다. 그는 위기 상황에서도 허용될 만큼의 솔직한 호기심을 표정에 담고 그녀를 빤히 쳐다보았다. 그녀는 정말이지 어린애 같은 짓을 저지른 터였다 — 외출한 게 불과 두시간 전인데 이렇게 금세 망가져서 오다니. 그녀의 입은 누군가를 비난하듯 떨렸다. 하이힐을 신은 모습이 아주 작아 보였다. 그녀를 데려온 남자는 닉도 아는 사람, 캐서린이 친하게 지내는 택시 기사였다. 제럴드와 레이철이 여행 중일 때 그녀를 집으로 데려왔던 남자, 오십대쯤 되는 나이에 이마 부근의 머리가 희끗희끗하고 덩치는 큰 편, 어렴풋이 인도 대마의 달큰한 향이 느껴지는 사람이었다. 사실 오르비스 회사의 기사들 모두가 그 대마를 팔았다. 그는 그 집에 있는 다른 것들 모두와 완벽하게, 결정적으로 이질적인 인물이었다. 닉이 낮게 말했다. "안녕하세요!" 그러고는 그의 어깨에 손을 대며 "무슨 일이 있었어요?"라고 물었다.

"이 사람은 누구지?" 제럴드가 말했다.

"물어보시니 말씀드리자면, 제 이름은 브렌트퍼드입니다." 사내가 천천히 말했다. "캐시를 댁으로 데려왔지요."

"정말 고마운 일을 하셨어요." 닉이 말했다.

"어떻게 내 딸을 아시오?" 제럴드가 말했다.

"따님은 돌볼 사람이 필요합니다." 브렌트퍼드가 말했다. "오늘 밤에는 도와줄 수가 없어요. 나도 직업이 있으니."

"이분은 택시 기사예요." 닉이 말했다.

"택시비를 드려야 하나?" 제럴드가 말했다.

"따님께는 택시비를 안 받습니다." 브렌트퍼드가 말했다. "그놈한테 버림받으면 캐시가 나를 부르죠."

"이게 사실이냐?" 제럴드가 말했다.

"정말 고맙습니다." 닉이 말했다.

캐서린은 믿을 수 없다는 듯 약하게 비명을 지르며 브렌트퍼드

곁으로 가서 그의 팔을 잡았지만, 그는 조심스럽고 위엄 있는 태도로 거리를 보이며 그녀의 손길을 거부했다. 그가 그녀를 닉 쪽으로 부드럽게 밀자 그녀는 닉에게 기댄 채 흐느껴 울었지만 매달리지는 않았다. 그녀는 자신만의 슬픔에 잠겼을 뿐 닉에게서 위안을 구하지는 않았다. 그냥 기댈 데가 필요했을 뿐이다. 하지만 닉은 그녀에게 조심스레 팔을 둘렀다. "러셀이 그랬어?" 닉이 물었다. 하지만 캐서린은 대답할 만한 상태가 아니었다.

"무슨 일이냐, 얘야?" 레이철이 서둘러 내려오며 물었다.

제럴드가 설명했다. "그 망할 놈의 자식이 이애를 버렸다는군." 그는 가장 일어났으면 하고 바랐던 일에 대해 분개한 척 분명한 목소리로 말했다. "가엾은 야옹이."

레이철은 세 남자를 바라보았는데, 마치 브렌트퍼드를 데려왔다는 사실이 캐서린의 응석 어린 말썽보다 훨씬 더 큰 위협인 듯 그녀의 얼굴에 살짝 두려운 기색이 스쳤다. "위층으로 가자꾸나, 얘야." 그녀가 말했다.

배리 그룸이 빤히 바라보며 머리를 씰룩거리며 복도로 나왔는데, 급히 마신 술에 몹시 취한 터라 그의 공격성이 뒤늦게야 튀어나왔다. "이것 봐, 자네!" 그는 브렌트퍼드를 향해 외쳤다. "너 내가 모르는 놈인데. 이 망할 놈!"

제럴드가 그의 손목을 살짝 밀며 말했다. "별일 아니야, 배리."

"그애한테 손대지 마, 이······."

"아, 입 닥쳐요. 알지도 못하면서!" 닉은 자신도 모르게 튀어나온 고성에 스스로 놀랐다.

"맞아요, 입 닥쳐요, 얼간이 주제에!" 캐서린이 울다가 거들었다.

"자, 자!" 배리가 말했다. 아주 끔찍한 표정, 교활한 미소가 그의 얼굴에 떠올랐다.

"세상에, 정말 죄송합니다⋯⋯." 닉이 브렌트퍼드에게 말했다.

"우린 도대체 왜 여기 서 있는 거지?" 제럴드가 말했다.

"얘야, 위층으로 가자." 레이철이 말했다.

"가서 포트와인과 씨가를 마저 하지." 제럴드가 브렌트퍼드에게 등을 돌리며 말했다. 파티를 위해서 그는 자신이 이런 상황을 늘 좋게좋게 넘기곤 했다는 듯 처신할 수밖에 없었다. "애를 데리고 올라가주겠어, 여보?" 아니면 정말로 자기가 그럴 것처럼 그가 말했다.

캐서린은 계단을 오르기 시작했는데, 레이철이 팔을 두르려 하자 몸을 흔들어 손을 떨쳤다. 닉이 브렌트퍼드를 문까지 배웅했다. "택시비를 안 드려도 정말 괜찮으시겠어요?" 스토크 뉴잉턴에서 여기까지 오는 택시비가 자기 수중에 있는지조차 알지 못한 채 그가 물었다. 자신은 집안의 다른 모든 것들과 달리 캐시가 비난하는 대상이 아니라는 사실을 브렌트퍼드가 알아줬으면 싶었다.

"저 사람 나쁜 사람이군요." 브렌트퍼드가 문간에서 말했다.

"아⋯⋯." 닉이 말했다. "맞아요." 둘 중 누구를 가리키는지는 알 수 없었다. 머리를 설레설레 저으며 팔을 내두르는 브렌트퍼드의 모습은 그가 거기 있는 사람 전부를 포기했다는 뜻으로 보였다.

씨에라[38]가 떠난 뒤 닉은 잠시 보도에 서서 위층의 열린 창문에서 흘러나오는 여자들의 웃음소리를 들었다. 집 밖에 나와 밤공기를 마시고 있자니 좋았다. 그는 자신이 미워하는 사람에게 고함을 지른 일 때문에 조금 떨고 있었다. 그러다가 리오를 생각했고, 미소

---

**38** Sierra, 포드사의 자동차 모델명.

를 지으며 자신의 겨드랑이를 껴안음으로써 그를 포옹했다. 리오는 무얼 하고 있을까 생각하니, 그날 오후가 되살아나며 경이로움과 함께 온기가 느껴졌다. 이어 피트에 대한 생각이 구름장처럼 차갑게 그 위를 덮었다. 그는 집으로 들어가 반쯤 열린 식당 문을 지나치며 걸음을 늦추었다. "⋯⋯그 거지놈한테서 대마초 냄새가 나더군!" 제럴드의 말에 그리 즐겁지 않은 듯한 몇몇의 웃음소리가 뒤따랐다. 이제 아마 닉은 진짜로 위층으로 올라가 외톨이의 자유를 맛볼 수 있을 터였다. 양쪽 어느 곳에도 그의 자리는 없었다. 아무 말도 없이 사라지면 모양새가 좋지 않은데다 애초부터 거기 있고 싶지 않았다는 사실을 인정하는 행동이 될 것이다. 하지만 도저히 되돌아가서 배리 그룹과 함께 앉아 있을 수가 없었다. 제럴드 역시 화가 나 있을지 모르지만, 닉이 관심을 가지고 캐서린을 지켜본다는 사실에 대해서는 분명 기뻐할 것이다. 자신이 책임을 회피하고 있다고 말할 수는 없으리라. 닉은 대리석 계단을 오르기 시작했고, 슈만의 교향곡 4번에 나오는 밝은 서주 몇소절을 흥얼대다가 그쳤다.

# 6

　"세상에, 너 정말 트윗[39]이구나." 리오가 말했다. 그는 닉의 몸 어디다 불평을 퍼부어야 할지 모르겠다는 듯 그의 몸을 여기저기 훑어보다가 결국 어린애에게 하듯 그의 입술을 핥고 뺨을 문질러주었다. 전에도 그는 닉을 트윗이라는 가시 섞인 말로 부른 적이 있는데, 아마 약간의 책망과 계급적 질투심 내지 동정심, 그리고 닉 같은 애송이를 가르쳐야 한다는 데서 오는 명백한 좌절감이 뒤섞인 의미로 쓰는 것 같았다. 평소처럼 닉은 그 말에 리오가 자신을 툴툴대면서도 가르쳐야 할 학생으로 귀엽게 봐주고 있다는 의미가 숨어 있다고 믿으려 했다. 여전히 그가 완벽히 다정하게 대해주길 간절히 원하긴 했지만, 이번만은 자신과 마찬가지로 불안해하는 리오를 용서하기로 했다. 그들은 정문에서 10야드쯤 떨어진 윌

---

**39** twit, '멍청이'를 뜻하는 속어.

즈든 보도에 서 있었다. "너, 사립학교 졸업생 티는 진짜 구제불능이야." 리오가 말했다.

"무슨 소리야."

리오는 고개를 저었다. "도대체 널 어쩌면 좋을까?"

퇴근 후 그들은 의회 사무실 건너편에서 만났다. 리오는 어깨가 각진 진회색 정장에 흰 와이셔츠 차림을 하고 폭이 넓지만 점잖은 넥타이를 매고 있었다. 이렇게 아름다운 일상의 모습으로 변신한 그를 처음 본 닉은 미소를 감출 수가 없었다. 숭배라고 할 만큼 그의 모습에 푹 빠져 있었지만, 리오에게는 닉의 미소와 경탄의 눈초리가 오히려 일종의 빈정거림으로 느껴졌다. "너무너무 멋져." 닉이 말했다.

"응, 너도 그래." 리오가 말했다. "맞아, 이제 들어가자고. 자, 내가 뭐라고 했지? 주님의 이름을 함부로 부르면 안돼. '오, 주여!'라는 말 하지 마. '세상에, 주님!'도 안돼. (리오는 닉의 어조를 흉내내려 애쓰며 이 말들을 읊어댔다.) 그리고 '하느님 맙소사'도 안돼."

"그런 말 안하도록 노력할게."

닉은 언제나 친구의 어머니들에게 인기가 좋아서 참한 젊은이라는 소리를 듣곤 했다. 그 또한 공격적이지 않은 나이 지긋한 이들과 어울리는 것을 나름대로 즐겼다. 그는 매력적으로 행동하는 것이 즐거웠고, 흥분한 나머지 자신이 약간 가식적으로 되는 것도 거의 의식하지 못했다. 그러나 한편 긴장 상태, 짐짓 무심한 태도, 친구를 데려오는 것, 또 꺼내지도 말아야 할 화제에는 유쾌한 태도로 신경을 써야 한다는 점에 대해서도 알고 있었다. 대화를 망가뜨리고 엉뚱한 곳으로 이끄는 그런 불가피하고 곤란한 상황을 삼십초, 일분, 혹은 십분 정도 앞서서 탐지해야 하니, 늘 대화에는 다소 산만하고 적절치 못한 방식으로 참여해야 했다.

"여동생이 짐작은 하고 있어." 리오가 말했다. "그애를 조심해야 돼."

"로즈메리 말이지."

"예쁜 아이야."

닉은 그를 따라 짧은 콘크리트 길을 걸으며 그의 귀에 대고 속삭였다. "너만큼 예쁘진 않다는 걸 내가 장담하지." 비위를 맞추려는 가벼운 농담이었지만 애정의 무게가 실리면서 그 말은 기습하듯 리오를 덮친 것 같았다.

찰스 부인과 그녀의 아들딸은 붉은 벽돌로 된 작은 연립주택 일 층에 살고 있었다. 깊지 않은 현관 안쪽에 정문 두개가 나란히 있었다. 리오는 오른쪽 문을 열었다. 열쇠를 돌릴 때 부드럽게 탐색하듯 당겼다가 아주 살짝 빼야만 작동하는 그런 자물쇠였다. 닉은 문에 들어간 색유리와 초인종 위에 꽂아놓은 종려주일의 낡은 십자가를 잠깐 바라보았다. 그는 리오가 매일 똑같이 이렇게 집으로 들어가는 장면을 그려보았다. 그리고 자신이 이 상황을 자연스럽게 받아들이려 애쓰고 있다는 것, 거리나 집의 외관에서 느낀 충격을 잘 감추고 있다는 것에 대해서도 — 아마 자신은 정말 트윗인지도 모른다. 안으로 발을 들여놓자 복도에서 풍기는 음식냄새만큼이나 날카롭게 기억이 되살아났다. 학창 시절의 오후 봉사활동을 하러 늙은 장애인들의 집으로 들어가던 때의 기억, 방문 하나하나가 인생의 교훈이자 — 적어도 닉에게는 — 미묘한 미학적 속물주의에 대한 교훈이기도 했던 기억이었다.

그는 자그마한 부엌을 사진 찍듯 한눈에 넣었다. 미닫이문이 달린 붙박이장, 주황색 커튼, 예수가 떠 있는 모습이 그려진 교회 달력, 쌓인 종이들, 겹나는 전깃줄, 첩첩이 쌓인 대접들, 거품 나는 프라이팬 위쪽 선반에 놓인, 김이 서리고 물방울이 매달린 접시와 스토브. 그리고 그 가운데 리오의 어머니가 계셨는데, 작은 체구에 반쯤 내리깐 눈매, 곧게 편 머리에 특유의 자비로운 미소를 띤 오십대 여인이었다. "어서 와요." 그녀의 목소리에는 리오가 특별한 효과를 내거나 잠시 상황을 모면하려 할 때 내비치는 서인도제도 특유의 따스한 색채가 배어 있었다.

"고맙습니다." 닉이 말했다. "만나뵈어서 정말 반갑습니다." 암시와 어림짐작으로 사는 데 익숙한 그로서는 사랑하는 남자의 가족을 만나는 일에서도 여전히 뭔가 에로틱한 면이 느껴졌다. 유전적 특징, 가족 공통의 매부리코라든가 비슷하게 느린 걸음걸이 같은 것을 확인하면서도 그는 대리만족을 경험했다. 켄징턴파크 가든스의 풍부한 공기 속에서는 토비라는 끊임없이 확산되는 존재 속에서, 그에게는 살아 있는 암시이자 그렇기 때문에 일종의 위안이자 고문이기도 한 사람들과 함께 사는 기분이었다. 물론 토비를 가볍게 안고 뺨에 입맞춤하는 이상으로는 한번도 애정을 표현해본 적이 없지만 말이다. 그는 학창 시절 화장실에서 두번인가 그의 성기를 슬쩍 본 일이 있었다. 그리고 여기, 이 윌즈든의 볼품없는 자그마한 아파트에서 닉은 자신을 '끝내주게 멋진 섹스 파트너'일 뿐 아니라 '엉덩이 핥기 일등급'이며 '작고 따끈한 호모'라고 부르는, 분명히 그냥 가볍게 안고 슬쩍 훔쳐보는 수준을 훨씬 넘어선 남자의 어머니와 이야기를 나누고 있는 것이다. 닉은 그런 깨달음과 새삼스런 감사로 황홀해하며 그녀를 바라보았다.

그리고 로즈메리도 있었다. 누군지 제대로 설명을 듣지 못한 이 손님을 맞이하는 어머니를 돕기 위해 일찍 일을 마치고 귀가한 모양이었다. 개인병원 접수처에서 일하는 그녀는 허리띠 달린 비옷에 블라우스와 스커트를 입고 있었다. 그들은 어색하게 인사를 주고받은 뒤 복도에 들여놓은 리오의 자전거를 돌아 들어갔다. 아마도 수줍어서겠지만, 그녀는 닉을 무시하는 것처럼 보였다. 그녀의 예쁜 면을 찾던 닉은 그녀가 살을 파고들며 자라는 수염 같은 파괴적인 면이 없는 리오, 리오의 비단처럼 부드럽고 보송보송한 버전 같다고 생각했다. 그런 뒤 남매는 둘 다 옷을 갈아입으러 갔다. 집의 구조를 다 알 수는 없지만 뒤쪽으로 분리된 방이 있었는데, 소리가 너무 가깝게 들려서 자전거의 존재가 더없이 절실하게 느껴졌다. 자전거는 거기서 기다리면서 닉이 부딪칠 때마다 몸서리를 치고, 묶여 있는 자신의 속도를 의식하듯 찌릉 소리를 냈던 것이다.

"아, 저놈의 자전거," 찰스 부인이 마치 신성모독의 발명품이라도 되는 듯 이야기했다. "내가 저애에게 말했는데……."

그들은 앞쪽 방으로 들어섰다. 그곳에는 재커비언 양식으로 구근 모양의 다리가 달린 무거운 참나무 식탁이 반짝이는 생강빛 가죽 같은 것으로 된 소파와 팔걸이의자 두개로 된 응접세트 옆에 비좁게 들어차 있었다. 종교적 기념품들이 가득한 선반 아래 다 낡은 구리선이 감긴 가스난로가 보였다. 찰스 부인의 교회 생활에는 상당한 양의 문서가 포함된 게 분명했는데, 식탁의 절반가량을 『오늘 예수님을 반갑게 맞아들이기』라는 소책자와 서류 상자가 차지하고 있었다. 닉은 소파 구석에 앉아 공손한 태도로 벽의 그림들을 바라보았다. 커다란 액자 속 종려나무 잎이 드리운 해변의 '벽화'와 홀먼 헌트[40]의 「죽음의 그림자」 복제화였다. 리오와 로즈메리가

---

**40** William Holman Hunt(1827~1910). 영국의 화가로 라파엘전파의 창시자 중 한 사람이다.

어린 시절 스튜디오에서 찍은 사진들도 있었는데, 닉은 자신이 그것들을 거의 아동성애자 같은 관심을 가지고 들여다보고 있음을 깨달았다.

"그래, 젊은 신사 양반," 찰스 부인이 염려스러운 듯 떠보는 듯 분명한 발음으로 입을 열었다. "그애가 거의 아무것도 말을 안해줘서요, 리오 말이에요. 하지만 국회의원 소유의 커다란 흰 집에 사는 분이지요?"

"예, 그렇습니다." 닉이 말하며 스스로를 낮추듯 웃자 그녀는 왜 그러는지 궁금하게 생각하는 듯했다. 다른 경우에는 다소 조소의 대상이었지만 리오는 일종의 과시로서 그녀에게 그런 말을 한 게 틀림없었다.

"그래, 거기서 지내는 건 어때요?" 찰스 부인이 물었다.

"글쎄요, 제가 무척 운이 좋은 편이지요." 닉이 대답했다. "그 댁 자제들 중 하나와 대학 친구라 거기 살게 되었을 뿐이에요."

"그래, 그분을 만났어요?"

누구에 대한 이야기인지 확신할 수 없었지만 닉은 얼른 미소를 지어 보였다. "무슨, 페든 부인 말씀이신지⋯⋯."

"아니! 페든 부인, 내가 성함을 정확히 발음하는 건지 모르겠지만 페든 부인이야 만나셨을 거라 짐작해요." 닉은 얼굴을 붉혔고, 그녀가 방금 엄청난 질문을 던졌음을 단순하지만 재빠르게, 심지어 경건하게 깨달으며 미소를 지었다. "그러니까 ─ 그분. 레이디. T부인 말이에요!"라고 그녀가 덧붙였던 것이다.

"아⋯⋯ 아뇨. 아니, 못 뵈었어요, 아직은." 그러고서 그는 다소 경솔한 짓일지 모르지만 말을 덧붙여야겠다고 느꼈다. "그 집에서 그분을 모시고 싶어한다는 건 알고 있어요. 그분, 그러니까 제럴드 페든은 적어도 한번 그분을 모시려고 했지요. 아주 야심찬 분이거든요."

"아, T부인을 꼭 만나도록 해요."

"예, 만나뵙게 되면 꼭 어머님께 말씀드릴게요." 그는 방으로 들어오는 리오를 고맙게 돌아보며 말했다. 리오는 청바지에 운동복 윗도리를 입고 있었고, 닉은 그가 사정하는 모습을 생생하게 상상할 수 있었다. 이어 정액이 소파의 팽팽한 생강빛 등받이에서 느릿느릿 흘러내리는 모습도 그려보았다. 자신이 섹스에 아주 달콤하게 세뇌된 느낌이었다. 눈을 감으면 벽지의 무늬처럼 어둠을 가로질러 성기를 쫓는 성기의 모습이 보였다. 그리고 항문성교의 이미지, 그 새로운 승리와 기술이 시시때때로 거리나 교실, 식탁을 가로질러 초현실적인 몽따주를 만들며 전속력으로 달려들곤 했다.

"그리고 정기적으로 교회에 다니는 분이기를 바라는데요."

닉은 성적 흥분을 감추기 위해서 다리를 꼬며 대답했다. "그렇지는 못합니다. 적어도 지금은요."

그런 실망감에 익숙한지, 찰스 부인은 장기적으로 내다본다는 듯 거의 유쾌하기까지 한 태도로 말했다. "그래, 부모님은 어떠신가요?"

"아, 그분들은 무척 독실하세요. 아버지는 교구위원이시고 어머니는 자주 교회의 꽃장식을 하시지요…… 예를 들면요." 그런 사실이 자신의 불성실함을 강조하기보다 보완해주기를 그는 바랐다.

"정말 반가운 말이네요. 그래, 아버지는 무얼 하시는 분이죠?" 그녀는 면접하듯이 물었고, 그 모습을 보며 닉은 그녀가 무의식적으로나마 자신이 그녀 아들의 인생에 엮여든 것을 알고 있는 게 아닌가 생각했다. 닉은 다양한 상황에서 수수께끼의 인물이 되곤 했다 — 다들 그가 그 상황과 어떻게 관련이 있는지 알아보려고 에둘러서 이런 식의 질문을 하는 일이 잦았다.

그가 대답했다. "아버지는 골동품상이세요. 고가구와 시계를 주로 다루고, 또 도자기도 다루시죠."

찰스 부인이 고개를 들어 리오를 보았다. "그래, 그건 네 친구 피트가 하는 일과 정확히 같은 것 아니냐!"

"맞아요." 리오의 태도는 방어적이고 소극적이었다. 그는 식탁 의자 하나를 끌어내서 그들 뒤 식탁에 앉았다. "골동품상이야 워낙 많으니까요."

"정확히 같은 일이야." 찰스 부인이 되풀이했다. "어서 둘러봐요. 우리 집에도 좋은 골동품이 좀 있어. 피트를 모르나요?"

"아니요, 압니다." 방을 둘러보면서 닉은 이전에 피트가 이곳의 물건들에 대해서 뭐라고 했을까, 그녀에게 어떻게 설명했을까 궁금했다.

"참 세상 좁네." 그녀가 감탄하듯 말했다.

"글쎄요, 저는 리오가 소개해줘서 피트를 알게 되었습니다만……."

"아, 참 괜찮은 친구죠, 피트. 쉰도 안되었을 텐데 우리는 항상 '노인네' 피트라고 불렀지."

"마흔네살이에요." 리오가 말했다.

"이애한테 큰 도움이 되었어요. 대학 공부도 도와주고 위원회에 직장을 구할 때도 도와줬지. 그렇게 해서 본인이 얻을 게 하나도 없었는데 — 적어도 이 세상에서 얻을 건 전혀 없잖아요. 난 리오에게 피트가 그의 요정 아저씨라고 말하곤 한답니다."

"그런 거 비슷하죠." 리오는 부모들이 소중하게 생각하는 그 단어 — 부모로서는 조마조마한 마음으로 부인하고 싶은 자식의 어떤 면을 오히려 미화해주는 어구이기 때문에 더욱 소중히 생각할 수밖에 없는 — 에 놀랍게도 짜증스럽게 대답했는데, 그런 부모를 어쩌지 못하는 자식의 찌무룩한 어투였다. 요정이라는 말은 동성애자라는 뜻으로도 쓰이니 이 표현이 은연중에 어색한 농담이 될 수 있다는 사실에 특히 짜증이 났을 것이다.

"리오는 그럴싸한 멋진 아버지를 가져본 적이 없어서 말예요." 찰스 부인이 솔직하게, 다시금 예의 교활해 보이기까지 하는 만족감을 드러내며 말을 이었다. "그렇지만 주님께서는 당신의 자식을 돌보시지. 그래, 정말 좋은 아이 같지 않아요?"

"예, 리오는…… 정말 최고죠!" 닉이 말했다.

"차는 어떤 걸로 하죠?" 리오가 물었다.

"네 동생이 차를 내올 때가 됐는데." 찰스 부인이 말했다. "손님한테는 특별히 매운 토막갈비랑 쌀 요리를 준비했어." 그녀가 닉에게 물었다. "이 나라에서는 갈비를 잘 튀기지 않더군요, 항상 굽지. 그렇지 않아요?"

"음…… 잘 모르겠습니다. 둘 다 하는 것 같아요." 그는 마찬가지로 이른바 전통의 전형인 자신의 어머니를 떠올리고 있었지만 어쨌든 계속해서 붙임성 있게 말을 이었다. "하지만 어머님께서 굽는 대신 튀기신다면 그럼 그것도 우리나라에서 하는 방식이 되겠죠!"

"아……" 찰스 부인이 말했다. "글쎄, 물론 그렇게 볼 수도 있겠네요."

『오늘 예수님을 반갑게 맞아들이기』라는 책자가 비스듬히 탑을 이루고 있어서 닉은 식탁에서 왼팔을 자유롭게 움직일 수 없었다. 그는 머뭇거리면서도 게걸스레 음식에 덤벼들었다. 식사는 밍밍

한 맛과 화려한 풍미가 과감하게 섞여 있었는데, 혹시 로즈메리가 자신의 매너를 조롱하기 위해서 일부러 고추를 많이 쓴 게 아닐까 생각이 들기도 했다. 그는 눈을 동그랗게 뜨고 맛있게 먹음으로써 5시 45분에 저녁식사를 한다는 사실에 대한 놀라움을 감추었다. 사교적으로 어색한 순간에 대한 본능적 반응, 계급적 차이에서 받은 충격을 무리 없이 처리한 것, 새로운 규칙에 대한 어린애 같은 불안을 모두 색다른 것에 대한 흥미 속에 뭉뚱그린 것이다. 켄징턴파크 가든스에서는 이보다 세시간 늦게 저녁을 먹었고, 저녁식사란 이어지는 다른 기분전환의 의식, 즉 가벼운 대화와 디캔터에 담긴 술, 원예와 테니스, 레코드 감상, 위스키와 진 등을 통해 느긋하게 진행되는 것이었다. 찰스가家에서는 기분전환의 여지라고는 없었다. 정원이랄 것도 없었고 술도 없었다. 식사는 일을 마친 뒤 곧바로 먹는 것이고, 다양한 축복의 기도가 낭랑하게 울려퍼졌으며, 그런 뒤 먹고 끝내면 긴긴 저녁이 기다리고 있었다. 몇몇 상황은 닉이 자기 가족의 습관을 떠올리며 추측한 것과 비슷하기도 했다. 닉 자신의 가족은 그 두 가족의 중간 어디쯤에 위치하니 말이다. 반면에 기다리고 배워야 할 점들도 있었다. 그가 유색인의 집에 가본 것은 처음이었다. 그는 이 첫사랑을 통해 여러가지 다른 것들도 처음 경험한다는 사실을 깨달았고, 멋지지만 부담스러운 결혼식 꽃다발처럼 그 사실을 받아들였다.

약간 긴 듯한 침묵 끝에 리오가 말했다. "그래, 학교생활은 어때?" 마치 처음 만난 사이 같은 태도였다.

"아, 좋아." 닉은 좀 불편했지만 곧 리오의 딱딱한 태도에 오히려 감동을 느끼며 대답했다. 리오가 그에게 냉정하거나 거칠게 굴 때마다 그는 어린애처럼 예민하게 받아들였는데 ─ 그런 뒤에는 그것을 뒤집어 그 안에서 좌절된 사랑의 흔적을 발견하곤 했다. 닉은 리오에게 경외감을 느끼고 있었지만 한편 그를 꿰뚫어볼 수도 있었다. 그래서 그가 그 작은 탐닉의 과정을 따를 때마다 더욱더 그에 대한 사랑을 느끼는 것이었다. "아직까지 그닥 흥미로운 일은 없었어. 그저 전과 좀 다르다는 것뿐." 그는 늘 영문과의 음침한 뒷마당과 관련해 두세가지 새로운 에피소드를 끄집어냈고, 그런 것들을 통해 일상에 추억의 빛을 더하곤 했다. 그러나 닉은 리오가 그것들에 관심을 갖게 하기가 어렵다는 사실을 깨달았고, 그래서 그 에피소드들은 종종 아무 쓸모 없이 버려졌다. 아니면 다소 억울한 심정과 함께 쌓여가거나.

"저 친구 옥스퍼드 대학 출신이에요." 리오가 말했다.

"그럼 지금은 어디 다니는데요?" 찰스 부인이 궁금한 듯 물었다.

"유니버시티 칼리지에 다니고 있습니다." 닉이 말했다. "지금은 박사과정 중이에요."

리오는 우물거리며 얼굴을 찌푸렸다. "그래, 무슨 주제라고 했었지?"

"아……." 닉은 별것 아니라는 듯 고개를 까딱하고는 그 말을 꺼내기조차 힘들다는 태도로 말했다. "그냥 문체에 대해서, 그러니까 영국 소설의 문체에 대해 논문을 쓰고 있어."

"아아아, 그렇군요." 정말이지 한없이 중요할 뿐 아니라 상당히 어리석은 짓을 하고 있다고 말하듯 찰스 부인이 담담히 고개를 끄덕였다.

닉이 다시 입을 열었다. "으음……." 하지만 그녀가 말을 가로챘다.

"공부에 완전히 빠졌군요! 지금 몇살이죠?"

닉은 어색하게 웃었다. "스물한살입니다."

"그런데 아직 사춘기 소년 같아요. 그렇지 않니, 로즈메리?"

로즈메리는 분명하게 대답하지는 않았지만 한쪽 눈썹을 세우고 비웃는 듯한 태도로 음식을 잘랐다. 얼굴이 벌게진 닉은 리오 역시 당황했음을, 얼굴을 찡그려 그 신비스러운 검은 얼굴의 홍조를 감추려 하는 모습을 금세 알아보았다. 비밀 때문에 어두워진 표정에서 닉은 문득 그들의 나이 차이가 리오에게 신경 쓰이는 일이라는 사실, 무심결에 그 차이를 언급하는 것만으로도 그의 환상이 무참히 깨질 수 있다는 사실을 알았다. 피트는 나이가 많았기 때문에 막연히 자비로운 존재로 여겨질 수 있었지만, 스물한살짜리 어린 공붓벌레와 그의 우정은 훨씬 더 설명하기가 어려웠던 것이다.

닉은 자신이 불협화음을 내고 있음을 의식하면서도 내친김에 말을 이어갈 수밖에 없었다. "물론 친구가 아쉽지요. 자리 잡는 데 한참 걸리니까요. 결국은 모든 일이 잘될 거라고 기대하고 있어요!" 또 한번 다소 무거운 침묵이 흘렀고 그래서 닉은 다시 입을 열었다. "영문과 건물은 옛날 매트리스 공장 자리예요. 강사 중에 적어도 절반은 술주정뱅이처럼 보이고요!"

켄징턴파크 가든스의 분위기에서는 이 두가지 이야기가 꽤 잘 먹혀서 이 실없는 농담을 해놓고 닉 스스로 웃음을 억눌러야 할 정도였다. 하지만 어떤 가족이든 실없는 소리를 하는 데는 그들 나름의 방식이 있는 법. 지금의 그는 알쏭달쏭한 침묵, 어쩌면 상대방의 비위를 거슬러서 생겼을 침묵 속에 남겨졌다. 리오는 천천히 음식을 씹으며 완벽하게 중립적인 표정을 지어 보였다. "매트리스라, 하?" 그가 말했다.

로즈메리는 자기 접시를 똑바로 내려다보며 말했다. "도움이 필요한 사람들 같은데요."

닉은 미안한 듯 웃어 보였다. "아…… 물론이죠. 그래야죠. 옳은 말이네요. 그랬으면 좋겠어요!"

잠시 뒤에 찰스 부인이 말했다. "알겠지만 그런 사람들, 그런 종류의 문제를 가진 사람들은 모두가 하나같이 삶의 한가운데에 커다란 구멍을 가지고 있어요."

"아……." 닉은 공손한 태도로 웅얼대며 동의를 표했다.

"그리고 방법만 알면 그들은 그 구멍을 주님으로 채울 수가 있지요. 우리는 바로 그걸 위해 기도하는 거고요. 우리가 항상 기도하는 내용이죠. 그렇지 않니, 로즈메리?"

"바로 우리가 하는 일이죠." 전혀 부정할 방법이 없다는 듯 로즈메리가 고개를 끄덕였다.

"그래, 성공률이 어떻게 되는데요?" 리오가 놀랄 만큼 비꼬는 어조로 물었다. 그 이유는 찰스 부인이 닉을 향해 은근히 몸을 기울였을 때 저절로 설명이 되었다. 자신의 '견해'를 추구할 때 그녀를 막을 방법은 없었던 것이다.

"나는 어둠속에 있는 모든 사람이 예수님을 찾기를 기도드려요. 그리고 내가 이 세상에 내놓은 두 아이들이 짝을 찾기를 기도드리죠. 그러니까, 제단에서요." 그런 뒤 그녀는 다정하게 웃었는데, 그래서 닉은 그녀의 진짜 생각이나 그녀가 알고 있는 것이 무엇인지 전혀 감을 잡을 수 없었다.

리오는 머리를 긁적이고 좌절감에 몸서리쳤다. 하지만 자신이 어머니를 상심시킬 것을 알기에, 그의 태도에는 어떤 다정함도 깃들어 있었다. 어머니의 오른팔이나 다름없는 로즈메리는 리오와 같이 엮이기 싫다는 듯, 자신은 완벽한 남자만 나서면 그럴 준비가 되어 있다고 단호하게 말했다. 반쯤 감긴 그녀의 눈이 어머니의 경건한 눈길과 닮아 보였다. "그 한가지만 제외하면 제단에서 저를 막을 건 아무것도 없죠." 아들의 배신을 가지고 노는 듯한 눈길이 리오에게 닿았다가 곧 그를 놔주었다.

과일과 아이스크림이 들어오자 찰스 부인이 닉에게 말했다. "아까부터 저기 내 그림, 주님이 목공소에 계시는 그림을 보고 있네요."

"아…… 예." 그는 실은 그 그림을 외면하고 싶었지만 진지하게 바라볼 수밖에 없었다. 그림이 바로 맞은편에 앉은 리오의 어깨 위에 걸려 있었기 때문이다.

"알겠지만, 무척 유명한 옛날 그림이에요."

"예, 그렇죠. 실은 최근에 저 그림의 원화를 직접 봤어요 — 맨체스터에서요."

"아, 나도 처치 하우스에 똑같은 그림이 걸린 것을 보고서야 저게 원본이 아니라는 걸 알았어요."

닉은 그녀가 장난을 치는 건지 아닌지 알 수 없어 미소를 지으며 눈을 깜박였다. "원본은 엄청나게 크더군요. 등신대였어요." 그가 말했다. "홀먼 헌트가 그린 것이죠, 물론……."

"아하." 마치 닉이 그림을 그린 화가의 정체에 관한 믿기 어렵고 막연한 이야기를 새롭고 그럴듯하게 제시한 양, 찰스 부인은 웅얼대며 고개를 끄덕였다. 그것은 지독히도 표상적이고 끔찍이도 상징적인 그림, 닉이 가장 싫어하는 유의 그림이었다. 게다가 그 그림은 등신대일 때 더 형편없었다. 표상주의가 큰 소리로 찬양을 요구하고 있었으니 말이다. "그 화가가 「세상의 빛」도 그린 화가라고 들었어요. 주님께서 문을 두드리고 계시는 그 그림 말예요."

"아, 그래요, 맞아요." 닉의 태도는 어린아이가 어떤 그림에 관심을 가진다는 사실만으로 기뻐 취향의 문제는 나중에 다뤄도 된다고 생각하는 선생님 같았다. "쎄인트폴 대성당에 가시면 그 그림을 볼 수 있죠."

찰스 부인은 이 정보를 기꺼이 받아들였다. "저 말 들었니, 로즈메리? 이제 어느날이고 나랑 같이 쎄인트폴 대성당에 가서 우리 눈으로 직접 그 그림을 보자꾸나." 그 말을 들으며 닉은 반짝이는 구두를 신고 저 구석 의자에 놓인 승무원 모자 비슷한 작고 검은 모자를 쓰고 그곳으로 가는 그녀의 모습, 몇군데 버스 정류장에서 기다리는 것도 마다 않고 설렘 가득한 순례자의 참을성을 발휘해 그 성당으로 가는 모습을 그려보았다 ─ 계단을 올라 화려한 교회 건물로 들어가는 모습이 허공중에 떠올랐다. 역설적인 의미에서, 그리고 미술사적인 의미에서, 그 교회가 어수룩하기만 한 기독교인인 그녀보다 오히려 자신에게 더 가까운 듯 느껴졌다. "아니면, 물론 나와 함께 가줄 수도 있겠죠…… 응?" 그녀가 차마 닉의 이름을 부르지 못하고 약간 수줍게 제안했다.

"그러면 저야 영광이죠." 닉이 얼른 대답했다. 조금 전 놓쳤던 기회, 친절하게 굴어서 호감을 살 기회를 재빨리 포착한 것이다.

"함께 가서 그걸 보기로 해요." 찰스 부인이 말했다.

"아주 좋습니다!" 이렇게 대답하며 닉은 리오의 눈꼬리에서 얼핏 비웃음의 기미를 포착했다.

찰스 부인이 고개를 한쪽으로 젖히며 말했다. "아시겠지만, 항상 뭔가 기발한 구석이 있어요. 옛날 그림들 말예요. 그렇지 않아요?"

"종종 그렇죠." 닉이 동의했다.

"그럼 이제 학생도 이 그림의 기발한 면에 대해서 알겠지요……." 그녀는 쉬운 것 같으면서도 어려운 문제의 답을 쥔 사람이 지을 만한 너그럽고도 교활한 표정으로 그를 보았다.

성모마리아가 동방박사의 선물을 담은 궤짝 옆에 무릎을 꿇고 방의 뒷벽에 드리워진 아들의 그림자에서 십자가의 전조를 바라보는 이 그림에서 닉이 보기에 그 기발한 면이란 그녀의 얼굴이 완벽히 가려져 있다는 점, 따라서 헨리 제임스라면 이 작품의 내적 중심이라 불렀을 부분이 사실상 공허하다는 사실이었다. 그리고 그건 분명히 가톨릭의 교리에 반하는 태도였다. 그가 말했다. "글쎄요, 세부 묘사가 훌륭하고, 저 톱밥은 거의 진짜 같고, 모든 면으로 묘사가 아주 정확하고……."

"아니, 아니……." 찰스 부인이 다정하지만 비웃듯이 말했다. "보세요, 주님이 저기 서 있는 모습, 십자가에 못 박힌 모습과 똑같은 그림자를 벽에 드리우고 있잖아요!"

"아, 그렇군요." 닉이 말했다. "정말 그러네요. 저건 사실……."

"그리고 물론 그 모든 것은 주님과 그분의 부활이 고대로부터 성경에 예언되어 있었다는 사실을 보여주고요."

닉이 말했다. "물론 증명하지는 않을지언정 그런 견해를 예시하고 있는 건 사실이죠." 온화하고 사려 깊은 어조였지만, 아마 그런 어조가 어울리지 않는 상황이었던 모양이다. 리오가 그에게 눈살을 찌푸리며 어머니의 주의를 돌리려 한마디 던졌다.

"맞아, 그분이 하품하는 모습을 잘 그린 게 마음에 들어요." 그런 뒤 그는 팔을 올리고 머리를 뒤로 젖히며 그림 속 주님과 꼭 같은 자세로 하품을 했는데, 왼손에 아이스크림이 묻은 디저트 숟가락을 쥔 것만 달랐다. 관찰력 좋은 어린애들이 때때로 보여주는 과장되고 우스꽝스러운 행동이었다. 로즈메리는 오만하고 제멋대로인 오빠의 모습에 놀라움을 누른 채 비웃으며 다음 장면을 기대하는 착한 여동생의 태도로 그를 바라보았지만 결국 이렇게 말하고 말았다.

"음, 오빠가 저럴 때는 정말 몸서리가 쳐져."

리오가 쯧쯧 혀를 차고 미소를 짓자 그의 그림자가 방의 어두워진 저녁빛 속에서 의자 위 벽을 가로질러 길어지면서 움찔움찔 흔들렸다.

저녁식사가 끝나자 리오는 자전거를 점검했고 곧 그들은 거리로 나섰다. 닉은 긴장이 풀렸지만 부끄럽기도 했다―리오가 마치 끈에 묶인 활달한 개라도 되는 양 자신은 말을 끝내기도 전에 끌려나갈 수밖에 없다고 농담을 던졌기 때문이다. 하지만 찰스 부인은 괘념치 않는 듯했다. "아, 그래, 이제 가봐요." 그녀 자신도 긴장이 좀 풀린 것 같았다. 혹은 리오 곁에 붙어 말없이 서둘러 나올 때 닉이 느낀 안도감을 감지하고 순간적으로 서글펐지만 다시 마음을 강하게 먹은 건지도 모르고. 거의 무시하는 듯한 어조였던 걸로 봐서 어쩌면 그가 가식적으로 행동한다고 생각했는지도 모를 일이다. 글쎄, 어떤 면에서는 자못 정중하게 말한 것일 수도 있지만……. 이런 걱정들이 그의 마음속에서 무겁게 타올랐다. 자신이 잘난 체한다고 생각했을지도 모른다는 생각에 그는 찰스 부인에게 억울한 마음이 들기 시작했다.

리오는 목적지를 정해놓기라도 한 것처럼 빠른 걸음으로 걸어갔지만 아무 말도 하지 않았다. 그가 부루퉁한 건지, 화가 난 건지, 창피한 건지, 분개한 건지, 닉으로선 알 수가 없었다. 하지만 이 모든 감정이 아주 빨리 생겨 몰려왔다 흐지부지되어 모습을 바꾼다는 것, 그의 기분을 멋대로 짐작하고 잘못 말을 꺼내는 모험을 하기보다는 그냥 저절로 정리가 되도록 놔두는 게 더 현명하다는 것은 알고 있었다. 현명하게 행동하려는 닉의 노력은 리오가 난처하게 굴거나 거리를 둘 때 작은 안식처가 되어주었다. 그는 해 진 뒤 찬 공기와 지붕들 위에 머뭇거리던 먹구름의 끝자락, 그 위 차가운 코발트빛 하늘에 희미하지만 깊이 스며 있는 가을이라는 존재를 흡수했다. 그들이 사귄 사주 동안 이 저녁 산책은 두 사람 옆에서 혹은 그들 사이에서 덜컹거리는 자전거 소리와 함께 짙어져가는 로맨스의 색채를 띠고 있었다. 침묵 자체가 일종의 비판일까 싶어 염려하던 그는 마침내 길의 끝에 이르자 리오를 급히 거칠게 당겨 안고 말했다. "으음, 고마워, 달링."

리오가 부드럽게 콧소리를 냈다. "뭐가 고맙다는 거야?"

"그냥, 나를 집에 데리고 가줘서. 나를 가족에게 소개해줘서. 내게는 무척 뜻깊은 일이야." 이렇게 선언함으로써 그는 말하기 전까지는 확실하게 느끼지 못하던 감정을 풀어놓았다는 사실을 깨달았다. 무척 감동적인 일이었다.

"그래, 이제 우리 가족에 대해서 알게 됐지." 리오가 멈춰서서 자신의 어머니처럼 실눈을 뜬 채 멀리 큰길 건너편을 뚫어지게 바라보았다. 신호가 바뀌자 저녁의 차량 행렬이 속도를 내어 그들을 향해 언덕길을 내려왔고, 곧 그들을 지나쳐간 뒤에는 다시 뜸해져 기다림의 빈 공간만이 남았다.

"굉장한 분들이던데." 닉은 그저 선의로 그렇게 말했을 뿐인데 ─ 그 굉장하다는 말이 밑줄까지 그어진 채 불빛을 받으며 침묵 한가운데 거꾸로 선 쉼표처럼 둥둥 떠 있는 느낌이었다. 켄징턴 파크 가든스에서 좋은 취향을 지닌 사람의 말투로 퍼붓는 과찬 비슷하게. 리오는 그 말을 터무니없는 것으로 받아들인 듯 계속 눈을 깜박이다가 건조한 웃음을 지으며 말했다.

"네가 그렇다면…… 달링." 닉이 그토록 간절히 원하던 그 달링이라는 단어에서 미심쩍은 아이러니의 강한 울림이 느껴졌다.

그날밤 닉은 원대하고도 대담한 계획을 품었지만 지금으로선 리오에게 주도권이 넘어가 있었다. 그들은 노팅힐로 되돌아가서 게이트에서 7시 15분에 시작하는 「스카페이스」를 볼 참이었다 — 최근 개봉한 그 영화에 대해서 리오는 170분이나 되는 상영시간을 포함해 모르는 것이 없었다. 170분이란 닉에게는 체온과 접촉과 흥분이 만들어내는 어둑한 덩어리가 170분이나 계속된다는 사실을 의미했다. 그들은 세시간 동안이나 따스한 어둠속에서 몸을 밀착시킬 것이었다. 리오는 알 파치노가 얼마나 대단한 배우인가를 거의 애정을 담아 말했는데, 솔직히 닉은 그렇게까지 할 수는 없었다. 그에게 파치노는 그런 식의 우상이 아니었다. 아마도 리오는 그의 인터뷰가 실린 『타임아웃』 최신호를 읽었으리라. 리오의 영화에 대한 견해가 그 잡지에 실린 약식 비평과 비슷해서, 닉이 보기엔 거기서 따왔을 가능성이 높았다. 아무튼 영화는 리오의 영역, 닉이 권위를 가진 다른 영역에 맞서 진지하게 제기하는 영역이었고, 그가 애초에 자신의 관심 영역이라고 광고했던 것 중의 하나였다. 그래서 닉은 그의 말에 맞장구를 쳤다. "맞아, 그는 천재야." 그것은 자신과 리오를 함께 흥분시킬 수 있는 단어였다. 그들은 그런 생각을 머릿속에 품은 채 버스 정류장에 섰다.

버스가 도착하자 닉은 뛰어올라탄 뒤 자리에 앉아 고개를 돌려 리오를 보았다. 리오는 자전거를 가지고 한참 꾸무럭거리더니 그 위에 올라탔고, 가로등이 켜진 밤거리 속으로 일초 일초 멀어져갔다. 그러다가 버스가 다음 정류장에 멈추자 자전거가 거의 떠오르는 듯한 모습으로 나타났고, 리오는 앞으로 숙였던 몸을 일으켜 버스 안을 들여다보며 닉을 찾았다. 잠시 허공을 달리는가 싶더니 그는 눈을 찡긋하고 몸을 숙인 다음 딸각 소리와 함께 기어를 변환해 미끄러지듯 스쳐갔다. 그가 윙크를 보내자 닉은 기쁜 마음에 손을 들며 미소를 지었는데, 이 모습이 불빛 환한 버스라는 공적인 분위기 속에서 막연한 의혹을 품고 그를 바라보던 맞은편 사람들의 눈길에 사로잡혔다.

버스는 마침내 해로 로드를 지나 래드브룩 그로브의 긴 내리막 길을 달리기 시작했다. 그는 앞에서 쌩쌩 내달리는 리오를 그려보았고, 그러다가 밤거리를 달리는 차들의 번쩍이는 빛과 그림자 속에서 그의 모습을 놓치기도 했다. 지금은 어디 있지? 아직 그 길의 낯선 구간, 운하와 위원회 건물 등이 있는 높은 쪽에서 그는 반대쪽 끝, 자신의 목적지, 흰 회반죽 세공과 개인 정원이 주는 안정감과 초연함을 그리워하고 있었다. 리오는 사람들이 빈둥거리며 소리를 질러대는 시끄러운 다리 아래 지하철역과 시장을 지나 인파가 몰리는 중간 지대를 통과하며 무슨 생각을 하고 있을까……. 이어서 그 거리 이름에서 연상되는 과수원이나 덤불을 생생하게 암시하며 우뚝 선 그로브 호텔이 모습이 드러내기 직전, 언덕hill을 문자 그대로 사회적 은유로 이용한 거북한 상류층 거주지가 이어졌다. 그는 어리석게도 리오가 그런 장면들에 예민하리라고는 생각지 않았다 ― 닉에게는 고통스러운 시적 비유 같은 존재였지만 리오 자신은 시적인 사람이 아니었고, 닉의 미학적 칭찬이나 망설임에 다소 바보 같은 면이 있다고, 심지어는 약간 징그럽다고 생각하는 기색이 역력했다. 때때로 닉은 리오가 강렬한 감정을 느끼지 않는다고 오해하곤 했는데, 그런 뒤에는 자신의 감정을 믿지 않는다고 분노하는 리오를, 그의 사랑과 욕구를 보면서 숨이 가쁘고 겁이 날 만큼 충격을 받기도 했다. 그는 이 식사와 방문을 다시 떠올리고 물론 그것이 리오에게도 굉장히 뜻깊은 사건이었다는 사실을, 그렇지만 모든 것이 비밀 때문에 억눌리고 부정될 수밖에 없었다는 사실을 깨달았다. 만일 그가 여자였다면 그 만남은 일종의 의식이 되었을 것이고, 리오의 어머니는 마침내 자유롭게 제단에 바칠 꿈을 꿀 수 있었으리라. 닉에게 방문이라는 이 특별한 사건은 리오를 향한 사랑의 문제였고, 그는 찰스 부인이 예수님에 대한 사랑에 집착하는 만큼이나 그 사랑에 집착하고 있었다. 하지만 그녀의 경우 자신의 집착을 표현할 자유를 누리고 그렇게 해야 할 의무도 받아들인 반면, 닉의 집착은 낯부끄러움과 비밀스러운 눈짓 속에서만 타오를 수밖에 없었다. 그녀가 그를 완벽하게 능가하는 것이다.

영화관에 도착해보니 리오는 줄의 앞쪽에 서 있었다. "왔네." 그가 뒷사람들을 돌아다보며 고개를 끄덕였다. "이렇다니까. 오늘이 개봉일이잖아." 아주 지겹다는 듯, 개봉일이라서 자신이 순교라도 했다는 듯이 그가 말했다. 매표소 창구에 다다라서야 그들은 영화가 거의 매진이라 두 사람이 나란히 앉을 수 없다는 사실을 알게 되었다. 닉은 어깨를 으쓱하고 뒤에 선 커플 쪽을 향해 돌아섰다. "아, 저런……" 그 커플은 앞에서 무슨 소리를 하는지 잔뜩 귀를 기울이고 있었다. "주말에 오지, 뭐."

하지만 리오가 말했다. "예, 주세요─ 맙소사, 드디어 여기에 오다니." 그러고는 그에게 염려를 담은 다정한 눈길을 보내는 것이었다.

닉은 조용히 말했다. "내 생각엔 그냥, 우리가 함께 앉을 수 없으니까……" 닉이 매우 폭력적인 세시간짜리 갱스터 영화를 보는 유일한 이유라고는 리오의 묵직한 무게와 따스한 몸을 옆에 느끼며 지퍼 열린 자신의 바지 속으로 그의 손을 느낄 수 있다는 기대뿐이었다. 그들은 이미 「럼블 피시」를 보면서 맷 딜런의 꿈같은 지원 아래, 그리고 페데리꼬 펠리니의 「그리고 배는 계속 항해한다」를 볼 때도 조심조심 환상적으로 천천히 서로의 몸을 탐한 경험이 있었다. 펠리니의 영화는 닉이 고른 구제불능의 영화로 오르가슴의 배경으로는 다소 기묘했다. 그외에 그들이 사랑을 나눈 장소는 공원이나 공중화장실이었고, 한번은 피트의 가게 뒤쪽에서도 해보았다. 리오가 피트의 가게 뒷방 열쇠를 가지고 있어서 가능했는데, 영화관에서 손으로 하는 것보다 훨씬 더 은밀한 느낌이었다. 영화관에서는 애무하고 더듬는 행복한 사람들이 만들어온 긴 공통의 역사를 공유한다는 느낌이 들었고, 닉은 그 점이 좋았다.

그러나 이제 그는 다시 혼자였다. 뒷줄 중간의 '더 나은' 자리를 받아들인 그는 아주 절실하게, 자신이 혼자임을 느꼈다. 이미 광고가 시작되어 그 빛이 간간이 객석을 밝히는 사이사이, 그는 더듬거리며 자리를 찾아가느라 사람들의 시야를 가로막으며 몸을 숙이고 사과하는, 다정하게 끌어안은 커플 세계의 어색한 침입자 신세가 되었다. 간신히 자리를 찾아 앉았지만 그 공간조차 연인들의 코트와 백과 비스듬히 걸친 팔다리들로 반쯤 침범당한 듯했다. 170분은 오래전 잘못을 저질러 방과 후 학교에 남게 된 시간처럼, 중요한 시험처럼 그의 앞에 펼쳐졌다. 실은 전혀 보고 싶지 않았던 영화처럼 그 시간은 한없이 늘어났고, 그는 한순간 스스로 어른답지 못하다는 사실에 충격을 받아 눈물이 솟구칠 지경이었다. 일어나서 집에 갔다가 끝날 때쯤 돌아올 수도 있지 않을까. 그렇지만 리오가 뭐라고 할지 겁이 났다. 그러기에는 너무 중대한 사안이었다. 바까르디 광고가 나온 뒤 열대의 바다와 흰모래의 광휘가 영화관을 밝혔다. 그는 관람석 왼쪽 앞으로 리오를 찾아보려 했지만 불가능했다. 하지만 곧 리오 머리의 각진 실루엣을 포착했고, 잠시 반사된 빛이 어른거리면서 묘하게 멀리 느껴지는, 영화에 몰두한 그의 옆모습을 보았다. 아니나 다를까, 야자수와 파도타기 장면은 찰스 부인의 벽화와 다를 바 없었다. 이어 무척이나 잘생긴 이성애자들이 그 장면을 가로지르며 뛰놀고 떠들어댔다.

평론가들은 이미 「스카페이스」가 오페라적인 영화라고 묘사한 바 있는데, 그 표현은 아마 그 라틴적인, 시끄럽고 요란한 면모를 묘사하는 그들 나름의 방식이었는지도 모르겠다. 배경인 마이애미가 너무나 폭력적이고 풍요로우며 화려하고 천박해서 닉은 자신도 모르게 사람들이 그런 곳에서 어떻게 살아남을까 걱정하고 있었다. 불만을 품어서 그랬는지 닉은 계속해서 영화 자체에서 떠나 편집증적인 의문과 반박 사이를 떠돌아다녔다. 그는 어머니처럼 반응하는 스스로를 발견했다. 어머니에게 섹스 장면이나 욕설이 나오는 텔레비전 속 영화는 거의 적대적인 대상이었고, 일단 그런 장면이 나오면 그녀는 열렬한 불신의 시선으로 그것을 관람했다. 「스카페이스」는 전적으로 코카인에 대한 이야기였는데, 닉은 그 내용을 보며 놀라지 않을 수 없었다. 그는 토비가 호크스우드에서 와니우라디와 코카인을 했던 장면을 생생하게 기억하고 있었다. 영화는 그에게 더없이 불쾌한 기분을 확인시켜주었다. 영화 어디에도 토비가 이야기했던 달콤한 쾌락의 암시는 없었다. 그 마약은 돈이자 권력이자 중독이었고 — 영화 속의 젊은 금발 여배우는 그것을 다량으로 흡입하고도 아무런 즐거움도 느끼지 못했다.

왼편에 앉은 커플이 서서히 포옹의 강도를 높이며 자세를 낮추었다. 스커트가 워낙 짧아 훤히 드러난 허벅지 위에 손이 놓여 있었다 — 손이 움직이는 모습에 시선이 닿자 그는 움찔하며 죄의식 속에서 시선을 돌렸다. 문득 영화관이 하나의 방 같다는 특별한 느낌이 다가왔다 — 오래된 극장이 먼지 낀 회백색 몰딩으로 둘린 길고 좁은 공간이라는 느낌. 관람객의 망각에 빠져드는 대신 그는 어떤 불길한 예감을 느꼈다. 화면이 밝아질 때 그의 눈은 어두운 머리들의 열을 넘어 그리운 상대를 찾아 헤맸다. 그러나 리오는 체구가 작았고 자신도 마찬가지여서 그를 똑똑히 볼 기회는 다시 오지 않았다. 리오가 고른 영화였으니 그는 그걸 즐기고, 받아들이고, 영화의 진행에 따라 그 강도의 새로운 기준에 적응하고 있을 터였다. 충격적인 영화는 재빨리 그 문턱을 낮추어 사람들이 그것을 충격으로 느끼지 않게 만들지 않는가. 만일 리오와 함께 앉아 있었다면 닉 자신도 다른 사람들과 마찬가지로 충격과 피 흘리는 장면에서 킬킬거리고 신음소리를 냈을지도 모른다는 생각이 들었다. 하지만 지금은 그들이 서로의 존재를 알기 전 바로 이 극장에서 가끔 그랬을 것처럼 어둠속에 서로 떨어져 앉아 있었다. 아마도 불합리한 상황이겠지만, 영화의 노골적인 비현실성이 다른 모든 것을 비현실적으로 만드는 듯했다. 리오와 그의 연애는 너무나 이상하고 새롭고 인정받을 수 없는 것이었고, 그렇기 때문에 투박하지만 통찰력 있는 회의의 대상이 되었다. 그가 일년 전 반쯤은 조바심에 차 발을 끌며 출구의 줄 속에 서 있었다면 거기 있는 리오를 알아보았을까, 혹은 그날 본 그의 이미지를 집으로 가져와 밤새도록 그와 함께 누워 시간을 보냈을까 궁금했다. 글쎄, 아마 아니었겠지. 리오가 좋아하는 일 중의 하나가 영화의 마지막 자막이 올라갈 때까지, 렌즈와 보험회사와 아마도 알 수 없는 수수께끼이자 해결책이었을 어느 도시의 시장과 경찰서에 대한 감사의 말까지 전부 끝날 때까지 앉아 있는 거니까.

그리고 리오는 실제로 그 모든 것이 다 끝난 다음에야, 눈을 깜박이고 고개를 끄덕이며 입구에 나타나서 닉의 얼굴에 드러난 고통에 대해 다정한 궁금증을 나타냈다. "좋아, 베이비." 그가 낮은 소리로 말하며 닉의 팔꿈치 윗부분을 잡아끌었다. "코카인 흡입이란 바로 저런 거지." 그가 말을 이었다. 영화 마지막에 파치노가 커다란 비닐봉지를 찢어 책상 위에 코카인을 쏟은 다음 그 속에 코를 박는 장면, 자기 권력의 도구였던 그것 앞에서 마침내 노예가 되는 장면을 언급한 것이었다. 닉은 그 장면이 너무 터무니없어 보였다. "그래, 재미있었어?"

닉은 웅얼거리며 나쁜 소식을 전하는 불길한 사람처럼 목청을 가다듬었다. "그저 그랬어." 그러고는 리오를 향해 희미하게 미소 지었다.

"상당히 코믹했지." 리오가 말했다. "결말은 터무니없었고."

"그래…… 그랬지." 닉은 마지막 피투성이 장면을 떠올리며 약간 망설이다가 단호하게 동의를 표했다. 자주 그렇듯이 그는 상대방에게는 그다지 중요하지 않은 예술적 의견 차이가 자신에게는 중요한 어떤 것을 말로 하는 것 이상으로 전달해준다고 느끼고 있었다.

그러나 리오는 말했다. "에이, 미안해, 베이비. 아주 형편없는 영화였어. 더구나 키스도 못하고 껴안지도 못했잖아."

"그러게 말이야." 닉은 어떻게든 지난 세시간의 후회를 덮어 흩어버리려는 듯 짓궂은 태도로 말했다 ─그렇게 안도감 속에서 그는 자신이 가는 방향도 의식하지 못한 채 영화관의 잠긴 유리문 중

하나를 잡고 흔들었다.

리오가 밖으로 나가 자전거를 세워둔 골목으로 향했다. 차가 들어오지 못하도록 막아놓은 곳이었다. 닉이 뒤따라가자 그는 닉의 목에 팔을 두르고 이마에 얌전하지만 다정하게 키스하며 반겨주었다. 그런 뒤 살짝 얼굴을 찌푸리고는 미소를 지으며 장난스럽게 비난 섞인 눈초리로 계속 그를 바라보았다.

"니컬러스 게스트."

"응……." 닉은 얼굴을 붉히면서도 순종하듯 리오의 시선을 받아들였다.

"너는 걱정이 너무 많아. 알고 있어?"

"알고 있지만……."

"그래? 리오 아저씨를 믿는 거 아니었어?"

"물론 믿지." 닉은 그보다 훨씬 간단한 질문에 대한 대답인 듯 조용히 대꾸했다.

"그럼 그렇게 걱정 많이 하지 마. 날 위해서 그렇게 해줄 수 있어?" 런던내기다운 무척 부드러운 어조였다.

"그래." 닉이 여전히 불안이 가시지 않은 듯 좌우로 시선을 던지며 대답했다. 리오가 자신을 벽에 밀어붙이는 모습이 연인처럼 보이기도 했지만 강도같이 보일 수도 있었기 때문이다 ─ 사람들이 오해할까봐 걱정이 되었다. 이미 안정을 찾은 뒤라, 이 짧은 대화 때문에 오히려 불만이 솟구치는 기분이었다.

"절대 잊으면 안돼."

"안 잊어." 닉이 웅얼대자 리오가 뒤로 물러섰다. 닉은 자신이 잊어서는 안되는 게 무엇인지 확신할 수 없었다. 문장 구조에 촉각을 곤두세우던 그는 이 짤막한 안도의 교리문답 같은 대화의 전반적인 흐름을 파악하고 미소를 지었다. 무엇이 문제인지 리오가 즉시 알아봤다는 게 진짜 좋았다. 아저씨인 척하는 태도가 썩 마음에 들지는 않았어도 말이다. 리오가 가슴이 마구 뛰는 것을 감춘 채 썩 자신감 있게 자기 계획을 설명하고 있다는 걸 그는 알 수 있었다.

"집에 아무도 없는 게 맞아?"

"맞아. 확실해. 캐서린은 있을지도 모르지만."

"캐서린, 아, 여동생 말이지?" 그러고서 리오가 눈을 찡긋했다.

문의 붙박이 자물쇠에 맞는 묵직하고 끝이 날카로운 열쇠는 이미 닉의 바지 주머니에 구멍을 내놓았고, 이젠 열쇠뭉치 전체가 너덜거리는 줄과 꼬인 채 허벅지 윗부분에서 부딪치며 흔들렸다. 그가 그것을 잡아당기자 새로 주조된 파운드화 동전 몇개가 다리를 따라 굴러내려가 타일이 깔린 입구 바닥으로 떨어졌다. 리오가 그것들 위로 껑충 뛰었다. "그래, 다 버려." 그가 말했다.

늘 복도를 밝히며 보초를 서는 불빛이 오늘따라 어쩐지 으스스한 느낌을 주었다. 닉은 문을 잠그고 들어가서 열쇠들을 다시 주머니에 넣었는데, 이번에는 두발짝 더 내디디자마자 열쇠들이 다리를 타고 내려가 체크무늬 대리석 바닥으로 떨어졌다. 복도의 거울을 들여다보던 리오는 눈썹만 치올릴 뿐 아무 말도 하지 않았다. 복도의 가늘고 긴 탁자에는 여분의 차 열쇠와 오페라글라스, 제럴드의 회색 중절모 하나, 제럴드 페든 의원 부부께 '인편'으로 전달되어온 편지봉투가 놓여 있었는데 — 다 함께 거울에 비쳐 무심한 정물화를 이루고 있는 그것들이 닉에게는 문득 경이롭고도 당황스러운 것으로 여겨졌다. 그는 잠시 가만히 선 채 귀를 기울였다. 계단참에 매달린 놋쇠 등의 빛줄기가 식당 문턱 안쪽으로 가파른 그림자를 던져 19세기 케슬러 집안 구성원의 검은 새틴옷을 입은 상체만이 밝게 드러나 있었다. 의원 부부께서는 지역구와 관련된 일로 바윅에서 그날밤을 함께 보낼 예정이었다. 닉은 이 사실을 스스로에게 확인하면서도, 한편으론 마침 그들이 대화를 나누며 들어온다면 리오를 어떻게 설명할 것인지 문장을 다듬어보았다. 리오와 자신이 조용하지만 도전적으로 그 집과 그 안에 있는 것들, 대리석 계단과 계단을 따라 무심히 올라가 그늘로 사라지는 처마끼까지 모든 것을 소유한 기분이었다. 그는 리오의 뺨에 살짝 입맞춘 뒤 그를 부엌으로 잡아끌었다. 그곳에서는 희미한 빛이 생명을 찾아 더듬대며 반짝이고 있었다. "위스키 어때?"

그러자 리오가 처음으로 입을 뗐다. "난 상관없어! 그래, 좋겠네. 고마워, 닉." 그는 부엌 내부의 면면에 별다른 관심이 없는 듯 그곳을 어슬렁대다가 멈춰서서 사진으로 채워진 벽을 자세히 들여다보았다. 『태틀러』에 실린 토비의 스물한살 생일파티 때 사진 중 하나를 구입해 확대해서 액자에 끼워놓은 것이 거기 걸려 있었다. 활짝 웃는 가족들 모습이 담겨 있고, 내무장관이 불청객이 된 스스로를 의식하는 듯한 모양새로 끼어 있었다. 그들 바로 위에서는 학생 시절의 연미복을 입은 제럴드가 옥스퍼드 유니언에서 해럴드 맥밀런과 악수를 나누고 있었다. 여전히 아무 논평도 없었지만, 닉은 차가운 술잔을 건네며 리오의 눈과 아주 희미한 미소를 통해 그가 주변에 주의를 기울이며 정보를 흡수해 갈무리하고 있다는 사실을 알 수 있었다. 아마도 그는 이 모든 보수성과 돈이 대변하는 공격성의 정도를 따져보고 있을 터였다. 닉은 그 가족의 친구이자 열쇠를 가진 사람으로서 자신이 누리는 영예가 무척 불확실하다는 사실을 실감했다. "위층으로 가자." 그가 말했다.

한번에 두 계단씩 아주 급하게 올라가다가 닉이 계단참에서 돌아보니, 리오는 그가 서두르는 것과 꼭 같은 이유로 느릿느릿 올라오고 있었다. 그는 응접실로 들어가서 협탁과 그림들 위에 있는 전등 스위치를 눌렀고 — 그리하여 리오는 방으로 어슬렁 들어서는 순간 닉이 이년 전 처음 보았던 것과 같은 방, 그 모든 그림자와 반사와 금박의 반짝임을 보게 되었다. 닉은 이 순간이 환희의 순간이기를 간절히 바라며 벽난로 앞에 서 있었는데, 문득 리오의 얼굴에 비치는 억제된 호기심이 무언가를 암시하는 걸 느꼈다.

"이런 데는 익숙지 않아서." 리오가 말했다.

"아……."

"위스키는 안 마시거든."

"아, 아니, 그러니까……."

"내가 위스키를 마시고 어떻게 될지 누가 알아? 위험한 존재가 될 수도 있잖아."

닉은 긴장해서 미소를 지으며 말했다. "위협이야, 약속이야?" 그는 손을 내밀어 리오의 엉덩이를 만졌다 — 그의 손이 그 자리에 일이초 정도 머물렀다. 보통의 경우였다면, 게다가 단둘이라면 벌써 서로를 세차게 안고 애무를 시작했을 것이다. 물론 더러는 리오가 닉의 조급함을 재미있어하기도 했고, "겁먹지 마, 베이비! 나 어디 안 가! 난 네 거라고!" 하고 말하기도 했지만. 리오는 안경을 벽난로 위 선반에 놓고 과르디의 「싼조르조 마조레의 까쁘리초」를 바라보았다. 「죽음의 그림자」를 본 뒤에 이 그림을 보니 다소 무의미하게 느껴지는 게 사실이었다. 레이철이 손님들에게 이 그림의 탁월함에 대해 장광설을 늘어놓는 장면은 상상하기 힘들었다. 그림 아래로는 겹쳐 세워진 초대장들이 사교계의 문장을 만들며 길게 소용돌이치고 있었다. 제프리 부부―핵섬 백작부인―레이디 카버리가 '인편'으로―마이클과 진―국무장관…… 그리고 놀라울 정도로 두꺼운, 모서리를 둥글린 카드들이 이어졌고, 체임벌린 경이 여왕 폐하의 위임을 받아……. 그것들은 거기 언급된 행사가 끝나고도 오랫동안 그곳에 놓인 채 닉에게도 계속해서 우쭐한 기분을 느끼게 해주었다. 그러나 곧 그는 이런 즐거움이 스스로를 과시하는 제럴드의 습관에 자신 역시 기꺼이 동참했음을 의미한다는 사실을 깨달았다. 그 초대장들이 거기 없다는 듯 그가 아무렇지도 않게 돌아서자 리오가 놀리듯 혀를 차며 말했다.

"맙소사, 속물들."

닉은 웃었다. "진짜 속물들은 아니야." 그가 말했다. "글쎄, 제럴드는 좀 그렇긴 하지만. 그들은……." 결혼이라는 난해한 협약 속에서 누가 무엇을 허용하는지는 설명하기도, 알기도 어려운 일이었다. 그 둘은 서로의 알리바이였다. 그리고 닉은 리오가 속물이라는 단어를 대충 사용한다는 것을 알 수 있었다. 부자들, 좋은 집에 사는 유명인사들이라는 뜻으로. 문득, 켄징턴파크 가든스에 와서 침대에서 사랑을 나누는 이 모든 일을 리오는 정교하게 짠 결정적인 거절로 받아들일지도 모른다는 생각이 들었다. 닉은 리오가 술을 천천히 몇모금 더 마신 뒤 앞 창문을 향해 느릿느릿 걸어가는 모습을 지켜보았다. 그는 십오분 전의 충고를 따르기로, 리오 아저씨를 신뢰하기로 했다. 오락을 즐길 수 있게끔 상당히 커다랗게 설계된 방에서 마치 한순간 육중한 문이 열린 듯, 시계의 재깍거리는 소리와 침묵의 거품 대신 수많은 대화와 웃음이 터지는 소리, 한목소리로 울리는 사교계의 함성이 들리는 듯했다.

"이거 되게 좋아 보이네." 리오가 호두나무로 된 서랍장을 가리키며 말했다. "그리고 저거 저 푸른색이 칠해진 건, 내가 틀린 게 아니라면 쎄브르산磁 같은데."

"맞아, 그럴 거야." 공통 관심사에 이렇게 동의한 것이 결정적인 계기가 되어 그 방으로 피트를 불러들이는 걸 깨달으며 닉이 대답했다. 피트라면 이런 어색한 순간을 잘 넘길 수 있는 현명한 게이의 대답을 할 수 있었을 텐데.

"아니, 정말로 아주 좋은 물건들이 좀 있어." 리오가 정색을 하고 꽤 진지하게, 그리고 아마도 약간은 부끄러운 듯 말했다. 그는 돌아서며 고개를 끄덕였다. "너 성공했다."

"달링, 이 중에 내 것은 하나도 없어……."

"알아, 알고 있다고." 리오가 피아노 앞에 앉아 잠시 생각에 잠기더니 뚜껑 위에 놓인 책에 자신의 술잔을 내려놓았다. "자, 이건 뭐지? 모차르트, 그렇군. 나쁘지 않아." 스탠드에 놓인 악보의 겉장을 확인하고, 하지만 언제나 펼쳐져 있는 안단떼 면으로 다시 돌려놓으며 말했다. "그래, 이건 조성이 어떻게 되지?" 마치 골프를 칠 때처럼 조성에 따라 특별한 전략이 필요하다는 듯이. "F장조네……."

"오래돼서 피아노 상태가 안 좋아." 닉이 말했다. 만일 리오가 피아노를 친다면, 특히나 형편없이 친다면, 집에 숨어 있던 악령들이 깨어나 하품을 하며 항의할 수도 있으리라는 생각이 들었다.

"아, 괜찮아." 리오가 겸손하게 웅얼댔다. 그러더니 악보를 보느라 얼굴을 약간 찡그린 채 피아노를 치기 시작했다. 쾨헬 533번의 저 위대한 2악장이었다. 절제되고 탐색적이며 바흐 같기도 한 그 부분. 리오와의 만남을 포기해야 했던 그날밤, 닉은 그 악보를 발견하고 연주해보려다가 캐서린이 불평을 해서 사과하고는 발도르프 악보로 대충 넘어갔다. 가장 하고 싶은 일을 했다는 이유로 사과를 하고 자신의 연주가 고약하고 따분하며 '속되고 위험했음'을 인정하는 일 — 최악이었다. 그리고 악보는 그런 사실을 아는 듯했다. 저항하기 힘든 희망의 곡선과 그 공허한 역쁜에 대해서 알고 있는 것 같았다. 리오는 그 곡을 꽤나 안정적으로 연주했고, 닉은 뒤에 선 채 잘못된 음정을 눌렀다가 재빨리 바로잡는 과정과 긴장 가득한 망설임, 즉석연주가 주는 고문이면서 모든 것을 정확하고 훌륭하게 연주하면 그만큼 만족감도 더 커지는 이 과정을 통해 음악이 계속되도록 응원했다. 갑자기 엉뚱한 음이 눌리자 리오는 딱하다는 듯 외치며 아무 코드나 마구 두들기고는 잔을 향해 손을 뻗었다. "연주하기에는 술을 너무 마셨나봐." 그가 농담만은 아닌 듯 말했다.

닉은 킬킬거리며 웃었다. "잘 치네. 나는 그 곡 못 치는데. 피아노를 치는 줄은 몰랐어." 그는 무척 큰 인상을 받았고, 마치 자신이 당연하게 여겼던 잘못된 가정을 스스로에게 들킨 것처럼 주눅이 들었다. 청바지와 운동복 윗도리에 야구화를 신은 리오가 낭랑하게 울리는 오래된 뵈젠도르퍼 피아노에서 모차르트를 끌어내는 모습은 그에게 새로운 관점을 열어주었다. 그리고 그 연주 덕분에 리오는 긴장이 풀린 듯했다. 그는 마치 재치 있는 농담, 뜸을 들이고 가다듬어서 더욱 빛나는 농담을 던지고는 문득 자신이 그런대로 이 만남을 즐기고 있다는 사실을 발견한 수줍은 손님 같았다. 닉은 뒤에서 리오를 붙잡아 그의 뺨에 입술을 꾹 눌렀다.

리오가 킬킬댔다. "알았어, 베이비……."

닉은 그를 꼭 껴안고 흔들며 그에게서 느껴지는 단단한 근육의 열기에 들떠 말했다. "사랑해." 리오가 자유로운 오른손을 들어 닉의 팔을 잡았다. 그리고 잠시 뒤에 입을 열었다.

"저 그림 정말 끔찍하군."

노먼 켄트가 그린 열여섯살 토비의 초상화였다. 어설픈 피아니스트의 눈길이 — 리스트의 위압적인 흉상 너머로 — 그 이미지에 가닿아 머물렀다. 리오가 피아노를 치는 동안 그 그림은 닉의 생각에 창백한 빛을 드리우고 있었다.

"알아, 불쌍한 토비."

"꽤 섹시한 친구인데 말이야, 내가 보기엔."

"아, 그럼."

"옥스퍼드에 다닐 때 그 친구랑 한 적이 있는지 내게 한번도 말해주지 않았지."

닉은 자신이 리오와 덤불 속에서 엉겼던 그날까지 한번도 누구와 '한' 적이 없다는 사실을 아직 리오에게 솔직히 얘기하지 않았다. "아니, 아니야. 그 친구는 완전 이성애자야."

"그래?" 리오가 미심쩍은 듯 대꾸했다. "해봤으면 됐을 텐데."

"아닐걸." 닉은 계속해서 리오의 어깨에 손을 올린 채 뒤로 물러서서 블레이저코트를 입은 창백한 소년의 초상화를 바라보며 미소 지었다. 과거의 회한은 언제라도 되살아나는 법, 잠시 동안 자신의 손 아래 따스하게 느껴지는 리오조차도 손에 넣을 수 없는 토비라는 꽃에 비하면 하찮고 임시방편으로 느껴졌다.

"그냥, 그 친구가 네게 키스하고 바라보는 모습이 약간 푸피[41] 같다는 인상을 받았거든."

"아니라니까!" 닉이 중얼대고는 자신의 그것을 세워달라는 듯, 토비는 결코 주지 않을 진짜 키스를 달라는 듯 웃으며 리오를 끌어

---

41 poofy, 남성 간 동성애 관계에서 여성 역할을 하는 사람.

당겼다.

　그러나 리오는 조금 더 시간을 끌었다. "그런데 집에 동성애자가 있어도 상관없는 건가? 저 귀족분들 말이야."

　"물론 전혀." 닉이 말했다. "절대로 괜찮아." 하지만 마음속에서는 '대놓고 말만 안하면'이라고 캐서린이 단서를 다는 소리가 들렸다. 그는 어느정도 과장해서 말을 이었다. "그 사람들도 동성애자 친구들 많아. 사실 너를 데려와도 좋다고 하던걸, 달링."

　"아." 리오가 레이철에 버금갈 미묘한 말투로 중얼거렸다.

　이불 위에 알몸으로 누운 닉은 경이감에 맥박이 마구 뛰었다. 리오는 어머니에게 전화를 걸어 친구 집에서 자고 가겠다고 말했다. 그것은 모험이자 양보고, 따라서 헌신이었다. 닉은 층계참 건너 욕실에서 쏴 하고 들려오는 샤워 소리에 귀를 기울였다. 그러고는 옷장 거울 속에 비친 자신의 모습을 보고 이불 속으로 들어갔다. 그는 한 손으로 머리를 괸 채 행복과 염려가 뒤섞인 거의 고통스러운 마음으로 누워 있었다. 저 아래층 정문은 삼중으로 잠겼고 응접실과 부엌의 불도 모두 꺼진 채 단 하나의 등만이 복도를 향해 차가운 빛을 던지고 있었다. 캐서린의 침실 문은 잠겨 있었는데, 그는 그녀가 외출했을 거라 확신했다. 집에는 그들뿐이었다. 창문 하나가 열려 있어서 밤의 정원에서 노래하는 습성이 있는 울새가 목구멍을 찢을 듯 목청을 뽑아 내는 높고 떨리는 울음소리가 들려왔다. 그는 그 새가 나이팅게일이기를 간절히 바랐지만 자갈길에 서서 귀를 기울이던 노부인이 그의 착각을 지적해주었다. 아직 나이팅게일의 울음소리를 들어본 적은 없었지만 그는 그 소리가 이 울새의 소리보다 더 멋질 것이라고는 상상할 수 없었다. 문제는 제럴드와 레이철이 몇시에 돌아오느냐였다. 그러나 아마 늦게나 돌아올 것이다. 제럴드의 '수술'이 아침에 있는데, 수술이 끝나면 두시간쯤 운전을 해야 올 수 있는 거리였다. 그들 자신은 의도치 않았을 그 너그러움에 닉은 미소를 지었다.

샤워 소리가 멈추었고, 울새는 가끔 샐쭉해서 멈췄다가 이내 고집스레 노래를 이어가며 새된 소리로 울어댔다. 리오가 샤워를 하지 않고 침대로 왔더라면 더 좋았을 텐데. 그의 피부에서 느껴지는 희미한 신맛, 겨드랑이에서 나는 고약한 냄새, 그리고 다리 사이 깊은 곳에서 느껴지는 달콤하게 감기는 향이 너무나 좋았다. 리오의 냄새는 닉이 끊임없이 새로 배워가는 작은 수업이었고, 진품이 주는 작은 충격이었다. 리오 자신에게는 짜증과 수치심에 가까운 감정의 원천이었지만 말이다. 후각이 무척이나 예민한 그는 줄을 서 있을 때나 사람들이 들어찬 방에 있을 때면 윗입술을 젖히고 콧방울을 우아하게 벌름거리곤 했다. 그러면서도 닉의 냄새는 좋아한다고 주장했는데, 닉은 자신에게서 냄새가 난다는 생각을 한번도 해본 적이 없는 터라 그의 말이 사실인지 그냥 예의상 하는 얘긴지 확신이 서지 않아 불안했다. 아마도 그 두가지가 다정하게 섞인 말이리라.

이런 상황 — 침대에, 일인용 침대에 누워 부드럽게 자신의 그것을 만지면서 연인이 나타나기를 기다리는 일에는 일종의 마력적인 힘이 있었다. 혼자만의 일생을 그려보는 자세, 끊임없는 상상의 삶, 사내들이 계속 나타나 그가 시키는 대로 하는 꿈의 세계를 지배하는 소년의 태도 바로 그것이었다. 그리고 이제 욕실 문이 덜컥거리는 소리가 들리고 전등의 줄을 당기는 소리에 이어 층계참의 마룻바닥이 삐걱대는 소리가 나고, 이초 만에 문이 열리며 리오가 들어오리라.

성기 부분이 둥그렇게 도드라지도록 엉덩이 주변으로 꽉 당긴 새하얀 목욕 타월 속에서 그의 모습이 얼마나 새까매 보이는지. 옷을 벗고 문질러 씻은 뒤 제복을 받은 신병처럼 그는 손에 접은 옷을 들고 있었고—주변을 둘러보고는 책상 위 푸른색 도서관 책들 옆에 옷가지를 내려놓았다. 그는 약간 굳어 있는 듯 닉에게 눈을 찡긋했지만 이 순간의 일상성과 생소함에 뭉클한 기색이 역력했다. 하지만 닉에게는 이것이 음울하게 여겨졌는데, 애정의 도피 행각 같은 느낌, 공포에 도전하면서도 공포 때문에 더 흥분된 행동의 느낌, 낯선 호텔에서 첫날밤을 보내다가 문득 서로를 낯설게 여기는 두 연인의 느낌 같은 게 있었던 것이다. 하지만 그들이 도피한 곳이라고 해봐야 겨우 이층이었을 뿐이니 다 터무니없는 느낌이리라. 리오가 자신의 방에 있다는 사실이 숨가쁘도록 자랑스러웠다. 그는 이불을 젖히고 말했다. "침대가 작아서 미안." 그런 뒤 그에게 자리를 내주기 위해 몸을 조금 옆으로 비켰다.

"자, 그럼……?" 리오가 말했다.

"오늘 잠 별로 못 잘 거야."

리오가 손을 떼서 타월을 바닥으로 떨어뜨리고는 정색한 얼굴로 닉을 바라보았다. "잘 생각은 아예 하지도 않았어."

닉은 작은 신음과 함께 이 도전을 받아들였다. 리오의 벌거벗은 모습도, 나른하면서도 주의 깊고 쉽게 냉소하며 영리함과 어리석음을 오가는 가면 같은 것이 그의 얼굴에서 모두 녹아 적나라한 감정으로 변하는 모습도, 그는 처음으로 보았다. 리오는 입으로 숨을 쉬었고 욕정으로, 또 그렇게도 느리고 허영심 많고 멍청한 자기 자신에 대한 자책으로 얼굴을 찡그렸다.

제2부

~

# "자네는 누구에게 속하는 아름다움을 누리나?"
(1986)

# 7

닉은 오솔길을 향해 앞장서 가서 와니를 위해 문을 열었고, 그리
하여 그들 뒤로 '남성 전용' 간판이 달린 문이 닫히기 전 몇초 동안
바깥세상에 나신이 드러났다. 콘크리트 마당에다 좁은 지붕띠 아
래 벽을 따라 벤치가 놓인 자그마한 구역이었다. 고전적 세계의 안
뜰이 파이프와 골이 팬 철판으로 환원된 것 같았다. 계속해서 벗은
채로 있자니 머나먼 고전시대의 느낌이 들었고, 콘크리트와 양철
과 연못 냄새에 학교 같은 분위기인데다 불편한 것이 뭔가 영국적
인 느낌도 있었다. 닉은 책을 들고 타월을 깔고 해바라기하는 한두
사람을 지나쳐 툭 트인 공간을 건너가며 자신들이 그곳의 일부가
되고 있는 것을 느꼈다. 누군가 그에게 인사를 건넸고, 대화가 이어
지다가 조용해졌다. 그는 작은 무리를 이루고 있는 사람들의 시선
이 한가로운 손가락 끝처럼 자신의 몸 위를 스치다가 와니에게 머
무르는 것을 느꼈는데, 그 시선은 부드럽고 호기심에 차 있었다. 담

청색 차양 아래 선 와니에게서는 참신한 아름다움이 드러났는데, 살짝 미소를 머금은 그의 얼굴에 나타난 조심스러운 표정은 아마 자리에 앉으며 그에게 손짓하던 닉에게만 보였을 것이다.

"음, 아주 원시적인데." 와니가 닉에 대해 짐작하던 바를 확인했다는 투로 말했다.

닉이 대답했다. "나도 알아." 그러고는 빙그레 웃었다 — 바로 그것이 그가 좋아하는 점이었다.

"소지품은 어디 놓지?"

"그냥 여기다 놔. 괜찮을 거야."

그러나 그 말에 와니는 머뭇거렸다. 그의 청바지 주머니에는 메르세데스의 열쇠가 있었고, 시계는 그가 닉에게 여러번 말해준 대로 천 파운드가 넘는 것이었다. "아, 안 들어가는 게 나을 것 같은데." 아마 무엇도 소유해본 적 없는 닉이 백만장자의 걱정거리에 대해 상상하지 못했던 것이 잘못이었으리라.

"정말이야, 괜찮을 거야. 여기다 놔." 닉은 자신의 타월과 반바지를 넣었던 테스코 쇼핑백을 내밀며 그에게 말했다.

"이 시계 천 파운드짜리야."

"그런 얘기는 아무한테도 안하는 게 좋겠지."

안짱다리에 온몸이 구릿빛인 노인 한 사람이 그들 가까이 쭈그리고 앉아서 몸을 닦고 있었다. 닉은 작년에 그를 본 기억이 났다. 그때 그는 그 장소, 그 구역과 방파제와 연못, 더 구체적으로는 스크린으로 가려진 안뜰을 이용했다. 더운 날이면 그 안뜰에서 남자들이 엉덩이를 나란히 하고 벌거벗은 채 해바라기를 하곤 했다. 주름은 있어도 잘생긴 남자라 닉은 깔끔하게 단장하고 유니폼을 입은 채 차렷 자세로 비스듬히 선 그의 모습이 장군이나 공군 소장의 부고란에 실릴 수도 있겠다고 생각했다. 그 장소의 정령에게 가죽을 씌운 화신 같은 그 노인에게 닉이 친근하게 고개를 끄덕이자 그가 말했다. "조지가 떠났다는군. 방금 스티브에게서 들었지, 어젯밤에 갔다고."

"아," 닉이 대답했다. "죄송하지만 저는 모르는 분인데요." 그러나 '떠났다'는 말이 휴가를 뜻하는 게 아니라는 정도는 짐작했다. 그러니까 부고가 필요한 사람은 조지였던 것이다.

"조지를 알겠지." 그가 이번엔 와니를 바라보며 말했다. 와니는 옷을 벗는 중이었는데, 양말 한짝을 벗고 단추 하나를 풀 때마다 생각에 잠겨 동작을 멈추는 손길이 느릿하고 멍했다. "늘 여기 오곤 했는데. 겨우 서른한살이었어."

"저는 여기가 오늘 처음입니다만." 와니가 공손하면서도 분명하게 말했다. 노인은 인상을 찌푸린 채 그를 바라보며 고개를 끄덕여 자신의 실수를 인정했다. 하지만 조지를 모르다니 별로 중요한 사람들이 아니군, 하는 표정이었다.

잠시 뒤 닉이 말했다. "물은 어때요?" 그리고 노인이 자신의 몸매를 보고 감탄하기를 바라면서 셔츠를 벗으며 배에 힘을 주었다. 하지만 그는 대답하지 않았다. 아마도 질문을 못 들은 모양이었다.

바깥 방파제로 나서자 파란색 스피도 수영복을 입은 닉은 다시 앞장서 팔을 벌려 눈앞의 풍경 — 은빛으로 반짝이며 펼쳐진 호수면의 푸른 물과 그 주변으로 온통 무성한 어린 버드나무들과 산사나무들, 그리고 그 뒤편의, 햇빛 비치는 언덕 기슭이 뜨문뜨문 보이는 황야 — 을 맞았다. 닉은 자신의 몸매가 만족스러웠고, 제자리 뛰기를 하며 발끝을 엉덩이에 살짝살짝 대는 정도로 지나치지 않게 이를 과시했다. 물의 표면을 가로지르며 수영하는 사람들의 머리가 점점이 움직였다. 그들의 모습에는 함께 어울리자고 권유하는, 호기심을 불러일으키는 구석이 있었다. 멀리 호수 중간쯤에는 낡은 나무 뗏목이 하나 떠 있었는데, 끊임없이 간단한 접촉이 일어나는 장소이자 닉의 꾸준한 환상의 대상이기도 한 부잔교浮棧橋였다. 지금 그 위에는 대여섯명쯤 되는 사내들이 모여 있었고, 그도 곧 그들 무리에 합류할 것이었다. 그는 돌아서서 활짝 웃으며 와니를 격려했다. 와니는 아래쪽으로 곡선을 이룬 사다리의 난간 곁에서 꾸물거리면서 도대체 저기까지 어떻게 갔을까 궁금하다는 듯 멀찌감치서 수영하는 사람들의 머리를 멍하니 바라보고 있었다. 수영은 그가 아름답게 해내는 일들의 긴 목록에 들지 않는 드문 항목 가운데 하나인 듯했다. 그가 그다지 편안해하지 않는 이곳으로 데려온 것은 은근히 잔인하면서 흥미로운 일이었다. "일단 뛰어드는 게 좋아." 닉이 말했다. "천천히 들어가는 건 고문이나 다름없다는 걸 알게 될 거야." 그는 와니의 꼭 끼는 검은색 수영복과 옅게 탄 그 몸의 부드럽고 섬세한 모습, 이제 고환 위로 대담한 느낌표처럼 똑바로 선 그의 성기, 평소처럼 자극적인 그것을 보고 미소를 지었다. 그런 뒤 첨벙 물속에 뛰어들어 그게 얼마나 간단한 일인지 시범 삼아 보여주었고, 엷게 퍼진 따스한 수면 바로 아래 찬물에 부딪친 데서 오는 충격을 느꼈다. 그는 제자리에서 발로 물을 차며 와니를 향해 고개를 끄덕였다. 와니는 스키를 타는 사람처럼 몸을 굽힌 채 한 손으로 코를 비틀어 잡고 서 있다가 물속으로 뛰어들었다. 다시 떠오른 그는 숨을 헐떡이고 텀벙거리며 잠시 공포의 표정을 감추지 못했다. 검은색 고수머리가 물기 때문에 반쯤 풀린 채 눈과 귀 위로 흘러내려와 있었다. 와니는 자기 곁에서 수면 위아래로 오르락내리락하는 닉의 위팔을 잡았다. 닉은 자신의 다리가 제멋대로 놀며 와니의 다리 사이로 위로하듯 미끄러져가도록 놔둔 채 잡히지 않은 손으로 와니의 머리를 쓸어 뒤쪽으로 넘겨주었는데, 그 덕분인지 와니는 침착해진 듯했다. 그는 아무 일도 없었다는 듯 서두르며 평영으로 곧장 앞으로 나아갔다.

몇분 동안 그들은 수영할 수 있는 구역을 표시한 흰 줄, 떠다니는 고리들에 끼워진 그 줄을 따라 거친 원을 그리며 나아갔다. 닉이 짐작하기에 그 너머로 가면 깊고 부드러운 진흙 바닥에 수심이 너무 얕을 것 같았다. 와니는 억지로 참여하도록 강요당한 사람의 익살스러운 표정으로 머리를 수면 위로 내놓은 채 수영을 곧잘 하고 있었다. 그는 떠 있는 고리들 중 하나에 매달려 웃으면서 거친 숨을 몰아쉬며 잠시 쉬었는데, "이 정도는 할 수 있어"와 "복수하고 말 거야"라는 뜻을 표하는 듯 고개를 가로저었다. 닉은 목 주변에서 느슨히 오르락내리락하던 물안경을 눈가로 올린 뒤 물속으로 쑥 들어갔다. 표면은 누르스름하게 반짝이고 있었지만 그 아래 물은 탁한 녹색이었고, 혼탁한 흙빛 때문에 더 짙어져서 술병 색깔의 세계라 할 만했다. 그는 고개를 틀어 와니에게 어떤 장난을 치면 좋을까 궁리했다. 물거품, 얕게 파도치는 수면에서 어른거리는 눈부신 빛, 점점이 일어난 검은 잎사귀들이 와니의 다리 주변으로 몰려들었다. 와니는 물밑 공격 따위는 있을 수 없다는 왕자 같은 자세로 다리를 부드럽고 나른하게 흔들고 있었다. 그렇게 와니가 전적으로 자신의 처분에 맡겨진 상황에서 닉의 행동은 너무 어린애 장난 같았다 ─ 와니를 붙잡거나 간질이는 대신 숨을 쉬기 위해 벌컥 물 밖으로 솟아올라 그를 향해 마구 웃었을 뿐이니까. 만일 주변을 살피던 노신사가 그들 곁으로 그렇게 바짝 미끄러져 지나가지 않았다면 그는 와니에게 키스했으리라.

다시 수영을 시작했을 때 닉은 빠르게 앞서 나갔다가 돌아와서는 소용돌이를 만들어 직선 코스를 장식하며 와니 앞에서 자신을 과시했고, 그러는 동안에도 내내 다른 사람들이 있는지 주의를 기울였다. 물에 젖은 머리칼이 매끄럽게 달라붙어 누가 누군지 알아보기가 어려웠다. 하지만 뿌연 물안경 너머로 보자니 방파제에서 기다리고 있거나 뗏목으로 기어오르는 사람들 하나하나가 새로운 가능성으로 반짝였다. 뗏목 가까이로 헤엄쳐가서 배영으로 그 주변을 도는 동안 닉은, 그리고 그 위에 서 있던 한쌍도 서로가 자신이 아는 사람은 아닐까 궁금하게 생각했다.

호수를 거의 다 돌자 와니는 이제 그만 나가자는 신호를 보냈고, 두 사람이 물속에서 첨벙거리며 잠시 대화를 나누는 동안 닉은 맨눈으로 좌우를 둘러보았다. 그는 그곳을 좋아했지만 오늘은 실망스러웠다. 아마 철이 좀 이른 모양이었다. 그는 오늘의 고요함과 냉기를 작년에 왔던 일요일들의 무더위와 비교해보았다. 그때는 뗏목에 매달려 뛰어내리는 사람들로 정신이 없었고 화장실은 붐비고 열기가 넘쳤으며, 바깥 잔디밭의 동성애자들은 한 다스는 되는 경쟁구역들로 들어찬 도시처럼 붐볐었다.

뗏목에서 고함을 지르고 물을 튀기는 소리가 들려와 돌아보니 새로운 사람들 무리가 모여 있었다. 닉은 호기심에 차서 와니를 그들에게 과시하고 와니에게 자신을 과시할 기회 — 귀여운 이중의 허영심이었다 — 가 왔다고 생각했다. 와니가 몸을 부르르 떨자 닉은 "계속 움직여야 해"라고 말하며 호수 중앙으로 발장구를 쳐 나아갔다. 검은색 수영복을 입은 두명의 유색인 사내들이 서서, 흔들리는 빳빳한 발판으로 올라가려고 애쓰는 커다란 덩치에 금발의 근육질 퀸을 밀쳐내고 있었다. 가장자리에 웅크리고 있던 다른 남자 둘이 물속으로 떨어졌다. 반쯤은 아이들처럼 스스로 물속에 떨어진 그들은 공격에 가담하기 위해서 다시 기어올라갔다. 삼십초쯤 실랑이가 계속되는 가운데 몇몇 사람들은 장난치듯 굴었지만 다른 몇몇 사람들은 훨씬 더 진지했고, 아니면 자신이 어떻게 보이느냐에 더 신경을 쓰고 있었다. 닉은 그중에 자신의 자리가 있을까 궁금해하면서 미소를 머금고 강렬한 관심으로 그 모습을 바라보았다.

이윽고 일종의 휴전이 이루어지고 모두들 다시 올라가서, 닉은 헤엄쳐 지나며 덜렁거리는 다리들과 우스꽝스러운 각도로 끼인 성기들과 줄무늬를 이룬 머리카락들과 반짝이는 피부, 하늘을 배경으로 떠 있는 사내들의 모습을 볼 수 있었다. 그들이 온몸으로 창조하는 그 그림을, 그들은 섹스를 통해 반쯤은 의식하고 반쯤은 잊을 수 있었다. 동지애 속에서 멍하니 쉬고 있던 이 스포츠맨들 가운데 몇몇은 몸을 틀어 손을 잡았고, 서로의 얼굴 가까이에서 욕망에 넘쳐 숨을 헐떡였다. 다들 나른한 상태에서도 목적의식을 가지고 물속에서 발장구를 치고 있었다. 닉이 그중 뒤에 선 채 하늘과 나무들을 배경으로 몸을 앞으로 숙인 어떤 남자를 향해 손을 뻗으며 몸을 솟구자 두 사내가 그에게 자리를 내주기 위해서 떨어져 앉았고, 그러는 동안 닉의 몸에서는 계속해서 물이 뚝뚝 떨어지고 있었다. 닉은 두 사내 사이에서 그들과 느슨하고도 기이한 포옹을 나누고 웃음 띤 얼굴로 숨을 몰아쉬었다. 무언가 순간적이고 조화로운 것, 간절히 기다리던 것이자 늘 되풀이되는 듯한 것이 느껴졌다 ─ 그것은 주변의 나무들이거나 은빛으로 반짝이는 물일 수도, 외로운 어린 시절의 포옹일 수도, 한편으로 사내들이 이룬 원 안으로 끌려들어가고 싶은 욕망일 수도 있었다.

"지난주에 뱅 식당에 가지 않았어?" 옆의 남자가 닉의 어깨에 손을 올리며 말했다.

"안 갔는데." 실제로 한번도 그곳에 가본 일이 없는 닉이 대답했다. 그러나 닉은 이 사내에 대한 기억의 한 장면, 정확히 꼬집어 말할 수 없는 어떤 흥분의 기억을 가지고 있었다. 잠시 뒤 그는 자신이 아마도 작년에 Y에서, Y의 샤워실에서 그와 마주치곤 했다는 사실을 깨달았다. 이어서 자신이 그다지 많이는 아니지만 서서히 살이 붙는 동안 그 스페인인 ─ 검은 머리에 마른 몸매, 커다란 장밋빛 젖꼭지로 미루어 짐작이 맞는다면 ─ 은 눈에 띨 정도로 말라서 예전 모습의 으스스한, 하지만 아름다운 양각본처럼 되었다는 사실을 깨달았다. 그가 지금 닉에게 가볍게 기댔고, 그럼으로써 그 부인할 수 없는 사실을 가볍게 털어버리려는 듯 보였다. 아니면 그 사실을 받아들이라며 닉에게 도전하는 것이거나. 하지만 공포가 어른대는 시선을 제외하면 그 스스로는 어떤 식으로도 그 사실을 인정하지 않으려는 것 같았다. 닉은 자연스럽게 몸을 비트는 동작으로 그에게서 떨어졌는데, 희미한 기억 속에서 번뜩이며 되살아난 것은 바로 그의 동그란 엉덩이와 몸을 수그릴 때 살짝 보이던 작고 검은 고수머리였다. 그리고 그 이미지는 닉에게 와니를 떠올려주었다. 무표정하게 물을 바라보던 닉은 다시 물속에 들어가야겠다고 생각했는데, 바로 그때 장난이 다시 시작되었다. 스페인인이 갑자기 물속으로 뛰어들며 물기둥을 만들자 모두가 고함을 질렀고, 뗏목도 삐걱삐걱 소리를 내며 신음했다. 사람들이 물속으로 뛰어드는 통에 닉도 어쩔 수 없이 흠뻑 젖은 채 같이 웃고 고함치며 겅중겅중 뛰었다. 그리고 바로 거기, 엉망진창 소동의 한가운데서 와니의 얼굴이 보였는데, 그는 다른 사내들이 마구 휘젓는 팔다리를 피하면서 그 소동에서 빠져나올 순간을 잡는 데 집중하느라 거의 눈물을 흘릴 것만 같았다.

"어이, 달링!" 닉이 부르고는 한쪽 무릎을 굽혀 그가 몸을 들어올리기 쉽게 도우려 했다. 와니는 대답은커녕 미소조차 짓지 않았다.

몇분 뒤에 호숫가는 다시 잠잠해졌다. 그들은 회색 가슴털이 굵게 난 쉰살 정도의 사내 옆에 앉아 있었는데, 그는 잠시라도 사람들과 말을 나누지 않으면 불안을 느끼는 사람 같았다. 그의 훨씬 젊은 친구, 아마도 말레이시아인인 듯한 사내는 뗏목에서 조금 떨어져 헤엄치며 다른 사내들을 함부로 쳐다보는가 하면 영리하게도 자맥질을 해서 자신의 수영복이 벗겨지게끔 유도하기도 했다. "아, 저 친구가 내 속을 좀 썩이지. 저기 저 친구 말이네." 그 사내가 말했다. "저 친구 좀 보라고." 와니가 공손하게 미소를 보낸 뒤 닉에게로 고개를 돌렸다. 이렇듯 마구잡이로 어울리는 공공장소에서 반나체로 다른 사람들을 상대하는 데 와니는 익숙하지 않았다. "하지만 내 말을 오해하지는 말게 — 이게 다 진짜 재미 아닌가." 그 젊은 친구가 그에게 최소한의 주의나마 기울여주는 듯 남자는 명랑하게 손을 흔들어주고 말을 이었다. "나한테 아주 잘하고 말이야. 나도 그 이유는 모르겠지만, 사실이네."

"그러니까, 저 친구 이름이 뭐라고요?" 그들 뒤에 쭈그리고 앉아 있던 사내가 거친 목소리로 물었다.

"앤디라고 해."

"앤디요?" 뒤에 있던 사내가 말하고는 일어서며 소리쳤다. "이봐, 앤디, 엉덩이 좀 보여줘!"

"보여줄 거야." 그의 나이 지긋한 보호자가 말했다. "보여주고 말고!"

뗏목이 흔들리더니 그들 반대편에서 매끈한 근육질의 사내가 몸을 틀며 물에서 나와 무언가 가능성을 암시하는 듯한 쿵 소리와 함께 판자 위에 올라앉았다. 와니가 새로운 문제 내지 가능성을 따지는 듯 긴 속눈썹 아래로 그를 건너다보는 것이 닉의 시야에 들어왔다. 닉 자신은 작년에 이곳에서 본 적이 있는 사람이었다. 벗어진 머리와 까만 눈, 둥근 얼굴에 길고 멋진 코의 소유자로 섹스 말고는 아무 생각이 없는 듯한 남자는 느긋하지만 집중한 표정이었다. 닉은 그 한가한 시선을, 그의 눈을 가득 채울 듯 커다란 검은 눈동자를, 검은 수영복을 꽉 채우는 둥글고 단단한 그의 둔부를 기억하고 있었다. 앉으면 배가 부드러운 곡선을 그리며 튀어나오는데다 살이 찌는 것이 그의 운명인 듯했지만, 적어도 지금은 지방과 근육이 편안한 균형을 이루고 있었다.

와니는 무릎을 당긴 채 앉아 있었는데, 뒤로 쏠려 빛나는 파도를 그리고 있던 그의 머리카락은 점차 물기가 말라 다시 구부러지기 시작하고 있었다. 사교적인 상황에서 보이는 침착함을 어느정도 회복한 상태로, 더불어 다소 소극적인 반항의 태도, 마치 다른 사람이 자신을 알아보거나 좋아할까봐 두렵다는 듯한 태도도 되살아났다. 나이 든 남자가 그를 건너 닉에게 말을 건넸다. "저 친구가 요새 좀 까다롭게 굴고 있지."

"그렇군요……." 닉이 대꾸했다.

"KY는 이제 별로라더군. 멜리스마라는 다른 걸 사용해야 한다고. 그러더니 멜리스마도 별로라는 거야. 지금은 크레스트로 옮기는 중이지. 하지만 그 끔찍한 고무 콘돔을 생각하면 조심하긴 해야겠지. 그런 날이 오리라고는 정말 생각도 못했는데……. 자네는 어떤 걸 쓰나?"

"어쨌든 저 친구를 깨끗하게 잘 간수해줘요." 앤디에게 꽤나 관심이 있는 게 분명한, 걸걸한 목소리의 사내가 말했다. 그는 "크레스트는 치약의 일종이죠"라고 덧붙이더니 조금 뒤 물속으로 뛰어들어 앤디 쪽으로 힘차게 헤엄쳐갔다.

"참, 난 레슬리라고 하네." 나이 든 남자가 말했다.

와니는 고개를 돌리고 끄덕였다. "안녕하세요? 앙뚜안입니다."

"그런데 어디서 오셨나?"

"레바논 사람이에요." 와니가 가장 무뚝뚝한 영국식 억양으로 무뚝뚝한 미소를 살짝 띠고 대답했다. 닉은 말상인 그의 옆모습을 바라보며 짓궂게 미소지었다. 다른 사람이 와니의 매력을 알아보는 것이 그는 좋았다. 그런 순간이면 재빨리 질투심이 생기며 옥스퍼드 시절 이래 쭉 품어온, 신비감으로 인해 더욱 커지고 확산되어온 와니에 대한 정열에 불이 붙는 것이었다. 지금 그는 멋진 속눈썹을 내리깔고 다시 아래를 내려다보고 있었다. 수업이 끝난 뒤나 혹은 드물게 다른 세계의 부름을 받지 않은 날 저녁식사 뒤 그의 모습이 어땠는지 닉은 생생히 기억했다. 그런 날이면 그는 보급판 책들이 꽂힌 서가가 있고 벽에는 밥 딜런의 포스터가 붙은 가난한 학생의 방으로 돌아와 네스까페를 마시며 다른 학생들과 필기한 것을 바꿔보곤 했다. 『교양과 무질서』나 『북과 남』 같은 책에 대한 토론을 이어가며 다른 학생들과 관심사를 공유한다는 것을 다정하고도 정중하게 보여주려 했는데, 왕족의 방문이라도 받은 듯한 그들의 어색한 태도와 자신에 대한 경외심은 전혀 의식하지 못했다. 사실 와니는 주전자에 따로 담은 따끈한 우유를 부어 마시는 신선한 커피 말고는 아무것도 못 견디는 사람이었다. 옥스퍼드학생들 중에서도 더 속물적인 치들, 가령 폴리 톰킨스 같은 친구는 그의 사치스러움을 비웃었고 그를 가리켜 채소장수, 오렌지와 레몬 장수 이민자, 폴리의 표현에 따르면 '레반트 출신 런던내기 양아치'의 아들일 뿐이라고 말했다 — 부모가 해로 학교로 진학시켜서 느릿한 말투를 가진 영국 신사로 변모시킨 작고 귀여운 레바논 소년이라고 말이다. 그들 중 몇몇은 그의 꽉 끼는 바지와 당혹스러울 정도로 아름다운 외모 외에는 별다른 강력한 근거도 없이 그가 동성애자로 변한 것이 틀림없다고도 생각했었다.

"그래, 무슨 일을 하나?" 레슬리가 물었다.

"영화 제작사를 갖고 있습니다." 와니가 대답했다.

"아……." 레슬리는 기가 죽은 듯도 하고 매력을 느끼는 듯도 한 태도를 보이다가 다소 에둘러 말을 이었다. "「전망 좋은 방」 봤나? 영화계에 종사한다면 그 영화에 대해서 어떻게 생각하는지 궁금하군."

"안타깝게도 못 봤습니다만." 와니가 다시금 살짝 냉랭한 미소를 지으며 대꾸했다.

"지난주에 볼런티어에 가지 않았나?" 조금 뒤 레슬리가 물었다. 그 말을 들은 와니는 무슨 소리를 하는 거냐는 표정이 되었는데, 알고 보니 그 질문은 계속 팔꿈치를 괴고 누워 있던 검은 눈의 사내를 향한 것이었다. 그는 한쪽 무릎을 올리고 있어서 성기가 존재감을 과시하며 그들 쪽으로 구부러져 있었다. 그의 어렴풋한 미소가 그들의 대화에 대한 반응인지 아닌지, 혹은 그가 그들을 바라보고 있기나 한지 알 수가 없었다. 그의 눈은 오후에 곧 닥칠 성적 만족을 스크린에 옮겨 펼치며 그것에 집중하고 있는 것 같았다. 그의 태도에서는 자신만만한 인내심이 느껴졌다. 음탕한 짓을 하려고 애를 쓰거나 서두르는 기색이 없었다. 그러나 말을 건네자마자 마치 아까부터 계속 이야기하고 있던 것처럼 자연스럽게 행동했고, 벌써 서로를 이해하는 듯 대하는 것이었다. 닉은 타인의 시선을 허용하고 흡수하는 듯한 그를 바라보았고, 이어 그 너머의 반짝이는 물을 바라보며 그들이 말을 마치고 나면 그 조그마한 직사각형 뗏목에 내리쬐는 강렬한 햇살을 떠나 견고한 세상을 향해 헤엄쳐 돌아가야 한다는 사실에 약간 서글픔을 느꼈다. 와니도 다시 그 남자에게 시선을 던졌지만 또한 도주로를 계산하는 사람처럼 자신을 기다리는 방파제의 사다리를 힐끔 건너다보았다.

그들이 실내에서 몸을 말리고 옷을 입는데 와니가 갑자기 고개를 끄덕이고는 말했다. "우리의 친구 리키가 저기 있군." 닉이 뒤를 돌아보니 나체족으로 가득한 뜰 울타리 근처에서 수영복 끈을 아무렇게나 잡아당기며 일어서는 성적 매력이 넘치는 남자가 보였다.

"아, 그렇군. 그 사람 이름이 리키인지는 몰랐네." 닉이 말했다.

"글쎄, 리키라는 이름이 어울릴 것 같아서." 와니가 타월을 두르고 앉아 수영복을 벗으며 말했다.

"발기라도 한 거야?"

"유치하게 굴지 마." 와니는 한편으로 도전적이고 한편으로 간절히 원하는 듯한 눈길로 닉을 보았다. "우리랑 같이 집에 가겠느냐고 물어볼까?"

"누구, 리키?"

"그게 이런 데서 하는 일 아냐? 여기 운동하러 온 것 같지는 않은데."

닉은 킬킬 웃으며 대꾸했다. "그렇게 요란 떨 것 없어. 처음 데리고 온 건데."

와니는 얼굴을 약간 붉혔지만 시선을 돌리지는 않았다. "아주 재미있을 것 같은데." 그가 말했다. "그럴 것 같아. 무척 평범하게 생긴 친구니까."

닉은 고개를 돌려 슬쩍 리키를 봤다. 그는 화장실로 가는 길목에서, 또한 닉의 기억 속에서도 물론, 미지의 가능성으로 어슬렁거리고 있었다. 동시에 닉은 조심해야겠다는 생각에 긴장했다. 그가 그들을 어디로 이끌지 와니는 몰랐고, 그건 닉도 마찬가지였다. 그가 돌아보니 와니는 속바지를 다 입고 청바지를 당겨 입고 있었다. "물론 재미있을 수도 있겠지." 닉이 무뚝뚝하게 말하자 와니는 그냥 관두자는 듯 눈썹을 찌푸리고는 입술을 삐죽 내밀었다. 그러고는 주머니에서 손목시계를 꺼내 찼다.

"얼른 물어보지 않으면 시간이 없을 텐데. 미안, 네가 저 사람을 마음에 들어하는 줄 알았거든."

"그래, 아주 탐나." 닉은 대답하며 와니의 예상치 못한 불안 속에 어린 자신의 모습을 보았다. 와니의 아름다운 입술이 그렇게 처지는 것을 보는 것도, 다른 사람을 향할 때는 그렇게 재미있고 신나는 그의 경멸이 자신에게 향하는 것도 그는 싫었다. 그는 와니로부터 사랑만을, 아마도 오늘은 어떤 복종만을 원했다. 와니는 입씨름하고 설득하는 식의 지엽적인 전술이 닉을 혼란에 빠뜨리고 화나게 한다는 것을 알고 있었다. "좋아, 가서 얘기해보고 데려올게." 당연히 닉 자신을 위한 일이기도 하다는 듯 그가 말했다. 그리고 와니더러 직접 가서 얘기해보라고 할 수는 없다는 걸 닉은 알고 있었다.

"물론 그가 네가 좋아하는 깜둥이는 아닌 걸 알지만 말이지."

"아, 집어치워." 닉이 말하며 청바지 차림으로, 하지만 아직 윗도리는 벗은 채 화장실 쪽으로 당당히 걸어갔다. 벌거벗은 사람들 가운데 있자니 옷을 입고 있는 게 불리한 느낌이었다. 들어가보니 화장실 마루가 젖어서 맨발로 밟는 것이 불쾌했다.

　두개의 화장실 중 한쪽 문은 닫혀 있었고, 그 남자는 받침대 위에 놓인 소변기의 양철 홈통 앞에 서 있었다. 크고 매끄러운 등과 엉덩이가 바깥쪽을 향하고 있었지만 그는 특유의 무표정한 얼굴로 고개를 돌려 누가 들어왔는지 살펴보았다. 이어 그의 표정, 그곳에서 나는 오줌과 소독약 냄새, 방종한 분위기, 열정적이고 비밀스러운 동의에 따라 완전히 바뀐 규칙들이 닉을 사로잡아 녹였다. 그는 남자 쪽으로 가서 그의 뒤에 섰고, 몇초 뒤에는 흥분의 거품과 함께 뿜어져나온 액체가 그들의 발기한 두 성기의 끝을 차갑게 적시고 있었다. 닉은 자신의 포피를 천천히 앞뒤로 미끄러뜨리며 상대방의 뭉툭한 성기를 보았다. 그런 뒤 그의 눈을 들여다보았는데, 뗏목에서 잡담을 나누었을 때와 마찬가지로 그들이 여기 있는 이유 또한 전혀 뜻밖인 동시에 심오하면서도 평범한 것이었다. 그는 추측으로 번뜩이는 그 검은 눈의 시선 속에서 헤엄치는 기분이었다. 남자가 문이 열린 화장실 쪽으로 고갯짓을 하자 닉은 그를 '데려가기' 전에, 혹은 데려가려 시도하기 전에 재빨리, 아니 조금이라도 해볼 수 있지 않을까 생각했다. 하지만 자물쇠가 찰칵하는 소리가 들리더니 다른 화장실 문이 반쯤 열리면서 그 작은 체구의 앤디, 말레이시아 출신 골칫덩이가 빠져나와 화장실을 가로질러 손을 씻으러 왔다. 거울 속에서 닉은 그 눈 속의 짓궂은 표정이 공허함으로 바뀌는 것을 보았다. 뒤이어 마치 요술처럼 물 내리는 소리가 나고 다시금 문이 활짝 열리더니, 그의 친구 레슬리도 아니고 감탄의 눈으로 그를 바라보던 목소리 걸걸한 사내도 아닌 머리 희끗한 사내가 나와서는 생각에 잠긴 눈으로 재빨리 화장실을 빠져

나갔다.

이제 그들끼리만 남았고, 닉은 자신들의 참을성과 뒤늦게 자신의 성기를 쥐는 남자의 행위, 그리고 그의 엉덩이 사이에 손을 넣은 채 허리를 살짝 껴안은 자신의 행위에서 어떤 낭만마저 느껴지는 것 같았다. 사내가 닉의 얼굴을 향해 숨을 내쉬자 닉이 중얼거렸다. "잠깐…… 잠깐, 이름이 뭐지?"

"리키." 그가 말하며 다시 닉에게 키스하려 다가왔다.

닉은 고개를 빼고 킬킬댔다. "난 나랑 내 친구랑 같이 집에 갈 생각이 없는지 물어보려던 것뿐인데? 그러니까 좀 재미있게……."

"글쎄……." 리키는 이미 닉이 여기 있는데 굳이 그렇게까지 하기가 귀찮다는 기색이 역력했다. "얼마나 멀어?"

"그냥…… 켄징턴이야!"

"켄징턴? 맙소사, 난 모르겠어, 친구." 그러고서 그는 화장실이 기다리고 있다는 듯 닉에게 턱짓을 하며 다시 재촉했다. 닉은 어색하게 그를 껴안은 채, 당장이라도 여기서 그냥 하고 싶지만 바깥 길모퉁이에서 와니가 기다리고 있는데 그런 짓을 벌인다면 얼마나 추악한 일이겠느냐고 생각하며 콧소리를 냈다.

"우리 차가 진짜 끝내주는데."

"그래?" 리키가 대꾸했다. "그런데 그 친구는 누구지? 검은 고수머리 친구?" 그러면서 닉의 젖꼭지를 가볍게 꼬집어서 닉은 숨가쁜 소리로 대답했다.

"봤구나……."

리키가 생각에 잠기더니 고개를 끄덕이고 닉을 놓아주었다. 잠시 그들은 매무새를 가다듬었다. "좀 답답한 친구지, 안 그래? 그 친구 말이야. 버터도 그 친구 꽁지에선 안 녹을 거 같던데."

"그 정도까지는 아니고…… 그냥 좀 수줍음을 타는 거지."

"그건 좀 두고 보자고."

밖으로 나갈 때 닉이 말했다. "부탁 좀 해도 될까?"

"당연히 될 것 같은데."

닉이 얼굴을 찡그리며 말했다. "결혼한 척할 수 있어? ─아니면 적어도 여자친구가 있는 척이라도."

리키는 어깨를 으쓱하더니 고개를 흔들었다. "진짜로 여자친구가 있는데."

"그래?" 닉이 잠시 턱을 당긴 채 멈칫하자 리키가 그를 물끄러미 보다가 한쪽 눈을 찡긋했다.

"잘하지, 나?"

닉은 혀를 차며 얼굴을 붉혔다. "빌어먹게 잘한다고 할 수밖에 없겠네." 그가 리키의 말투를 흉내냈다.

바깥 길목에서 와니는 마치 유명인처럼 좌우를 둘러보지 않고 서둘러 앞장섰다. 닉과 리키가 그의 뒤를 따랐다. 리키는 절대로 서두르지 않는 사람, 남들은 전혀 아랑곳 않고 빈둥거리는 사람인 게 분명했다. 그는 와니의 예쁘장한 뒷모습에 시선을 고정하고 있었는데, 그 때문에 닉은 자랑스럽기도 했고 걱정스럽기도 했다. 셋이서 무엇을 하게 될지 궁금했고, 흥분된 긴장과 일종의 원망을 구별할 수가 없었다. 냉정하고 무뚝뚝한 태도로 보아 와니 역시 긴장한 듯했다. 그들은 잔디가 깔린 널따란 둑 옆을 걸었고, 일광욕하던 사내들 가운데 한명이 리키에게 뭐라고 외치자 그도 그쪽을 향해 고개를 끄덕이며 음흉한 미소를 지어 보였다 ─ 닉도 아는 척 미소를 지었다.

위쪽 찻길에서 와니는 가죽 열쇠고리를 흔들며 차 열쇠를 만지작거리다가 말했다. "운전해도 좋아, 닉." 그러더니 열쇠를 닉에게 던졌다. 명령을 대접인 척 포장하는 것은 와니의 습관이었다. 닉은 WHO6라는 번호판을 단 이 승용차에 승객으로 탄 적은 많지만 직접 몰아본 것은 한번뿐이었다. 그때 강둑에서 켄징턴까지의 짧은 거리를 그는 빨리 주파하려 했지만 결국 와니 행세를 한다는, WHO가 되었다는 그 화려한 신비에서 오는 묘한 기분을 즐기며 (지붕을 열어 세차게 불어오는 차가운 바람을 맞으며) 브롬프턴 로드, 퀸스 게이트를 지나 공원을 따라 돌고 도는 길고 화려한 저녁을 보냈다. 지금 그가 운전석에 미끄러지듯 자리 잡는 동안에는 그 모든 것이 다소 시들하게 느껴졌다. 차는 라임나무들 아래 시골풍 울타리 가까이 세워놓아서 나무에서 나온 진액이 앞유리에 점점이 떨어져 있었다. 그는 버튼을 꾹 누른 채 지붕이 들렸다가 뒤로 접히는 모습을 거울 속으로 지켜보았고, 그러자 햇빛이 계기판과 손잡이와 호박색 호두나무 내장재 위로 비스듬히 떨어졌다. 다른 두 사람은 차를 빼기를 기다리며 말없이 서 있었다. 이윽고 와니가 손짓으로 리키를 뒷자리에 앉혔는데, 그곳은 다리를 뻗을 공간이 좁아서 그는 다리를 활짝 벌리고 앉았다. "자리 괜찮아, 거기?" 닉이 자신의 소지품이 짓눌리는 것을 넘겨다보고는 차의 화려함과 불편함 양쪽에 대해 묘한 미안함을 느끼며 말했다.

"괜찮아." 리키는 마치 매일같이 이런 차를 타는 사람처럼 천연덕스럽게 대답했다.

그들은 하이게이트 쪽으로 이어진 가파른 언덕을 오르기 시작했고, 닉은 자기 발바닥 앞쪽으로 밟고 있는 이 물체의 도약력을 느끼며 다시금 감탄했다. 차는 네번의 무심한 그르렁 소리와 함께 그 길을 단숨에 올라가는 듯했다. 거울 속에서 리키와 눈이 마주치자 닉은 "여자친구가 몇시에 오는데?"라고 물었다.

리키는 "실은 아주 늦을 거야"라고, 진실을 말할 때보다도 더 분명하게 말하고는 "나이절 삼촌을 만나러 갔거든" 하고 혀를 차며 너그럽게 덧붙였다. 이 장면은 와니에게 확실히 효과가 있었다. 와니는 목을 가다듬고 자리에서 몸을 반쯤 돌려 말했다.

"잘됐네." 뭔가 불편함을 불러일으키는 이 상황의 부조리함에 닉은 갑자기 어떤 생각이 떠올랐다. 그래서 길 꼭대기에서 언덕을 곧장 내려간 뒤 우회전해서 시내 쪽으로 가는 대신, 왼쪽으로 돌아 다시 하이게이트 빌리지를 향해 언덕길을 올랐다. 아마 아무런 설명도 하지 않아도 되겠지. 와니로 말하자면 링컨셔에 있어도 상관없고, 리키는 어디를 가든 반쯤 기대에 찬 미소를 띠고 있을 테니까. 하지만 닉은 입을 열었다.

"잠깐 보고 싶은 게 있어서." 꼭대기에서 그는 더 그로브 단지가 분명한, 집들이 죽 늘어선 길고 그늘진 길로 갑자기 좌회전을 했다. 한번도 온 적이 없는 게 확실한 이곳에 그는 언젠가 와볼 생각이었고 이것은 일종의 탐구, 역사적이고 감정적인 탐구였다. 그러나 나무들이 양옆으로 늘어선 길을 지나 높은 철제 난간 뒤로 오래되고 아름다운 벽돌집들과 쌔뮤얼 콜리지가 살다 죽은 집을 서서히 지나치며 바라볼 때, 그리고 계단과 마차를 세워놓는 뜰이 있는 더 큰 조지 양식의 집들을 보았을 때, 그는 이곳에 온 적이 있는 것 같은 기분이 들었다. 정확히 기억은 나지 않지만 어느날 저녁에 역시 기억나지 않는 어떤 일로 누군가를 따라 이곳에 온 적이 있다는 느낌에, 마치 유령을 보는 듯한 기분이었다. "여기가 콜리지가 살았던 곳이야." 그는 와니의 인정을 기대하며 경건하게 말하고는 와니가 보이는 명백한 무관심에 도전하듯 천천히 다가갔다.

"그렇군." 와니가 말했다.

"그냥 페든 집안이 전에 살았던 집에 한번 와보고 싶어서. 내 오랜 친구들이거든." 그가 리키에게 설명했다. "38번지였던 걸로 아는데……."

"여기는 16번지네." 와니가 말했다.

자신들의 '하이게이트 시절'에 대한 얘기는 페든가 사람들이 종종 감상에 빠져 하는 얘기 가운데 하나였고, 제럴드는 자신의 가족이 처음에 살았던 그곳을 마치 학창 시절의 하숙집을 얘기하듯 향수와 자조 섞인 투로 회상하곤 했다. 레이철은 그 집을 '사랑스러운 집'이라고 부르곤 했다. 그녀가 아이들을 키운 곳으로, 토비와 캐서린이 열살과 여덟살일 때 집앞 계단에 앉아 찍은 사진은 은빛 액자에 담겨 그녀의 화장대에 놓여 있었다. 닉에게 그곳은 두번째 가족의 옛집으로서 막연한 대리낭만의 장소였다. 거기 도착해보니 대형 쓰레기통에 쪼개진 목재가 높이 쌓여 있었고 앞의 정원에는 푸른색 간이화장실이 서 있었다.

"흠," 와니가 말했다. "그렇군." 그러더니 곧장 고개를 돌려 이제 리키가 지루해할지도 모른다고 생각한 듯 그에게 격려의 눈길을 주었다. "남아 있는 게 별로 없네."

그 집은 전면 재건축 중이라 마치 허무는 중인 것처럼 보였다. 지붕은 비계와 시트로 만들어진 또 하나의 집 같았다. 치장벽토는 대부분 떨어져나갔고 창문 하나하나마다 매몰된 벽돌 호弧가 보였다. 앞문 너머로 뒤뜰이 내다보였다. 옆문 곁에 남은 흰 회반죽 기둥 위에는 검은색 손가락 모양과 함께 '상인용 입구'라는 문구가, 그 아래에는 붉은색 분사 도료로 다른 방향을 가리키는 화살표와 함께 '보지용 입구'라는 문구가 적혀 있었다.

"결국 저 꼴이군." 와니가 말했다. 작업복 차림에 푸른 헬멧을 쓴 인부가 열린 앞문으로 나와서 문지기처럼 무슨 일로 왔느냐는 듯 그들을 바라보았다. 그들은 부릉거리며 런던을 설치고 다니면서 물건들을 부수고 다시 세우는 손쉬운 부를 태운 수천대 자동차 중 하나인 셈이었다. 그들은 존경으로 대해야 할 수도 있지만 경멸해야 마땅할 수도, 혹은 젊은 돈이 불러일으킨 그 두가지 태도를 적당히 섞어 혐오감으로 대해야 할 사람들일 수도 있었다. 닉은 차를 몰아 지나가며 그 사내에게 다정하게 고개를 끄덕였다. 그의 불안감과 함께 쓰레기통과 비계의 서글픈 교훈에 섞여든 것은, 바로 그 건설 인부가 지금부터 반시간 뒤 그들이 할 일에 대해 알고 있으리라는 느낌이었다.

하지만 반시간 뒤 그들은 파크 레인을 꾸물꾸물 내려가고 있었다. 높은 곳에서부터 곧장 이어지는 그 길은 수많은 차와 도로 수리와 공사의 끝없는 혼란으로 속도가 더뎌 거의 움직임이 없었다. 단박에 내려갈 수 있던 길이 전진이 좌절되고 충돌을 가까스로 면한 대여섯가지 상황에서 나오는 끼이익 소리로 화했다. 사차선이 일차선으로 좁아지는 힐튼 호텔 앞에 이르자 화물차들이 그들을 무지막지하게 밀어내고 덤빌 테면 덤비라는 식으로 위협하면서 지붕을 내린 그들의 차 속으로 악취 나는 매연을 쏟아부었다. 언젠가 밤에 와니는 닉을 힐튼의 꼭대기층 바에 데리고 간 적이 있었다. 유리로 된 그 바의 저속함에는 별로 신경 쓰지 않는 듯했다 — 와니의 아버지가 손님을 즐겨 데려가는 곳이었는데, 칵테일을 마시며 런던의 공원과 궁궐과 모피와 다이아몬드 위를 주인처럼 내려다보겠다고 돈을 내는 행위에는 뭔가 감동적일 만큼 부자연스러운 구석이 있었다. 그리고 이제 그들은 그 호텔 바깥 도로에 꼼짝없이 간혀 옴짝달싹 못한 채 반쯤 질식 상태에 있었다. 운전대를 잡은 닉은 화도 나고 초조하기도 했지만, 동시에 마치 이것이 자신의 부주의 때문인 듯 죄의식을 느끼고 있었다. 와니는 굳은 표정으로, 꽉 다문 입술에는 비난이 담겨 있었다. 리키조차도 한숨을 푹푹 내쉬었다. 닉은 거울을 통해 와니가 손을 내밀어 리키의 허벅지에 대는 모습을 지켜보았다. 그는 일상적인 대화를 나누어보려 했지만 리키는 시사 문제에 아무런 의견도 없었을 뿐 아니라 자신의 새 친구들에 대해서도 놀랄 만큼 무관심했다. 그는 어떤 창고에서 일을 하다가 포기하고 놀기로 했다고, 이제 325만이라는 실업자가 있으니 원해도 직업을 찾을 수 없을 거라고 말하며 미소를 지었다. 그러고는 자신은 술을 마시지 않고 담배도 피우지 않으며 책도 읽은 적이 없다고 덧붙였다. "우리가 널 영화에 출연시켜줄 수 있을지도 모르지." 와니가 장난스럽게 말하자 리키가 맞장구를 쳤다. "그거 좋지." 닉이 그의 여자친구에 대해 다시 물을 때까지는 여자친구도 잊고 있었던 것 같았다. 마침내 하이드파크 코너 쪽으로 서둘러 빠져나온 그들은 다른 차들과 앞서거니 뒤서거니 하며 나이츠브리지 쪽으로 향했다. 와니가 물었다. "여자친구 이름이 뭐야?"

"펠리시티." 리키가 말했다 — 바로 옆의 가게 차양에서 '펠리시티 프라이어 꽃집'이라는 간판을 본 참이었다. "아……."

와니가 몸을 돌려 너무나 짓궂은 어조로 말했다. "펠리시티는 아주 운이 좋구나."

"그럼, 물론이지." 리키가 말했다.

와니의 집에 도착했을 때 사무실에는 아무도 없었고 일하던 젊은이들도 모두 퇴근한 뒤였다. 그들은 곧장 위층의 아파트로 향했다. 리키가 와니 뒤를 따르고 닉은 그들 뒤를 바짝 쫓아갔는데, 두 사람에 대한 질투심 때문에 기분이 좋지 않았다. 첫 데이트의 긴장 비슷한, 하지만 경쟁자이자 비판자인 제삼자가 한명 더 있는 것 같은 상황이었다. 와니의 취향이 드러났다는 생각에 마음이 상했고, 자신이 그 비밀의 당사자 중 한명이라는 사실에 화가 났다. 리키 앞에서 그 드라마를 치러낼 수 있을지도 자신이 없었다. 다른 곳에서라면 틀림없이 리키와 관계 갖는 걸 즐겼을 텐데. 어쩌면 그런 상황이 아니고 그저 장난 정도만 조금 치게 될 수도 있지만 말이다. 그가 방을 가로질러 작은 탁자에 차 열쇠를 내려놓고 뒤를 돌아보았을 때, 리키와 와니는 키스를 하고 있었다. 어떤 말도 오가지 않은 채 존재하는 거라곤 동의를 뜻하는 한숨뿐이었고, 한순간 침이 반짝인 뒤 충격적일 만큼 다정한 두번째 키스가 시작되었다. 닉은 거칠게 웃고는 어린 시절 이후 느껴보지 못한, 계속되게 내버려두기에는 너무도 강렬하고 창피스러울 만큼 비참한 기분에 사로잡혀 그들을 외면했다.

닉은 가죽 장정의 『J. 애디슨의 시와 희곡』을 꺼내 책 속에 숨겨진 코카인 1그램을 꺼냈다. 지난주까지만 해도 4분의 1온스나 있었는데 남은 건 고작 그만큼이었다. 그는 유리로 된 커피 탁자 옆에 무릎을 꿇고 깨끗한 곳을 닦았다. 『하퍼스』지 최신호의 '제니퍼의 일기' 면이 펼쳐져 있어서, 그는 지난 5월 플린트셔 공작부인의 무도회에 참석한 앙뚜안 우라디 씨와 마르띤 뒤크로 양의 사진을 물끄러미 바라보았다. 두 사람 사진 옆 유리면에는 두 사내의 키스하는 모습이 창백하게 반사되어 거꾸로 떠 있었다. 만일 이것이 와니의 영화 중 하나 — 그가 만들고 싶은 영화가 아니라 즐겨 보는 영화 — 라면 닉은 곧 거기 참여해야 할 것이었다. 때때로 한 사내가 무릎을 꿇은 채 다른 두 사내의 성기를 번갈아 빨거나 아니면 그것

둘을 한꺼번에 입에 넣으려 시도하는 설명하기 힘들 만큼 따분한
장면이 있으리라는 사실을, 와니에게는 그런 것이 필요하리라는
사실을 닉은 알 수 있었다. 그는 코카인을 조금 집어 그 섬세한 쾌
락을 들이마시고, 리키가 자기 연인의 허리띠 버클을 당기는 모습
을 지켜보았다.

# 8

와니의 새 작업장은 애빙던 로드의 1830년대 주택으로 파크스 페릿 보졸루에게 의뢰해 용도를 변경한 곳이었다. 일층은 번쩍거리는 탁 트인 공간의 『오지』[1] 사무실이었고, 위의 두층은 전기장치와 라임우드 박공벽이며 색유리, 뜻밖의 채광창으로 채워진 아파트였다. 고딕풍 침실에는 이집트식 화장실이 딸려 있었다. 보졸루는 이 사무실에 적용한 첨단기술이 미래의 논리라기보다 자기네 포스트모던 레퍼토리의 한 양식이라고 주장하는 듯했다. 이 집은 『월드 오브 인테리어스』지에도 소개되었는데, 그때 잡지의 아트디렉터는 가구를 옮기고 식당에 커다란 추상화를 걸고 큰 박처럼 생긴 자기 램프를 새로 가져왔다. 와니는 그런 것에는 신경 안 쓴다고 말했다. 반짝이는 유리와 철판으로 이루어진 사무실에서나

---

1 *Ogee*, 두개의 곡선이 하나의 접점에서 반대방향으로 교차하는, 반(反)곡선 아치를 뜻하는 건축용어. 와니와 닉이 함께 창간하는 새 잡지의 제목이기도 하다.

다양한 문화적 경향이 엿보이는 물건들을 마구잡이로 섞어놓은 아파트에서나 와니는 우아해 보였고, 두 공간에서 똑같이 편안해 보였다. 그는 미술과 디자인에 대해 아는 것이 별로 없었는데, 그 공간에서 얻는 즐거움이라면 무엇보다도 그 자신을 위해 뭔가 비싼 일을 했다는 사실에 있었다.

닉은 그 아파트의 허세 가득한 모습에 혼자 미소를 지었지만, 이곳 역시 자신이 공유할 수 있는 부에 대한 환상이자 사랑하는 남자의 주거지였으므로 페든가에서 그랬듯 약간 서글프고 예민하게 받아들였다. 부자들이 스스로를 위해 꾸민 편안과 편리, 그 사물들의 세계를 자신은 조심스레 들여다보며 잘 받아들인다고 그는 생각했다. 그 세계는 곧 스트레스를 최소화하는 동시에 아부를 보장하는 체제였다. 닉은 깊숙이 앉을 수 있는 소파들의 넉넉한 크기와 화장실 세면대 양옆에서 오묘한 빛을 던지는 등불을 사랑했다. 그 세면대에서 면도를 하거나 이를 닦을 때만큼 자신이 멋있어 보이는 순간은 없었다. 포스트모던한 것이 모두 그렇듯 물론 집은 저속했지만, 그는 그곳에서 놀라운 쾌락을 얻는 스스로를 발견했다. 전등갓에 달린 회색 유리 방울들이 황소의 핏빛과도 같은 대리석 벽면에 뿌옇게 반사되는 복도는 분명 무척 멋지고 세련된 것이긴 해도 마치 레스토랑의 화장실 같았다.

그 집에서 그는 때로 수많은 베개가 놓이고 캐노피가 달린 환상적인 침대에서 자기도 했다. 거울과 커튼 레일 장식, 고딕풍 고해실처럼 생긴 옷장은 오지 반곡선의 무늬로 장식되어 있었다. 그러나 이 곡선의 절정은 반곡선 두개가 교차하며 도돌도돌한 장식이 왕관처럼 거대한 양배추 모양을 이루는 캐노피였다. 사랑을 나눈 뒤 밀려오는 불안한 허탈감 속에서 그 아래 누운 어느날 와니의 회사를 '오지'라고 부르자는 아이디어가 그의 머릿속에 떠올랐었다. 정말이지 딱 들어맞는 단어였고, 그가 사랑하는 다른 많은 것들처럼 영어이면서도 이국적이었다. 오지 곡선은 장식적이지만 구조적이지는 않은 순수한 표현이었다. 그것에서 구조를 만들 수는 있으나 도돌도돌한 장식이나 양파 모양의 돔 위에 세운 십자가 이상의 것을 받쳐줄 수는 없다. 와니는 자신의 위엄에 덧씌워진 모욕을 가늠하기라도 하듯 잠자리 후에는 거리를 두곤 했다. 생각에 잠긴 표정으로 슬퍼하며 고개를 돌리는 것이었다. 사교모임에서 오지 곡선에 대해 영리하게 언급함으로써 다른 사람들에게 좋은 인상을 주었던 순간들을 떠올리며 닉은 '오지'라는 이름이 괜찮다는 확신을 다졌다. 처음에는 공작부인, 다음으로는 캐서린, 이어서 와니가 아닌 다른 애인이 오지 곡선에 대한 그의 설명을 인상 깊게 들었다. 그 이중의 곡선은 호가스의 '아름다움의 선', 뱀 같은 본능의 번뜩임, 하나의 움직임이 펼쳐지는 가운데 합쳐지는 두 충동의 명멸이었다. 그는 손으로 와니의 등을 쓸어내렸다. 호가스는 '아름다움의 선'의 가장 아름다운 사례인 이것, 아래로 내려갔다 다시 부풀어오르는 이 선을 보여주지 못했다. 그는 하프와 나뭇가지들과, 살 대신 뼈들만을 보여주었다. 정말이지 새로운 『미의 분석』[2]이 필요한 때였다.

침대 발치 마루에는 '서가'가 하나 있었는데, 러천스[3]의 신新조지 양식을 본뜬 것으로 한면이 검은색 벽에 벽기둥이 있는 책장이었

---

**2** *The Analysis of Beauty*, 1753년에 출판된 윌리엄 호가스(William Hogarth)의 미학 이론서. '아름다움의 선'은 이 책에서 제시된 개념이다.
**3** Edwin Lutyens(1869~1944). 영국의 건축가로 전통 양식을 현대적으로 해석한 것으로 유명하다.

다. 유리그릇 하나, 사진 액자 몇개, 모형 자동차 하나가 책이 듬성듬성 꽂힌 사이 공간을 차지하고 있었다. 정원과 유명한 영화배우들에 대한 커다란 책들, 대중적인 전기들, 와니의 지인들이 썼다는 이유로 소중히 대접받는 책들, 그러니까 테드 히스의 『항행』과 냇 핸머의 '끝내주는' 첫 소설 『돼지우리』가 있었다. 그 방에는 정통 조지 양식 책상과 소파, 커다랗게 노려보고 있는 텔레비전, 그리고 고속 되감기 장치가 있는 비디오 플레이어가 있었다. 닉의 상황 판단을 완전히 뒤바꿔버린 리키와의 사건이 있은 지 며칠 뒤 바로 이 방에서, 와니는 책상에 앉아 몽블랑 뚜껑을 열고 니컬러스 게스트 앞으로 5천 파운드짜리 수표를 써주었다.

닉은 의구심과 기쁨이 뒤섞인 표정으로 스트랜드의 쿠츠 은행 수표를 바라보았다. 가벼운 태도로 아무렇지 않게 수표를 받았지만, 자신이 그것에 강렬한 애착을 느끼고 있음을 순식간에 깨닫고 도로 빼앗길까봐 두렵기도 했다. 그가 말했다. "이건 도대체 뭐야?"

"뭐가……?" 와니는 이미 수표를 건넨 것조차 잊은 듯이, 그렇지만 완전히 억누르지는 못한 극적인 어조로 되물었다. "아, 그냥 너한테 계속 돈을 주는 게 귀찮아서."

상당히 재치 있는 대답이었고, 닉도 그렇게 생각했다. 그 거친 말투 또한 은밀한 다정함의 표현으로 이해할 수 있었다. 하지만 자신이 술과 약에 취한 상태에서 무언가에 동의하고 있는 느낌, 그 거래가 자신에게 지울 의무를 잊어버린 듯한 느낌이 들었다. "이건 옳지 않은 것 같은데." 그가 말했다. 하지만 그러는 동안에도 이미 자신이 토비나 아니면 아마도 냇을 데리고 베티스나 라 스뚜뻰다에 가서 한턱내는 장면을 상상하고 있었다. 게다가 신용카드를 갖게 된다면……

"괜찮아. 그냥 아무한테도 얘기하지 마." 와니가 비디오 플레이어에 테이프를 넣고 리모컨을 집어들며 말했다. 그러고는 저만치 얼굴을 찌푸리고 봐야 할 만한 거리에 떨어져 있는 그 기계를 리모컨으로 들쑤시며 추격했다. "찰리⁴한테 일주일 만에 다 날리지 말고."

"물론이지." 닉은 말했다. 하지만 그 생각, 그리고 머릿속 계산으로 그는 재빨리 5천 파운드의 한계를 가늠했다. 만일 닉이 자신의 비용 전부를 감당하자고 들면 충분하다고도 할 수 없었다. 그런 관점에서 보면 와니는 다소 인색한 셈이었다. 일종의 약올리기. "투자할래." 닉이 말했다.

"그래." 와니가 말했다. "첫 5천 파운드 수익이 났을 때 갚으면 돼." 그 말에 닉은 자신의 어리석음에 킬킬 웃었다. 그 돈을 갚아야 하는 거라면 생각보다 좀 어려운 일이었다. 하지만 우는소리를 하고 싶지는 않았다.

"그래, 고마워, 친구." 그가 생각에 잠겨 수표를 접고, 와니에게 키스하려고 다가갔다. 와니는 감사 인사를 받는 바쁜 부모처럼 뺨을 내밀었고, 닉이 방을 나갈 때쯤에는 이미 「너무 큰 짐」에서 와니가 가장 좋아하는 대목이 화면에 떠올라 있었다. 검은 옷을 입은 사내가 작은 체구의 흥분한 금발에게 고통스러운 실험을 행하는 장면이었다.

"아, 베이비……!" 와니가 킬킬댔지만 닉은 자신에게 다시 들어오라는 뜻이 아니라는 것을 알았다.

---

4 charlie, 코카인이나 섹시한 남자 등을 가리키는 속어.

와니는 일주일에 이틀 밤 정도는 라운즈 스퀘어에 있는 부모 집에서 잠자코 지냈다. 처음에 닉은 그 일이 얄궂다고 생각했고, 그가 자신과 함께 보낼 수 있는 밤을 생략하는 상황에 아무런 안타까움도 느끼지 않는 듯 보인다는 사실에 화도 났다. 닉에게는 가족과 관련한 본능이 크지 않았다. 혹은 그런 게 생기더라도 자신의 가족이 아닌 다른 가족을 향해서였다. 그러나 그는 곧 와니에게는 가족이란 섹스만큼이나 자연스럽고 그 요구를 반박할 수 없는 존재라는 사실을 깨닫게 되었다. 다른 날 밤에는 코카인 봉지를 지닌 채화려한 레스토랑을 드나들다가, 가끔씩 성적인 가면을 쓰고 벌을 받기 위해 WHO6를 타고 부르릉거리며 집으로 가는 것이었다. 가족과 함께 보내는 밤에는 의심의 여지 없는 얌전한 태도로 안도감 비슷한 것을 느끼며 나이츠브리지로 가서 어머니, 아버지, 여행 중인 몇몇 친척, 그리고 보통은 약혼녀도 함께 저녁식사를 했다. 그러면 닉은 질투심을 느끼며 켄징턴파크 가든스의 다정한 페든가로 향했는데, 페든가 사람들은 모두 평소에는 그가 와니의 컴퓨터로 논문 작업을 하며 그의 아파트에 있는 손님방에서 지낸다는 설명을 믿는 듯했다. 닉은 한번도 라운즈 스퀘어에 초대받은 적이 없었으며 그의 마음속에서 그 집과 베르트랑 우라디의 무자비한 모습, 이국적인 가족의례, 라운즈라는 말 자체의 거창한 단음절, 이 모든 것은 한데 뭉쳐 접근 금지의 분위기를 풍겼다.

그렇게 혼자 보내던 어느 밤, 「탄호이저」 공연을 보러 간 닉은 막간에 쌤 저먼을 만났다. 그들은 빠리 버전과 드레스덴 버전이 어설프게 혼합된 그날의 공연에 대해서 경쟁적으로 떠들어댔다. 쌤은 관련 사실을 닉보다 더 잘 알고 있었고, 더 정확하게 기억하고 있기도 했다. 닉이 그에게 물어보고 싶은 게 있다고 해서 그들은 다음주에 함께 점심을 먹기로 했다. "일찍 와." 쌤이 말했다. "와서 새체육관 한번 봐." 케슬러사는 런던 사옥을 새로 지었는데, 앞면은 고풍스러운 빨라쪼풍 저택이었지만 뒤로는 철근과 유리로 지은 안마당과 하이테크 거래장이 자리 잡고 있었다.

약속한 날 닉은 일찍 은행으로 가 안마당 야자수 아래서 쌤을 기다렸다. 사람들은 여전히 연미복 차림에 실크해트까지 쓴 수위에게 고개를 끄덕이며 서둘러 들어갔다. 비치는 에스컬레이터에 실려 종업원들이 위아래로 오르내렸는데, 그들은 노예처럼, 동시에 무척 중요한 사람처럼 보이기도 했다. 닉은 땀에 젖은 방수복과 가죽옷을 입고 무거운 부츠를 신고서 오토바이로 물건을 나르는 배달원들을 지켜보았다. 배역에 합당한 옷차림을 하고 자신의 일에 정통한 그렇게 많은 사람들이 일하는 모습을 그렇게 가까이서 보고 있자니 당황스럽기도 하고 약간 동요가 되기도 했다. 건물 자체가 자신감으로 번쩍이며 통풍창에서 끊임없이 들려오는 진짜배기 소음, 웅웅거리는 사람들 목소리와 에스컬레이터의 기계적인 덜커덩 소리를 생산하고 보존하고 있었다. 닉은 케슬러 경이 사무를 보고 있을 만한 곳을 올려다보려고 고개를 꼬았다. 그의 직급에서 업무라는 것은 분명 윙크와 단순한 농담, 텔레파시 정도이리라. 그는 오래된 목재 패널로 이루어진 회의실이 보존되어 있으며 라이어널이 그곳에 굉장한 그림을 몇개 걸어놓았다는 사실을 알고 있었다. 사실 그는 닉에게 아무 때나 들러서 깐딘스끼의 그림을 감상해도 좋다고 말해주었다.

쌤은 닉을 데리고 건물을 통과해 염소 소독제 냄새가 나는 아래층, 체육관과 수영장이 있는 지하실로 갔다. "정말 신이 주신 선물이야, 이곳은." 그가 말했다. 닉이 보기에 그곳은 무척 작아 Y에 비할 바가 못되었다. 체육관으로 가면서 동성애자들이 모이는 곳을 기대했던 그는 이곳이 그런 장소가 아니라는 사실을 깨달았다. 흰 재킷을 입은 노인이 타월을 건네주었는데, 은행가들의 외설스러운 농담에 익숙한 사람 같았다. 닉은 그저 쌤의 기분을 맞춰주려고 형식적으로 한바퀴를 돌았다. 쌤은 자전거를 타고 페달을 밟으며 『타임스』의 십자말풀이를 하고 있었다. 닉은 자신이 쌤에 대해 잘 모른다는 사실을 새삼 깨달았고, 쌤이 자신에게 호의를 베풀려 한다는 막연한 느낌도 받았다. 쌤의 호의 섞인 옥스퍼드식 영리함은 한층 강화되어 건물에서 느껴지는 것과 비슷한 번뜩임이 도사리고 있었고, 그의 미소는 비밀스러운 지식을 소유한 사람의 웃음처럼 주의 깊고도 의미심장했다. 그들 주위에는 온통 아령과 역기를 탕탕 올리고 내리는 사내들이 있었다. 자신들의 공격성을 더 가꾸려는 건지 다스리려는 건지 알 수 없었다. 샤워실을 칸칸이 차지한 사람들이 난해한 얘기들을 잘난 척 소리치고 있었다.

닉은 참나무 칸막이 사이사이로 연미복 차림의 웨이터들이 시중을 드는 레스토랑, 사람들이 나직한 소리로 얘기하는 고풍스러운 곳에서 점심을 먹게 될 거라고 생각하고 있었다. 쌤이 데리고 간 레스토랑은 너무 밝고 시끄러운데다 엄청나게 커서 닉은 5천파운드에 대한 자신의 계획을 얘기하려고 고함을 질러야 했다. 닉의 말을 이해한 쌤은 잠시 움찔하더니 몸을 뒤로 젖힘으로써 자신이 기대했던 건 뭔가 그보다 훨씬 중요한 일이었다는 점을 암시했다. "글쎄, 그것 재미있군." 그가 말했다.

레스토랑에 있는 사람들은 거의 남자들이었다. 닉은 가장 좋은 양복을 입고 와서 다행이라고, 넥타이를 매고 왔더라면 좋았겠다고 생각했다. 눈매가 날카로운 나이 든 축도 있었는데, 그들은 속도와 소음 때문에 약간 지친 듯했으며 새로운 종류의 성공으로 다져진 사나운 젊은이들을 자신들의 위엄에 대한 위협으로 여기는 것 같았다. 젊은이 중 몇몇은 아름답고 흥미로웠다. 닉이 보기에 일종의 무자비한 성욕이 그들 자신의 권력에 대한 감각인 듯했다. 나머지는 못생기고 학교에서 외톨이로 지내는 이들, 돈을 단짝으로 만든 사람들이었다. 그런 것은 사립학교에서만 있는 일은 아니다. 모두들 소리를 질러야 했으므로 공중에는 크고 거친 하나의 음절, '와'나 '이야' 정도만 떠 있는 것 같았다. 쌤은 그들과는 약간 거리를 두는 듯했지만 그렇다고 아예 다른 부류로 자처하는 것은 아니었다. 그가 말했다. "프랑크푸르트에서 아주 훌륭한 「그림자 없는 여자」 공연을 봤어."

"그랬군……. 글쎄, 너도 슈트라우스에 대한 내 의견은 알고 있겠지." 닉이 대꾸했다.

쌤은 실망한 표정으로 닉을 바라보았다. "슈트라우스 괜찮던데." 그가 말했다. "여자들을 아주 잘 다루잖아."

"나도 그것 때문에 거슬리는 건 아니고!"

쌤은 그 말에 킬킬대다가 곧 말을 이었다. "오케스트라의 음악은 온통 남자들에 대한 것이고 오페라는 모두 여자들에 관한 것이지. 그가 쓴 남성 인물 가운데 유일하게 흥미로운 건 여자들이 바지를 입고 남성 역을 하는 것들이야. 옥타비안과 「아리아드네」의 작곡가 말이야."

"맞네, 꼭 맞아." 닉은 그래야 할 것 같은 의무감에 맞장구를 쳤다. "그가 보편적이지는 않지. 모든 걸 다 이해한 바그너 같은 인물은 아니야."

"바그너 같은 인물은 전혀 아니지." 쌤이 동조했다. "하지만 그래도 천재야."

그들이 닉의 돈 문제에 대해 이야기를 시작한 건 점심이 끝난 뒤였다. "그저 약간의 유산이야." 닉이 말했다. "그걸로 무얼 만들 수 있을지 알아보는 것도 재미있을 것 같아서."

"음." 쌤이 말했다. "글쎄, 지금은 부동산이 최고지."

"5천 파운드로는 별 대단한 것을 못 구할 텐데." 닉이 말했다.

쌤이 잠시 웃었다. "나라면 이스토의 주식을 사겠어. 그 사람들이 런던시의 절반을 개발하고 있거든. 주식 가격이 아이거 북벽 같다고."

"아주 빨리 오르고 있단 얘기군."

"아니면 물론 페드리도 있지."

"뭐, 제럴드의 회사?"

"실제로 지난 사분기에 실적이 아주 좋았어."

닉은 마음이 흔들렸지만 차분히 생각해보니 그건 좀 마음이 편치 않은 제안이었다. "어떻게 하는 건데?" 자신의 실없는 짓에 숨이 막히면서도 샤블리를 네잔이나 마신 터라 약간 무모해진 그가 물었다. "네가 나 대신 좀 관리해줄 수 있을까?"

쌤은 식탁 위에 냅킨을 내려놓고 웨이터에게 손짓을 했다. "좋아!" 그가 재미있겠다는 뜻으로, 그리고 조금은 실없는 짓이기도 하다는 듯 명랑하게 말했다. "최대한의 이익을 위해서 일해보자고. 어디까지 가는지 보는 거야."

닉은 지갑을 꺼내려 열심히 찾았지만 쌤이 경비로 점심값을 냈다. "외부에서 온 중요한 투자자잖아." 그는 케슬러 전용 플래티넘 마스터카드를 가지고 있었다. 닉은 설레는 마음으로 눈을 반짝이며 그 과정을 지켜보았다. 바깥 보도에 나오자 쌤이 말했다. "좋아,

친구, 나한테 그 수표를 보내. 나는 이쪽으로 가야 해서." 닉이 벌써 다른 방향으로 간다고 말하기라도 한 것 같은 태도였다. 이어 그들은 악수를 나눴고 그때 쌤이 다시 말했다. "커미션은 3퍼센트로 할까?" 그것으로 거래는 엄숙히 성립된 듯했다. 이런 일을 결코 생각조차 해본 적 없던 닉은 흥분해서 활짝 웃었다. 미칠 듯이 신경이 쓰였다. 잘한 일이라고, 잘될 거라고 생각하게 된 건 나중에 도장까지 제대로 찍고 나서였다.

와니는 여전히 『오지』에서 '팀을 구성하고' 있었다. 닉은 그의 자신감과 여유를 말없이 감탄하며 지켜보았다. 댈러스 칵테일파티라도 가는 듯 성장을 한 멜러니라는 여자가 타자수로 와서는 솜씨 좋게 시간을 끌어가며 몇몇 서류를 철하거나 전화를 걸고 받는 일로 오후 시간을 보냈다. 자기 어머니에게서 전화가 올 때마다 그녀는 "정신없이 바쁘다"라고 했다. 와니는 아주 훌륭한 토크맨, 차 안이나 심지어는 레스토랑에도 들고 갈 수 있는 휴대전화를 가지고 있어서 그가 회의 중일 때는 멜러니가 그리로 전화를 해서 그에게 수치를 이야기해주기로 되어 있었다. 그밖에도 하워드와 싸이먼이라는 두 직원이 있었다. 그들은 실제 커플은 아니었지만 항상 한묶음으로 언급되었고 학창 시절의 단짝처럼 편하게 함께 움직였다. 하워드는 무척 키가 크고 모난 턱을 가진 반면 싸이먼은 키가 작고 올빼미처럼 생겼는데, 자신의 통통한 체형이 그다지 신경 쓰이지 않는 듯 굴었다. 만일 누가 연인으로 오해하면 싸이먼은 큰 소리로 웃음을 터뜨렸고, 하워드는 자신들이 단지 좋은 친구 사이일 뿐이라는 사실을 에둘러 알렸다. 닉은 사무실에 들러 그들과 잡담을 나누며 그들이 자신에게 보내는 상당한 호감의 눈짓을 즐겼다. "글쎄, 나는 수영을 하고 일주일에 두어번 체육관에 가서 운동을 하지." 닉은 의자에 뒤로 기대앉아 말하곤 했는데, 거만을 떠는 데는 늘 댓가가 따라서 그럴 때마다 수줍음을 탔다. 그러면 싸이먼은 말하곤 했다. "아, 저도 그렇게 해보면 좋겠어요." 그들은 모두 와니의 아름다움을 전혀 알아보지 못한다는 듯, 그를 전적으로 엄격한 보스로만 생각하는 듯 행동했다. 그의 사진이 『태틀러』나 『하퍼스 앤드 퀸』의 사교계란에 나오면 멜러니는 그들 사업 전체의 타당성에 대한 증거라도 되는 듯 그것을 돌렸다.

닉이 보기에 그들 중 어느 누구도 자신이 그들 보스와 자는 사이라는 것은 모르는 게 틀림없었다. 게다가 자신은 십여년의 훈련을 통해 이야기가 얼굴을 붉힐 만한 주제로 흘러가는 것을 미리 방지함으로써 괜한 암시를 차단하는 데는 도사가 되었다고 자신하고 있었다. 한편으로는 추문으로 이름이 났으면 하고 바라기도 했지만 와니는 완벽한 비밀을 요구했고, 닉은 비밀 지키기를 즐겼다. 이전의 모험을 눈가림으로 써먹기도 했는데, 가령 와니를 그 전해 여름에 호수에서 만난 프랑스 남자로 바꿔서 리키와의 일에 대해 하워드와 싸이먼에게 들려주는 식이었다.

"그래, 잘생겼어요, 그 리키라는 사람?" 싸이먼이 물었다.

리키는 잘생겼다는 말과는 거리가 있었다. 그의 매력은 아둔한 확신, 계속해서 전해오는 열기, 시작부터 깊이 들어와 처음 키스도 마치 하다 방해받은 키스를 다시 하듯 강렬하다는 것 따위였다. 닉이 대답했다. "아, 굉장했지. 검은 눈에 동그란 얼굴하며 크고 잘생긴 코……."

"으음."

"너무 제때 대머리가 시작된 감은 있지만 아직 딱할 정도는 아니고."

잠시 생각에 잠겼다가 싸이먼이 물었다. "그런 걸 좋아하시는 군요?"

"뭐라고……?" 닉이 약간 허를 찔린 표정으로 되물었다.

"너무, 뭐라고 하셨죠?"

"그게, 잘 기억이 안 나는데……. '너무 제때 대머리가 시작된 감은 있지만 아직 딱할 정도는 아니고'라고 했던가?"

하워드가 빤한 눈속임에 속는 사람처럼 고개를 끄덕이며 뒤로 기대앉아 물었다. "그래, 그 남자 턱수염은 있었어요?"

"전혀." 닉이 대답했다. "전혀 아니지. 볼과 턱으로 말하자면, 그는 이른 아침 강철이 주는 즐거움을 알려주더군."

그들은 모두 만족스럽게 웃었다. 닉은 헨리 제임스의 후기작들에서 가져온 이런 절묘한 우회적 표현들을 평소 즐겨 대화의 엉뚱한 곳에 끼워넣었고, 두 젊은이들은 그에 감탄하며 어느정도는 자신들도 기억해두려 애쓰기도 했다──사실 그들이 정말 원하는 건 닉이 특유의 활발하고도 진지한 어조로 하는 말을 듣는 것이었지만 말이다.

"그래, 그 구절은 어디에 나온 거죠?"

"대머리? 『절규』라는 작품에서 인용한 거지. 헨리 제임스의 소설인데 아무도 들어본 적 없는 작품이야." 두 젊은이는 그 말을 철학적으로 받아들였다. 그들은 사실 헨리 제임스의 소설은 아무것도 들어본 적이 없는 사람들이었다. 닉은 자신이 헨리 제임스라는 대가를 속되게 쓴다는 생각이 들었지만, 사실 이런 어구들에는 자조의 요소도 섞여 있었고 그것은 그가 논문에서 탐구하고 있는 주제이기도 했다. 그는 자신의 연구 대상인 그 작가와 젊은이다운 연애의 절정에 있었다. 그의 리듬, 그의 아이러니, 그의 개성에 완전히 반해 있었고 무엇보다 그의 가장 별난 점을 가장 사랑했다.

"근데 말씀을 들어보면 헨리 제임스는 모든 사람을 아름답고 멋지다고 말한 것 같은데요." 싸이먼이 약간 심술궂게 말했다.

"아, 아름답고, 멋지고…… 굉장하고. 사실 인물들이 서로를 그렇게 묘사한다고 할 수 있지. 특히 그들이 장난칠 때. 알다시피 후기작에서는 더욱더 그런 식으로 묘사하는데, 실은 그만큼 더 추하거든—도덕적인 의미에서는."

"그렇군요……." 싸이먼이 말했다.

"그들이 악하면 악할수록 서로를 더 아름답다고 보는 거야."

"신기하네요." 하워드가 심드렁하게 말했다.

닉은 그의 소규모 청중을 다정하게 바라보았다. "그의 연극「높은 입찰가」에는 아주 굉장한 표현이 있어. 한 남자가 시골 저택에서 집사에게 말하거든. '그러니까, 자네는 누구에게 속하는 아름다움을 누리나?'라고."

싸이먼이 신음소리를 냈고, 멜러니에게 들릴까 싶어 주변을 두리번거렸다. 그러고는 말했다. "그래, 그 친구 손잡이는 어땠어요? ……그러니까 리키 말이에요."

글쎄, 그것은 분명 묘사할, 윤색할 가치가 있는 것이었다. 헨리라면 그것에 대해 어떻게 우회적으로 묘사했을지 닉은 잠시 생각해보았다. 그가 자신의 외모 가운데 돋보이는 세련된 턱수염과 대머리의 한쌍을 꽤나 익살맞게 주물럭댔듯이, 리키의 단단한 8인치짜리 그것을 불러내기 위해 온갖 희롱을 하고 애교를 떨지 않았을까? 닉은 말했다. "아, 그건…… **크기가 굉장했지**." 그러고는 그 표현에서 자기 나름으로 흥분을 이끌어내는 싸이먼의 모습을 지켜보았다.

그렇게 그는 성과 학문을 뒤섞으며, 그렇게 엄정한 진리에서 이탈하는 것을 즐기며 수다를 떨었다. 사실 그런 면들이야말로 닉이 그런 일에서 느끼는 즐거움의 핵심이었다. 게다가 이는 『오지』 사무실에 감도는 환상 같은 느낌, 쟁점을 회피하는 듯한 거리감과 잘 맞는 듯했다.

그곳에서 자신이 하는 일을 좀처럼 명확히 규정하지 못하던 차에 닉은 갑자기 어느 일요일 라운즈 스퀘어에서 점심을 먹자는 초대를 받았고, 그렇게 자신의 역할을 알 기회가 생겼다. 헤븐에서 새벽 3시까지 춤을 춘 뒤여서 베르트랑 우라디가 그의 손을 세게 잡으며 "아, 자네가 앙뚜안의 그 예술비평가로군" 하고 말했을 때까지도 그는 여전히 고무 가면 같은 얼굴에 비틀거리는 다리, 맥주와 브랜디 때문에 생긴 떨림과 눈부심 따위와 씨름하고 있었다.

"그렇습니다!" 닉은 최대한 힘을 주어 손을 맞잡고, 사랑하는 아들이 인정했다면 베르트랑 우라디도 예술비평가를 좋게 봐주리라는 희망에 활짝 웃으며 대답했다.

"하하!" 베르트랑이 웃고는 복도의 체크무늬 대리석 마루를 향해 돌아섰다. "글쎄, 예술비평가도 필요하지." 그는 우아하게 팔을 접었다 뻗었는데, 그 모습은 자신의 지위에 걸맞은 장식물, 저 번쩍거리는 그림들과 앙삐르 양식의 높다란 촛대를 가리키는 듯했다. 또한 자신은 예술비평가를 적은 비용으로 고용한다고 말하는 것처럼 보이기도 했다. 닉은 그 모든 번들거리는 것에 얼굴을 찡그리며 그를 따라 들어갔다. 자신이 그 집에서 보고 싶은 것은 단 하나뿐이라는 생각이었다. "조금 후에 보세." 베르트랑이 잠깐 지체된다는 뜻으로 슬쩍 몸짓을 했고, 닉은 화장실로 그를 따라 들어갈 뻔했다는 사실을 깨달았다. 문을 열어준 검은 피부의 자그마한 여자가 공손하게 그를 위층으로 인도해 닉은 실패할 운명의 사람처럼 미소를 띤 채 그녀 뒤를 따라갔다. 그러니까 와니가 부모에게 닉을 설명하며 자신이 고용한 예술비평가라고 표현했다는 뜻이리라…….

그는 분홍색과 황금색이 뒤섞인 응접실로 안내되었다. 와니는 이제 막 그를 기억해낸 노인처럼 "아, 닉……"이라고 부르며 방을 가로질러와 손을 내밀었다. "자, 여긴 마르띤이야. 전부터 자네를 알고 싶어했지……. (닉은 그녀가 앉아 있던 소파 곁에 서서 과장되게 허리를 굽혀 그녀와도 악수를 나누었다.) 그리고 어머니도 이번에 처음 뵙는 거지." 닉은 벽난로 위 높은 곳에 약간 경사지게 매달려 그쪽으로 다가가는 자신을 되비추는 거울 속 모습을 의식했다. 거울의 경사 때문에 빛나는 중간부를 향해 방이 솟아 있는 것처럼 보였다. 자신을 방어하듯 밝은 미소를 띠고 다가가던 그는 어리석게도 한순간 거울 속 자신의 눈을 보았다. 그의 미소는 현혹된 사람의 것이었으며, 아마도 재치 있는 말을 이어갈 사람의 미소이기도 했다. 모니끄 우라디는 웨스트민스터 대성당의 미사에 다녀오는 길이라고 말하며 미소로 응대하긴 했지만 아직 간단한 사교적 대화를 나눌 마음의 준비가 안된 듯 보였다. "여기는 에밀 삼촌, 그리고 이쪽은 내 사촌 꼬마 앙뚜안이야." 와니가 뒤에서 갑자기 나타난 두 사람을 소개했다. 모든 것이 닉에게 부딪쳐오는데 전부 흡수할 수가 없었다. 닉은 칼칼한 목소리로 "앙샹떼(처음 뵙겠습니다)"라고 말하는 에밀 삼촌과 악수를 나눈 뒤 역시 "앙샹떼"라고 대답했다. 와니가 꼬마 사촌의 머리에 손을 얹자 소년은 와니를 흠모의 눈초리로 올려다본 뒤 닉과 악수를 나눴다. 그 소년이 아직 숙취에 대해 완벽히 무지할 것을 생각하니 눈물이 날 것 같았다.

택시를 타고 오면서 닉은 물만 마셔야겠다고 마음먹었는데, 베르트랑이 "자, 마셔야지!" 하며 들어오는 것을 보자 블러디메리를 마시는 것도 좋겠다는 생각이 들었다. 베르트랑이 멀찌감치 놓인 탁자의 술병들로 다가가려는 참에 검은 재킷을 입은 노인이 서둘러 쟁반을 들고 들어와 상황을 장악하기 시작했다. 닉은 숙취에 시달리는 사람의 감각, 어떤 변위된 의식과 느릿한 인지력으로 그들을 응시했다. 베르트랑이 무언가를 하려고 몸만 움찔해도 다른 사람이 즉각 그 일을 수행하는 모습이 보였다. 개시의 신호가 떨어졌다 하면 즉각적으로 어김없이 의무 대행이 일어나는 것이었다! 그 모습이 모든 것을 설명해주었다.

정말이지 소파 구석에 생물처럼 앉아서 이리저리 오가는 가족들의 대화를 지켜보는 것이 최선이었다……. 앞쪽 높은 창문으로 흰 망사 커튼이 방 안을 향해 물결처럼 부드럽게 부풀었다. 바깥 발코니에는 꼭대기가 뾰족하게 정리된 묘목 두그루가 화분에 심겨 있었고, 그것들 너머로 네모진 구역에 심긴 플라타너스가 숲을 이루며 전경을 차지했다. 둥둥 떠다니던 닉의 생각은 바깥으로 흘러나가 그곳에 자리를 잡았다.

꼬마 앙뚜안은 리모컨이 딸린 장난감 자동차를 갖고 있었는데, 와니가 루이 14세풍 탁자와 의자들의 다리에 그것을 충돌시켜보라며 아이를 부추겼다. 그 장난감 차는 채찍 같은 안테나가 달린 밝은 빨간색 페라리였다. 닉은 몸을 앞으로 숙인 채 질주하며 돌아다니는 차를 바라보면서 그것이 가구 가장자리에 쾅 부딪치거나 장롱 아래 끼일 때면 신경질적인 신음소리를 냈다. 그렇게 장난을 즐기는 척 거기 끼려고 노력했지만 두 사람은 신경도 쓰지 않는 듯했다. 와니는 이제 리모컨을 거의 빼앗다시피 들고 전속력으로 차를 몰아 이리저리 충돌시키고 있었다. 선 채로 에밀과 대화를 나누던 베르트랑은 두어번 얼굴을 좀 굳히긴 했어도 마음씨 좋게 장난감 차를 피해주었다. 경사진 거울 속으로 우월한 각도에서 내려다보듯 그들을 보니 모두 세트장의 배우들 같았다.

와니의 부모는 매력적이었는데, 베르트랑은 옛날 영화배우처럼 키가 작고 잘생겼으며, 검은 단발에 다이아몬드 브로치를 단 모니끄 역시 깔끔하고 간소한 모습이 이십년 전의 유행으로 시간이동을 한 듯 이국적인 모습을 과시하고 있었다. 과하지 않게 윤이 나는 베르트랑의 검은색 정장은 각진 어깨에 더블버튼으로, 가슴에는 자줏빛 손수건이 꽂혀 있었다. 마치 그 자신이 사각형과 마름모꼴의 패턴으로 환원된 듯했는데, 와니의 것보다 강인해 보이는 각진 턱이며 와니의 것과 같은 긴 매부리코 모두가 패턴의 일부를 이루고 있었다. 두꺼운 입술 위로 가느다란 검은 콧수염도 보였다. 그의 발에 신겨 반짝이는 가볍고 굽 낮은 가죽 슬리퍼는 닉에게 동양적인 인상을 주었다. 와니 자신도 골이 팬 러버솔을 몇켤레 가지고 있는데, 그는 "대리석 위를 걷기 위해서"라고 설명했었다. 억양이 강한 베르트랑의 목소리는 격식은 느껴지지 않았지만 방을 지배하는 위엄이 있었다.

마르띤은 닉의 소파 맞은편이자 와니의 어머니 옆, 그녀의 '자리'로 보이는 곳에 앉아 있었다. 남자들이 큰 소리로 말하고 인상을 쓰고 차를 부딪치는 동안 그들은 활기와는 거리가 먼 여자들끼리의 음모라도 꾸미는 듯 조용조용 프랑스어로 대화를 나누었다. 닉은 별뜻 없이 그들을 향해 미소를 지어 보였다. 긴 약혼 기간을 거치며 마르띤은 이 집안의 붙박이, 백만장자가 되기 위해 기다리고 또 기다리는 가난한 친척 같은 인물이 되어 있는 게 틀림없었다. 그녀는 닉과 대화하기를 꺼리는 듯 보였는데, 닉으로서는 그 이유를 짐작할 수 없었다. 그녀가 닉을 만나기를 고대하고 있었다는 와니의 소개는 와니 자신의 바람을 담은 사교적 표현이었다. 그는 말 속에 자신의 희망을 아무렇게나 집어넣는 습관이 있었으니까. 다소 예상 밖의 반응이긴 했지만, 그녀에겐 늘 자신만의 타이밍이 있는 것 같았다. 그래서인지 그녀는 일이분이 지나서야 작은 유리 탁자 위에 놓인 올리브 접시를 그에게로 밀면서 "그래, 어떠세요?"라고 물어왔다.

"아, 괜찮습니다!" 닉이 눈을 깜빡이고 의미심장한 미소를 지으며 말했다. "실은 속이 좀 그래요." 그러고는 술잔을 흔들었다. "이게 도움이 되는군요. 도움이 된다는 게 기적이지만." 참 별 이야기도 다 하게 되는구나, 하고 그는 생각했다.

그의 숙취를 화제로 삼기에 그녀는 너무나 섬세한 사람이었다. "일은 다 잘돼가나요?" 그녀가 물었다.

"아 ─ 그럼요, 고맙습니다. 글쎄요, 이번 여름에는 논문을 끝내려고 하고 있지요. 그런데 물론 진척이 아주 더딥니다." 마치 그녀가 자신의 약점에 대해 잘 아는 사람인 듯, 거기 앉아 있는 동안 자신의 미소를 통해 그 약점이 다 드러나는 것처럼 닉이 말했다. "제가 너무 게으르고 정리가 덜 되어서."

"그럴 리가요." 그녀가 그 말을 농담으로 돌리며 말을 이었다. "그런데 무슨 주제를 다루나요? 그 논문 말예요."

"아…… 그건, 헨리 제임스에 대한 건데……." 닉은 제임스적인 태도를 취하며 주제가 무엇인지 정확히 밝히기를 주저했다. 숨겨진 성적 의미와 큰 관련이 있는 것이라 주제에 대한 이야기는 피하는 게 좋겠다고 그는 판단했다.

"앙뚜안한테서 들었는데 함께 일하신다면서요,『오지』에서?"

"아, 제가 하는 일은 별로 없어요."

"영화 시나리오를 쓰고 계신 것 아닌가요? 앙뚜안이 그러던데."

"글쎄요, 그러고 싶긴 하죠. 어떤 의미에서는 맞는 말이에요. 우리에게 몇가지 아이디어가 있거든요." 그는 와니의 어머니도 대화에 참여시키고자 마르띤 너머로 그녀에게 공손하게 미소를 지어보였다. 실은 그 아이디어라는 게 하나뿐이어서 그는 그것에 대해 이야기했다. "실은 항상『포인턴의 전리품들』을 영화화하고 싶다고 생각해왔거든요⋯⋯." 이 말에 모니끄는 알아들었다는 의미로 고개를 까딱하고는 다시 뒤로 기대앉았다. 닉은 격려를 받았다고 느끼고 말을 이었다. "영화화하면 상당히 멋진 작품이 될 수도 있을 것 같아요. 아시다시피 에즈라 파운드는 그 작품을 그저 가구에 관한 소설이라고 했었죠. 물론 그 소설이 별것 아니라는 뜻으로 말한 것이긴 한데, 저는 바로 그 논평 때문에 그 작품을 더 좋아하게 되었답니다!"

모니끄는 진토닉을 홀짝이며 막연히 걱정스러운 눈초리로 그를 바라보았다. 그러고는 마치 이야기의 요점을 찾는 것처럼 탁자와 의자를 두리번거렸다. 물론 그녀는 그가 무슨 이야기를 하는지 전혀 파악하지 못하고 있었다.

마르띤이 말했다. "그래, 가구에 대해서 영화를 만들고 싶으신 거예요?"

모형 페라리가 발목을 스치며 전속력으로 지나가는 순간 모니끄가 목소리를 높였다. "최근 영화를 한편 봤는데 아주 좋았어요.『전망 좋은 방』을 영화화한 거였는데."

"아, 그러셨군요."

"주요 배경이 이딸리아죠. 우리가 정말 좋아하는 곳인데. 참 괜찮은 영화였어요."

그러자 마르띤이 "전 이제 그런 이야기가 너무 지루하게 느껴져요. 모든 게 과거 이야기이니까요"라고 말했기 때문에 닉은 약간 놀랐다.

"아, 그렇군요. 그러니까 시대극을……."

"시대극들요. 그 온갖 사극들 말예요. 영국 배우들은 그런 역할에 싫증도 안 나는지. 항상 이브닝드레스를 입고 있잖아요."

"그건 그래요." 닉이 말했다. "하지만 실은 요즘도 모든 사람이 이브닝드레스를 입고 있지 않나요?" 사실 그는 와니를 떠올리고 있었다. 와니는 정찬용 재킷이 세벌이나 있는데다 공작부인의 자선무도회에는 연미복 차림에 흰색 넥타이까지 매고 갔으니 말이다. '포인턴 프로젝트'에도 당연히 겉치레에 관한 수많은 내용이 포함되어서, 그는 자신이 공격당하는 기분이었다.

모니끄 우라디가 말했다. "우리 아이가 친구분의 도움으로 아름다운 영화를 만들 거라 확신해요." 어머니들이 때로 그러듯 그녀 역시 알 수 없는 방식으로 자신을 부추긴다고 닉은 생각했다.

"맞아요. 그런데 어쩌면 와니를 그렇게 잘 알지는 못하시는지도 모르겠네요." 마르띤이 맞장구를 쳤다. "와니에게는 자꾸 압력을 가하고 밀어주고 그래야 해요."

"명심하지요." 닉이 웃으며 대답했다. 그러자 와니가 침대에서 보여주는 모습, 놀랍도록 자극적인 그 이미지가 눈앞에 떠오르며 빛나는 듯했고, 덕분에 마르띤은 슬라이드 프로젝터의 빛 앞에 선 사람처럼 반쯤 노출되고 반쯤은 색에 물들어 약간 우스운 모습이 되었다.

모형 페라리가 베르트랑의 슬리퍼에 다시 쿵 소리를 내며 부딪혔고, 차가 슬리퍼 위로 올라가려 애쓰는 동안 꼬마 앙뚜안이 속력을 올리는 바람에 윙윙 소리도 함께 높아졌다. 마침내 베르트랑이 몸을 굽혀 차를 집더니 마치 성난 곤충처럼 그것을 치켜들었다. 소파 뒤에서 돌아나온 앙뚜안은 아저씨의 얼굴에 가득한 진짜 분노를 보고 멈칫거리다가 이어 성난 표정이 으르렁거리는 팬터마임으로 바뀌자 웃느라고 숨을 헐떡였다. "오늘 페라리는 이제 그만." 베르트랑이 말하며 반항의 가능성에 대해서는 한가닥의 의심도 없이 아이에게 장난감을 돌려주었다. 닉은 아이가 그의 화를 돋울까봐 갑자기 불안해졌고 그 바람에 베르트랑의 아들, 그 반복되던 나신의 이미지들은 조심스레 녹아내렸다.

와니가 말했다. "집을 무척 구경하고 싶겠지."

"아, 그럼." 닉은 아부하는 듯한 미소를 띤 채 자리에서 일어났다. 그가 느끼기엔 와니가 지나치게 차갑게 구는 것 같았다. 닉에게 거의 말을 걸지 않았고, 비밀스러운 의도로 닉을 일으켜세우는 지금도 그의 표정에서는 어떤 조짐도, 심지어는 그 가족이 보기에 오랜 대학 친구 사이에서 당연하다고 여길 정도의 다정함도 보이지 않았다.

"그래, 집을 한바퀴 구경시켜줘라." 베르트랑이 말했다. "우리가 가진 끔찍한 그림들과 물건들을 모두 보여줘야지."

"정말 보고 싶네요." 예술비평가 역할을 맡으니 훌륭한 물건들이 모조품처럼 번들거리는 집에서조차 써먹을 만한 숨은 이점이 있구나, 생각하며 닉이 말했다. "저도 갈까요?" 꼬마 앙뚜안이 끼어들었다. 그도 닉만큼이나 자기 사촌의 손길과 미소를 좋아하는 게 분명했다. 하지만 에밀이 그냥 그곳에 있으라고 엄하게 일렀다.

"위층에서 시작하지." 방을 나선 와니가 한꺼번에 두 계단씩 오르면서 말했다. 곧 두번째 층계참에 이르자 그가 조용히 말했다. "어젯밤에 어디 있었는지 아직 말 안했어."

"아, 헤븐에 갔었어." 순진하게 있는 그대로 이야기하는 것에 일말의 불안을 느끼며 닉이 대답했다.

"궁금했어." 와니가 고개를 돌리지 않은 채 말을 이었다. "누구랑 섹스했어?"

"당연히 안했지. 하워드랑 싸이먼하고만 있었는데."

"그 녀석들이라면 그럴 수밖에 없었겠군." 그러고서 와니는 닉에게 살짝 미소를 지어주었다. "그럼 뭐 했는데?"

"글쎄, 나이트클럽 가봤잖아, 달링." 빈정거림이 저절로 사라져버렸으면 하는 어조로 닉이 대답했다. "약혼녀하고 몇군데 나이트클럽에서 사진이 찍힌 적도 있잖아. 나야 계속 춤추고 술만 계속 마셨지."

"음, 셔츠도 벗었어?"

"네 질투에 찬 상상력에 답을 맡길게."

그들은 층계참으로 가서 와니의 침실로 들어갔다. 와니는 허락한다는 듯이, 한편으로는 닉이 자신의 침실에 있는 것들을 너무 자세히 살펴보지는 않으리라 믿는다는 태도로 요란하게 방으로 들어서더니 안쪽의 흰색 욕실로 향했다. 닉은 천천히 뒤를 따랐다. 침실의 모든 것이 흥미로웠다. 그것은 죽어 있으면서도 살아 있었다. 해로에서 찍은 사진, 옥스퍼드에서 마터스 클럽의 핑크 코트 차림으로 찍은 사진, 토비와 로디 셉턴과 다른 친구들과 함께 찍은 사진들이 있었다. 그리고 책들, 매슈 아널드와 아든판 셰익스피어와 펭

권의『미들마치』와『톰 존스』의 갈라진 주황색 책등, 낯익은 색깔들과 활자들이 있었다. 그들이 생애 동안 마주했던 한 시기와 그때 그때의 생각들이 수천의 다른 침실에서 그렇듯 이곳에서도 방치된 채 빛이 바래고 있었다. 다시는 들여다보지 않을 책들이었다. 왕자의 것 같은 젊은 남자의 침대는 거의 더블 사이즈였고, 방의 거울에서 이제 닉은 조심스럽게 자신의 모습을 확인했다 — 전혀 아무렇지도 않아 보였다. 숙취의 얼떨떨함…… 새로 마신 술 때문에 서서히 유쾌해지는 기분……. 그는 느릿느릿 욕실로 들어갔다.

와니는 지갑을 꺼내서 세면대의 가장 넓은 가장자리에 코카인을 넉넉히 부숴 갈고 있었다. "웃기는 옛날 물건이 많지." 그가 말했다.

"그러게." 닉이 대답했다. "그거 하기에는 좀 이르지 않나?" 코카인을 타고 미끄러지기란 무척 즐거운 일이었지만 때때로 와니는 너무 진지하게, 약간 성급하게 그러곤 했다.

"네가 필요해 보이는데."

"글쎄, 아주 약간." 닉이 말했다. 그는 여전히 긴장한 채 무심히 욕실을 둘러보았다. 정말이지 이상할 만큼 들떠서 점심식사 자리에 갔다가 바보로 보이고 싶지는 않았다. 하지만 조금만 하자는 제안을 거부하기는 어려웠다. 그 의식, 신용카드로 그것을 빻아 지폐로 단단히 감는 은근하고 무미건조한 과정, 와니의 말마따나 죄다 '돈으로 이루어진' 과정은 얼마나 매력적인가. 그것은 더 큰 매혹의 일부였고, 일단 그 과정이 시작되면 매력과 약속이 그를 자극했다. 그는 작업 중인 와니를 밀치지 않으려 조심하며 뒤에서 가볍게 와니를 안고 한 손을 그의 왼쪽 바지 주머니에 넣었다.

"아, 맙소사." 와니가 아련한 목소리로 중얼거렸다. 그는 삼초 만에 단단해졌고 그의 몸에 대고 문지르던 닉도 마찬가지였다. 그들이 하는 모든 일이 비밀스러웠고, 따라서 과감했고, 따라서 어린애 같은 짓이었다. 사실 진짜 과감한 행동은 아니니까. 이런 식의 관계가 얼마나 오래갈 수 있을지 닉은 알 수 없었다. 그만두는 것은 꿈도 꿀 수 없었지만 스물세살의 나이에 섹스를 이렇게, 와니의 표현대로라면 무슨 소매치기하듯 몰래몰래 한다는 건 우스꽝스럽고 천박했다. 그렇지만 숙취에 시달리는 아침의 정욕으로 멍해진 정신으로 보니 그 교활함에서도 아름다움이 보였다. 플란넬 주머니 깊숙이 몇파운드 동전이 들어 있다가 그가 와니의 성기를 주무르자 닉의 손 주변에서 쩔렁거렸다.

와니는 빻은 가루를 기다랗게 두줄로 만들었다. "문을 닫는 게 좋을 거야." 그가 말했다.

닉이 손을 떼는 데는 시간이 걸렸다. "맞아, 시간이 별로 없지." 그는 문을 밀어닫고 와서 돌돌 말린 20파운드짜리 지폐를 건네받았다.

"열쇠를 채워." 와니가 말했다. "그 녀석이 사방으로 나를 쫓아 다니거든."

"아, 그걸 누가 나무랄 수 있겠어." 닉이 너그럽게 말했다.

와니는 눈을 가늘게 뜨고 닉을 보았다—종종 그는 칭찬을 고깝게 여기곤 했다. 그들은 교대로 몸을 수그려 가루를 들이마신 뒤 일분가량 그대로 서서 서로의 얼굴을 바라보고 고개를 끄덕이며 효과를 확인했다. 와니의 표정이 부드러워지는가 싶더니 닉이 그토록 사랑하는 미소, 성취와 굴복의 순간 보이는 묘하고도 무의식적인 미소가 떠올랐다. 그는 빙그레 마주 웃으며 한 손을 내밀어 와니의 목을 쓰다듬었고, 다른 손으로는 비스듬히 선 그의 성기를 장난치듯 문질렀다. 그들은 참으로 좋은 걸 하고 있었다. 닉이 말했다. "이건 정말 좋은 물건이야."

"맙소사, 정말 그래." 와니가 대꾸했다. "로니는 항상 좋은 걸 구해준단 말이지."

"나한테 너무 많이 주지 않았기를 바라." 닉이 말했다. 하지만 다음 삼십초 동안 와니를 안고 달콤하게 키스하며 그는 모든 게 가능해졌다는 것을, 길고 힘든 점심도 식은 죽 먹기며, 자신이 실업계의 거물 베르트랑과 어울려 그들 모두를 매혹할 것이라는 자신감을 느꼈다. 그는 한숨을 쉬며 와니의 왼팔을 당겨 예의 시계를 보았다. "슬슬 내려가야겠는데." 그가 말했다.

"오케이." 와니가 뒤로 물러서며 재빨리 바지 지퍼를 내렸다.

"달링, 다들 기다리고 있어……." 하지만 와니는 신비스러울 만큼 그를 사로잡는 존재였고, 평소 그렇게 거리를 두는 사내의 원색적인 욕구, 그들의 낭만적인 비밀에서 느껴지는 어리석은 특권의식은 또다른 더 강력한 명령이자 복종만 같았다. 어쨌든 닉은 무릎을 꿇고 앉은 뒤 그를 잡아 몸을 돌려서 바지를 내리고 허벅지 사이로 그의 구식 속바지를 풀어 내렸다.

그들은 아래층으로 내려가다가 꼬마 앙뚜안과 마주쳤다. 십중팔구 그들을 찾지 못해 안달이 난 그 아이는 행복한 분노에 차서 방방이 들어가보던 중이었다. 콘돔을 흘려보내느라 물을 두번이나 내려야 했던 그들은 앙뚜안이 도착하기 삼십초 전에야 간신히 방을 빠져나왔다. 소년은 그들을 차지했고, 그들이 무엇 때문에 그렇게 웃고 있었는지 궁금해했다.

"내 옛날 사진을 닉 아저씨한테 보여주고 있었어." 와니가 말했다.

"좀 우스웠지." 닉이 그의 거짓말에 들어 있는 완곡한 왜곡에, 또한 우습게도 사진을 볼 기회를 놓쳤다는 사실에 조금 속상한 기분으로 맞장구를 쳤다.

"아." 꼬마 앙뚜안도 비슷하게 안타까운 모양이었다.

"이 방은 잠깐 보는 게 좋겠지." 와니가 응접실 윗방, 그의 부모의 침실로 들어가는 문을 밀며 말했다. 그가 스위치 위로 손을 쓸자 불이 전부 켜지더니 커튼이 자동으로 닫히기 시작했고,「사계」중 '봄'의 악절이 먼 곳에서 울리듯 들려왔다. 꼬마 앙뚜안은 이것이 무척 마음에 들었는지 자신도 해보겠다고 졸라댔다. 그러는 동안 닉은 익살스러운 표정으로 방을 둘러보았다. 모든 것이 호사스러워서 닉은 카펫 깊숙이 찍히는 자신의 발자국에 어리둥절한 시늉을 해 보였다. 반짝거리는 장식과 반들반들한 꽃띠로 맨 커튼, 거대한 거울들, 줄마노나 번뜩이는 금박과 더불어 더 고풍스럽고 거칠지만 더 훌륭한 물건들, 아마도 베이루트에서 샀을 페르시아제 깔개와 로마 입상 조각들이 뒤섞여 방의 호사스러움을 이루고 있었다. 작은 서랍장 위에는 아마도 꼬마 앙뚜안만 할 때 만들었을 와니의 대리석 두상, 어려서 더 동그란 얼굴이 있었다. 그것은 너무나 매혹적이어서 닉은 자신이 집에 어떤 것, 어떤 물건이라도 둘 수 있다면 바로 그것을 선택하겠다고 생각했다. 베르트랑과 모니끄는 각자 전용 욕실을 갖고 있었는데 그 정돈된 모습과 풍요로움만 봐서는 꼭 상점의 전시구역 같았다. "이것도 보는 게 좋을 거야." 와니가 그렇게 말하며 층계참에 걸린 커다란 누런색 버킹엄궁전 그림을 가리켰다.

"지트군." 닉이 하늘의 오른쪽 구석에 가로로 쓰인 서명을 읽으며 말했다.

"요새 지트 작품을 많이 사셔."

"아, 그렇구나. 완전 최악인데."

"그런가?" 와니가 말했다. "그러면 조심스럽게 말씀드려봐."

그들이 꼬마 앙뚜안을 가운데 두고 식당으로 내려가는 내내 아이는 고개를 가로저으며 계속해서 "와안전 최악인데" 하고 혼잣말을 해댔다. 와니는 뒤에서 아이 몸을 잡고 기분 좋게 죄어주었다.

닉의 자리는 모니끄의 오른쪽이자 꼬마 앙뚜안 옆, 에밀 삼촌의 맞은편이었다. 에밀 삼촌은 명민하고 날렵하기보다는 추레하고 우울한 사람, 성공한 형을 둔 덜 성공한 동생의 분위기를 풍겼다. 하지만 사실 그는 모니끄의 형부로, 리옹에서 사양길에 접어든 고철 사업을 하다가 그들의 집에 와서 무작정 머물고 있는 터였다. 닉은 그의 이야기에 귀를 기울이며 폭소를 터뜨릴 만큼 대단한 농담이라도 들은 듯 식탁을 훑어보며 웃었다. 그러다 약간 찌푸린 와니의 얼굴을 보고서야 자신이 집 안을 한번 둘러본 사람치고는 지나치게 즐거워하는 것처럼 보일지도 모른다는 생각이 들었다. 숙취 때문에 멍청한 상태였던 세시간 전에 비해 그는 마법이라도 걸린 듯 정반대로 바뀌어 있었다. 그들의 비밀이 모두 녹아서 빛을 내는 것 같았다. 하지만 스스로를 엄격하게 절제하는 와니를 보니 약은 하나 마나인 듯했다. 자그마한 체구의 나이 든 남녀가 멜론과 오렌지를 잘라 부채꼴로 정교하게 배열한 접시를 가지고 들어왔다. 감귤류 과일은 그 집에서 특별한 취급을 받는 모양이었다. 응접실과 마찬가지로 여기도 협탁에 오렌지와 레몬을 엄청나게 쌓아올려 기둥을 만들어놓았으니 말이다. 일종의 소박하면서도 분명한 소유권 주장이었다. 옅은 자주색으로 증권거래소와 시장 관저를 그린 지트의 작품들이 창문 사이사이 걸려 있었다.

"저이가 새로 구입한 지트의 작품을 보시는 건가요?" 모니끄가 다른 전문가의 의견도 듣고 싶다는 듯 약간 짓궂게 말했다.

"아, 예……!"

"지트는 사실 인상파 화가잖아요."

"음, 그리고 거의, 어떤 의미에서는 표현주의 화가이기도 하고요." 닉이 말했다.

"극단적으로 현대적이지요." 모니끄가 덧붙였다.

"대담한 색채 화가입니다. 무척 대담한……."

"그래, 닉," 베르트랑이 냅킨을 펴고 유리처럼 반짝이는 식탁 표면에 늘어놓은 칼들을 정리하며 말했다. "우리의 친구 제럴드 페든은 어떻게 지내나?" 이 말에서 '우리'는 그들 두 사람만을 의미할 수도, 가족 간의 우정을 가리키는 것일 수도, 혹은 제럴드가 자신들 편이라는 더 막연한 의미로 쓰인 것일 수도 있었다.

"아, 아주 잘 지내십니다." 닉이 대답했다. "건강하시고요. 엄청나게 바쁘시죠 — 언제나처럼요!" 베르트랑의 표정은 솔직히 말해도 괜찮다는 듯 익살스러우면서도 집요했다. 처음 삼십분 동안 닉을 무시했던 그는 이제 무엇이든 자기 뜻대로 해야 하는 남자의 본능으로 그 자신감의 빛을 닉에게로 향했다.

"그이의 집에서 살지, 맞나?"

"예, 그렇습니다. 몇주 지내려고 갔다가 거의 삼년이나 지내게 되었죠!"

베르트랑은 그게 아주 자연스러운 수순이라는 듯 고개를 끄덕이고 어깨를 으쓱했다. 에밀 삼촌이 바로 그런 손님일 수도 있겠지. "그 집이 어딨는지 내가 알지. 무슨 연주회인지 초대를 받아서 다음주에 거기 가게 됐어. 우리는 무척 기쁜 마음으로 가려고 하네."

"아, 잘됐네요." 닉이 말했다. "무척 즐거운 행사가 될 것 같습니다. 피아니스트는 체코슬로바키아 출신의 젊은 스타예요."

베르트랑이 인상을 찌푸렸다. "평판이 아주 좋다던데."

"아뇨, 사실은……. 아, 제럴드 씨 말씀이시군요 — 예, 물론이죠!"

"사다리 꼭대기까지 갈 사람이라던데. 아니면 꼭대기 근처까지라도. 자네 생각은 어떤가?"

"아 — 아, 저는 모르겠습니다." 닉이 말했다. "정치에는 완전히 문외한이라서요."

베르트랑이 움찔했다. "자네가 대단한 예술애호가라는 건 알고 있네만……."

닉은 제럴드의 인물 됨됨이와 장래성에 대해 내부자로서의 견해를 요청받는 일이 종종 있었는데 보통 모호한 언사로 얼버무림으로써 자신의 충직함을 드러내곤 했다. 이제 그는 말했다. "그분이 수상님을 열렬히 사랑하신다는 건 알고 있지요. 그게 짝사랑인지 아닌지는 알 수 없지만요. 수상님이 비싸게 구시는 건지도 모르고요." 꼬마 앙뚜안은 어른들 얘기를 못 알아듣는 것으로 보여야 한다는 것을 아는 아이 특유의 엉큼한 이중 연기를 하는 중이었고, 멜론을 먹던 베르트랑의 표정은 더욱 찌푸려졌다. 닉은 자신이 성적 예절이 무척 엄격한 집안에 있다는 사실을 그제야 깨달았다. 하지만 모니끄가 나서주었다.

"아, 사람들 모두 그녀를 사랑하지. 그 푸른 눈으로 그들에게 최면을 걸고 있으니까." 그녀의 검은 눈동자가 식탁을 따라 차례차례 남편과 아들을 다정하게 훑었다.

"일종의 궁정풍 연애인 거죠." 닉이 말했다.

"맞아." 와니도 고개를 끄덕이며 짤막하게 웃었다.

"수상님은 만나봤겠지?" 베르트랑이 물었다.

"한번도 직접 뵌 적은 없습니다." 닉은 겸손하지만 명랑하게 대답했다.

베르트랑은 입술을 살짝 비틀고 잠시 그들 사이의 상상 속 거리를 응시하다가 말을 이었다. "물론 알겠지만, 나와는 좋은 친구 사이지."

"예, 두분이 잘 아시는 사이라고 와니에게 들었습니다."

"물론, 그분은 우리 시대의 위인이야. 하지만 무척 친절한 여성이시기도 하네." 그의 표정에서는 다른 야수의 친절함을 칭찬하는 야수의 역겨운 감상성이 엿보였다. "늘 내게 무척 잘해주셨어. 안그래, 여보? 그리고 물론 나는 보답할 작정이고."

"그렇군요."

"그러니까 실질적으로, 재정적으로 말이네. 며칠 전에 만났는데……." 그때 오간 대화에 대해 자세한 이야기는 안하겠다는 의미로 그는 왼손을 성급하게 흔들었지만 이어 이상할 정도로 솔직하게 털어놓았다. "정당 자금에 내가 크게 기부할 예정이야, 그러면…… 그다음엔 무슨 일이 있을지 누가 알겠나." 그는 포크로 오렌지 한조각을 찍어 삼켰다. "나는 도움을 받으면 보답을 해야 한다는 원칙을 믿거든." 그러고는 빈 포크로 허공을 찔렀다.

"아, 당연히 그래야죠." 닉이 말했다. "물론 그러시겠죠." 그는 본의 아니게 베르트랑이 지닌 날카로운 분노의 목표물이 된 기분이 들었다.

"이 집에서 수상님에 대한 불평은 전혀 못 들으실 겁니다."

"그렇지, 내 집에서는 절대 안되고말고!"

닉이 주변을 둘러보자 다른 사람들의 순종적인 얼굴이 보였다. 사실 켄징턴파크 가든스에서는 적어도 '수상님'에 대한 숭배, 그녀의 호오와 견해에 대한 제럴드의 넋 빠진 추측이 노숙자에 대한 캐서린의 독백이나 비꼬듯 남편의 '다른 여자'를 암시하는 레이철에 의해서 균형이 잡힌다고 닉은 생각했다.

"그래서, 그 친구가 계속 올라가는 중이라는 거지, 우리의 친구 제럴드가?" 베르트랑이 한층 침착한 어조로 말했다. "그의 역할이 실제로 뭔가?"

"내무부 차관 가운데 한분이시죠." 닉이 말했다.

"그거 좋군. 무척 빨리 출세했어."

"글쎄요, 야심이 많은 분이에요. 그리고…… 수상님이 지켜보는 분이기도 하고요."

"그 집에 가게 되면 그와 이야기를 좀 나눠보려는데. 물론 만난 적은 있지만, 다시 소개를 해주면 좋겠지."

"그럼요." 닉이 말했다. "물론 소개해드려야죠." 검은 재킷을 입은 남자가 접시들을 내갔고, 바로 그때 닉은 지속되던 코카인의 효력이 사라지기 시작하는 것을 느꼈다. 뭔가를 빼앗긴 것처럼 고양되었던 기분이 오락가락하며 어정쩡해지고 있었다. 사오분 뒤면 코카인을 흡입하기 전보다 더 우울하고 단조로운 기분을 느낄 것이다. 그러나 곧이어 포도주가 나왔고, 그는 안도하면서 기댈 데가 있다는 사실에 유쾌해졌다. 베르트랑 자신은 맬번 상표의 물만 마시는 것이 닉의 눈길을 끌었다.

닉은 잠시 에밀과 고철에 대해 이야기해보려 했으나 자신의 꼬르네유식 프랑스어에 한계를 느꼈다. 그런데 가식적인 미소와 무시를 감추지 않은 채 지켜보던 베르트랑이 끼어들었다. "닉, 닉, 나는 자네들 두 젊은이가 무슨 일을 하는지 모르겠네. 꼬치꼬치 캐묻는 걸 좋아하진 않지만 말이야……."

"아……."

"그렇지만 곧 돈을 좀 벌어들이기를 바라네."

"그럴 거예요, 파파." 와니가 재빨리 말했고, 닉은 자신이 방금 뛰어넘은 절벽을 공포에 싸여 바라보며 얼굴을 붉히고 덧붙였다. "기억하시겠지만 저는 예술비평가라서요! 돈에 관해서는 모릅니다." 그는 붉어진 얼굴로 미소를 지으려 노력했지만, 베르트랑이 자신을 아주 수동적으로 보이게 하려고 자잘한 시도를 하고 있다는 걸 알 수 있었다.

베르트랑이 말했다.

"자네는 작가지." 작가라는 건 허용은 되는 것, 예산 항목의 하나이긴 하지만 잘 살펴보아야 하고 아마도 없앨 수도 있는 그런 것이었다.

베르트랑에게는 작가라는 게 중요한 모양이었다. 그래서 아직 딱히 보여줄 건 없었지만 닉은 대답했다. "맞습니다." 그제서야, 좀 토할 것 같은 기분과 함께 깨달았다. 와니의 아버지가 단순한 환상이라고 생각하는 게 틀림없는 것에 육체를 주기 위해, 와니에게 도움을 주기 위해 자신은 어떤 이야기라도 즉흥적으로 꾸며내야 하는 것이었다.

"잡지를 하나 시작하려고 하거든요, 파파." 와니가 말했다.

"아, 그렇구나." 베르트랑이 거드름을 피우며 말을 이었다. "그래, 잡지도 좋을 수 있지. 하지만 아들아, 잡지를 운영하는 것과 잘난 자신의 얼굴을 잡지에 내는 것은 엄청나게 다르단다!"

"그런 잡지가 아니에요." 와니는 약간 화가 난 듯하면서도 아무튼 공손한 어조로 반박했다.

"좋아, 하지만 그러면 잘 안 팔릴 텐데."

"예술잡지를 내려고 해요. 최고급 사진을 쓰고, 최고급 그림과 종이를 쓰고, 모두 특히 이국적인 것들로, 건물과 특이한 인도 조각들, 뭐 그런 것으로요." 그는 머릿속으로 닉이 만들어준 목록을 더듬었다. "축소모형이라든가 온갖 것들요." 닉은 비록 숙취에 시달리는 상태라도 자기라면 훨씬 더 잘 얘기했을 거라고 생각했다. 하지만 이렇게 자신의 일에 열을 올리는 와니의 모습에는 어딘가 감동적이고 흥미로운 구석이 있었다.

"그래, 그 잡지를 사볼 독자를 누구라고 생각하는 거냐?"

와니가 어깨를 으쓱하고는 손을 내밀었다. "아주 멋질 거예요."

닉이 빠진 두줄을 집어넣었다. "사람들은 이 잡지를 수집하고 싶어할 겁니다. 잡지 속 사진에 찍힌 물건들을 모으려고 할 테고요."

베르트랑이 잠시 동안 이것이 터무니없는 소리인지 아닌지 가늠해보고는 말했다. "이 모든 웃기는 최고급 물건 어쩌고 하는 게 돈을 엄청나게 잡아먹을 것 같군. 그러면 잡지 하나에 10파운드나 15파운드를 불러야 할 텐데." 그러고는 짜증스러운 표정으로 물을 한모금 마셨다.

와니가 말했다. "최고급 광고를 받아야죠. 아시겠지만 구찌, 까르띠에…… 메르세데스." 그는 바또나 보로미니[5]보다 훨씬 더 사치스러운 이름들을 읊어댔다. "사치재야말로 요즘 사람들이 원하는 거라고요. 거기 돈이 있어요."

"그래서 그 망할 놈의 것에 이름은 있냐?"

"예, 제목은 '오지'라고 정했어요, 회사 이름이랑 똑같이." 와니

---

5 Jean Antoine Watteau(1684~1721)는 프랑스 로꼬꼬 회화의 대표적 화가로 우아하고 화려한 필치로 유명하다. Francesco Borromini(1599~1667)는 이딸리아의 건축가이자 조각가로 전성기 바로끄의 대표적 인물 중 한 사람이다.

가 솔직하게 말했다.

베르트랑은 그 통통한 입술을 꽉 오므렸다. "무슨 소린지, 뭐라고……? '오, 지!'⁶ 그런 뜻이냐?" 심술궂은 투였지만 자신이 한 농담에 만족한 듯했다. "다시 설명해줘야겠다. 이 망할 놈의 『오지』라는 것에 대해서 들어본 사람이 아무도 없으니까."

"저는 '오지'라는 줄 알았어요." 마르띤도 거들었다.

"오지?!" 베르트랑이 말했다.

와니는 식탁 건너편 닉을 보았다. 이 들어본 적 없는 이름을 제안한 건 원래 닉이었으므로 그가 받아서 말했다. "아시겠지만 그건 이중의 곡선, 창문이나 둥근 지붕에서 보시는 그 곡선을 가리키는 말이에요." 그는 손을 공중에 들어 모래시계의 반쪽 모양을 그려 보였는데, 바로 그때 모니끄가 간혹 내비치는 공모의 의미로 같은 동작을 했고 이마에 손을 대고 이슬람식 인사를 하듯 그를 향해 미소지었다.

"처음에는 한쪽 방향으로, 다음에는 반대 방향으로 가지요." 그녀가 말했다.

"맞습니다. 이것은 사실…… 중동에 기원을 두고 있고 14세기 이후 영국 건축에서 나타납니다. 호가스가 말한 '아름다움의 선'과 같지요." 이 자리에서 설명을 내놓는 게 점점 더 멍청한 짓처럼 여겨졌지만 닉은 말을 이었다. "물론, 여기엔 두가지가 있습니다. 그러니까 '아름다움의 선'이란 일종의 생기를 불어넣는 원칙인데……." 그는 주변을 돌아보며 도발적으로 허공에서 손을 쓸어내렸다. 적

---

6 '오지(ogee)'와 발음이 비슷한 '맙소사'라는 뜻의 '오, 지(Oh, Gee)'를 이용해 비꼬는 농담. 이어 마르띤 역시 발음이 비슷한 '오지'(orgy, 떠들썩한 술잔치)로 오인했다고 말한다.

어도 여기서만큼은 생기를 불어넣는 원칙은 아닌 것 같았다.

베르트랑은 나이프와 포크를 내려놓더니 김을 빼는 듯한 미소를 지었다. 다른 사람들의 얼굴에 나타난 반신반의, 기대에 찬 예의 바른 미소뿐 아니라 자신이 곧 지적할 아이러니까지 이미 즐기고 있는 것 같았다. 그가 말했다. "그러니까 음…… 닉, 나는 거의 이십 년 전인 1967년 레바논에서 시절이 무척 안 좋던 무렵에 그 활기 차기로 유명한 런던에 어떤 기회가 있는지 보려고 이 나라에 왔네. 그렇게 돌아보니까 당시에 한창 유행하던 것이 슈퍼마켓, 그러니까 쎌프서비스, 스스로 물건을 집고 고르는 일이더군. 자네도 익숙하지. 아마 하루걸러 한번은 그 망할 놈의 곳에 갈걸. 지금은 그게 당연해진 거야……!"

자신이 그것에 익숙하다는 말에 닉은 고분고분 선웃음을 지었다. 『오지』이야기는 끝난 걸까, 아니면 혹시 뭔가 더 큰 교훈적인 이야기에 종속된 걸까? 그가 침착하게 말했다. "아닙니다, 그것이 얼마나…… 얼마나 대단한 혁명이었는지 짐작이 갑니다."

이기주의자들이 흔히 그러듯 베르트랑 역시 자신을 겨냥한 아이러니의 가능성에 순간적으로 의심의 눈길만을 던지고는 그냥 무시하고 지나갔다. "물론 그렇지! 그건 망할 놈의 혁명이었어." 그는 나이 든 이를 향해 다른 사람들에게 포도주를 더 따라주라고 손짓했고, 웨이터가 버건디를 컷글라스에 따르는 동안 기다리는 데는 이력이 난 사람처럼 지켜보았다. "알다시피, 나는 핀칠리에서 과일 가게로 시작했네." 그는 그 머나먼 장소와 시간에 애정을 표하며 한쪽 팔을 흔들었다. "가게를 사서 우리가 생산한, 직접 재배한 신선한 감귤류를 비행기로 실어왔지. 어떤 망할 인간한테서도 살 필요가 없었어. 레바논은 과일을 재배하기에 굉장히 좋은 곳이야. 지난 이십년 동안 레바논에서 온 것이 뭔지 아나? 과일과 두뇌, 과일과 재능이야. 두뇌와 재능이 있는 누구라도 그 망할 놈의 고장에 머물고 싶어하지 않으니까."

"음, 내전 때문이지요." 닉은 지난 이십년의 레바논 역사를 벼락치기로 공부해볼 마음을 먹었었는데 닉이 그러겠다고 하자 와니는 그럴 게 뭐 있느냐며 피하려 했었다. 그런데 이제 그 이야기가 나온 것이다. 그는 자신을 초대한 주인이 내놓은 모국에 대한 가혹한 판단에 동의하고 싶지 않았다. 그건 일종의 지뢰밭이었다.

모니끄가 말했다. "집이 주저앉았죠, 폭탄 때문에." 마치 다른 사람들이 안 들었으면 싶은 말투였다.

"아, 정말 끔찍하네요." 닉이 고마워하며 말했다. 방에서 다른 목소리가 울린다는 사실만으로도 고마운 느낌이었다.

"그래요." 그녀가 말했다. "정말 끔찍했어."

"앙뚜안 엄마 얘기처럼," 베르트랑이 덧붙였다. "우리 집은 거의 파괴된 거나 다름없었어."

"오래된 저택이었습니까?" 닉이 그녀에게 물었다.

"그랬지, 꽤 오래된 집이었어요. 물론 이 집처럼 오래되지는 않았지만." 그러더니 그녀는 라운즈 스퀘어가 중세 시대에 지어지기라도 한 것처럼 살짝 몸을 떨었다. "사진이 있어요, 많이……."

"아, 정말 보고 싶은데요." 닉이 말했다. "제가 그런 것들에 무척 관심이 많아서요."

"어쨌든," 베르트랑은 하던 얘기로 돌아갔다. "1969년에 내가 핀칠리에 첫 미라 마트를 개업했지. 핀칠리에, 지금도 그 자리에 그대로 있어. 언제라도 가서 볼 수 있지. 비결이 뭔지 알겠나?"

"글쎄요……."

"바로 내가 본 것, 런던에 있던 것들이네. 당시에 — 이십년 전에 말이야. 당시 런던엔 슈퍼마켓도 있고 구식 동네 가게도 있었지. 수백년을 거슬러 올라가는 구멍가게 말이야. 그래서 내가 뭘 했겠나. 그 두 망할 놈의 것들을 합쳤지. 슈퍼마켓과 구멍가게를 말이야. 그렇게 해서 내가 미니마트를 만들었다고. 테스코나 뭐 그런 끔찍한 곳에서 구할 수 있는 모든 것을 구비하고 있으면서 동네 가게의 맛, 구멍가게의 맛을 가미한 거지." 그는 잔을 높이 들어 자신의 창의력에 건배하듯 마셨다. "그리고 또 한가지는, 물론 알겠지?"

"아! 글쎄요……."

"시간이지."

"시간, 예……."

"일찍 열고 늦게 닫는 거야. 사람들이 출근하기 전과 퇴근한 후에 들르게 하는 거지. 담배 한갑 사러 가서 수다를 떠는 그 망할 놈의 소중한 주부들만 상대하는 게 아니라."

이 말투가 닉 같은 멍청이를 상대할 때만 쓰는 특별한 것인지 아니면 그런 단순함은 베르트랑 자신의 사업적 비전을 보여주는 것인지 닉은 확신할 수 없었다. 닉이 비평하듯 말했다. "하지만 전부 그런 곳은 아니지 않나요? 예를 들어 우리는 늘 노팅힐에 있는 곳으로 가거든요. 무척 웅장하던데요." 그러고는 약간의 존경심을 내비치며 어깨를 으쓱했다.

"아, 자네가 말하는 곳은 푸드홀 아닌가! 전혀 다른 곳이야, 미라마트와 미라 푸드홀은 말이지……. 후자, 그러니까 푸드홀은 망할 놈의 부자 동네, 잘사는 지역을 위한 장소거든. 이 근처에도 있지. 그게 어디서 온 건지는 알지 않나?"

"해러즈 말이죠." 와니가 끼어들었다.

베르트랑은 재빨리 그를 향해 얼굴을 찡그려 보였다. "물론 그렇고말고. 전세계 망할 놈의 모든 푸드홀의 어머니지!"

"나도 해러즈 푸드홀 정말 좋아요." 모니끄가 말했다. "거기는 커다란…… 오마르도 있고……."

"바닷가재를 말하는 거야." 와니가 어머니 쪽은 보지도 않은 채 통역을 자신의 임무로 받아들인다는 듯한 태도로 말했다.

"아, 저도 알아요!" 마르띤이 살짝 반항하는 듯한 미소와 함께 말했다. 닉은 그들이 종종 그곳에 가는 모습을 상상해보았다. 아마도 여러날을 해러즈에서 보낼 것이다. 골목만 돌아가면 있지만 전혀 다른 가능성들의 세계, 돈만 있다면 누구나 원하는 것을 얻을 수 있는 곳.

엄하지만 공정한 학교 선생님처럼, 베르트랑은 인내심을 가지고 그들에게 오초를 허용하고는 입을 열었다. "그래서 이제 알다시피 닉, 난 이 나라 전체에 미라 푸드홀을 서른여덟군데 가지고 있고, 해러게이트에도 하나 있고, 올트링엄에도 이제 막 하나가 문을 열었지. 그리고 팔백군데가 넘는 망할 놈의 미라 마트를 가지고 있다네." 그는 갑자기 무척 다정해졌다 — 그 엄청난 규모가 별것 아니라며 어깨를 으쓱하는 것처럼 보이기도 했다. "굉장한 이야기 아닌가, 응?"

"놀랍습니다." 닉이 말했다. "너무나 잘 알고 계시는 이야기를 제게 들려주시다니 참 친절하시군요." 특별히 엄숙한 표정을 지으며 그는 노팅힐 푸드홀의 밝은 오렌지색 간판을 떠올렸다. 마치 모든 사람이 자신을 알아보리라 생각하는 듯 제럴드가 밤늦게 장바구니를 들고 수줍은 표정으로 잠깐 들르는 곳이다. 그는 거기서 고기파이와 스위스 초콜릿을 사곤 했다. 이어서 닉은 바윅의 길모퉁이에 있는 미라 마트도 떠올렸다. 기우뚱한 선반에 놓인 시든 채소들, 나이츠브리지의 가게에 오벨리스크처럼 진열해놓은 채소의 멀고 가난한 친척 같은 그것들, 그리고 천장 낮은 가게에 모든 것을 한꺼번에 진열해놓아서 나는 쿰쿰한 냄새를 떠올렸다. 물론 초록빛 잎사귀 두장이 달린 오렌지가 그 체인의 상징이었다. 그러다 그는 와니를 보았는데, 음식을 깨작거리고 있는(코카인이 입맛을 죽인 탓이다) 와니는 완전히 무표정했다. 그의 눈은 접시에, 아니면 그 바로 아래 반짝이는 붉은 베니어판에 고정되어 있었다. 어쩌면 생각에 잠겨 아버지의 말에 귀를 기울이고 있는 것처럼도 보였다. 그러나 지금 그가 그의 아버지로서는 결코 상상한 적 없는 세계로 빠져나가고 있음을 닉은 알 수 있었다. 베르트랑의 권위에 대한 복종은 그가 얻는 자유의 댓가였다. 에밀 삼촌 또한 동서의 성공과 결단력에 완전히 망가진 것처럼 기가 죽어 보였다. 닉이 얼핏 보니 여자들과 해러즈로 도망가는 편이 더 즐거울 것 같았다.

이어 베르트랑은 정말로 이렇게 말했다. "이 모든 것이 언젠가는 너의 것이다, 아들아."

"아, 불쌍한 내 아들!" 모니끄가 항의하듯 탄식했다.

"알아요, 알아." 베르트랑은 화난 어조로 말하고는 몹시 음흉한 미소를 지었다. "그건 먼 훗날 얘기야. 우선은 잡지와 영화를 해도 좋아. 사업을 배우는 과정을 거쳐야지."

와니가 말했다. "고마워요, 파파." 그러나 그의 미소는 어머니를 향했고, 미소가 사라지면서 그 눈길은 잠깐이지만 웅변적인 메시지를 담아 닉에게로 향했다. 그 자신이야 아버지의 방식, 아무도 거역하지 못하는 그 잘난 체에 익숙해 있었지만 친구에게 그런 장면을 허용한다는 것은 그에 대한 특별한 신뢰를 드러내는 일이었다.

와니는 얼굴을 붉히는 일이 거의 없었고 어떤 종류의 당황한 모습도 거의 보여주지 않았다. 여자에게 자리를 양보할 때나 사소한 것에 무지하다는 사실을 고백할 때 자책하는 말을 혼자 웅얼대는 정도가 전부였다. 닉은 그의 눈길을, 그것이 인정하는 은밀한 다정함을 받아들였다.

"아니, 아니." 베르트랑은 자신이 부당하게 비판받았다는 듯 얼른 턱을 안으로 당겼다. "와니는 모든 일에서 자신의 주인이지. 지금 당장은 과일과 채소에 별 흥미가 없나보군. 좋아." 그는 손을 쫙 펼쳤다. "너무나 사랑스러운 신부와의 결혼에 관심을 보이지 않는 것이나 다름없구먼. 그렇지만 우리는 느긋이 앉아서 때가 되기를 기다리지. 어떠냐, 와니?" 그러고는 자신의 솔직함에 혼자 웃었다. 마치 그 말의 효과를 완화하려는 듯 보였지만 실상은 그것을 인정하고 강화한 셈이었다.

"우리는 일단 돈을 많이 벌 거예요." 와니가 말했다. "두고 보세요."

베르트랑은 공모자의 눈길로 닉을 바라보았다. "이제 알겠지, 닉? 돈에 관한 대단하고 단순한 진실을 말이야. 진짜 대단한 진실은……."

닉은 냅킨을 점잖게 식탁 위에 올린 뒤 낮게 말했다. "정말 죄송한데요, 제가……." 설마 이런 행동이 여기서보다 베이루트에서는 더 실례일까 생각하며 그는 의자를 뒤로 밀었다.

"어……? 아, 망할 놈의 방광." 그럴 줄 알았다는 듯 베르트랑이 말했다. "꼭 내 아들 같군." 닉은 그 방에서 떠날 수 있다면 어떤 구실도 감수하고 싶었다. 와니 역시 따분해서 거의 참을 수 없다는 표정으로 일어서며 말했다.

"어느 쪽인지 가르쳐줄게."

# 9

아침에 피아노 조율사가 왔고 이어 피아니스트가, 제럴드가 부르는 대로라면 어린 니나 아무개가 2시에서 5시까지 연습을 하러 왔다. 피곤한 날이었다. 카디건을 입은 싸디스트 조율사는 피아노 상태에 혀를 끌끌 차고 그 피아노의 특별한 매력인 음색이며 음의 미세한 지연, 종처럼 울리는 소리까지 모든 요소에 한심하다는 눈길을 보냈다. ("아," 레이철이 말했다. "리스트가 이 피아노를 즐겨 쳤다던데요…….") 그는 때로 무자비하게 건반을 두드리다가 멈추고 짜증이 난 콘서트 피아니스트처럼 매력적인 화음과 아르뻬지오를 마구 연주했는데, 그것은 조율보다도 더 괴로웠다. 어린 니나 또한 쇼팽과 슈베르트 곡의 일부를 쳐대며 그들을 미칠 지경으로 몰았는데, 가슴을 울리고 어루만져줄 것처럼 이어가다가 갑자기 멈추기를 끝없이 반복하는 것이었다. 그녀는 성깔이 보통이 아니었고 왼손이 무시무시했다. 쇼팽의 스께르쪼 2번 도입부를 오토바이에 시동을 거는 배달원처럼 쳤다. 연습이 끝나자 닉은 엘레나를 도와 트루 드 글루아르에서 나온 고풍스러운 금박의 무도회용 의자들을 나르고 정리했다. 덜컹거리며 운반되어온 소파들이 새로 정돈되고 키 큰 꽃들을 꽂은 화병들이 엘레나의 다리를 빌려 계단을 오르자, 방은 철저한 준비를 마친 모습이었다. 닉에게는 할 일이 한 가지 더 있었는데, 바로 로니에게 전화를 거는 일이었다. 그는 6시까지 남은 시간을 계속 눈으로 재면서 연주회를 하는 사람이 자신인 것처럼 깜짝깜짝 놀라곤 했다.

집을 나온 그는 래드브룩 그로브에 있는 공중전화로 갔는데, 다른 전화박스와 등을 맞대고 있어서 그쪽 사람에게 자신의 말소리가 들릴 것 같았다. 그 사람은 심지어 닉이 전화를 걸기만 기다리고 있는 게 아닐까 싶을 정도로 아무 말 없이 그냥 거기 기대서 있기만 했다. 게다가 그곳은 집에서 너무 가까웠다. 제럴드에게 누가 될 수도 있지 않을까? 그는 언덕을 계속 내려가 마약 거래에 훨씬 적당해 보이는 거리로 들어섰다. 중독자인지도 모를 남자 하나가 그곳 구석의 전화박스에서 막 걸어나오는 참이었다. 닉은 바로 그곳으로 들어가 답답한 정적 속에 선 채 전화번호가 적힌 종이를 찾으려 지갑을 뒤적였다. 코카인을 한줄 흡입했거나 적어도 진토닉이라도 한모금 마셨더라면 이 일을 자신 있게 해낼 수 있을 것 같았다. 와니가 평소처럼 차에서 토크맨으로 이 일을 했더라면 좋았을 텐데. 닉에게 돈을 준 뒤로 와니는 종종 도전적인 일거리도 주곤 했다. 보통은 와니 자신이 하면 훨씬 더 쉬울 일들을. 와니는 한번도 버스를 타본 적이 없었고 마찬가지로 전화박스도 한번도 사용해본 적이 없다고 했다. 틀림없이 그건 끔찍한 경험일 거라고. 그러니 그는 한번도 이 끔찍한 공기, 시커먼 플라스틱, 오줌 자국, 오

래된 담배냄새 등 온갖 것이 섞인 수화기의 공기를 들이마신 적이
없다는 얘기였다.

"여보쇼."

"아, 여보세요, 로니?"

"그런데."

"아, 안녕! 나 닉이야." 닉은 벽 아래쪽 한곳을 향해 급히 미소를
지어 보이며 말했다. 이것은 파티에서 만난 마음 맞는 사람에게 전
화하는 것과 비슷하면서도 그보다 훨씬 더 두려운 일이었다. "기억
나? 나는 그러니까 친구, 음, 앤터니의 친구인데……."

로니는 잠시 생각하는 듯했고, 그동안 닉은 용기를 북돋듯 전화
기에 숨을 헉헉댔다. "앤터니라는 사람은 모르는데. 몰라. 앤디를
말하는 건가?"

닉은 킥킥 웃었다. "알잖아, 레바논 사람처럼 생겼고, 흰색 메르
세데스를 몰고, 때때로 와니라고 부르는……."

"아, 알지, 알겠어! 맞아, 로니 말이군……." 로니가 대답하고는 다
정하게, 약간 조롱 섞인 어조로 킬킬댔다. 잠시 닉은 그가 와니에
대해 어떻게 생각하는 건지 궁금했다. 어떤 의견이라도 가능할 것 같
았다. "휴대전화기를 가진 사람. 레바논 사람이었군? 나는 몰랐네."

"와니? 아, 실은 베이루트에서 태어났지. 하지만 여기서 학교를
다녔고 열살 때부터 런던에서 살았어." 닉이 말했다. 언제나처럼
더 중요한 얘기의 곁가지로 새어버린 것이다.

"……그렇군." 잠시 후 로니가 말을 이었다. "글쎄, 그렇담 나를
만나고 싶은 모양이네. 어떤 것 때문에 말이지."

와니에 따르면, 로니의 굉장한 점은 그가 항상 틀림없는 사람이
라는 사실이었다. 물건은 품질로는 최고였고, 거물들에게 판매했

으며, 1그램에 120파운드라는 가격이 좀 비싸긴 해도 4분의 1온스에 350파운드인 할인가는 정말이지 괜찮은 수준이었다. (4분의 1온스는 7그램. 닉이 아직까지 외우고 있는 유일한 미터법이었다.) 로니의 문제는 그가 이상하게 미적대는 것 같은 태도를 보인다는 점이었다. 어떤 경계심 같은 게 보이지 않았다면 졸린 사람 같았을 것이다. 그는 절대 서두르는 법이 없고, 절대 시간을 지키지 않았으며, 뒤죽박죽의 구멍투성이 기억력을 가지고 있었다. 닉은 그를 단 한번 만났는데, 그때는 빨간색 토요타를 타고 골목을 돌면서 단순 거래를 했었다. 로니는 런던내기가 된 자메이카 출신으로 키가 크고 빡빡 깎은 머리에 우수에 찬 눈을 하고 있었다. 여자친구와 관련한 말썽에 대해 자주 이야기했는데, 그건 아마도 단지 자신이 동성애자가 아니라는 점을 분명히 하기 위해서인 듯했다. 목소리는 친밀하게 속삭이는 듯했고, 그가 그들에게 원하는 것을 주기 때문인지 닉에게는 유혹적인 존재, 용서해줘야 하는 존재로만 여겨졌다.

오늘 이 거래는 전반적으로 그리 즐겁지 않았다. 로니가 십분 뒤에 전화하라고 해서 전화를 했지만 먼젓번 통화 때 주고받은 기본적인 이야기를 거의 단어까지 그대로 반복했을 뿐이었다. 그런 뒤 다시 십분 뒤에는 그가 물건을 가지고 오는 중인지 확인해야 했다. 한번 통화가 끝날 때마다 닉은 거리를 서성댔는데, 고무줄로 단단히 만 350파운드를 주머니에 넣은 자신이 너무나 명백하게 범죄적이면서 무방비하게 느껴졌다. 갑자기 그 지역에 경찰차가 넘쳐나는 것만 같았다. 몇분 동안은 헬리콥터까지 머리 위에서 망치질하듯 탕탕탕탕 소리를 냈다. 닉은 혹시라도 경찰이 물을 경우 그 돈에 대해 설명할 방법을 생각해보았다. 아마도 그들은 그가 로니의 차에 탈 때까지 기다렸다가 접근하리라. 이 일이 신문에 나지 않도록 제럴드가 도와줄까? 만일 제럴드의 이름이 신문에 난다면 그것은 저속하거나 위험한 정도가 아니었다. 그의 집에서 마약이 사용되었다는 사실이 알려지면 의석을 잃을 수도 있다. 형기는 얼마나 될까? 십년? 초범이니까……. 그런데 맙소사, 옥스퍼드 억양을 쓰는 작고 예쁘장한 동성애자가 감옥에서 어떻게 살아남을 수 있겠는가? 모두들 그의 항문을 원할 것이다. 그는 자신이 문 없는 화장실에서 울고 있는 꼴을 상상해보았다. 하지만 에트릭 교수가 혹시라도 그의 품행을 보장해준다면, 아니 심지어 내무부의 누군가가 나서준다면 — 하지만 제럴드라면 그를 그냥 버릴 수도 있겠지! 닉은 벌써 약속 장소인 술집 쳅스토 캐슬 옆 모퉁이에 일이분 먼저 도착해 있었다. 그는 술집 바깥에 놓인 야외탁자 중 하나에 걸터앉았다. 술집 문은 닫혀 있었는데, 안쪽에서 공사 중이라 비닐 가림막을 통해 흐릿한 불빛이 새어나왔다. 새 양조장에서 그 가게를 사서 작고 낡은 바 여러개를 큰 방 하나에 합쳐 더 넓고 덜 아늑한 곳으로 만들고 있었다. 십이분이 지났다. 버스 정류장에 있던 사내 하나는 버스에 탈 생각이 전혀 없는 듯 계속해서 닉을 흘끔거리고 있었다. 무척 수상쩍은 모습이었다. 로니가 경계심을 잃어 그의 전화가 도청당한 것이 분명했고, 저들이 소탕작전이라 부르는 일이 진행중인 것이 틀림없다는 생각이 들었다. 거리의 모든 사람, 맹인과 피자 배달원과 개를 데리고 산책하는 부인이 실은 모두 형사였다는 사실이 순식간에 판명될 것 같았다. 그때 차가 다가왔고, 닉이 어슬렁거리며 걸어가서 올라타자 차는 순식간에 거리를 벗어났다.

"잘 지내, 릭?" 로니가 우수에 잠긴 머리를 고정한 채 시선만 옆에서 옆으로, 다시 백미러로 움직이며 말했다. 닉은 짧게 웃고 목청을 가다듬었다. "잘 지내지, 고마워." 그가 말했다. 그들은 토요타

쎌리카 안에 자세를 낮춰 편안히 앉았다. 로니는 다리가 길어서 어린이 경주용 자동차를 탄 소년처럼 팔을 무릎에 얹고 핸들 가장자리가 아닌 가운데 크로스바를 긴 손가락으로 조작하고 있었다. "그래?" 로니가 말했다. "잘됐군. 그 로니는 어떻게 지내?"

닉은 다시 불안하게 웃었다. "아, 잘 지내. 무척 바쁘지." 진짜 로니가 사는 세계는 놀라울 정도로 모든 것이 대충대충이었다. 그는 그런 상태, 고객을 전부 별명으로 부르고 이름을 잘못 알아듣는 상태가 더 편한지도 몰랐다. 그것은 안전을 확보하는 절묘한 방법이기도 했다. 그는 다시 거울을 들여다보았고, 동시에 왼손이 조끼 주머니로 가더니 그 속의 작고 깔끔한 물건을 안 보이게 쥐고 닉에게 건네주었다. 그걸 예상하고 있었음에도 닉은 지폐 뭉치를 찾느라 자신의 주머니 속을 더듬어야 했다. 로니가 속력을 내어 노란불을 통과하자 닉은 자신이 안전벨트를 잊은 채 불법행위를 저지르고 있다는 사실을 깨달았다. 로니 역시 안전벨트를 매지 않은 채였다. 그것이 그가 사는 세계였다. 자신이 뒤늦게 안전벨트를 매면 로니가 기분이 상할 수도 있겠다는 생각이 들었다. 이 동승은 이제 거의 끝났을 테고, 잡히지는 않을 것이다. 하지만 안전벨트 미착용으로 붙잡혀 조사를 받고 수색을 당한다면…… 닉이 로니의 팔을 쿡 찌르자 그는 돈을 받아 순식간에 감추었는데, 이번에도 전혀 눈길도 주지 않았다.

차는 래드브룩 그로브 꼭대기의 교회 뒤 플라타너스가 초승달 모양으로 만들어놓은 그늘로 들어섰다. "정말 고마워." 닉이 말했다. 이제 정말 서둘러야 했지만 무뚝뚝하게 굴고 싶지는 않았다. 로니는 생각에 잠겨 앞창만 내다보았다.

"이건 오래된 교회야, 릭." 그가 말했다. "오래된 게 틀림없어."

"맞아. 글쎄, 빅토리아 시대에 지어진 것 같은데?" 실은 그 교회에 대해 잘 알고 있는 닉이 말했다.

"그래?" 로니가 말하고 고개를 끄덕였다. "맙소사, 이 근방엔 오래된 것들이 꽤 있네."

그가 무슨 말을 하고 싶은 건지 감이 잡히지 않았다. 닉은 말했다. "그렇게 오래된 건 아냐. 1840년대쯤?" 그는 모두가 역사감각을 가지고 있지는 않다는 사실을 알고 있었고, 그 자신은 여러 세기를 병렬식으로 배치된 방들의 이미지를 활용해 인식하고 있었다. 아주 잠시 닉은 자신이 그 교회에 대해 아는 것을 따져보았다. 벽난로 뒤의 장식벽은 애스턴 웨브[7]가 디자인한 것이고, 오래전에 사라진 경마장의 특별관람석 자리에 그 건물이 지어졌다는 것 정도였다. 그리고 울퉁불퉁한 고딕 건물이라 치장벽토로 장식된 건물들로 이루어진 거리에서 두드러져 보였다.

"장담하는데, 난 이리로 이사올 거야. 꼭 그럴 거야, 망할." 로니가 항의하듯 중얼댔다.

"음, 그래야지." 닉은 자신이 그의 비위를 맞추는 것인지 그 빈정대는 농담에 맞장구를 치는 것인지 확신할 수 없었다. 하지만 어쨌든 그가 이웃이 된다고 생각하자 흥분되었다. 그의, 로니의 해쓱하고 유령 같은 모습에는 그 나름의 성적 매력이 있었으니까.

"그 여자한테서 벗어날 거라고." 그는 고개를 가로젓더니 환상이라곤 가져본 적 없는 사람처럼 웃음지었다. "자넨 여자 때문에 속 썩지 않기를 바라. 혹시 그래, 릭?"

"아, 아니…… 그런 일은 없어." 닉이 대답했다. "여전히 안 좋은

---

**7** Aston Webb(1849~1930). 영국의 건축가로 버킹엄궁의 파사드, 빅토리아 앤드 앨버트 박물관의 주건물 등을 설계했다.

가보네?"

"그렇다니까."

닉은 로니가 상당히 까다로운 존재일지 모르겠다고, 그의 직업은 어떤 여자들에게는 걱정거리가 되겠다는 생각이 들었다. 닉은 로니를 향해 몸을 수그리고 아마도 길고 아름다울 그의 성기를 꺼내 자신이 남자이기 때문에 완벽하게 이해할 수 있는 방법으로 바로 여기, 차 안에서, 차창을 가로질러 어른어른한 그늘에서 위로해주고 싶었다. 그러나 로니는 가야 했다. 그는 여전히 팔꿈치를 치켜든 채 비스듬히 손을 내려 내밀었다.

차에서 내린 닉은 돌아서서 집까지 200여 미터 거리를 걷기 시작했다. 거리를 걷자니 다시 자신이 위험한 일을 하고 있다는 느낌에 숨통이 조였고, 퇴근 후 귀갓길에 그를 지나치는 사람들이 그가 쥔 작은 꾸러미를 보고 인상을 쓰며 비웃는 것 같았다. 그는 그 꾸러미, 자신의 어리석은 실수이자 무거운 처벌인 그것을 주머니 속에서 꼭 쥐고 지금 두려움 속에 우려하던 순간이 혹시라도 닥친다면 하수구로 던져버릴 태세를 취하고 있었다. 그러나 무사히 도착해 좌우를 살피며 집앞 계단을 오르자 황홀한 기분이 몰려왔다. 자신이 무슨 짓을 했는지 아는 사람이 아무도 없음을 깨닫자 완전히 마음이 놓였다. 아무도 방금 전의 거래를 목격하지 않았으며, 로니의 차는 일초 만에 거리의 끝을 미끄러져간 흔한 차에 불과했다. 그리고 이제 쾌락의 홍수가 자기 안에서 쏟아져나올 때만을 기다리고 있었다. 그는 서둘러 홀을 통과해 돌계단을 올랐는데, 응접실에서는 이미 목소리가, 처음 도착한 손님들이 상투적인 화제를 꺼내는 말소리, 신음 같기도 짖는 소리 같기도 한 소리들이 들려왔다. 그는 익숙한 다락방 쪽 계단을 오르고 또 올라 창을 통해 들리는 새소리와 옷장 거울에 비친 침대가 기다리는 덥고 바람 한점 없는 자신의 방으로 들어섰다. 방문을 닫아걸고 미소를 지으며 오분에 걸쳐 셔츠를 갈아입고 커프스링을 끼우고 넥타이를 매고 정장바지를 입는 동시에, 그는 새로 가져온 코카인을 조금 쏟아서 빻고 시험 삼아 한줄 흡입한 뒤 나머지는 책상에 감추었고, 또 지폐를 풀었다가 다시 말고, 손가락으로 책상을 닦고는 그 손가락을 잇몸에 문질렀다. 그런 다음 재빨리 재킷을 걸치고 구두끈을 매고는 아래층으로 뛰어내려가 모리스 티퍼 경과 크리켓 결승전에 대해 멋진 대화를 나누었다.

닉은 안내원처럼 좌석 맨 끄트머리에 앉았다. 일층 계단 아래쪽을 내다보니 긴 붉은 머리를 뒤로 땋아내린 어린 니나 글라세로바가 자리에 선 채 무언가를 골똘히 응시하고 있었는데, 방이 아니라 짙은색 참나무 문턱의 선명한 한 지점이었다. 그녀의 눈길은 그것을 곧장 꿰뚫어 쇼팽과 슈베르트와 베토벤이 자신들의 곡을 잘 다뤄주리라 기대하고 있는 공간으로 향하는 듯했다. 제럴드가 이야기를 늘어놓았을 때 ─ 유명한 반체제인사인 아버지, 투옥 중, 여행장학금 보류 등등 ─ 그녀는 들으면서도 그것이 자기에 대한 내용이라는 것조차 모르는 듯했고, 반체제인사가 보통 제럴드의 사전에서 긍정적 단어가 아니라는 점도 물론 아는 것 같지 않았다. 예술의 자유가 별 맥락 없이 언급되었고 그녀가 이해할 수 없는 농담도 나왔다. 완벽하게 미지의 사람들이 열을 지어 앉아서 웃음을 터뜨리자 그녀는 고개를 들고 방 안을, 그 사람들, 아마도 자신이 황홀경을 선사해야 할 대상인 무척 중요한 사람들을 들여다보았다. 박수갈채가 시작되어 닉이 격려의 뜻으로 그녀를 향해 고갯짓을 하자, 그녀는 잠시 멍하니 있다가 청중 사이로 허둥지둥 들어섰다. 결의에 찬 부랑아처럼 보이는 그 모습에 놀란 이의 부드러운 한숨이 박수갈채의 배경음처럼 들렸다. 그녀는 간단히 인사를 하고는 자리에 앉아 즉시 연주를 시작했다 ― 쇼팽 스께르쪼의 오토바이를 부르는 듯한 소리가 울려퍼졌을 때, 그것은 전율을 불러일으켰을 뿐 아니라 거의 기이하다고까지 할 정도였다.

방에는 약 쉰명의 사람들이 있었다. 가족과 동료와 친구들이 느슨히 모인 집단이었다. 니나 글라세로바는 무명의 영재였으며, 그녀에 대한 제럴드의 후원은 예술적 의미만큼이나 정치적 의미가 있었다. 그는 성공하기를 바랐지만 사교적 노력을 요란하게 하지는 않았다. 닉 옆에서는 국무조정실에서 나온 입술 얇은 남자가 그 곡 때문에 약간 불편한 충격을 받은 듯 프로그램을 뒤적거렸다. 의자와 종이가 움직이느라 약간의 소란이 일었다. 도약하는 음악의 홍수에 집중하려는 좋은 의도로 한두 사람이 안경집을 탁 소리가 나게 닫기도 했다. 모든 것이 갑작스럽고 진지했으며, 피아노는 전율했고, 소리는 마룻장을 통해 울렸고, 몇몇 사람들의 얼굴에는 실내에서 이렇게 큰 소음을 내다니 예의에 어긋나는 일 아니냐고 묻는 듯한 표정이 떠올랐다.

닉은 완만한 곡선을 이룬 첫째 열 반대편 끝쪽에 앉은 사람들을 볼 수 있었는데, 레이디 파트리지가 제일 끝에 있었고 그 옆으로 베르트랑 우라디 부부와 와니가 세워진 피아노 뚜껑을 배경으로 가파른 옆얼굴을 보이고 있었다. 그들 바로 뒤에 캐서린이 남자친구 재스퍼의 어깨에 기대앉아 있었고, 폴리 톰킨스는 재스퍼의 다른 쪽 옆에 앉아 무심한 듯 자신의 몸을 그의 몸에 밀착하고 있었다. 그리고 그 옆에는 폴리가 늘 그러는 듯이 데려온 중앙부서의 직원, 냉정한 표정의 젊은 여성 모건이 있었다. 닉이 니나를 보려면 노먼 켄트의 희고 커다란 머리를 피해 고개를 비틀어야 했다. 노먼 켄트는 보수주의자에 대해서만큼이나 음악에도 민감해서 자기 자리에서 줄곧 몸을 꼬아대고 있었다. 해진 그의 데님 재킷 칼라가 한 다스쯤 되는 핀스트라이프 정장들 가운데서 그 나름의 효과를 자아냈다. 페니가 그의 옆에 앉아 그를 달래고 와주어서 고맙다는 뜻으로 그에게 기대고 있었다. 닉은 니나의 연주에 대한 그의 의견이 궁금했고, 자신 또한 그 연주를 어떻게 생각해야 할지 확신이 서지 않았다. 소리가 아주 강하게 공격해오는데 그것이 불러오는 기습적인 효과 때문에 그녀가 진짜로 잘 치는 것인지 아닌지 잘 알 수가 없었다. 도입부의 주제가 다시 연주되었다. 그 훈계조의 우르릉 소리, 무모하지만 정확한 도약. 그녀가 엄격한 교육을 받은 것은 분명했다. 그녀는 철의 장막 뒤에서 튀어나온 저 작고 완벽한 체조선수들처럼 건반 위를 구르고 뛰어올랐다. 중반부의 슬픈 물음이 본격적으로 시작되자 그녀는 주저 없이 속력을 내기 시작했다. 효과를 주기 위해 무척 강렬하게 연주했는데, 그 모습을 보고 있자니 그녀가 그 곡의 의미를 이해하는지조차 의심스러워졌다. 프로그램을 만들 때 닉은 좀더 전문적인 분위기를 주기 위해 낡은 레코드 재킷 등에 나온 설명을 뒤져서 B플랫 단조 스께르쪼를 "다정함, 과감함, 사랑과 경멸로 넘친다"라고 묘사한 슈만의 말을 인용했다. 그는 그 말들을 떠올리며 좌석의 열 너머 사랑하는 연인의 머리를 응시했다.

쇼팽이 끝나자 니나는 인사를 하고 방을 뛰쳐나갔는데, 닉이 보니 다시 층계참에 가 있었다. 실은 당장이라도 아래로 뛰어내릴 사람처럼 보였는데, 박수갈채에 신경을 쓰기에는, 혹은 거기 어떻게 대처해야 할지 알기에는 아직 너무 어리고 고고한 것이었다. 제럴드는 특유의 요란하고 공허한 박수를 꾸준히 치고 있었다. 한두 사람이 일어서는 가운데 국무조정실에서 온 사람은 프로그램의 다음 내용을 들여다보았고, 닉 뒤의 부인은 이렇게 말하고 있었다. "아니요, 안타깝지만 그 주말에는 배드민턴이 있을 예정이에요."

슈베르트의 즉흥곡 둘이 뒤를 이었다. C단조와 시냇물 같은 E플랫 장조였다. 후자는 건반을 칠 때 흔들림 없는 균일성을 요하는 곡이다. 닉이 그 첫부분만 열두번쯤 반복해서 치는 것을 들었던, 그래서 속으로 그녀에게 그냥 계속 치라고 고함을 질러야 했던 그 곡이었다. 이제 그녀는 반복 없이 연주를 이어갔으며, 마치 이 상황에 맞닥뜨리자 손가락이 저절로 완벽하게 조화를 이루며 움직여서 은빛 소리의 흐름을 만들어내는 놀라운 자동장치처럼 건반을 바쁘게 오르내리는 자신의 손동작을 바라보고 있었다. 그녀의 연주가 이 곡을 다소 연습곡처럼 들리게 만들긴 했지만, 귀를 기울이면 이 작품이 추진력과 덧없음으로 이루어진 인생 그 자체임을 알 수 있었다. 그 안의 변조들은 인생의 현기증 나는 순간들과 같았다. 닉이 보기에 그녀는 B단조의 중반부를 너무 퉁명스럽게 연주했고, 그래서 작품의 일관된 비전이 망가진 것 같았다.

닉은 자신이 제럴드의 어머니와 와니의 아버지를 응시하고 있다는 사실을 깨달았다. 그 둘은 우스꽝스러운 한쌍을 이루고 있었다. 베르트랑은 정장이라는 빛나는 집에 들어앉아 그 행사의 지루한 의전을 존중하며 조용히 있었다. 가느다란 검은색 콧수염만이 그가 무의식적으로 입술을 오므렸다 폈다 반복하며 작은 입맞춤들을 만들어내는 모습을 보여주면서 그의 급한 성격을 드러내고 있었다. 그 곁에서 레이디 파트리지는 방금 스키 휴가에서 돌아온 사람처럼 볼연지와 파우더로 범벅이 된 얼굴을 꼿꼿이 세우고 있었는데, 전혀 딴생각을 하는 것이 분명했다. 가끔씩 그녀는 곁눈질로 옆에 앉은 남자와 칙칙한 옷을 입은 그의 아내를 힐끔거렸다. 닉은 그녀가 자신이 항상 '에이랍A-rab'이라고 부르는 사람들 옆에 앉혀진 데 화가 나 있음을 알 수 있었다. 하지만 그렇게 많은 돈 가까이 앉아 있다는 사실 때문에 그녀 안의 뭔가에 불이 지펴진 것 같기도 했다.

연주회를 준비하면서 그들은 중간휴식 없이 진행하기로 결정했었고, 따라서 슈베르트 곡이 끝나자 제럴드가 일어서서 다정하면서도 방을 웅웅 울리는 어조, 친구들 가운데 선 지휘관의 어조로 곧 마지막 곡인 베토벤의 「작별」 소나타가 이어질 것이라고, 또 그것이 끝나면 술이 더 준비되어 있으며 모두들 상당히 좋은 연어도 즐길 수 있다고 알렸다. 그러자 모두들 자발적으로 갈채를 보냈다. 니나가 모욕이라도 당한 듯 두배로 단호한 태도로 돌아왔기에 닉은 그녀를 향해 무척 열렬한 박수를 보냈다. 이어 그녀가 처음 세 하강음을 '레─베─볼'(고별, 작별) 하고 쳤는데, 그것을 듣자 닉은 등이 오싹했다. 옆에 있던 남자가 이상하다는 눈초리를 그에게 던졌다. 그러나 닉에게는 음악, 위대한 음악을 듣는다는 건 더없이 중요한 일이었고 그것을 이 집에서, 갑작스레 단호하게 울리는 알레그로에 따라 마룻장이 떨리는 이 집에서, 고정된 놋쇠 바퀴 위 피아노 건반이 흔들리는 이 집에서 듣는 것은 그러니까, 굉장한 경험이었다. 흥분과 더불어 느껴지는 안도감 ── 음악은 삶을 표현하고 설명했으며, 다시 그 의미를 묻게끔 만들었다. 만일 그가 믿는 것이 있다면 바로 그것이었다. 거기 모인 사람들이 모두 그렇게 느끼는 것은 물론 아니었다. 레이디 킴볼턴, 저기 앉아 있는 지칠 줄 모르는 기금 조성자인 그녀는 자신의 약속 일지를 조심스레 살피며 신중하게 얼굴을 찌푸렸다가 다시 음악에 주의를 기울여보려고 팔에 걸린 팔찌를 흔들어 내렸다. 그것은 회색빛 집중, 그저 지배계급다운 단정한 품행에 불과했다. 그녀는 교회에 있을 수도 있었고 사랑하지 않은 어떤 동료의 장례식에 참석 중일 수도 있었다. 그것은 의도와는 아무런 관련도 없는 표정이며, 베토벤과는 정반대되는 무엇이었다. 제럴드는 닉의 열 반대편에 앉아서 음악을 즐기며 가끔 고개를 끄덕였다. 마치 어떤 아이디어든 한발 늦게 떠올리는 사람처럼 박자가 약간 엇나갔지만. 그러나 닉은 그가 나중에 다 "훌륭했다"라거나 "굉장히 즐거웠다"라고 말할 것을 알고 있었다. 심지어 '훌륭했다'는 말이 더 어울리는 「파르지팔」조차도 그는 "굉장히 즐겁다"라고 묘사한 사람이었다. 다른 사람들은 지금 듣고 있는 음악에 감동을 받고 있는 것이 틀림없었다. 아무래도 베토벤의 음악인데다 그 작품은 떠남과 부재와 귀환 등을 이야기하는데, 그것은 누구나 잘 이해하고 느낄 수 있는 것이니까.

연주가 가장 훌륭한 부분은 '부재'였고, 어린 니나 — '어리다'는 형용사 없이 그녀를 생각하기란 힘들었다 — 는 그 부분을 연주하는 동안 성장하는 모습이 거의 눈에 보일 정도였다. 정확히 연주된 안단떼 에스쁘레시보는 감동을 주면서도 감정을 과장하지 않았고, 사실 그녀가 자신의 강렬한 감정을 베토벤의 지혜에 맞춰 다소 절제하는 모습도 엿보였다. 그럼으로써 부재가 가져오는 감각의 마비와 서글픈 고독, 질식할 듯한 갈망의 절정이 밝게 비춰지는 것이었다. 닉은 다시 와니, 살짝 보이는 옆모습, 그의 귀 뒤로 모인 검은색 고수머리를 찾았다. 그가 감동을 받았을까? 그렇다면 어떻게? 그는 와니의 귀를 바라보았지만 그가 무엇을 들었는지는 알 수 없었다. 와니의 경우 완벽한 주목과 완벽한 무시를 구별하기가 어려웠다. 닉이 그의 모습만 바라보자 다른 모든 것이 흐느적거렸고 오직 와니만, 혹은 닉에게 보이는 와니의 일부분만이 피아노 뚜껑의 매끄러운 이중 곡선을 배경으로 미세하게 울리고 있었다. 닉은 자신이 다른 곳, 아름답고 사색적이며 심지어는 위험한 곳, 음악에 의해서만 창조되고 유지되지만 음악과는 별개인 곳으로 떠가는 듯 느꼈다. 심란한 꿈 같은 분위기가 있는 곳, 그 안에서는 무엇 하나 확실하지 않고 깨어난 뒤에 기억해낼 만한 견고한 발판도 제공하지 않는 그런 꿈 말이다. 자신과 와니 사이에 정말 어떤 공감이 이루어지고 있는 것일까? 사랑을 좇으려면 무관심을 키울 필요가 있는 것 같았다. 그들 사이의 깊은 연결은 너무나 은밀해서 가끔은 그것이 존재한다는 것조차 믿기 어려웠다. 혹시 누군가 알고 있을지, 그런 생각이 잠깐이라도 직관처럼 떠올랐다가 터무니없다는 느낌과 함께 사라지는 경험이라도 했을지 그는 궁금했다. 어떻게 짐작할 수 있느냐고? 은밀한 연애는 어떤 식으로든 감지될 터였다. 자신도 모르게 보이는 다정함이나 배려, 유난히 서로를 보지 않는 태도……. 그들의 관계가 알려지는 일이 생길까? 아니면 그들은 이 비밀을 무덤까지 가지고 가게 될까? 마치 와니의 모습에 최면이라도 걸린 것처럼 잠시 그는 꼼짝도 할 수 없었다. 그 마술에서 깨어나려면 약간 몸서리를 쳐야 했다.

노먼 켄트 쪽에서 이상한 소리, 거친 숨소리가 들려왔다. 그는 울고 있었다. 일부러 그러는 건지, 아예 안경을 벗고 얼굴을 손으로 쓸어내렸다. 닉은 그 정신, 그 도전적인 감성에 감탄했다. 하지만 또한 조금 김이 새기도 했는데, 자신도 음악을 들으며 종종 울곤 했지만 이 경우에는 그러지 못했기 때문이다. 페니는 아버지 어깨에 손을 올린 채 이 익숙한 당황스러운 장면을 견뎌내고 있었다. 닉은 그녀의 얼굴이 붉어진 것을 보았는데 그녀는 워낙 얼굴을 잘 붉히는 편이기도 했다. 곧이어 음악의 장중함이 수그러들며 피날레가 경쾌하게 몰려들었다. 경이로운 비바치시마멘떼는 니나에게는 황소 앞의 붉은 천과도 같았다. 음악은 환각에 빠진 듯 짧고 날카로운 소리, 쿵쿵 소리 속에서 빠르게 흘러갔다. 닉은 베토벤을, 혹은 니나 자신을, 음향효과 좋은 나무 바닥이 깔린 방에서 환희에 찬 귀환을 기다리며 오락가락하는 그녀의 모습을 보는 듯했다. 노먼은 서글픈 쾌감으로 신음하고, 페니는 사태가 낙관적으로 전개되자 비로소 해방되었다는 듯 몸을 틀어 제럴드를 다정하게, 하지만 여전히 얼굴을 붉힌 채 바라보았다. 그녀와 눈이 마주치자 제럴드 또한 눈을 아래로 깔고 살짝 얼굴을 붉혔다. 흠, 노먼 켄트와 제럴드 두 사람은 원칙과 관련한 까다로운 문제를 두고 오랜 긴장관계를 형성하고 있었다. 여러해 동안 그들이 원칙을 뒤로한 채 서로를 만나서 고개를 끄덕이고 치사한 조롱을 주고받은 것은 순전히 레이철의 고집 때문이었다. 그것은 물론 페니에게는 고통스러운 일이었고, 이제 그녀는 아마도 그녀 나름으로 화해를 구하는 것인지도 몰랐다. 매일 제럴드의 일정을 녹음한 테이프를 듣고 타자를 치는 동안 그녀는 그의 감정에 대해서 상당히 유용한 직관을 갖게 된 게 틀림없었다.

소나타가 끝나자 변함없이 박수갈채가 터져나왔다. 연주회가 끝났기 때문에 더 열렬한 박수였다 ── 이 경험 전체가 갑자기 환하게 밝혀졌다. 이제 술을 마실 시간이었고, 다들 그 모든 것을 꽤 잘 해냈다. 노먼 켄트는 니나가 다시 들어오자 손을 머리 위로 치켜든 채 박수를 쳤고, 캐서린은 서둘러 "브라보"를 외쳤으며, 재스퍼는 그녀를 흉내내고는 마치 수업시간에 농담이라도 한 듯 빙그레 웃었다. 니나는 일이초 동안 굳어서 제자리에 서 있었지만 잠시 뒤 아무 말 없이 앉아서 라흐마니노프의 C단조를 치기 시작했다. 청중 중에서도 나이 든 축들이 잘 아는 작품이었는데, 그들은 딱히 그걸 듣고 싶지는 않았지만 어쨌든 받아들이며 어리둥절한 미소를 주고받았다. 그런 뒤에는 아주 단호한 갈채가 따랐다. 연주가 상당히 길었기 때문에 몇몇은 마실 것이 놓인 탁자와 출구를 둘러보며 이야기를 나누기 시작한 참이었는데, 니나가 다시 들어와 부소니[8]의 편곡으로 유명한 바흐의 「또까따와 푸가 D단조」를 연주했다. 그러자 레이디 킴볼턴은 마치 장님이라도 되는 듯 자신의 팔을 조명 가까이 올려 손목시계를 보았고, 몇몇은 프로그램으로 부채질을 하기 시작했다. 일종의 반란이라 할 이런 동작은 점차 다른 사람들에게로 번져 팔찌들이 달그랑 소리를 내기 시작했다. 니나가 또다시 들어오자 제럴드는 일어서서 "음, 흠흠……"하면서 상냥하게 회합을 끝내려는 듯한 소리를 냈다. 하지만 그녀는 무시한 채 다시 피아노 앞에 앉아서 하차뚜랸[9]의 「싸브르 댄스」를 연주했다. 닉에게는 이 모든 것이 아주 자연스러웠다. 그녀는 세 곡의 앙꼬르를 준비하라고 들었을 테지만 그녀 나름대로 네 곡을 준비했을 수도 있지 않은가. 제럴드가 닉에게 손짓을 했기 때문에, 그는 니나를 따라나가서 축하인사를 하며 이제 그만해도 된다고 말했다. 그녀가 층계참에 서서 계단이 이룬 웅장한 곡선을 내려다보는 동안, 박수가 성겨지다가 재빨리 끝나더니 게걸스러운 파티의 함성이 들

---

**8** Ferruccio Busoni(1866~1924). 이딸리아의 피아니스트이자 작곡가.

**9** Aram Khachaturyan(1903~78). 소련의 작곡가로 전후 소련 음악계의 선구적 인물이다.

렸다.

"안녕하세요, 주디!"

"잘 있었는가." 닉이 레이디 파트리지의 장밋빛 뺨에 입맞춤하자 그녀는 뻣뻣하게 서서 받았다. 그녀가 이런 키스를 존경의 표시로 받아들이는지 아니면 건방지다고 생각하는지 도무지 알 길이 없었다. 그는 그녀 역시 자신만큼이나 이 파티를 즐기고 있다고 생각한다는 듯 그녀에게 미소를 보냈다. "무척 기분이 좋은 것 같구나." 그녀가 말했다.

닉이 거울을 보니 거기 비친 자신은 눈이 반짝반짝 빛나며 혼자만의 풍부한 비밀을 간직한 모습이었다. "글쎄요, 리사이틀이 성공적인 것 같아서요."

"그랬나?" 레이디 파트리지가 말했다. 그러고는 단지 상대방의 기분을 맞추기 위해서라는 듯 덧붙였다. "마지막 작품이 괜찮던데. 전에 어디서 들어본 적이 있는 것 같아."

"아, 하차뚜량 말씀이시군요."

그녀는 그에게 아주 건조한 시선을 던졌다. "리듬감이 있어."

"음, 그렇죠." 닉은 기뻐서 조용히 웃었고, 이어 그녀도 교활하게 웃었다. 마치 자신이 생각했던 것보다 더 영리한 모양이라고 말하는 것처럼.

웨이트리스가 다가와 두 사람은 새 샴페인잔을 들었다. "특별한 사람들……." 레이디 파트리지가 말을 시작했다. 제럴드의 정치세계 속에 있을 때 그녀는 행복하고도 분주했다. 그의 동료들을 무척 점잖게 대했으며, 그들이 안타깝게도 자기들 사교의 대부분을 차지하는 단조로운 일 얘기를 하다가 그녀에게 정책의 전모에 대해 언급하기라도 하면 강렬한 흥분을 느꼈다. 즉, 그들이 제조업을 줄이고 이민을 줄일 필요성, '정신건강'(얼마나 말도 안되는 남용과 낭비가 이루어지고 있는지!) 치료 서비스를 합리화할 필요성, 그리고 공공 서비스를 민영화해야 할 반박할 수 없는 필요성에 대해 이야기할 때 무척 즐거워했다. 그런 대화는 텔레비전 방송용 리허설 같았고 심지어는 그보다 더 큰 영감을 주었다. 그런 대화는 모든 회의적 시선을 잠재우는 것이었다. 닉이 말했다.

"저분이 토프트 경이네요. 길이란 길은 다 건설하고 있는 그분요."

"버니 토프트는 특출한 점이 전혀 없는 사람이야." 레이디 파트리지가 대꾸했다. 잭 경 또한 물론 건설업에 종사한 바 있었다. "제럴드가 왜 저 끔찍한 화가라는 사람을 불렀는지 모르겠군."

"아, 노먼 말씀이신가요? 별로인가요, 그분?"

"순 시뻘건 사회주의자야." 레이디 파트리지가 말했다.

그들은 노먼 켄트가 피아노 옆에 매달리듯 의미심장하게 서 있는 모습을 건너다보았다. 자신이 그린 토비의 초상이 자신의 초상의 한 요소라도 되는 듯한 모습임을 의식하는 것 같았다. 대부분의 사람들은 뭔가에 정신이 팔린 듯한 미소를 띠고 다른 사람을 찾는 척하며 그를 피했지만 캐서린과 재스퍼는 그와 이야기를 나누었다. 그는 "물론 그래야지, 이 아가씨야. 그림을 그리고 그리고 또 그려야지"라고 말하며 캐서린의 어깨를 잡아 흔들었는데, 그 순간 흥분으로 목소리가 높아졌다.

"내 손녀딸과 함께 있는 저 젊은이가 누군지 알고 있나?" 레이디 파트리지가 물었다.

"예, 재스퍼입니다. 새 남자친구예요."

"아……." 레이디 파트리지는 별 기대가 없다는 듯 한두번 고개를 끄덕였지만 곧 이렇게 말했다. "아무튼 지난번보다는 한단계 나은 것 같군."

"예, 괜찮은 친구입니다……."

"심지어 신발도 있는 사람처럼 보이는데."

"그러게 말입니다. 놀랍지요!" 그때 재스퍼에 대한 닉의 주된 감정은 너무나도 분명했다. 그가 한두시간 침대에 엎드린 채 묶여 있어야 한다는 것. "실은, 부동산 중개인입니다."

"아주 잘생겼어." 레이디 파트리지가 특유의 기이한 탐욕을 드러내며 말했다. "집을 무더기로 팔겠군."

트루디 티치필드가 아마 자신을 기억 못할 거라는 듯 인상을 찌푸리며 그녀에게 다가왔다. "훌륭한 파티네요." 그녀가 말했다. "파티를 열기에 아주 안성맞춤인 공간이에요. 안타깝게도 저희 집은 정원 딸린 아파트라서요. 아무튼, 정원은 있지만요. 그렇지만 천장이 좀 낮아요."

"그렇군요." 레이디 파트리지가 대답했다.

트루디가 목소리를 낮추었다. "아주 특별한 파티가 그리 멀지 않았다죠. 은혼식……? 수상님도 오신다고 들었어요."

"여왕께서 오시지는 않을 것 같던데." 레이디 파트리지가 말했다.

"아니요, 여왕께서는 아니고, 수상님요." 그녀는 이 말을 아주 환한 목소리로 속삭였다. "여왕님이라니! 아니, 아니죠……."

레이디 파트리지는 멋지게 눈을 깜박였다. "다들 좀 쉬쉬하는 분위기인 것 같던데요."

쌤 저먼이 닉에게 다가와서 말했다. "네 덕분에 내가 부자가 되고 있어, 이 친구야!" 멋지고 재미있는 말이었지만 더이상의 설명은 없었다. 아마도 그저 사업적 관례였을 것이다. 하지만 그들 우정의 저장고는 체육관과 식당에서 다 바닥이 났으며 다시는 서로 가까워지지 않으리라고 닉은 생각했다.

뷔페 식탁 주변의 무리(모두 예의 바르고 가벼운 농담을 나누지만 은근히 무자비한) 속에 어린 니나가 자신의 청중과 섞여 있었는데, 대개 그들은 마음씨 좋게 "정말 훌륭했어요!"라고 하고는 도대체 어디서 그렇게 피아노 치는 것을 배웠느냐고 물었다. 그녀는 감정이 실리지 않은 단순한 영어로 말했고, 영국 사람들도 그녀에게 같은 방식으로, 하지만 조금 더 큰 소리로 말했다. "그래, 아버지께서 감옥에 계시다고? 참 안됐군요!" 닉 바로 앞에서는 레이디 킴볼턴이 티퍼 부부와 인사를 나누고 있었다. 레이디 킴볼턴의 이름은 돌리였는데, 친한 친구들도 자연스럽게 그 이름을 부르기를 꺼렸다.

"안녕하세요, 돌리." 모리스 경이 약간 빈정대듯 고개를 까딱하며 말했다.

"안녕하세요?" 쌜리 티퍼도 인사를 건넸다. "참 즐거운 콘서트죠."

"그래요, 정말 가슴이 터질 것 같았어요." 레이디 킴볼턴이 말했다. "오늘 아침 『텔레그래프』 보셨죠?"

"봤지요." 모리스 경이 대답했다. "축하드립니다!"

"저는 집에서 열리는 연주회를 좋아해요." 레이디 티퍼가 말했다. "베토벤과 슈베르트 같은 사람들 시대에 그랬던 것처럼 말이에요."

"그러게요……." 레이디 킴볼턴이 각진 얼굴을 이쪽으로 기울여 탁자 위에 무엇이 있는지 살피면서 말했다.

"나이절이 기운이 나겠어요." 모리스 경이 말했다.

"모리스와 저는 최근에 친구들 집에서 열린 콘서트 몇군데에 참석했죠. 참 훌륭한 유행이에요." 레이디 티퍼가 말했다. 그녀는 예술애호가로 알려져 있었다.

"그래요, 콘서트 마니아가 있나봐요." 레이디 킴볼턴이 말했다. "전 이번이 올 들어 두번째예요."

"듣자 하니 라이어널 케슬러가, 아시죠……? 지스까르 데스땡과 함께 호크스우드에서 메디치 사중주단을 불러 아주 훌륭한 저녁 연주회를 열었다더군요."

"제 생각에는 제럴드가 그 연주회에서 아이디어를 얻은 것 같더라고요." 그들이 식탁 가까이 오자 닉이 장난스럽게 끼어들며 말했다.

"아, 안녕하시오."

"안녕하세요, 돌리." 닉이 말했다. 제럴드가 연주회라는 아이디어에 빠져들게 된 과정은 자신이 재미있게 요약할 수 있을 것이었다. 요새 새로 명성을 누리기 시작한 우익의 잘생긴 늙다리 파충류 데니스 벡위스가 키리 테 카나와[10]를 자신의 여든다섯번째 생일파티에 초청해 모차르트와 슈트라우스를 부르게 했을 때 그 아이디어는 경쟁적인 조바심의 절정에 달했었다. 하지만 말조심해야 한다는 생각이 들었다. "제럴드가 얼마나 승부에 민감한지 아시잖아요." 그가 말했다.

"우리는 모두 승부사들이지!" 돌리 킴볼턴이 웨이터에게 연어 접시를 받으며 말했다.

"좋아, 아주 좋구먼." 제럴드가 그들 뒤에서 사람들 사이를 헤치고 다가왔다.

"새로운 예술가를 소개하다니 참 훌륭했어요." 쌜리 티퍼가 말

---

**10** Kiri Te Kanawa(1944~). 뉴질랜드의 성악가.

했다.

"마지막 곡이 마음에 들던데." 모리스 경이 말했다.

제럴드는 니나가 어디 있는지 둘러보았다. "우리는 유명세보다는 다른 걸 생각하죠."

그 '배드민턴' 부인이 빵을 하나 집으며 끼어들었다. "아주 잘하신 거예요." 그녀가 말했다. "마이클은 여름 파티에 **로열필하모닉**을 부른다던데요."

"마이클……?" 제럴드가 되물었다.

"아, 성이 헤슬타인인가? 맞아요, 그래……." 그녀는 사과하는 시늉을 하며 몸을 수그리고 물러서다가 살짝 도전적인 어조로 덧붙였다. "그래요, 그 대단한 로열필하모닉을 몽땅 부른다는 거예요. 비용이 얼마나 들지. 하지만 올해 수입이 괜찮았으니까요."

"우리도 수입이 꽤 괜찮았던 것 같은데." 제럴드가 중얼거렸다.

닉은 베르트랑 우라디를 피해서 그곳으로 왔지만 접시를 들고 식탁에서 돌아서자 바로 앞에 베르트랑이 있었다. "아하, 친애하는 예술비평가구먼!" 그가 말했다. 닉은 성가신 외국인 웨이터나 택시 기사, 한마디 농담으로 정체를 요약할 수 있는 그런 사람들을 떠올렸다. 하지만 흥분한 목소리로 인사를 건넸다.

"잘 지내셨어요?"

베르트랑은 대답하지 않았다. 하찮고 주제넘은 질문이라고 암시하고 싶은 듯했다. 그는 방을 둘러보았는데, 사람들은 소파 주변이나 스태프들이 재빨리 흰 천을 깔아 가져온 작은 탁자들 주변에 무리 지어 있었다. 귀에 거슬리는 소리를 내는 그 영국 속물들 사이에서 어디에 자리를 잡아야 할지 모르는 모양이었다. 그의 표정은 오만하면서도 조심스러웠다. "무척 덥군. 안 그런가?" 그가 닉에게 말했다. "이리 와서 나와 이야기하세." 그러고서 다시 웨이터처럼 앞장서 닉을 이끌었다. 가는 동안에도 어깨 너머로 참을성 없는 시선을 던지며 여기저기 놓인 식탁 사이를 뚫고 커다란 뒤쪽 발코니의 서늘한 곳이 아닌, 거리가 내다보이는 앞쪽 창가 자리로 갔다. 그곳에서 무릎을 맞대니 끈으로 묶인 커튼에 부분적으로 가려서 약간 걱정스러울 정도로 사적인 공간이 되었다. "지독히도 덥군." 베르트랑이 다시 말했다. "저 짐승한테 망할 놈의 에어컨이 달려 있어서 정말 다행이야." 그가 아래쪽 도로 경계석에 주차한 밤색 롤스로이스 씰버섀도를 턱짓으로 가리켰다.

"아." 그렇게 저열한 자랑에 비위를 맞출 능력이 없는 닉이 말했다. 차 뒤창으로 빛나는 흰 쿠션이 깔끔하게 정돈되어 있는 게 보였다. 번호판은 보이지 않았지만 그의 이름 머리글자인 BO로 시작될 게 분명하다고 생각하며 짓궂은 웃음을 떠올리다가, 닉은 얼굴을 조금 굳히고 그 짓궂은 웃음을 끔찍한 경탄의 미소로 바꾸었다. 캐서린의 신경증 가운데 하나는 밤색공포증이었다. 그것은 au 발음 공포증을 능가해서 그녀에게는 뭔가 더 나쁜 암시 같은 것으로 증폭되었다. 닉은 그 이유를 알 것 같았다.

베르트랑은 그에게 연주회에 대해서 몇가지 묻고는 전문가의 쓸모 있는 브리핑처럼 닉의 대답을 주의 깊게 들었다. "기교가 대단해." 그가 되풀이했다. "아직 굉장히 어린데." 그러면서 고개를 저으며 자기 앞의 연어를 해부하는 것이었다. 마약에 취하기도 했고 또 그만한 능력도 있었지만 닉은 아주 완벽한 예술비평가 노릇을 하기가 꺼려졌다. 자신의 어조가 너무 친밀한데다 스스로를 노출할 수도 있어서 조심스러웠던 것이다. 베르트랑의 영향은 그 나름대로 코카인만큼이나 강력했고, 닉은 자신이 그에게 다소 퉁명스럽게 말하고 있다는 사실을 깨달았다. 니나의 음악에 깊은 인상을 받았지만 그럼에도 그 연주가 정말 그렇게 훌륭했는지는 확신할 수 없었다. 그녀가 워낙 어렸기 때문에 자신의 인상에 영향을 미친 것 같기도 했다. 그는 돌리 킴볼턴을 흉내내서 말했다. "베토벤은 가슴이 터질 것 같더군요." 하지만 그것은 베르트랑에게는 쓸모없는 문장이었다. 그는 눈을 가늘게 뜬 채 그를 보고 말했다. "마지막 곡은 무시무시하게 좋더군."

닉은 방으로 눈길을 돌려 와니를 찾아보았다. 와니는 자신의 어머니, 그리고 그가 긴 속눈썹 아래로 다소 불편하고 당황스러운 눈길로 바라보는 중년 여성과 함께 식탁에 앉아 있었다. 와니가 멍하지만 유혹적인 시선으로 여성들을 보는 것은 일종의 미끼라 할 만했다. 그 집에 도착한 뒤로 그는 아직 닉에게 말을 걸지 않았다. 자리에 앉을 때 "이 무리들, 이 의무들"이라고 말하듯 고개를 돌리고 끄덕이거나 한숨을 쉬기는 했다. 설사 자기 연인과 아버지가 단둘이 앉아 있는 걸 보고 불안했다 해도 그것을 드러내 보이기에 그는 너무 영리했다. 베르트랑이 말했다. "내 아들놈, 지금 저 녀석이랑 시시덕대고 있는 사람은 도대체 누구지?"

닉은 편하게 웃으며 대답했다. "모르겠네요. 아마 어떤 하원의원의 부인이겠죠."

"시시덕대고 또 시시덕대는 게 저 녀석이 하는 짓의 전부야!" 베르트랑이 속눈썹을 파닥이며 아들을 흉내냈다. 멋지게 잘 차려입었음에도 그의 모습은 거의 진부해 보이기까지 했다. 닉은 그 콧수염의 위아래 선을 면도하는 매일의 과제, 이른 아침 쇠붙이가 주는 즐거운 감촉, 옷가게의 한 코너만큼이나 커다랗고 잘 정돈된 옷방에서 느낄 즐거움을 상상해보았다. 그가 입을 열었다. "시시덕댈지는 모르지만 진심으로 다른 여자를 노리는 경우는 없는 걸로 압니다." 그러고는 자신의 짓궂음에 흥분을 느꼈다.

"알지, 알아." 베르트랑은 닉이 자기 말을 진지하게 받아들였다는 사실에 화가 난 것처럼, 하지만 아마도 조금쯤은 안심이 되는 듯 말했다. "그래, 일은 어떤가? 사무실에서 말이야."

"아, 괜찮은 것 같습니다."

"지금도 그 예쁘장한 청년들을 데리고 있나?"

"음……"

"난 그 녀석이 왜 그렇게 터무니없이 예쁘장한 동성애자 같은 애들을 데리고 있는지 모르겠다고."

"글쎄요, 자신들이 맡은 일은 잘하는 것 같은데요." 닉은 너무나 놀라 거의 사과조로 말했다. "싸이먼 존스는 아주 훌륭한 그래픽디자이너고 하워드 워서스틴 역시 무척 훌륭한 스크립터죠."

"그 망할 놈의 영화 찍는 일은 언제 시작하는 거지?"

"아, 그건 와니한테 물어보셔야 합니다."

베르트랑은 입속에 감자 몇개를 집어넣고 말했다. "벌써 물어봤지. 그런데 절대로 아무 말도 안해주거든." 그는 냅킨을 펄럭였다. "그 망할 놈의 것이 도대체 무슨 영화인가?"

"글쎄요, 『포인턴의 전리품들』을 영화화할 계획입니다만……"

"애무하는 장면이 많고 액션도 많아야지."

닉은 희미한 미소를 띤 채 재빨리 그 말을 곱씹어보았는데, 그것들이야말로 그 소설에서 완전히 결여된 두 요소라는 생각이 들었다. 그는 말했다. "와니는 제임스 스탤러드가 배역을 맡아주었으면 하고 있습니다."

베르트랑이 그에게 경계의 눈길을 보냈다. "그도 미소년인가?"

"글쎄요, 보통 굉장히 잘생겼다고들 하는 배우입니다. 떠오르는 별 중의 하나죠."

"그에 대한 기사를 읽은 적이 있지……."

"최근에 쏘피 티퍼와 결혼했습니다." 닉이 말했다. "모리스 티퍼 경의 따님요. 신문에 온통 기사가 실렸죠. 물론 그녀는 예전에 토비 — 제럴드와 레이철의 아들 말입니다 — 하고 데이트를 했었지만요." 평소에는 그렇게까지 비겁하게 상대를 안심시키려 하지 않았기를 바라면서, 그는 그 모든 이성애의 이야기들을 일종의 증거물로 제시해서 베르트랑의 주의를 다른 곳으로 돌리려 했다.

베르트랑은 어떤 것도 놀랍지 않다는 듯 웃어 보였다. "그가 큰 고기를 그냥 놔주었다고 하더군."

닉은 자신도 모르게 얼굴을 붉혔다. 그러고는 아직 완전히 투신하지도, 완전히 회의적이지도 않은 신참 세일즈맨 같은 명랑한 태도로 잡지에 대해 이야기하기 시작했다. 그는 자신과 와니가 그 영화의 소재를 찾기 위해 여행을 할 계획이라고 말했다 — 그것이 그들의 연애, 절대 이야기해서는 안되는 그 주제와 관련해서 그가 이야기할 수 있는 최선이었다. 잠시 그는 베르트랑에게 그 모든 유해한 아름다움과 더불어 진실을 이야기하면 어떨까 상상해보았다. 가령 그들이 지난주에 스리섬을 함께했던 스킨헤드 남창을 무슨 칭찬받을 만한 새로운 사업계획처럼 묘사한다거나 하는 식으로. 그러자 곧바로 어떤 슬픔이 느껴졌다 — 그러니까 그가 예상한 대로 모든 것에서 윤기가 사라지기 시작했다. 그의 기분은 우울을, 우울한 불안을 향해 낮게 가라앉았다. 베르트랑과 함께 있으면 그렇게 될 수밖에 없는 것 같았다. 라운즈 스퀘어에서도 있었던 일이다. 반시간만 그와 함께 있으면 비밀은 확실하게 빛이 바랬고 어쩐 일인지 회의감이 고조되었다. 베르트랑의 농담은, 감당할 수는 있었지만 고역이었다. 닉은 모든 면에서 자신과 정반대로 보이는 사람, 빛나는 정장을 입은 단단하고 작은 자아덩어리의 손아귀에 사로잡힌 채 무력감과 초조함과 불만을 느끼며 그의 말을 들어주려 노력하고 있었다. 포도주병을 들고 방을 돌던 한 웨이트리스에게 갑자기 끔찍한 일이 일어났다. 그녀는 흑인이었고, 닉은 그녀가 방을 헤치고 다니며 각자에게 원하는 것을 건네는 동안 그녀를 향해 불편함과 가식적인 관대함이 너울대는 것을 이미 주목하고 있었다. 베르트랑이 자기 잔을 내밀자 그녀가 샤블리를 채웠는데, 술을 따르는 동안 그녀를 지켜보던 베르트랑은 그녀가 미소를 지으며 돌아서서 닉에게 의사를 물으려 할 때 이렇게 말했다. "아니, 이 멍청이 같으니. 내가 이런 걸 마실 것 같아? 광천수를 달라니까." 그 아가씨는 그의 말투에 든 가시와 자신의 서비스에 대한 항의에 잠깐 움찔했다가 차갑고 진정성 없는 말투로 사과했다. 닉이 얼른 말했다. "아, 당연히 물을 가져다드릴 수 있죠. 물은 많이 준비되어 있어요!" 베르트랑의 어조를 누그러뜨리기 위해서, 그의 처신에 대해 자신이 대신 사과하기 위해서, 험악한 순간이지만 잠깐이나마 미소를 건네기 위해서, 그는 염려가 담긴 다정한 어조로 말했다. 그러는 동안에도 베르트랑은 줄곧 경멸적으로 눈을 깜박이며 무표정하게 그녀를 향해 잔을 든 손을 뻣뻣이 내밀고 있었다. 그녀는 여전히 자신의 위엄을 유지하고 있었고, 닉의 미소는 그녀에게는 제발 신경 쓰지 말라고, 그에게는 좀 누그러뜨리라고 애원하고 있었다. 하지만 베르트랑은 말했다. "망할 것, 무슨 말인지 모르겠어? 도로 가져가라고." 그러고는 닉에게서 유사한 분노를 구하는 듯, 혹은 일으키려는 듯 그를 노려보았다. 그녀가 아무 말 없이 당당하게 걸어가자 그는 아래를 내려다보고 한숨을 쉰 뒤, 이번에는 서글픈 표정으로 닉을 향해 다정하기까지 한 미소를 지어 보였다. 마치 그에게 그런 장면을 보여선 안되지만 자신은 아무도 무서워하지 않는다고 말하는 것만 같았다.

닉은 자신도 그 자리를 떠나야 한다는 걸 알았지만 아직 주요리도 끝내지 못한 상태였다. 그 사실을 그는 자신까지 소동을 부릴 수는 없다는 결심의 근거로, 부끄러운 핑계로 삼았다. 분명히 모두가 들었을 터였다. 창가 자리에 따로 앉아 있었으니 그들은 공모자처럼 보였으리라. 베르트랑은 이제 재산 얘기를 시작해서 WI1의 장점을 SW3와 비교하고 있었다.[11] 그 또한 다른 동네로 이사할 생각인 모양이었다. 그는 한번 고려해보듯 방을 둘러보았다. "글쎄요, 이곳은 참 좋습니다." 닉은 서글프게 말하고 창밖으로 낯익은 거리를, 베르트랑의 끔찍한 밤색 차를, 반대편 집들의 반쯤 들여다보이는 저녁의 삶을 응시했다. 거구의 금발 사내가 그중 한 집에서 나와 길에 세워져 있던 커다란 검은색 오토바이에 열쇠를 넣어 돌리고 올라타더니 헬멧을 쓴 뒤 오토바이를 발로 차 생명을 불어넣고는 삼초 후 사라지는 모습이 보였다. 웅웅거리는 소리, 점점 커지다가 낮게 끌며 사라지는 소리만이 이 방의 대화들이 만들어내는 시끄러운 소리 가운데서 들려왔다. 마치 쇼팽의 곡에 표현된 부름에 응답하듯 운 좋은 제삼자가 자유를 거머쥔 것 같았다.

"아아……." 마치 웨이터처럼, 모든 웨이터 중에서 최고의 웨이터인 것처럼 얼쩡거리던 제럴드가 말했다. "모든 것이 만족스러우시기를 바랍니다." 그는 내기를 걸듯이 한 손에는 물병을, 다른 손

11 WI1과 SW3은 런던 시내 우편번호로, 두 부유층 거주지를 비교한다는 뜻.

에는 방금 연 떼땡제 포도주병을 들고 서 있었다.

"무척 훌륭합니다!" 베르트랑이 그런 것들은 못 본 체 대답하고서, 프랑스식으로 우쭐하면서도 놀란 시늉을 하며 말했다. "직접 이렇게 가져다주시다니 참으로 친절하십니다."

"이 어린 아가씨들이 자신들의 임무를 잘 몰라서요." 제럴드가 말했다.

닉이 그들을 소개했다. "제럴드, 전에 만나신 적이 있으시겠지만…… 우라디 씨입니다."

"정식으로 뵙지는 못한 것 같네." 제럴드가 몸을 굽혀 은근한 미소를 지으며 말했다. "하지만 이렇게 와주셔서 정말 기쁩니다."

"아, 참으로 훌륭한 연주회입니다." 베르트랑이 말했다. "피아니스트가 솜씨가 굉장하더군요. 그렇게 어린 나이에……."

"놀랍지요." 제럴드가 거들었다. "그러니까, 바로 제 집에서 처음 보신 거죠!"

삐거덕거리지만 여전히 작동 중인 사교기계 돌리 킴볼턴이 시야에 들어오자 베르트랑이 칼과 포크가 거꾸러져 있는 자신의 접시를 닉에게 건네며 일어섰다. "안녕하세요!" 그녀가 말했다.

"레이디 킴볼턴을 만나신 적이 있으세요? 여긴 베르트랑 우라디 씨, 우리의 훌륭한 지지자 중 한분이시죠."

그들은 악수를 했고, 돌리는 엄청난 집단적 노력을 기울여 낙오자들을 부지런히 모으는 교장선생님 같은 태도로 몸을 숙였다. 베르트랑이 어린아이처럼 자만심 가득한 어조로 분명하게 말했다. "맞습니다. 기부를 많이 하고 있지요. 당에 상당한 액수를 기부하고 있습니다."

"훌륭하시네요!" 돌리가 말하고 중동계 가게 주인들에 대한 과

거의 본능적 반응을 정치적 열정으로 거의 완벽하게 위장한 채 베르트랑에게 미소를 던졌다.

"우리 다 함께 조금 이야기를 나누는 게 어떨지요……?" 제럴드가 샴페인병을 들며 말했다. "그리고 이게 필요할지도 모르겠습니다." 그 제안에 닉은 포함되지 않는 것이 분명했다. 종종 닉은 보이지 않는 존재였고, 전혀 상관없는 존재였다. 그는 세 사람이 함께 걸어갈 때 자신의 것뿐 아니라 식사를 채 마치지 않은 베르트랑의 접시도 들고 있었다.

닉은 문을 닫아 잠근 뒤 와니에게 손을 내밀었다. 와니는 그를 토닥이며 돌아서는 그의 코에 키스했다.

"물건은 어딨어?" 와니가 말했다.

닉은 불행해진 기분이었지만 참을성만 있다면 와니와 자신 둘 모두를 다시 행복하게 해줄 코카인의 가능성에 매료되어 책상으로 다가갔다. 그는 맨 아래 서랍에서 깡통을 꺼냈다. 와니가 말했다. "깡통은 너무 뻔한 은닉처야."

"달링, 아무도 내게 숨길 게 있다고 생각하지 않아." 그는 와니에게 코카인 뭉치를 주며 나무라듯 미소지었다. "우리의 멋진 비밀연애와 꼭 같지."

와니는 의자를 꺼내 책상 앞에 앉았다. 얼굴이 잠깐 어두워졌고, 여러 종류의 대꾸가 그의 표정을 스치고 지나갔다. 그는 도서관에서 빌린 책들이 쌓여 있는 것을 보더니 『헨리 제임스와 로맨스의 문제』라는 밀드러드 R. 풀먼의 책을 골라잡았다. 매끄러운 마일러 겉장으로 검은색 표지를 감싼 책이었다. "이거면 되겠군." 그가 말했다. 그는 닉의 방에 한번도 와본 적이 없었다. 라운즈 스퀘어에 갔을 때 와니의 방에서 닉이 느꼈던 것 같은 마력을 그가 이 방에서 느끼지 않는 것은 분명했다. 그러니까, 그는 그런 것에 주목하는 사람이 아니었다. 그는 로니를 만나줘서 고맙다는 인사도 하지 않았고, 그것이 닉에게 얼마나 공포스러운 드라마였던가에 대한 직관도 없었다. 닉이 그에게 그 일을 떠올려주려고 말을 꺼냈다.

"로니와 아주 다정하게 이야기를 나눴어. 이 동네로 이사오고 싶어하는 것 같던데." 와니는 거친 가루 약간을 책 위에서 갈라놓을 뿐 아무 말도 하지 않았다. "그 친구 아주 착하지?" 닉이 말을 이었다. "꽤 대단한 일이었어. 그에게 전화하고, 기다리고, 다시 전화를 하고……. 게다가 물론 그는 늦게 나타났고 말이지!"

와니가 말했다. "너는 그냥 그가 워그[12]라서 좋아하는 거잖아. 아마 그애랑 하고 싶겠지."

"꼭 그런 건 아니야." 닉이 말했다. 그에 대한 닉의 성욕은 단지 당시 느꼈던 범죄의 흥분, 긴장과 함께 느껴지던 안도감, 로니가 그의 돈뿐 아니라 그 또한 받아들였다는 사실에 대한 즐거운 기분의 일부였을 뿐이다. 그는 마무리 삼아 말했다. "워그라는 단어는 안 썼으면 좋겠어. 네가 네 아버지만큼 구제불능은 아니라고 믿으려고 계속 노력하는 중이란 말이야."

이 말에 와니는 잠시 생각에 잠겼다. "그래, 파파하고 무슨 이야기를 했어?"

닉은 한숨을 쉬고 방을 오락가락했다 ─ 그들은 옷장의 거울에 반사되어 깊어지고 미묘하게 화려해진 빛 속에서 다시 만난 것이다. 그는 와니가 이곳에 함께 있는 장면을 자주 상상했었다. 몰래

---

**12** wog, 유색인종을 경멸적으로 칭하는 영국의 속어.

하룻밤을 보내기 위해서뿐 아니라 다른 상황, 자유롭고 공개적으로 자신의 애인이자 파트너로 여기 함께 있는 장면을 정말 자주 그려보았다. "아, 그분도 이 동네로 이사오고 싶어하시는 것 같던데." 닉은 그렇게 말하고서 콧소리를 내며 웃었다. "재스퍼를 소개해드려야겠어."

"그놈의 재스퍼. 섹시한 애송이 계집애지." 와니가 대꾸했는데, 평소의 어조가 아니었다.

"그래? 백인 사내애들은 모두 똑같아 보여서." 닉이 말했다.

"하하." 와니가 자신이 방금 빤은 코카인을 살펴보았다. "그래, 또 무슨 얘기를 했어?"

"네 아버지? 아, 그냥 너에 대해서, 그리고 영화에 대해서 정보를 캐내려고 하시는 것 같던데. 물론 아무것도 모르시지. 하지만 내가 그 신비의 열쇠를 쥐고 있다고 확신하신 것 같아. 아무 비밀도 없다고 설득할 만큼 말씀드렸어."

"네가 신기한 존재인 모양이다." 와니가 말했다. "파파는 너에 대해 어떻게 판단해야 좋을지 잘 모르는 거야."

그것은 아마 사실이겠지만 또한 끔찍하게 불공평한 일이기도 했다. 닉은 남들 앞에 공개적으로 선언하고 싶은 마음이 굴뚝같았고, 이제는 와니에 대해서 격한 열정에 사로잡혔다. 와니 뒤에 서서 그의 어깨를 손으로 짚은 순간 그의 맥박이 목에서 쿵쿵 울렸다. 저녁 내내 와니를 만지고 싶은 강렬한 욕망에 시달리다가 막상 손이 닿자 발작이 일어날 것 같았다. 와니는 자신의 골드 카드를 든 채 열심히, 약간 방어적으로 작업을 이어갔고, 부분적으로 드러난 헨리 제임스의 얼굴 위에 재빨리 가느다란 평행선을 그렸다. 헨리 제임스의 얼굴은 위대한 대머리 대가의 모습이 아니라 영민하고 부드러운 눈빛을 가진 탁월한 스무살 청년의 모습, 검은 머리가 대책 없이 엉클어진 모습이었다. 닉은 한 문장 한 문장 말할 때마다 와니의 목을 눌렀다. "이렇게 안해도 되면 좋겠어. 누군가에게 말하고 싶어. 사람들에게 공개할 수 있었으면 좋겠어."

"한 사람에게 말하면 모든 사람에게 말하는 거나 마찬가지야." 와니가 말했다. "그냥 『텔레그래프』에 전면 광고를 하고 말지."

"글쎄, 물론 네가 중요한 인물이라는 건 알지만……."

"우리가 무슨 짓을 하는지 사람들이 알게 되면 이렇게 함께 파티에 참석할 수 있을 것 같아?"

"음. 왜 그럴 수 없는지 이해가 안되는데."

"네가 그렇고 그런 꽃미남이라는 걸 알면 돌리 킴볼턴이 너와 잘도 친구로 지내겠다."

"벌써 알아, 내가 그렇다는 거. 뭐냐, 참 말도 안되는 용어네!"

"그래?"

"그리고 적어도 돌리 킴볼턴과, 네 말마따나 친구로 지내는 건 내 인생에서 꼭 필요한 일이 아니야. 나는 한번도 동성애자가 아닌 척한 적 없어. 그러고 있는 건 너지. 지금은 1986년이야. 세상이 달라졌다고."

"그래. 동성애자들이 무더기로 죽어나가고 있지. 앙뚜안의 어머니, 아버지가 약간 걱정할 것 같지는 않아?"

"사실 그건 중요한 게 아니잖아?"

와니는 얼굴을 살짝 찌푸렸다. "중요한 것의 일부지." 그가 말했다. "알다시피 나는 조심하고 또 조심해야 해. 너도 상황을 알잖아……. 자!" 그가 무언가의 균형을 잡는 것처럼 손을 들었다. "자, 여기 아름다움의 선이 있어, 너를 위한!" 그러고는 거울 속을, 처음에는 닉을, 이어서 자신을 들여다보았다. "나는 우리가 꽤 즐겁게 지내고 있다고 생각해." 갑자기 그의 말투가 약간 호소하듯 바뀌었다. 하지만 닉이 원하는 수준에는 못 미쳤다.

함께 거울을 보았을 때 무슨 일인가 일어났다. 평소처럼 질문을 던졌고, 서로에게도 질문을 했다. 그리고 공간, 어둡지만 반짝이는 그곳, 무대에 선 것처럼 아이러니와 감상적인 입장으로 떨리는 더 깊숙한 공간에서 스스로를 발견했다. 혹은 닉에게는 그렇게 느껴졌다. 이제 그것은 과거로 들어가는 입구, 학기 초를 못 맞추고 앵글로색슨 수업에 처음 나타난 우라디가 앨프리드 왕의 글을 조금 번역해보라고 이름이 불리자 상당히 잘 번역해내는 것을 보고 자신이 "아, 좋네"라고 말했던 그 순간으로 들어가는 입구와 같았다. 닉은 이미 그에게 관심을 느꼈고, 뒤늦게 합류한 그 외국인이 열여덟살 풋내기 젊은이들 무리에서 친구를 찾으려 애쓸 거라 예상했었다. 그러나 그는 곧장 다시 우스터 칼리지의 호수 위 저녁 안개를 지나 그다지 눈에 띄지 않는 다른 세계로 사라졌었다. 그래서 "아, 좋네," 그의 등장을 보고 느꼈던 그 "좋아!"라는 기분, 그의 아름다운 머리와 도발적인 작은 성기의 모습만이 옥스퍼드 시절 닉이 와니에게서 얻은 전부였다. 그 시절 닉은 책과 맥주잔 뒤에 숨어서 오직 시 쓰기를 즐기는 예술비평가로, '브루크너를 좋아하는 사람'으로 살았었다. 그리고 이제 여기, 이 찰나의 초상화를 위해 그는 와니와 함께 거울 속에 있었고 그에게 도전하고 있었다 — 한편으로는 또다시 그 첫주와 마찬가지인 셈이었다. 닉은 그가 사라질지도 몰라서 긴장하고 있었다.

닉이 말했다. "마르띤과 자기도 하나?" 그런 질문을 하는 것이 자존심 상했고, 대답을 기다리는 그의 얼굴은 질투심으로 굳었다.

와니는 지갑을 찾으러 돌아섰다. "무슨 그런 이상한 질문을."

"글쎄, 너는 무척 이상한 사람이니까, 달링." 닉이 말했다. 갈등을 일으킬까 두려워하면서, 한편으로 자신의 이런 태도가 너무 갑작스럽다고 생각하며 그는 와니의 탄력 있는 검은 고수머리 속에 손을 넣어 쓸어내렸다.

"자, 이거나 좀 하고 헛소리 집어치워." 와니가 의자를 돌아서 와 놀이터의 소년들처럼, 그리고 아마도 그들과 마찬가지의 혼란과 열망을 가지고 그의 두 다리 사이를 쥐었다. 닉은 저항하지 않았다. 그는 자기 몫의 한줄을 들이마시고 물러났다. 와니도 다시 지폐를 말아 고개를 숙이고 막 흡입하려는 참에, 이미 계단 꼭대기를 돌아 아주 가까이 다가오는 발소리가 희미하게 들려왔고 이어 잘 분간할 수 없는 숨죽인 목소리가 뒤따랐다. 움찔한 와니가 돌아서서 문의 자물쇠를 노려보았고, 닉은 가슴이 쿵쿵대는 가운데 열쇠를 돌렸는지 기억을 더듬었다. 와니는 자기 몫의 한줄을 한쪽 코로 흡입한 뒤 지폐와 포장지를 주머니에 넣고 책을 뒤집었다. 그 모든 일을 다 하는 데 일이초밖에 걸리지 않았다. "우린 뭘 하고 있는 거지?" 그가 중얼댔다.

닉은 고개를 저었다. "그래, 우린 뭘 하고 있었을까? 그냥 시나리오에 대해서 이야기하던 중……."

와니는 그거면 되겠다는 듯 어처구니없는 한숨을 내쉬었다. 그렇게 불안해하는 모습은 처음이었다. 그리고 어떻게인지는 모르겠지만, 닉은 와니의 시선에서 자신이 이 공포의 순간을 목격했다는 것 때문에 그가 자신을 벌할 것임을 알 수 있었다. 공포는 마약 때문이 아니라 두 사람이 수상하게 가까워 보인다는 점 때문이었다. 문이 잠겼다는 사실은 그런 관점에서 보면 특히 의심스러운 일이었고. "아니, 십분이면 돼, 베이비." 아까의 목소리가 들려오자 닉은 미소를 지으며 눈을 감았다. 그것은 느릿한 화법을 흉내낸 재스퍼의 목소리였다. 화장실 바깥 마룻바닥이 익숙한 삐거덕 소리를 냈고, 드레스가 벽을 스쳤다. 그리고 그들은 캐서린의 방문이 닫히는 소리와 거의 동시에 열쇠가 달그락거리는 소리를 들었다. 닉과 와니는 천천히 고개를 끄덕였다. 안도와 즐거움과 기대의 미소가 차례로 그들의 얼굴에 번졌다.

와니에게 코카인의 첫 효능은 몰려드는 관능이었고 그건 닉도 마찬가지였다. 그들이 처음 같이 코카인을 했을 때는 키스를, 그들의 첫 키스를 했었다. 와니의 입은 술로 시큼했고, 혀는 기민했고, 눈은 소심하게 감겨 있었다. 그후 코카인을 할 때마다 그들은 매번 전율적인 시작을 반복했다. 무엇이라도 가능할 것 같았다 ── 세상은 상대할 만하고 정복할 만하고 사랑할 만한 곳이기도 했다. 세상은 그 나름의 약점을 보여주었고, 그들은 세상이 그들에게 굴복할 것임을 알았다. 세상의 눈에 반영된 자신의 매력도 보였다. 닉은 방 한가운데 서서 와니에게 키스했다 ── 이삼분의 천국 같은 순간, 고대하던 순간, 빛나는 충돌이었고, 하루의 끝에 숨겨진 비밀의 틈새였다. 그곳에 그들은 양복을 입고 서 있었다. 와니는 가벼운 이딸리아제 '회색', 실제로는 검은색인 양복, 그의 아버지 것과 같지만 은근히 몸매를 드러내며 자연스레 흐르는 맞춤옷을 입고 있었고, 닉은 와니가 사준 바늘처럼 가는 핀스트라이프 양복, 그 시대의 잘나가는 젊은 전문인들, 은행가나 딜러나 심지어는 부동산업자들이 입는 것과 같은 옷을 입고 있었다.

낡은 집에서는 소리가 희한하게 이동한다 ── 막힌 굴뚝을 따라, 들보를 따라. 조심성 많은 부부에게도, 아무것도 모르는 독주자에게도, 거의 들리지 않는 리듬이 천장 밑을 통해 일꾼이 내는 것 같은 탕탕 소리로, 혹은 지금처럼 옆방에서 바쁘게 나는 삐거덕 소리로 전달된다. 와니의 바지 앞섶을 열어 성기를 쓰다듬고 목의 살갗에 소름이 끼칠 정도로 키스하면서 닉은 웃었지만, 옆방의 두 사람이 내는 (전에는 한번도 들어본 적 없는) 소리에 당황스럽기도 했고 그들이 그렇게 빠르고 짧게 끝냈다는 사실도 거의 충격에 가까웠다. 전희에 낭비하는 시간조차 없었다. 이제 닉은 과연 캐서린이 즐기기나 하는지, 조심스럽게 다뤄져 마땅한 캐서린을 재스퍼가 너무 함부로 대하는 게 아닌지 궁금해졌다. 자신의 어깨를 잡고 누르는 와니의 손길이 거세지는 것을 느끼며 한쪽 무릎을 꿇은 채 진지하게 그를 올려다보던 닉은 양 무릎을 모두 꿇고 그의 성기를 입으로 당겼다. 와니는 크지는 않았지만 무척 예뻤고, 그의 발기는 적어도 코카인의 작용이 심해지기 전까지는 소년처럼 급격하고 단단했다.

편안하고 꾸준하게 와니에게 해주는 동안 닉 자신의 성기는 아직 힘껏 대각선을 그린 채 채워진 단추 뒤에 있었다. 그것은 곧 일어날 무엇이었다. 그때 마룻장 삐걱대는 소리가 미친 쥐처럼 재빠르게 울려퍼졌고, 곧이어 눈에 띄게 잦아들었다. 닉은 자신의 동작을 거기 맞추려 해봤지만 오히려 계단 위의 목소리처럼 그를 산만하게 만들었다. 일종의 브레이크나 경고 같았다. 침대를 옮겼거나 아니면 아마도 마룻바닥에서 하고 있는 모양이었다. 그는 그들을 상상해보았다. 캐서린의 모습은 흐릿하고 조심스럽게, 재스퍼의 모습은 훨씬 더 생생하게.

와니는 닉의 머리를 손으로 쓰다듬다가 움켜쥐어 불쾌할 정도로 세게 당겼다. "진짜 열심히 하는군." 그가 중얼댔다. "꼬맹이 잡년들……." 닉은 위를 올려다보고 와니가 에로틱한 황홀경 속에서 그를 직접 바라보는 것이 아니라 거울 속에 비친 자신들의 모습을 보며 미소짓고 있다는 것을 알았다. 또한 와니는 거울 속을, 옷장을, 그리고 그 너머의 방을 응시하고 있었다(는 것을 닉은 깨달았다). 한번도 본 적 없는 방, 그에게는 허름한 여인숙의 방이나 마찬가지일 이 방을. "진짜 열심히 하고 있네 — 꼬맹이 잡년들." 다시 그렇게 말하는 것, 속삭이는 것을 보고 닉은 그가 얼마나 그렇게 말하는 것을 좋아하는지 알 수 있었다. 그리고 와니가 옆방 아이들의 고조되는 리듬에 맞춰 자신의 얼굴에 대고 작은 동작으로 반복해 밀어붙이는 것에 대해 툴툴거렸다. 어색했을 뿐 아니라 자신은 공유하기 힘든 환상에 참여하도록 유인된 것 같았기 때문이다. 그는 다시 시도해보았다. 재스퍼 생각을 하며 자위한 적도 몇번 있었지만 캐서린은 여동생이나 마찬가지였고 정신과 약을 먹고 있는데다 글쎄, 아직 어린 소녀라고 할 수 있지 않은가. 이제 그녀의 목소리도 들렸다. 빠르게 탁탁 끊기는 흐느낌…… 그리고 와니의 숨소리. 그가 잡았다 싶은 바로 그 순간 그에게서 빠져나가는 소리. 이어서 다른 생각이 떠올랐다. 제2의 대책이랄까. 자신이 와니에게 절정을 주는 동안 그에게 조용히, 희극적으로 복수할 수 있는 방법이었다. 그가 초대한 것은 로니였다. 여자 문제로 말썽을 겪는 그를 위로하기 위해서, 남자 대 남자로 그를 십분만이라도 진정으로 돌보기 위해서. 물론 약간의 조정이 필요했다. 그가 상상한 로니는 크기가 와니의 — 적어도 — 두배는 되었기 때문에 약간 더 상상의 왜곡이 필요했다. 그럼에도 와니가 성기를 빼내고 닉이 눈을 꽉 감았을 때, 그는 앞에 있는 사람이 사랑하는 남자가 아닌 로니라고 여길 수 있었다.

얼마 뒤, 아래층 응접실에서는 파티가 종지부를 향해 가고 있었다. 제럴드는 '자리를 채우고 있는' 따분한 주정뱅이들과 빈 대리석 벽난로 주변에 모인 현명한 몇몇 내부자들 사이에 자신은 아무런 구분도 두지 않는다는 듯 새 샴페인병을 따고 있었다. 팀스 부부도 거기 있었고 배리 그룸도 있었다. 서로 광적으로 이야기하는 방식이나 열의와 격분의 정도는 달랐지만 — 마약과 섹스 후의 침잠 속에서 닉에게는 그 모든 것이 어느 때보다도 낯설었다. 폴리 톰킨스가 그들과 동등한 사람인 듯 함께 앉아서, 어느새 그들보다 더 우월한 점을 찾고 싶어 안달이 난 사람처럼 행동하고 있는 모습이 눈에 띄었다. 제럴드는 아직 제3세계의 부채에 대한 새 논문을 읽지 않은 것이 분명했다. "한번 보세요." 폴리가 말하고는 마음씨 좋은 교수처럼 그를 향해 고개를 끄덕했다. 이상한 것은 그것이 제럴드식 고갯짓이라는 점이었다. 그의 흰 칼라가 제럴드의 흰 칼라이듯이. 모방은 엉큼한 짓이지만 약간은 애정의 표현이기도 하다. 그리고 그 애정은 절망적인 것이어서 약간은 조롱기도 섞여 있었다. 사실 폴리가 사람 좋게 군다면 그것은 오로지 계산속 때문이었다.

폴리가 데려온 여자 모건이 제럴드 무리에 끼려고 다가갔는데, 그 무리는 수상에게 명예학위 수여를 거부한 옥스퍼드의 스캔들을 새삼스럽게 따지고 있었다. 형식에 대해 강한 신념을 지닌 존 팀스는 그 사건을 무도한 행위라고 보았지만, 옥스퍼드에는 신경도 쓴 적 없는 배리 그룸은 이렇게 말했다. "나라면 그냥 돼지라고 하겠어." 그 말투가 날카롭고 직설적이라 모건은 얼굴을 붉혔지만 곧 자신도 남자인 척 논의에 끼어들었다. 그녀에게서 유일하게 감동적인 면을 찾는다면 그것은 그녀가 어떤 말이 언제, 왜 우스운 것인지 잘 이해하지 못하는 게 틀림없다는 사실이었다. "수상님이 학자는 아니라고 생각하는 게지." 제럴드가 말했고, 모건은 다른 사람들의 웃는 얼굴을 어리둥절해서 바라보았다.

늦은 7월의 저녁 발코니에서 보면 정원은 초록빛 너머로 더욱 짙어져 신비로운 호지킨[13]의 추상화처럼 잔디 위에 비스듬히 누워 희미하게 빛나는 한쌍의 커플이 있는 지점까지 물러난다. 여름 런던의 놀랄 만한 초록빛. 해 진 뒤 나타나는 거대하고 창백한 창공, 삑삑 울다가 조용해지는 새들, 서서히 어두워지는 동쪽 하늘처럼 과거로부터 다가오는 정복할 수 없는 고독. 어둠은 하늘로 오르고, 색깔들은 굴복하며, 초록은 열두가지의 회색과 검은색을 이루고, 먼 곳에 있던 한쌍의 커플은 색이 바래다가 사라졌다.

"어이!"

"아, 응, 재스퍼."

"그래, 어때, 달링?" 갈비뼈 언저리를 잡아채다시피 하며 그가 물었다.

"아주 좋아. 너는?"

"하, 괜찮네. 좀 피곤하지만……."

"흐음. 뭘 했는데?"

젊은 재스퍼는, 실은 아마 닉보다 더 젊지는 않을 텐데, 이제 막 졸업한 사람 같은 불안한 표정이었고, 성격이 급하면서도 게으르고, 시시덕대기를 좋아하고, 캐서린과 잠으로써, 아니 마루에서 그짓을 함으로써 자신이 그녀의 절친한 친구와 동등한 권리를, 순간의 역사를 썼다는 듯 상대방을 안다고 가정하고 있었다. 위층에서

---

**13** Howard Hodgkin(1932~2017). 영국의 화가이자 판화가.

자신들이 내는 소리가 들렸다는 사실을 알 리 없는 재스퍼는 언뜻 언뜻 비치는 짓궂은 미소로 자기가 무엇을 하고 있었는지 추측해 보라고 부추기는 듯했다. 그에게서는 섹스로 인한 흥분이 여전히 느껴졌다. 닉 옆의 난간에 기대서 있었는데 상당히 취한 게 틀림없었다.

"캐서린은 괜찮아?"

"응, 술이 좀 취해서 나가떨어졌어. 사실 캐서린에게는 잘 안 맞는 모임이잖아."

닉은 이 말에 포함된 두가지 억측에 대해 생각하다가 말했다. "너희 둘 사이는 괜찮아?"

"아, 물론이지." 재스퍼는 섹스가 얼마나 굉장했는지 암시하려는 듯 잠시 입을 삐죽거리더니 주춤해서 얼굴을 찡그리고 말했다. "아니, 정말 멋진 여자잖아."

닉은 이 말에 뭐라고 대꾸해야 할지 알 수 없었다. 조금 뒤 그는 최대한 상냥하게 물었다. "캐서린을 잘 돌보고 있는 거지, 재스퍼?"

"닉 아저씨 말씀하시는 것 좀 보게." 재스퍼가 감정이 상한 듯, 그리고 어딘지 교활하게 말했다.

"사실 요새는 꽤 안정적으로 보이지만 만일 캐서린이 지금 먹고 있는 약을 또 끊으면 결과가 아주 나쁠 거거든."

"내 생각엔 아주 잘 관리하고 있는 것 같아." 재스퍼가 잠시 사이를 두었다가 어조와 악센트 전체를 조절하며 말했다. 그는 뒤로 물러나서 오른손을 윤기 나는 밤색 앞머리 속으로 집어넣어 쓸어넘겼지만 머리카락은 곧 다시 앞으로 내려왔다. 그런 뒤 그의 손은 재킷 주머니로 들어가 엄지만 바깥으로 삐죽 나왔다. 주택 구매를 망설이는 고객에게 교묘하게 짜증을 유발해서 약속과 추진을 유도

하는 제스처 같았다. "캐서린이 너를 정말 신뢰해, 닉." 그가 말했다.

폴리 톰킨스가 발코니로 나왔다. 아마도 자신이 조금 전에 찔러 보려고 헛되이 수고했던 젊은이가 닉과 함께 있는 것을 보고 질투를 느낀 것 같았다. 닉은 살짝 즐기는 투로 그들을 서로에게 소개 했는데, 둘 다 그의 말에 크게 주의를 기울이는 것 같지는 않았다. "나를 피하는 줄 알았는데." 그가 폴리에게 말했다.

재스퍼는 편안히 기다리며 그의 조건이 어떤지, 이 커다랗고 뚱 뚱하고 더블버튼 양복을 입은 사내, 스물다섯에서 쉰 사이 어느 나 이라고 해도 좋을 그가 동성애자인지 아니면 이성애자인지 살피고 있었다. 폴리가 말했다. "자네는 사교계의 나비야. 여태 내 그물로 잡을 수가 없었잖아." 그러고는 마치 닉에게는 쓸모없는 사람이라 도 자신에게는 그렇지 않을 거라고 말하듯 재스퍼를 바라보았다.

닉이 말했다. "글쎄, 나는 여러해 동안 사교계의 애벌레로 지냈 는데."

폴리는 미소를 짓더니 퀄런을 한갑 꺼냈다. "우리 친구 우라디 씨와 무척 친한 것 같던데. 그와 무슨 이야기를 했어? 궁금한데."

"아, 알잖아. 영화······ 베토벤······ 헨리 제임스."

"으음······" 폴리는 실크컷 담뱃갑—절연용—을 바라보았지 만 열지는 않았다. "아니, 우라디 경인가? 앞으로 곧 그렇게 부르게 될 테니까."

닉은 폴리가 자신을 비웃을 만한 모든 이유를 황급히 떠올려보 며 놀라지 않은 척 어깨를 으쓱였다. 그가 말했다. "그런대도 놀랄 건 없겠지. 요새는 일종의 사회적 역逆중력이 형성되고 있잖아. 사 람들이 다들 위층을 향해 떨어지고 있다고."

"난 베르트랑이 그것보다는 더 자격이 있다고 생각하는데." 홉

연의 유혹을 물리치는 데 성공한 폴리가 담배를 주머니에 넣으며 말했다.

"어쨌든 영국 사람은 아니잖아?" 닉은 경쾌하게 되물었고, 이런 반문을 생각해낸 것이 자랑스럽기까지 했다. 사실 그를 '레반트의 채소장수'라고 부른 것은 폴리였으니까.

"그건 극복할 수 없는 문제라고는 할 수 없지." 폴리가 재빨리 동정의 미소를 지으며 말을 이었다. "아무튼, 우리는 가야겠다. 그냥 작별인사를 하려던 거였어. 모건이 내일 아침 일찍 일이 있거든. 에든버러행 비행기를 타야 해서."

"그래, 이 친구야." 닉이 대답했다. "요새 통 볼 수가 없던데. 섀프츠베리 극장에 자네 자리 맡아놓는 일 이제 완전히 포기했다고." 그것은 그들 사이에 한번도 존재한 적 없는 종류의 우정을 가정한 감상적인 제스처, 일종의 친절이었다.

그러자 폴리는 사소하지만 특이한 짓을 했다. 닉을 바라보고 다음과 같이 말한 것이다. "아까의 네 말에 대해서 ─ 귀족계급의 지위에 대해서 말이야, 내가 조금이라도 동의하는 것은 아니야." 그는 얼굴을 붉히지도, 인상을 쓰지도, 찡그리지도 않았다. 그보다 길고 통통한 그의 얼굴은 위협과 부인이라는 접착제 속에서 굳은 것처럼 보였다.

그가 안으로 들어가자 재스퍼도 무의식적으로 폴리를 따라 돌아서서 닉에게 살짝 고개를 까닥인 뒤 들어갔다. 언행의 습관, 경멸을 표함으로써 충성을 표시하는 방식은 그런 식으로 퍼지는 모양이었다.

# 10

　종업원 전용 계단은 벽 하나를 사이에 두고 중앙계단 바로 옆에 있었지만 그 둘은 어찌나 다른지. 비좁은 뒷계단은 천창에서 비치는 어두운 빛 아래 난간도 없이 위태로워 한발짝 디딜 때마다 가파른 구덩이로 떨어질 것 같다가 짙은 회색빛 통로로 비좁게 돌아든다. 반면 커다란 중앙계단은 완만한 곡선을 그리며 나뉘었다 다시 합쳐지며 기적처럼 캔틸레버를 이루고, 군주 겸 주교인 이들의 초상화가 옆벽을 장식하고 있으며 걸을 때마다 가늘게 떨리는 쇠로 된 난간 기둥들에는 옥수수 이삭이 장식되어 있었다. 그것은 궁극적인 영광, 기쁨의 상승이었고, 군주 겸 주교의 굽 높은 장미 매듭 구두 아래서 널판이 넉넉하게 붙은 작은 문들이 지렛대로 움직이며 한번씩 돌 때마다 그 발걸음을 뒷계단, 그곳의 음흉한 어둠으로 인도했던 것이다. 종이 울리고 사람들이 웅성대고 비둘기가 지붕 창 주변에서 툭툭거리는 사이, 닉은 이 집의 보잘것없는 꼬리 같은 자신의 편안한 작은 방에서 깨어나 뒤척이며 스스로도 전혀 의식하지 못한 채 유서 깊은 해로 학교의 유명한 포르노 스타, 괄약근으로 윙크를 하던 오만한 화이트 래빗을 쫓아 얼마나 재빠르게 이쪽저쪽으로 뛰어다녔는지.

커튼을 통해 빛이 들어오는 시간 침대에 누워 있으면 집의 끈질긴 습성이 아무런 말도 없이 그를 사로잡았다. 물론, 와니, 그렇지, 와니…… 차 안에서……. 그리고 리키와의 만남, 그 터무니없음……. 한때는 이 집이 이제는 거의 사라진 갈망, 지독한 그리움 속에서만 간신히 되살아나는 토비에 대한 갈망의 성소였는데……. 하지만 가능할 것 같았다. 삼년 전의 토비…… 호크스우드에서…… 그 성대한 파티 다음날 아침…… 그를 킹스룸으로 불렀지, 휘말린 시트 한장 아래서 술에 취하고 땀에 젖은 채……. "맙소사, 굉장한 밤이었어!" 그러고 나서 그는 화장실로 곧장 뛰어갔다. 그가 토비의 나신을 본 유일한 날…… 놀랍도록 순수한 조정선수의 엉덩이…… 그것이 진짜로 일어난 일인가…… 그다음에 일어난 일은 진짜로 일어났던가…… 그리고 그날밤의 와니, 그를 계단에서 만났지…… 누가 꿈이라도 꿨을까…… 진초록 벨벳…… 아, 맙소사, 아파트의 와니…… 오지 침대의 기둥에 묶인…….

그의 어머니와 진입로에 있는 사람은 크릴리 부인이 틀림없었다. 그들은 차, 닉의 소형 마쯔다에 대해 이야기하고 있었다. 그가 어떻게 그런 것을 갖게 되었는지 불안한 기색이 역력한 그들을 진정시키기 위해 그의 아버지는 그것을 "괜찮은 소형차"라고 불렀다. NG2485. 크릴리 부인은 그 번호판을 보고 굉장히 신이 난 것 같았지만 게스트 부인의 경우는 아마 꼭 그렇지는 않을 터였다. ("요새 일이 잘되나보네." 그녀는 "몸이 안 좋아 보이네"라고 말할 때와 다르지 않은 어조로 말했다.) 나무들, 집앞의 울창한 가문비나무들 사이에서 산비둘기들이 시무룩하게 서로를 부르고 있었는데, 비난하는 듯도 용서하는 듯도 했다──누가 알겠는가? 두 여성은 뜬소문을 조사하듯 주의 깊게 자갈길 위를 걸어나왔다. 위로 열린 창문을 통해 들판 매매에 대한 이야기가 몇몇 음절만 선선한 산들바람에 실려왔고, 비둘기들 소리가 겹쳐졌다. 그 이야기는 잘 엮여서 공명하며 리듬감 있고 터무니없게 들렸는데, 산들바람이 게으르게 한번 불어오면서 커튼이 들렸다 내려가자 목소리가 죽었다. 늦잠, 학교가 쉬는 날이면 늘 허용되는 그것. 드문 주말의 방문. 아버지는 가게에 갔을 것이다. 그는 차고 문이 드르륵 하고 열리는 소리, 차문이 쾅 닫히는 소리에 깨었다가 다시 계단의 꿈으로 빠져들어 헤매게 되었던 건지도 모른다. 크릴리 부인은 갔고, 어머니가 들어오는 소리는 들리지 않았다. 어머니는 아마도 정원용 바지와 아무래도 좋은 낡은 블라우스를 입고 있었던 것 같다. 오늘 제럴드가 방문하기로 되어 있으니 집은 안팎으로 그의 눈에 비칠 모습을 고려해 준비될 것이다. 조금 뒤 한가한 말발굽 소리가 들렸다. 집, 그러니까 그의 두번째 집의 테니스 코트에서 사람들이 열심히 테니스를 치는 소리처럼 추상적이고 차분한 소리였다. 닉은 확신할 수는 없지만 어떤 말도 네 발굽으로 동일한 음조나 음향을 내지 않는 것이 정상이 아닌가 생각했다. 그 소리는 점점 멀어지면서 산책하는 듯한 좀 이상한 소리, 일종의 당김음을 냈고, 마침내 단 하나의 말굽 소리만이 희미하게 남았다.

그들의 집은 마을 변두리에 있었다. 그들이 신중하게, 길게 내다보고 고른 자리로 체리트리 레인에 있었고, 앞은 넓은 정원에 뒤로는 벌판이라 수양버들이 솟은 이곳으로 가끔 말들이 참제비고깔을 밟고 다니곤 했다. 그런데 그사이에 줄곧 두려워하던 일이 일어났다. 씨드니 헤이스가 옆집을 사서 마침내 말을 보관하던 골목을 사용하게 되었고, 1에이커에 집 다섯채를 지을 수 있는 건축허가도 재빨리 받아낸 것이다. 모든 사람이 그 계획에 반대했고, 닉은 지역구 의원인 제럴드에게 얘기 좀 해달라는 부탁까지 받아 실제로 그렇게 하기도 했다. 제럴드는 물론 그 계획을 중단시키겠다고 말했지만 그 일의 진행에 아무런 법적 하자가 없었으므로 금세 흥미를 잃었을 뿐 아니라, 사실을 말하자면 상황은 오히려 그 반대라고 할 수 있었다. 부동산 붐이 일어났고 내 집 마련은 모든 사람에게 가능한 일이 되었으며 새로운 개발이 이루어지고 있어서 '리넬스'[14]의 가치도 올라갈 수밖에 없었다. 이 모든 것은 돈Don과 도트 게스트의 삶을 뒤죽박죽으로 만들며 그 위에 그림자를 드리웠다. 그들은 전보다 훨씬 편했고 사업도 더 잘되었지만 그들이 소중히 간직했던 전망을 가로막을 것, 오랫동안 염려해온 것이 이제 벽돌과 슬레이트로 구체화될 참이었다.

삶의 오랜 일부였음에도 불구하고 닉은 자신의 집, 그 분홍빛 도는 벽과 금속틀 창문을 도저히 좋아할 수 없었다. 그곳에는 시가 결여되어 있었다. 제럴드가 호크스우드에 대해 이야기하듯이, 리넬스에서 진짜 중요한 것은 내용물이었다. 엄청난 양의 가구, 혼란스러울 만큼 많은 스태퍼드셔와 첼시 가족의 입상들, 그 집의 진짜 가족들이 소유물의 감독하에 다소 억압당하기까지 하면서 앉아 있는 방에서 경쟁하듯 재깍거리는 세개의 시계. 이런 것들은 돈이 집에 두고 보고 싶은 물건이 가게에 들어오거나 구매자가 원하는 물

---

**14** 닉의 부모가 사는 집의 이름.

건이 갑자기 집에서 발견될 때마다 예측불허로 바뀌었다. 시장은 그렇게 그들을 쥐어짰지만 그들은 기꺼이 즐겁게 받아들였고, 닉이 어렸을 때 이미 물려받은 할아버지 시계나 서랍장 따위를 내놓곤 했다. 닉은 넓고 근사한 호두나무 침대, 상상 속에서 다른 누군가와 잤던 그 넉넉한 더블침대를 여러해 동안 사용했었다. 호두나무의 결이 만들어낸 나선형과 부채꼴들은 물밑에서 피어나는 사춘기의 생각들, 연못 속에서 늦잠을 청하는 동물들이었다. 그러나 어느 크리스마스, 그가 실은 동성애자임을 밝힌 해의 크리스마스에 귀가해보니 그사이에 그 침대는 팔리고 평범한 현대식 싱글침대, 움직임을 조심해야 할 정도로 삐거덕거리는 침대로 바뀌어 있었다. 그 전해에 사업이 번창했고 돈은 바가지 가격에 대한 가족끼리의 암호인 '런던 가격'을 부르기 시작했다. 그러는 동안 런던의 시세가 올랐기 때문에 게스트가 부르는 가격은 여전히 싼 편이었다. 그래서 런던에서 오가는 데 한나절이 걸리더라도 그리로 사러 오는 사람들이 많았다. 어제 닉이 그 차를 몰고 와 부모를 상당히 놀라게 한 데 이어 그의 부모도 닉에게 그 몫의 놀라운 소식을 들려주었다. 그사이에 그의 책상이 사라졌던 것이다. "그걸 팔고 얼마를 받았는지 아마 짐작도 못할 거다." 그의 아버지가 말했다 —— 닉에게 익숙지 않은 모습, 여전히 당황스럽게 보이는 탐욕의 표정으로.

닉은 아래층으로 내려가 수줍게 차를 바라보았다. 이 어느정도 준비된 깜짝선물을 스스로에게 주어서 기분이 좋았다. 그것이 처음 도착했을 때의 흥분이 아직은 매일 아침 아름답게 타오를 만큼 새로웠다. 그것은 어린아이가 받은 새 선물처럼 단조로운 그의 하루를 밝혀주었고, 오로지 런던의 끓어오르는 교통량 한가운데 앉아 소유의 흥분을 느끼기 위해서만이라도 일어나 외출할 가치가 있었다. 그 차가 부모에게 충격이었다면 닉에게도 실은 충격이었다. 그라면 선택하지 않았을 그 색깔, 그것의 잘난 체하는 미소, 그 번호판, 모든 게 충격적이었다. 닉은 선택과 재량권의 부담을 빼앗겼고 와니는 그가 가졌으면 하고 자신이 바라던 것을 주었지만, 그는 괘념치 않고 받아들였다. 차는 리본으로 묶은 선물 같은 닉의 저급한 본능이었다. 그리고 그는 쉽게 적응해서, 결국은 그것이 그다지 나쁘거나 저급하지 않다고 느끼게 되었다. 처음으로 소유하는 차는 남자에게 커다란 사건이고, 닉은 자신의 부모가 이를 즐겁게 받아들이고 그저 손뼉을 쳐주었으면 했다. 그러나 그런 것은 그들의 방식이 아니었다. 그는 불안하게 미소지으며 그 차는 단지 일과 관련된 것이고 그 액수만큼 회사의 세금이 면제되며, 그런 일은 자신도 이해할 수 없는 터무니없는 것이라고 설명했다. 부모를 즐겁게 하려고 지붕을 조작하거나 보닛을 열어 아버지에게 실린더와 그밖의 다른 것들을 보여주자 아버지는 고개를 끄덕이고 웅얼거리며 모든 것을 받아들였다. 기름칠과 관련해 아버지의 관심은 엔진이 아니라 시계들에 있었다. 닉은 왜 부모가 자신의 흥분을 공유할 수 없을까 궁금했다. 그러나 십분쯤 지나자 자신이 이미 그들의 반응을 예상하고 있었음을 인정하지 않을 수 없었다 — 도착했을 때 느꼈던 신나는 기분은 자기기만이었다. 지금은 기억도 아득한 어린 시절의 일 하나가 떠올랐다. 어머니에게서 10쎌링을 훔쳐 어머니 선물로 작은 도자기 암탉을 산 일이 있었다. 그때 그가 눈물을 폭포수처럼 흘리면서 혐의를 부인했기 때문에 지금으로선 정말로 그 돈을 훔쳤던 것인지 아닌지조차 알 수 없게 되었다. 그렇지만 자신이 무죄였을 가능성이 훨씬 많다고 그는 확신했다. 그 사건은 부모를 기쁘게 하려 했으나 실패한 막연하게 죄스러운 시도였고, 지금도 그 생각을 하면 울적했다. 차에 대해서도 마찬가지였다. 부모는 그것의 출처를 알 수 없었고, 어떤 면에서는 그들이 맞았다. 그들은 그를 잘 알지 못했기 때문이다. 그에게는 부모에게 말하지 않은 아주 중요한 어떤 부분이 있었으니까. 레이철의 용어를 빌리자면 그 마쯔다는 확실히 저속했고 안전성이 떨어졌다. 그러나 돈과 도트에게 있어 집의 진입로에 세워진 빛나는 빨간 주둥이를 가진 이 차는 그 이상이었다. 그것은 닉의 정체성에 대한 충격이었고, 실망이었다.

제럴드는 여러가지 일을 보느라 바웍에 와 있었다. 우선 여름축제가 있어서 2시에 개막식에 참석했고, 다음으로는 크라운에서 에이전트의 은퇴를 기념하는 저녁식사가 있었다. 중간에 그는 체리 트리 레인에 들러 음료를 마시기로 되어 있었다. 가족이 프랑스로 떠나기 직전 주말이었는데, 제럴드는 평소 바웍에 관한 것이라면 무엇이든 불만스러워했지만 이번에는 적어도 두군데에서 연설을 하기로 되어 있었기 때문에 조금 나은 것 같았다. 레이철은 집에 머물렀고, 페니는 예전에 사람들의 이름을 혼동해서 반감을 샀던 일을 방지하기 위해 제럴드와 동행해 종이에 사람들 이름을 적고 다녔다.

축제는 읍내 근처 공원인 애버츠 필드에서 열렸는데, 닉은 학창시절 이후로 바웍 축제에 가본 적이 없었다. 보통의 토요일 오후라면 그곳에는 두군데 어둑한 명소가 있었는데, 하나는 한때 위대했던 성 아우구스티누스 사원의 일부이고 다른 하나는 남자 화장실이었다. 후자는 그곳에 미친 듯이 쓰고 지우는 낙서의 내용 때문에 수도승의 성가대를 그린 곡선 장식보다 청소년기의 닉에게 더 흥미로웠던 곳이다. 그 남자 화장실에서 어떤 성적 접촉도, 낙서에 적힌 행동을 한 적도 없었지만, 어머니와 함께 그 옆을 걸어가다가 소변기의 물이 틀어진 채 콸콸 흐르는 소리를 들을 때마다 닉은 얼굴이 굳어지며 조심스러워졌고 그 미지의 무리에 친밀감을 느끼곤 했다. 오늘 가판대로 둘러싸인 그 공원에는 주변을 짚더미로 두른 나인핀스 골목, 날카로운 호각 소리를 내는 견인차가 있었고, 은상을 수상한 밴드가 낡은 회전목마의 딸그랑거리는 소리와 듣기 좋게 경쟁하고 있었다. 닉은 자신이 특별하고 보이지 않는 존재인 듯한 기분으로 돌아다녔다. 부모의 친구들을 마주치면 멈춰서 이야기를 나눴지만 그들은 그에 대해 알거나 짐작하는 내용 때문인지 다정하지만 짤막한 인사만 건넬 뿐이었다. 친밀감과 동정심에서 우러나온 그들의 밝은 어조는 사실 그가 아닌 그의 부모를 향한 것이었다. 그들이 자신에 대해서 뭐라고들 이야기하고 다닐까 그는 궁금했다. 어머니가 닉을 자랑하기란 힘들 것이었다. 존재하지 않는 잡지의 일종의 예술 자문이라는 직위는 동성애자라는 사실만큼이나 모호하고 못마땅했다. 그는 가짜 존중을 느꼈고, 그들은 아마도 그저 예의에 어긋나지 않는 태도만 보이려 했을 것이다. 거기에는 진실을 말할 수밖에 없는 대화에 끼지 않으려는 망설임 같은 것이 있었다. 닉의 영어선생이었던 레버턴 씨도 보였는데, 그는 닉에게 『나사의 회전』을 가르치고 그를 옥스퍼드로 보내준 사람이었다. 두 사람은 닉의 박사학위에 대해 이야기를 나누었다. 닉은 이제 그를 스탠리라고 불렀지만 그렇게 부르기에는 약간의 꺼림칙함이 남아 있었다. 닉은 레버턴 씨의 검은 테 안경 너머에 닉이 지금 살고 있는 더 큰 사색의 세계, 그리고 그밖의 다른 것들에 대한 어떤 갈망이 있다는 느낌이 들었다. 전부터 들어온 상쾌한 흥분의 어조에서는 자신이 뒤떨어지지 않았는지 하는 새로운 조바심에서 비롯한 떨림이 묻어났다. 그가 말했다. "학교에 들르게! 고급반 학생들에게 이야기를 해줘. 올해는 아주 좋은 홉킨스 그룹이 만들어졌거든." 얼마 뒤에 닉은 아주 어린 시절 사교춤을 가르쳐주었던 미스 에이비슨과 인사했다. 닉의 어머니는 늘 닉이 그 일에 감사하게 될 거라고 했었다. 그녀는 자신이 가르친 학생들을 모두 기억했고, 그들이 자라고 변해서 이십년 동안 왈츠나 투스텝은 춘 적도 없다는 건 전혀 모른다는 듯 행동했다. 잠시 동안 닉은 자신이 아직도 사랑받고 있으며 기꺼이 순종하는 어린 소년이 된 듯한 기분을 느꼈다.

스피커가 칙칙 소리를 냈다. 닉은 한 무리의 지역 젊은이들 뒤편 그곳 특유의 단순한 도자기를 진열해둔 가판대를 구경하는 척 공원의 먼 끄트머리에서 머무적거렸다. 시장의 연설은 무척 지루했지만 청중은 선의로, 그리고 예전보다는 빨리 끝나리라는 기대를 품고 연설에 호응했다. 가족들은 잔디밭에 흩어져 반쯤 귀를 기울이며 서성이고 있었다. 시장의 목걸이가 보였고 안경이 번뜩였으며, 수상이 즐겨 입는 옷차림처럼 밝은 파란색에 흰색 리본이 달린 드레스도 낮은 연단 위로 얼핏 보였다. 그리고 그 뒤에는 제럴드가 밝은 미소로 자신의 부족한 인내심을 드러내며 서 있었다. 시장은 올여름에는 개막식에 유명인사를 초대하지 못했지만 그나마 이번에 온 사람은 "작년의 어떤 방송 스타와는 달리!" 시간을 잘 지켰다고, 현명하지 못한 소리를 했다. 이어서 제럴드가 술주정뱅이에게서 버스 운전대를 빼앗듯 마이크 앞으로 재빨리 뛰어올랐다.

박수갈채가 나왔지만 야외여서 얼마나 컸는지 가늠하기는 쉽지 않았다. 비록 다수표를 얻기는 했지만 공영주택 판매와 감세로도 진정시킬 수 없는 선거구민들이 있다는 사실을 제럴드에게 알리듯, 한두명의 고함소리와 클랙슨 비슷한 꽥꽥 소리도 약간 들렸다.

"데릭 니모 때가 좋았어요." 한 여자가 닉에게 말했다. 닉은 그녀의 말뜻을 이해했고 제럴드에 대한 사람들의 조롱도 별다른 저항 없이 받아들였지만, 그와의 개인적인 친분에 여전히 은밀한 자부심을 느꼈다. 그는 주변을 둘러보고 카터 집안 청년의 멋진 엉덩이를 눈으로 좇으며 제럴드의 농담에 충실하게 웃음을 터뜨렸으나, 자신의 농담과 달리 그의 농담에는 엄숙함과 거들먹거리는 태도가 섞여 있음을 알 수 있었다. 여기서는 자신이 너무나 퇴폐적인 것 같았다. 어쨌든 솔직히 내각의 문턱에 이르러 수상의 기대를 받고 있는 제럴드, 하원의 유쾌한 발언자인 그가 빽빽거리는 아이들과 귀먹은 노인들로 이루어진 청중에 신경을 쓰리라고야 어떻게 기대할 수 있겠는가? 캐서린은 제럴드가 지역구민들을 경멸한다고 했다. "어떤 지역을 대표해야만 하원의원이 되는 게 아니었더라면," 그녀는 말했다. "제럴드는 완전히 행복했을 거야. 특히 바윅이라면 진저리를 치는 거 알지?" 그 말을 듣고 닉은 웃었지만 사실 자신의 "사랑하는 엄마와 아빠"만큼은 제럴드의 혐오감에서 제외될 것인지 궁금하기도 했다. "오늘은 전통적인 영국의 날입니다." 제럴드가 입을 열었다. "그리고 이것은 전통적인 영국적 정경이죠." 닉은 캐서린의 판단에 반박하려 해보았다. 저 쾌활한 가식 아래 분명 뭔가 다른 일이 일어나고 있을 것이다. 그에게 이곳은 당연히 중요하다 ── 이런 진부한 말을 할 때 닉은 그것들이 결국 좋은 말이며, 단지 그가 수사법과 자부심의 파도에 휩쓸린 것뿐이라고 생각했다. 그가 휴가 중에 사이클링을 하는 프랑스 사람에 대한 농담을 끼워넣자 청중의 반응이 좋았다. 게다가 연설을 적절한 순간에 마침으로써 그는 자신이 런던에서 내려온, 그들을 혐오하는 부자 사업가이기는커녕 실은 바윅의 정신이자 바윅의 픽윅[15]이라는, 자기 자신의 집을 소개하듯 축제의 개막을 소개하고 있다는 인상을 주는 데 성공했다. 그는 단호한 태도로 별 의미 없는 곳에 쳐져 있던 개막 테이프를 잘랐다. 마이크를 통해 가위가 미끄러지며 내는 사각 소리가 들렸다.

이어서 제럴드는 축제의 VIP투어로 안내되었는데, 당연히 시장이 그의 상대역을 맡아야 했기에 체면이 약간 구겨졌다. 닉은 남자 화장실에 누가 들어가는지 지켜보고 싶었지만 런던 쪽 일행에 합류해야 할 것 같아서 페니에게 다가갔다. "연설 좋은데." 그가 말했다.

"제럴드는 물론 훌륭했어." 페니가 말했다. "시장의 소개는 별로였지만." 지금 시장은 잼 가판대에 선 채 고객을 속이려는 상인과는 흥정을 통해서 가격을 후려쳐야 한다는 듯 자세히 가격표를 들여다보고 있었다. 샴페인 가격과 이발비 외에는 실제 물가를 전혀 모르는 제럴드는 그 모습을 보고 충동적으로 5파운드를 주고 마멀레이드 두병을 사서 들고 지역신문용으로 포즈를 취했다. "조금 위로 드세요, 의원님!" 사진기자들이 참석한 것을 보면 항상 마음이 놓이는 제럴드는 거의 외설스러운 모양으로 손바닥을 찻잔처럼 오므려 병을 들고 서 있었다. 그런 뒤 마침내 그의 소망을 말없이 수행하는 페니가 와서 그에게서 그것들을 받아들었다. 넘겨주기 전에 제럴드는 잠시 병을 든 채 중얼거렸다. "즈 두아 므 쎄빠레 드 쎄뜨 팜 꼬뮌(이 못생긴 여자와 헤어져야겠군)."

그는 복권 가판대에서 복권을 열장 산 뒤 거기 서서 결과를 기다렸다. 상은 브라운소스에서 조니워커까지 병에 담긴 가지각색의

---

**15** Pickwick, 찰스 디킨스(Charles Dickens)의 소설 『픽윅 페이퍼스』(*The Pickwick Papers*)의 주인공. 착하고 익살스러운 노인.

물건들이었다. 평소 즐겨 입는 흰 칼라 달린 푸른색 셔츠에 붉은 넥타이를 매고 더블버튼의 핀스트라이프 정장을 입은 그의 모습은 전혀 시골 분위기에 맞지 않아서, 셔츠 바람에 청바지나 싸구려 면 작업복을 입은 사람들 가운데서 한점 웨스트민스터처럼 돋보였다. 그는 곁에 서 있던 여자에게 고개를 끄덕이고 미소를 지으며 물었다. "즐거우신가요?"

"불평하면 안되지요." 그녀가 말했다. "전 체리 브랜디 한병 타고 싶어요."

"아, 좋네요. 음, 행운을 빕니다. 전 당첨되리라는 기대는 하지 않지만요."

"그럴 필요도 없으신 것 같은데요?"

"좋습니다, 페든 씨, 의원님!" 복권을 파는 사람이 말했다.

"안녕하세요! 이렇게 뵈니 반갑습니다." 제럴드가 말했다. 이것은 전에 만났을지도 모를 사람에게 얼버무리는 정치가식 인사로 제럴드가 잘 써먹는 것이었다.

"여기 있습니다. 자! 의원님은 브라운소스에 당첨될 것 같은데요?"

"어떤 운이 기다리고 있을지 모르죠." 제럴드가 말했다 — 그러고는 육각형 북이 뱅글뱅글 돌 때 이렇게 외쳤다. "모든 사람에게 무언가 주어지기를! 모두들 상을 받기를!"

"아, 그거 전에도 들어본 말인데." 틀림없이 '잘난 체하는 사회주의자' 범주에 포함될 듯한 금테 안경의 남자가 말했다. 확인할 수 없는 통계로 가득 찬 질문을 하는 그런 종류의 사람 말이다.

"이렇게 뵈니 반갑습니다." 제럴드가 그 숫자의 사내에게 주의를 돌리며 말했다.

"하!" 그 남자는 코웃음을 쳤다.

체리 브랜디를 원하던 여성은 절반 크기의 미라 마트 진을 뽑더니 마치 이미 그것을 마시고 망신스러운 짓을 했다는 듯 격하게 웃으며 얼굴을 붉혔다. 레모네이드, 그다음으로는 기네스가 뽑혔다. 그런 뒤 제럴드가 람브루스꼬 포도주 한병을 뽑았다. "아, 굉장하네요." 그가 말하며 익살스럽게 웃었다.

"포도주를 좋아하신다고 들었습니다, 의원님." 제비뽑기 사내가 그것을 건네며 말했다.

"물론이죠!"

"그거 가져가지 마세요." 제럴드 바로 옆에서 페니가 속삭였다.

"으음……?"

"상을 안 가져가시는 편이 좋아요. 모양새가……."

"끔찍해 보이겠지." 제럴드는 툴툴거리듯 속삭이고는 아주 크게 울리는 소리로 말했다. "내 지역구민에게서 상을 빼앗고 싶지는 않습니다." 수줍은 박수갈채가 울렸다. "바버라, 이걸 받아주시겠습니까?"

이 제안에 시장은 적어도 세가지 모욕을 받아 마음에 새기는 듯했다. 그녀의 지위와 취향, 그리고 널리 알려진 금주에 대한 모욕 말이다. 닉이 보기에는 그녀의 이름이 바버라가 아닐 수도 있었다. 브렌다 넬슨 아니었나? 제럴드가 어정쩡하게 그 병을 들고 있는 모습은 쏘믈리에가 마음에 안 드는 술을 다루는 모습을 연상시켰다. 그는 곧 그 병을 가판대 탁자에 다시 올려놓았다. "다른 분에게 선물로 주세요." 고개를 끄덕이며 그가 말했다.

하지만 그는 자신 역시 뭔가를 얻을 수 있어야 한다는 느낌에 사로잡힌 듯했다. 기회를 엿보다가 마치 동행을 잃은 듯 목을 외로

꼬고 혼자서 군중 속을 헤집고 들어갔던 것이다. 페니가 마멀레이드병을 꼭 쥔 채 종종걸음으로 참을성 있게 그의 뒤를 쫓았고, 이어서 닉이 제럴드를 따라가는 웃음과 소란의 자취를 조금 사이를 두고 따라갔다.

장화 던지기는 최근의 노팅힐에서와 마찬가지로 제럴드의 젊은 시절 써리 지역에서도 전혀 알려지지 않은 게임이었다. 중년의 제럴드가 장화를 만져본 유일한 순간은 겨울에 시골 친구들과 주말을 보내기 위해 지하실에서 초록색 장화를 꺼냈을 때뿐이었다. 그러나 아직도 정기적으로 가축시장이 열리고 거리에 지푸라기가 마구 날리는 바윅에서는 뒤축이 무겁고 발꿈치 부위가 헐렁한 검은 장화가 전혀 별날 것 없는 현실이었으며, 그것을 힘껏 던지는 놀이는 인기있는 오락거리였다. 제럴드는 막대기 두개와 깃발 하나로 만들어진 엉성한 아치 아래 난 길을 향해 다가갔다. 길바닥에는 흰색 분필로 선이 그려져 있었다. "나도 한판 하지요!" 그가 말했다. 처음 보는 놀이를 하면서 분위기를 맞추듯 서글서글한 표정을 짓고 있었지만 한편으로는 강철 같은 승부욕도 살짝 엿보였다.

"한번 던지시는 데 25페니입니다, 의원님. 아니면 1파운드에 다섯번 던지실 수도 있고요."

"아아, 한장어치 합시다." 제럴드가 속어를 말할 때 쓰는 특히 느릿한 상류층 말투로 말했다. 그는 얼른 주머니를 뒤졌지만 잔돈은 이미 다 쓰고 난 뒤였다. 결국 지갑을 꺼내 망설이며 20파운드짜리 지폐를 건네려는데, 그때 페니가 나서서 탁자 위에 1파운드짜리 동전을 놓았다. "아, 잘됐군……." 제럴드가 별로 힘들이지 않고 던지던 십대 소년들 두명을 관찰하며 중얼거렸다. 그들이 던진 장화는 몇피트 떨어지지 않은 곳에 털썩 떨어졌다. "오케이!"

그는 장화를 집어들고 무게를 가늠했다. 주변으로 사람들이 몰려들었다. 줄무늬 맞춤양복에 붉은 넥타이를 맨 지역구 의원이 낡은 장화를 움켜쥐고 공중으로 막 던질 참이니 일종의 사건 아닌가. "그렇담 그걸 어떻게 휙 던져야 하는지는 아시는 거군, 제럴드?" 아마도 좋은 의도로, 주민 한 사람이 말을 건넸다. 제럴드는 던지는 법을 새로 배울 필요는 없다는 듯 얼굴을 찌푸렸다. 이미 소년들이 높고 완만하게 던진 장화가 별로 멀리까지 가지 못한 것을 목격한 참이었으니까. 그가 다트 던지는 사람 내지 투포환 선수를 서투르게 흉내내어 가슴에 든 장화를 밑창을 앞으로 향해 던진 것은 그래서였을 것이다. 그러나 무게를 과소평가했기에 장화는 앞의 두 선 사이에 떨어졌다. "그걸 진짜로 휙 하고 던져야 해요." 건장하지만 소심해 보이는 여자가 말하고는 "아시겠지만……" 하면서 팔로 커다란 아치 모양을 그려 보였다. 어린 소년이 그에게 다시 장화를 가져다주었고, 그는 머리에 스카프를 쓰고 헤어롤을 한 노동계급 여성들로부터 충고를 듣는 것이야말로 그들의 대변자인 하원의원 노릇에 따르는 의무라고 말하듯 억지 미소를 띤 채 다시 장화를 던졌다. 하지만 풍차를 돌리는 듯한 그녀의 손짓을 충실히 따랐음에도, 딱 맞게 재단된 그의 재킷 때문에 아치 꼭대기에 이르지 못한 신발은 빙글빙글 돌며 날아가 공중에서 두세번 돌더니 털썩 소리와 함께 잔디밭으로 떨어졌다. "자, 이번엔 좀 낫군." 누군가가 작게 말했다. "이제 조금씩 요령이 생기는 거지!" 그러자 다른 사람이 성급한 어투로 외쳤다. "보수당 잘해라!" 사람들이 단순한 과제를 수행하는 유명인사를 보는 일에 즐거움을 느낀다는 점도 그랬지만, 무엇보다 군중 가운데 제럴드에게 호의를 가진 사람들이 많다는 사실에 닉은 가벼운 충격을 받았다. 그리고 바로 그들 응원의

힘으로 제럴드는 세번째 시도를 하는 것 같았다. 그는 재킷의 단추를 풀었는데, 그 행동 역시 군중의 지지를 받았다. 그런 다음 장화를 힘차게 높이 던졌고, 장화는 여전히 너무 높이 솟아 멀리 가지는 못했지만 그래도 20야드 표지를 지나서 떨어졌다. 사람들이 박수갈채를 보낸 뒤 장화의 윗부분과 중간과 바닥 중 어디를 잡으면 좋은가에 대해서 다양한 충고를 건네자 제럴드는 충실히 각 부분을 잡아보았다. 네번째로 던진 것은 테니스 라켓 가장자리에 빗맞은 공처럼 완전히 엉뚱한 곳에 떨어졌다. 구경꾼 중에는 안타까워하는 사람들도 있었고 또다시 일종의 염려와 함께 무척 비아냥대는 소리도 들렸는데, 마지막 것은 잘난 체하던 사회주의자의 것이었다. 그는 "괜찮아. 어차피 바보 노릇 할 준비를 해야 하니까"라고 말했다. 마지막 시도에서 제럴드가 날카롭게 끙 소리를 내며 장화를 던지자, 미사일은 낮고 긴 포물선을 그리며 날아가 떨어졌다가 흔들리며 튕겨나가 25야드 너머 더이상 표지가 없는 지점으로 떨어졌다. 소년은 달려가 장화가 떨어진 지점에 파란색 골프티를 꽂았다. 박수갈채가 나왔고, 기자들과 사람들이 사진을 찍었다. "상을 탔으면 좋겠군." 제럴드가 말했다.

"아, 아직은 몰라요, 제럴드." 주민이 거들었다. 그런 식으로 이름을 부르는 허물없는 말투는 아마도 선거철에 형성되는 가짜 형제애와 맹목적인 우정의 연장선상에서 나온 것이었을 텐데, 제럴드의 얼굴에는 순간적으로 차가운 표정이 나타났지만 곧 자신이 공적 소유물, 민중의 친구라는 사실을 인식한 듯 그 표정은 가면인지 아닌지 모를 수줍은 표정 아래 감췄다.

"트레버 씨," 페니가 그의 팔꿈치 곁에서 낮게 언질을 주었다. "정화조업자예요."

"어이, 트레버." 제럴드는 마치 그가 정원사라도 되는 듯한 어조로 불렀다.

"5시요." 트레버 씨가 말했다. "그때나 돼야 알아요. 그때까지 가장 멀리 던진 사람이 돼지를 타는 거죠." 그러고서 그는 그때까지 감춰두었던 작은 우리를 가리켰는데, 그 안에서는 글로스터올드스폿종種 돼지 한마리가 배추줄기 무더기를 코로 헤치고 있었다.

"세상에……." 제럴드는 그것이 탱크 속에 든 비단뱀이라도 되는 듯 불안하게 웃었다.

"이놈 한마리면 한달 동안 아침, 정찬, 그리고 차까지 다 해결되죠!" 트레버 씨가 말했다.

"그렇겠네요, 정말……. 하지만 사실 우리는 돼지고기를 안 먹어서요." 제럴드가 말했다. 그런 뒤 그가 돌아서 가려는데 금테 안경을 낀 남자가 익숙한 자세로 손에 고무장화를 들고서 무게를 가늠하며 이쪽으로 다가오는 모습이 보였다.

"아, 쎄실에게서 한수 배우실 수 있을 거예요!" 머리에 헤어롤을 감고 있던 여자가 외쳤다. 결국 그녀는 제럴드에게 호의적인 사람이 아니었을지도 모른다. 이 사람들의 속내는 정말 알 수가 없었다. 쎄실은 호리호리하지만 강건하고 단호해 보였으며, 무엇을 할 때나 희미한 미소를 머금고 있었다. 제럴드는 결과를 보려고 기다렸고, 닉과 페니는 그에게 다가가 자리를 옮기자고 설득해보았다. "저 사람, 묘수를 좀 아는 게 틀림없어." 제럴드가 말했다. "그런데 뭐라고 했지?"

쎄실의 묘수는 짧게 도움닫기를 한 뒤 팔을 완전히 돌려서 마치 공을 기다리는 타자에게 보내듯 고무장화를 던지는 것이었다. 그는 한방에 본때를 보여주었는데, 그 장화는 제럴드의 마지막 장화가 떨어진 곳에서도 1야드는 더 나간 지점에 가파른 곡선을 그리며 떨어졌다. 소년은 이번에도 뛰어가서 빨간색 골프티를 꽂았다. 그런 뒤 쎄실은 또다른 묘수를 보여주었는데, 이번에는 장화를 겨드랑이 밑에서부터 던져서 다소 낮게 날려 보내는 방법으로, 처음 던졌던 것보다는 덜 나갔지만 제럴드의 파란색 골프티보다는 역시 더 먼 곳에 떨어졌다. 그는 장화의 무게를 파악해 방향과 궤적을 조정할 줄 알았다. 그가 던진 장화는 공중에서 가볍게 흔들리지도, 무겁게 흔들리지도 않았다. 이런 방법들을 정련하고 다양화한 그는 마지막 시도에서는 자신의 기록보다도 3야드쯤 더 멀리 던졌다. 그런 뒤 손을 닦으며, 씰룩이는 미소를 억누르며 제럴드 가까이 다가와 옆이 아닌 근처에 섰다. "아, 안타깝네요. 하지만 결과가 이렇습니다." 트레버 씨가 말했다. "그래도 어차피 돼지가 소용도 없으시니……."

제럴드는 "아, 돼지가 다 무슨 말입니까"라고 가볍게 말한 뒤 시선을 페니에게서 닉으로, 그리고 쎄실의 덥수룩하고 태평한 모습으로 옮겼다. 이어 그는 머리를 살짝 흔들고 얼굴을 붉히면서 재킷을 벗더니 찌푸린 듯 짓궂은 미소를 지으며 자신의 성격에 대해 농담을 던졌다. "강력한 반격 없이 이대로 넘어갈 수는 없겠군요." 농담조의, 그러나 의미심장한 토론자의 어조였다. 사람들이 환호했고, 그가 재킷을 벗어 파란 멜빵과 검은 스웨터가 드러나자 몇몇 사람들은 휘파람까지 불었다. 어떻게 보느냐에 따라 제럴드가 무척 재미있는 사람으로 여겨지거나 아니면 쎄실이 말했듯 바보짓을 하는 순간이었다. 항상 주의 깊은 페니는 눈썹을 깜빡여 주의를 주면서 그의 재킷을 받아들었지만 미소도 띠고 있어서 겉보기에는 그를 응원하는 모습이었다. 그녀는 자신의 가방을 뒤져 1파운드짜리 동전을 하나 더 찾아냈다.

"그래, 돼지를 타셨다고요!" 닉의 어머니가 제럴드를 리넬스의 응접실로 안내하며 말했다. "세상에……."

"그러게 말입니다." 제럴드가 말했다. 게임의 여파로 아직도 상기된 얼굴에 머리는 땀에 젖어 뒤로 넘겼고 남아 있는 아드레날린 효과 때문에 샤워가 필요해 보였다. "5라운드까지 갔지만 결국 제가 따라잡았지요. 확실하게 승리했습니다." 도트 게스트는 가구가 빽빽이 들어찬 방을 둘러보며 이 자리 저 자리로 손짓을 했는데, 자신의 집이 제럴드에게는 전체적으로 너무 작다고 느끼는 것 같았다. 이 물건 저 물건에 발을 부딪치는데다 아직 이 환경에 익숙해지지 않아서인지 마치 돼지 한마리가 따라 들어온 것 같은 형국이었다. 그는 뒤창으로 가서 말했다. "참으로 어여쁜 광경이군요. 거의 전원에 있는 것 같은 기분입니다."

예의 바르고 무척이나 소심한 태도로 도트는 소파 옆 탁자를 닦다가 조용히 대답했다. "예, 거의…… 그렇지요." 그러고는 은쟁반에 진토닉을 받쳐들고 들어서는 돈의 모습을 감사하다는 듯 올려다보았다. 제럴드는 들판에 대해서는 이미 완전히 잊었다.

"아, 정말 즐거운 날이었습니다. 전혀 뜻밖에도요." 그가 말했다. "장화 던지기라니. 기술을 하나 더 배웠죠." 그러더니 그는 마치 자기 집이라도 되는 양 돈의 안락의자에 몸을 던졌다. 그들을 편하게 해줘야겠다는 단순한 의도에서 나온 행동이었다. "정말 고마워요, 돈." 그러면서 제럴드는 손을 내밀어 술잔을 들었다. "이거 마실 자격은 얻은 것 같아요."

"돼지는 어디 두셨습니까?" 닉의 아버지가 물었다.

"아, 병원에 기부했습니다. 이런 경우 상품은 그냥 갖지 않는 게 관례니까요. 건강을 위하여!"

닉은 그들 모두 술을 한모금 들이켜는 것으로 도피하는 모습을 지켜보았다. 술의 양이 적은 것도, 아버지가 부엌에서 술을 준비해 무슨 향응이라도 되는 양 내온 것도 창피했다. 그의 부모는 자랑스러우면서도 불안한 태도로 제럴드를 바라보았다. 그들은 너무나 작고 아담해서 거의 아이들 같은데, 제럴드는 이 외곽의 삶에 비하면 너무나 빛나고 널찍하고 거대해 보였다. 돈은 밝은 빨간색 나비넥타이를 매고 있었다. 어린 시절의 닉은 아버지의 나비넥타이를, 그 매듭을 만드는 마술사 같은 기교와 서로 다른 색깔이나 패턴의 미학적 대조, 그리고 거기 담긴 의미를 경탄의 눈으로 바라보곤 했다. 특별히 좋아하는 넥타이가 있었고 한두가지는 끔찍이도 싫어했으며, 산뜻한 색깔에 폭이 넓은 다른 아빠들의 넥타이에 비해 그렇게나 더 멋졌던 페이즐리 무늬의 실크 넥타이와 점박이 무늬의 테릴렌 섬유 넥타이가 만드는 일상의 드라마 속에서 살았다. 그러나 지금 그는 깔끔하게 정돈된 흰 턱수염 아래 선홍색으로 꼬여 있는 나비넥타이를 보고 마음이 편치 않았다. 아버지가 약간 멍청이처럼 보였다.

도트가 말했다. "이렇게 오셔서 시간을 내 저희를 방문해주시다니, 저희가 참 운이 좋습니다. 매우 바쁘시다는 걸 잘 알고 있습니다. 더욱이 곧 휴가를 떠나게 되어 있으시다고요?" 하원의원들이 그 엄청난 일거리를 어떻게 처리하는가 하는 것은 런던이라는 그녀의 거대한 걱정거리 중 일부이자 기절하는 경비병과 「쥐덫」에 출연하는 사람의 지루함에 대한 걱정과 더불어 그녀의 '전문적' 걱정거리들 중 하나이기도 해서, 그녀는 닉이 런던으로 이사를 나갈 때 그것에 대해 알아보라고 당부하기도 했다. 닉의 결론, 즉 제럴드는 일을 전혀 하지 않으며 열심히 일하는 비서들과 보좌관들의 브리핑에 의존하고 있다는 대답을 어머니는 냉소적이라고 여겼고 따라서 사실이 아니라고 생각했다.

제럴드는 대답했다. "예, 월요일에 떠납니다." 그러고는 그래서 다행이라는 듯 어깨를 크게 으쓱였다. 제럴드가 지루하기도 하고 마침 나온 얘기의 영향도 받아서 그 즉시 프랑스 장원이 주는 우월한 쾌락에 대해 생각하기 시작했다는 것을 닉은 알 수 있었다.

"그 모든 것을 어떻게 다 해내시는지 궁금하네요." 도트가 말했다. "읽으실 것도 그렇게 많을 텐데. 그런 생각을 하면 걱정이 말이 아니에요. 닉은 제가 어리석다고 하지만…… 아마 한숨도 못 주무실 테지요. 어떻게 그럴 시간이 있으시겠어요! 사람들이…… 그 레이디에 대해 그렇게 말하던데요, 그렇죠?"

제럴드가 수상을 그렇게 부른다고 부모에게 얘기해두기는 했지만 그렇다고 그 앞에서 '그 레이디'라고 칭하는 것을 보자 닉은 당황스러웠다. 하지만 제럴드는 이를 수상과 자신에 대한 찬사로 받아들이는 듯했다. "뭐, 잠을 네시간밖에 안 잔다는 소문 말인가요?" 그는 경탄을 담아 킬킬 웃었다. "예, 수상님은 비범한 분이지요. 무시무시한 정력입니다! 저는 보통 사람이라 충분히 잠을 자야 건강을 유지할 수 있습니다. 이렇게 말하는 게 부끄럽지도 않고요."

"그렇다면 레이디께서는 잠을 안 주무시고도 멋있게 보이는군요." 도트가 경건한 어조로 말하자 돈 역시 고개를 끄덕여 동의를 표했다. 아직까지는 그들 둘 다 묻고 싶어 안달이 난 질문을 하기에는 너무 겸연쩍어서 참고 있었다. 레이디의 성격은 어떤지?

제럴드는 그들의 마음을 짐작하면서도 자신이 원래의 질문을 잊지 않았다는 사실을 보여주었다. "하지만 물론 그렇죠." 속마음을 털어놓는다는 듯한 태도였다. "때때로 서류를 다루는 게 엄청난 일이기는 합니다. 운이 좋게도 저는 읽는 속도가 빠르죠. 그리고 타조 같은 기억력을 가지고 있어요. 『텔레그래프』는 십분, 『메일』 같은 건 사분이면 대충 파악합니다. 그냥 그런 요령이 생기지요."

"아." 도트가 고개를 천천히 끄덕였다. "따님은 잘 지내시나요?" 신중하고 예의 바른 태도였다. 닉은 그녀가 염려스러운 것들을 하나씩 점검하고 있다는 사실을, 그리고 닉에게서 들은 것보다 더 나은 대답을 기대하고 있음을 알 수 있었다. "따님 때문에 걱정하신 걸로 알고 있어서요."

"아, 잘 지냅니다." 제럴드가 별문제 없다는 듯 말했다. 그러고는 좀 걱정하는 모습을 보이는 것도 좋겠다고 생각한 듯 덧붙였다. "좀 굴곡이 있기는 했지. 안 그런가, 닉? 우리 야옹이 말이네. 상태가 편하다고는 할 수 없어요. 하지만 아시다시피 그애가 복용하는 리브륨이라는 약은 하늘이 내린 선물이지요. 일종의 기적 같은 약이니까……"

"음…… 리튬이죠." 닉이 말했다.

"아, 그렇군요……?" 도트가 불안한 눈길로 두 사람을 번갈아 보며 말했다.

"요새는 훨씬 더 행복한 야옹이랍니다. 고비를 넘긴 것 같아요." 닉이 거들었다. "쎄인트마틴스에서 괜찮은 일들을 하고 있기도 하고요."

"맞아, 멋진 꼴라주나 뭐 그런 것들을 하고 있지." 제럴드가 말했다.

"아, 현대미술을 하는군요." 돈이 우울한 아이러니를 담은 눈길로 닉을 바라보며 말했다.

"부디 교양 없는 사람인 척 그러지 마세요, 아버지." 닉이 말했는데, 아버지는 칭찬과 비난을 구별하지 못하는 듯했다. 교양 없는 사람이라는 단어를 프랑스식으로 발음한 것도 도움은 안되었다.

"어쨌든, 그애에게 잘 맞는 것 같습니다." 제럴드가 말했다. 캐서린의 커다란 추상화에 치료의 의미를 갖다붙이는 것이 그는 마음에 들었다. "그리고 아주 괜찮은 남자친구도 있어요. 우리 모두가 마음에 들어하지요. 데리고 오는 남자친구들이 늘 마음에 들었던 건 아니었거든요."

"아⋯⋯." 도트가 자신들도 마찬가지라는 듯 술잔을 내려다보았다.

"음, 우리는 사실 캐서린이 아주 자랑스럽답니다." 그는 거창하게 말하고서 약간 창피해하는 듯했다. "올해엔 모두 함께 프랑스에 갈 계획이에요. 레이철과 나는 그게 참 기쁘답니다. 몇년 만에 처음 있는 일이니까요. 그리고 아시겠지만, 닉도 우리와 함께 갈 예정이고요. 적어도 일정 기간은요. 진작 그랬어야 했는데⋯⋯." 그러고서 제럴드는 자신의 잔에 남은 진토닉을 훌쩍 다 들이켰다.

"아," 도트가 말했다. "우리에게 말 안해주었구나, 얘야."

"아, 말씀드렸어요." 닉이 대답했다. "그러니까 저는 와니 우라디, 같이 잡지 일을 하는 그 친구와 함께 가요. 이탈리아와 독일에 가서 잡지와 관련된 것들을 살펴보고 돌아오는 길에 며칠 동안 프랑스의⋯⋯ 장원에 들를 수 있기를 바라고 있죠."

"아주 대단한 경험이 되겠구나, 얘야." 돈이 말했다. 닉은 참으로 불쌍한 자기 부모가 최선을 다하고 있다고 생각했다. 그러나 잠시 동안은 자신이 와니와 유럽에 간다는 사실을 모르고 자신으로 하여금 그렇게 깊은 의미가 있는 대단한 계획을 말해버리게 만든 부모에게 짜증이 났다. 부모가 모르는 게 그들 잘못은 아니었다. 부모에게 자신이 하는 일을 구체적으로 말할 수가 없었기에 그가 말하고 행하는 모든 것은 크든 작든 갑작스러운 일이 되었고, 한번도 그냥 조용히 넘어가는 법이 없었다. 왜냐하면 그것들은, 어머니의 표현대로라면 '거시기'라는 놀라운 원래 소식의 여진인 셈이었으니 말이다.

"보통은 닉이 집을 돌보곤 했으니까요." 그녀가 말했다. "휴가를 떠나실 때 말이에요, 그렇죠?" 그녀는 그 사실에 집착했는데, 그것이 좀 거시기하든 말든 별로 개의치 않는 다른 중요한 사람들에게 닉이 믿음직한 존재라는 증거라고 생각했던 것이다.

"안타까운 일이죠. 전에는 닉이 그 일을 담당해야 했지만 올해는 가정부와 그 딸이 집에 들어와 지낼 예정입니다. 그러면 우리가 이리저리 걸리적거리지 않을 때 대청소를 할 수 있겠지요. 그들에게도 약간 휴가 기분을 주는 셈이고요." 제럴드가 빈 술잔을 든 채 너그러운 몸짓을 했다.

"저한테 익숙한 휴가 방식 같네요!" 도트가 말했다. 그녀는 호텔에서 호강하는 것이 소원이었지만 해마다 9월이면 홀컴의 시누이 별장에서 지내야 했다.

돈은 제럴드의 술잔에 술을 더 따라다주었고 자신의 잔에도 아주 조금 더 부어서 가져왔다. 그들은 느긋하게 술을 마셨다. 돈이 말했다. "그 친구는 괜찮은 친구죠? 우라디라는 사람 말입니다."

"아직 못 만나셨군요. 아, 아주 멋진 친구지요, 절대적으로요. 우리 아들 토바이어스와도 옥스퍼드에서 좋은 친구로 지냈습니다. 그러니까 자네들 모두가 그런 친구 사이였지. 안 그런가, 닉?"

"사실 저는 그 친구와 좀 나중에야 친해졌습니다." 플린트서 메이페어 하우스의 화장실에서 키스할 때 코카인이 그들의 입술을 마비시켰던 일을 떠올리며 닉이 조심스럽게 대답했다. 그를 기다리고 있는 다른 세계를 생각하는 것만으로도 짜릿함이 느껴졌다.

"그런 위치에 있는 사람은 일이 잘될 수밖에 없지요." 돈이 말했다.

"내가 보기엔……" 제럴드는 생색내듯 눈을 반짝였다. "다들 그 친구의 장래성에 큰 기대를 걸고 있는 것 같습니다. 그 아버지도 물론 굉장한 분이지요."

"슈퍼마켓을 하는 사람이라죠."

"베르트랑? 아, 위대한 인물입니다!" 제럴드는 그 말이 자신에게도 쉽게 적용되기를 바라는 듯 무척 자주 그 단어를 사용하곤 했다. "그러니까, 뛰어난 사업가예요, 분명히……. 참 슬픈 일인데, 엊그제까지 몰랐던 사실이지만, 첫아들을 잃었다지요."

"아, 저런……."

"그래요, 거리에서 트럭에 치였답니다. 물론 베이루트에서요. 아이와 보모, 그쪽에선 어떤 명칭으로 부르는지 모르겠지만 하여튼 둘 다 죽었다고 해요. 베르트랑 우라디가 바로 며칠 전에 이야기해주었죠."

닉은 이미 그 일에 대해 알고 있었던 척해야 했고, 그 점을 부모에게 확인시켜주기 위해 침울하게 고개를 끄덕였다. 부모는 낮은 목소리로 공감을 표했지만 베이루트에서야 죽는 것이 당연하다는 듯 크게 괘념치는 않는 듯 보였다. "맞아요, 참 끔찍한 일이었지요." 닉이 말했다. 그에게는 전혀 새롭고도 놀라운 정보였다. 그에게 떠오른 첫 생각은 자신이 와니와 아주 가깝다고 자족적으로 생각해온 것이 얼마나 어리석었는가 하는 것이었다. 그것은 가족의 비밀, 그와 와니 사이의 하찮은 성적 음모보다 훨씬 더 강렬하고 어두운, 들여다보기 힘든 비밀이었다. 그리고 와니는 그 무게를 감당하며 살고 있었다……. 즉시 와니가 더 감동적이고 더 매력 넘치며 더 용서받아 마땅한 사람인 듯 느껴졌다.

"약혼녀는 아주 착한 사람 같아 보이더군요." 도트가 말했다. "미장원에 있는 모습을 봤거든요."

"그런가요."

"제 말은,『태틀러』지에서 봤다는 뜻입니다!"

"아, 예……."

"닉도『태틀러』지에 나왔었지요. 댁에서 베푼 그 성대한 파티 뒤에요. 그 일을 기념해서 몇달은 외식을 했답니다." 이것은 그의 어머니가 자랑삼아 말하기 좋아하는 이야기 중 하나였고, 엄밀한 의미에서 보자면 비유였다. 왜냐하면 그들은 일년에 세번 정도 외식을 했을 뿐이니까. "그 다른 사람, 누구죠? 왜 크고 뚱뚱한 사람 있잖아요. 닉이 아는 그, 셉턴 경요. 그분은 항상 사진이 나오더군요."

"닉이 여기저기 끌고 다니는 저 작은 차는 대체 어찌된 물건인지요?" 돈이 약간 불안하면서도 기쁜 목소리로 물었다.

"으음, 아주 작고 활기 넘치는 차죠." 제럴드가 말했다.

"그 친구가 네게 준 거라고 했던가, 얘야? 정확히 이해를 못해서……."

"말씀드렸잖아요, 엄마." 닉이 말했다. "회사 차 같은 거예요. 그 친구 밑에서 일하는 동안은 쓸 수 있어요."

"너를 무척 잘 봤나보구나." 도트가 미심쩍은 듯 말했다. "글쎄 그건 다 다른 세상 일이지, 안 그러냐?" 아무도 이 말에 확실하게 동의를 표하지 않았고, 잠시 뒤 그녀가 말을 이었다. "그래, 댁의 아드님은 어떻게 지내시는지요?"

"아주 잘 지냅니다. 작게 자기 회사를 차렸어요. 어떻게 꾸려나가는지 두고 봐야겠지요."

"신문에서 이름을 자주 보았습니다!" 주식 전망에 대한 기사 중에서 토비가 마지막에 반 단락 정도 쓰던 내용이 매일의 하이라이트라도 되었던 것처럼 돈이 말했다.

"으음, 내 생각에는 그애가 길을 좀 잘못 들었던 것 같습니다. 아시다시피 바깥 생활에 더 맞는 성격인데 사무실에 너무 틀어박혀 있어야 해서……. 어쨌든 겨우 오분쯤 머무른 셈이지요. 그 일은 잘 그만뒀어요."

"아, 그럼요."

"그보다는 좀더 길었지요." 닉이 말했다.

"으음? 닉의 말이 아마 맞겠죠." 제럴드가 말했다. "뭐였더라, 『가디언』에서 반년 정도였지. 그런데 거기서 별로 편하지 않았던 것 같아. 그러고 나서 『텔레그래프』지에서 런던 담당으로 일년 정도…… 그렇지."

"닉의 대학 친구들 중에는 벌써 재산을 많이 모은 사람도 있는 것 같더군요." 도트가 말했다. "누구였지, 얘야, 성을 구입했다던가?"

"아…….." 닉은 그것에 대해서 떠벌렸던 것을 후회하며 말했다. "예, 그런 친구가 하나 있지요. 아주 작은 성이지만! 하지만 아시다시피 재再보험 쪽에 종사하고 있으니까요."

"아." 도트가 말했다. 닉은 엄마가 재보험이 무엇인지 묻지 않기를 바랐다. "요새는 아주 빨리 발전해요, 그렇지 않아요?" 그녀가 말했다. 마치 제럴드도 자신만큼 그 생각에 숨가빠하리라는 듯이.

"엑스머스 경의 아들도 아주 성공하고 있지." 돈이 말했다.

"아, 예." 제럴드가 맞장구를 쳤다. "우리 지역 귀족 가운데 한분 이죠!" 자기 지역 귀족의 이름을 듣자 그는 갑자기 바윗 사람이 되 었다.

"맞습니다." 돈이 말했다. "그러니까, 제가 몽크스베리의 시계들 을 관리하고 있답니다. 그래서 어린 시절부터 젊은 데이비드 경을 가끔씩 뵈었지요."

"그래요?" 제럴드가 눈을 가늘게 뜨고 안경테 너머로 그를 바라 보았다. "노즐리에는 안 가시나요?"

"노부인이 돌아가신 뒤로는 안 갔습니다." 돈이 말했다. "거기서 아주 일을 많이 했지요. 와, 벌써 십년 전 이야기군요. 노즐리 애비 에는 빗살수염벌레가 있었죠. 그 작은 말썽쟁이들을 없애는 게 보 통 일이 아니었습니다!"

닉은 일어나 속을 채운 올리브 접시를 돌리며 곧이어 아버지의 입에서 나올 것이 분명한 이야기를 막기 위해 웨이터처럼 달그락 거리며 낮은 소리를 냈다. "참 고맙군." 제럴드가 말했다.

"아, 대저택들에서 일하는 것은 참 즐겁습니다." 돈이 말했다. "그분들이 제때 보수를 안 주시더라도 말이지요." 그는 애정 어린 눈으로 주변을 둘러보았다. "이 지역에는 귀족분들이 참 많아요. 닉은 내가 이 얘기 하는 걸 너무 많이 들었지만, 저와 거래하는 귀 족분만 해도 백작이 두분, 자작이 한분, 남작이 한분, 그리고 준남 작이 두분입니다!"

"상당하군요." 제럴드가 말했다. "공작도 한분 찾아드리도록 해 야겠습니다."

"물론 굉장한 것은," 너무 창피한 나머지 닉이 서둘러 덧붙였다.

"그 모든 저택에 있는 가구들의 품질이지만요. 여러 세기 동안 거기 전해내려온 것들이죠."

"정말 그렇겠군." 제럴드가 그런 것은 자신에게도 무척 중요하다는 듯 고개를 끄덕이고는 자신의 빈 잔을 당혹스럽게 바라보며 눈썹을 꿈틀했다.

돈이 말했다. "댁의 런던 저택에도 좋은 가구가 꽤 있다고 닉에게 들었습니다."

"아……."

"프랑스 가구가 꽤 있다지요?"

"프랑스 가구가 상당히 있습니다. 맞아요." 실은 가구 대부분이 어디 것인지 전혀 알지 못하는 제럴드가 대답했다.

"그리고 아주 훌륭한 그림도 좀 있고요."

제럴드는 선심을 베푸는 사람의 시선으로 그들을 보았는데, 다만 다소 못 참겠다는 표정, 심지어는 일종의 경멸까지도 담은 표정이었다. 적어도 닉에게는 그렇게 느껴졌다. 그는 마치 자신이 자신과의 논쟁을 목격하고 있는 것처럼 양쪽 모두에 안타까움을 느꼈다. "정말 집에 한번 오시면 좋겠습니다. 그렇지, 닉? 아니면 우리가 없을 때 오셔도 좋고요. 프랑스에 가 있을 때 편하게 방문하시죠, 집을 완전히 차지하고. 그러는 동안 우리 물건을 살펴보고 뭐가 뭔지 알려주시면 좋을 것 같습니다."

"아, 참으로 친절한 제안이십니다." 돈은 그 매력적인 제안에 미소로 답했다.

"세상에, 우리가 그럴 순 없죠." 도트가 말했다. 방종에 대한 두려움 때문에 그녀는 자신에게 주어지는 것에도 엄격했다. "아, 물론 정말 친절하신 제안이지만요……." 그 제안에 기가 죽은 듯 그녀는 돈을 슬쩍 보며 볼을 붉혔다. 이따금씩 어머니는 둔감하고 편협했고, 닉은 그녀의 어리석음이 딱했다. 하지만 동시에 그녀의 기분에, 어머니와 하나뿐인 자식 사이의 긴밀한 흐름에 워낙 민감했기 때문에 그는 전혀 애쓰지 않고도 그녀가 불안해하는 것을 알 수 있었다. 켄징턴파크 가든스에 가서 머무르며 머뭇머뭇 그 집을 구경한다면 호기심은 만족시킬 수 있으리라. 하지만 동시에 그것은 닉이 사는 세계, 그 세계의 관용과 비용, 그곳의 포도주 저장실과 영어도 거의 못하는 가정부들, 그리고 닉에 따르면 가끔씩 걸려오는 내무장관의 전화를 예사롭게 받는 그 세계에 관해 잊을 수 없는 구체적인 모습을 부여하는 경험이 될 것이었다. 그것은 지식의 홍수일 것이고, 그녀의 표현에 따르자면 일반적으로 그녀로서는 잘 모르는 편을 택하고 싶은 세계였다.

"어쨌든 한번 생각해보시죠." 제럴드가 말했다. 그리고 닉은 밝은 표정을 지으며 낮은 목소리로 대답하는 부모를 보고 그 일이 다시는 언급되지 않을 것임을 알 수 있었다.

닉은 차를 몰고 마켓 스퀘어로 가다가 '클록스 D. N. 게스트 앤티크스'가 가까워지자 속도를 늦추며 말했다. "저곳이 우리 가게입니다!"—마치 총독 관저나 제럴드가 곧 방문할 다른 명소를 보여주기라도 하듯 팔 하나를 들어 가리키면서.

"와!" 제럴드가 환호했다. 정작 닉 자신은 그 가게를 흘낏 보는 것밖에 할 수 없었지만 그에게 가게는 엄청난 존재감을 가진 곳이었다. 결코 자신만큼 강렬하게 느낄 수 없는 다른 사람을 위해 준비한 놀라운 선물 같은 곳. 반대편 치장벽토가 발린 크라운 호텔의 전면에서 해가 아직 번뜩이고 있었지만 아버지의 가게 쪽은 이제 그늘 속으로 들어갔다. 지붕 위 하늘에는 구름 한점 없었고 여름해가 중천에 뜬 가운데 가게들 모두 문을 닫은 초저녁 시골 읍은 한산했다. 거리가 완전히 빈 것은 아니어서 저녁식사 전의 주말 산책객들이 혹시 좋은 것을 건질 수 있을까 기대하며 문이 잠긴 가게를 들여다보고 있었고, 젊은이들 혹은 '시골뜨기들'은 시장 거리의 아치 아래를 어슬렁거렸다. 읍의 보석이라 할 만한 마켓홀은 높은 아케이드 위에 유리와 돌로 만들어진 새장 같은 곳으로, 아무 근거도 없으면서 이 지역에서는 줄곧 이곳이 크리스토퍼 렌 경[16]의 작품이라 주장했다. 어린 시절의 자랑거리인 이곳에 대해 닉은 학교에서 프로젝트로 정확한 축도를 사용한 평면도와 입면도를 만들기도 했다. 열두살의 닉에게는 그만의 건축의 천국에서 타지마할과 오타와의 의사당과 같은 반열에 드는 곳이었다. 그것이 렌의 작품이 아니라는 것을 인정한 순간은 흡사 사춘기의 암울함과 흥분의 순간과도 같았다. 이제 닉은 속도를 내서 그곳을 돌았고, 그런 그를 올려다보는 젊은이들의 시선을 느끼며 부릉대는 작은 차를 탄 채 금의환향의 기분을 즐겼다. 섹스와 자기 지분과 직함과 마약이라는 성취가 그의 뒤에서 긴 스카프처럼 휘날리는 것 같았다. 아니, 그것은 진정한 우월함이어서 거의 외롭다고 할 만한 것, 이 시골 청년들은 상상도 할 수 없는, 그러므로 그들이 부러워할 수조차 없는 쾌락과 특권의 세계였다. 크라운 호텔 앞에 차를 세우자 제럴드는 머리를 손으로 쓸면서 곧바로 튀어나갔다. 그의 모습은 활기찬 자신감과 위엄의 실추 사이에서 분열된 것처럼 보였다. 단순히 위엄이 실추된 정도가 아니라 동성애자인 젊은이와 그런 차를 함께 타

---

**16** Christopher Wren(1632~1723). 영국 건축사에서 손꼽히는 건축가이자 천문·기하학자. 쎄인트폴 대성당을 건축했다.

고 있었다는 사실에 포함된 비정상성의 흔적 때문에 다소 혼란스러운 것 같았다. 페니가 볼을 붉히고 긴장한 미소를 지은 채 순종적이면서도 진지한 태도로 기다리고 있었고, 제럴드는 감사한 마음으로 그녀에게 다가갔다. "좋은 시간 보내세요!" 닉은 이렇게 말한 뒤 광장 절반을 다시 돌아 부르릉거리며 떠났다. 자신도 좋은 시간을 보낼 수 있다면 얼마나 좋을까 생각하며.

그는 목요일마다 장이 서는 곳 한가운데 있는 주차장으로 진입해 시동을 껐다. 곧 저녁을 먹으러, 제럴드의 방문을 조심스럽게 분석하러 집으로 가야 할 것이었다. 식사 중에 그들의 새로운 걱정이 드러나리라……. 제럴드가 다녀갔으니 이제 부모는 그를 완전히 신뢰할 수는 없다는 깨달음을 은연중에 드러낼 터였다. 신경을 곤두세우고 예절 바른 태도를 보이면서도 닉의 부모는 잘난 체하는 사람을 쉽게 알아보았는데, 그들 스스로 인정하는 것보다도 훨씬 더 민감했다. 제럴드가 자신들에 대해 아무것도 물어보지 않았다는 사실에도 주목했을 것이다. 그리고 이제부터 닉의 런던 생활에 대해 불안해하리라. 그의 눈은 다시 가게를 향했다. 가게는 굳게 닫히고 비어 있지만 무언가 목적이 있는 듯 보였는데, 창문 가까이 진열된 의자들 너머로 모든 것이 컴컴했다. 자신의 성이 그 가게 간판에 적혀 있는 것이 새삼 낯설었다. 학창 시절의 자부심과 옥스퍼드 특유의 속물성이 자신의 이름 'N. 게스트'를 사이에 두고 서로를 밀어내는 듯 느껴졌다. 뒤에서 한떼의 소년들이 천천히 지나가는 모습을 거울 속에서 눈으로 좇자니 그들이 옅은 색조 저편에서 까불고 머무적거리는 것처럼 보였다. 깡통을 차서 땡그랑하는 소리가 트림 소리처럼 메아리치며 광장을 가로질렀다. 헤븐과 오페라와 로니가 배달하는 물건에서 멀리 떨어져 이곳에 산다면 어떨까? 잠시 그는 다른 삶이라는 허구 속에서 생각을 이어보았다. 여기도 물론 책과 전축을 즐기는 교양 있는 사람들이 있다. 그 사람들을 그려보자 그들은 모두 바윅 그래머스쿨의 교사들, 레버턴 씨와 홉킨스 그룹의 모습으로 나타났다. 그가 어울릴 만한 학교 친구들도 아마 한둘은 있으리라. 확률적으로 볼 때 바윅에도 오륙백 명의 동성애자들이 대충 가게들 뒤편에, 또는 미지의 창문들 뒤에 숨어 있을 것이 틀림없었다. 애버츠 필드의 남자 화장실은 지겨운 아지트, 끔찍한 상징이 될 것이다.

길 건너로 석양을 받아 반쯤 반짝이는 빛 속에 크라운 호텔에서 저녁을 먹기 위해 쌍쌍이 도착하는 남녀들이 보였다. 긴 치마를 입고 머리를 올린 여자들과 양복을 입은 남자들이 서로를 살짝 치고 먼저 들어가세요, 말하며 가벼운 사교용 키스를 어지럽게 주고받으며(물론 남자들끼리는 아니지만) 인사를 나누고 있었다. 모두가 그날 저녁 자기 지역구 출신 하원의원의 연설을 들을 생각에 흥분해 있으면서도 보수주의자 모임이라는 사실 때문에 마음 편하고 안정되어 보였다. 그리고 맙소사, 게리 카터가 보였다. 짧은 데님 재킷에 꽉 끼는 새 청바지를 입고 엄청나게 섹시한 헤어스타일로 특유의 토요일 밤 분위기를 풍기는 모습이었다. 그는 건너편 마켓홀 아래 있는 친구를 부르고 있었다. 이 시골 읍의 이성애자 미남이 우습게도 말도 안되는 동성애적인 매력을 뽐내며 친구에게 스스로를 과시하고 있었다. 하긴 여자들도 사실은 남자들의 엉덩이를 좋아한다는 얘긴 들었지만—좋은 판단이긴 한데 닉으로서는 여자들한테 남자들의 엉덩이가 무슨 쓸모가 있는지 알 수 없었다. 게리는 마켓홀 아래를 지나서 반대편으로 갔다가 보도를 뒤로하고 느긋하게 다시 걸어오기 시작했다. 이제 가야 할 시간이었다. 리넬스가 기다리고 있을 것이다. 닉이 무엇을 포기하고 그리로 오는지 리넬스는 감도 잡지 못하리라. 조금 뒤 닉은 자신이 그런 소읍의 꿈에 다시 말려들고 말았다는 사실에 충격을 받고 정신을 가다듬었다. 어떤 식으로든 그 장소는 떠나야 했다. 긴 사춘기, 그 지루함과 욕정과 미학적 환희가 초저녁 광장의 두터운 햇살 속에서 호박색으로 누렇게 변했다. 그 장소를 항상 얼마나 사랑했던지. 그리고 밀밭과 돼지농장과 공장의 벽널들로 이루어진 상상의 거리 너머에 있는 런던을 얼마나 동경했던지. 그는 차를 몰아 게리를 지나침으로써 그의 흥미를 자극하고 나중을 위해 그의 마음속에 자신의 이미지를 남겨놓아야겠다고 생각했다. 차의 시동을 걸고 길 쪽으로 후진하려고 뒤를 돌아보다가, 닉은 뒷좌석에 제럴드의 연설문을 담은 서류철이 놓여 있는 것을 보았다.

호텔에는 분명 페니가 가진 사본이 하나 더 있을 것이다. 아마도 새로 삽입한 농담이나 밑줄, 기억을 돕는 표시 같은 것은 없겠지만. 연설문에 적힌 표시들은 자신감에 찬 연설자를 잘 보여주고 있었다. 첫장 위쪽에는 이름들, '아치'와 '베로니카'에 빨간 동그라미가 쳐져 있었다. 닉이 할 일은 페니를 찾아서 제럴드의 손에 그 연설문을 조심스레 다시 전하는 것이었다. 지금은 음료를 마실 시간이고 닉의 머릿속에서는 이미 저급한 사업상 회의나 로터리클럽의 정찬에 사용되는 엄숙하게 장식된 '스위트룸' 중 한곳에서 벌어질 장면이 떠올랐다. 그는 구깃구깃한 리넨 바지에 반팔 셔츠를 입고 있었지만 깜빡 잊은 소품을 가지고 들어가는 무대 담당자처럼 잠깐 들어가 보이지 않는 역할을 맡을 테고, 바윅의 보수당원들은 잠시 불신을 보류할 것이다.

사람들이 와글거리는 홀 앞에서 그는 여전히 기사이자 배달원이었다. 그리고 손님 중의 누군가, 오페라틱의 멤버나 그의 이를 때 워준 치과의사나 교복 재킷을 만들어준 재단사는 그를 알아보았을 수도 있겠지만 알은체는 하지 않았다. 설사 그들이 자신을 무시해 서 그랬다고 해도 닉으로서는 안도감이 느껴졌다. 접수대에 제럴 드가 있는 곳을 물어보니 그곳의 여자는 그가 뒤편 주차장으로 나 간 것 같다고 말했다. 바람을 좀 쐬고 싶다고 했다는 것이다. 닉이 옆걸음으로 나가 들어선 긴 복도는 모퉁이를 돌아 계단을 오르내 려서 찾기 힘든 위치에 자리한 여러 부속실들을 지나 건물 뒤편으 로 연결되었다. 사냥 장면을 그린 판화와 낡은 풍속화들이 붉은색 나사지羅紗紙로 만든 벽지를 배경으로 걸려 있었다. 역시 붉은색인 카펫에는 페이즐리 무늬 같은 기괴하고 암울한 검은색 소용돌이 가 그려져 있었다. 남녀 쌍들이 반쯤 미소를 지은 채 차를 잘 잠갔 다거나 머리가 흐트러지지 않았다거나 주머니에 알약을 챙겨왔다 는 등 활기차게 서로를 안심시키며 그를 향해 다가왔다. 그들은 이 통로, 그 피상적인 사이비 역사물, 화재용 비상구 사이 공간에 떠 있는 맥주냄새와 구운 양고기 냄새 따위에 만족한 듯 보였다. 그리 고 다음 모퉁이에 제럴드가 있었는데, 도망칠 기회를 엿보는 사람 처럼 좌우로 고개를 돌리며 쇼 시작 전 진짜 생활의 마지막 일분을 즐기고 있었다. 중간에 사람들이 있었기 때문에 큰 소리를 내지는 않았지만 닉은 그가 옆문을 열고 홀쩍 들어가는 것을 볼 수 있었다.

문에 '직원 외 출입금지'라는 표지가 있어서 닉도 좌우를 둘러 보았다. 아마도 페어팩스 스위트룸으로 들어가는 뒷문인 모양이 었다. 안에는 다소 어둠침침한 직원용 통로가 있었고 다른 여닫이 문에 달린 작은 철창문을 통해 제럴드의 머리가 보였다. 페니의 머 리도 보였는데 키득거리며 웃는 얼굴이었다. 좋은 징조였다. 상황을 제대로 장악하고 있다는 뜻일 테니까. 문이 느리게 닫히는 중이어서인지 닉이 다시 밀어 여는 소리는 텁텁한 공기의 리듬감 있는 움직임의 연장에 지나지 않았을 뿐 그들에게는 들리지 않은 것 같았다. 그는 다리를 모은 채 상체만 반쯤 돌려 서류철을 떨어뜨려서 소란을 피우는 데 성공했고, 그래서 제럴드도 페니도 닉이 페니의 손이 사랑에 빠진 십대의 것처럼 제럴드의 바지 뒷주머니에 들어가 있는 광경을 목격했음을 눈치채지 못하게 할 수 있었다.

그러나 닉이 그 장면을 본 것은 사실이었고 거기서 받은 충격, 상투적이지만 엄청난 충격 때문에 그는 예상대로 제럴드의 방문에 관해 우회적인 논평이 이루어지던 저녁식사 내내 집중을 할 수가 없었다. 부모가 농담조로 비판하는 내용에 다소 뚱하게 동의했고, 자신이 전혀 제럴드를 좋아한 적이 없었던 것처럼 말했다. 그러자 닉의 부모는 더욱 불안해 보였다. 1TV 채널에서 「쎄들리」의 여름 재방송이 나와서 그들은 저녁식사 후 으레 그렇듯 흥분해서 그것을 보았다. 도트는 (이제 술에 상당히 취해서) 말했다. "우리 아들이 저 사람을 안다고! 패트릭 그레이슨의 친한 친구라고!" 닉은 속으로 생각했다. '그가 얼마나 끔찍한 동성애자 노인인지 왜 못 알아보세요?'

한여름 저녁의 황혼이 아직 높이 머물러 바깥은 여전히 아름다운데, 부모는 믿을 수 없을 만큼 일찍 잠자리에 들었다. 닉은 "안녕히 주무세요!"라고 외치고는, 옆방 트윈베드에 따로 누운 모범적인 노부부가 아니라 제럴드와 레이철이 진짜 자신의 부모라도 되는 듯 당황스러운 상실감을 안고서 문을 닫았다. 이어서 아버지의 코 고는 소리가 벽을 통해 들렸고 어머니의 침대가 삐거덕거리는 소리도 들렸다. 그녀가 귀 위까지 이불을 당기는 모습을 상상할 수 있었다. 레이철은 언젠가 제럴드도 코를 곤다고 닉에게 이야기한 적이 있었다. 그 태도는 점잖게 자신이 누리는 행운을 의식하며 한가지 단점에 대해 이야기할 때("우리는 땅뜨 끌레르 식당에 절대 자리를 구할 수 없을 거야")와 비슷했지만. "제럴드가 때때로 좀 요란하기는 해." 이게 그녀가 한 말이었다. 닉은 자신이 본 장면에서 다양한 결론을 이끌어냈고 한편으로는 그에 저항하려고도 해보았다. 그 불쾌한 감정을 탐하면서도 즉시 받아들이기를 망설이는 것이다. 아마도 자신이 좀 도덕가 행세를 하는 듯싶었다. 제럴드는 페니를 데리고 정기적으로 바윅을 방문하는데 그때마다 레이철은 함께 가지 않는 것이 보통이라는 사실에 대해서도 생각해보았다. 그것은 일종의 규칙이었고, 너무나 당연해서 안전한 비밀이었다. 물론 제럴드가 한결같이 바윅에 대한 '혐오'를 표현하는 것, 또 싫지만 억지로 해야 하는 수술이나 아치 매닝과의 귀찮은 만남 등에 대해 짐짓 불평하는 것에 대해서도 생각해보았다. 그런데 런던에서는 어떨까? 짐작건대 런던에서는 그런 식으로 행동하지 못할 것이다. 발각될 위험이 너무 크니까. 아니면 진짜로 큰일이 일어나고 있는 것은 아닐까? 페니가 그 모든 것에 어울리는 그런 여자일 수 있을까? 호텔에서 얼핏 본 장면에 실은 다른 이유가 있을 수도 있었다. 하지만 한가지도 생각해낼 수가 없었다. 그는 제럴드가 지금 코를 골고 있을지 궁금했고, 그러자 그가 하고 있을지 모를 행위의 이미지가 섹스에 대한 닉의 상상 속에서 경악스럽게 떠올랐다. 혹시 그가 코를 골고 있다면 파트너에게 그것은 비밀연애에 따르는 견디기 힘든 벌금처럼 느껴지겠지……. 닉은 생각을 멈추고 그 일에 대한 자신의 상상에 혐오감을 느끼며 움찔했다. 잠시 뒤 그가 일어났을 때 집은 다시 적막에 잠겨 있었다. 그리고 그 일이 가져다준 충격이, 사태의 전적인 진부함에 대해 느끼는 어른으로서의 경멸과 아이 같은 절망의 고통이 다시 그를 덮쳤다. 그는 그것이 이미 자신의 비밀이 되었음을, 마지못해 지녀야 하는 비밀, 불쾌하고 혼란스러운 의무가 되었음을 깨달았다. 그는 침묵에 귀를 기울인 채 깨어 있었고 침묵은 환영에 지나지 않았는데, 그 환영이 회색 포플러의 한숨이나 밤늦게 위층에서 비몽사몽간에 물탱크를 채우는 소리, 그리고 이곳에는 존재하지 않는 부속건물의 문이 여닫히는 소리처럼 그의 귓속에서 부드럽게 울리는 모든 것을 기록하는 그의 의식을 덮어주었다.

# 11

## 1

토비가 말했다. "왼쪽으로 성이 살짝 보일 거야." 그러고는 나무들 사이로 틈이 나타나자 속도를 늦추었다. 경사진 슬레이트 지붕들, 보랏빛이 도는 검은색 벽돌, 판유리, 그 특별한 19세기적 견고함이 눈에 띄었다.

"그러네……." 와니가 말했다. "하지만 이젠 그 성을 소유하고 있지 않다고?"

"할아버님이 전후에 파셨거든." 토비가 대답했다.

"그래서 지금은 누가 사는데?" 닉이 물었다. 그는 항상 고딕 양식의 건물보다는 옆길의 오두막집이나 나무들 사이의 작은 뾰족탑, 그리고 복고풍 고딕 양식의 집들이 더 마음에 들었다. "들어가 볼 수 있어?"

"이젠 퇴역 경관들을 위한 집이야." 토비가 말했다. "한번 들어가본 적이 있는데 상당히 우울하더라고." 그는 울퉁불퉁한 오솔길을 따라 덜컹대며 차를 몰았다.

"아." 닉이 그럴 리가 있냐는 듯 중얼거렸다.

"그 사람들 때문에 말썽이 생기진 않았어?" 와니가 궁금해했다.

"좀 소란스러울 때도 있지." 토비가 말했다. "한두번 경찰을 불러야 했던 적도 있고." 그러고는 닉이 자신의 농담에 미소를 짓는지 거울을 통해 살펴보았다. 아, 토비의 농담이라니! 그런 얘길 들을 때면 닉은 항의의 뜻으로 그를 꽉 안아올리고 싶은 기분이었다.

"그럼 우리가 가는 집은?" 와니가 말했다.

"그 별장은…… 원래부터 장원의 중심인 대저택이었어. 아주 오래된, 내 생각에 16세기 정도부터 있었던 것 같은데, 아무튼 보게 될 거야. 성만큼 크지는 않지만 훨씬 더 좋아. 적어도 우리는 다 그렇게 생각하지."

"그렇군……." 와니가 자기라면 더 큰 집을 선호했을 거라는 듯, 그렇지만 저택에서 빈둥거릴 용의는 있다는 듯 다시 느릿느릿 말을 이었다. "그리고 그건 여전히 라이어널 소유고?"

"엄밀히 말해서 그렇지."

마치 자신은 모든 것의 가치를 알고 있다는 듯 와니는 창밖을 응시했다. "그래서 어느날 이 모든 게 네 차지가 될 거다." 그가 경쟁심과 만족감이 뒤섞인 목소리로 말했다.

"글쎄, 나하고 동생의 것이 되겠지, 물론." 닉으로선 쉽게 상상할 수 없는 미래에 관한 이야기였다.

"그래, 지금은 누가 여기 와 있는 건가?" 와니가 물었다.

"그냥 우리뿐이야, 지금은." 토비가 대답했다. "엄마, 아빠, 나와 캐서린 — 아, 그리고 재스퍼."

"아, 캐서린의 남자친구라는……."

"맞아. 만난 적 있나? 부동산 중개업자인데."

"누군지 알 것 같아." 와니가 말했다.

"재스퍼가 아빠랑 아주 친한 사이가 된 것 같아. 내 생각엔 우리가 떠날 때쯤에는 집을 내놓게 되지 않을까?"

닉은 뒷좌석에서 코를 킁킁거리며 웃고는, 특유의 앞머리와 사기꾼 같은 목소리로 그 가족 안에 매끄럽게 섞여들다니 재스퍼는 얼마나 영리한 수완가인가 생각했다. 그리고 와니도. 옛 친구인 토비에게 모든 것을 감춘 채 재빨리 사교적 탐색에 착수하다니 얼마나 매끄러운지. 그는 그들의 뒤통수를 바라보았다. 와니의 검은 고수머리를, 토비의 짧게 깎은 머리와 볕에 그은 목덜미를. 그리고 그들이 자신에게, 그리고 아마도 서로에 대해서도 얼마나 낯선 존재들인가 생각하며 한순간 으스스함을 느꼈다. 아직 젊은이들이지만 그들의 계급과 레인지로버로 다녀야 할 만한 영지 덕분에 그들은 세상 물정에 밝은 사람으로 돋보였다. 토비는 운동을 좋아하고 상상력은 모자란 편이었고, 와니는 나른하면서 돈에는 너그럽고도 용의주도한 사람이었다. 아마도 오랜 친구라는 것은 그들에게 그리 큰 의미가 없을 터였다. 그들은 삶보다는 전제를 공유했다.

와니가 말했다. "아 참, 나는 클러큰웰에 있는 빌딩을 구입했어."

"아, 그랬군." 토비가 말했다. "좋네."

"40만 파운드였지 아마."

"그렇군." 토비가 따분한 듯 얼굴을 돌리며 대꾸했다. 그런 식으로 조금씩 이야기하는 두 사람에게는 뭔가 어색하면서도 어른스러운 면이 있었다. 와니는 닉에게는 그 거래에 대해 전혀 언급도 하지 않았었다. 너그럽고도 인색하게 비밀을 간직하는 그의 전형적인 태도였다. 닉에게는 5천 파운드를 주었으니까. 와니가 말하지 않은 다른 거래들의 엄청난 규모에 비하면 그 돈은 아무것도 아닌 것처럼 느껴졌다.

닉이 말했다. "아, 대단한데. 어서 보고 싶네." 그는 자신이 평생 처음으로 돈이 있다는 사실을 의식하며 그들과 동등하게 행동하려 애쓰고 있음을 깨달았다. 그러나 그 약간의 돈을 가지고 차 안에, 토비와 와니 뒤에 앉아 있자니 자신이 가진 돈의 액수가 얼마나 보잘것없는지가 더욱 분명했다. 이제 돈이 한푼도 없을 때는 전혀 경험하지 못했던 종류의 소심함이 느껴졌다.

"그래 마르띤도 올 가능성은 없고?" 토비가 물었다.

"우리 어머니가 보내줄 것 같지 않은데." 짐작하기 어려운 아이러니를 담은 어조로 와니가 대답했다.

"언젠가는 놔주셔야 할 거 아냐." 토비가 말하고 큰 소리로 웃었다.

"그러니까 말이야……." 와니가 말했다. "어쨌든, 너는 어때? 누구 만나나?"

"아니." 토비는 혼자라는 사실에 씁쓸한 미소를 띤 채, 그러나 곧 감사하다는 듯, 절대로 빛이 바래지 않는 농담을 던지듯 말했다. "아! 저기 우리의 주름진 하인이 있군." 한 노인이 자전거를 타고 그들을 향해 다가오고 있었는데, 길이 울퉁불퉁한 탓에 옆으로 튀어나온 그의 무릎이 천천히 오르락내리락했다. 그가 자전거를 멈추고 비틀거리며 다가오자 토비는 길가 풀숲에 차를 세웠다. "봉주르, 데데. 에 꼬망 바 릴리안 오주르뒤이(릴리안은 오늘 좀 어때요)?"

노인은 차에 기대고 조심스럽게, 약간 교활한 눈초리로 차 안을 들여다보았다. "빠 비앵(그저 그래요)." 그가 대답했다.

"아, 즈 쉬이 데졸레(아, 안타깝네요)." 토비가 말했는데, 닉이 듣기에 단순한 연기, 외국어라는 근사한 새 가면일 뿐 별로 진심이 담겨 있는 것 같지는 않았다. 긴 대화가 뒤따랐다. 토비는 프랑스어를 능숙하게 했지만 자연스러운 억양을 사용하려는 노력은 전혀 하지 않았고 둘 사이의 선의와 소박한 면만 과장하는 듯이 느껴졌다. 노인의 간명한 대답은 두 사람의 대화를 잘 듣고 이해하고자 노력하는 새 손님들에게 일종의 진품 인증 도장처럼 들렸다. 와니는 물론 프랑스어가 모국어였지만 그게 아닌 닉은 데데의 말을 이해하면서 즐거운 성취감을 느꼈다. 외국어 농담을 이해한다는 것은 뛰어난 외국어 실력을 증명하는 셈이어서 더욱 그랬다. 그는 이미 열흘간의 방문을 통해 배운 신조어와 속어를 기억 속에 간직하고 있었다. 그는 느긋하게 웃으며 커다란 참나무와 밤나무 가로수들 사이로 비치는 햇빛과 열기를 즐기며 편히 기대앉았다. 그리고 시야가 막힌 뒷길을 지나 툭 트인 곳으로 안내되는 동안 편안한 마음으로 감탄할 준비를 했다. 특별할 것 없는 시골의 산세에서도 느껴지는 일종의 흥분, 내리막이 임박했다는 느낌, 그리고 땅덩이가 아니라 공간이 다가오는 분위기가 공중에 맴도는 것 같았다.

데데와의 대화가 끝나자 그들은 모두 위로하듯 그를 향해 고개를 끄덕였고 차는 다시 서서히 나아갔다. 닉이 말했다. "할머니도 오시면 좋겠다."

"걱정 마." 토비가 말했다. "화요일에 오셔. 그리고 티퍼 부부도 올 거야. 미안."

"상관없어." 와니가 말했다.

"너희가 와서 정말 다행이야." 토비가 말하고는 다시 거울을 통해 다정하게 닉을 바라보았다.

"여기 올 수 있어서 너무 좋아." 대꾸한 닉은 항아리 모양으로 기둥 머리를 장식한 문설주들 사이에서 차가 약간 비틀거릴 때 예전 옥스퍼드에서의 첫날이나 켄징턴파크 가든스의 첫 아침에 느꼈던 것 같은 순진함과 갈망을 느끼고 몸을 떨었다.

들어가니 담쟁이로 덮이고 창문이 작은 어두운 집의 입구와 왼쪽으로는 낮은 건물, 오른쪽으로는 고풍스러운 외양간과 마구간으로 삼면이 둘러싸여 일종의 안뜰이 형성되어 있었다. 집 자체에 시야를 가려서 닉은 열린 앞문과 그늘진 복도를 통해 저 너머에 화려한 것, 빛나는 것으로 이어지는 작은 입구가 있다는 것만 어렴풋이 알 수 있었다. 차에서 내린 닉은 자신의 가방을 들었고, 와니가 뒤늦게 가방을 집으려는 시늉을 하자 토비가 그의 가방을 집어들고 성큼성큼 실내로 들어섰다. 샌들을 신은 토비의 발이 돌바닥에서 타닥타닥 소리를 냈고, 그의 종아리는 근육이 탄탄하고 갈색이었다. 여러해 전 바깥세상의 그들을 우스터 로지의 정원으로 인도하던 아치 길에서처럼 그는 삼면이 둘린 그곳에서도 실루엣을 그리며 잠시 그곳을 밟고 지나가는 듯 보였다. 토비는 그 입구와 주랑과 계단을 바라보거나 그것들에 대해서 생각하는 대신 그저 사용만 하도록 태어난 사람이었다. 그러자 그뒤에 켄징턴파크 가든스에서 닉이 보낸 첫 아침에 경험했던 또다른 느낌도 되살아났다. 그 집이 토비를 더 흥미롭게 만들어줄 뿐 아니라 그에게 없는 흥미로운 면을 보완해주기도 한다는 느낌 말이다.

복도에서 그들은 커튼이 쳐져 있음에도 급경사로 들이비치는 햇빛에 여기저기를 찔린 방들을 얼핏 보았다. 도기와 참나무 탁자와 책과 신문과 밀짚모자 같은 것들과 휴일 하루 일과의 무해한 분위기가 거기 있었다. 또한 다른 사람들이 보낸 한가한 시간과 이제 배우게 될 놀이와 페든가 사람들이 그늘진 푹신한 안락의자들 사이에서 조심스레 얘기하고 행동했던 흔적이 공기 중에 떠돌고 있었다. 천장 높은 방들은 서까래가 줄을 이루고 벽은 돌로 만들어져서 여기서 지낸다면 마치 성의 방이나 고풍스러운 학교 교실처럼 깊은 곳에 들어앉은 기분일 것 같았다. 어쨌든 지금은 아무도 없이 모두 다른 곳에 가 있었지만.

토비는 그들을 넓고 낮은 계단 위로 안내했다. 위층에는 황톳빛 타일로 된 복도가 집을 가로질러 나 있었고, 그 복도를 따라 예쁘게 꾸민 일인실 같은 방들의 문이 열려 있었다. 닉과 와니의 방은 가장 끝쪽이었다. "엄마가 너희들 방을 마주 보게 정했어." 토비가 말했다. "그러니 서로 지긋지긋해하지 않기를 바라." 와니가 눈썹을 올리고 숨을 훅 불어 내쉬며 프랑스 사람처럼 어깨를 으쓱였다. 이중의 연기를 하는 몸짓이었다. 보통은 미혼인 커플에게 내어주는 사려 깊은 방 배정이라 잠시 동안은 토비가 그들의 비밀을 모른다고, 전혀 짐작도 못하고 있다고 생각하기가 어려웠다. 어른들을 속이는 데 익숙한 닉이었지만 토비를 속여야 한다는 것은 안타까웠다. 만일 그들의 비밀을 알게 된다면 토비의 어린애처럼 좋은 마음은 상처를 받을 것이다. 하지만 와니는 이미 그런 불안감에 익숙한 듯했다. 그를 바라본 닉은 방 배정에 대한 자신들의 안도감의 성격이 약간 다르다는 것을 순간적으로, 본능적으로 의식하며 서늘한 기분이 되었다. 자신의 안도감은 두 방이 가까이 있다는 데서 온 것이고, 와니의 안도감은 두 사람의 방이 떨어져 있다는 데서 온 것이었다. 와니에게는 앞쪽 방이 주어졌고 닉에게는, 아마도 가족의 일원이기 때문인지 집의 끝이 내려다보이는, 오래된 플라타너스 가지 앞의 더 작고 어두운 방이 배정되었다. "훌륭해!" 닉이 말했다. 그는 짐을 풀고 가져온 양복들을 걸었다. 부자들이 '평상복'이라고 부르는 것이 무엇인지에 대해서는 늘 주의를 기울여야 했다. 그는 옷가지 모두를 뮌헨의 호텔에서 세탁했는데, 접힌 옷가지 사이마다 얇은 종이가 들어 있었다. 방의 수도꼭지에서 물이 뚝뚝 떨어지며 녹물을 만드는 것이 보였다. 침대 곁 책장에는 오래된 프랑스 소설과 사람들이 두고 간 프레더릭 포사이스의 책, 고풍스러운 가죽 장정에 케슬러 장서표가 붙은 역사서와 비망록 같은 것들이 꽂혀 있었다. 니스를 칠한 배나무 액자 유리 속에는 작고 기묘한 그림이 한쌍 있었다. 그는 방을 파악하고 느낀 약간의 실망감에는 신경 쓰지 않기로 했다.

토비는 와니의 방문 곁에 반바지에 손을 넣고 서서 여전히 그와 이야기하고 있었다. 요새는 허리 위쪽으로 살짝 나온 배를 감출 수 없었고, 편안해 보이긴 했지만 동시에 다소 머뭇거리며 당혹스러워하는 기색도 있었다. 오래된 우정은 어느정도의 지루함을 받아주며 그에 위안을 받고 심지어는 그 덕에 유지되기도 하는데, 닉은 그 오래된 우정 특유의 다정함으로 그를 사랑했다. 그가 토비에게 느끼는 것은 증류된 애정, 무언가 요구하지 않으면서 선을 지키는 애정이었다. "아, 그 친구가 말해줄 거야." 토비가 말하고 있었다.

"어이, 우리가 베네찌아에서 들렀던 사창가 이름이 뭐지?" 와니가 물었다. 그도 짐을 푸는 중이었다. 두 사람이 하이게이트 폰즈에서 처음 애정을 확인한 날 옷을 벗을 때처럼 수줍고 느릿느릿한 동작이었다.

"음, 리도또?" 닉이 대답했다. "맞아, 작지만 아주 훌륭한 카지노였지. 원래는 사창가였다고도 할 수 있겠지만. '일 리도또 델라 쁘

로꾸라또레사 베니에르.' 싼마르꼬 바로 뒤에 있었지."

"맞아." 와니가 말했다.

"'베니스 인 페릴'의 미국 지점에서 꾸린 곳이야. 벨을 누르면 부인이 나와서 구경을 시켜주지."

"그렇군." 토비가 말했다. "그러니까 지금은 사창가가 아닌 거네."

와니가 말했다. "베니스 인 페릴의 부인만큼 마담 같지 않아 보이는 사람도 상상하기 힘들걸. 내 잡지 첫호에 최고의 사창가에 대한 특집을 실을 예정이야."

"광고주들이 아주 좋아하겠다." 토비가 말했다.

"그렇지? 그러니까, 아름다운 사창가들 말이지." 와니는 닉을 바라보았다. 그 특집 아이디어는 전적으로 닉의 것이었다. "알겠지만, 리조또들."

토비가 말했다. "나를 불러서 함께 갔으면 좋았을걸. 불쌍한 게스트가 창녀들의 응접실을 둘러보고 다니는 건 상상할 수 없는데."

"맞아, 네가 훨씬 쓸모 있었겠지." 와니가 말하며 토비에게 진심 어린 미소를 지어 보였고, 그 모습에 순간적으로 질투심을 느낀 닉은 정말로 와니가 토비를 좋아하는 것은 아닌지 ― 한번도 명확하게 확인할 수 없었던 사실인데 ― 궁금했다. 글쎄, 그럴 수도 있겠지만 현실성은 없겠지. 그러니까, 더 커다란 사회적 이유 때문에. 토비는 돈으로 살 수 없는 존재라는 점 때문에.

"음료는 6시야." 토비가 말했다. "그렇지만 먼저 와서 수영해도 돼. 다들 야외에 있어." 그런 뒤 그는 복도를 따라 타닥타닥 발소리를 내며 걸어갔다.

이어 닉은 와니의 방으로 성큼성큼 건너가서 느슨하게 마주 보는 덧문을 밀어 열고 바깥의 정경을 처음으로 바라보았다. 깍지 긴 손가락들처럼 양쪽에서 내려온 목제 버팀벽, 그 너머 환하게 굽이진 드론강과 그 위로 역시 늦은 오후의 햇빛 속에 밝게 빛나는 바위 절벽이 보였다. 한여름 프랑스의 밝은 햇살 속에서 색깔은 단순해져 건조하고 바랜 가운데 빛으로 일렁이며, 진회색 거즈 같은 그림자들은 이리저리 방향을 바꾸었다. 바로 아래로는 돌출된 서너 개의 석조 테라스가 보였는데 계단과 연결되어 있었다. 닉의 위치에서는 잘 보이지 않았다. "아, 이제 옷을 갈아입어야겠어." 와니가 말했다.

"좋은 생각이야." 닉은 돌아서서 미소를 지었다.

"흐음. 그래⋯⋯." 와니는 뭔가 내키지 않는 소년처럼 인상을 찌푸렸다.

"달링, 지난밤 절반은 내 혀를 자기 엉덩이에 넣고 보냈어. 자기가 셔츠를 벗는다고 해서 그렇게 충격을 받지는 않을 거야."

와니는 짧고 건조하게 웃더니 자신의 다양한 슬리퍼와 모카신을 옷장 바닥에 정리했다. "무슨 말이 나올 수도 있어서 그래." 그가 낮게 말했다.

"왜, 내가 동성애자라서?" 닉의 눈썹이 올라갔다. "집에는 아무도 없어. 게다가 나는 그냥 창밖을 내다볼 건데⋯⋯. 창밖으로 고개를 내밀고 있을 거라고." 그러고서 창밖을 내다보니 바로 아래 흰색 차양이 있었다. 그 차양은 식탁, 제럴드가 ― 나뽈레옹에게는 미안하지만 ― 종종 유럽 최초의 식당이라고 부르는 그 유명한 식탁으로 보이는 물건 위로 드리워 있었다. 식탁과 차양이 그것을 **그들**이 좋아하는 멋진 정경으로 만들어주었는데, 제럴드가 종종 자신의 풍경이라고 언급하는 장면이었다. 그가 자신의 것이라고 부르는 것이 몇가지 있었는데 또 하나는 슈트라우스의 음악으로, 제럴드는 그의 음악을 좋아한다는 사실을 늘 당당하게 밝히곤 했다. 물론 그 광경은 닉이 예상했던 것과는 조금 달랐다. 오랫동안 상상해온 더 섬세하고 멋진 광경을 현실이 지워버리는 데는 늘 그렇듯 일분밖에 안 걸렸다.

차양 너머 왼편으로 무성한 무화과나무 그늘을 지나 계단을 내려가면 지붕 낮은 건물이 하나 더 나오는데, 아마도 수영장의 부속 건물 같았다. 바로 그때 캐서린이 젖은 머리에 어깨에는 파란색 타월을 두른 채 뜨거운 돌을 맨발로 살금살금 밟으며 소리 없이 계단을 올라오는 게 보였다. 살금살금 다니며 주위를 둘러보는 모습이 어찌나 귀여운지 거의 어린애 같았다. 그런데 닉은 마치 그녀가 그런 차림으로 런던 거리를 나다니기나 하는 것처럼 어렴풋한 위기감을 느꼈다. 토비가 집에서 나오자 그녀가 물었다. "다들 왔어?" 그녀는 물어볼 때조차도 평소처럼 그를 똑바로 보지 않았다. "곧 내려올 거야." 토비가 수영장을 향해 계단을 내려가며 말했다. 캐서린은 낮은 테라스에 타월을 깔고 앉아 고개를 뒤로 젖히고 천천히 시선을 들어 멀리 집 쪽을 바라보다가 맨끝 창문에서 닉이 몸을 내밀고 자신을 향해 미소짓는 모습을 발견했다. "안녕, 달링!"

"안녕, 달링!" 닉은 눈앞의 정경을 향해 팔을 벌리고 그녀가 좋아하는 바보 연기를 하듯 자신을 아껴주는 군중에게 꽃을 던지는 시늉을 해 보였다. 그녀는 활짝 웃으며 손을 들어 소리 없는 박수를 보냈다.

"얼른 내려와!" 그녀가 소리쳤다.

"금방 갈게."

와니는 흰색 리넨 바지 안에 수영복을 입었는데 그것이 검은 그림자처럼 자극적으로 비쳤다. 닉은 여러 종류의 수영복과 수영장에서의 다양한 행동방식에 대해 조금은 알고 있었다. 사람들과 어울리지 않고 50미터 풀에서 수영한다든지 일광욕 같은 전문적인 활동을 할 때 입는 스피도는 음경을 다 드러내기 때문에 칵테일이나 탁구를 할 때는 어울리지 않았다. 그런 때는 그냥 반바지가 더 낫다. 어쩌면 아닐 수도 있지만. 프랑스에 집을 갖고 있다는 사실이 의미하는 바의 절반은 태양 숭배일 테고, 만일 와니의 음경 윤곽이 보인다 해도 페든가 사람들은 닉과 달리 별다른 생각을 하지 않을지도 모른다. 그가 그것으로 무엇을 즐겨 하는가 하는 문제가 모든 사람들의 최고 관심사는 아닐 테니까.

캐서린은 두 청년에게 아주 다른 방식으로 입맞춤했다. 와니에게는 얼굴을 살짝 부딪치며 "안녕!" 하고 힘차게 말함으로써 그를 잘 모르며 그에게 별다른 기대를 하지 않고 있음을 알렸다. 닉에게는 타월로 감싸며 젖은 수영복을 입은 자신의 날씬한 몸을 밀착시켰고, 그래서 닉은 그녀와 포옹한 뒤 웃으면서 몸을 빼내야 했다. "드디어 왔네, 고맙게도." 그녀가 말했다.

"어떻게 지내, 달링?"

"괜찮아. 제럴드가 바람피우는 거 알고 있었어?"

닉은 눈을 깜빡이고 못마땅한 듯 몸을 움츠리면서도 계속 미소를 지으려고 노력했다. "제럴드가?" 여기서 지낼 열흘에 대해 생각했던 모든 것이 변하고 있었다. 물론 누가 아는지, 캐서린이 얼마나 알고 있는지 알아내야 할 것이다. 자신이 알고서도 아무 일도 하지 않았다는 사실이 끔찍하게 죄스러웠다. 그리고 이 첫 순간 그의 가장 큰 바람은 스스로를 변호하고 싶다는 것이었다. "진지한 건 아니겠지." 그가 진짜로 돌이킬 수 없는 질문, 그러니까 "누구와?"를 잠시 뒤로 미룬 채 말했다.

"아니, 사실이야. 재스퍼와 바람을 피우고 있어."

닉은 숨을 들이켰다. "달링! 무슨 말도 안되는 소리야!"

"그러게 말이야. 정말 추문이지."

"오래된 거야?"

"일주일 내내. '퓌무아르(흡연실)'라고 부르는 끔찍한 방이 있는데 둘이 거기 함께 들어가서 체스를 하고 씨가를 피워. 뭐, 보게 될거야. 다른 사람들은 아무도 그 방을 못 견디거든. 그래서 그들이 거기서 정확히 무얼 하는지는 전혀 몰라."

"언론에 이야기가 새지 않기를 바라자." 닉이 말했다. 진정한 위기가 닥친 것을 실감한 직후에 곧장 집행유예를 받은 사람처럼 현기증이 났다.

"화장실한테 키스당하는 기분이야."

"음…… 씨가 때문에 그래?"

"참," 그녀가 와니에게 말했다. "여기는 정화조를 쓰거든요. 그러니까 이상한 거 변기에 흘려보내면 안돼요."

"아니…… 예……." 와니는 킬킬대며 인상을 찌푸렸다. 그녀의 행동은 그냥 무뚝뚝한 농담, 새로 도착한 이 잘생긴 사람을 곤혹스럽게 하려는 충동에서 나온 거였지만 또한 통찰력 있는 말이기도 하다고 닉은 생각했다. 몰래 코카인을 하는 사람은 늘 화장실에 있다는 사실을 알고 있기라도 한 것 같았다. 그녀는 무화과나무의 넓은 이파리 아래 계단으로 그들을 이끌어 수영장 주변 포석이 깔린 곳으로 갔다.

수영장은 남쪽으로 열린 또다른 긴 테라스를 차지하고 있어서, 물의 광채가 먼 곳을 배경으로 뻗어나가다가 매달린 듯 보였다. 가까운 쪽 끄트머리에 수영장 부속건물, 창에는 덮개가 내려지고 문에는 드나드는 사람들의 젖은 손자국이 찍힌 작은 오두막이 있었다. 두꺼운 방석이 깔린 라운지 의자가 시시각각 해의 방향을 따라 돌아가다가 이젠 수영장 가장자리에 버려진 듯 놓여 있었고, 가까운 곳에는 커다란 빨간 파라솔 아래 눈을 감고 누운 레이철의 모습이 보였다. 그녀의 검은색 수영복 어깨끈이 팔 위로 내려와 고리를 이루고 있었다. 입을 약간 벌린 채였는데 잠들어 있는 것 같기도 했다. 아니면 태양 아래 나른하게 들려오는 목소리들을 비몽사몽간에 듣고 있는 것일 수도. 그녀는 닉이 마음의 준비를 하고 예상했던 것보다 더 아름답고 연약해 보였다. 옷을 벗은 모습을 본 건 처음이었다. 아마도 와니에게는 보여줄 마음이 없었을 사적인 모습이겠지. 몇피트 떨어져 그녀와 직각을 이룬 곳에서는 뒤로 기대누운 제럴드가 보였고 그 옆으로 얼음 녹은 탄산수가 담긴 큰 잔이놓여 있었다. 선글라스를 쓰고 무릎에 얹힌 책 위로 머리를 숙이고는 있었지만 책장이 머리빗 모양으로 펼쳐진 채 떨리는 것으로 보아 잠든 게 틀림없었다. 그들 너머로는 재스퍼가 수영장 바로 아래쪽 푸른 타일로 된 선반에 엎드려 건너편 풍경을 바라보며 지루한 사춘기 소년 같은 분위기를 풍기고 있었다. 그는 색깔이 화려한 커다란 수영 반바지를 입었는데, 나른하게 물을 차자 그것이 빛나며 부풀었다가 가라앉아 달라붙었다. 한쪽 엉덩이는 핑크색이고 다른쪽은 라임색이었다. 그를 바라보는 와니의 모습이 닉의 눈에 띄었다. 잠시 뒤 토비가 수영장 부속건물에서 활기차게 나오자 캐서린은 생색을 내려는 듯 "여기 다 왔어!"라고 외쳐서 모두를 깨웠다. "그렇게들 누워 있으니까 모두 늙은 난파선 같네." 이렇게 말하고서 캐서린은 스스로에게 허용하는 '미친' 사람 같은 목소리로 캑캑거리며 웃었다. 제럴드는 즉시 이야기를 시작했고, 레이철은 몸을 비틀고 기지개를 켠 뒤 똑바로 일어나 앉았다. 두 젊은이는 그녀에게 키스를 하려고 경쟁적으로 몸을 숙였다. 재스퍼가 물을 첨벙대며 수영장을 가로질러왔다. 닉은 물론 그들을 한동안 만나지 못했는데, 여기 사적인 세계에서 나체에 가까운 상태로 무덤덤하게 있는 모습을 보니 새삼스럽게 그들의 멋진 면이 모두 눈에 들어왔고 동시에 다른 것, 캐서린의 반짝이는 직관처럼, 그들이 아직 고통에 전혀 대비가 안되어 있다는 깨달음도 왔다.

차양 아래서 저녁식사를 하는 동안 닉과 와니는 두번째 환영 절차를 거쳤는데, 그들은 두 사람이 이곳에 없는 동안 자신들이 얼마나 지루하고 무계획적인 나날을 보냈는지, 이제 두 사람이 합류했으니 앞으로의 나날이 얼마나 즐거울지에 대해 떠들어댔다. 모두가 자신들의 실망과 불만을 이야기했고 이 새로 온 사람들이야말로 그들이 하고 싶었던 일들을 해낼 것이라고들 장담했다. 가족끼리 들러붙어 얽힌 채 지겨워하며 일주일을 보낸 끝에 이제 여러가지 활동이 벌어지고 성취의 고원이 펼쳐지리라는 기대의 표현이었다. 와니는 지하호수를 찾자는 토비의 계획에 약간 회의적인 것 같긴 했지만 그래도 모든 제안에 예의 바르게 동조했다. 제럴드가 말했다. "정말로 오뜨포르의 20킬로미터짜리 하이킹을 다시 해야 해. 하루 온종일이 걸리더라도." 재스퍼는 식탁 아래로 닉의 무릎을 쥐고서 뽀디에에 작은 바가 있다고, "너처럼 분별력 있는 남자가" 꼭 가봐야 하는 곳이라고 말했다. 그리고 캐서린은, 아마도 비꼬는 것 같았는데, 자신은 항상 행글라이딩을 해보고 싶었다고 했다. 그러고는 닉의 초상화를 그리겠다고 말했는데, 모두들 그건 닉의 시간을 너무 빼앗는 일이라며 만류했다. 마지막으로 레이철이 특유의 미세하게 아이러니를 담은 어조로 닉과 와니가 아무것도 안해도 괜찮다고 느끼기를 바란다고 말했다.

"아, 물론이지." 제럴드가 성의 없게 거들었다. 그는 게을렀지만 순전히 아무것도 안하는 상태를 못 견디는 성격이었다. 그런 것은 자기과시의 실패라고 느꼈기 때문이다. 수영장 가로 떠나는 긴 연례 여행을 위해 그는 트롤럽의 책 가운데 두꺼운 것을 골랐는데, 그에게는 그게 지겨울 정도로 수동적인 운동인 게 틀림없었다. 물론 그 책이 얼마나 훌륭하고 얼마나 재미있는지 늘어놓기는 했지만 말이다. "내 생각엔 이 친구들이 하이킹을 좋아할 것 같아서." 그가 말했다. "83년 이후로 한번도 안했잖아." 그는 포도주를 한잔 가득 따르고는 촛불 켜진 식탁으로 병을 돌렸다.

"베네찌아 여행은 어땠어?" 레이철이 물었다. 그녀는 닉을 바라보았지만, 닉은 와니를 빤히 바라봄으로써 그에게 대답을 넘겼다.

"멋졌어요!" 그가 말했다. "얼마나 매력 넘치는 곳이던지."

"맞아, 참 매력적이지." 레이철이 동의했다. "이번이 처음인가요?"

"그러게요, 이번이 처음이랍니다." 와니로서는 제럴드와 레이철을 전혀 모른다고 해도 과언이 아니었지만 어느새 상대의 말을 받아주고 긍정하는 그들의 대화 스타일을 금세 습득하고 있었다.

"어디서 묵었어요?"

"그리떠에서 묵었습니다." 와니는 가장 무난하게 여행하는 편을 택했다고 말하듯 어깨를 으쓱이고 얼굴을 약간 찡그렸다.

"세상에! 그렇군요!" 레이철이 그 선택의 호화로움에 완전히 반한 사람처럼, 그러나 더 섬세하고 더 깊이 있는 지식을 바탕으로 선택할 수도 있었으리라는 점에 동의하는 듯한 태도로 말했다.

"그곳에서 지낸 적이 있으신가봐요." 와니가 말했다.

레이철이 고개를 저었다. "아마 한번쯤……."

"음, 우리가 머무른 곳이 어디였지, 야옹아?" 제럴드가 물었다.

"몰라요." 캐서린이 말했다. 작년의 신경쇠약 이후 그녀는 요양 차 부모와 베네찌아로 여행을 갔었는데, 지금은 그 여행이 거의 기억나지 않는다고 주장하곤 했다.

"아주 멋진 시간을 보냈지." 제럴드는 즐거웠던 짧은 기간을 떠올리며 말했다.

"맞아요, 훌륭한 곳이죠." 재스퍼가 맞장구를 치며 매우 친밀한 어떤 순간을 회상하듯 눈 속에 촛불을 담고서 그에게 미소지었다.

"아, 가장 최근에 간 게 언제야?" 닉이 쾌활하게 물었다.

"음, 아마…… 이삼년 전인가?" 재스퍼가 고개를 떨궈 앞머리를 내려뜨리며 대답했다.

"그래, 자네는 어디 묵었지?" 와니는 이렇게 묻고서 마치 그 자신도 어떤 친밀한 순간 ─ 땀에 젖은 시트, 버려진 타월들 ─ 을 상상하는 듯한 표정으로 대답을 기다렸다. 재스퍼는 재빨리 몇가지 가능한 대답을 생각해보는 것 같더니 "실은 친구 중에 그곳에 아파트를 가진 이들이 있어서, 그래서"라고 대답했다.

"그렇군요, 운이 좋네." 레이철이 부드럽게 넘겼지만 어조로 보아 그의 말을 다 믿는 것 같지는 않았다.

"쌍마르꼬 부근이었나?" 닉이 물었다.

"거기서 그리 멀지 않은 곳이야." 재스퍼가 대답한 뒤 포도주병을 들어 제럴드에게 건네자 제럴드는 따라놓은 포도주를 다 마시고 말했다.

"까라바조 작품들이 정말 좋더군."

닉은 아무 말도 하지 않았다. 와니가 바보 노릇을 하도록 내버

412

려둬야 할지 말지 결정할 수가 없었다. 와니가 조심스럽게 말했다. "글쎄요……." 그러자 레이철이 눈을 깜빡였다. "아니에요, 여보. 까라바조 작품들은 아니었고……." 이번에는 캐서린이 끼어들어 "까르빠초 작품들이었죠"라고 말한 뒤 손으로 식탁을 탁 쳤다.

제럴드가 상처 입은 자의 미소를 띠며 대꾸했다. "너는 그런 건 기억을 잘하는구나."

절대로 당황하는 법이 없는, 음험할 정도로 매력적인 와니가 말했다. "제가 아주 강한 인상을 받은 건 뮌헨의 로꼬꼬 건축이었어요."

이 말이 잠시 내버려진 채 홀로 울리는 동안 사람들은 저마다 그 말에 어떻게 반응해야 할지 궁리하고 있었다. 와니는 자기 아버지를 꼭 닮은, 자기모순이라곤 전혀 없는 표정으로 식탁을 둘러보았다. 위를 향해 타오르는 촛불 속에서 그의 얼굴에 나타난 뚜렷한 윤곽 역시 그의 아버지의 것이었다. 닉에게 인상적인 사실은 자신이 애인에게 얘기해준 내용 중에서 유용한 것을 그가 파렴치하게도 표절하고 있다는 점, 그리고 그가 프랑스의 아름다운 고택 테라스에서 자신의 '가족' 가운데 앉아 라운즈 스퀘어에서 닉 자신이 그랬던 만큼이나 자신만만하게 예술비평가 역할을 할 수 있다고 생각한다는 점이었다. 그 두 도시에서 있었던 그들의 진짜 이야기, 코카인, 섹스, '지각 출발' 따위는 두 사람만의 화려한 비밀이었다. 구경하지 못한 보물들, 낭비한 시간과 돈, 와니가 상당히 위선자라는 진실에 대한 건조한 깨달음은 닉만의 비밀이었다. 그가 말했다. "맞아, 네가 그것을 무척 마음에 들어했지."

"당신도 뮌헨에 갔었잖아요, 여보." 레이철이 제럴드에게 말했다.

"아, 그랬지." 제럴드가 레이철을 만나기 전 더 소박했던 자신의 삶을 회상할 때 짓는 다정하고도 당황스러운 표정으로 대답했다.

"배저와 내가 그리스까지 그 유명한 도로여행을 하던 중에 뮌헨에 들렀었지. 생각해보니 배저 때문에 그 도시의 더 로꼬꼬적인 곳에는 못 간 것 같지만, 음……."

"아주 멋진 교회가 하나 있지요." 닉이 말했다.

대화가 동굴 탐험에서 다른 주제로 옮겨간 뒤로 잠잠하던 토비가 말했다. "바로끄와 로꼬꼬의 차이가 뭐지?"

"아," 와니가 오랜 친구를 너그러운 미소로 바라보며 말했다. "글쎄, 바로끄 양식은 근육질적인 반면에 로꼬꼬 양식은 더 가볍고 장식적이지. 그리고 비대칭적이고." 그는 왼손을 공중에 뻗은 채 긴 속눈썹을 깜박이며 닉의 말을 기억해냈고, 닉은 미술양식에 대해 자신이 간략하게 알려준 내용보다 그가 더 많이 흡수했다고 생각했다. 그가 누굴 연상시키는지 가족들이 즉시 알아차리지 못하는 게 놀라웠다. "로꼬꼬 양식은 바로끄 양식이 해체되는 마지막 단계인 셈이지." 그가 아무도 자신의 설명보다 더 간단히 정리할 수는 없다는 듯한 태도로 말했다.

"음, 특이한 설명이군." 제럴드가 모호하게 웅얼거렸다.

"웩," 캐서린이 말했다. "난 이런 거 못 참겠어. 다 뜬구름 잡는 소리야."

"글쎄, 네가 좋아할 거라는 기대는 거의 안한단다, 애야. 우리야 좋아할지 몰라도 말이지." 제럴드가 말했다.

"다 부자들을 위한 가짜 이야기일 뿐이에요." 캐서린이 말했다. "야한 속옷 같은 거라고요."

"그렇지……." 토비가 서서히 이해가 된다는 얼굴로 말했지만 그 역시 얼굴을 붉히고 있었다.

논쟁을 피하고 싶은 와니가 끼어들었다. "다만 잡지로서는 훌륭한 소재죠. 사치스러운 예술품들을 생각해보세요!" 그러고는 이렇게 덧붙였다. "사실, 닉의 아이디어예요."

"아, 그렇군. 이제 다 말이 되네." 토비가 말했다.

"아, 말이 안됐으면 좋겠는데." 닉이 우스꽝스럽게 중얼거리자 이 역설 어린 농담에 모두들 웃었다.

그는 어둠속에 누웠고, 모기향 타는 냄새가 방 안에 번지고 있었다. 밤이 무척 고요한데다 문은 바닥까지 완전히 닿지 않아 와니가 복도 건너 자신의 방에서 움직이는 소리가 들려왔다. 지난 열흘 내내 최고급 호텔의 아무 생각 없는 호화판 속에서 거의 그랬던 것처럼 그와 함께 있고 싶었다. 그러나 혼자 있다는 사실에 안도감을 느끼기도 했다. 문을 닫고 방으로 들어온 손님이 보통 느끼는 그 안도감, 그리고 그보다 더 깊은 것, 즉 연애하는 동안에는 망각하는 연애의 장점을 생각하고 깨닫게 해주는 고독, 잠정적이기 때문에 어느정도는 쾌락이기도 한 고독. 와니가 램프를 끄는 소리가 들렸고 문틈으로 희미하게 새어들어오던 불빛이 사라져 자신의 방도 조금 더 어두워졌다. 닉은 자신과 와니가 이 환영 같은 가까움을 함께 느끼고 있는지, 와니가 닉을 생각하고 닉의 소리에 귀를 기울이는지, 닉이 비몽사몽간에 수음하듯 그도 그렇게 하며 눈을 뜬 채 누워 있는지 궁금했다. 닉이 하고 있는 것은 사실 비몽사몽간의 수음도 아니고 그저 혼자 있을 때 저절로 일어나는 소년스러운 위안이자 반사작용, 손이 그에게 보여주는 맹목적인 우정이라 할 수 있었지만. 아니면 베개를 볼록하게 만들어 한숨과 함께 머리와 어깨를 처박고 다리는 방어하듯 세우고 있을까? 닉에게 뒤에서 그를 감싸안아 보호해주고 싶은 욕망을 느끼게 하는 그 자세로? 지금 그에게 가는 것은 어렵지 않다. 그들 둘 다 넓은 침대를 차지하고 있으니까. 하지만 와니가 지닌 위기감에 대한 방어쇠인 듯 이미 그의 방 문고리가 잠기는 소리가 복도에 울리지 않았는가.

한시간 뒤 베네찌아에 대한 꿈을 꾸다 깼을 때, 닉은 일종의 공포를 느끼며 창문의 회색 사각형과 형체가 불분명한 서랍장을 응시했다. 그런 뒤 마치 그다음 층으로 올라가듯 지난 24시간 동안 느낀 충격들과 이어서 일어난 일들이 머릿속으로 되돌아왔다. 끔찍하게 더워서 시트를 발로 차고 몸을 일으켜 희미하게 보이던 유리잔 속의 물을 들이켰다. 꿈속에서 와니가 익사하고 있었다. 그는 긴장한 자세로 무릎을 굽힌 채 운하 쪽에 서서 망설이듯 비난하는 표정으로 어깨 너머를 바라보다가 죽음 같은 첨벙 소리와 함께 물속에 빠졌다.

여행 내내 날씨가 무척 더웠었다. 닉이 경험한 가장 더운 날씨였다. 베네찌아는 화려했지만 그들은 혹서 중의 썩는 냄새를 맡으며 다녀야 했다. 뮌헨에서는 눈부신 거리들의 기온이 섭씨 40도까지 올라갔다. 열기 때문에 스트레스가 심했지만 그들은 서로에게 그 사실을 인정하지 않았다. 아잠 교회를 방문했을 때 닉은 행복하게 한숨을 쉬며 그곳을 구경했고, 와니는 잠시 호의를 보이며 설명을 기다리듯 어슬렁거렸다. 닉은 그와 아름다움을 공유하고 그것을 통해 대화를 나누기를 간절히 원했지만, 와니는 수줍음 때문인지 자존심 때문인지 닉의 말을 가볍게 조롱했다. 와니에게는 유용한 것을 한번에 한가지씩만 말해주어야 했다. 너무 많은 정보는 그의 자존심에 대한 공격이었다. 닉은 교회를 계속 구경했고, 외로움은 자신의 감수성에 대한 자부심과 즐거움을 고양했다. 님펜부르크 궁전에서는 관광버스족 무리에 섞이는 바람에 즐거움을 얻기가 쉽지 않았지만 그는 로꼬꼬 양식의 이 경이로운 산물들을 감상하는 것이 자신의 권리라고 느꼈다. 그것들은 만들어졌을 때는 부자들을 위한 가공의 이야기였을지라도 지금은 그 이상이었으니, 그 자체로 축하연이나 다름없었다.

그곳에서의 첫날 오후에 닉은 '팔로 미'라는 이름의 동성애자 전용 매장에 갔다. 와니도 결국 경멸의 미소를 띠고 닉을 따라갔다. 닉이 고정 벨트들과 놀라울 정도로 유치한 포르노그래피에 둘러싸인 채『스파르타쿠스』라는 동성애 안내책자와 비상용 콘돔을 사는 동안 와니는 자신은 그런 것들과 무관한 척 굴었다. 그는 마치 그 두껍고 매끄러운 인디언지紙의 무게가 지닌 위험을 측정하듯 책을 들어보았고 이단의 성서라도 되는 듯 함부로 다루었다. 그들은 택시를 타고 '영국 정원'에 갔는데, 나무 아래로 조금 다가가다가 눈앞의 사람들이 모두 나체라는 사실을 깨달았다. 전혀 당황하지 않는 독일인답게 피크닉을 즐기는 가족들이 있었고, 잊힌 게임 마스터처럼 홀로 빛바랜 왕관을 쓰고 서 있는 노인들이 있었으며, 비스듬히 내리비추는 햇살 속 먼지와 벌레들처럼 뚜렷하게 적당한 긴장의 분위기를 풍기며 앉거나 누운, 주로 젊은 남자들로 이루어진 구역도 나왔다. 차갑고 멋진 시내 아이스바흐의 물줄기가 가파른 둔덕 사이를 킬킬대며 흘러갔다. 닉은 옷을 벗고 그 속으로 기어들었다. 그는 자갈로 된 바닥에서 발을 쳐들고 와니를 향해 손을 흔들며 웃다가 물살에 휩쓸려내려가 금세 자취를 감추었고, 잔디밭과 둑 위에서 미소짓는 사람들, 기타를 치는 소년들, 고무공을 가지고 노는 사람들을 빠르게 스치며 차가운 물에 아름답게 몸을 내맡긴 채 숲과 먼 탑을 향해 흘러갔다. 그러다가 마침내 옷을 갖춰 입고서 재미있는 듯 웃고 손가락질하는 소년들과 개를 산책시키는 사람들이 있는 곳, 강굽이 너머 숨어 있는 행복한 나체족과는 전혀 무관해 보이는 매우 정상적인 장소에 이르렀다. 그래서 그는 미끄러운 자갈에 발이 꺾여 아프면서도 힘겹게 물살을 거슬러올라 마침내 물 밖으로 나온 뒤 당황스러울 만큼 꼬부라진 자신의 음경을 남몰래 재빨리 잡아당기고는 어슬렁어슬렁 강둑으로 걸어 돌아갔다.

그는 다시 깨어났고, 이 모든 게 실제로 일어난 일이 아니라는 걸 깨닫기까지는 상당한 시간이 걸렸다. 잠들기 전 몇분 동안 다채로운 회상을 하며 누워 있었다. 휴가 이야기가 그들이 함께 보낸 오후보다 더 기묘한 에피소드가 되어 미끄러지듯 꿈속으로 끼어들어서는 스스로 빠른 조류를 타고 흘러간 것이다. 그 오후에 와니는 양동이를 들고 정원을 어슬렁거리며 "펩시!"를 외치던 청년에게 집착해 그를 유혹해보려 했었는데, 놀랍게도 돈으로도 그를 살 수 없었다. 닉은 베개를 돌리고 기침을 한 뒤 다시 편히 누웠다. 그는 역광을 받아 분홍색과 회색으로 빛나던 구름들, 그날 아침 보르도 공항에서의 착륙을 생각하다가 잠에 빠져들었다. 폭풍우가 왔지만 물러났고, 그들은 문득 땅이 무척 가까이 있다는 사실을 깨달았다. 햇빛이 연못들을 가로질러 기어가며 한 눈을 찡긋했고, 유리온실과 운하와 금빛으로 빛나는 경계들이 공모해 불타는 듯한 장면을 연출하면서 안개 사이로 번쩍였다.


2


월요일 아침에 와니는 전화를 좀 써도 되겠느냐고 물었다. 레이철이 "물론이죠!"라고 대답했고, 제럴드는 전화기와 항상 대기 중인 새 팩스가 놓인 벽장 같은 방을 손짓하며 "물론이지, 이 친구야!"라고 말했다.

"그냥 좀 신경 써야 하는 사업상의 일이 있어서요." 영리하게도 와니는 제럴드가 자신에 대해 가장 마음에 들어하는 구실로 양해를 구하며 한숨을 쉬었다. 그는 모두가 지켜보는 가운데 그 방으로 들어가 다소 어색하게 문을 닫았다. 지난밤 제럴드에게 얼마 전에 산 클러큰웰의 소유지에 대해서 이야기하며 거래의 여러 측면과 재개발계획에 대해 조언을 구한 터였다. 그 대화로 인해 벽이 허물어지고 그들은 친구가 될 수 있었다. 전화가 있는 방에서 나온 뒤 와니는 레인지로버를 빌려서 삐리꾀로 가도 되겠느냐고 물었다. 이번에는 보다 막연하게 잡지 관련 '일'을 언급했다. 와니가 곤혹스러움을 가장해 얼굴을 찡그리고 쾌락을 향한 길에 놓인 장애물을 과감하게 무시하는 것을 닉은 알아챘고, 그래서 좀 불안했다. 그러나 제럴드는 자신의 친절함과 합리성에 걸맞게 목청을 가다듬더니 "아, 물론이지. 왜 안되겠나! 당연히 되고말고"라고 하더니 이어 덧붙였다. "사업상의 일이라면 뭐든지!"

"거기서 아주 훌륭한 사진작가를 만날 수 있는데, 어르신께서 성당에 대해 매력적인 말씀을 해주신 터라⋯⋯."

"아, 쌩프롱 말이지." 제럴드가 기분이 좋아서 말했다. "물론 만나야지."

닉은 "하지만 그건 19세기를 그대로 본뜬 건물에 지나지 않는데⋯⋯"라고 말할 뻔했다.

"점심때쯤엔 돌아올 건가?" 레이철이 물었다. 와니는 그러겠다고 약속했다. 그가 함께 가자고 제안하지 않아서 닉은 질투심과 안도감을 동시에 느꼈다. 다들 앞문에 선 채 차가 앞쪽 정원을 빠져나가는 모습을 지켜보았다. 런던에서라면 그 자리에 없는 사람에 대해 적나라하고도 우스운 가족 취조를 할 법한 순간이었다. 그러나 오늘은 그런 게 옳게 느껴지지 않았다.

테라스로 나가자 제럴드는 몇차례 닉을 향해 고개를 끄덕이며 말했다. "매력적인 젊은이야, 자네 친구."

"그럼요." 제럴드가 자신의 긍정을 요구하는 것을 느끼며, 그리고 와니가 이제 토비의 친구가 아닌 자기 친구로 인식된다는 사실에 주목하며 닉이 대답했다.

"약혼자에 대해 언급해도 괜찮을지 잘 모르겠더군." 제럴드가 말했다.

"아, 난 얘기했는데." 레이철이 말했다. "괜찮았어요. 다 말해주던데요. 내년 봄에 결혼할 예정이라고요."

"아, 잘됐군." 제럴드가 말했고, 그러는 동안 닉은 그 이야기에 대한 반감으로 자신의 심장이 쿵쿵 뛰는 것을 느끼며 몸을 돌려 풍경을 바라보았다.


아침 우편으로 두꺼운 서류뭉치를 받은 제럴드는 그것을 들고 부루퉁한 얼굴로 한숨을 쉬며 끝방으로 갔다. 페니 없이는 일할 수 없다고 생각하는 것이 명백했고, 짐작건대 페니를 이곳으로 불러올 수도 없는 듯했다. 그는 끝방을 사무실로 차지하고 있었고, 대체 그곳에서 무슨 일을 하는지 닉으로선 알 수가 없었지만 늘 곧 중대 소식을 발표할 사람처럼 경계의 미소를 띤 채, 심지어는 발끝으로 살금살금 걸으며 나타나곤 했다. 닉은 페니 문제를 감당하기가 부담스럽다가도 한편으로 그것이 너무 가능성 희박하고 불확실한 얘기 같고 자신이 그냥 상상한 것인지도 모른다는 생각이 들기도 했다. 제럴드가 레이철에게 참으로 다정하게 대하는데다, 햇볕 아래 나란히 누워 있을 때 그들 부부는 당황스러울 정도로 섹시하고 젊을 뿐 아니라 둘만의 친밀한 역사 속에 젖어 있는 듯했다. 그럼에도 불구하고 제럴드에게서는 뭔가 난해하고 방종한 분위기가 느껴지긴 했다. 이 휴가가 그에게는 자유이자 고행인 듯했다.

닉은 그 작은 영지의 숨겨진 구석을 탐험하며 이리저리 돌아다녔다. 그날 아침은 온전히 그의 차지였다. 와니가 없어지자 그 시간을 사용할 자유가 다소 무겁게 그를 짓눌렀다. 그는 테라스에서 테라스로 무너져가는 계단을 내려갔고, 그러자니 자신의 우수 속으로 내려가는 듯한 기분이 들었다. 경사가 급한 아래쪽은 집에서 안 보이는 곳이었는데 어쩐지 버려진 듯한 분위기가 있었다. 가느다란 잔디 아래 돌투성이 메마른 흙이 눈에 띄었다. 데데와 그의 아들은 이런 데 별로 신경 쓰지 않는 모양이었다. 아마 여기까지 내려오는 것은 발 가는 대로 구경하며 다니는 손님들뿐인지도 몰랐다. 정원처럼 보이는 만큼이나 버려진 농지 같은 느낌도 있었다. 농기구 돌아가는 소리가 멀리서 들렸고, 죽은 이파리들 위로 도마뱀들이 재빠르게 지나갔다. 테라스마다 반쯤 숨겨진 초록색 열매가 풍성하게 달린 밤나무들이 있었다. 닉은 산울타리 틈을 지나 돌로 지은 낡은 헛간이며 풀이 솟은 장작더미며 녹슨 트랙터를 발견했다. 그는 평소 자신이 하는 일을 하고 있었다. 뒤져보고 외우고 주인보다 그 장소를 더 잘 앎으로써 그곳을 소유하는 일. 만일 레이철이 "아직도 포고 스틱이 있다면!" 하고 말한다면 닉은 열렬히 바라는 아이처럼 "있어요. 부서진 버터 젓개와 양파망을 거는 멋진 장미 매듭 장식이 대들보에 박혀 있는 낡은 헛간에요"라고 말할 수 있으리라. 진짜 소유주의 표시는 일종의 방치로 드러난다고, 낡은 창고를 소유하되 그것에 대해서 거의 잊어버리는 것이라고 그는 생각했다.

그는 책을 가지고 수영장 쪽으로 내려갔다. 옅은 구름이 하늘 높은 곳에 만들어놓은 덮개는 해가 뜨거워지면서 곧 푸른 하늘로 사라질 것이었다. 재스퍼와 캐서린은 이미 물속에 들어가 있었는데, 두 사람이 붙들고 실랑이하는 모습, 거의 섹스하는 듯한 모습을 들키자 재스퍼는 기뻐하는 것 같았다. 그는 옷을 갈아입으러 수영장 부속건물로 들어서는 닉을 향해 눈을 찡긋해 보였다. 그 눈짓이 그를 뒤따라 들어오는 듯했다. 수영장 부속건물에는 노골적인 암시의 기운이 어른댔다. 눈부신 수영장 옆을 지나 그곳에 들어서면 항상 차갑고 은밀한 분위기가 느껴져서 마치 은밀한 만남의 기억이나 약속을 지니고 있는 곳으로 느껴졌다. 제럴드가 얼쩡거리고 심지어는 기웃거리지만 않았다면 전날 밤 닉과 와니는 거기서 한번 할 수도 있었을 것이다. 첫번째 방에는 싱크대와 냉장고와 밝은색 플라스틱으로 된 물놀이용 장난감, 에어 매트와 고리들이 있었고, 오래된 로잉 머신도 세워져 있었다. 이어지는 탈의실에는 널빤지를 댄 장의자와 옷걸이용 못들, 그리고 푸른색 커튼 뒤로 샤워실이 있었다. 다소 냄새 나는 화장실에만 잠그는 문이 달려 있었다.

닉은 새로 산 작은 스피도 수영복을 입고 나와 수영장 가장자리를 따라 걸었다. 물이 아침을 향해 맑고 밝게 화답하며 빛과 깊이의 매혹적인 상호작용을 보여주고 있었다. 죽은 이파리들이 몇개는 떠 있었고 다른 것들은 가라앉아 푸른색 콘크리트 바닥에 얼룩을 그렸다. 잠자리들이 빠르게 날아 달려들곤 했다. 그는 웅크리고 앉아 손으로 물을 저어보았다. 건너편에서 재스퍼가 캐서린을 들어올려 타일 선반에 앉히자 그녀의 다리 사이에서 물이 철썩거렸고 그 역시 그곳에서 찰싹이고 싶은 듯 그녀에게 매달려 있었다. 그녀는 닉이 있다고 재빨리 말한 뒤 "안녕, 달링!" 하고 큰 소리로 닉을 불렀다. 재스퍼는 돌아서서 잠시 둥둥 떠 있다가는 닉을 향해 뚜렷한 미소를 날리고 눈길을 거두지 않은 채 말없이 느릿느릿 물속을 걸었다. 그는 몇가지 레퍼토리, 바람둥이의 기본 수법을 가지고 결과에 무관하게 그것을 써먹는 데서 즐거움을 느꼈다. 닉에게 그는 당황스럽지만 저항할 수 있는 존재였는데, 그렇다고 해서 가장 가혹한 환상들에 재스퍼가 등장하지 않는다는 뜻은 아니었다. 사실 그렇기 때문에 환상 속 가혹함은 더 처절했다. 재스퍼는 발을 차서 닉을 향해 수영장을 건너왔다. 처음에는 물의 굴절 때문에 꼭 벌거벗은 것처럼 보였으나 곧 물을 뚝뚝 흘리며 몸을 솟구치자 앞자락을 비스듬히 재단한 자그마한 살색 수영복이 드러났다. "재스퍼의 수영복 어때?" 그 어조로 미루어 캐서린은 닉이 그를 마음에 들어한다고 단정한 것이 분명했다.

"캐서린의 어머니가 계실 때는 입기가 좀 그렇지." 재스퍼가 사려 깊게 말하고는 닉을 향해 포즈를 취했다. 갈색 배를 집어넣고 두번째로 미소를 살짝 지어 보인 것이다.

"어때?" 캐서린이 빙그레 웃으며 성적 집착이 깃든 어조로 약간 숨가쁘게 말했다.

"흐음." 닉은 재스퍼가 '왕관 보석'이라고 부르는 물건이 소년의 것처럼 늘어진 작고 매끈한 주머니를 바라보며 대답했다. "상상의 여지를 별로 안 남겨서 실망스럽다고 할 수밖에 없겠는데, 달링." 그는 안타깝다는 표정을 짓고 수영장 반대편 끝에 있는 라운지 의자로 한가롭게 걸어갔다. 책을 놔둔 곳이었다.

그는 헨리 제임스의 어린 시절을 다룬 비망록 『어린 소년과 타인들』을 읽고 있었는데, 와니와 전혀 하지 못한 채 사흘을 보낸 뒤라 미칠 듯이 성욕을 느꼈다. 이것은 절망적인 조합이었는데, 헨리 제임스가 가장 노년에 쓴 가장 난해한 이 책은 순수한 몰입을 요구했던 것이다. 자신의 남자친구에 대해 흥분 섞인 걱정에 빠져 있는 동시에, 자신을 흥분시키려는 분명한 목적을 가지고 앞에 서서 성적 매력을 과시하는 다른 청년을 선글라스 너머로 반쯤 탐색하고 있는 사람에게 그런 몰두는 불가능했다. 이따금씩 책이 무릎에서 기울어져 흔들릴 때면 아직 책장이 잘리지 않은 책의 무게가 매끄러운 검은색 나일론 위로 그의 발기한 성기를 억눌렀다. 그는 나중에 써먹으려고 재미있는 구절들을 기억해놓았다. "타원형의 녹말질 복합물"은 제임스가 와플에 붙인 이름이었다. 복합물이라는 단어가 지닌 그 결정적 모호함이 멋있었다. 와니는 삐리괴에서 도대체 무얼 하고 있는 걸까? 코카인을 사러 갔으려니 싶긴 한데 딱하고 위험한 일이다. 와니가 그것을 그렇게 좋아하지 않았으면 하는 마음이었다. 그런 뒤 닉은 자신도 코카인을 사흘이나 안했으니 딱한줄만 한다면 얼마나 적당하고 기분 좋을까 생각하며 좌절감을 느꼈다. 와니가 유럽 어느 도시에서든 그것을 구하는 법을 알고 있다는 사실은 놀라운 일이자 와니라는 신비의 핵심을 곧장 들여다보는 일이기도 했다. 뮌헨에서 그는 은행 문밖의 택시에 올라탄 채 홈을 파 시골풍으로 만든 그 건물 벽과 철제문의 거대한 나선 무늬를 바라보며 긴장한 채 십분을 기다려야 했고, 그동안 와니는 안에서 "친구를 만나고" 있었다. 삐리괴의 사진가 역시 아마도 그런 친구들 중 한명일 것이다. 재스퍼가 캐서린 곁으로 다이빙해서 떨어지는 바람에 수영장 쪽에서 어린애 같은 비명이 들려왔다. 수영복 차림의 재스퍼가 공중에서나 물속에서 과시하는 이 장면을 와니가 못 본다는 생각에 그는 기분이 좋아졌다. 나중에 함께 코카인을 할 때 이 이야기로 와니를 약올릴 작정이었다. 그도 수영을 하고 싶었지만 젊은 한쌍이 수영장에 몸을 담근 채 웃으며 물을 튀기거나 서로 껴안고 키스하고 있었다. 침실처럼 수영장도 그들 차지였다. 그들은 자신들의 대담함을 즐기며 섹스를 하느라 정신이 없었다. 자신이 물속에 들어갔다면 재스퍼가 그도 함께하자고 시도했을 수도 있으리라고 닉은 생각했다. 지금 그의 역할은 어른스럽게 미심쩍은 눈길로 바라보는 닉 아저씨 노릇이었는데, 그 때문에 재스퍼는 실망해서 더 도발적으로 행동하는 것 같았다. 원한다면 재스퍼와 할 수도 있을 테지만 그에게 그런 만족감을 주고 싶지는 않았다. 조금 뒤 그들이 아주 아무렇지 않은 표정으로 나오자, 탱탱하게 발기한 채 비스듬히 솟아오른 재스퍼의 성기가 보였다. 그들은 수영장 부속건물로 들어가서 문을 닫았다. 제임스는 에드거 앨런 포에 대해, 그가 자신의 어린 시절에 존재하기는 했지만 "개인적으로 존재감이 있지는" 않았다고 말했다. 실은 "개인적 부재의 극단성이 그를 넘어섰다"라고. 일분 또 일분이 이어 흘렀고 조금 뒤 수영장 부속건물 샤워장의 물줄기 소리가 들려오자 닉은 다리 하나에 앉은 파리를 가볍게 때렸고 그날 아침의 불만이 질투심과 성급함으로 고조되는 것을 느꼈다. "개인적 부재의 극단성"—때때로 그 거장은 너무나 빈틈이 없어서 잔인할 정도였다. 레이철이 와니의 결혼에 대해 이야기한 것을 떠올리며 재스퍼가 캐서린에게 하고 있는 짓을 와니가 마르띤에게 하는 모습을 상상하니 지독한 질투심이 차올랐다. 아냐, 그건 말도 안되는 이야기야. 아마도 '와플'일 거야. 그 말들이 그의 눈앞에서 무의미하게 미끄러지고 또 달라붙었다.

# 3

이튿날은 토비가 닉과 와니에게 불<sup>boules</sup> 게임 하는 법을 가르쳐 주었다. 그들은 앞뜰의 먼지 자욱한 작은 공간으로 나갔는데, 와니는 게임을 잘하게 될 때까지는 흥을 깨다가 익숙해지자 너무나 진지하게 몰두했다. 공을 따라 움직이며 다른 불을 때려 잭볼이나 꼬쇼네에서 분리하면 함성을 지르고 웃음을 터뜨렸다. "비앵 띠레(잘 쳤어)!" 토비는 게임을 통해 옛 우정을 되살렸다는 사실에 무척 행복해하며, 게다가 보통은 자신이 이겼기 때문에 불만 섞인 우스꽝스러운 태도로 외쳐댔다. 닉 또한 어쩌다 잘 던지고 박수갈채를 받기도 했지만 게임은 사실상 와니와 토비 사이의 싸움이었다. 이제 코카인을 가지고 있으니 와니는 한결 편안한 태도를 보일 것이고 더 인기를 끌 터였다. "그래, 이제 좀 편해지는 것 같군." 제럴드가 훌륭한 경영 솜씨로 이름난 호텔 매니저처럼 자화자찬하듯 말했다. "그러게요." 왕자 같은 와니의 매력을 정면으로 견디고 있던 레이철이 말했다. "점점 휴가 기분에 젖어드는 것 같아요." 다들 고개를 끄덕임으로써 그전까지의 어색함을 인정했고 티퍼 부부와 레이디 파트리지가 도착하기 전에 때맞춰 연대감이 형성되었다. 하지만 제럴드를 제외한 누구도 티퍼 부부를 만나고 싶어하지 않았고, 닉은 게임이 지루해져서 진입로에서 오락가락하며 이곳에서 자신이 즐기고 있는 소소한 일상에 대해, 프랑스 시골의 아름다운 고택에 그가 좋아하는 아름다운 두 청년과 함께 있다는 사실이 뜻하는 자신의 은밀한 성공에 대해 벌써 감상적인 기분에 젖어 있었다.

토비가 마당을 가로질러 꼬쇼네를 막 던지자마자 모리스 티퍼 경이 모는 커다란 흰색 아우디가 정문으로 들어오면서 그것을 치고 지나갔다. "아주 절묘하군." 토비가 중얼거리고는 손을 흔들며 포기했다는 듯 웃었다. 뒷좌석에는 그의 할머니와 레이디 티퍼가 앉아 있었는데, 레이디 티퍼는 모든 계급의 여성들 특유의 수동적인 분위기를 풍기면서 어딘지 잘 모르는 곳으로 실려오는 동안 충실하게 잡담을 하고 있었다. 레이디 파트리지는 집 전체를 가리키듯 손짓을 했는데 제대로 찾아왔다고 말하는 모양이었다. 닉이 뛰어가 차 문을 열자 순간적으로 쏟아져나온 시원한 공기와 가죽과 헤어스프레이 냄새가 그들 여행 전체를 이야기해주는 듯했다. "그래," 레이디 파트리지가 발을 땅에 디딘 후 몸을 일으키며 도움보다는 주목을 원하는 태도로 말했다. "난 항상 기차를 타고 왔지."

"비행기 여행 괜찮으셨어요, 할머니?" 토비가 그녀의 뺨에 입을 맞추며 물었다.

"전혀 아무 문제 없었다." 레이디 파트리지는 평소처럼 입맞춤에 무심하게 말을 이었다. "공항에서 들어오는 길이 꽤 멀었지. 쌜리가 오페라에 대해 모두 설명해주었어." 그러고서 그녀는 세 청년을 향해 재빨리 미소를 지어 보였다.

쌜리 티퍼가 말했다. "일등석도 일반석이랑 다를 게 없었어요. 정식 식기를 사용하긴 했지만 그게 다였지. 모리스는 존에게 그 문제에 대해 편지를 쓸 작정이에요." 그녀가 남편을 바라보자 그는 다가와서 토비와 악수를 나누며 냉랭한 동정의 어조로 말했다. "토바이어스."

"어서 오세요, 어서 오세요!" 토비는 자신의 장인이 될 수도 있었던 남자의 눈길을 피해 가방 꺼내는 것을 도우러 트렁크로 가면서 재치 있게 슬쩍 수선을 피웠다. 닉은 그들 모두에게서 무성의한 인사를 받았다. 언제나와 마찬가지로 받아들일 수도 무시할 수도 없는 한 요소가 된 기분이었다. 캐서린은 마치 피해 상황을 점검하는 듯한 태도로 집에서 나왔다.

"아, 잘 지냈니, 캐시?" 쎌리 티퍼가 말을 건넸다.

"여전히 화가 나 있어요!" 캐서린이 말했다.

그때 제럴드와 레이철이 나타났다. "좋네요, 좋아." 제럴드가 말했다. "잘 찾아오셨어요."

"처음에는 저 길로 더 가서 보이는 찬란한 성인가보다고 생각했어요." 레이디 티퍼가 말했다.

"아, 아니죠." 제럴드가 말했다. "이젠 그 성에서 지내지 않아요. 철버덕거리며 여기까지 내려왔죠." 한바퀴 복잡하게 입맞춤을 주고받고 마지막으로 제럴드를 마주한 모리스 경이 말했다. "아, 아니지, 아무리 프랑스라도 자네하고는 아니야!" 그러고는 희미하게 웃었다.

티퍼 부부는 휴가를 즐기는 사람들이 아니었다. 그들은 모서리에 쇠를 덧댄 무거운 가방 네개와 조심스럽게 다루어야 하는 작은 가방들을 여럿 갖추고 멋지게 도착했지만 그들이 주목하지 못하고 놓친 다른 어떤 것이 있는 듯했다. 두 사람끼리 낮은 목소리로 질문을 주고받는 것이 드러내지 못하는 근심거리나 짜증나는 일이 있다는 인상을 주었다. 도착한 첫날 오후에 모리스 경은 자신에게 팩스 올 것이 많다며 팩스기에 종이를 충분히 넣어달라고 부탁했다. 그가 여기서 고대하는 건 다른 무엇도 아닌 그 팩스인 모양이었다. 와니가 그의 기분을 맞춰주려고 자신에게도 팩스 올 것이 있다며 팩스기를 지켜보겠다는 뜻을 밝혔지만, 모리스 경은 날카로운 눈초리로 그를 바라보며 자신의 팩스가 그의 팩스에 방해가 되지 않기를 바란다고 대꾸할 뿐이었다. 아직 4시 반밖에 되지 않았는데 제럴드는 벌써 핌스 한잔으로 손님들의 도착을 기념했고, 레이디 파트리지는 아들을 핑계로 진과 뒤보네로 뒤를 따랐다. 티퍼 부부는 차를 주문하고는 차양 아래 앉아서 의심스런 눈초리로 풍경을 둘러보았다. 느리고 근엄하고 몸이 안 좋은 것이 분명한 릴리안이 쟁반을 들고 나왔을 때 쌜리 티퍼는 자신에게 필요한 여러 종류의 베개에 대해 그녀에게 지시를 내렸다. 모리스 경은 제럴드에게 공동 관심사인 인수 문제에 대해 이야기를 꺼냈는데, 과일이 가득한 커다란 잔을 든 제럴드는 그다지 진지한 표정이 아니었다. 레이디 티퍼는 로열 페스티벌 홀의 핫도그 냄새에 대해 레이철에게 불평을 토로했다. 레이철이 이제 사회주의자 켄을 제거했으니 그런 것들도 다 바뀔 거라고 말했지만, 그런 위로에도 레이디 티퍼는 귀라도 먹은 양 고개를 가로저었다. 닉은 자신도 아직 못 본 그 지역의 명소에 대한 이야기로 모리스 티퍼의 관심을 끌어보려고 순진한 노력을 기울였다. "말을 아주 그럴싸하게 하는군!" 모리스 경이 자신은 남의 말에 쉽게 혹하는 사람이 아니라는 의미로 제럴드와 토비를 향해 재빨리 미소를 던졌다. 완벽한 존경의 표시에만 익숙한 그는 그저 기분 좋은 대화를 건네는 사람에 대해서는 의심을 품었다. 저택에 초대받아 머물며 사람들과 어울리는 생활 가운데의 민주주의는 그가 쉽게 적응할 수 있는 것이 아니었다. 닉은 서기 같은 그의 매끄러운 얼굴과 금테 안경을 새로운 관점에서 바라보았다. 엄청난 부의 소유가 쾌락과 연결되는 것은 아닐지도 모른다는 생각이었다. 적어도 여기 모인 다른 사람들이 추구하고 무의식적으로 규정하는 쾌락과는 연결되지 않는 것 같았다.

쌜리 티퍼는 숱 많은 금발에 돈을 많이 들여 야단스럽게 꾸민 모습이었고, 딸깍거리고 짤랑대며 흘러내리는 장신구를 주렁주렁 매달고 있었다. 그건 사실상 경련에 가까웠다. 짜증에서 우러나온, 아니면 화를 내면서도 동의하는 사람이 일으키는 발작이라고 할 만했다. 그녀의 미소는 순식간에 떠올랐다가 순식간에 사라졌다. 말하자면 그 미소에는 재미의 단계라는 것이 없었다. 그녀는 저녁식사 전에 실내에서 음료를 마시고 싶다고 했다. 페든가 사람들에게 프랑스 저택의 온전한 의미, 그들이 그곳에 애착을 느끼는 이유는 모든 일을 가능한 한 야외에서 한다는 것과 관련이 있었기 때문에 그리 달가운 말은 아니었다. 그들은 마치 대기실에서처럼 머리 위의 불을 모두 켠 채 응접실에 앉아 음료를 들었다. 닉은 "모리스 경과 레이디 티퍼"라는 이름이 금으로 새겨진 코번트 가든의 현판을 보았고, 거기서 그녀를 직접 본 적이 있었으며, 때로는 쏘피와 함께 있는 그녀의 모습을 본 적도 있었다. 하지만 그녀가 남편과 있는 모습은 처음이었다. 그는 이번주에 알맞은 화제일지 모른다고 생각하며 조용히 최근의 「탄호이저」 공연이 썩 좋지는 않았다고 말했다.

"썩 좋았는데……. 내가 알지. 내 생각엔 그랬는걸." 레이디 티퍼는 모든 험담가와 불평가 때문에 상처를 받지만 그럼에도 그들에게 도전한다는 듯 고개를 가로저었다. "자, 주디, 진짜로 봐야 해요." 그녀는 큰 소리로 말을 이었다. "그거, 「순례자의 합창」 아시잖아요."

레이디 파트리지는 가족과 있는데다 반쯤 취하기도 해서 솔직하게 대꾸했다. "내게 얘기해도 소용없어요. 오페라하우스에는 딱 한번 가봤거든. 그것도 삼십년 전에요. 아들이…… 데려갔었지." 그러고는 심오한 표정으로 제럴드를 바라보며 고개를 끄덕였다.

"그때는 뭘 보셨어요, 주디?" 닉이 물었다.

"「쌀로메」였던 것 같아." 레이디 파트리지가 일분쯤 뒤에야 대답했다.

"정말 대단하죠!" 레이디 티퍼가 말했다.

"알아요, **끔찍했지**." 레이디 파트리지가 대꾸했다.

"아, 어머니!" 모리스 경과 주식에 대해 잡담을 나누며 산만한 미소를 띤 채 귀를 기울이던 제럴드가 말했다.

"그 취향에 박수갈채를 보내요, 주디." 닉은 잘 들리도록 힘주어 말하고서 자신의 말이 얼마나 멍청이처럼 들리는지 생각했다.

"으음, 내 생각에 스뜨라빈스끼 작품이었던 것 같은데."

"아니, 아니에요." 닉이 말했다. "그건 그 끔찍한…… 리하르트 슈트라우스 작품이에요. 아 참, 제럴드, 그 끔찍한 슈트라우스에 대한 가장 멋진 말, 스뜨라빈스끼가 한 말을 찾았어요."

"잠깐만, 모리스……." 제럴드가 낮은 목소리로 양해를 구했다.

"로버트 크래프트가 그에게 물어요. '리하르트 슈트라우스의 오페라 중 괜찮다고 인정하는 것이 있으세요?' 그러니까 스뜨라빈스끼가 대답하죠." 그러고서 닉은 이상할 정도로 흥분해서 슈트라우스를 향한 적의를 드러내며 멋지게 말을 맺었다. 아니, 지휘해냈다. "'나는 잘난 척하는 속물성을 처벌하는 어떤 연옥이든 바로 그런 곳으로 슈트라우스의 모든 오페라를 보내겠습니다. 그 오페라들의 음악성은 싸구려에다 저질이죠. 오늘날의 음악가로서는 흥미를 느낄 수 없습니다.'"

"뭐라고?" 제럴드가 씩씩거렸다.

"글쎄, 나더러 선택하라면 언제든지 스뜨라빈스끼보다는 슈트라우스지! 그렇게 말해서 안됐지만!" 레이디 티퍼가 말했다. 모리스 경은 애매한 승리감으로 상기된 채 당황스럽고도 불쾌한 표정으로 닉을 바라보았다.

저녁식사 중에 제럴드는 이미 상당히 취해 있었다. 그는 모리스 티퍼도 취하게 해서 함께 신나게 첫날 밤을 보낸 뒤 다음날 아침같이 숙취에 대해 한탄하겠다고 작정한 모양이었다. 그러나 모리스 경은 제럴드가 술병을 들고 어깨를 숙일 때마다 즐거움이 조금씩 줄어드는 듯한 태도로 자신의 술잔을 가렸고 사업 이야기를 할 때와 마찬가지로 의심에 찬 태도로 술을 마셨다. 촛불 쪽으로 기운 제럴드의 얼굴은 고집 센 쾌활함으로 빛났다. 그는 편히 앉아 다시 한번 뻬리고르 각지를 초록, 하양, 검정, 보라 지역으로 요약해 설명했다. "그리고 우리는 하양에 있고." 모리스 티퍼가 건조하게 덧붙였다.

페든가에서 종종 그러듯 대화는 수상에게로 돌아갔다. 닉은 "그분이 지금 우리가 있는 이 나라를 일으켜줄 거야!"라고 말하는 할머니를 보며 캐서린이 짜증스러운 얼굴로 이를 악무는 모습을 보았다. 할머니는 흥분한 나머지 자신이 지금 어느 나라에 있는지 잊어버린 것이 틀림없었다. "그분이 포클랜드에서 한번 본때를 보여주었지, 안 그래?"

"그 여자가 늙고 흉측한 전부戰斧라는 말씀이군요." 캐서린이 낮게 말했다.

"그분이 망솜 포라는 건 틀림없지."[17] 제럴드가 말했다. 모리스 경은 무슨 말인지 못 알아듣은 표정이었다. "그분의 적이 되면 좋지 않을 거야."

17 '전부(battleaxe)'는 예전에 전쟁시 쓰던 도끼이자 사나운 중년 여자를 뜻한다. '망솜 포(manxome foe)'는 영국의 수학자·작가 루이스 캐럴(Lewis Carroll)이 만들어낸 단어로 '무시무시한, 괴물 같은'이라는 의미.

"그렇고말고." 모리스 경이 말했다.

와니가 어찌어찌 사람들의 시선을 모아 말했다. "다들 그렇게 말하지만 저에게는 항상 전혀 다른 면도 보입니다. 무척 자상한 여성 같은⋯⋯." 그는 잠시 가슴이 따스해지는 에피소드 창고를 뒤지는 듯하더니 신중하게 말을 이었다. "그분은⋯⋯ 자신이 소중하게 생각하는 사람들을 돕기 위해서 특히 애를 많이 쓰시지요."

모리스 티퍼는 목청을 가다듬음으로써 존경과 유감을 함께 표했고, 제럴드는 "물론 자네는 그분과 가족의 친구로 지내고 있으니까"라고 말하며 그 자신이 간절히 원하는 것을 와니가 가졌다는 사실을 인정하듯 단호한 미소를 지었다.

"글쎄요," 와니가 대답했다. "그렇다고도 볼 수 있겠죠!"

"난 그분을 사랑해!" 쌜리 티퍼가 외쳤다. 사랑이라는 말이 우정을 포함하며 동시에 그것을 능가하는 것으로 받아들여지기를 바라는 것 같았다.

"알아요." 제럴드가 말했다. "그 파란 눈 때문이죠. 그 속에서 헤엄치고 싶지 않아요?"

모리스 경은 그렇게까지 말하고 싶지는 않은 듯했다. 레이철이 가볍지만 의미심장하게 거들었다. "모두 저이만큼 사랑에 빠져 있는 건 아니지요."

닉은 그들의 머리 너머 광활한 밤의 풍경을 내다보았다. 낮에는 보이지 않던 논과 길의 불빛이 신비스럽게 존재를 드러내며 빛나고 있었다. 그는 아무도 주목하지 않는 그 시간 그곳의 로맨스— 나무들을 부드럽게 흔들며 지나가는 바람, 실루엣을 그리는 숲 위로 잿빛 하늘에서 내려다보는 별들—를 감상하며 말을 아꼈다. 결국 그날 저녁 분위기를 살려준 것은 와니였다. 그는 모리스 티퍼를 존경하는 게 분명했고 그에게 좋은 인상을 주고 그를 즐겁게 해주려고 노력했는데, 둘 다 쉬운 과제는 아니었다. 주요리가 나온 뒤에 그는 특별한 의미로 화장실에 잠깐 다녀왔고, 이어진 반시간 내내 다른 사람들이 찾으려 애쓰던 목적의식과 재미를 제공했다. 그가 마이클 풋을 엉터리로 흉내내는 모습에는 캐서린마저 웃었고 깜빡깜빡 졸다가 기침소리와 함께 눈치를 살피며 깨곤 하던 레이디 파트리지도 웃었다.

아침에 티퍼 부부는 너무 더워지기 전에 수영장으로 내려갔다. 부인은 커다란 모자를 쓰고 선크림을 손에 들고 있었고 남편은 한 손에 서류가방을 들었는데, 그걸 얼버무릴 셈으로 다른 손에는 딕 프랜시스의 새 책을 들고 있었다. 닉이 50미터 수영을 즐기곤 하는 시간이었다. 이것은 적어도 그가 새로 온 사람들을 향한 반감을 돌려보려고 생각해낸 습관이었다. 조금 뒤 닉이 내려가니 열심히 헤엄치지만 그리 빠르지는 않은 레이디 파트리지가 얕은 쪽 끝을 반쯤 가로질러가고 있었는데, 바로 옆 물속에서 고관절 대치술에 대해 묻는 쌜리 티퍼의 목소리를 듣지 못하는 것 같았다. 그녀는 이따금씩 약간 불안한 기색으로 쌜리 티퍼 쪽을 흘끔흘끔 쳐다보았다. 모리스 티퍼는 꽉 끼는 비스킷 색깔 반바지 차림으로 파라솔 아래 앉아 팩스로 받은 서류뭉치를 읽으며 뭔가를 열심히 적어넣고 있었다. 그의 입술은 그 나름의 행복을 드러내는 조소 섞인 경계심으로 비틀려 있었다. 자기 것을 빼앗긴 닉은 낮은 테라스의 그가 좋아하는 자리로 가서 도롱뇽을 벗 삼아 『어린 소년과 타인들』을 읽었다.

정오가 되자 위쪽에서 점심을 먹으러 가려고 모인 사람들이 서로 부르고 말하는 소리가 들려왔다. 닉은 그들을 배웅하러 갔다. 토비는 레인지로버 뒤쪽의 보조석 등받이를 세우고 안전하게 장착되었는지 확인하고 있었다. 그 일에 특별히 주의를 기울임으로써 출발을 늦추고 남겨진 사람으로서 느끼는 안도감을 감추려는 것이었다. "창문으로 튕겨나가시면 안되니까요." 그가 레이디 티퍼에게 말했다.

"이 레스토랑이 괜찮으실 겁니다." 제럴드가 모리스 티퍼에게 자기 옆 앞좌석에 앉으라고 손짓하며 거들먹거렸다.

"저이는 너무 기름진 음식만 피하면 돼요." 쌜리가 말했다. "그 고생스러운 궤양 때문에……." 그녀는 슬픈 표정으로 얼굴을 씰룩였다. "지난밤 식사가 안 좋았던 것 같아요."

"아, 그 사람들이 잘 챙겨드릴 거예요. 뭐든지 할 겁니다." 레이철이 분명하고도 다정한 태도로 그녀를 안심시켰다. 새 손님들에게 저택의 아름다움을 보여주지 못했다는 사실에 실망한 제럴드가 어떻게든 칭찬의 말을 들어볼까 하고 보통은 휴가 마지막 날 가곤 하는 뻬리괴의 셰 끌로드로 그들을 데려가는 것이었다.

"미슐랭의 별점 셋을 받을 만한 레스토랑이라는 우리 의견에 동의하실 수 있을지 한번 보세요." 그가 말했다.

"저희가 점심을 많이 먹는 편은 아니라서요." 쌜리 티퍼가 말했다.

캐서린과 재스퍼가 마지막으로 나왔고 그들 사이에 끼어 셋째 줄에 앉은 와니는 흥분된 표정이었다. 토비가 수위처럼 차 문을 닫아주자 그들은 비좁게 끼어 앉은 채 고급차 특유의 부드러운 부르릉 소리와 함께 떠났다. 닉의 관점에서 이것은 지옥 같은 짧은 외출이었다──별처럼 빛나는 셰 끌로드나 첨탑이라는 왕관을 쓴 시골이 아니라 그들이 전하는 분위기가 그랬다. 토비가 닉의 어깨에 팔을 걸쳤고 그들은 고요한 집으로 들어왔다. 두 사람 다 가벼운 흥분과 겸연쩍음을 느끼고 있었다.

토비는 부러 더 열정적으로 둘이 먹을 샌드위치를 만들었다. 차가운 닭고기와 양상추와 올리브와 둥글게 썬 토마토를 높이 쌓아 올려서 한입 베어물면 즙이 튀고 내용물이 가장자리로 마구 떨어질 것 같았다. 드레싱을 함부로 써서 제멋대로 만든 다소 엉망진창인 샌드위치였다. 한때 샌드위치 가게에서 일했던 닉에게 토비가 말하는 듯했다. "나는 동성애자가 아니야. 나는 스타일이라곤 몰라. 나도 어쩔 수 없어." 그들은 수영장 가로 가서 파라솔 아래 앉아 드레싱과 토마토가 삐져나오고 양상추가 무릎으로 떨어지는 샌드위치를 함께 먹었다.

"으음, 조용하고 너무 좋군." 토비가 조금 후에 말했다.

"그러게 말이야." 닉이 대답하고 미소를 지었다. 둘 다 선글라스를 쓰고 있어서 상대방의 시선을 똑바로 볼 수가 없었다.

"맥주 한잔할까?" 토비가 물었다.

"그것도 좋지." 닉이 말했다. 토비가 수영장 부속건물로 들어가 냉장고에서 스텔라 맥주 두병을 꺼내가지고 돌아왔다. 대화를 나누고 싶지만 어떻게 시작해야 할지 모르겠다는 신호 같았다. 닉이 말을 꺼냈다. "그래, 모리스와 쎌리는 언제 떠나지?" 물론 대답은 이미 알고 있었다.

"그걸 묻다니 재밌네." 토비가 말했다. "나도 바로 그 생각을 하고 있었거든."

"쎌리한테는 어떻게든 적응할 수 있어."

토비가 나무라는 듯한 얼굴로 그를 보았다. "그녀한테 너는 영웅이야. 물론, 굉장한 오페라의 여왕이시잖아."

닉은 두개의 선글라스 너머로 이 말이 농담인지 아닌지 확인하려 했지만 여왕이라는 말과 오페라라는 말 둘 다 똑같이 무지에서 나온 소리인 것 같았다.

"모리스는 완전 속물이더라." 닉이 말했다.

"아, 아주 몹쓸 사람이지." 아버지와는 달리 거의 욕을 하지 않는 토비가 말했다.

닉이 그 대신 욕을 해주었다. "쌍놈이야."

"정말 그래."

"그런데 도대체 여긴 왜 온 거야, 그 사람들?"

"아, 물론 사업 때문에……." 아버지를 비판하게 되자 토비는 불안한 표정이었다. "알겠지만, 아빠는 우리가 행복한 대가족 행세를 할 거라고 생각했던 것 같아. 하지만…… 쏘피 문제도 있었고. 어쨌든, 잘못된 거라곤 전혀 없는 듯 끄떡없이 대접하고 계시니까."

"그분한텐 일상적인 일이라고 봐야겠지." 닉은 쏘피 문제를 들먹이고 싶지 않아 화제를 돌렸다. "티퍼가 무척 막강한 사람인가 보지?"

"가장 막강한 사람들 가운데 한명일걸."

"정확히 뭔데?"

"닉, 정말! 맙소사, 티퍼 컴퍼니라고 들어봤지? 굉장한 재벌인데."

"아니, 전혀……."

"70년대에 벌어진 엄청난 자산수탈이 이 회사 얘기야. 티퍼는 욕을 먹었지만 그렇게 수백만 파운드를 벌었지."

"그렇군."

"그래, 그 일이 터졌을 때 너는 아마 초서를 공부하고 있었겠지."

토비에게서 놀림을 받자 여느 때처럼 닉은 살짝 애정의 전율을 느꼈다. 그는 얼굴을 붉히고 긍정한다는 듯 킬킬댔다. 물론 토비는 이 모든 일에 대해 알고 있는데, 자신은 그가 그런 사람이라는 사실마저 잊고 있었다. 토비의 아버지가 이민정책이라든지 누가 감옥에 가는 사건과 관련이 있는 것만큼이나 토비가 신문에 기사를 쓴 것도 그 나름대로 대단한 일이었다. "그의 팩스 몇장을 들여다봤는데 외국어로 씌어 있더라." 닉이 말했다.

"음, 어느 나라 말이었을까."

"알겠지만, 숫자랑 그런 것들."

"아! 맞아, 나도 실은 좀 봤어. 부동산 관련해서 지금 많은 일들이 진행되고 있거든. 내 짐작에는 아빠도 그 일에 관심이 있는 것 같고."

"제럴드의 사업이 아주 잘되고 있다고 쎔 저먼이 그러던데."

"맞아, 뭔가 계획하고 있어."

"제럴드가 기획자인 모양이지?"

"응, 그래. 그나저나, 너도 아빠가 얼마나 쉽게 싫증을 내는지는 잘 알잖아."

"그건 그렇지……."

"아빠는 여기서 지내는 게 아주 지루해서 죽을 지경인 모양이야."

"늘 여기 있는 걸 정말로 좋아한다고 말씀하시는데."

"그 관념을 좋아하시는 거지, 너도 알겠지만……." 이것은 그 자체로 흥미로운 생각이었고, 토비가 옥스퍼드에서 했던 다른 현명한 말들과 마찬가지로 가족의 친구에게서 어쩌다 배운 듯한 정식화된 표현이었다.

"아마 런던을 그리워하시는 거겠지." 닉이 말했다. 토비가 이 말뜻을 짐작이나 할까.

"일을 그리워하시는 것 같아." 토비가 말했다.

닉은 망설이며 웃었지만 더이상 대꾸하지 않았다. 그러곤 일어나서 티셔츠를 벗었다.

"좋은 생각이야." 토비가 덩달아 상의를 벗더니 불필요할 정도로 스트레칭을 하며 서 있었다. 닉은 오후의 성적 욕망치가 조금 상승해 있었다. 토비는 외모에 전혀 신경을 쓰지 않았지만 여전히 아름다웠다. 그 아름다움은 그의 방기放棄와 오싹할 정도로 균형을 이루고 있었다. 토비가 턱을 집어넣어 자신의 몸을 내려다보자 입꼬리가 아래로 처졌다. 부드러움과 매끄러움이 매력인 와니는 닉이 보기에 점점 마르고 코가 삐죽해져가는 반면 토비는 더 살이 찌고 있었다. 안타까운 일이었지만 그것은 묘하게 위안이 되었고 심지어는 약간 성적 자극이 되기도 했다. 토비는 다시 앉아서 닉을 바라보다가 자기 병의 맥주를 한두모금 마셨다. 하고 싶은 말이 있는데 망설이고 있었다. "맞아, 너 요새 꽤 보기 좋더라, 닉." 그가 말했다. "금방 알겠던데."

닉은 가슴을 앞으로 내밀고 배를 집어넣었다. "응." 그는 자랑스러운 태도로 자기 병의 맥주를 재빨리 한모금 마셨다.

"요새 누구 만나는 사람 없지?"

친밀감을 향해 이렇게 조심스럽게 발을 내딛는 토비에게 닉은 감동을 받았다. 친구에게 솔직하게 이야기하는 것도 그에게는 일종의 실험이자 난해한 사치라는 사실을 닉은 알고 있었다. 이 장면은 옥스퍼드 시절의 메아리와도 같았다. 그 시절에 닉은 일을 만들고 이야기를 꾸며내서 토비가 스스로의 감정과 가족에 대한 진지하고도 다소 당황스러운 대화를 이어갈 수 있도록 이끌었다. 최대한 아무렇지도 않은 태도로 "응, 없어"라고 대답해야 하다니 얼마나 안타까운 일인가. 그는 한숨을 쉬었다. "네 말이 맞아. 왜 나한테 아무도 없지? 정말 말도 안되는 일이야!" 그러고서 닉은 무성의하게 물었다. "너는 어때, 정말? 누구 새로 눈여겨본 사람 있어?"

"아니," 토비가 대답했다. "아직은." 그는 닉에게 우울한 미소를 지어 보이며 말을 이었다. "쏘피와의 그 망할 놈의 일 때문에, 너도 알잖아……." 그는 충격을 환기하며 느릿느릿 고개를 저었다. "그러니까, 뭐가 잘못된 걸까, 닉? 결혼을 하기로 했고, 그렇게 다 잘되고 있었는데."

"그러게." 닉이 말했다. "그러게 말이야." 진실을 말할 기회가 왔다는 느낌이 들었지만, 때로 진실이란 즐거울 수 없는 것이다.

"그러니까, 내 가장 친한 친구랑 그렇게 되다니 말이야."

"내 생각엔 말이지, 궁극적으로," 이미 토비에게 이 말을 네다섯 번쯤 했다는 사실을 떠올리며 닉이 대꾸했다. "운 좋은 탈출이었다고 생각하게 될 날이 올 거야."

"망할 놈의 제이미."

"물론 그녀가 어리석었어." 닉이 형처럼 엄격하면서도 은근한 애정을 담아 그를 위로했다. "하지만 상상해봐, 여름휴가를 모리스와 쎌리와 보내야 한다고."

"그는 내가 쏘피에게 매달리지 않았다고 비난하더라. 모리스 말이야. 괜찮은 결혼이 되었으리라고 생각하는 거지."

"괜찮은 결혼이었지, 달링. 그녀한테 말이야. 너무 말도 안되게 좋은 결혼이었어."

"으음, 고마워, 닉." 토비는 맥주를 오래 들이켜고 물 건너를 응시했다. 닉의 말에 생각이 꼬리를 무는 모양이었다. "그러니까 그렇게 좋지 않았던가봐, 성적인 면에서." 그 화제에 그는 쓸쓸함과 민망함을 느끼는 것 같았다.

"아……."

"그러니까, 그녀는 그것을 '그 행위'라고 불렀거든."

"딱히 긍정적인 표현은 아니었던 것 같네."

"그녀는 약간…… 아기 같았어. 사실 그걸 별로 좋아하는 것 같지 않더라고."

"설마……?" 닉은 이렇게 반응하지 않을 수 없었다.

토비가 한숨을 쉬었다. "내가 아프게 한대. 그리고…… 모르겠다."

그에 대해서는 다양한 설명이 가능했다. 싸늘한 티퍼 부부의 딸인 쏘피 자신이 성적 냉담자일 수도 있었다. 아니면 토비의 그것이 너무 크거나, 그가 그것을 사용하는 방법에 서툴렀거나, 혹은 날씬한 아가씨에게 그가 너무 크고 무거웠을 수도. 닉이 말했다. "글쎄, 섹스가 별로였다면 그것도 네가 운 좋게 빠져나왔다고 생각할 또하나의 이유겠지." 삼년 넘게 갈망의 초점이었던 사내, 자신의 환상 속에서 지치지 않고 하던 사내가 섹스에 솜씨가 없거나 적어도 아직 없다는 것, 혹은 경험 부족으로 혹은 잘못된 파트너를 선택해서 어설프다는 것이 그로서는 이상하게 느껴졌다. 경험 많고 지칠 줄 모르고 즐기는 사람을 통해 섹스를 배웠다는 점에서 닉 자신은 무척 운이 좋은 셈이었다. 남유럽의 열기 속에서 그는 잠시 자신이 런던에서 보낸 첫 가을에 느꼈던 전율을 떠올리며 몸을 떨었다.

토비는 그 일을 거듭 곱씹어보는 것 같더니 맥주병을 비우고는 두병을 더 가지러 수영장 부속건물로 갔다.

나중에 그들은 딱히 누가 빠른지 가려보자는 얘기 같은 것도 없이 수영을 했다. 닉은 토비를 이기자 기분이 좋았지만 나중에는 미안한 생각이 들었다. 아무 의심도 없는 아이와 놀아주는 바람난 부모처럼 그는 마약과 섹스에 대한 비밀 때문에 토비에게 다정함과 서글픔을 동시에 느꼈다. 거의 나체가 되어 토비와 물속에서 까불며 논다는 생각이 지난 여러해 동안 목이 멜 정도로 감동적인 로맨스였다는 사실도 이제는 별 상관없는 기이한 우연 같았다. 그는 몸을 끌어올려 물에 반쯤 잠긴 난간에 걸터앉았다. 고환 주변으로 물이 찰랑거리는 가운데 먼저 앞의 정경을 바라보고 다른 쪽, 수영장 부속건물과 무화과나무 아래 계단, 그리고 저택의 고급스러운 외벽과 해를 가리기 위해 덧문이 내려진 창을 바라보았다. 오후의 홍분, 버려진 듯한 분위기, 고요하고 넉넉한 기회 ─ 그는 멋지게 껑충 뛰어들었다가 커다랗고 순진한 등을 털며 나오는 토비를 지켜보았다.

그들은 햇볕 아래 납작 누워 맥주 한병을 더 마셨다. "어떻게들 하고 있나 궁금하네." 토비가 말했다.

"거기 안 가도 돼서 정말 다행이야." 닉이 말했다. "물론 아주 홀륭한 곳이겠지만……."

"너와 둘이서만 시간을 보낼 수 있어서 좋았어, 닉." 그들이 정말 그 시간을 함께 썼다는 듯 토비가 말했다. "와니와는 어떻게 지내, 참?"

"괜찮지." 닉이 말했다. "나한테 무척 잘해줘."

"너한테 무척 의지하고 있다고 그러던데."

"아, 그랬어? 그래…… 참 독특한 친구야."

"언제나 그랬어. 하지만 곧 익숙해질 거야. 이제 와니를 안팎으로 잘 알거든."

"그래. 아주 오랜 친구지?"

"응, 그렇지." 토비가 말했다.

닉은 선크림을 발랐다. 토비가 등에다가 다소 조심스럽게, 자신이 하는 동작을 계속 설명해가며 발라주었다. 그런 뒤 토비가 라운지 의자에 엎드리자 닉은 쭈그리고 앉아 처음으로 그의 등에 가느다란 크림 줄기를 짜서 그의 어깨뼈를 가로지르며 가볍지만 꼼꼼하게 문질러주었다. 해와 맥주 때문에 머리가 쑤셨다. 입이 타고 눈꺼풀이 내려앉았으며, 너무나 불편하게도 발기가 시작되었다. 그의 손은 수천의 환상들을 놀랍게도 현실에서 흉내내며 토비의 상체로 미끄러지듯 움직였다. 토비의 허리께를 문지르며 수영복의 낮고 느슨한 허리 밴드와 솟은 엉덩이를 향해 손이 움직일 때 그는 손동작을 일종의 규칙적인 마사지로 바꾸었는데, 그러고 있자니 가슴이 요동치기 시작했다. 토비는 닉이 어떻게 그 동작을 이어가야 할지 혼란스러워하도록 내버려둔 채 마사지를 받아들이고 있었다. 다 바르자마자 닉은 뛰어일어나서 재빨리, 불편하게 엎드렸다. 그렇게 몇분간 두 청년은 마치 침대 위의 부부처럼 띄엄띄엄, 웅얼대는 대답밖에는 필요치 않은 이런저런 이야기를 주고받았다.

시동이 걸리지 않는 엔진처럼 기묘하게 찢어지는 듯한 소리에 닉은 정신을 차렸다. 동시에 날카로운 목소리 같은 숨소리가 리듬감 있게 들려왔다. 그는 몸을 돌려 희미한 눈으로 바라보다가 토비가 수영장 부속건물에서 로잉 머신을 들고 나온 것을 알았다. 회전식 좌석과 발 거치대, 탄성 좋은 나선형의 하얀 줄을 당기는 손잡이가 달린 물건이었다. 닉은 옆으로 누운 채 토비를 바라보았다. 그는 줄을 한번 당기고 놓을 때마다 앞뒤로 힘차게 움직이며 자신의 몸매를 과시하는 것 같았다. 힘도 무척이나 좋았다. 그의 등으로 해가 내리쬐어 겨드랑이에서 땀이 뚝뚝 떨어졌다. 복근이 수축과 이

완을 반복했다. 날카로운 숨소리에 웃음기라곤 없었고, 입술은 형식적인 입맞춤을 하듯 앞으로 쑥 나와 있었다. 잔잔한 파란 물 바로 곁의 그토록 메마른 땅에서 노 젓기 운동을 하는 모습은 초현실적이었다. 기계는 먼 곳에서 톱니를 돌리거나 대패질을 하는 것처럼 거슬리는 소리로 왱왱대고 낮게 웅웅거리며 리듬감 있는 소음을 만들고 있었다. 그러자 옥스퍼드에서의 어느 저녁이 떠올랐다. 메도스를 거쳐 아이시스로 어슬렁거리며 가던 중 그는 보트 창고 곁을 지나게 되었다. 8인조 경기용 보트가 모두 들어와 묶여 있었고 조정선수 한두명이 강가의 저녁 어스름과 자유로우면서도 기강 잡힌 분위기에 사로잡힌 듯 아직 떠나지 않고 있었다. 보트들이 운반되는 동안 넓은 자갈길에는 물이 뚝뚝 떨어져 줄이 지고 웅덩이가 생겼다. 그는 근처에서 얼쩡거리다가 보고 싶어하던 광경을 보았다. 상체를 드러낸 채 놀라운 속도로 노 하나를 저으며 솟구치는 물을 가로질러오는 토비의 빛나는 모습을.

차 문이 쾅 닫히는 소리, 이어서 피곤하고 퉁명스러운 목소리가 들려올 때 닉은 차양 아래서 책을 읽고 있었다. 삼십초 정도, 예의 소유욕의 반응에 사로잡힌 닉은 그곳의 소유자들이 마치 침입자들처럼 여겨졌다. 커다란 유리병은 부서졌고 따스한 오후는 영원히 조각났다. 캐서린이 덜컥 나오더니 탈진과 구토의 시늉을 하며 앞으로 몸을 숙였다.

"점심 괜찮았어?" 닉이 물었다.

"아! 닉! 세상에……." 그녀는 웅얼거리며 탁자 끄트머리라도 잡으려 손을 내밀었다.

"앉아, 달링, 앉아야지."

"티퍼 부부 말이야." 그녀는 포석 위로 의자를 당겨 털썩 주저 앉았다. "못 믿을걸. 그 사람들 무식하기가 똥 같아. 인색하기는 또…… 마치……."

"똥 같다고?"

"인색하기가 정말 똥 같아! 제럴드에게 점심값을 다 내게 하더라. 500파운드가 넘었는데. 내가 계산해봤거든……. 그러고도 고맙다는 말 한마디가 없는 거야."

"그 사람들, 별로 거기 가고 싶지가 않았던 것 같아."

"그러고 나서 뽀디에에 갔거든. 교회에 들렀는데……."

"오셨어요, 쌜리!" 그녀에게 들렸을지도 모를 말소리를 죽이기 위해 닉이 자리에서 일어서며 기쁘다는 듯 미소를 지었다. "점심 잘 드셨어요?"

그 질문이 뜻밖일 뿐 아니라 다소 불쾌하기까지 하다는 듯 쌜리는 고개를 몇번 움찔거려 머리카락을 뒤로 넘기고 나서야 뻣뻣하게 대답했다. "그런 것 같군. 그래. 맞아, 그랬지!"

"다행이네요. 무척 훌륭한 레스토랑이라고 들었어요. 아, 음료 시간에 잘 맞춰서 오셨네요. 토비가 핌스를 한병 만들고 있던 참이에요. 저녁에 야외에서 마실까 하는데요."

"으음, 그래. 그래, 자네는 종일 뭘 했나?" 그녀는 약간 비난하듯 그를 보았다. 자신이 오후 내내 버려진 사람치고는 짓궂은 만족감을 풍기고 있다는 사실을, 뭔가 계획을 세웠지만 어쩐 일인지 아무것도 안했고, 그렇지만 그걸 오히려 상대방이 부러워할 만한 일로 여기는 듯한 자족감을 내비치고 있다는 사실을 닉도 느낄 수 있었다.

"안타깝지만 저희는 무척 게으르게 시간을 보냈죠." 그가 대답하는 동안 토비가 햇볕 아래서 조느라 벌게진 얼굴로 물병을 들고 나왔다. 이것이야말로 닉이 그녀에게 이해시키고 싶던 것이었다. 자신이 이 집 아들과 깊이 있고 느긋하게 시간을 즐겼다는 것.

제럴드와 레이철이 한동안 모습을 보이지 않아 그들이 올 때까지 티퍼 부부는 젊은이들과 음료를 마시며 앉아 있었다. 토비는 모리스 경에게 무척 진한 핌스를 한잔 주었는데, 과일과 채소 농도가 어찌나 진한지 그는 입도 대지 않고 그냥 탁자에 올려두었다. 캐서린은 눈을 자주 깜박였고 생각에 잠긴 듯 고개를 한쪽으로 기울이고 있었다. "모리스 경께서는 정말 부자시지요?" 한참 있다가 그녀가 말했다.

"그래, 그렇지." 그가 코멘소리로 솔직하게 대답했다.

"돈을 얼마나 많이 갖고 계세요?"

그는 표정은 날카로웠지만 전적으로 불쾌해하는 것 같지는 않았다. "정확히 말하기는 어렵지."

셸리가 말했다. "정확히 말하는 건 언제나 불가능하지. 안 그래요? 전부 아주 빨리 오르니까 요새는."

"그럼 대충은요?" 캐서린이 말했다.

"내가 내일 죽는다고 가정해볼까."

셸리는 표정이 심각해졌지만 흥미가 생기는 모양이었다. "아니, 여보!" 그녀가 낮게 말했다.

"글쎄, 1억 5천만 정도."

"맞아." 셸리가 덤덤한 얼굴로 고개를 끄덕였다.

캐서린은 놀라움을 감추며 무표정한 얼굴을 보였다. "1억 5천만 파운드."

"그러게. 리라는 아니지, 아가씨야. 그건 분명해. 볼리비아의 볼

리비아노스도 아니고."

캐서린은 잠깐 침묵을 지킴으로써 그들이 자신의 놀라움을 즐기도록 놔두었다. 토비가 시장에 대해 뭔가 그럴듯한 말을 했는데, 모리스 경은 어깨를 으쓱하며 자신은 그런 문제에 대해 그들과 논할 수준이 아니라는 뜻을 드러냈다.

캐서린이 잔에 있던 오이조각을 찔러보고는 입을 열었다. "뽀디에 교회에서 헌금함에 돈을 좀 넣으시는 걸 봤어요."

"아, 우리는 교회와 모금운동에 끝없이 돈을 내지." 쌜리가 말했다.

"얼마나 기부하셨어요?"

"정확히 얼마인지는 기억이 안 나네."

"모리스를 아니까 하는 말이지만, 아마 꽤 될걸!" 그 말을 듣더니 모리스 경은 비판을 받으며 최고의 자기만족을 느끼는 사람의 표정을 지었다.

"5프랑을 넣으시던데," 캐서린이 말했다. "그건 새 화폐단위로 50펜스쯤 되죠. 하지만," 그녀는 잔을 들어 언덕과 멀리 보이는 강의 정경을 훑으며 말을 이었다. "100만 프랑을 내실 수도 있었겠죠. 아무 표도 안 났을 거예요. 그렇게 해서 로마네스끄 나르텍스를 단번에 구해주실 수도 있었을 텐데!"

로마네스끄 나르텍스란 모리스 티퍼가 그 각각은 물론이려니와 한꺼번에는 더구나 전혀 상대할 일이 없는 용어였다. "글쎄, 표가 전혀 안 났을지는 모르겠군." 그가 다소 너그러운 투로 말했다.

"모든 일에 다 돈을 낼 수는 없으니까." 쌜리가 덧붙였다. "알겠지만 우리는 코번트 가든도 있고……."

"아, 그렇죠." 캐서린이 마치 자신이 말도 안되는 소리를 했다는 듯 조심스럽게 대답했다.

"무슨 이야기들을 하고 계신지……?" 제럴드가 타월을 어깨에 걸친 채 반바지에 에스빠드리유를 신은 모습으로 나타났다.

"이 아가씨가 나를 좀 비판하고 있었지. 틀림없이 내가 좀 인색한 모양이야."

"그런 표현을 쓰지는 않았는데요." 캐서린이 말했다.

"그냥 어떤 사람들은 엄청나게 부자인 게 사실이지." 쌜리가 말했다.

이 손님에게 염증이 난 것이 역력한 제럴드는 수영장으로 가는 계단 쪽으로 긴장한 눈길을 돌리며 말했다. "이애는 우리가 열심히 일해서 번 것을 다 남에게 줘야 한다고 생각하는 경향이 있어요."

"전부 다는 아니에요, 물론. 하지만 도울 수 있을 때 돕는 건 좋을 것 같은데요." 그녀는 이를 다 드러내며 그들 모두에게 활짝 미소를 지어 보였다.

"글쎄, 아가씨는 헌금함에 돈을 넣었나?" 모리스 경이 물었다.

"저는 돈이 하나도 없었거든요." 캐서린이 말했다.

제럴드가 말을 이었다. "이애는 자신이 가난뱅이라는 이상한 착각 속에 살고 있어요. 그러니까, 실제의 자신으로 살지 않고 말예요. 이애는 늘 똑같은 말을 하기 때문에 논쟁을 할 수가 없답니다."

"그건 아니에요." 캐서린이 답답하고 짜증스러운 듯이 말했다. "전 다만 4천만을 가졌을 때 왜 그걸 꼭 8천만으로 늘려야 하는지 이유를 모르겠다는 거죠."

"아……!" 모리스 경은 어린애의 터무니없는 실수에 대꾸하듯 말했다.

"그건 저절로 그렇게 되는 거야." 토비가 말했다.

"내 말은, 누가 그렇게 많은 돈이 필요하냐는 거지. 그냥 권력 같은 거 아닌가? 왜 사람들은 그걸 원해? 그러니까, 권력을 갖는 이유가 뭐야?"

"권력을 갖는다는 건," 제럴드가 말했다. "이 세상을 더 나은 곳으로 만들 수 있다는 거지."

"정말 맞는 말이오." 모리스 경이 말했다.

"그래, 특별한 일을 하고 싶기 때문에 권력을 원하는 건가요, 아니면 권력의 느낌을 갖기 위해서, 원하면 뭐든 할 수 있다는 사실을 실감하기 위해서인가요?"

"그건 닭과 달걀 중 뭐가 먼저냐 하는 질문과 같지 않을까?" 쎌리의 목소리는 확신에 차 있었다.

"좋은 질문이긴 해요." 토비가 넌더리가 난다는 듯한 모리스의 표정을 보고는 말했다.

"만약 제게 권력이 있다면," 캐서린이 말했다. "하느님 맙소사……."

"그 말에 아멘을 보탠다." 제럴드가 낮게 말했다.

"사람들이 1억 5천만 파운드를 갖는 걸 금지해야 할 것 같은데요."

"그럼 스스로 대답한 셈이군." 모리스 경이 말했다. "자신의 질문에 대해서 말이야." 그는 잠깐 웃었다. "솔직히 이런 이야기를 이런 곳에서 듣게 될 거라고는 생각도 못했는데."

제럴드가 자리를 뜨며 말했다. "미술학교에 보내니 별일이 다 생기는군, 모리스." 하지만 이런 식의 얼버무림이 셰 끌로드에서의 점심 대접 이상으로 손님의 비위를 맞출 수 있을지 자신 없다는 표정이었다.

그날 저녁식사 중에 전화가 울렸다. 각자 기다리는 전화가 있는 듯 보이던 바깥 테라스의 사람들은 모두 릴리안이 대답하는 소리에 자기부정의 선웃음을 지었다. 닉은 아무 전화도 기대하지 않고 있었지만 티퍼 부부가 때맞춰 일어난 재앙 때문에 집으로 불려가는 모습을 상상해보았다. 릴리안이 촛불빛 가장자리로 들어와 안주인에게 온 전화라고 말했다. 식탁의 대화는 간신히 이어질 뿐, 다들 레이철이 하는 말의 일부를 가끔씩 알아듣고 막연하고 유쾌한 관심을 감추지 못하고 있었다. 그러다가 그녀가 전화가 있는 방의 문을 닫은 것 같았다. 몇분 뒤 닉은 그녀의 침실에 불이 켜지는 것을 보았고, 그녀가 반쯤 먹다 남긴 송어구이와 손도 대지 않은 샐러드 접시는 위기의 분위기를 풍기고 있었다. 다시 나온 그녀는 제럴드가 포도주를 권하자 "그래요, 주세요"라며 너그러운 미소를 지었는데, 물어봐주길 원하면서 동시에 막는 듯한 표정이었다. "나쁜 소식은 아니기를 바라요." 쌜리 티퍼가 말했다. "우리는 휴가를 즐기고 있을 때 늘 나쁜 소식이 오더라고요."

레이철은 한숨을 쉬고 망설이다가 캐서린의 긴장되고 걱정스러운 눈초리를 마주하더니 입을 열었다. "무척 슬픈 소식이구나, 달링. 대부이신 팻 소식이야. 오늘 아침 돌아가셨다는구나."

멍하니 칼과 포크를 들고 씹는 것도 잊은 채 어머니를 바라보던 캐서린의 눈에서 눈물이 볼을 따라 주르륵 흘러내렸다.

"아, 저런, 안타깝네요." 닉은 그 소식보다도 캐서린의 즉각적인 슬픔에 더 마음이 움직였다. 그리고 에이즈 문제가 갑작스럽게, 어쩔 수 없이 대두하는 것을 느끼고서 그곳에 있는 남자들 가운데 유일하게 공인된 동성애자인 자신이 그 문제를 언급해야 한다고 생각했다. 하지만 나머지 가족 전체가 그 문제를 감추려고 합심해서 노력하고 있는 것이 분명히 느껴졌다.

"정말 슬픈 일이야." 제럴드가 탄식하고는 이어 설명을 시작했다. "팻 그레이슨, 아시죠? 텔레비전 탤런트 말입니다. 레이철의 오랜, 아주 오랜 친구인데……." 닉은 이 말에서 벌써 어딘가 그와 거리를 두려는 제럴드의 의중을 감지할 수 있었고, 그러자 팻이 성공 가도를 달리던 삼 년 전만 해도 호크스우드에서 '영화계의 스타'라고 불리던 기억이 났다. "여보, 전화는 누가 했지?"

"아, 테리였어요." 얼마나 조심스럽고 은밀한 투로 말하는지 레이철의 목소리는 거의 들리지 않을 정도였다.

"텔레비전을 거의 안 봐서요." 쎌리 티퍼가 말했다. "시간이 없으니까! 모리스의 일에다, 여행에다……. 게다가 텔레비전을 안 본다고 별로 아쉽지도 않고요. 어떤 프로그램에 나왔었나요, 그 친구분?"

토비 또한 슬픈 기색이 역력한 태도로 말했다. "「쎄들리」에서 주인공 역을 했어요. 사실 웃기는 역을 잘했죠."

"아, 시트콤이구나." 쎌리 티퍼는 얼굴을 씰룩거렸다.

"그렇다고 할 수 있으려나, 닉?" 제럴드가 말했다. "정확히 시트콤은 아니고……."

"일종의 코미디 스릴러였죠." 닉은 그들이 팻에 관한 진실을 알기 전에 그를 좋아하게 되었으면 하는 바람에서 말했다. "쎄들리는 항상 악당 짓을 하면서도 잘도 빠져나가는 매력적인 악당이었어요."

"으음, 여자를 잘 녹이는 남자였지." 제럴드가 덧붙였다.

와니도 입을 열었다. "그분을 만났을 때 아주 매력적인 분이라고

생각했어요. 라이어널의 집에서였던 것 같은데…… 정말로 재밌는
분이었죠!"

"그랬지……." 레이철이 심란한 어조로 말했다. 그녀는 탁자 너
머 캐서린의 손을 어루만지며 그 작은 비탄의 장면을 돕는 동시에
수습하고 있었다. 아마 자신의 방에서 울었던 모양인데 지금은 딸
을 돌보기 위해 단단히 마음을 먹은 듯했다.

제럴드는 다른 사람들의 마음을 전혀 이해하지 못했고 심지어
가벼운 거부감마저 느꼈지만 이해하는 척 얼굴을 찌푸리고 슬픈
표정을 지으며 식탁 머리에서 가늘게 한숨을 쉬고 웅얼거렸다. "가
엾은 우리 야옹이," 그가 말했다. "팻 아저씨가 대부였으니. 진짜
아저씨는 물론 아니지만……!"

"열렬한 좌파였지." 그것이 그의 악당 같은 면모의 하나였다는
듯 레이디 파트리지가 죽은 이에게 보이는 너그러운 태도로 웃으
며 말했다. "저애에게는 대부가 두 사람인데, 하나는 진짜 귀족이
고 하나는 새빨간 사회주의자였어."

"글쎄요, 엄마랑 처음 만났던 시절에는 진짜 사회주의자였을 수
도 있겠지요." 토비가 말했다. "하지만 그분이 수상님에 대해서 말
하는 건 못 들어보셨죠?"

"뭐라고…… 했는데?" 제럴드가 물었다.

"그분이 너무 좋아!"

"물론 그랬겠지." 티퍼 부부 앞에서 레이철의 좌파 친구들에 대
한 평소의 농담으로 인상을 구기고 싶지 않은 제럴드가 열렬하게
대꾸했다. "저애의 대모는 물론 샤론, 음, 플린트셔죠, 아시겠지만.
그래요, 그 공작부인."

"팻과는 어린 시절 친구시고요." 사회적 친분관계에 대한 본능

으로 와니가 덧붙였다. "옥스퍼드에 함께 다니셨거든요."

"내가 비어트리스라면 그는 베니딕이었지." 레이철이 공감의 빛을 의식한 듯 아름다운 미소를 띠고 말했다. "내가 헤시오네라면 그는 헥터 허샤비였고!"[18]

"으음, 그렇지, 맞아!" 머쓱해진 제럴드가 약간 당황해서 대꾸했다.

이것이 모리스 티퍼를 자극하기에 충분했는지 그가 의심 많은 사람의 침착하고 무심한 태도로 물었다. "그래, 어쩌다가 돌아가셨습니까?"

제럴드가 약하게 헐떡이는 숨소리를 냈지만 레이철은 조용히 대답했다. "폐렴이었다네요. 하지만 건강이 워낙 안 좋았어요, 불쌍한 팻."

"아, 그랬군요."

레이철은 유약을 발라 구운 사기 샐러드 그릇 아래 먼 곳을 보았다. "작년에 극동 지역에서 무슨 특이한 병에 걸려 왔어요. 그게 뭔지는 아무도 모르죠. 굉장히 희귀한 병이라던데. 정말 운이 엄청 나빴어요."

닉은 이 불길한 허구가 유지되고 있는 데 일종의 안도감을 느꼈고, 여자친구와 제대로 눈을 맞추지 않은 채 아무것도 모르고 고개를 주억거리는 재스퍼를 바라보았다. 이어서 그가 어떤 예감으로 움찔하는 모습도.

---

18 베니딕과 비어트리스는 셰익스피어(W. Shakespeare)의 희곡 「헛소동」(Much Ado About Nothing)의 남녀 주인공으로 서로 앙숙이며, 헤시오네와 헥터 허샤비는 버나드 쇼(Bernard Shaw)의 희곡 「하트브레이크 하우스」(Heartbreak House)에 등장하는 부부다.

"엄마, 제발!" 캐서린이 말했다. "그건 에이즈예요!" 가래 섞인 거친 목소리, 분노와 싸우는 캐서린의 목소리였다. "동성애자였어요……. 모르는 사람하고 섹스하곤 했고…… 그는 그런 걸 좋아했다고요……."

"달링, 네가 그걸 어떻게……." 레이철이 더듬거렸다. 그런 태도가 다른 사람들로 하여금 캐서린의 이야기를 얼마나 의심하게 할지는 알 수 없었다.

"그게 아저씨가 좋아한 거예요." 캐서린이 말을 이었다. 동성애자의 섹스에 대한 그녀의 생각에는 비극적이면서도 만화 같은 면이 있었다. 그녀는 믿을 수 없다는 듯 식탁 아래로 눈길을 주었다. 닉은 그 조소의 대상에 자신도 포함된 기분이 들었다.

"어쨌든!" 마치 고약한 순간이 지났다는 듯 제럴드가 자신의 어머니를 향해 포도주병을 기울이며 미소를 짓고 긴 한숨과 함께 말했다.

"아, 정말 한심하네요!" 캐서린은 새로운 감정들이 마구 뒤섞이며 충돌하는지 누구라도 집어삼킬 듯한 눈빛으로 급하게 말했다. "정말이지 그분에 대해 진실을 이야기하는 게 우리가 할 수 있는 최소한 아닌가요?" 그러고는 식탁을 쾅 내려쳤지만, 그 태도도 어쩐지 어린애 같고 우스꽝스럽게만 보였다. 한두 사람이 불안한 미소를 지었다. 그녀는 포석에서 의자를 밀고 벌떡 일어나더니 집 안으로 들어가버렸다.

"아, 제가 가서……?" 재스퍼가 말하고 킬킬 웃었다.

"아니 아니, 내가 갈게." 레이철이 말했다. "조금 있다가."

"경험에 따르면 조금 기다리는 편이 좋지." 제럴드가 손님들에게 지역 고유의 풍습이라도 설명하듯 말했다.

"감정이 예민한 아가씨로군." 모리스 티퍼는 불쾌감을 담은 미소를 띠었다.

"감정이 무척 예민한 아가씨죠." 허세와 조롱이 섞인 비겁한 태도로 재스퍼가 되풀이했다.

"균형감각이 전혀 없어." 레이디 파트리지도 속말을 하듯 동의를 표했다.

제럴드는 치켜든 포도주잔 위로 넌지시 사람들을 보면서 망설이다가 딸의 편에 섰다. "내 생각엔 그저 마음이 무척 여린 아이일 뿐이에요." 닉이 보기엔 캐시와 정반대되는 성격에 대한 묘사였다.

레이철이 약간 냉랭한 어조로 물었다. "쏘피도 심하게 화를 내는 일이 있나요?"

모리스 경은 그것이 주제넘은 질문이라고 생각하는 모양이었다. 그의 아내가 나섰다. "그애는 화가 나더라도 드러내지는 않아요. 물론 무대에 있을 때는 빼고요. 그때는 완전히 열정덩어리니까요." 닉은 「윈더미어 부인의 부채」에서 공연하던 그녀의 모습을 떠올려보았는데, 거기서 그녀가 맡은 대사라고는 "예, 엄마"뿐이었다.

저녁식사를 마친 뒤 네 청년은 응접실로 자리를 옮겼다. 재스퍼는 좀 안절부절못하다가 곧 위층으로 올라가 캐서린의 방문 앞을 서성댔다. 와니는 모리스 경의 『파이낸셜 타임스』를 읽었고, 토비는 이 얼떨떨한 죽음에 꼬냑잔을 이쪽저쪽으로 기울이며 이따금 닉에게 같은 말을 반복했다. "맙소사, 끔찍해. 불쌍한 팻, 믿을 수가 없어."

닉은 방금 시작한 책을 내려놓고는 지루한 내용이라는 듯 미소를 지었다. "그러게." 그가 대꾸했다. "참 안됐어. 정말 안타까운 일이고." 토비와 함께 수영장 가에서 보낸 오후 시간을 떠올리자 그를 향한 욕망 가득한 애정이 빛을 발하며 방을 채우는 것 같았다. 토비의 슬픔에 마음이 움직였고 자신의 위로를, 뭔가 현명한 말을 해주기를 원하는 듯한 그의 소년 같은 요구에 기분이 좋아졌다. 닉 자신도 팻의 죽음에 강한 인상을 받았고 자신이 그를 위해서 아무것도 못했다는──다른 의미에서 팻 또한 닉을 위해 한 것이 아무것도 없긴 마찬가지였지만──사실을 인정하면서 막연히 가책을 느끼던 참이었다. 닉은 그처럼 동성애를 감추는 것을 좋아하지 않았기에 다소 건방지고 심지어 우월한 태도로 그를 대했었다. 바로 그런 이유로, 그의 죽음이 자신의 불친절에 대한 기억을 지워주어서 닉은 묘하게 부담을 던 느낌이었고, 그래서 더 부끄러웠다. "테리는 어쩌고 있는지 모르겠네." 그가 토비의 생각에 초점을 맞추며 말했다.

"그러게, 불쌍한 친구. 정말 끔찍해. 끔찍한 역병이지."

"그러게."

"그 끔찍한 병에 안 걸리는 게 좋아, 너도." 토비가 말했다.

"난 괜찮을 거야." 닉이 말했다. "아주 신경 쓰고 있거든. 그러니까 우리가 그 병에 대해서 알게 된 이후로 말이야." 그는 와니를 건너다보았지만, 와니는 기록적인 주가와 기록적인 부동산 가격에 대한 헤드라인이 있는 핑크빛 신문을 무릎 위로 들어올리고 있어서 얼굴이 보이지 않았다. 이따금씩 그는 힘주어 신문을 쫙 펴곤했다. "나는 걱정 안해도 돼." 닉이 말했다.

토비는 다소 민망해하는 것 같았다. "나는 팻이, 그러니까, 여러 사람하고 자는 줄 몰랐어."

"글쎄……." 닉은 그 사실을 아주 잘 알고 있었다. 캐서린이 어쩌다가 팻이 아주 거친 섹스를 좋아한다고 얘기한 적이 있었다. "캐서린 얘기를 다 믿지는 마. 캐서린은 스스로 만든 과장된 세계에 살고 있잖아."

"그래. 하지만 팻이랑 무척 가까웠어, 닉. 그가 종종 밥을 사주곤 했지. 해슬미어에 서너번 묵었고. 캐서린이 그가 아무하고나 자기를 좋아한다고 얘기하면……."

닉은 티퍼 부부가 들어오는 것을 보았다. 그들은 자신들의 방에 갔다가 이제 반시간쯤 더 모습을 보이는 게 예의라는 듯 바짝 붙어 입을 꼭 다문 채 내려왔다. 저녁식사 자리가 불쾌했던 게 분명한 모리스는 이제 이 모임 전체에 대해 비정상적 일탈의 의심을 떨칠 수 없는 듯 보였다. 젊은이들은 모두 자리에서 일어섰고, 닉은 앉아 있던 의자 팔걸이에 책을 뒤집어놓았다. 쎌리 티퍼는 중립적인 물건에 주의를 돌려 불편한 마음을 누르려는 듯 책을 들여다보며 말했다. "아, 이건 모리스의 책이군."

"음…… 아," 닉은 그게 어떤 책인지 분명히 알면서도 그녀의 얘기에 잠시 혼란스러웠다. 그것은 존 베리먼의 시에 대한 연구서였다. "아닌 것 같은데요."

"저거 보여요, 달링?"

모리스가 안경을 번쩍이며 다가왔다. "뭐라고? 아, 그래." 그가 와니에게 다가가자 와니는 『파이낸셜 타임스』를 재빨리 접었다.

"원하신다면 언제든 이 책 보세요." 닉이 솔직한 태도로 살짝 웃으며 말했다. "하지만 제 책이랍니다. 오늘 아침에 받았죠. 『타임스 고등교육』에 리뷰를 써야 하거든요."

"아, 그렇군. 아니, 아니야." 쎌리는 교묘하게 차가운 미소를 띠었다. "아니, 모리스가 페가서스 출판사를 갖고 있는데 그 출판사에서 나온 책이라."

"그건 몰랐네요."

"내가 그 회사를 샀지." 모리스 경이 말했다. "그룹 전체를 샀어. 신문에 났었는데." 그러고서 그는 자리에 앉아 벽난로 위 엉겅퀴와 말린 루나리아가 꽂힌 화병을 노려보았다.

"이층에 올라가서 동생이 괜찮은지 좀 볼까 합니다." 이 모든 게 힘들다는 듯 토비가 말했다.

닉이 느끼기엔 그를 따라가는 게 좋을 것 같지 않았다. 그는 다시 쌜리 맞은편에 앉았지만 꼭 그녀를 상대한다기보다는 그저 호텔 라운지에서 우연히 마주 앉게 된 손님을 대하는 기분이었다. 그가 말했다. "그 소식 때문에 오늘 저녁 분위기가 좀 저조해진 것 같습니다."

"그러게." 쌜리가 말했다. "정말 불운하네."

"오래된 친구를 잃는다는 것은 무척 힘든 일이지요." 닉이 말했다.

"으음." 쌜리는 자신의 말뜻이 왜곡되어 받아들여졌다는 듯 약간 움찔했다. "그래, 자네도, 그러니까, 그 사람을 알았나?"

"팻, 예, 조금요." 닉이 대답했다. "굉장히 매력적인 분이었어요." 그가 미소를 짓자 그 말은 일종의 암호처럼 머물며 자기주장을 하는 듯 느껴졌다.

쌜리가 말했다. "아까 말했지만 우리는 전혀 본 적이 없는 사람이라서." 그녀는 『컨트리 라이프』 한권을 집어들고 부동산 광고를 멍하니 들여다보았다. 가격을 깎으려고 흥정하는 사람처럼 고집 센 표정이었다. 하지만 시선을 의식하는 듯했는데, 그래서인지 방금 일어난 일에 대해 말하고 싶어하는 것 같다는 느낌도 들었다. 그녀는 위를 올려다보더니 얼굴을 크게 씰룩이며 입을 열었다. "그러니까, 이런 결과가 있으리라는 것을 알고 있었을 텐데."

"아…… 글쎄요, 모르겠습니다. 아마 그랬겠지요. 항상 자신에게는 닥치지 않기를 바라지만요. 그런데 설사 예상한다 하더라도 일이 닥쳤을 때 덜 끔찍한 건 아니니까요." 닉이 동성애자라는 것을 그녀가 아는지 모르는지 불분명했다. 그녀가 자신에게 냉정한 이유, 그녀 나름으로 그에게 관심을 안 보이는 이유가 그 때문이라고 그는 늘 짐작해왔는데, 이제 사실은 그녀가 그에 관해 전혀 모를 수도 있다는 생각이 들었다. 커다란 주제가 그 나름의 논리와 추진력을 가지고 형성되는 것 같은 느낌이 들었다. 그런 장소에서, 그런 사람들 앞에서 자신의 동성애를 밝히는 것은 사교적 긴장을 불러일으킬 수 있다. 그리고 그들 모두와 관련된 에이즈라는 더 큰 주제의 경우도 마찬가지였다. 그는 말했다. "부인의 모친께서 돌아가시기 전에 꽤 오래 편찮으셨다고 들었던 것 같은데요."

"그건 완전히 다른 병이었어." 모리스 경이 무뚝뚝하게 끼어들었다.

"그분이 마침내 돌아가셨을 때," 쌜리가 말했다. "우리는 안도할 정도였지."

"그분이 그 병을 자초한 것도 아니었고." 모리스 경이 말했다.

"아니죠, 그건 물론." 쌜리가 한숨을 쉬었다. "그러니까, 그 사람들도 배워야 하는 것 아네요? 그 사람들…… 동성애자들 말예요."

"그런 식으로 배워야 한다는 건 참 힘든 일이죠." 닉이 말했다. "하지만 예, 우리는 어떻게 하면 안전한지 배우고 있습니다."

쌜리 티퍼가 그를 뚫어지게 바라보았다. "그렇군……." 그녀가 말했다.

모리스 경은 알아채지 못한 듯했지만 쌜리는 방금 들은 이야기를 소화하지 못해 체한 기색이 역력했다. 닉은 그녀의 언어로 설명해보려고 애썼지만 어떻게 얘기해야 할지 알 수가 없었다. "아주 간단하게 할 수 있는 것들이 있으니까요. 예를 들어서, 보호장치를 사용해야겠죠. 아시다시피, 그 사람들…… 그 사람들이 올라탈 때요."

"그렇군." 쎌리가 다시 고개를 흔들었다. 그녀가 자기 말을 이해하는지 그는 확신할 수 없었다. 이렇게 명랑하고 점잖은 말씨가 무슨 도움이 될까? 그녀는 어떤 사실이라도 상대할 수 있다는 태도였지만 동시에 불쾌하고 얼떨떨하며 겁을 내는 것처럼도 보였다. "그게 그가 하던 것인가, 그러니까, 그 배우라는 친구? 올라탄다고?"

"의심의 여지가 없지요." 닉이 말했다. 모리스 경이 민트라도 씹듯 거칠고 언짢은 소리를 냈다. "하지만 우리 모두가 알듯이," 닉은 아첨하듯, 그리고 위기의 순간이 지났기 때문에 열의가 다소 사그라들어서 말을 이었다. "다른 것들도 있지요. 구강성교라든지요. 위험하긴 해도 확실히 덜 위험하니까."

쎌리는 침착하게 받아들였다. "키스를 말하는 건가보네."

모리스 경은 그를 날카롭게 바라보고 말했다. "그 말을 들으니 물리적 혐오감이 확 드는군." 그러고는 불쾌감을 즐기는 듯 웃었다. "누가 그런 결과에 조금이라도 놀라는지 이해가 안 가. 그 전체가 완전히 난장판인데. 자업자득이지."

닉과 나눈 비일상적인 대화에서 약간의 지식을 얻은 쎌리가 농담처럼 말했다. "아, 이 문제에 있어서 모리스는 중세 사람이야. 빅토리아 여왕 같은 사람이지!" 그것은 약간의 일탈의 시도였는데, 말투가 어찌나 바보 같은지 교정해주고 싶을 정도였다.

"내 의견에 창피한 건 없어." 모리스 경이 말했다.

"물론 그렇죠, 달링."

"예, 그리고 그 점은 저도 마찬가지입니다, 사실." 닉이 말했다.

"자네는 어떻게 생각하나, 와니?" 쌜리가 말했다. "젊은 사람으로서, 그러니까 그 사태를 반대편에서 볼 때?"

와니는 그동안 심술궂은 인내심을 가지고 닉을 바라보고 있었다. "글쎄요, 닉의 말이 맞겠죠. 그러니까…… 모두들 더 조심을 해야 한다는 얘기요. 이제 그 병에 걸린다면 변명의 여지가 없습니다." 그는 현명하게 웃었다. "어린아이들이 그 병에 걸리는 건 참으로 슬픈 일이라고 생각해요. 심지어 태어날 때부터 그 병에 걸려 있기도 하니까요."

"그건 정말 슬픈 일이지." 쌜리가 말했다.

"저는 아마 이런 문제에는 좀 구식일 거예요. 하지만 결혼 전에는 섹스를 안하는 게 옳다고 생각하도록 교육받아서요."

"그게 바로 내 견해야." 모리스 경이 반대의견이라도 내는 듯 사나운 투로 말했다.

닉은 아이러니와 경악으로 얼얼할 지경이었지만 그저 이렇게만 말했다. "하지만 만일 결국 결혼을 안한다면……."

"섹스에 좀 사로잡혀 있는 것 같아, 우리 시대가. 그렇지 않나?" 공통 결론이라는 듯 쌜리가 정리했다.

"그러게 말입니다." 와니가 거들었다.

5

이튿날 아침 수영장 쪽에서 제럴드와 캐서린 사이에는 약간의 고성이 오갔다. 무엇을 두고 다투는지는 잘 들리지 않았다. 팻이 죽은 지 얼마 되지 않아 제럴드가 좀 조심할 줄 알았는데 그런 일이 일어났다는 것이 놀라울 뿐이었다. 하지만 그 일의 불편한 여파였다고 보면 말이 되는 것 같기도 했다. 그날 중에는 그 일에 대해 더 이상 이야기가 나오지 않았다.

오후에 닉이 위층으로 올라가자 캐서린도 올라왔다. 그와 약간 사이를 두었기 때문에 그를 따라온 것인지 아닌지는 알 수 없었다. 그가 긴 복도에서 뒤를 돌아보니 그녀는 무슨 일인가 꾸미는 듯한 표정이었다. 그가 문을 열어두자 조금 뒤 그녀가 어슬렁거리며 들어왔다. "안녕, 달링." 닉이 말했다.

"음, 또 안녕, 달링." 캐서린은 재빨리 그를 쳐다본 뒤 속을 알 수 없는 표정으로 방을 둘러보았다.

"괜찮아?"

"아, 응…… 괜찮아. 괜찮지, 뭐."

닉은 다정하게 미소를 지었지만 그녀는 그의 질문에 짜증이라도 난 것 같았다. 그는 아마도 그녀가 특유의 희한한 감정 절제 방식, 감정을 강렬하게 경험했다가 바로 떨쳐버리는 식으로 팻의 죽음을 극복했나보다고 생각했다. 그녀는 꽉 끼는 흰색 반바지에 재스퍼의 회색 러닝셔츠 차림이었는데, 셔츠 안쪽에서 그녀의 작은 가슴이 민첩하게 움직였다. 그때까지 아무도 그의 방에 온 적이 없었고, 그래서 마치 첫 데이트라도 되는 양 은밀하고 기분 좋은 긴장이 감돌았다. 그녀는 침대에 걸터앉아 스프링을 시험해보았다.

"불쌍한 닉, 항상 가장 나쁜 방이 닉의 차지야."

"난 내 방 좋아." 닉이 좌우로 둘러보며 말했다.

"전에는 내 방이었어. 애들 방이었지. 맙소사, 저 소름 끼치는 그림들 기억난다."

"좀 <u>으스스</u>하기는 하지." 그것들은 작은 독일 그림들로 유리 액자에 끼워져 있었다. '가을'이라는 제목의 작품은 백로 깃털 장식을 꽂은 여자 한명이 흔한 과일들로 한 소녀의 앞치마를 채우는 장면이었고, '겨울'은 붉은 코트를 입은 남자들이 총을 쏘고 스케이트를 타는 가운데 잎 진 나뭇가지에서 새 한마리가 노래하는 광경이었다. 이유를 정확히 설명하기는 힘들지만 그림 속 인물들이 보이는 다정함에는 뭔가 불길한 느낌이 배어 있었다.

"하지만 닉은 좋은 사람이고 친구도 가까이에 있으니까."

"맞아, 우라디가 코 고는 소리가 들릴 정도지." 닉이 흔쾌하게 대답하고는 탁자에 걸터앉았다.

"사실 난 우라디 괜찮더라." 캐서린이 말했다.

"괜찮은 친구야. 그렇지."

"전에는 줄곧 응석받이로 자란 간들거리는 남자라고 생각했는데 그것보다는 좀 내실이 있더라. 아주 웃기기까지 하던데."

"그러게……." 자신이 와니보다는 훨씬 더 잘 웃긴다고 생각하며 닉이 중얼거렸다.

"그러니까, 그 사람 되게 기분이 오락가락하더라고. 어떤 때는 완전히 딴 세상에 가 있어. 가게의 마네킹처럼 매력적이십니다, 공작부인…… 어쩌고 하면서. 또 어떤 때는 활기에 넘쳐서 말 그대로 생명이자 영혼이고."

"그래, 무슨 말인지 알겠다." 그를 흉내내는 캐서린의 모습을 바라보며 닉은 조심스레 웃었다. "익숙해질 거야."

캐서린은 팔을 뒤로 뻗어 기댄 채 다리를 흔들었다. "내가 그의 약혼자가 아니라서 너무 다행이야. 그렇게 말할 수밖에 없다고."

"내가 보기에 그 여자는 이미 익숙한 것 같던데."

"물론 익숙해질 시간이 충분했던 건 사실이지……."

닉은 아래를 내려다보았고, 탁자 위 동성애 세계 안내책자『스파르타쿠스』위에 덮여 있는 책과 공책, 헨리 제임스의 비망록 들을 정리했다. 캐서린은 뭔가 목적이 있어서 닉의 방에 온 것 같았다. 그녀는 주변을 둘러보고 일어서서는 이미 다음 과제에 착수한 사람처럼 다소 산만하게 문을 닫았다.

"내가 와니에 대해 궁금해지기 시작했다고 얘기하지 않을 수가 없었어." 그녀가 말했다.

"무슨 말이야……?"

"사실, 상당히 멋져."

"아."

"닉의 푸른 눈을 완전히 가려버렸어."

닉은 다소 불안하면서도 막연하게나마 칭찬을 받은 느낌에 희미하게 웃었다. "그럴 만하지, 물론."

캐서린이 앉아서 말했다. "재즈가 추측하는 게 하나 있어."

"아, 그래?" 닉이 대꾸했다. "나라면 재즈의 추측에 자동으로 귀를 기울이진 않을 것 같은데."

캐서린은 그가 자기 아버지처럼 말하는 데 신경 쓰지 않는다는 듯 말을 이었다. "아마 그렇겠지. 하지만 재스퍼는 관찰력이 아주 뛰어나거든. 그러니까, 내 말 못 믿겠지만, 어쨌든 재스퍼가 보기에는 와니가 동성애자인 것 같대."

"아!" 닉은 실망한 투로 쯧쯧 혀를 찼다. "맞아, 사람들이 늘 그러더라고. 샤워를 자주 하고 속이 비치는 바지를 입어서 그럴 거야." 사람들이 그런 말을 더 자주 안하는 게 이상하지, 닉은 속으로 생각했다.

"재스퍼가 그러는데, 그가 자기 성기를 보겠다고 계속 따라다

넜대."

"으음, 내 생각엔 허세를 부리는 것 같은데, 달링. 재스퍼야말로 항상 자기 성기를 보여주겠다고 내 뒤를 따라다니거든." 이건 지나치게 솔직한 말 같기도 했다. "사실, 약간 바람둥이잖아." 닉은 자신의 침착성에 놀라면서도 계속 킬킬 웃었고 복잡하고 불편한 마음에 다리를 꼬았다.

"그럼 와니가 아무 말도 안했어, 재즈에 대해서? 하긴 닉한테는 감추려고 더 노력하겠지. 그렇지 않을까? 닉이 오해할까봐! 그러면 정말 안되잖아!" 캐서린은 아마도 스스로의 추측에 확신이 안 서서 더 그렇게 몰아가는 것 같았다.

닉은 얼굴을 붉혔지만 침착하게 그녀를 바라보았다. "몰라, 달링." 그가 아랫입술을 삐죽였다. "그 친구들 지금 자기들끼리만 수영장에 있는 거 아냐? 거기서 무슨 일이 벌어지고 있는지 누가 알겠어?"

"적어도 오늘은 끈팬티를 입지는 않았으니까." 캐서린이 말했다.

"아, 뭐." 닉은 방어적으로 거친 농담을 계속 밀어붙였다. "하지만 일단 둘이 함께 수영장 부속건물로 들어간다면……."

캐서린은 신경 쓰이는 듯한 눈길을 닉에게 던지고는 얼굴을 붉혔다. 재스퍼가 수영장 부속건물에서 자신과 섹스했다는 것, 그것이 그들의 무언의 자랑이라는 것을 닉이 알고 있다는 사실을 의식한 것이다. 그러나 닉이 지난밤, 그 끔찍한 저녁식사 후에 억누른 화가 폭발해서 와니와 섹스했다는 것을 물론 그녀는 모르고 있었다. 그녀가 말했다. "아, 세상에. 수영장 부속건물 얘기는 꺼내지도 마."

"무슨……?"

"제럴드가 오늘 아침에 그걸 갖고 나한테 야단을 치더라고. 내가 말 안할 수가 없는데, 완전히 원숭이같이 난리를 쳤어."

"아, 달링……. 그래, 무슨 일이 있는 것 같더라." 그러고 보니 제럴드가 고개를 숙이고 실망에 차서 힐난하는 자세로 어깨를 둥글린 채 수영장 가에 서 있는 모습이 다소 원숭이 같았던 건 사실이었다.

"그 귀부인께서 고무콘돔이 욕조에 떠다니는 걸 봤다는 거야. 상상이 되겠지만 엄청 화를 냈대. 이른 아침 그분의 목욕을 완전히 망쳤다나."

"만세!" 닉이 말하고 그녀를 보며 웃었다. 그러는 동안에도 머릿속으로는 이 사태를 어떻게 그럴듯하게 넘길까 싶은 생각에 몇가지 방법을 궁리하고 있었지만.

"난 재스퍼가 그걸 변기에 내려보낸 줄 알았거든. 그런데 제럴드가 막 찾으러 다니더라고. 우리는 머리카락 하나 차이로 안 들켰고."

"그분이 그게 뭔지 알아봤다는 게 신기하네."

"정말 딱해." 물론 어제저녁의 성교육 시간을 놓친 캐서린이 말했다. "여기 다 성인밖에 없잖아, 세상에."

"그러게."

"집 안에서는 소리가 다 들리니까 할 수가 없다고."

"그건 문제가 될 수 있겠지."

"그런데…… 세상에! 맙소사, 정말 이상하네!" 캐서린이 스스로를 못 믿겠다는 표정으로 초조하게 그를 응시하자, 닉은 자신의 가면이 으스스하게 얇아지는 것을 느꼈다. 들켰는지 안 들켰는지, 혹은 가만히 앉아 있는 것만으로 이 상황을 모면할 수나 있는 건지도 모르는 채 닉은 미소를 띠었다. "어제는 분명 콘돔을 안 썼는데."

"항상 콘돔을 써야지." 닉이 말했다. "어떤 때는 썼다가 어떤 때는 안 썼다가 하는 건 의미가 없어. 그가 또 누구랑 했었는지도 모르잖아."

"아, 닉, 그는 정말 순진해. 다른 사람과는 한번도 해본 적 없는 사람이야."

"아, 그래……."

캐서린이 훅 하고 숨을 들이켰다. "우리가 아니라면, 그러면……."

"전날 놔뒀던 걸 수도 있겠지, 뭐." 들킬까봐 불안했지만 태연스러움을 가장하며 닉은 애거사 크리스티처럼 가능한 용의자와 솔직히 전혀 불가능한 용의자를 하나하나 따져나가는 캐서린을 지켜보았다. 어쩌면 그녀는 푸아로처럼 방에 들어오기도 전에 이미 답을 알고 있었던 게 아닐까? 그러다가 그녀가 일어서서 창문을 향해 걸어갔다가 돌아섰을 때, 그는 그녀의 얼굴에 스스로 발견한 내용에 대한 충격, 심지어는 혐오감마저 떠오른 것을 보았다.

"맙소사, 내가 정말 바보였네." 그녀가 말했다.

닉은 그녀를 보았고, 그녀는 닉을 보았다. 그는 들켰다는 사실 때문에 괴로웠고 자신의 어리석음에 자괴감도 들었지만 동시에 일종의 자부심, 아직 숨어서 웃음지어도 좋다는 허락을 기다리는 자부심도 느꼈다. 그 기만이 얼마나 크고 엄청난 것인지 그녀는 부정할 수 없을 터였다. 그녀가 재빨리 회복하는 모습이, 음란한 무언가를 감지한 모습이 보였다. 그가 말했다. "아마 그가 꽤나 멋진 사람인가봐. 맞아."

캐서린은 다가와 최대한 위엄 있는 태도로 다시 앉았다. "난 더 이상 멋지다고 생각 안하는데." 그녀가 말했다.

닉은 조심스레 입을 열었다. "그러니까 그가 나를 속인다고 생각했을 땐 멋졌지만 너를 속인 것이 드러나니까 멋지지 않다는 거군." 미처 생각을 정리하기도 전에, 그는 문득 단순하고 심지어는 지저분한 것이라 해도 감추면 멋질 수 있는 반면에 예상 밖으로 화려한 어떤 것을 감추는 것은 오히려 모자라고 어리석은 짓일 수 있다는 생각이 들었다. 자신이 그 관계의 일부로 익숙해져 있었기에 그는 자신과 와니의 관계가 둘 중 어느 쪽에 가까운지 판단할 수 없었다. "물론, 감추는 건 와니 때문이야."

"하지만 어떻게 그런 걸 견디지, 그는?"

"비밀 말이야? 아니면 나?"

"하, 하."

"글쎄, 비밀이라……." 살아오면서 닉은 자신의 논리는 물론 다른 사람의 논리라면 더더욱 자신이 완전히 이해하지 못한다고 느낄 때가 종종 있었다. 하지만 이 특별한 문제에 대한 논리는 완벽했다. 자기 자신을 납득시킬 필요성이 자주 있었기 때문인지도 모른다. 그는 손가락으로 요점을 하나씩 꼽았다. "그는 백만장자고, 레바논인이고, 외아들이고, 약혼 중인데다, 그의 아버지가 싸이코패스야."

"그러니까, 어떻게 시작된 거야?" 그렇게 너무 뻔하거나 너무 복잡한 이유는 무시한 채 캐서린이 물었다. "얼마나 오래됐어? 그러니까 — 세상에, 정말, 닉!"

"어…… 반년쯤 됐어."

"반년이라고!" 다시금 닉은 그게 너무 길다는 뜻인지 너무 짧다는 뜻인지 알 수 없었다. 그녀는 그를 빤히 보았다. "오랫동안 고통받고 있는 그 불쌍한 프랑스 아가씨에게 편지를 써야겠어!"

"그런 일은 절대 하면 안돼. 지금부터 일년 뒤면 그 오랫동안 고통받고 있는 불쌍한 프랑스 아가씨는 행복하게 결혼해 있을 거라고."

"싸이코패스를 아버지로 둔 레바논 출신 호모하고 말이지."

"아니, 달링, 아주 아름답고 부자인 젊은이가 그녀를 아주 행복하게 해주고 아주 아름답고 부자인 아이들을 많이 안겨주겠지." 피곤할 만큼 풍요로운 전망이었다.

"그럼 닉은 어떻게 되는 거야?"

"아, 난 괜찮을 거야."

"그가 오랫동안 고통받고 있는 그 불쌍한 프랑스 여자하고 결혼한 다음에도 계속 뒤에다 대고 밀어대지는 않겠지?"

"당연히 아니지." 닉은 생각도 하고 싶지 않은 그 일에 대해 무표정한 얼굴로 대답했다. "그럼, 난 다른 사람을 찾을 거야!"

캐서린은 그에게 고개를 절레절레 흔들었다. 자신이 원하던 결론을 찾은 거였다. "세상에, 남자들이란!" 닉은 동정과 공격의 표적이 되어 불안하게 웃었다.

"하지만 정말, 아무한테도 입도 벙긋하지 않겠다고 맹세해야 해."

그녀는 짓궂게 그 당부에 대해 생각해보았는데 사실 그 짓궂음은 닉보다 그녀 자신에게 더 의미가 있었다. 그녀는 여전히 반체제와 섹스의 편이었지만 그동안 닉에게 신뢰받지 못한 채 속았다는 사실 때문에 화가 나 있었던 것이다. 침묵이 이어지는 가운데 갑자기 계단을 오르는 희미한 발자국소리가 나더니 곧 딱딱한 바닥을 댄 슬리퍼가 타일 깔린 복도를 따라 걷는 소리가 들려왔다. 그게 무슨 소리인지 닉은 단박에 알아챘다. 그는 입술을 깨물고 얼굴을 찡그린 채 조용히 하라는 듯 기도하는 것처럼 고개를 앞으로 수그렸다. 와니가, 아마도 옷을 갈아입기 위해 자신의 방으로 가고 있었다. 다른 사람들이 신경 쓰지 않는 예절을 엄격하게 지키는 그는 누구보다도 더 자주 옷을 갈아입었다. 그리고 다른 이유도 있었는데, 다림질이 잘된 흰 리넨 바지나 밝은색 실크 셔츠는 그가 보여주는 새로운 활기의 포장이자 이유가 되었기 때문이다. 그럴 때 그는 마치 소리 없는 박수갈채를 받기 위해 다시 등장하는 것처럼 보였다. 그는 자신의 방으로 들어갔고, 잠시 두 사람은 닉의 방문 아래 번뜩이는 타일에 비친 그림자를 통해서 그의 망설임을 짐작할 수 있었다. 평소에는 닉의 방문이 닫혀 있지 않았으니 말이다. 곧 그는 방문을 닫았고, 몇초 뒤 걸쇠가 딸그락 소리를 냈다. 이곳의 걸쇠는 그 자체가 살아 있는 듯 꼭 무슨 비난이라도 하듯 제멋대로 튕기며 딸그락거리곤 했다.

두 사람은 들키고 싶지 않은 마음에 서로를 쳐다보지 않고 물끄러미 앞만 보며 앉아 와니의 볼일이 끝나기를 기다렸다. 그사이 코카인을 한줄 흡입하는 와니의 모습과 그 똑똑하고 우월한 태도를 마음속에 그려보던 닉은 그 흡입하는 소리가 자신들에게 들렸으면, 그 비밀도 캐서린에게 들켰으면 하는 바람마저 들었다. 연인과의 밀회, 리듬, 의식, 와니의 삶에 존재하는 또 하나의 대단한 연애의 증거인 그 소리를 들을 수 있다면. 하지만 그는 아마도 화장실에 있을 것이다. 경비행기가 높은 곳에서 웅웅거렸다. 마음속에 왔다 가버린 여름의 소리.

그가 다시 아래층으로 내려가자 캐서린이 입을 뗐다. "정체를 계속 바꾸는 사람은 최악이야. 누구나 다 아는 사실이지."

"모두 다 아는 건 아닐지도." 닉이 말했다.

"맙소사, 로저 기억해?"

"그 드립드라이 말이지?" 닉은 좀 짜증이 나고 모욕당한 느낌도 들었지만 캐서린이 자신의 남자친구 이야기로 화제를 돌리자 안도감이 드는 것은 부인할 수 없었다. "섹스에 관해서는 항상 좀 이상했거든, 마치 내 가슴에 털이 나 있기를 바라는 것처럼……. 알잖아. 그리고 늘 그가 나한테 온전히 집중하고 있다는 느낌이 안 들었어."

"온전한 집중 같은 걸 원하는 사람은 없지 않나?" 꼭 그런 의미로 말한 것은 아니었지만 말을 하고 보니 연인을 마약뿐 아니라 여자와도 공유하는 경우라면 유용한 지혜가 될 수 있겠다고 닉은 생각했다.

"다들 사랑한다고 말은 하지만 불신할 이유가 더 많잖아." 사실 와니는 한번도 그렇게 말한 적이 없었고, 닉은 자신이 그렇게 말했을 때 뒤따르는 불편한 침묵 때문에 이미 오래전에 그런 얘기는 하지 않기로 하고 있었다. "사실 좀 놀랐어. 와니가 닉의 취향이라고는 생각 못했거든."

"아!" 닉은 그를 생각하는 것만으로 숨이 막힐 것 같았다.

"그러니까 사실, 흑인도 아니고, 또 대학도 나왔으니까."

닉은 자신의 취향에 대한 짐작을 비웃듯 미소지었다. 당황스러웠다. 섹스가 화제에 올라서만은 아니었다. 섹스 이야기는 항상 즐거운 긍정과 얼굴을 붉힐 위험과 쾌락의 놀이니까. 그를 당황하게 한 건 섹스보다 더 사적이면서도 기묘하게 예의를 차리게 되는 무언가를 드러내는 일이었다. 그가 말했다. "그냥, 내가 이 세상에서 만난 남자들 중에 가장 아름다운 남자라고 생각해."

"달링," 그가 무척 유치하고 말도 안되는 이야기라도 한 것처럼 캐서린은 항의조로 나직하게 말했다. "그럴 수 있어?" 닉은 자신의 책상에 눈길을 고정한 채 짜증스럽게 얼굴을 씰룩였다. "닉이 무슨 말을 하는지 어느정도는 알 것도 같아." 캐서린이 말했다. "그는 미남의 패러디 같은 사람 아닐까." 그녀가 웃었다. "펜 좀 줘봐." 그러더니 닉의 메모장에 재빨리 그림을 그렸다. 곡선 몇개, 광대뼈, 입술, 속눈썹, 마구 칠한 짙은 머리카락. "자! 아니, 내 서명을 해야지." 그러고서 그녀는 아래 "캐스가 그린 워니"라고 썼다. 닉이 보기에 무척 정확한 그림이었다. "전혀 안 닮았어."

"흐음?" 캐서린은 놀리듯 말했다. 이미 자신의 의사를 전달했지만 그것으로 무엇을 얻었는지는 모르는 듯했다.

"내가 할 수 있는 말은, 그가 방에 들어왔을 때, 그러니까 가령 어제 점심때 그가 늦게, 우리가 뒷얘길 하는데, 게다가 사실 내가 네 말에 맞장구를 치면서 적당히 분위기를 맞추고 있는데 그가 들어왔잖아. 그때 그냥 그런 생각이 들더라고. 그래, 난 있을 곳에 있는 거야. 이거면 됐어."

캐서린이 말했다. "너무 위험한 것 같아, 닉. 솔직히 내 생각엔 미친 짓이야."

"글쎄, 너는 예술가니까." 닉이 대꾸했다. "정말 그래?" 그가 누군가에게 이 일에 대해 이야기하는 것을 상상할 때마다 상상 속에서 자신의 말을 듣는 그 사람은 닉의 생각에 열정적으로 동의하고 일종의 깨달음을 얻었다. 자신의 믿음이 이렇게 전적으로 반박당할 것이라고는 결코 생각지도 못했다. 그가 말했다. "글쎄, 안타깝지만 그게 나야. 이제 나에 대해 그 정도는 알잖아."

"네 말대로 너는 누군가가 아름답다는 이유로 사랑에 빠지는 사람이지."

"누구나는 아니야, 물론. 그건 미친 짓이겠지." 그는 자신의 환상에 대해 알게 된 이후로 그녀가 그것을 얕잡아보는 것 같아 억울한 마음이 들었다. 그들이 앉아 있는 방에 대한 그녀의 태도도 바로 그렇지 않은가. "그건 우리가 논쟁할 수 있는 게 아니야. 인생의 진실이지."

캐서린은 그에 도움이 되는 쪽으로 생각을 돌려보았다. "그러니까, 아무도 덴턴을 아름답다고 하지는 않을 거야, 그렇지?"

"덴턴은 엉덩이가 예뻐." 닉이 딱딱하게 말했다. "그게 그때는 중요했지. 내가 그를 사랑했다는 건 아니고."

"그러면 그 작은 친구는 어떻고? 리오? 그도 분명히 아름답다곤 할 수 없지. 나라면 그렇게는 말 못할 거야. 그래도 그 친구를 아주 좋아했잖아." 그녀는 자신이 너무 심하게 말한 건 아닌지 염려하며 그를 보았다.

닉은 진지하지만 소극적으로 대답했다. "글쎄, 내게는 아름다웠어."

"바로 그거야!" 캐서린이 말했다. "우리가 사랑하기 때문에 그들이 아름다운 거지, 그 반대는 아니라고."

"흐음."

"그런데 그에게서 더 소식 있었어?"

"아니, 작년 봄 이후론 없었어." 닉은 대답한 뒤 화장실에 가려고 일어섰다.

화장실 창문은 저택 앞 정원과 오솔길을 건너 북쪽으로, 흰 지평선을 향해 언덕을 이룬 풀밭 너머 언급된 적 없는 풍경 쪽으로 나 있었다. 그 너머 동일한 햇빛 아래 멀리 북프랑스가, 도버해협이, 영국과 런던이, 정원에서 자갈길로, 그리고 플라타너스 나무와 외바퀴 손수레와 퇴비더미가 있는 정원사의 거처로 마음속에서 모두 이어졌다. 그 순간 그 행복한 장소에 다시는 못 가볼 것처럼 그는 갑작스러운 향수를 느꼈다. 그는 수업이나 회의에서 잠깐 빠져 나온 사람처럼 귓가에는 아직도 소리가 어른거리고 얼굴은 여전히 굳은 채 조용한 복도의 다른 세계, 대낮의 중립적인 빛 속으로 들어간 사람처럼 확연한 독립성을 느끼며 조금 더 거기 머물렀다. 그는 캐서린에게 아름다움의 선을 풀어줄 수 없었다. 왜냐하면 그것은 거의 모든 것을 설명하지만 캐서린에게는 사소한 망상처럼, 그녀의 표현대로라면 미친 짓으로 보일 테니까. 그날 아침 학교 수위실에서 토비를 못 만났더라면, 토비가 그의 마음속 열망의 공백을 오초 만에 강타하지 않았더라면 그는 지금 이 방, 이 나라에 있지 않았으리라. 그가 어떻게 토비에게 다가가려고 했는지, 그 비밀스러운 접근과 토비는 짐작조차 못한 그의 용기, 우스꽝스럽기까지 했던 그의 소심함(지금은 그렇게 느껴졌다), 토비의 순수한 선의를 이용해서 얻어낸 한두치의 틈, 토비가 런던에 가자고 했을 때 갑작스레 좁혀진 그 꿈처럼 멀던 거리 ─ 그런 것들에 대해서는 캐서린에게 절대 이야기할 수 없을 것이다. 그녀는 토비를 '공허의 덩어리'로 여기고 있었으니까.

방으로 돌아가니 그녀는 『스파르타쿠스』를 찾아서 들춰보다가 시선을 올려 그를 보았다. 마치 그렇게 바보 같은 건 처음 본다고 비웃듯 입을 떡 벌리고서. "이거 너무 웃긴다." 그녀가 말했다.

"그렇지, 굉장해." 닉은 약간 불퉁해서, 그렇지만 화제가 바뀐 것을 반기며 대꾸했다.

"잠깐, 빠리…… 방금 패러캇을 찾아보는 중이었어. 이 책 진짜 말도 안돼." 그녀는 뭘 모르고 흥분하는 특유의 태도로 그 장을 훑어보았다.

"거기 무슨 내용이 많지는 않을 텐데." 닉은 이미 그것을 찾아보고 갈망과 풍자를 뒤섞어 디스코텍과 동성애자 공원을 상상해본 터였다.

"글쎄, 디스코장이 하나 있네, 달링. 수요일에서 토요일, 11시에서 3시까지. 랑 데 루아." 그녀는 코맹맹이 프랑스어 악센트로 말했다. "가자! 얼마나 신날까."

"그렇게 재미있어하니 좋네."

"우리 우라디한테도 얘기해보자. 그가 뭐라고 하나 보는 거야. 맙소사, 여기 없는 게 없네."

"그래, 아주 유용한 책이야."

"동성애자를 만날 수 있는 곳들, 세상에! 여기 좀 봐, 쌩프롱가라니. 어제 티퍼 부부와 거기 갔었는데. 그 사람들이 이걸 알았더라면…… '아요르'는 무슨 뜻이야?"

"아요르? 앳 유어 오운 리스크<sup>At Your Own Risk</sup>, 각오하고 가라는 거지."

"아, 그러네. 그래…… 게다가 전세계를 다 다루고 있잖아!"

"아프가니스탄 한번 봐봐." 닉이 말했다. 아프간 섹스가 거칠다는 경고가 유명했기 때문이다. 그러나 그녀는 책을 마구잡이로 계속 들추었다. 닉은 자신의 흥미, 그 책을 갖고 있어서 인정할 수밖에 없는 막연하고 우스꽝스러운 방탕함을 숨긴 채 침대로 가서 앉았다.

"지금 레바논을 보고 있어." 조금 뒤 그녀가 말했다.

"아, 그래."

"굉장한 것 같은데. 지중해의 기후, 그건 우리도 아는 거고, 그리고 동성애는 아주 즐겁다고 되어 있네."

"설마."

"정말이야. '로모섹슈알리떼 에스뜨 욍 델리'래." 그녀가 드골

장군 같은 목소리로 읽었다.

"응, 근데 유감스럽게도 델리는 범죄야."

"아, 그래?"

"즐거움은 델리스고, 델리는 비행非行이야."

"흠, 아주 비슷한데."

"그러게, 대체로 그렇긴 하지." 그렇게 말하자 다소 만족스러웠다. 캐서린은 그 책에 싫증이 난 모양이었다. 그녀가 닉과 눈을 맞추고 물었다. "그래, 그 친구, 우라디는 뭘 좋아해?"

"날 좋아하지."

"그래, 그렇지." 캐서린은 그거야 물론이라는 듯 말했다.

"그래, 섹스하는 거 좋아해." 닉은 가볍게 말하고 그 이상은 말해줄 수 없다는 듯 일어섰다.

"나는 항상 그가 동성애자들이 잘하는 별난 체위를 좋아할 거라고 생각했는데."

"십분 전까지 그가 동성애자인 줄도 몰랐잖아."

"나도 모르게 알고 있었던 거지."

닉은 나무라듯 미소를 지었다. 그 이야기를 오늘 처음 했음에도 캐서린에게는 이미 뉴스로서의 가치가 바래고 있다는 것이, 충격이 빠르게 식고 있다는 것이 느껴졌고, 그러자 늘 그랬듯 그녀를 실망시키지 말아야겠다는 생각이 들었다. 남자들에 대해 이야기하며 허풍을 떨고 빈정대는 건 그들이 원래 하던 장난이었다. 그 충동을, 경쟁심으로 빨라지는 박동을, 신뢰의 위험성을 그는 알고 있었다. 이런 경우에 대비해 그동안 준비하고 갈고닦은 와니에 대한 문장들이 있기는 했다. 그것들을 지금 말할까? 그러면 그녀뿐 아니라 자신에게도 뭔가 효과가 있을까? 마지못해 인정한 사실이 고해의 안도감 속으로 녹아들게 될까? 사실 정확히 말하자면, 고백할 게 없었다. 지난 반년간의 비밀은 죄의식에서 비롯한 압박감과는 거리가 멀었으니까. 호텔 포르노에 대해서는 말하지 않는 것이 좋겠지. 그는 솔직하게 털어놓기 위해 다시 조심스레 자리에 앉았다. "글쎄, 셋이 하는 걸 아주 좋아해." 그가 말했다.

"으음, 나하고는 다르군." 캐서린이 말했다.

"그래, 너한테 하자고는 안할게."

그녀는 날카롭게 웃었다. "그래, 누구하고 셋이 하는데?"

"아, 그냥 모르는 사람들. 나한테 사람을 골라오게 해. 아니면 직업적인 사람을 사기도 하고. 슈트리셔 말이야."

"뭐라고?"

"뮌헨에서는 그 사람들을 그렇게 불러."

"그렇군." 캐서린이 말했다. "그가 그렇게 비밀을 지키고 싶어한다면 그거 좀 위험한 거 아니야?"

"내가 보기엔 그 위험성이 매력인 것 같아." 닉이 말했다. "그는 위험을 즐겨. 복종도 즐기고. 나는 잘 이해가 안되지만 누군가 지켜보는 것도 좋아해. 겉보기와 완전히 반대인 것을 좋아해."

"모두 왠지 딱하게 들린다."

닉은 자신이 그를 변호하는 건지 비난하는 건지 알 수 없는 상태로 말을 이었다. "사실 꽤 소리를 질러."

"동성애라는 걸 과시한다고?"

"소리를 많이 지른다고." 뮌헨에서의 그날 아침에 대해서는 이야기를 안하는 편이 낫겠지. "뮌헨에서 지내던 어느날 아침은 정말 웃겼지." 그가 말했다. "어찌나 소리를 지르는지, 스스로는 의식도 못하는 것 같았는데, 아무튼 바깥 복도에 있던 메이드들이 우리 때문에 웃더라니까."

캐서린이 코멘소리를 냈다. "러셀은 늘 내가 소리 지르는 걸 좋아했는데."

닉은 다시 한번 그런 얘기를 받아주었다. 다만 희미한 미소를 띤 채 생각하다가 얼굴을 찌푸리며 말을 이었다. "사실 포르노는 꽤나 끔찍이 좋아해."

"그래……?"

"글쎄, 포르노가 나쁘다는 건 아니지만 가끔은 그게 그의 삶을 빚어내는 진짜 심오한 거푸집 같은 느낌이 들거든."

캐서린은 눈썹을 치키고 깊이 한숨을 쉬었다. "아, 저런……."

닉은 고개를 돌려 열린 창문을 보고 이어서 닫힌 문을 보았다. "사실 독일에서는 좀 엉망이 됐었어. 그러니까, 호텔 텔레비전에서 포르노를 끝없이 틀어주잖아."

"아……." 포르노란 이유는 알 수 없지만 멍청한 수컷들이 즐기는 의식이라고 생각하는 캐서린이 탄식했다.

"침대에 누워서 저녁 내내 그걸 보고 있는 거야. 물론 이성애자들 포르노지. 그것도 좋아하거든. 더 좋아할지도 몰라. 어느날 밤엔 저녁을 먹으러 혼자 가야 했다니까. 그냥 끝 생각을 않더라고."

캐서린이 웃었고 닉도 웃었다. 하지만 그 이미지는 캐서린의 말마따나 슬프고 딱했다. 코카인을 너무 많이 해서 발기가 안되는 와니가 반바지를 발목에 걸친 채 화면 속 난교 장면에 노예처럼 매달려 있고 닉은 그들이 묵고 있던 갑갑한 작은 스위트룸의 응접실 소파에서 잠을 청하는 광경. 와니가 영화 속 사람들에게 하는 말소리가 문을 통해 들렸다. 캐서린이 말했다. "진짜로, 악몽 같네, 달링."

"아주 신나는 상대이기도 해. 하지만……."

"그러니까 네가 그를 그렇게 사랑한다면, 그리고 그가 널 이런 식으로 취급한다면 난 네가 걱정돼. 사실 나는 네가 진짜로 그를 사랑하는 건지 모르겠어."

그녀의 이 말이 습관적인 과장이라는 것을, 그녀가 자신을 걱정하는 척하며 자신의 연애를 깎아내리고 있다는 것을 그는 알 수 있었다. "아니, 아니야." 그가 비웃듯 킬킬댔다. 그녀가 그에게 사태의 진상을 보여주었다기보다는 그가 그녀에게 이런 재미있는 일 몇가지를 이야기함으로써 스스로 돌이킬 수 없는 무언가를 자진해서 꺼내놓은 셈이었다. 그 또한 지켜보는 사람이 생긴 것이다. "어쨌든," 그가 말을 이었다. "이 모든 걸 너한테 얘기하지 말았어야 했는지도 모르겠다."

6

티퍼 부부는 다음날 떠났다. 은밀한 안도의 미소들이 희미한 죄책감과 그에 따른 어색함과 반발심을 드러냈다. 제럴드는 우울한 기분에 사로잡혔는데, 비난의 대상을 찾지 못한 채 비난을 달고 다니는 것 같았다. 유일하게 진정으로 안타까움과 놀라움을 표현한 사람은 와니였다. 그는 티퍼 부부가 편했다. 그런 사람들을 존경하도록 교육받으며 자랐기 때문이다. 사교수완을 발휘하느라 가장 애를 쓴 사람은 레이철이었다. 순전히 제럴드를 위해, 그녀는 유연하고 예의 바른 태도로 어색하게 전개된 상황을 수습해보려고 노력했다.

그들의 출발은 순식간에 이루어졌다. 심기가 상한 모리스 경은 아주 적극적이었고 어이없게도 그에 만족스러워했다. 이것이야말로 그가 원하던 것, 분명한 적대감이며 신뢰할 수 없는 관계였고 아무튼 그 분명함에 안도감을 느꼈던 것이다. "여기서 지내는 것이 그다지 즐겁지 않군." 그는 이렇게 말했다. 그의 아내는 평소처럼 그의 강경하고 거친 태도에 이상하게 즐거워했다. 그녀는 그런 태도에서 기운을 얻곤 했는데 그의 감정은 그의 위궤양만큼이나 답할 수 없는 문제였다. 토비는 짐꾼의 기쁨을 느끼며 평온한 얼굴로 그들의 짐을 실었다.

그들이 떠나자 사려 깊고 매력적인 와니가 제럴드에게 불 게임을 한판 하자고 제안하여 그들은 티퍼 부부의 차가 서 있던 자리에서 게임을 하기 시작했다. 마침 구름 낀 날이라 닉은 책을 들고 응접실에 앉았다. 자유의 느낌에 몸이 근질거려 집중하기가 조금 힘들었다. 그는 독서의 즐거움, 그 탁월함을 느꼈지만 내용은 멀리 안개 속에 숨은 듯 언뜻언뜻만 보였다. 조금 뒤 기분 좋은 기색이 역력한 레이디 파트리지가 여름 원피스 차림으로 뒤뚱거리며 나타나서는 다시 그 장소를 장악했다. 쎌리라는 짜증나는 존재가 귓가에서 수다를 떨지 않아 편안한 모양이었다. 티퍼 부부는 그녀의 연구대상이었다. 그들 때문에 짜증이 나면서도 돈이라는 순수한 매력에 흥분이 일기도 했으니까. 그녀는 안락의자에 깊숙이 앉았다. 아무 말도 하지 않았지만 닉은 자신의 책을 향한 그녀의 질투 어린 시선을 느낄 수 있었다. 바깥에서는 열린 문을 통해서 불 게임을 하는 사람들이 내는 탁탁 소리와 고함소리가 들려왔다.

"무슨 책을 읽고 있나?" 레이디 파트리지가 물었다.

"아," 닉은 별것 아니라는 뜻으로 고개를 저으며 말했다. "그냥 제가 리뷰를 쓸 책입니다." 그녀는 궁금하다는 듯 귀를 기울였다. "존 베리먼에 대한 연구서죠."

"아!" 레이디 파트리지는 자리에 깊숙이 앉으며 비웃음에서 만족감을 느끼는 비독서인답게 말했다. "그 시인, 좀 웃기는 사람이지."

"아, 네⋯⋯!" 닉은 숨을 들이쉬었다. "그렇죠, 좀 우스운 면이 있는 것 같긴 합니다만⋯⋯ 어떤 면에서는요."

"난 늘 그렇게 생각했어."

닉은 그녀를 향해 억지로 미소를 지은 뒤 시험하듯 말했다. "물론 슬픈 삶이지요. 지독한 우울증에 시달렸으니까요."

레이디 파트리지는 냉정하게 입술을 축이더니 눈알을 굴렸다. 그 효과는 그녀가 생각하는 것보다 더 끔찍했다. "그러니까 어, 그 젊은 마나님처럼 말이지."

"글쎄, 그렇죠." 닉이 말했다. "그런 식으로 끝나지는 않기를 바라지만요. 아시겠지만 그는 엄청난 애주가거든요."

"그가 엄청나게 마신다고 해도 놀라울 건 없지." 레이디 파트리지가 일종의 동지의식을 표했다.

"그리고 물론," 닉은 서글프지만 결론을 짓듯 고개를 늘어뜨리고 말을 이었다. "미시시피강 위 다리에서 뛰어내렸지요."

레이디 파트리지는 그럴 수가 없다는 듯 곰곰 생각해보는 것 같았다. "나는 텔레비전에 그가 나올 때 항상 괜찮다고 생각했었는데. 아마 자네는 그 프로그램을 못 봤을 거야. 그는 해변에 갔지. 아니면 낡은 교회나 뭐 그런 데를 구경하고 다녔어. 그런 것도 그다지 나쁘지 않았고. 전염력 있는 웃음이랄까 그런 것을 가지고 있었으니까. 계관시인이 되었던 것 같은데."

"아, 아니요." 닉이 말했다. "그게 실은⋯⋯."

"망할!" 앞의 정원 쪽에서 제럴드의 것이라고 믿기 힘들 정도의 고함소리가 들려왔다. 레이디 파트리지의 시선이 불안하게 미끄러졌다. 닉은 부드럽게 웃으며 일어나 무슨 일인지 보려고 현관 쪽으로 갔다. 바깥에서 들어오는 제럴드의 얼굴에서는 분노일 수도 기쁨일 수도 있는 흥분이 보였는데, 그는 닉을 본체만체하고 토비와 레이철이 앉아 커피를 마시고 있던 부엌으로 들어갔다. 닉이 앞문 쪽에 서서 밖을 내다보니 와니가 순종적이면서도 어딘지 불쾌한 표정으로 불을 모으고 있었다.

"달링……?" 레이철이 다소 격앙된 목소리로, 하지만 어디 다치기라도 했는지 재빨리 그를 훑어보며 말했다.

"아빠." 토비는 실망한 듯 머리를 저었다.

제럴드는 그들을 노려보며 서 있다가 몸을 움츠리고 미소를 지었다. "난 휴가 중이지!"

"맞아요, 달링. 당신은 휴가 중이에요." 레이철이 말했다. "진정해요." 달래는 태도라도 어조는 엄했다. 그녀 자신의 침착함이 그에 대한 꾸지람이나 마찬가지였다. 닉은 문간에 선 채 눈을 크게 뜨고 그들을 바라보았다. 그들은 함께 제럴드를 진정시킬 수 있으리라고 생각하고 있었다.

"망할 놈의 에이랍 자식에게 지다니!" 말을 뱉자마자 제럴드는 자신의 솔직함에 놀라 멈칫하며 마치 농담인 듯 굴었다.

"세상에, 아빠." 토비가 말했다.

"왜?"

"이제 저더러 망할 놈의 유대인 자식이라고 하시겠어요."

"절대 안 그럴 거다." 제럴드가 말했다. "터무니없는 소리 하지 마."

"네, 안 그러시면 좋겠네요." 토비는 감정이 격해서 얼굴을 붉혔다. "와니는 제 친구예요." 그가 예의를 잃지 않은 채 짧게 말하자 제럴드는 멍하니 생각에 잠겨 있다가 방을 나갔다. 곧 그의 고함소리가 들려왔다. "와니! 와니, 사과하네! 괜찮아? 그래! 정말 미안하네……." 그는 지나치게 명랑한 태도로, 그것이 단순한 절차일 뿐이라는 듯 말을 제대로 맺지도 않은 채 실내를 향해 돌아섰다. 와니는 이 사과의 진짜 이유를 몰랐고, 제럴드는 미소로 얼굴을 씰룩이며 부엌으로 다시 들어왔다. 그는 무심히 식료품 저장실로 갔다가 먼지 낀 끌라레병을 들고 나타났다.

"가서 수영이라도 좀 하지 그래요, 제럴드. 아니면 재스퍼를 찾아서 데리고 산책을 가든가." 레이철이 제안했다.

"알겠지만 재스퍼는 코커스패니얼이 아니거든." 제럴드가 농담조로 약간 나무라듯 대꾸했다.

"물론 아니죠."

제럴드는 조심스럽게 힘을 주어 나무 손잡이가 달린 작은 코르크 따개를 돌렸다. "아, 일요일까지만 견디면 라이어널이 오는군!" 레이철의 비위를 맞출 겸 코르크가 빠지는 소리도 감출 겸 하는 말이었다.

"술 마시기에는 좀 이른 시간 아니에요, 제럴드?"

"제발, 아빠." 토비가 다시 말했다.

"미리 김을 좀 빼놓으려고 그러시는 걸 거예요." 닉이 불안하게 웃으며 말했다.

제럴드는 그들 모두를 바라보았고 그 모습에는 묘하게도 불행의 느낌이 감돌았다. 정확히 이해되지는 않지만 그래도 전달은 되는 가족 간의 본능적인 느낌. "그냥 술 한잔 마시고 싶다고, 알았어?" 그가 말하고는 병을 든 채 끝방으로 갔다.

차양 밑 그늘에서 점심을 먹기 직전 제럴드는 기분이 조금 좋아진 듯했지만 자신의 불쾌감 또한 더 거리낌 없이 표현했다. "그 망할 놈의 티퍼 부부!" 그는 어머니의 귀가 어둡다는 걸 알고 있었다. "이 작은 사건의 결과가 무엇일지는 하느님만 아시겠지. 사업에 말이야."

"그 사람 없이도 분명 잘될 거예요." 레이철이 말했다. "여태까지도 그 사람 없이 멋지게 했잖아요."

"그렇지, 맞는 말이야." 제럴드는 자신이 장악한 테이블을 둘러보며 얼굴을 찡그렸다. "그 사람들은 여기 잘 맞는 사람들이 아니야, 그렇지?"

"잘 어울리지 못하던데요." 레이철이 거들었다.

"맞아, 왜 떠났어요?" 재스퍼가 물었다.

"아, 누가 알겠니!" 레이철이 말했다. "자, 주디, 아스파라거스요!"

제럴드는 코를 쿵쿵거리더니 어느 쪽 편을 들어야 할지, 후회를 피할 수 없는 문제에 대해 생각에 잠긴 듯했다. 닉은 이날 자신의 말이 아주 냉랭하게 받아들여진다는 것을, 때로 자신이나 자신의 말을 무시한 채 대화가 지속된다는 점을 의식하지 않을 수 없었다.

점심식사가 끝나자 제럴드는 다시 불만에 사로잡혔다. 술 한병 반을 비우더니 식탁 위에서 벌어지는 잡담과 가족 간의 대화에는 반쯤만 주의를 기울인 채 자기만의 계획에 빠져 있는 모습이 역력했다. 그의 어조는 진정성이 없었고 어딘지 모르게 미리 연습한 듯한 느낌이었다. 그는 줄곧 일 얘기를 늘어놓으며 자신이 다뤄야 하는 "중요한 서류들"에 대해 떠벌렸다. "아무도 모른다고." 그가 말했다. "다른 사람들한테는 휴가고 국회는 휴회일지 모르지만 실은 일이 그냥 멈춰 있는 게 아니라니까. 팩스가 얼마나 많이 오는지 봤지? 일정이 엄청나게 밀려 있어."

그는 한숨을 쉬면서 마침내 레이철이 "글쎄, 도움을 좀 받지 그래요?"하고 운을 뗄 때까지 신중하게 기다렸다.

그런 건 불가능에 가깝다는 듯 씩씩거리며 죽는 시늉을 하다가 마침내 제럴드는 말을 꺼냈다. "페니를 오라고 하는 게 어떨까 하는 생각도 들어."

"그 끔찍한 페니를 말하는 건 아니겠죠." 캐서린이 대꾸했다. "어쨌든 그녀는 햇볕을 못 쬐잖아요."

레이철도 딱히 캐서린과 생각이 다른 것 같지 않았으나 어쨌든 그렇게 하라는 의미로 어깨를 으쓱였다. "꼭 페니가 **필요하다면** 여보, 당연히 오라고 해야죠."

"그러니까 당신 생각은······?"

"사실 페니라면 함께 지내도 아주 편한 상대니까요. 그녀만 괜찮다면요."

"함께 지내기 편한 상대는 **절대** 아니죠." 캐서린이 말했다. "재미라고는 전혀 모르는 흰 벌레지."

"아니면 아일린은 어때요?" 토비가 말했다. "아일린이라면 당장 달려올 텐데. 그분이 얼마나 아빠를 존경하는지 아시잖아요!"

이 터무니없는 대안에 제럴드는 짧고 산만한 웃음으로 대꾸했다. 닉은 긴장한 미소를 띠고서 끔찍한 음모를 지켜보는 기분으로 그를 바라보았다. 그는 말없이 제럴드 자신보다도 능란하게 시치미를 떼고 있었다. 자신이 평화주의자의 얼굴을 한 채 실은 소극적으로 그 관계를 북돋고 있는 건 아닐까 하는 느낌마저 들었다.

"글쎄, 아일린은 큰 도움이 안될 것 같은데." 레이철이 말했다.

"좋아, 그럼." 제럴드는 모두의 바람에 마지못한 듯 말했다. 아마도 닉의 눈에만 보였겠지만 그의 표정에는 승리감과 수치심이 뒤섞인 복잡한 감정이 숨겨져 있었다. 다들 막연히 오후 시간을 계획

하며 의자를 뒤로 밀어 일어서자, 제럴드는 마치 나쁜 소식을 전하
는 사람처럼 긴장되고 주저하는 표정으로 전화가 있는 방으로 들
어갔다.

# 12

제럴드와 레이철의 결혼 25주년 기념일에 라이어널 케슬러는 두가지 선물을 주었다. 하나는 아침에 그의 벤틀리 뒷좌석에 실려 와서 운전기사가 직접 튼튼한 나무상자를 부엌으로 가져다주었다.

"라이어널 삼촌, 다정하기도 하시지." 토비가 내용물을 확인하기도 전에 말했다.

"은식기겠지." 제럴드는 드라이버를 쥔 채 탐욕스러운 목소리로, 약간은 뻔하다는 투로 말했다.

열어보니 금속 버팀대에 거품고무 고리로 묶인 로꼬꼬풍 은제 물단지였다. 몸체는 조개껍데기 모양이고 주둥이는 수염을 기른 트리톤 신이 떠받치고 있었다. "세상에, 닉." 제럴드의 부름에 닉은 해설자 역할을 맡아야 했다. 그는 그것이 18세기 중엽 런던에서 일하던 위그노 은세공업자들 중 한 사람, 아마도 폴 드 라메리가 만든 것 같다고 말했다. 그 가장 위대한 장인의 이름이 유일하게 머리에 떠올랐고, 라이어널이라면 그런 선물도 할 수 있다고 생각했기 때문이다. "굉장하군." 제럴드가 중얼거렸다. "희귀한 재능의 산물이야." 그는 혹시나 다루기 까다로운 식물에 딸려오는 물주기 방법 같은 종류의 주의사항이 적힌 종이가 있는지 상자 안을 들여다보았지만 그런 것은 없었다. 닉은 정의의 칼을 휘두르는 에로스의 모습이 부조된 것을 가리키며 '사랑은 모든 것을 정복한다'는 뜻이라고 말했다. "아, 꼭 어울리는 선물이군." 제럴드가 레이철의 어깨에 슬쩍 팔을 두른 채 겸연쩍고도 자랑스럽게 말했다. 그는 아마도 라이어널이 호크스우드 아무 데서나 뒹굴던 물건을 적당히 꾸려 보냈으리라 짐작했었을 것이다. 닉은 선물을 바라보며 자신의 아버지라면 몸을 숙여 그것을 헝겊으로 싸서 거꾸로 들었을 거라고 무의식적으로 생각하며 미소를 지었다. 아울러 오래전 그들이 함께 몽크스베리를 방문했던 일도 떠올랐다. 그곳의 은그릇은 놋쇠 같은 은은한 빛깔이 났는데 하인들이 닦다가 긁을까봐 그릇에 손을 대지 못하게 한 때문이었다. "보험에 들어야 하니 감정을 받아야겠군." 제럴드가 말했다.

토비와 캐서린이 준비한 선물도 은제품이라면 은제품이었는데 가장자리를 국자가리비 모양으로 만든 조지 양식 쟁반으로, 그 위에는 필기체로 "제럴드와 레이철 — 1986년 11월 5일"이라고 새겨져 있었다. 라이어널이 선물한 물단지와 나란히 놓으니 그 쟁반은 너무 하찮아서 약간 풍자적으로 보일 수밖에 없었다. 제럴드는 시골 골프대회 수상자거나 은퇴식을 하는 사람처럼 짐짓 겸손하게 그것을 바라보았다. "정말 예쁘구나." 레이철이 말했다. 부부는 고마워했지만 흥분한 것 같지는 않았고, 보아하니 이런 유의 물건을 정말로 원할 사람은 아무도 없으리라 생각하는 것이 틀림없었다.

잠시 뒤 그들 모두 샴페인을 한잔씩 마시는 중에 닉이 응접실 창문 밖을 내려다보니 벤틀리가 다시 주차를 하고 있었다. 이번에는 라이어널 본인이 내리더니 작고 납작한 상자를 든 채 길을 건너왔다. 그는 위를 보고는 반쯤은 찡그리고 반쯤은 키스를 보내듯 입술에 손을 대 보였다. 닉은 코카인을 약간 흡입한데다 샴페인도 좀 들어간 터라 기분 좋게 은밀한 미소로 답했다. 자신과 그 자그마한 대머리 귀족 사이에 미묘하게 존재하는 독신 남성끼리의 공감에 눈가가 촉촉해졌다. 그 가족에 대해, 그리고 이 특별한 구성원에 대해 그토록 '애착을 느끼다니', 그는 잠시 스스로가 아주 우스웠다. 조금 뒤 라이어널은 감사의 환성 가운데서 방으로 안내되어 들어왔다. 그는 여동생과 조카들에게 입맞춤을 하고 제럴드와 닉과는 악수를 나누었는데, 닉은 그의 쾌활함 속에서 열정을 느꼈다. 물단지는 이미 흰 백합과 더벅머리 같은 흰 국화 때문에 오늘 무척 비좁아진 벽난로 위 선반에 올라가 있었다. "그래, 은제품은 꼭 줘야 하니까." 라이어널이 말했다. "하지만 이것도 주고 싶었어. 지난주에 빠리에 이게 나왔는데, 우리 모두 약간 기분이 들떠 있으니까……." 소위 빅뱅[19]이라는 사건이 얼마 전에 있었는데, 닉으로선 그 의미를 충분히 이해할 수 없었지만 돈을 가진 사람이라면 누구나 무척 신이 난 듯했고 덩달아 자신도 그 덕을 좀 볼 것 같은 느낌이 들던 참이었다. 바야흐로 케슬러 경은 팔에 상자를 낀 채 바로 그 일에 대해 누구보다 우월한 권한을 행사하는 중이었다.

레이철이 그 상자를 받아 열어보는 동안 닉은 마치 그것이 자신의 선물인 듯, 자신이 그것을 주기도 받기도 하는 듯 바로 곁에 서

---

**19** Big Bang, 1986년 마거릿 대처 정부에서 실시한 규제 완화 조치.

있었다. 너그러운 기분과 소유욕이 동시에 느껴졌다. 그녀가 작은 유화를 꺼냈을 때 그는 터져나오는 탄성을 억눌렀다. 아무 말도 안 하기로 결심했다. "세상에……." 레이철이 매혹되어 머뭇거리며, 하지만 침착하게 말했다. 마치 선물을 받고 놀라는 행위가 저속한 사기술에 놀아나는 일이라도 되는 양. 그녀는 그것을 들어올려 모두에게 보여주었다. "정말 너무 아름다워요."

"으음……." 라이어널이 훌륭한 결정을 내린 사람의 영리한 미소를 살짝 머금었다.

제럴드가 말했다. "정말 너무 고맙군요. 정말이지……." 그러고는 그림을 뚫어지게 보았다. 그게 누구의 작품인지 누군가 이야기해주기를 바라는 것이 분명했다. 약 9인치 폭에 세로 12인치의 그 풍경화는 전체가 작은 붓으로 찍은 세로 점으로 이루어져 있었는데, 그 효과로 자작나무와 풀밭이 산들바람과 봄날 아침의 온기에 떨리는 듯 보였다. 전경에는 둑 아래 얼룩덜룩한 흑백의 암소가 보였고, 흰색 숄을 두른 여자가 가까운 길가에서 갈색 모자를 쓴 남자와 이야기를 나누고 있었다. 그림은 단순한 형태의 빛바랜 금박 액자에 끼워져 있었다.

"하, 참 좋군요." 토비가 말했다.

캐서린은 속임수라도 찾아내려는 사람처럼 옆에서 옆으로 익살스러운 몸짓으로 살펴보다가 입을 열었다. "고갱이지요?" 그와 동시에 모른 체 참고 있을 수 없었던 닉도 "고갱이네요"라고 말했다.

"참 훌륭한 작품이지." 라이어널이 말했다. "르 마땡 오 샹(들판의 아침), 브뤼셀을 그린 습작, 혹은 축소판이야. 내가 요걸 소니사전 사장의 손아귀에서 빼앗았지. 사실 내 생각에 그 사람이 사기에는 그림이 좀 작았거든. 더할 나위 없이 비싼 그림은 아니었지." 그러고서 그는 닉과 함께 킬킬댔다. 마치 소니사 사장에게서 그 이상 뭘 기대할 수 있겠느냐는 듯.

"정말, 라이어널······." 제럴드는 자신의 계산을 다른 종류의 경탄인 듯 얼버무리며 천천히 고개를 흔들고 눈을 깜박였다. "이 그림과 그 은그릇과····· 음······."

"세상에!" 캐서린도 고개를 저었다. 자신의 부자 가족에 대해 신이 나는 동시에 경멸을 느끼면서.

그림이 손에서 손으로 건네지는 동안 그들은 모두 미소를 짓고 한숨을 쉬며 그것을 불빛에 비추어보는가 하면 그것을 실제로 소유한다는 주술 속에서 잠시 정신을 잃은 듯 약간 몸을 떨며 옆사람에게 넘겨주었다. "이것을 도대체 어디다 걸지?" 그림이 제럴드에게 되돌아오자 그가 말했다. 닉은 웃음으로써 그 천박한 어조를 덮어버렸다.

바로 그때 정문이 쾅 닫히는 소리가 울렸고, 레이철이 난간으로 가서 아래를 내려다보았다. 끝없는 방문객의 날이었다. "아, 어서 올라와요." 그녀가 말했다. "페니가 왔어요."

"아, 우리에게 그림에 대한 견해를 들려줄 수 있겠군." 그것이 보통 그녀의 쓸모 중 하나라는 듯 제럴드가 말했다. 그러고는 그림을 피아노 위 리스트의 코에 기대놓음으로써 자기 손에서 떨어뜨렸다.

"페니라니!" 캐서린이 말했다. "왜요? 그러니까, 페니는 전혀 아무 감이 없을 것 같은데." 그러더니 금세 고분고분한 미소를 지었다. 자신이 나설 날은 아니었으니까.

"글쎄." 제럴드는 환히 웃으며 거들먹거리는 어조로 대꾸했다. "그녀의 아버지가 화가니까 말이다." 그리고 그는 샴페인 쪽으로 몸을 돌렸다. 그가 새로 따른 잔을 집어드는 참에 페니가 방으로 들어왔다.

"어서 와요, 페니." 레이철이 어머니 같은 태도로 차분하게 말했다.

"두분 축하드려요." 페니는 특유의 수줍은 주인 같은 태도로 나섰다. 그녀에게서도 살짝 어머니 같은 구석이 엿보였다. 뭐든 잘 잊어버리지만 용서할 수밖에 없는 제럴드에 대한 의무를 자신의 즐거움보다 앞세우는 태도가 바로 그랬다. "사실, 일정을 챙겨드리기 위해서 왔어요."

"일정은 기다려도 돼." 제럴드가 그녀에게 술잔을 건네며 너무나 너그럽게 말했다. "케슬러 경이 오늘 방금 우리에게 주신 선물을 좀 보지그래." 닉이 보아하니 그는 키스하며 인사할 기회를 피하는 것 같았다. "고갱의 작품이야." 제럴드가 말을 이었다. "르 랑꽁트르 오 샹(들판에서의 만남)." 작품 제목은 제럴드 자신의 성격을 드러내듯 더 흥밋거리처럼 바뀌었다. 일행은 다시 공손하게 그림을 들여다보았다. "우리가 프랑스에서 다정하게 함께 걷던 때를 떠올리지 않을 수 없군." 제럴드가 동의를 구하듯 레이철을 돌아보며 말했다.

"아…… 그렇기도 하네요." 레이철이 말했다.

"그런 것과는 거리가 먼 장면인데요." 캐서린이 끼어들었다.

"글쎄," 제럴드가 대꾸했다. "네 엄마가 뽀디에로 가다가 아…… 중간에서 닉을 만나는 장면일 수도 있고."

닉은 자신을 끼워준 데 기분이 좋아서 말했다. "제가 쎌리 티퍼의 모자를 빌린 것 같은데요."

캐서린이 참지 못하고 웃음을 지었다. "아, 하지만 사실 이 사람들은 농사꾼들 아녜요, 라이어널 삼촌? 아시겠지만 이건 그가 브르따뉴에 가서, 뭐였더라, 빠리에서, 부르주아의 부패한 삶으로부터 최대한 멀리 가려고 거기 갔을 때 그린 것이라고요. 이 그림은 고생과 가난에 대한 그림이거든요."

"네 말이 꼭 맞아, 달링." 돈에 대한 위선을 절대 못 참는 라이어널이 말했다. "하지만 그것을 부르주아의 빠리에 보내서 팔았겠지."

"제 말이 그 말이에요." 제럴드가 말했다.

"재미있네요. 헤리퍼드 암소 같아요." 토비가 말했다. "물론 그럴 리 없겠지만."

"아마 샤롤레겠지." 제럴드가 말했다.

"샤롤레는 색이 전혀 달라요." 토비가 말했다.[20]

"어쨌든 참 좋은 그림이군요." 페니가 말했다. 노먼 켄트의 딸이라서 그녀는 오히려 미술에 대해 예방접종을 완벽히 한 셈이었다.

"이 그림을 어디에 걸면 좋을까 생각 중이었어." 레이철이 말했다.

그들은 그림을 여기저기 걸어보느라 오분쯤 시간을 보냈다. 토비가 그것을 들고 있었고 다른 사람들은 입을 꼭 다물고 생각에 잠겼다가 저마다 제안을 했다. "그러니까, 내 생각엔 저기가 꼭 맞을 것 같아." 토비는 다시 가족놀이의 심부름꾼 소년이 되어 있었다. 모두들 진지하게 얼굴을 찡그리고 있었지만 실은 딴생각을 하는 것이 분명했다. "여긴감요, 어르신?" 토비는 연신 스스로 우습다고 생각하는 그 형편없는 런던 사투리로 말하면서 한두가지 그림을 내리고 그 자리에 고갱을 걸어 보였다. 문제는 벽지에 다른 그림들이 걸렸던 자국이 보인다는 점이었다.

레이철은 별로 신경 쓰는 것 같지 않았지만 제럴드는 아니었다. "수상님께 저런 꼴을 보여드릴 순 없어."

20 헤리퍼드(Hereford)는 영국의 헤리퍼드셔 지방 원산의, 샤롤레(Charolais)는 프랑스 샤롤 지방 원산의 육우 품종 이름.

"아⋯⋯." 레이철이 살짝 혀를 찼다.

"아니, 정말이라니까." 제럴드가 말했다. "마침내 영광스럽게도 우리 집을 방문해주시기로 했으니 모든 것이 완벽해야 해."

"그분이 알아보시기라도 하면 놀랄 일이지." 라이어널이 직설적으로 말했지만 곧장 제럴드의 반박을 받아야 했다. "내가 장담하지만, 그분은 못 보시는 게 전혀 없어요." 그러고서 그는 다소 엄숙한 표정으로 웃었다.

"나중에 결정해요." 레이철이 말했다. "아주 이기적으로 침실에 걸기로 할 수도 있어요."

"하지만 아마 침실에도 그분을 모시고 갈걸요." 캐서린이 나직이 말했다.

점심식사 후, 수상의 방문에 앞서 안전점검을 하기 위해 특수부에서 두 사내가 나왔다. 그들은 특별히 신중한 한쌍의 집행관처럼 이곳저곳을 주의 깊게 살피고 평가하며 집을 샅샅이 점검했다. 그들이 위층 계단을 오르는 소리를 들으며 침대에 앉아 있던 닉은 그들이 주요 구역을 들여다보는 동안 자신은 책상 맨 위 서랍에 코카인 10그램을 지니고 있다는 생각에 가슴을 두근대며 미소지었다. 그들의 주된 관심사는 뒷문이었고 그들은 그에게 밤새 공동정원에서 보초를 설 것이라고 말했다. 그 조치 때문에 모든 것이 좀더 위험해졌기에, 그들이 다시 내려갔을 때 닉은 마음을 진정하려고 코카인을 조금 흡입했다.

나중에 아래층으로 내려가서 집앞을 내다보니 제럴드와 제프리 티치필드가 보도에 서서 이야기를 나누고 있었다. 둘 다 엄청난 행사를 앞둔 진행요원처럼 흥분을 누르면서, 긴장해서 지칠 지경인데도 자신들의 상태를 인정하지 않는 모습이었다. 제럴드는 자기 곁을 지나는 사람은 누구든 자신을 알아보리라 여기는 것처럼 그들에게 고개를 끄덕이고 미소를 보였다. 지난달 양원협의회에서 무척 성공적으로 연설한 뒤부터 그는 사람들에게 친절한 유명인처럼 굴었다.

제프리가 앞문을 손으로 가리켰는데, 그 문은 원래 늘 초록색이었지만 제럴드가 최근 강렬한 토리의 푸른색으로 다시 칠하게 했던 것이다. 그 일로 닉은 제럴드의 광적인 면의 절정을 처음으로 목격했다. 캐서린의 말도 안되게 황당한 주장에 의하면 수상이 초록색 문을 보고 충격을 받을 거라고, 모든 정부 각료는 문을 푸른색으로 칠해야 한다는 내용의 기사를 읽었다고 했다. 심지어 지역연맹의장에 불과한 제프리 티치필드네 문도 푸른색이라고. 제럴드는 이 말에 코웃음을 쳤지만 조금 뒤에 미라 푸드홀에 워터 비스킷을 사러 나갔다가 고민스러운 표정으로 돌아왔다. "자네는 이 문제에 대해서 어떻게 생각하나, 닉?" 그가 물었다. "티치필드네는 겨우 단층 아파트일 뿐이지만 정문은 분명히 푸른색이거든." 닉은 그것이 무슨 상관이 있겠냐고 최대한 익살스럽게 말했지만, 웅장한 느낌을 주는 이 짙은 초록색에 자신이 개인적으로 커다란 애착을 가지고 있다는 사실을 깨달았다. 그런데 다음날 제럴드는 그 문제를 다시 꺼냈다. "알겠지만, 캐서린이 문에 대해 한 말이 맞는지도 모르겠어. 수상님이 그 색깔은 좀 그렇다고 생각하실 수도 있을 것 같아. 우리가 망할 놈의 열대우림이나 뭐 그런 걸 구하려 한다고 여기실 수도 있을 것 같다고!" 그는 불안한 표정으로 웃었다. "뭔가 착오가 생겨서 그리넘 커먼 평화단체로 안내된 것 아닌가 생각하실 수도 있잖나." 그는 풍자와 광기의 중간쯤 되는 어조로 말을 이었다. 그 시점에서 닉은 문 색깔이 제럴드의 성공의 표지가 될 것이며, 따라서 듀크 씨가 '양원협의회용 청색' 유광 페인트통을 들고 칠하기 시작해야 할 것임을 알 수 있었다.

이제 페니가 서류가방을 들고 나왔고, 닉은 창가 자리에서 그녀가 두 남자에게 이야기하는 모습을 지켜보았다. 그녀는 제럴드가 매일 녹음해놓는 일기를 타자로 기록하는 일을 했는데, 그녀가 프랑스에서 바쁘게 보낸 일주일간의 내용에 가족들은 전혀 등장하지 않는다고 분명히 말한 뒤로 그들은 더욱 그 일에 불만을 품었다. 그녀는 그것이 그의 정치생활에 국한된 기록으로 일종의 "아카이브"라고, "중요한 역사적 자료"라고 설명했다. 페니가 거들먹거리며 그 일기 업무에 몰두했기 때문에 가족은 그녀를 더욱더 눈엣가시로 여기게 되었다.

어슬렁거리다가 응접실로 들어온 캐서린은 끈으로 묶은 커튼 뒤에 닉과 함께 앉았다. "나는 사람들이 집에 오는 게 싫어." 창가 자리, 어린애들의 놀이터가 되는 이곳에는 어딘가 요양소 같은 분위기, 반쯤 은폐된 느낌이 있었다. 그곳은 방과 거리를 함께 엿볼 수 있는 곳이기도 했다.

"그래, 끔찍하지." 닉이 건성으로 맞장구를 쳤다.

"저것 좀 봐, 제럴드가 밖에서 잘난 척하고 있어."

"그냥 티치하고 잡담하는 것 같은데. 그에게는 중요한 날이잖아."

"그에게는 요새 매일매일이 중요한 날이야. 안 중요한 날이 거의 없다니까. 어쨌든 엄마한테도 중요한 날이잖아. 그런데 그런 날을 온통 국회의원들하고 보내야 한다니." 캐서린은 이제 그 단어를 지루하고 터무니없는 것의 대명사로 사용했다. "더욱이 자기 집에서 아빠의 다른 여자를 초대한 여주인 노릇을 해야 되잖아. 점입가경이지. 아빠가 아예 집앞에 큰 간판을 세워놓고 싶어서 안달이 난 게 너무 뻔히 보여. '오늘! 특별출연!'"

"단 한번의 기회입니다!"

"제발 그랬으면 좋겠네. 그 티치라는 사람, 제럴드를 숭배해. 우리 집을 지나칠 때마다 누군가 밖을 내다볼까 싶어 좋아하며 히죽히죽 웃더라고."

"그래⋯⋯?" 자신도 한때 그랬다는 사실을 아직 기억하는 닉이 말했다. "나는 원래 파티가 호크스우드에서 열릴 줄 알았어."

"아, 그게 제럴드의 생각이었을 거야. 그렇지만 물론 라이어널 삼촌은 그곳에 그 다른 여자를 초대하고 싶은 생각이 없지."

"그렇군."

"좀 웃겨." 캐서린이 냉정하게 말했다. "제럴드는 그녀를 거기 데려갈 꿈을 꿨어. 그래서 계속 그 댁을 방문했다고 해도 과언이 아니지. 그런데 그거야말로 절대로 일어날 수 없는 유일한 일이거든."

"라이어널이 왜 그러는지 이해가 잘 안되는데⋯⋯."

"그 여자가 모든 것에 파괴행위를 자행하기 때문이지. 어쨌든, 그래서 그 집 배선을 새로 하고 있는 거야. 아예 아무도 집에 못 들어가게."

가족사와 관련한 캐서린의 잘 정리된 과잉해석을 익히 아는 닉은 항의하듯 웃었다. 하지만 그녀는 말했다. "아, 맙소사, 그래, 그가 왜 그 그림을 선물했겠어?"

"몰라. 네 말은 그러니까 그에 대한 벌충이란 얘기지?" 닉은 그 생각을 곱씹어보았다. 앞서 제럴드가 고갱을 선물받고도 그다지 좋아하는 것 같지 않다는 인상을 받았는데, 그렇게 생각하면 말이 되는 것 같았다. 아마도 그는 그 그림을 이해할 수 없는 냉대에 대한 확인으로 받아들였을지 모를 일이었다.

"세상에, 저 머니페니 양도 정말 골칫덩이지." 캐서린이 말했다. 그녀에게는 응접실 창문이라는 렌즈가 짜증나는 것들에만 초점을 맞추는 것 같았다. 페니는 이제 무릎 사이에 서류가방을 끼운 채 제럴드의 즉흥적인 지시를 받고 있었다. "저 여자가 제럴드에게 완전히 반한 것 같지?"

"아, 가장 고상하고 순수한 방식으로 말이지." 닉이 대답했다.

"그럴 수밖에 없을 거야, 달링. 그 시시한 이야기들을 죄다 타자로 치는 걸 보면 말이지."

"어떤 사람들은 그냥 일을 위해서 사는 거야. 노먼만 봐도 우리 모두가 알다시피 일벌레잖아. 그녀도 그걸 물려받았나봐. 일을 열심히 할 때 가장 행복한 사람들이야."

캐서린은 콧방귀를 뀌었다. "맙소사, 생각만 해도……."

"음?"

"그러니까…… 제럴드와 페니가 열심히 그짓을 하는 거 말이야."

"아……." 닉은 혀를 차고 얼굴을 붉혔다.

"내가 충격을 줬나?"

"별로."

"사실 남자친구가 있어, 저 여자."

"그래?" 닉은 나이가 많아 불운한 제럴드에게 잠시 이율배반적인 동정심을 느끼며 나직이 물었다. "만난 적 있어?"

"아니, 하지만 본인이 직접 다 얘기해주던데."

"아, 그렇구나."

제프리 티치필드가 자리를 떴는데, 제럴드가 뭔가 다정하게 부탁하자 돌아보며 반쯤은 진지한 태도로 경례를 올려붙였다. 페니와 제럴드만 남았다. 닉이 보기에는 그들이 뭔가 부주의한 짓 —
키스라든가 캐서린의 악의 섞인 농담을 오싹한 현실로 만들 가볍
지만 노골적인 접촉 같은 것 — 을 할 수도 있는 순간이었다. 그것
은 닉이 이 집안에서 잠자는 양심처럼 지키고 있는 또다른 비밀이
었다. 페니와 이야기를 나누는 동안 제럴드는 이 층 저 층을 올려
다보았고, 닉은 그에게 보는 눈이 있다는 사실을 알리기 위해 손을
흔들었다.

파티를 한시간 앞두고 분위기는 불편할 정도로 번잡스러웠다.
주문 음식을 가져온 사람들이 부엌을 차지하고는 고집스럽게 자
기 일을 보는 엘레나 뒤에서 인상을 썼다. 정원의 대형 천막에서는
음향설비를 점검하느라 쿵쿵 징징 소리가 크게 울려나왔다. 식당
의자들은 나란히 더미를 이룬 채 명령을 기다리고 있었다. 제럴드
는 밝고 확신에 찬 태도를 보였고, 안절부절못하는 다른 사람들을
비웃었다. 캐서린은 방에 판지상자가 있는 꼴은 못 보겠다면서 재
스퍼와 함께 "부동산을 살펴러" 나갔다. 수상님이 어디 앉을지, 누
구와 이야기를 하는 게 좋을지, 얼마나 마셔야 할지 등을 얘기하는
제럴드의 모습에는 귀족적 자신감의 대표격인 레이철조차 애써 웃
음을 참아야 했다. 제럴드는 자신이 수상과 춤을 추는 순간이 그날
저녁의 절정이 되리라 생각하는 듯했다. 레이철이 "하지만 당신과
내가 춤을 리드해야 할 텐데요, 제럴드"라고 말하자 그는 재빨리
거리를 좁혀 그녀에게 다가가 "물론 그래야지, 여보!" 하고 대답하
고는 얼굴을 붉히며 그녀를 포옹하더니 몇발짝 비틀거렸다.

6시쯤 닉은 산책을 하려고 살짝 집을 빠져나왔다. 우울하고 습
한 저녁이었다. 젖은 잎사귀들이 짓밟힌 채 보도에 널려 있었다. 그
또한 수상의 방문을 앞둔 이 집안의 들뜬 분위기에 감염되어서 수

상에게 무슨 말을 할까 생각해보는가 하면 파티가 다 끝나서 그것을 즐겁게 기억하고 따져보기 시작할 다음날 아침을 상상해보기도 했다. 이웃 정원에서 환호성과 폭죽 터지는 소리가 들려왔다. 때때로 불꽃이 지붕 위로 치솟아 낮게 걸린 구름 속으로 별들을 올려보냈다. 더플코트를 입은 아이들이 서둘러 어둠속을 가로질렀다. 닉은 마치 어떤 기회를 엿보다가 포기한 듯, 그래서 누군가 지켜보았더라도 무엇인지 짐작도 못했을 모양으로 즉흥적인 지그재그를 그리며 걸었다. 모퉁이를 돌아 남자 화장실로 이어지는 계단을 내려갈 때 그의 얼굴에는 이 모든 것이 그 자신에게조차 놀랍고 귀찮다는 듯 찌푸린 표정이 떠올라 있었다.

켄징턴파크 로드를 급히 걸어가며, 그는 자신이 그렇게 저속하고 위험한 짓을 했다는 사실에 다시금 인상을 찌푸렸다. 갑자기 날이 어두워져 있었다. 기다리고 떠돌아다니다가 강한 열정에 이끌린 말 못할 행위가 시간을 다 잡아먹은 것이다. 늦었다는 사실이 그 자신을 비난하는 것 같았다……. 물론 새로운 의미에서 '위험할' 것은 없었다. 하지만 무모하고 불법적인 행위였다. 만일 들키기라도 했다면 그날 저녁의 시작은 좋지 못했으리라. 사무실의 싸이먼은 '루디' 누레예프[21]가 바로 그 화장실을 드나들곤 했다고 말했었다. 물론 아주 오래전 일이지만. 닉에게 그곳은 어쩌면 스타와 춤을 출 수도 있다는 기대가 떠도는 공간이었고 그런 기대가 그곳에 가는 것을 가치 있게 만들어주는 것만 같았다. 이제 짓궂고 비밀스러운 장난을 한다는 흥분이 11월의 공기 중으로 사라지자 기분이 가라앉으며 현실적인 계산이 시작되었다. 그는 재빨리 위층으로

---

**21** Rudolf Nureyev(1938~93). 소련 출신의 유명한 무용가 겸 안무가.

올라갔다. 서두르는 것이 그의 사과였다. 집에는 눈부신 고요함이, 돈을 지불한 댓가로 철저히 준비된 진정한 찬란함이 있었다.

닉이 아래층으로 내려갔을 때는 손님들이 도착하기 조금 전이었다. 그는 밖의 댄스용 천막으로 들어가 나무판자를 잇대 만든 삐걱거리는 플로어를 한바퀴 돌았다. 썰렁하게 텅 빈 공간 군데군데에 놓인 버너들이 열기의 웅덩이를 만들고 있었다. 천막은 꿈처럼 집의 구조를 연장한 것 같았다. 그는 임시로 만든 다리를 건너 화환과 등잔이 달린 뒤쪽 통로를 통해 집으로 다시 들어갔고, 전등과 초와 백합 향기 속에서 거의 교회에 있는 기분으로, 혹은 적어도 교회의 의식을 떠올리며 방에서 방으로 돌아다녔다. 복도 거울 속에 비친 새 연미복 차림에 반짝이는 신발을 신은 그는 광채이자 그림자였다. 그는 응접실에서 레이철과 캐서린에게 인사를 건네고 그들과 함께 마치 모두가 손님인 양 잡담을 나누었는데, 실크와 벨벳 옷을 입고 보석과 화장으로 행복한 변이과정을 거친 그들의 모습은 응접실의 일부가 되어 있었다. 이따금 폭죽 터지는 소리가 들릴 때마다 모두가 깜짝깜짝 놀랐다. 아래층에서는 웨이터들이 준비를 마무리하고 있었고 그느라 샴페인 코르크 터지는 소리도 계속해서 들려왔다. "마실 것 좀 가져올까요?" 닉이 물었다.

"그래줘. 그리고 남편도 좀 찾아보고." 레이철이 말했다.

레스토랑처럼 수많은 식탁이 빼곡히 들어찬 식당을 들여다보던 그는 손에 메모지를 들고 서 있는 토비와 마주쳤다. 토비는 자신이 할 연설을 조용히 연습하던 참이었다. "짧게 해, 달링." 닉이 말했다.

"닉, 젠장!" 토비가 걱정스러운 얼굴에 미소를 지었다. "너도 알겠지만 숙모와 숙부, 그러니까 친한 사람들 앞에서 연설하는 거랑 망할 놈의 수상 앞에서 연설하는 거랑은 전혀 다르잖아."

"겁낼 것 없어." 닉이 말했다. "우리가 모두 외칠 테니까. '옳소, 옳소!'"

토비는 우울하게 웃었다. "수상님이 무슨 정상회담 같은 데 가야 해서 마지막 순간에 취소하는 일은 안 일어나겠지?"

"이게 정상회담인 것 같은데. 네 아버지께는 분명 그렇지." 닉은 45도로 비스듬히 각을 맞춘 냅킨과 검은 잉크로 쓴 이름표가 놓인 식탁들 사이를 뚫고 들어가 샤론 플린트셔의 자리가 될 곳에 기댔다. 이름표에는 물론 칭호가 적혀 있지 않았다. "이 행복한 한쌍의 사진, 마음에 드는데."

"그러게." 토비가 맞장구를 쳤다. "캐서린이 미술을 좀 했지."

캐서린이 학교 과제 같은 것을 찬장 위에 세워놓았는데, 결혼 전 제럴드와 레이철의 확대된 사진이 정식 결혼식 사진 양옆에, 아래쪽에는 가족사진이 붙어 있었다. 어쩐지 익살극을 장기 공연 중인 웨스트엔드 극장 앞에 세워진 등장인물 소개용 입간판처럼 보였다.

"어머니가 정말 아름다우셨네." 닉이 말했다.

"그러게 말이야. 그리고 아버지도."

"저렇게 젊다니."

"그렇지. 그런데 아버지는 저 사진 그렇게 좋아하지 않아. 자신이 히피였던 시절을 수상님이 보는 게 싫은 거지." 사진으로 미루어 히피였던 시절 제럴드가 도달한 저항문화의 절정이란 한쌍의 양고기 토막 같은 구레나룻과 꽃무늬 넥타이 정도였다.

"저분들이 몇살이었는지 짐작이 안 가는군."

"그러니까, 아버지는 내년에 쉰이 되니까…… 스물넷이었군. 엄마는 물론 한두살 더 많고."

"우리 나이였네." 닉이 말했다.

"시간을 전혀 낭비하지 않았지." 토비가 서글픈 미소를 띠며 말했다.

"시간 낭비라곤 전혀 없이 너를 가지신 건 분명하군." 닉이 즐거운 표정으로 나이를 계산하며 말했다. "신혼 때 생겼겠는데."

"그런 것 같아." 토비는 자랑스러우면서도 당황한 모습이었다. "남아프리카 어디래. 내가 알기로 결혼할 때 엄마는 처녀였는데 삼 주 만에 임신을 한 거야. 그냥 즐기며 시간을 보내고 그런 건 없었던 셈이지."

"정말 그렇군." 부모가 자신을 가지기까지 여러해를 보냈다는 사실을 떠올리면서, 그리고 자신이 누리는 자유에 대해 생각해보며 닉은 혼자 웃었다.

토비가 연설문을 다시 들여다보고는 입술을 깨물었다. 닉은 다정하게 그를 바라보았다. 진홍색 장식 허리띠 위로 재킷 단추를 풀고 검은 구두를 신은 모습. 머리는 짧게 깎아서 얼굴이 더 통통해 보였다. 마치 어색하게 그의 아버지를 흉내낸 것 같았다. 스물네살 시절이 아닌 지금의 제럴드 말이다. 닉은 서서히 충동이 이는 것을 느끼며 말했다. "너한테 꼭 필요한 게 내게 있을지도 모르겠는데. 만일 네가 약간의, 그러니까 화학적인 도움을 원한다면."

"그래……?" 토비는 놀라면서도 흥미를 보였다.

자신이 코카인을 약간 구할 수도 있을 것 같다고, 닉은 나직한 목소리로 말했다.

"맙소사, 대단해. 정말 고마워!" 그러고서 토비는 죄지은 사람 같은 미소를 지으며 주변을 둘러보았다.

그들은 웨이터에게 응접실에 샴페인을 가져다주라고 한 뒤 '리허설'을 한다고 약간 소란을 피우면서 위층으로 올라갔다. 비밀을 공유하다니 닉으로서는 가슴 뛰는 일이었다. 그들은 토비의 어렸을 적 침실로 들어가 문을 잠갔다. "집이 온통 경찰관으로 가득한데." 토비가 말했다.

"그래, 연설에서는 무슨 말을 할 건데?" 닉이 침대 곁 탁자에 가루를 조금 덜어내며 말했다. 그 방에는 어쩐지 버려진 듯한 느낌이 감돌았다. 손님용 침실 특유의 조용한 기다림보다는 한 소년이 자라 떠나서 이제 모든 것이 침잠해버린 방의 고요가 느껴졌다. 마호가니 서랍장과 금테 둘린 거울과 무척 훌륭한 가구들이 있었고 토비의 학교와 팀 사진이 있었는데, 모든 사진에서 어린아이 특유의 솔직한 계급의식이 엿보였다. 그리고 닉이 한때 감히 입어본, 하지만 이제는 그에게조차 의미를 잃은 옷들도 거기 있었다.

"양원협의회에 대해 농담을 할까 해." 토비가 말했다. "그러니까 '다음 단계로의 전진'이라는 슬로건을 따서 엄마와 아빠가 영원히 전진한다고, 수상처럼 말이야."

"으음." 닉은 신용카드를 바쁘게 움직이며 얼굴을 찌푸렸다. "내 생각엔 달링, 수상님이 안 계신 것처럼 연설을 해야 해. 그리고 연설 내용은 모두 네 부모에 관한 것이어야 하고. 그분들의 날이지 수상님의 날이 아니고, 또 제럴드만의 날도 아니잖아."

"아."

"아예 레이철을 더 부각하는 것도 좋아."

"맞아……. 맙소사, 네가 썼더라면 좋았을걸." 토비는 걱정으로 축 처져 방을 둘러보았다. 아래층에서 첫 손님들의 도착을 알리는 벨이 울렸다. "그러니까, 엄마에 대해서 무슨 말을 할 수 있을까?"

"그분이 제럴드 때문에 얼마나 많은 것들을 견뎌야 하는지, 그런 얘기를 할 수 있겠지." 그녀 자신은 실제로 견디고 있는 것의 반도 모른다는 사실을 생각하고 닉은 조금 침울하게 말했다. "아니다, 그 말은 하지 마." 그는 조심스레 덧붙였다. "그냥 짧게 해." 술기운으로 다정한 만큼이나 거친 무리 가운데 불안하게 서서 연설하는 토비의 모습이 머릿속에 그려졌다. "다들 널 사랑한다는 사실을 기억해." 그날 참석할 다종다양한 괴물들을 무시하도록 도우려고 한 얘기였다.

토비는 몸을 숙여 자기 몫을 흡입한 뒤 일어섰다. 이게 토비에게 어떤 효과를 낼까? 닉은 코카인이 깊이 녹아들기를 기다리며 그를 지켜보았다. "아주 오랫동안 이거 안했는데." 토비가 반쯤은 항의조로 반쯤은 변명하듯 말하고는 곧 "으음, 아주 괜찮은데⋯⋯"라고 하더니, 잠시 뒤에는 환한 얼굴로 항복을 표했다. "이거 굉장히 좋은 거네, 닉. 도대체 어디서 이런 걸 구했어?"

닉 또한 재빨리 자기 몫을 흡입한 뒤 손가락 끝으로 탁자를 쓸었다. "아, 실은 우라디한테서 얻었어."

"그랬군." 토비가 말했다. "맞아, 우라디는 항상 괜찮은 물건을 구하지."

"옛날에 너도 우라디하고 이거 하곤 했지."

"그랬지. 한두번 했어. 하지만 너도 한 적 있는 줄은 몰랐는데." 토비가 그를 향해 스스럼없이 다가와서, 닉은 와니에게 하듯 그에게 키스하고 그의 성기를 만지지 않기 위해 최대한 자제해야 했다. 그 대신 그는 말했다. "여기 이거, 나머지 가져가지그래." 3분의 1그램 정도가 남아 있었다.

"맙소사, 아니야, 그럴 순 없지." 토비가 즉시 갖고 싶은 마음을 얼굴에 드러내며 사양했다.

"아니야, 가져가." 닉이 말했다. "난 충분히 했지만 너한테는 조금 더 필요할지도 모르잖아." 그는 그 작은 연애편지를 건넸다. 로니가 항상 그러듯이 누드 잡지 한장을 뜯어 만든 것이었다. 찬란한 젖꼭지가 그것을 봉인처럼 덮고 있었다. 토비는 잠시 생각하다가 받아들고는 웃옷 가슴 주머니 깊이 찔러넣었다. "맙소사, 정말 최고야!" 그가 말했다. "그래, 오늘 저녁 괜찮을 것 같아. 그러니까, 그냥 짧게 하면 돼." 그는 코카인의 효력이 처음 나타날 때의 순수하게 고양된 기분으로 계속 주절댔다. 아래층으로 내려가는 길에 그가 다시 입을 열었다. "물론 달링, 만일 조금 더 필요하면 말해. 내가 이걸 다 쓰지는 않을 테니까."

"난 괜찮을 거야." 닉이 대답했다.

그들은 미끄러지듯 응접실로 들어섰다. 그곳에는 레이디 파트리지가 재무부에서 나온 사람에게 강도들에 대해 묻고 있었고, 배저 브로건은 일곱번째 임신 중인 그레타 팀스와 열심히 시시덕대는 참이었다. 닉은 미소를 띤 채 방을 돌았다. 사람들에게서 초조함이나 번져나오는 유쾌함, 함부로 힐끔대는 모습, 유명인의 도착으로 메워지기를 기다리는 결핍 같은 것을 알아챌 수 있었지만 거의 신경이 쓰이지 않았다. 그는 마실 것이 어디 있는지 둘러보았다. 코카인이 목구멍으로 떨어지고 있어서 두배로 목이 말랐다. 하지만 때마침 두명의 웨이터가 마실 것이 담긴 쟁반을 들고 나타나 그는 미소를 지었다. 두배의 갈증에 꼭 맞는 해답이 아닌가. 그는 미학적인 차원에서 검은 피부에 입술이 두꺼운 웨이터를 선택했다. "고맙군. 아, 잘 있었나." 닉이 잔을 들며 웨이터보다 먼저 그를 알아보고 말했다. 단 일초 동안이었지만, 한순간 모든 것이 정지된 채 빛났다. 그들의 눈이 마주쳤고, 한 다스의 긴 잔들 속에서는 기포가 솟아올랐다. "자네 기억나는데." 다소 건조하게, 마치 그 웨이터가 뭔가 떨어뜨려서 소란을 피웠기 때문에 기억한다는 듯 그는 말을 이었다.

"아…… 안녕하세요?" 웨이터는 명랑하게 대답했는데, 닉은 왠지 사과받는 기분이다. "전에 어디서 뵈었죠?" 그러니까, 상대는 기억을 못하고 있었던 것이다.

창가에서 소란스러운 소리가 들려오자 제프리 티치필드가 말했다. "아, 수상님의 차가 도착했군요." 마치 주인의 위엄에 완전히 반한 하인 같았다. 그는 자신의 말에 너무나 흥분한 나머지 그 말이 불러온 소란에 끼어드는 대신 문으로 향했다. 손님들은 확인하듯 서로의 얼굴을 바라보았고 한둘은 이미 포기한 듯 구석으로 물러났다. 남자들은 앞으로 나아가려 은근히 몸싸움을 벌였다. 닉은 수상은 조심성을 초월한 사람이라고, 만일 사람이 많이 모여 있지 않다면, 군중이 보이지 않는다면 기분이 상할 것이라고 생각하며 그들을 따라 입구 쪽으로 갔다. 계단 첫 굽이에서 사람들에게 밀린 그는 난간에 바짝 붙어선 채 역사화 속에서 눈길을 끄는 이름 없는 시종처럼 미소 띤 얼굴로 그들을 내려다보았다. 문이 열려 있어서 바깥에서 들어오는 습하고 찬 공기가 그들의 흥분을 더 날서게 했다. 여자들은 그 순간의 불편이 오히려 행복해서 몸을 떨었다. 밤은 다루기 힘든 요소였지만 그들은 그것을 극복했다. '신랄한 분석가'가 서둘러 들어오다가 사람들의 웃음소리와 혀 차는 소리 속에서 넘어질 뻔했다. 제럴드는 이미 거리로 나가서 특수부 사람들과 공손하게 줄을 맞춰 서 있었다. 레이철은 그 바로 안쪽에 서 있었는데, 이슬비에 어른거리는 불빛 속에서 몸에 꽉 붙는 얇은 은색 드레스가 달무리처럼 빛났다. 유명한 목소리가 들려왔고, 잠시 강렬한 침묵이 흐른 뒤 그녀가 모습을 드러냈다.

그녀는 특유의 우아하고 빠른 걸음으로 들어왔는데, 약간 쑥스

러움을 참는 듯, 어색함을 권력으로 바꿔낸 듯한 모습이었다. 그녀
는 궁금한 듯 집 쪽을 바라다보았는데, 그녀가 보는 모든 것이 그
녀에게는 일종의 인준이었다. 높다란 복도의 거울이 그녀를 환영
했고, 그 안에 보이는 환영객들의 얼굴 중 일부는 그들 자신이 굉
장했음에도 자부심을 넘어선 일종의 환희를 보여주었고, 동시에
대담하면서 수줍은 표정도 보였다. 사람들의 주목에 기분이 좋았
는지 그녀는 현대의 왕족이라도 되는 듯 기꺼이 그것을 받아주었
다. 정문 색깔에 주목하는 기색은 전혀 없었다.

　위층에서는 차분함을 되찾았지만 그것은 특별한 종류의 차분함,
일단 서곡이 끝나고 막이 오른 뒤 앞으로 전개될 것을 주시할 때
느낄 만한 차분함이었다. 사람들은 정신을 가다듬었다. 수상이 방
으로 들어올 때는(그녀의 남편은 겸손하게도 그녀 뒤에서 마실 것
과 옛 친구들을 향해 슬쩍 빠졌다) 즉석에서 일종의 환영 행렬이
만들어졌다. 지난봄 콜걸 사건 때문에 최악의 위기를 맞았다가 최
근에 회복한 배리 그룹은 수상이 손을 잡을 때 끔찍할 만큼 겸손한
태도로 고개를 숙였다. 그가 심지어 안녕하시냐고 말하기까지 했
다는 주장이 나중에 제기되었다. 수상은 최근 다른 곳에서도 만난
적이 있는 지인으로서 와니와 즐겁게 인사를 나누었다. 그녀는 그
를 기쁘게 알아보았지만 주변의 등쌀에 나중에 다시 대화를 나누
어야 했다. 그가 그녀의 손을 살짝 잡은 잠시 사이에, 그가 입을 맞
출지 아닐지도 알지 못하면서 제럴드는 질투심이 엿보이는 동작으
로 사람들의 이름을 나직이 부르며 그녀를 다른 쪽으로 인도했다.
그녀가 다가올 때 닉은 원초적인 흥미를 가지고 그 모습을 관찰했
다. 기품 있는 태도에 보석으로 치장한 모습은 차치하고라도 워낙
에 그녀는 그런저런 범절 같은 건 초월한 사람이었다. 머리는 또

얼마나 완벽한지, 닉은 그 머리칼이 젖어서 얼굴 위에 늘어진 모습을 머릿속에 그려보기 시작했다. 그녀는 기다란 검은 스커트에 어깨가 넓고 흰색과 금색의 아름다운 자수가 놓인, 루리타니아 군복 같은 모양의 재킷 차림이었고, 깊이 파인 앞섶은 근사한 진주 목걸이로 장식되어 있었다. 닉은 목걸이와 크고 네모진 가슴, 어머니처럼 두꺼운 목을 자세히 살펴보았다. "저분 정말 아름답지 않아요?" 트루디 티치필드가 황홀감에 빠져 무의식적으로 중얼거렸다. 제럴드는 닉을 긴 사교적 문장의 리듬 속에 재빨리 소개하고 거의 무시하다시피 했지만 그 와중에 또 놀라울 정도로 자세한 설명 혹은 과장이 동반되었다. "닉 게스트…… 우리 아이들의 아주 좋은 친구…… 젊은 학자죠." 그 결과 닉은 추어올려진 동시에 체면을 구겼는데, 학자라는 게 수상이 좋아하는 유형의 사람은 아니었기 때문이다. 그는 고개를 끄덕이며 미소를 지어 보였고, 그녀의 푸른 눈은 잠시 미심쩍은 눈초리로 그를 바라보았다. 그러다 갑자기 존 팀스가 닉의 곁에 나타나자 그녀는 곧바로 "존, 안녕하세요!"라고 큰소리로 인사를 건넸다. "수상님……." 존 팀스는 악수를 한다기보다 그 열렬하고 익살스런 어조로 그녀의 손을 움켜잡듯이 했다. 줄의 맨 끝은 자식들이었는데, 눈을 크게 뜬 채 서 있는 잘 어울리지 않는 한쌍이었다. 토비는 더욱이나 무척 쾌활했고, 부루퉁하거나 난처한 질문을 할 수도 있었던 캐서린 역시 걱정과 달리 밝게 "안녕하세요!"라고 말하며 악수를 한 뒤 마술사를 보는 아이처럼 수상을 뚫어지게 바라보았다. "아, 그리고 여기는 제 남자친구예요." 그녀는 재스퍼를 소개했지만 그의 이름을 말하는 것은 잊은 채였다. "안녕하세요?" 수상이 이제는 뭔가 마실 자격을 얻었다는 듯 건조한 어조로 말했다. 사슴 같은 눈에 불안한 미소를 띤 뜨리스땅이 바로 곁에서 음료를 제공했다.


닉은 재빨리 술을 한잔 마시고 아래층으로 내려가다가 제럴드와 레이철의 침실에서 나오던 와니를 마주쳤다. "맙소사, 조심해, 달링."

"그냥 화장실을 썼을 뿐이야." 와니가 말했다.

"으음." 닉 자신도 너무 술에 취하고 약에 취해서 위험을 그다지 심각하게 여기지 않는 상태였다. "필요하면 내 화장실을 써."

"계단도 괜찮아." 와니가 대꾸했다.

닉은 샴페인과 끌라레와 쏘떼른, 다시 더 많은 샴페인이 혼합된 어지러운 느낌을 없애주는 코카인이 너무나 좋았다. 코카인은 마신 것들의 점수를 올려줄 뿐 아니라 그것들을 새로운 쾌락의 채권으로 이월해준다. 명징하게, 심지어 처음에는 거의 맨 정신으로 만들어주는 치료제이기도 하다. 그는 와니의 어깨에 팔을 두르고 재미있느냐고 물었다. "우리는 거의 못 보네." 그가 대꾸했다. 두 사람은 아래층으로 내려가기 시작했는데, 서너번째 계단에서 뭔가가 닉의 눈길을 사로잡았다. 와니가 방금 나온 커다랗고 하얀 침실에서 누군가 움직이고 있었다. 그 집의 수호자, 말썽을 막는 사람으로서 그의 본능이 움직였다. 재스퍼가 나왔다. 마치 열쇠를 가지고 구매자에게 방을 보여주었을 뿐이라는 듯 사무적인 태도였다. 그는 닉에게 고개를 끄덕이며 눈을 찡긋했다. "캐서린의 방으로 가는 길이야."

"그렇군." 와니와 함께 내려가던 닉은 같은 생각의 매력에 사로잡혀 두 사람의 발걸음이 곧 완전히 멈출지도 모른다는 생각에 걸음 하나하나를 머뭇머뭇 내디디며 말을 이었다. "집 안에 창녀를 끝도 없이 만들고 있었구나……."

"더 해야지. 더 만들어야 해."

"그래." 닉이 코카인을 훌쩍 들이켜 입속에서 신맛이 도는 것을 느끼며 말했다. 그는 기이하게 장밋빛을 띤 와니의 얼굴에서 죄의식을 찾아보았다. 와니와 재스퍼가 침실에 있는 모습, 와니의 타락 성향, 방금 한 코카인 덕에 저지른 음란한 짓 따위가 눈앞에서 카드처럼 뒤섞였다. "그래, 이젠 우리만의 비밀이 아니네." 그가 말했다. 와니는 비웃듯, 그러나 공격적이지 않은 눈빛으로 그를 보았다. 닉은 정신이 맑고 머리가 빨리 돌아가는 단계인 데 비해 와니는 약효가 훨씬 더 나서 머리가 빙글빙글 돌고 방이나 친구조차 제대로 알아보지 못하는 멍한 단계였다. 닉은 그를 놓아주었다. 코카인 덕분에 거세진 심장박동은 공포에 질린 단거리 질주로 변해갔다. 닉은 방어적인 미소를 지었다. 마약의 효과 때문인지 미소가 그에게 더 유쾌한 주제를 찾아줄 것 같았다. 무슨 상관인가. 이 시점에서 그 문제를 더 생각해봐야 아무 의미가 없었다. 바깥의 대형 천막에서 음악이 연주되기 시작했다. 모든 것이 무모한 장난 같았다.

그는 응접실 구석에서 뻐드렁니를 한 늙은 존티 스태퍼드와 이야기를 나누고 있는 캐서린을 발견했다. 은퇴한 대사인 그는 그녀 위로 몸을 수그린 채 종잡을 수 없는 소리를 신이 나서 지껄이고 있었다. "아니, 내 생각에는 두브로브니크를 좋아할 것 같은데." 눈을 의미심장하게 내리깔며 그가 말했다. "디오클레티안 호텔, 엄청나게 매력적이지요."

"아." 캐서린이 대꾸했다.

"우리에게는 항상 신혼부부용 스위트룸을 제공해요. 최고로 엄청나게 큰 침대가 있는 방 말입니다. 흥청망청 난잡하게 놀 수 있을 만큼 크죠."

"결혼한 날 밤에는 안 그러셨겠죠, 아마도."

"안녕하세요, 존티 경."

"아, 여기 잘생긴 젊은 남자친구가 왔군요. 좋습니다, 이제 난 끝 났군요!" 그러더니 존티 경은 지나가는 다른 여성의 엉덩이를 재 빨리 쫓아갔는데, 그러고 보니 그 여자는 수상이었다. 그는 고개를 흔들며 잠시 뒤를 돌아보았다. "굉장하군요. 그러니까…… 수상님 은……."

"만취한 노인이 방금 너를 유혹하려던 것 같은데." 닉이 말했다.

"글쎄, 누구라도 나한테 관심을 가져주는 거야 괜찮지." 캐서 린이 소파에 털썩 앉으며 말했다. "여기 좀 앉아. 재즈 어딨는지 알아?"

"못 봤어." 닉이 말했다.

사진사가 여기저기서 사진을 찍느라 반사경에서 플래시가 계속 터졌다. 연회복 차림에 나비넥타이를 맨 이 사진사는 손님들 사이 를 미끄러지듯 다니다가 어렴풋이 어디서 본 지루한 사람처럼 미 소를 지으며 다가와 팡! 하고 사진을 찍곤 했다. 그러고는 다시 계 속 돌아다니며 사진을 찍다가 곧 또 돌아오곤 했는데, 사진 속 사 람들 대부분이 눈을 반쯤 감거나 어깨가 돌아간 상태로 찍힌 때문 이었다. 이제 사람들은 무리를 이루어 그를 위해 포즈를 취해주거 나 못 본 척 자기들끼리 내키는 대로 화려한 모습을 연출했다. 닉 은 소파의 캐서린 옆자리에 털썩 주저앉아 다리 하나를 올린 채 자 신의 우아한 모습에 만족하며 미소를 띠고 있었다. 밤새도록 그 자 신답게 행동할 수 있을 것 같았다. 기분이 무척 좋았고, 이런 밤들 이 사랑스러웠다. 섹스로 그 절정을 이루면 좋겠지만 그러지 않는

다 해도 별 상관없을 것 같았다. 코카인은 섹스를 하지 않을 때조차 압도적 최고의 상태로 만들어주었다.

"으음, 향기 좋네." 캐서린이 말했다.

"아, 그냥 '즈 프로메' 뿌렸어." 닉이 커프스단추를 그녀 쪽으로 흔들어 보였다. "수상님과 십이초간의 대화 했어?"

"막 하려는 참에 제럴드가 막더라."

"저녁식사 시간에 그분이 얘기하는 거 조금 들었어. 위대한 사람 역할을 아주 겸손하고 자족적으로 잘해내던데."

"욕심쟁이지." 캐서린이 말했다.

"그 사람들 다 그런 거 좋아하잖아. 안도의 한숨을 내쉬는 척하고 마가린과 버터 중 어느 것이 좋은지 밤새도록 이야기하는 거지. 그러다 갑자기 그녀가 공동농업정책에 대해 이야기하며 끼어들고."

"그분에게 네 의견 얘기 안했어?"

"아직은……." 닉이 말했다. "그분 주변에서 상당히 세밀하게 관리하고 있잖아, 안 그래? 그분은 모든 것을 장악하지만 그래도 가라고 하는 데만 가는 거야."

"글쎄, 이곳은 장악 못하는 것 같은데." 캐서린은 크게 손짓해 뜨리스땅을 불렀다. "뭐 마실래?"

"뭘 마실까?" 닉이 뜨리스땅의 형식적인 미소를 음흉한 미소로 되받으며, 눈으로는 그의 몸을 훑으며 말했다. "내가 뭘 좋아할까?"

"샴페인이 어떨까요, 선생님? 아니면 더 독한 것으로?"

"우선 샴페인으로 하지." 닉이 점잔빼며 말했다. "그리고 더 독한 것은 나중에." 쾌락의 전망이 더 뚜렷해졌다. 마약과 술의 훌륭한 팀워크, 위험한 느낌이 터무니없이 강화해주는 안정감, 여러해 만에 마침내 뜨리스땅을 원하는 대로 할 수 있게 되었다는 새로운 확신. 뜨리스땅은 그저 고개만 끄덕이고 마는 듯했지만 빈 잔을 집으려고 몸을 숙이면서 닉의 무릎에 재빨리, 묵직하게 기대왔다. 닉은 북적거리는 방을 통과해 나가는 그의 모습을 바라보았고 그후 몇 초 동안 그의 시야에는 이 집과 호크스우드, 금박과 거울과 이어지는 방과 방들, 얼핏 보이는 은밀한 생각을 따라가는 연미복 꼬리들, 이런 것들이 모두 한꺼번에 들어왔다. 모든 것이 마침내 저절로 다가왔으며, 모든 것이 바로 그가 원하던 것이었다. 추구하며 쫓아다니는 짓은 안절부절못하는 기다림의 방식일 뿐이다. 이제 모두 보상받을 터였다. 제럴드가 옳았다. 뜨리스땅이 마실 것을 쟁반에 올리고 돌아와서 그들을 향해 고개를 숙였을 때 닉은 잔을 성큼 들어올려 모두를 향해, 은밀한 의미를 담아 건배했다. "우리를 위해서."

"우리를 위해서." 캐서린이 말했다. "웨이터랑 그만 좀 시시덕대."

조금 뒤 그녀가 다시 입을 열었다. "페든은 오늘밤 기운이 넘쳐나보네. 정말 그답지 않다고 말할 수밖에." 방 건너편에서는 토비가 수상의 소파에 편하게 앉아 상상하기 힘든 농담을 하고 있었다. 수상 바로 곁에 놓인 넓은 톱니 모양의 방석 하나가 탄원자들이 앉아 기다리다가 잠시간의 대화 후에 다정하게 쫓겨나는 응접실 노릇을 하고 있었다. 토비만큼은 아마도 저녁식사 후의 훌륭한 연설 덕분에 훨씬 오래 그 자리에 머물렀겠지만.

"와니가 토비에게 응원의 의미로 웃음가루를 조금 주었다고 해도 놀랄 일은 아니겠군." 닉이 말했다.

"아, 맙소사." 캐서린이 경멸 섞인 탄식을 내뱉더니 곧 미소를 지었다. "토비 알잖아. 아마 그녀의 말을 살짝 이용하거나 뭐 그런 식으로 얘기하고 있을걸."

"수상이 술을 많이 마시긴 했지. 하지만 별 영향은 없어 보이네."

"남자들이 그 옆에서 행동하는 거 보고 있으면 너무 웃겨. 아내들하고 오지만 아내들 때문에 창피해하는 게 뻔히 보이잖아. 저기 저 사람 좀 봐. 그래, 악수하는 사람. '예, 수상님, 예, 예' 하면서. 그런데 감히 아내 소개를 못하고 있잖아. 아내가 빨리 어디로 꺼져줘서 수상님과 멋진 데이트를 했으면 하고 바라는 꼴이 역력하네. 아내가 소파에 앉으려고 하니까 저 사람 완전히 화났어. 하지만 좋아! 아내가 이겼어. 그가 쭈그리고 앉아서…… 카펫에 무릎을 꿇네……."

"그러면 수상님이 키스를 허락할지도 모르니까, 아마."

"아, 그럴 리가……."

"반지에 말이야, 달링!"

"아, 그럴 수도 있겠네. 반지가 굉장히 크네."

"글쎄, 아주 여왕 같지, 저 옷을 입고 있으니."

"여왕? 달링, 컨트리 웨스턴 가수 같은데."

캐서린은 짤막하게 킬킬댔고, 그 소리를 들은 사람들은 저마다 재미있어하거나 짜증이 난 표정으로 돌아보았다. 캐서린은 술을 연달아 급하게 마신 얼굴이었다. 그녀는 떨리는 잔을 얼굴 앞으로 치켜들었다. "샴페인잔이 정말 엄청나게 커!"

"그러게 말이야. 샴페인 플루트가 아니라 샴페인 튜바라고 불러야겠네." 닉이 말했다.

공동정원에서 폭죽 소리가 아주 시끄럽게 들려왔다. 박격포나 천둥소리 같았다. 창문들이 덜컹거리며 온 집 안이 울렸다. 사람들은 움찔하며 즐겁게 환호했지만 수상은 전혀 놀란 기색을 보이지 않았다. 그녀는 소란스러운 의사당의 도전에 당당히 대처하듯 확고한 화성으로 목소리를 가다듬었다. 그 주변에서는 그녀의 신하들이 꿩들처럼 놀라고 있었다.

"사실 놀라운 건," 닉이 말했다. "남자들이 전부 퀸처럼 군다는 거야. 동성애의 퀸 말이지."

"그럴 것 같긴 했어." 캐서린이 말했다. "그러니까, 제럴드만 봐도……."

"달링, 제럴드는 작업복을 입은 인부 같아. 이 사람들 몇몇에 비하면 시위대 앞줄에 선 광부라고. 저 노인, 저 장관…… 무슨 장관이었지?"

"몰라, 무슨 괴물이겠지. 얼굴이 분홍색이야. 텔레비전에서 본 사람인데."

그 노인이란 수상 바로 뒤에 쇼맨 같은 자세로 서서 그녀를 보호하기도 하고 전시하기도 하는 사람들 중의 하나였다. 이따금씩 그는 그녀의 머리 쪽으로 탐욕스러운 시선을 던졌다. 잿빛인 그의 심한 곱슬머리는 기름칠을 해서 뒤로 넘겼는데, 손으로 매만지는 시늉을 하지만 사실 거의 닿지도 않았다. 드물게도 흰색 턱시도를 입은 그의 꼿꼿한 자세는 실수의 가능성을 멋지게 부인하고 있었다. 재킷에는 날씬한 깃이 달리고 크림색 실크가 덧대여 있었다. 번쩍이는 장식단추가 만든 선이 선명한 보랏빛의 축 늘어진 벨벳 나비넥타이 쪽으로 똑바로 이어졌다. 윙칼라는 그의 고개를 거만한 각도로 세웠고 꽉 조인 실크 허리띠는 그를 꼿꼿이 세우며 얼굴에 소화불량에 시달리는 사람의 짙은 홍조를 가져다주었다.

캐서린이 말했다. "자존심 있는 동성애자라면 저렇게 옷을 입지는 않을 것 같아."

"뭐 그럴 것까지야." 두 사람의 말 중 어떤 것이 더 반어적 표현인지 생각하며 닉이 대꾸했다. "그냥 봐줄 만한 허영심이지."

"저 사람은 허영심의 괴물이야, 달링!" 캐서린이 또다시 고함을 질렀다.

닉은 일층 화장실로 가서 코카인 한줄을 얼른 흡입했다. 몰래 위층으로 갈 필요도 없을 것 같았다. 그는 양쪽 콧구멍에 차례차례 엄지를 대고 들이마신 뒤 미소를 띠며 제럴드가 로널드 레이건과 악수하는 사진을 돌아보았다. 그 노인이 제럴드가 누구인지 알아보는 것 같지는 않았고 보아하니 그저 중간 수준의 자선을 베푸는 표정이었다. 문밖에서 음악이 쾅쾅 울리고 있었다. 조금 전까지는 빅밴드 재즈를 연주했었는데 이제는 초기 로큰롤이었다. 이십오년 전에 레이철과 제럴드도 그런 음악에 맞춰 춤을 췄을 법했다. 폭죽이 터지고 날카로운 소리가 났다. 잠긴 문 너머로 파티 전체가 집합적으로 내는 쿵쿵 소리가 비밀스러운 기회를 알리는 저음과 함께 들려왔다. 이곳에 그가 원하는 두 남자가 있다. 문손잡이가 덜걱거려서 그는 자리를 정돈하고 점검한 뒤 물을 내리고는 거울을 살펴 나비넥타이를 바로잡은 다음 밖에서 기다리는 경찰에게는 눈길도 주지 않은 채 어슬렁 나갔다.

닉이 앉아 있던 캐서린 옆자리를 공작부인이 차지한 터라 그는 주변을 둘러보았다. 사람이 북적대는 응접실은 그의 놀이터였다. 그는 수상의 소파를 향해 의식적으로 발길을 돌렸다. 토비가 무대 옆으로 물러나는 배우처럼 미소를 머금은 채 수상 앞에서 물러났다. 그녀가 하는 얘기를 그로서는 통 알아들을 수가 없었다. 주변을 얼쩡거리던 레이디 파트리지가 고개를 숙이며 수상의 손을 잡았다. 그녀는 존경하는 작가를 만났을 때의 닉만큼이나 할 말을 못 찾고 있는 것 같았다. 사실 "당신의 작품을 정말 좋아합니다"가 할 수 있는 말의 전부 아닌가. 하지만 이 경우에 레이디 파트리지는 노부인이었기에 아이 같은 경외감이나 복종심 외에도 쪼글쪼글한 현명함과 어머니다운 자부심도 엿보였다. 닉에게는 그녀가 하는 말이 거의 들리지 않았다. 쓰레기 문제에 관해 뭐라고 하는 건가? 게다가 레이디 파트리지에게도 수상의 말은 들리지 않을 게 틀림없었다. 하지만 상관없었다. 그들은 서로의 손에 매달려 있었다. 주디에게는 새롭고 짜릿한 체험이었고, 수상에게는 무척 친숙한 존중의 절차, 치유의 행위이기도 했다. 그들 둘 다 상당히 취해 있어서 손을 밀고 당기고 목소리를 높여 논쟁도 할 수 있을 것 같았다. 수상에게는 자신이 논쟁을 더 좋아한다고, 그것을 가장 잘하는 사람이라고 과시하는 듯한 태도가 있었다. 주디는 물러나면서 뒤를 살피지 않은 채 뒷걸음질을 치다가 들고 있던 빈 위스키잔이 '허영심의 괴물'의 다리에 부딪혔다.

그것은 정말 간단한 일이었다 — 닉은 앞으로 나서서 청혼하는 역을 연기하는 배우처럼 소파 가장자리에 한쪽 무릎을 세우고 꿇어앉았다. 그는 수상의 얼굴, 그녀의 머리 전체, 입은 튀어나오고 머리에는 작은 관이라도 쓴 듯한 그 얼굴을 기쁜 표정으로 바라보았다. 그것은 보티시즘[22]과 바로끄 양식의 불가능할 것 같지만 훌륭한 혼합물이었다. 그녀는 일종의 동물적 기민함, 밝고 귀족적인 도전의 미소로 되받았다. 플래시가 부드럽게 터졌다 — 두번 — 세번. 이 상황의 중요성이 번뜩이며 그림자의 점처럼 눈동자에 광채가 떠올랐고, 그는 그다지 용기를 낼 필요도 없이 웃으며 자연스럽게 말했다. "수상님, 춤추시겠어요?"

"그래요, 아주 좋지." 가슴에서 울려나오는 확신에 찬 꼰뜨랄또로

---

[22] vorticism, 20세기 초 영국에서 에즈라 파운드(Ezra Pound), 윈덤 루이스(Wyndham Lewis) 등을 중심으로 일어난 전위적 예술운동.

수상이 응했다. 그녀 주위의 남자들은 히죽거리면서도 자신들은 감히 꿈꾸지 못했던 과감한 행동에 몸을 움츠렸다. 놀라서 움찔대는 이들 중 어느 누구도 해내지 못한, 또한 저항하지 못할 갑작스러운 무게중심의 이동이 벌어지는 가운데 군중 사이로 수상을 이끌면서, 닉은 이미 사람들의 논평과 그 이야기들이 모여서 이룰 에피소드 전체를 상상 속에서 들을 수 있었다. 닉 자신은 그들을 모두 무시한 채 고개를 숙여 미소지으며 수상이 하는 말과 멋지고 대담한 자신의 대답에 골몰해 있었다. 다른 사람들이 그들을 구경하러, 또 보조역을 수행하러 돌계단을 내려와 등이 켜진 통로를 따라왔다. "학자가……" 수상이 말했다. "내게 춤을 청하는 일이 흔하지는 않지요." 제럴드는 수상을 제대로 파악하지 못한 모양이었다. 그녀는 자기 나름의 고양된 공기 속에서, 자신만의 영예로운 관점으로 움직이는 사람이었다. 벽지의 그림 자국에도 정문의 푸른색에도 전혀 관심이 없었다. 아무것도 주목하지 않았지만 그럼에도 모든 것을 기억했다.

그들이 들어섰을 때 천막 안에는 사람은 많지 않았지만 「내 구름에서 꺼져」라는 곡의 꽝꽝대는 소리에 맞춰 정신없는 춤판이 한창이었다. 제럴드는 입술을 꽉 다문 제니 그룸과 디스코를 추고 있었고, 배리는 페니를 안고서 비틀비틀 플로어를 돌았다. 레이철은 존티 스태퍼드와 얌전하게 스윙을 추고 있었는데 피곤하지만 예의를 차리는 듯했다. 그리고 잠시 후, 제럴드가 자신의 우상인 수상을 보았다. 춤은 안 춘다던 그녀가 지금 위스키 두어잔을 마시고는 닉과 함께 상당히 섹시하게 춤을 추고 있는 장면을 본 것이다. 12곱셈표처럼 미스 에이비슨에게 배운 모든 것이, 가벼운 스텝과 가볍게 위팔을 잡는 동작 같은 것이 닉의 머릿속에 되살아났다. 동시에 자신의 팔 안에서 숨가빠하는 수상과 함께 무도회장을 온통 누빌 수 있다는 기분, 더 강한 활력 또한 그를 사로잡았다. 어쨌든, 제럴 드가 그 모든 것에 종지부를 찍었지만.

세 사람은 닉의 화장실로 올라갔다. 와니는 아픈 사람처럼 몸을 떨다시피 하면서 씹고 흡입했다. 전속력으로 달렸지만 우승에 실패한 사람처럼 눈을 크게 뜬 우울한 표정이었다. 그는 괜찮다고, 최고라고 말했다. 와니는 『포럼』지로 접은 네모를 펼치는 데 집중했고, 그런 뒤에 여자의 검은 음모 위 동산에서 가루를 쓸었다. 욕조 가장자리에 걸터앉아 있던 닉은 다리를 건들거리며 욕조 안에 비스듬히 주저앉아 무척 오래 시간을 끌며 오줌을 누는 뜨리스땅을 지켜보았다.

"그거 집어넣지 마." 와니가 말했다. 그가 즐겨 하는 농담 중의 하나였다.

뜨리스땅은 혀를 찼다. "이 친구분 그거 좋아하나보네요."

"그러게." 닉이 말했다.

"어디서 만났는지 기억났어요." 뜨리스땅이 어쨌든 그것을 집어넣고 물을 내리며 말했다. 그는 손을 씻고 거울 속의 닉을 바라보았다. "토비 씨의 생일파티였죠. 아주 커다란 집에서. 아주 오래전에."

"맞아." 닉이 힘들게 일어나 재킷을 벗으며 대답했다. 뜨리스땅도 자신의 연미복을 벗었다. 이제부터 할 일에 대해 이미 동의가 이루어졌다는 듯. 그 본능적인 확신에 닉이 미소를 지었다.

"나를 찾아서 부엌으로 왔었지요. 아주 화가 난 것 같았는데."

"그랬나?" 닉이 중얼거렸다.

"나중에 만나자고 해놓고 안 가서 정말 미안했어요."

"왜 그랬는지 알지." 와니가 말했다.

"걱정 마." 닉이 말했다. "나도 분명 잊었을 거야."

뜨리스땅이 닉의 어깨에 손을 걸쳤고 그 동작의 의미를 이해한 닉은 지갑을 꺼내 그에게 20파운드를 주었다. 뜨리스땅은 고개를 기울여 자신의 길고 통통한 혀를 닉의 입속에 넣어 십초가량 진하게 키스를 해준 뒤 다시 꺼내서 돌아섰다. 와니는 코카인 동산을 다루느라 바빠서 미처 보지 못했다. 뜨리스땅이 그쪽으로 가서 그의 어깨 너머를 내려다보았다. "이것 때문에 큰 문제 생기겠네."

"문제없어." 와니가 말했다. "아주 안전해. 경찰이 지켜주고 있잖아."

"예, 내 말은 우리 사장이 문제라는 거죠. 아주 잠깐 하는 건 괜찮겠죠?"

"일단 해보고 말해." 와니가 돌아보지도 않은 채 웨이터의 가랑이를 더듬거리며 말했다.

"그러니까 돈이 더 필요한 거야?" 닉이 물었다.

"내가 방금 망할 놈의 50파운드를 줬잖아." 와니가 거만한 어조로 큰 소리로 말했다.

뜨리스땅은 어슬렁거리며 다시 거울을 들여다보았다. "그런데 마누라는 안 데리고 오신 거예요?"

"그 여자 내 마누라 아니야, 이 잡년아." 와니가 명랑하게 말했다.

뜨리스땅은 닉을 향해 빙그레 웃었다. "오늘밤에 그 대단한 부인과 춤추시는 것 봤어요." 그가 말했다. "깡충거리면서. 그분이 마음에 들어하시는 것 같던데요."

와니는 짧게 웃으며 고개를 돌렸다. "다음에 그분 만나면 닉에 대해서 어떻게 생각하느냐고 물어볼 거야."

"그분하고 친한가봐요?" 뜨리스땅이 묻고는 다시 닉에게 빙그레 웃었다.

"빌어먹게 친한 사이지." 와니가 툭툭 치며 자신의 작품을 들여다보고 말했다. "굉장히 친한 사이…… 자," 그가 돌아서서 쏘아보았다. "아니, 그분 안 좋아해? 정말 멋지지 않아?"

뜨리스땅은 얼굴을 약간 찡그렸다. "그래요, 그분 괜찮아요. 나한테는 어쨌든 괜찮죠. 파티를 엄청나게 하고 돈이 엄청나게 나오니까. 팁도 굉장하고. 100파운드, 200파운드……."

"맙소사, 이 잡년." 와니가 말했다.

닉은 세면대로 가서 물을 두잔 마셨다. "나 한줄 줘." 그가 나직이 말했다. 이제 그들 모두 상당히 취했고 꽤 많은 마약 꾸러미가 있다는 사실이 주는 커다란, 거의 무감각이라 할 만한 안도감과 함께 빨리 다음 단계로 가고 싶은 조바심이 들었다. 그것은 쾌락 이상의 것, 저 혼자 저절로 돌아가는 모터, 순수한 충동이었다. 그들에게는 선택을 한다는 착각, 그리고 선택할 때 자신이 제정신이라는 착각을 주었지만.

뜨리스땅이 자기 몫을 흡입하려고 고개를 숙이자 와니가 그의 성기를 만졌고, 닉은 그의 엉덩이를 만졌다. "좋은 거예요? 그래, 어디서 이걸 구해요?" 그가 잠시 뒤로 물러서서 손길을 피하고는 깊이 들이마시며 물었다.

"로니한테서 구해." 와니가 말했다. "그게 그 친구 이름이지. 아, 이제 좀 낫군." 그는 코를 쥐어틀며 말을 이었다. "난 로니가 너무 좋아. 내 가장 좋은 친구지. 사실 유일한 친구야."

"수상님은 빼고 말이지." 닉이 말했다.

뜨리스땅의 얼굴에 처음으로 짓궂은 웃음이 떠올랐다. 닉의 머릿속에서 그를 위한 계획이 이미 한 다스쯤 세워지는 중이었다. 그가 말했다. "저이가 제일 좋은 친구인 줄 알았는데. 저이, 닉. 아니에요?"

"닉? 닉은 그냥 잡년이야." 와니가 말했다. "내가 돈을 주거든."

닉은 자기 몫의 반쯤 정도를 남겨놓고 뒤를 돌아보며 거들먹거리는 투로 말했다. "자기가 내 고용주라는 뜻이야."

"닉이 무슨 망할 놈의 진짜 일을 하는 건 아니야." 와니가 말했다.

"실은 그게 내가 하는 진짜 일이지." 닉은 잘난 체 덧붙였다.

"뭐요, 씹하는 거?" 뜨리스땅이 말하고 백치처럼 웃었다.

"어쨌든," 닉이 말했다. "저 친구는 백만장자고……."

"나는 수백만장자야." 와니는 얼굴을 찡그리는 척했다. "이제 네 장기를 보여줘."

"이 친구의 장기가 뭔데?" 닉이 물었다.

"이제 알게 돼."

"마약 때문에 내 거시기가 흐물거리지 않았으면 좋겠는데." 뜨리스땅이 중얼거렸다.

"그게 흐물거리면 나는 망할 놈의 돈을 돌려받을 거야." 와니가 말했다.

뜨리스땅은 바지와 속옷을 무릎께까지 내리고 작은 등나무의자 가장자리에 앉았다. 그의 검고 육중한 성기가 축 늘어졌다. 그는 손을 넣어 셔츠를 갈비뼈 위로 밀어올린 뒤 젖꼭지를 비틀었다. "도와줄래요?" 그가 말했다.

와니가 혀를 끌끌 차고 그의 뒤에 가 서서 닉이 엄지와 검지로 웨이터의 젖꼭지를 쥐고 비틀고 달래는 모습을 몸을 굽혀 지켜보았다. 뜨리스땅은 한숨을 쉬고, 웃고, 마른 입술을 깨물었다. 성기가 움직이기 시작하더니 굵어지면서 나른하게 허벅지를 가로지르며 비틀비틀 일어서서 피부를 약간 뒤로 젖히며 분홍빛 미소와 함께 자유롭게 서기까지, 그는 언제 보아도 경이로운 장면이라는 듯 자신의 물건을 골똘히 내려다보았다. "그게 모든 일의 핵심이지." 와니가 말했다.

"이게 다야?" 닉이 말했다.

"좋아요?" 이렇게 묻는 뜨리스땅의 얼굴이 문득 닉에게는 탐욕스럽고 기이해 보였다. 물론 그의 성기는 이 밤의 숨은 관념이자 이 작고 기묘한 장면에 감춰진 전제였다. 질질 끌다가 싼값에 거래되고 끝내 커다랗고 멍청한 실체가 되어 일어선 관념.

"그래, 전에도 이걸 봤어?"

"아, 저분은 늘 이걸 원하는걸요." 뜨리스땅이 말했다.

와니는 무릎을 꿇고서 자신이 늘 원하던 그것을 제대로 대접해주기 위해 서툴게 노력하고 있었다. 바지를 벗고 있었지만 그 자신의 작은 성기는 코카인의 급습 내지 강타에 납작하게 오므라들어 거의 숨어버렸다. 그는 졌다. 처참함 그 이상 — 바로 그것이 그가 돈을 주고 산 것이었다. 그는 핥고 빨고 쿵쿵댔는데, 피와 녹지 않은 가루가 섞인 희미하게 빛나는 가래가 그 유명한 코에서 웨이터의 무릎으로 뚝 떨어졌다. 웨이터로서는 그런 경험이 처음인 게 분명했고, 이제 와니를 보고 그 위험성에 대해서 알게 된 터였다. 이제 두 사람이 친구라도 되는 듯 그는 말이 많아졌다. 그는 와니 쪽을 고갯짓하며 말했다. "저분을 처음 본 것도 거기서였어요. 토비 씨의 파티요. 내게 코카인을 주셔서 거기다 그걸 했죠."

"거기라면, 집에서……? 아, 항문에다 말이군." 닉이 냉정함과 유쾌함이 섞인 즐거운 웃음을 지었다. 고통스러운 와중에도 그의 불량한 짓에 일종의 존경심을 느끼지 않을 수 없었다. 그는 뜨리스땅이 자기 연인의 검은 고수머리 속으로 손을 밀어넣는 모습을 지켜보았다. 마치 와니가 자신의 물건을 빨아주고 있지도 않다는 듯, 와니가 칭찬을 들으려고, 또한 칭찬을 들으리라 확신하며 어른들 사이에 끼어든 아름다운 응석받이 아이라도 되는 듯, 뜨리스땅은 평온하고 참을성 있고 친근한 태도로 그의 머리를 쓸어내렸다. 그가 웃으며 와니를 칭찬했다. "항상 가장 후한 분이에요."

"물론이지!" 닉은 맞장구를 치고 주머니에서 콘돔을 꺼냈다.

"자, 하죠." 뜨리스땅이 말했다.

아래층에서는 수상이 떠나는 중이었다. 제럴드는 그녀와 거의 십분이나 춤을 추었다. 내리는 비도 아랑곳하지 않고 그녀를 배웅할 때 그의 얼굴에서는 친밀감에서 우러나온 밝은 미소와 성공한 자의 경쾌함이 엿보였다. 뒤늦은 폭죽이 여전히 폭탄처럼 솟아올라, 그들은 하늘을 올려다보았다. 레이철은 문간에 서 있었고 페니가 그 뒤에, 제럴드는 비밀경찰의 자리를 빼앗아 선 채 몸을 숙여 온몸에서 우러나오는 행복한 인사를 건네며 차의 문을 쾅 닫았다. 다임러가 무뚝뚝한 한숨 같은 소음을 내며 빠져나가는 동안 촘촘한 빗줄기는 가로등 불빛 속에서 반짝이며 내렸다.

제3부

거리의 끝

(1987)

# 13

닉은 캐서린을 차에 태우고 일찍 투표를 하러 갔다. 그녀는 「굿모닝 브리튼」에 제럴드가 출연하는 것을 보려고 6시부터 일어나 있었다. 긴 선거운동 기간 동안 텔레비전 보기를 거부했지만, 제럴드와 레이철이 함께 바윅에 가 있는 지금은 텔레비전을 보는 것 말고는 아무 할 일이 없는 모양이었다.

"어땠어?"

"그냥 일분 정도 나왔어. 토리가 실업률을 낮췄다고 하더라."

"그건 좀 터무니없네."

"레이디 티퍼가 80년대야말로 자기 직원들에게 최고의 시기라고 말하는 거나 똑같지."

"아무튼, 곧 끝나네."

"뭐가? 아, 선거. 그러게." 캐서린은 비가 부슬부슬 내리는 창밖을 내다보았다. "80년대는 영원히 계속될 거야."

한여름임에도, 게다가 해가 뜬 지 한참 지났음에도 불구하고 나무가 긴 터널을 이룬 홀랜드파크 애비뉴에서는 새벽이 미루어진 것만 같았다. 선거 캠프 사람들이 걱정하던 실망스러운 날씨였다.

"제럴드는 당연히 재선되겠지?" 닉이 말했다. 켄징턴파크 가든스에서는 아무도 이 단순한 질문을 입에 올리지 못했다.

캐서린은 깊은 우울 속에서 불가능한 위안을 올려다보는 듯했다. "재선이 안된다면 정말 너무 멋질 거야."

투표소에서 그들이 손에 든 카드를 제시하자 페든이라는 이름과 주소를 본 여자는 미소를 지으며 얼굴을 붉혔다. 닉은 그녀가 지나친 자신감을 보이는 것이 아닌지 생각했다. 83년에 캐서린은 투표용지에 낙서를 했었고, 이번에는 여피[1]를 반대하는 채식주의자 몽상가 후보에게 투표할 거라고 선언했다. 닉은 합판으로 만든 기표소에 서서 손안에서 두꺼운 육각형 연필을 돌리고 있었다. 투표는 항상 그에게 무책임에 대한 의식을 일깨우곤 했다. 투표소는 초등학교의 큰 교실이어서 아이들의 그림과 커다랗고 특이한 알파벳이 (N은 내니, K는 키위 하는 식으로) 벽을 빙 둘러가며 붙어 있었다. 오늘은 거저 얻은 휴일이다. 닉은 그곳의 오만가지 소소한 규칙들과 일과를 잠시 엿볼 수 있었고, 그러자 갑자기 규칙을 어기고 싶은 기분이 들었다. 더욱이 기표소 안에서 일어난 일은 영원한 비밀 아닌가. 그의 연필은 노동당과 연합후보들 위에서 움찔거렸는데, 결국 그는 얼굴을 찡그리며 녹색당원 이름에 표시를 했다. 보수당이 다시 정권을 잡을 것이 틀림없다는 사실은 그도 알고 있었다.

하지만 한편에서는 그런 전망에 회의적인 견해가 나왔고 노동

---

1 Yuppie, 젊은(young)·도시적(urban)·전문직(professional)의 합성어. 도시를 생활 근거지로 하는 젊은 전문직 종사자층.

당 캠페인이 아주 훌륭했다는 이야기도 돌았다. 닉 역시 그들의 광고가 토리당의 것보다 유머감각에서 훨씬 앞서 있다고 생각했다. "영국에서 가난한 사람들은 더 가난해졌고, 부자들은…… 아, 보수당원들을 가졌네요"라는 문구는 제럴드까지 웃게 만들었다. 그런 캠페인이 전국 단위에서는 중요할지 모르지만 지역구에서는 귀찮고 심지어는 역효과가 날 수도 있다는 것이 제럴드의 전반적인 견해였다. "그러니까 선거 공고가 난 5월 11일에 내가 할 수 있는 최선의 일은 어딘가로 훌쩍 떠나서 한달 동안 휴가를 보내는 거였겠지." 제럴드는 캐서린에게 말했다. "진짜로 사파리 같은 걸 가는 게 나았을 텐데." 캐서린이 이것을 "텔레비전 선거"라고 말하는 데 그는 염증을 냈다. "왜 네가 자꾸 그걸 들먹이는지 모르겠다, 야옹아." 제럴드가 지역 뉴스의 '사진 촬영 기회'에 가기 전 복도의 거울을 들여다보며 말했다. "선거가 다 텔레비전 선거지. 그리고 그건 아주 좋은 일이기도 해. 유권자들을 일일이 찾아가서 말하지 않아도 된다는 뜻이잖니. 사실 직접 만나서 얘기하려고 하면 텔레비전에서 이미 다 들은 이야기라 지루해서 죽으려고 할걸." ("음, 그래서일 수도 있겠네요." 캐서린이 대꾸했다.)

그는 수상님이 주요 방송과 텔레비전의 기자회견을 지칠 줄 모르고 누비는데도 그들이 자신을 더 자주 불러주지 않는다는 사실에 놀라워했다. 그 개인적으로 최고의 순간은 BBC1의 「질문 시간」이라는 프로에서 마지막 순간에 몸이 불편해 출연하지 못하게 된 내무장관을 대신해서 당당하게 제 역할을 한 일이었다. 그는 평소 알고 지내던 로빈 데이와 매끄러운 농담을 주고받음으로써 핵군축을 위해 힘겹게 싸우고 있던 노동당 국방 분야 대변인을 자극했다. 닉과 레이철은 집에서 그 프로그램을 시청했는데, 응접실에서 텔레비전을 통해 보는 제럴드는 스튜디오의 불빛 때문에 더 살지고 신랄해 보였으며 너무나 낯설었다. 다른 참석자들이 이야기하는 동안 그는 부루퉁한 표정으로 자신의 만년필을 만지작거렸다. 가슴 주머니에 꽂은 손수건이 화염처럼 위로 흔들거렸다. 그의 표현에 따르면, 그는 프랑스의 집에서 여름을 보내기 때문에 유럽에 호의적인 입장이었다. 사람들이 찾으려고 노력하기만 하면 수만개 일자리가 있음을 믿는다고도 했다(그는 일자리들이 노력하지 않는 사람들을 향해 "딱하다!"라고 외치고 있다고 자신 있게 말했다). 활기 넘치는 무례와 유치한 적대가 그 프로그램의 특징이자 한계였다. 레이철은 한두번 다정하지만 경멸하듯 웃었다. 제럴드 특유의 나태함과 야심이 결합된 모습은 카메라 속에서 잔혹한 오만함의 절정으로 비쳤다. 방청객 가운데 바윅의 장화 던지기 게임에서 본 쎄실과 비슷하게 생긴 사람이 질문자로 나서서 제럴드는 너무 부자라서 평범한 사람들에게 관심을 가질 수 없다고 비난했다. 제럴드는 큰 소리로 반박했지만, 그럼에도 그의 상기된 얼굴을 보면 그가 그것을 일종의 칭찬으로 받아들이고 있다는 것을 알 수 있었다.

바윅에서 사람들을 만나고 다녀야 할 때도 그는 그렇게 나설 필요가 전보다 훨씬 줄었다고 주장했다. 여론조사도 웃어넘겼다. 노샘프턴셔의 의석은 모두 오랫동안 토리가 장악해왔으니까. 철강공장이 문을 닫은 코비에서조차 말이다. "실업자들도 우리가 그들에게 더 도움이 된다는 사실을 알지." 제럴드는 말했다. "어쨌든, 이제 사무실에 컴퓨터를 갖추어놓았고 그걸 제대로 활용만 하면 마음이 흔들리는 위기의 유권자를 정확히 찾아내서 그들에게 엄청난 자료를 보낼 수 있지." "어떤 자료요?" 캐서린이 궁금해했다. "글쎄, 내 사진!" 제럴드가 말했다. 그의 호기로운 태도가 혹시 만일의 패배에 대비한 것은 아닌지 닉은 궁금했다. 마지막 주에는 위기의 목요일이라 불리는 날이 있었는데, 그날은 중앙사무실의 모든 사람이 엄청나게 불안해했다. 여론조사는 노동당이 맹렬히 약진하는 모습을 가리키고 있었다. 토비는 아버지에게 너무 태평한 것 아니냐고 말했다. "그냥," 제럴드가 대답했다. "미떼랑이 수상님의 특장이라고 불렀던 그런 면을 길러야지. 미떼랑은 그것을 정치인이 가질 수 있는 최고의 미덕이라고 생각했거든."

"아, 그렇군요. 그게 뭔데요?" 토비가 물었다.

"무관심." 제럴드가 거의 들리지 않는 소리로 말했다.

"그렇군요……." 토비는 빈틈없이 몰아붙이듯 말을 이었다. "하지만 전 그분이 엄청 초조해하신다고 생각했는데요."

"초조해하신다니 무슨 터무니없는 소리야."

"그건 부사副詞 놀이 같은 거야." 캐서린이 말했다. "과제, **초조해하라. 태도, 무관심하게**." 그 말에 제럴드는 안됐다는 미소를 띠더니 일정을 손봐야겠다며 방을 나갔다.

사무실에서 닉은 우편물을 살펴보고 멜러니에게 편지 두어장을 구술했다. 와니가 자리를 비운 동안 그는 구술을 더 좋아하게 되었다. 그리고 자신이 암시와 구문론적 충격이 풍부한 길고 유려한 문장들을 즉흥적으로 만들어내는 재능을 가지고 있다는 사실을 깨달았다. 말년에 방을 오락가락하며 타자수에게 낭랑한 목소리로 구술해서 가장 어려운 소설들을 써낸 헨리 제임스처럼 말이다. 와니의 뜻이 분명치 않은 메모나 와니가 건네준 편지의 주요 내용을 자신의 말로 윤색하는 데 익숙한 멜러니는 혓바닥을 내밀고 구식 마침표와 복잡한 쎄미콜론으로 채워진 닉의 문장을 받아 치는 데 집중하고 있었다. 오늘 그는 아마도 『오지』처럼 엉뚱하면서도 이름뿐일 영화제작소를 갖고 있고 「포인턴의 전리품들」에 관심을 보이는 ― 비록 이야기 구성에서는 강한 이견을 갖고 있었지만 ― 미국의 부자 동성애자 커플에게 답신을 쓰고 있었다. 그들은 그 영화에 섹스 ― 우라디 경의 표현에 따르면 애무와 액션 ― 를 좀더 넣을 필요가 있다고 생각했다. '트리트 러시와 브래드 크래프트'라는 포르노 배우 같은 이름을 가진 이들이었다. 닉이 시작했다. "귀하의 최근 제안들 쉼표 따옴표 열고 포인턴의 전리품들 따옴표 닫고에 대한 쉼표 그 참으로 놀라우리만치 새로운 비전에 무척 큰 관심을 갖고 읽었습니다……."

　문 쪽에서 약간의 소란이 일어서 싸이먼이 고개를 들고 알아보러 갔고 멜러니는 메모묶음을 내려놓았다. 짧은 머리의, 가슴 큰 소년 같은 흑인 소녀와 마른 백인 여자였다. 보통 이런 경우는 잘못 들어왔거나 아니면 싸구려 워크맨이나 CD를 들고 다니며 파는 외판원들이었다. 안타깝지만 『오지』사무실에는 특별한 볼일이 있어서 찾아오는 사람이 거의 없었다. 멜러니가 돌아왔다. "아, 닉, 음, 로즈메리 찰스가 뵙자고 왔는데요. 실례지만……." 멜러니는 얼굴을 씰룩이며 사과와 비난이 반반 섞인 어조로 자신의 속물성을 드러냈다. 그녀가 어깨를 각지게 강조한 옷에 굽 높은 구두를 신고서 있었기 때문에 사무실 반대편 끝을 보려면 그녀를 피해 몸을 뒤로 젖혀야 했다. 로즈메리 찰스라는 두 단어는 공중에 떠 있다가 어색한 몇초가 지나자 침울한 무게를 띠었다. 닉은 일어서서 그녀에게, 그녀와 다른 여자 ― 그의 혼돈을 구경하러 온 듯한 ― 에게 다가갔다. 갑자기 난간이 멀어지는 듯 순간적인 현기증이 일었다.

그는 환영을 표하며 그들에게 적절하고 진심 어린 존중을 담은 미소를 지어 보였다. 그리고…… 그들이 왜 왔는지는 대충 짐작할 수 있을 것 같았다. 그는 로즈메리와 악수하며 불쾌하지 않을 정도의 호기심을 담은 눈길로 그녀를 바라보았다. 사년 전, 아직 예쁘고 통통하고 눈이 영리하던 시절의 모습이 점점 분명해지면서 이제 그녀는 아름다운 모습이 더 선명해지고 곱슬곱슬한 머리 위의 잔 물방울들까지 은빛으로 빛나 보였다. 어느날 아침 그녀의 오빠가 갑자기 닉을 찾아와 그의 삶을 바꿔놓았을 때 본 듯한 긴장 어린 미소를 어렴풋이 띤 채 턱을 내민 모습이었다.

"아, 안녕하세요." 약간 반감을 품은 듯한 목소리로 그녀가 말했다. 아마도 여기 찾아오겠다고 마음먹은 순간의 단단한 결심일 뿐인지도 모른다. 물론 그녀도 사년이라는 시간의 터널을 거슬러 그의 옛모습을 찾고 있었다. 그가 전에는 어땠는데 지금은 얼마나 변했는지. "이쪽은 제마예요."

"안녕하세요," 닉이 반갑게 말했다. "닉입니다."

"폐가 안되었으면 싶어요." 로즈메리가 말했다. "댁으로 갔었는데 거기 있던 여자가 여기 계시다고 말해줘서요."

"이렇게 다시 만나게 되어서 정말 반가워요!" 닉이 말하자, 그들은 이런 성가신 인사를 예상했다는 듯 받아들이는 것 같았다. 그들에게서는 끔찍한 무언가의 느낌이 전해졌다. 아직 왜 왔는지 이유를 밝히지 않은데다, 닉으로서는 상상할 수 없는 커다란 도전을 맞아 서로를 의지하고 있는 느낌이었다. "들어오세요, 어서요."

제마가 방을 들여다보았다. "어디 조용히 이야기할 장소가 있을까요?" 그녀가 물었다. 요크셔 사람으로 나이가 더 많고 파란 눈에 검게 염색한 머리, 검은 티셔츠와 검은 청바지 차림에 닥터 마틴

신발을 신고 있었다.

"물론이죠." 닉이 대답했다. "이층으로 가시죠."

그는 책임을 진 사람의 미소를 띤 채 앞장서서 바깥으로 나갔다. 다른 입구로 그들을 안내해 들어간 뒤, 이 저속한 취향의 아파트와 그것이 그 두 여자에게 미칠 영향이 자랑스러워 선웃음이라도 지을 듯한 표정으로 위층으로 올라갔다. 그곳의 모든 것이 닉에게도 새롭게 보였다. 그들은 '복고풍 조지 양식'의 복고풍 서재에 앉았다.

"이 많은 책들 좀 봐……." 제마가 중얼거렸다.

낮은 탁자에는 클럽 독서실처럼 신문이 종류별로 갖추어져 있었다. 그녀를 몰아내자, 『미러』지가 애원하고, 수상님 삼세번, 『썬』지가 외쳤다.

로즈메리가 말했다. "리오 때문에 왔어요."

"아, 그러리라 생각은 했습니다……."

그녀는 소파 가장자리에 앉아서 아래를 내려다보았다. 오래 앉아 있을 자세가 아니었다. 그러고서 잠시 그를 빤히 보던 그녀가 입을 열었다. "그러니까 저, 오빠가 죽었어요, 삼주 전에." 닉은 그 말에 귀를 기울였고, 그녀의 말투에 배어 있는 서인도제도 억양과 정확성에서 이것이 자신의 사적인 일임을 강조하는 듯한 느낌을 받았다. 그것은 리오의 어투이기도 했다. 방어할 때는 런던 사투리를, 즐길 때는 드물게 자메이카식으로 타다거리며 타오르는 것 같은 말투를 썼다. 그 어투는 그의 검은 피부를 물들이는 홍조처럼 드물고도 아름다웠다.

"이제 거의 사주가 되었네." 제마가 우울한 연대감을 표하며 말했다. "그래, 5월 16일이었어." 그녀는 그후의 날들이 그를 더 죄인으로, 혹은 더 쓸모없는 존재로 만든다는 듯한 표정으로 닉을 바라보았다.

"안타깝군요." 닉이 말했다.

"그의 친구들에게 모두 연락을 돌리는 중이에요."

"그러니까, 그 이유는, 아시겠지만……." 제마가 말했다.

"그의 애인들 모두에게요." 로즈메리가 분명한 어조로 덧붙였다. 그녀가 개인병원 접수처에서 일했다는, 혹은 그런 적이 있었다는 사실이 기억났다. 사실을 다루는 데 익숙한 사람. 그녀는 어깨에 메고 있던 가방을 열고 손을 집어넣었다. 이렇게 사무적인 일을 딱딱하게 처리하는 그녀의 태도가 그들 둘 모두를 보호해준다는 느낌이 들었다. 그는 그녀가 방금 전해준 무섭도록 침통한 사건에 위축되었고, 그녀 또한 자신이 꺼낸 말의 힘에 위축된 것 같았다. 비록 (그가 보기에는) 그 소식을 여태까지 여러차례 전하다보니 새로운 내용이 이미 아는 것으로 나날이 변해서 어느정도는 부드러워지고 익숙한 것이 되었다고 단언하는 듯 굴었지만 말이다. 닉은 자신을 다시 오래전의 만남으로 이끈 데 대해 예의 바른 태도를 갖추었다.

"어머니는 어떠세요?"

"그저 그러세요." 로즈메리가 대답했다. "그저 그렇게……."

"신앙이 있으시니." 닉이 말했다. "또 따님도 이렇게 계시고요."

"글쎄요……." 로즈메리가 말했다. "그래요, 그렇겠죠."

그녀가 그에게 전해준 첫번째 물건은 초록색 대문자로 "리오"라고 적힌 크림색 봉투였다. 오래된 책갈피 속에서 찾은 편지 같은 그것이 뭔지 닉은 알 것도 모를 것도 같았다. 1983년 8월 2일자 소인이 찍혀 있었다. 그녀가 고개를 끄덕여서 그는 그들이 지켜보는 가운데 봉투를 열어보았다. 새로운 게임을 배우는 동안 게임에 졌을 때 고분고분 행동해야 하는 것과도 같은 일이었다. 그는 글씨를 잘 쓰려고 최고로 정성을 들인 작은 편지를 펼쳤고, 그러자 사진 한장이 무릎으로 떨어졌다. "그걸 보고 어디에서 찾아야 할지 알게 되었어요." 로즈메리가 말했다. 그것을 봉투에 넣어 『게이 타임스』지에 보낼 때 그는 이게 제대로 배달되기나 할지, 자신의 소망이 어떤 형태와 방향을 갖게 될지 궁금해하면서 그 신문사에서 일하는 사람이 초록색 볼펜을 들고 그것을 펼쳐보는 모습을 상상했었다. 자기 행위의 역사를, 리오 자신이 보았듯이 그 역시 볼 수 있었지만 다만 그에게 그것은 이미 완결된 머나먼 과거의 일이었다. 그는 과거의 자신에 대해 경계심 섞인 호기심을 가지고 그 사진을 집어들었다. 그것은 옥스퍼드 시절의 사진, 큰 단체사진에 포함된 자신의 모습을 여권사진만 한 크기의 정사각형으로 오려낸 것이었다. 파티에서 왠지 카메라를 향해 자신의 비밀을 털어놓는 듯한 청년의 얼굴. 그는 페든가의 돋을무늬 편지지 — 할 말이 많지 않았기 때문에 예의상 감사 인사를 보낼 때 쓰는 작은 용지에 썼다 — 에 자신이 쓴 내용을 얼핏 보았다. 글 자체는 고어투에 부자연스러웠다. 하지만 그는 리오가 편지 내용을 칭찬했던 것을 기억하고 있었다. 편지는 "헬로!"라고 시작되었다. 아직 리오의 이름을 모를 때였으니까. 헬로의 첫 글자 H의 가로선이 두 세로선 사이에서 개의 꼬리처럼 약간 구부러져 있었다. 그는 브루크너와 헨리 제임스와 자신의 관심사 모두를 언급했다. 무척 딱딱한 내용이었지만 그게 무슨 상관이겠는가. 사실 그들이 함께 있을 때 그 이름들이 언급된 적은 한번도 없는데. 맨 위에는 리오가 연필로 쓴 평이 적혀 있었다. 예쁘군. 부잔가? 너무 어린가? 이것은 나중에 세게 그은 빨간 줄로 지워져 있었다.

닉은 그것을 접어서 치우고 두 여자를 보았다. 그로 하여금 리오의 죽음을 실감하게 한 것은 제마라는 낯선 사람이 방에 함께 있다는 사실이었다. 잠시 그녀가 죽음 그 자체로 여겨졌다. 그녀는 닉을 모르지만 그 편지와 그들의 연애와 사년 전의 어리고 연약한 닉에 대해서는 알고 있었다. 그리고 진단과 함께 모든 것이 밝혀지고 두려움이 정당화되는 병실에서와 마찬가지로, 그의 당혹감과 억울함은 이 낯선 윤리적 분위기 속에서 무의미했다. 그가 말했다. "제가 한번 만나봤더라면 좋았을 텐데요."

"리오는 사람들에게 모습을 보이는 것을 싫어했어요." 로즈메리가 말했다. "나중엔 특히."

"그렇군요⋯⋯."

"오빠가 얼마나 허세가 심했는지 알잖아요!" 이 말은 그녀의 슬픔에 대한 작은 시험대였는데, 그 너그러운 조롱에는 생전이든 사후든 리오가 일으킨 말썽에 대한 진정한 짜증이 섞여 있었다.

"그래요." 닉이 그녀의 셔츠를 입고 있던 리오의 모습을 떠올리며 말했다. 지금 그녀가 입고 있는 남자 셔츠는 혹시 리오의 것일까?

"오빠는 항상 멋있게 보이고 싶어했어요."

"항상 멋있었고요." 이렇게 과장해서 이야기하고 보니 갑자기 감정이 복받쳤다. 그는 미소를 지으려 했지만 입꼬리가 아래로 처졌다. 닉은 거친 한숨으로 감정을 억누르며 말했다. "물론 지난 이년 정도는 리오를 못 봤습니다."

"그렇군요⋯⋯." 로즈메리가 생각에 잠겨 말했다. "우리는 오빠가 누구를 만나는지 전혀 모르고 있었어요."

"그랬죠." 제마가 말했다.

"그쪽이랑 피트가 집에 초대받은 단 두분이었어요. 물론 브래들리가 초대되기 전까지는요."

"브래들리는 모르는 이름이네요." 닉이 말했다.

"오빠와 아파트에서 함께 살았어요." 로즈메리가 말했다. "오빠가 독립한 건 아시죠?"

"글쎄요, 그러고 싶어하는 건 알았지만……. 저도 무슨 일이 있었는지는 잘 몰라요. 우리는 그냥 안 만나기 시작했어요." 닉은 보통 하듯이 비난조로 그가 나를 찼어요, 하고 말할 수 없었다. 그가 죽은 마당에 그렇게 말하는 것은 속좁은 일 같았고, 그 죽음을 생각하면 사실 무의미한 일이나 마찬가지니까. "리오가 다른 사람을 사귀고 있는 게 아닐까 생각했던 건 기억나요." 물론 이것 자체로는 진실의 전모가 아니다. 당시 리오가 병에 걸렸다는 훨씬 더 끔찍한 진실을 모른 체하기 위해 스스로에게 들려준 고통스러운 이야기일 뿐. 그러나 브래들리가 거기 있었던 것이다. 닉 같은 멍청이가 아니라 어깨가 딱 벌어진 당당한 남자겠지.

"브래들리도 안 좋지?" 제마가 말했다.

"피트가 죽은 건 아시는지……." 로즈메리가 다시 입을 열었다.

"예, 알고 있었어요." 닉은 대답하고 목을 가다듬었다.

"어쨌든, 당신은 괜찮네요, 다행히." 제마가 말했다.

"예, 저는 괜찮습니다." 닉이 말했다. "별탈 없네요." 그들은 자백이나 심경의 변화를 기다리는 경찰관처럼 그를 바라보았다. "처음엔 운이 좋았고 나중엔…… 조심을 했지요." 그는 탁자에 편지를 내려놓고 일어섰다. "커피라도 한잔하시겠어요? 뭐 마실 것 어떠세요?" 제마와 로즈메리는 이 말에 대해서 잠시 생각했지만 제안을 받아들이기를 망설이는 눈치였다.

부엌에서 주전자의 물이 끓기를 기다리는 동안 그는 창밖을 바라보았다. 정원의 어두운 덤불과 옆거리 집들의 벽돌을 배경으로 가느다란 은빛 비가 내리고 있었다. 그는 모르는 사람들의 낯익은 창문들을 바라보았다. 밝은 불이 켜진 거실에서 가정부가 진공청소기로 청소를 하고 있었다. 멀리서 앰뷸런스 소리가 왱왱거렸다. 이어서 주전자가 들썩거리더니 탁 소리와 함께 멈추었다.

그는 커피를 쟁반에 받쳐들고 들어갔다. "정말 슬프군요." 그가 말했다. 항상 모욕적인 단어라고 생각하던 이 말이 지금은 단순히 조심스럽게 절제하는 것 이상으로 훨씬 더 큰 효과를 발휘했다. 자신이 그 끔찍한 사실을 이미 알고 있었으며, 따라서 어렵지 않게 받아들이고 있는 느낌이었다.

로즈메리는 눈썹을 치올리고 입술을 꽉 다물었다. 고집 있어 보이는 그녀의 얼굴에서 닉은 자신의 수줍음이 아부와 회피로 표현되듯이 아마도 그녀의 수줍음은 용감하고 완고한 모습으로 나타나는 것이 아닐까 생각했다. 그녀가 말했다. "그래, 파트너 찾는 광고를 통해서 리오를 만나신 건가요?"

"예, 그랬죠." 그녀가 알고 있는 것이 분명했기에 닉은 그렇게 대답했다. 그런 방법으로 다른 사람을 만나는 것이 수치스러운 일인지 재미난 일인지 그는 늘 헷갈렸다. 그 여자들이 무슨 생각을 하는지도 알 수가 없었다(제마는 그에게 한숨 섞인 미소를 지어 보였다). "리오가 저를 선택해준 것은 정말 멋진 우연이었죠." 그가 말했다.

"그래요……." 로즈메리가 누이다운 조소를 띠고 대꾸했다. 아마 실제로 조소라기보다는 그가 그렇게 자신의 행운에 대해 자랑을 계속해서는 안된다는 뜻이었을지도 모르지만.

"그에게 편지한 사람이 수백명이었거든요."

"글쎄, 아주 많이 받기는 했어요." 그녀가 다시 가방에 손을 넣어 두꺼운 고무줄로 묶은 편지다발을 꺼냈다.

"아."

그녀는 고무줄을 벗겨 손에 끼웠다. 잠시 의사의 진료실에 있는 기분이었다. 아니면 의사가 환자 기록부를 한데 묶어 들고 그를 방문하고 있는 중이거나. 남매는 둘 다 정돈을 잘하고 신중했다. "편지들 중 몇몇은 당신에게도 의미가 있을지 몰라서요."

"아, 글쎄요."

"그러면 우리가 그분들에게 말해줄 수 있겠고요."

"리오는 어떻게 한 거야?" 제마가 끼어들었다. "이 사람들을 다 만나봤던 거야?"

로즈메리가 편지를 두무더기로 나누었다. "죽은 사람들한테는 찾아갈 필요가 없으니까요."

"그렇지!" 제마가 말했다.

"제가 아는 사람은 없을 거예요." 닉이 말했다. "그럴 가능성은 거의 없어요⋯⋯." 이 모든 일이 너무나 사무적이어서 닉은 정말 우울해졌다. 더욱이 이제 막 소식을 들은 참인데.

우습게도 어떤 편지다발은 모든 봉투에 초록색이나 가끔은 보라색 대문자로 같은 필체로 주소가 씌어 있었다. 리오에게 완전히 미친 사람 하나가 계속 그에게 편지를 보낸 모양이었다. 그 이름이 편지다발 속에서 가차없이 그를 마주쳤다. "이런 편지들이 계속 오니 이상했겠어요." 그가 말했다. 많은 편지에 그해 여름 특별 발행한 군대 우표가 붙어 있었다.

"리오는 그게 자전거 타기, 자전거 클럽에 관련된 일이라고 했어요." 로즈메리가 말했다.

"자전거가 그의 첫사랑이었죠." 이 말은 단순한 농담일까 아니면 고통스러운 진실일까, 닉은 확신할 수 없었다. "머리를 잘 썼네요."

"이쪽은 오빠가 안 본 것들 같아요. X 표시가 되어 있거든요."

"여자가 쓴 것도 있고요." 제마가 덧붙였다.

그래서 닉은 편지를 살펴보기 시작했다. 그래봤자 아무 소용이 없다는 것을 알고 있었지만 로즈메리의 의견을 존중하느라, 그녀의 기분을 맞추기 위해서. 그가 보기에 그녀는 아무리 싫은 일이라도 까다롭게 절차를 따지는 사람 같았다. 편지들은 자세히 읽을 필요는 없었지만 처음 두세 편지는 오싹할 정도로 흥미로웠다 ─ 미지의 라이벌이 쏟은 은밀한 노력 아닌가. 그는 무표정하게, 찬찬히 살피듯 입을 조금 내밀고 고개를 천천히 흔들어 자신의 흥미를 감추었다. 그 광고에 내걸린 조건과 "열여덟에서 마흔까지"라는 너그러운 연령대가 아직 기억에 선명했다. "안녕!" 엔필드의 쌘디가 쓴 편지. "나는 사십대 초반이지만 그쪽의 최근 광고를 보고 한번 써보자고 생각했어! 나는 문구점의 복잡한 세계 속에 살고 있지!" 쉰살 정도의 건장한 체구의 스냅사진이 핑크색 클립에 끼워져 있었다. 리오는 이렇게 적어놓았다. **집/차. 나이?** 그다음엔 아마도 직접 만나본 뒤에 적은 듯 너무 **무경험**이라는 글자도 있었다. 배런스코트에 사는 "이십대 후반"의 여행사 직원 글렌은 자신의 아파트에서 수영복 차림으로 찍은 폴라로이드 사진을 보냈다. "나는 파티를 좋아해! 그리고 특히 침대에서 하는 것! (아니면 마루에서! 아니면 사다리 중간에서! 이크 ─!)" 리오는 **좀 심한가?**라고 궁금증을 표시했다가 만나보고 나서는 **성기 실종**이라고 적었다. "안녕, 친구." 포리스트힐에 사는 진지한 표정의 흑인 앰브로즈가 쓴 편지였다. "자기가 마음에 들어. 우리는 사랑을 공유할 수 있을 것 같아."

다른 편지들에서 불필요한 자의식을 표현하던 느낌표를 앰브로즈는 아끼고 아껴서 맨 끝에 가서야 찍었다. "평화를!" 닉은 그 사람의 인상이 마음에 들었지만 리오는 최하, 지루함이라고 적었다. 닉은 몰래 그 주소를 기억해두었다.

다 읽은 편지는 로즈메리에게 건넸고, 그녀는 그것을 탁자 위 커피포트 옆에 뒤집어놓았다. 닉이 아무도 찾아내지 못하자 놀이와도 같던 기분은 금세 사라졌다. 사실 이들 모두 리오의 남자친구가 되기를 원했던 사람들, 결국은 닉이 얻게 된 그 자리에 지원한 사람들이었다. 그들 가운데 몇몇은 뻔뻔하고 노골적이었지만 그래도 한결같이 구애자 특유의 취약한 면을 드러내고 있었다. 미지의 누군가가 자신을 좋아하기를, 원하기를 바랐던 사람들. 리오가 자신을 보고 자신이 소개한 내용에 걸맞다고 생각해주기를 바랐던 사람들. 사진을 보던 닉은 그중 한 사람을 알아보고 "아……!" 하고 낮게 중얼거렸지만 이내 어깨를 한번 으쓱하고 목을 가다듬으며 그 사진을 내려놓았다. 닉이 체육관에서 낮을 보내던 초반, 그리고 바에서 밤을 보내던 시절 어딜 가나 마주치던 스페인 남자, 그 시절을 어둡고도 멋지게 실처럼 꿰어주던 존재로서 닉에게는 그 시절의 체험, 그 일과와 충동의 상징 같은 존재였다. 그리고 닉은 그가 지금쯤 죽었으리라는 것을 알고 있었다 ─ 일년 전 그가 자신의 두려움을, 또한 자신에 대한 다른 사람들의 두려움을 무릅쓰고 호수에 나타났을 때 본 적이 있었다. 하비에르가 그의 이름이고 나이는 서른네살, 주택금융조합에서 일하고 있으며 웨스트 햄프스테드에 산다는 내용. 다른 사내를 유혹하려 쓴 편지의 단순한 사실들이 그 자신의 부고 같은 느낌을 주었다.

닉은 편지 읽기를 멈추고 커피를 조금 마셨다. "오래 앓았나요?"

그가 물었다.

"지난 11월에 폐렴에 걸려서 거의 죽을 뻔한 고비를 넘겼어요. 그러다가 봄에는 상태가 음, 훨씬 더 나빠졌지요. 마지막에는 병원에 열흘가량 있었어요."

"눈이 멀었죠." 제마가 이야기해주었다. 그 사실을 받아들이기도 잊기도 힘들어서 툭 던지는 투였다.

"가엾은 리오." 닉이 중얼거렸다. 그런 상황을 목격하지 않아도 되었다는 안도감 속에는 그 지경이 되도록 자신을 부르지 않았다는 사실에 대한 안타까움이 섞여 있었다.

"사진 가지고 왔어?" 제마가 로즈메리에게 물었다.

"보고 싶다면……." 조금 사이를 두고 로즈메리가 입을 열었다.

"모르겠어요." 닉은 당황해서 말했다. 그 제안은 일종의 도전이었다. 그리고 그 순간의 논리 속에서, 그는 리오와의 첫 데이트 때처럼 자신이 무력하다고 느꼈다. 그는 필연인 듯 코닥 주머니를 받아들였다. 두어장의 사진을 본 뒤 그는 다시 돌려주었다.

"원하시면 한장 가져도 돼요." 로즈메리가 말했다.

"아닙니다," 닉이 말했다. "고맙습니다만."

닉은 다소 굳은 얼굴로 앉아 커피를 내려다보았다.

조금 뒤 제마가 말문을 뗐다. "커피가 좋네요."

"아!" 닉이 말했다. "맛이 마음에 드세요? 케냐 리치를 중간 강도로 볶은 거죠. 켄징턴 처치 스트리트의 마이어스에서 샀어요. 거기서 직수입을 하거든요. 조금 더 비싸기는 하지만 그만한 가치가 있죠."

"으음, 맛이 근사하고 풍부해요." 제마가 말했다.

"다른 편지들은 더 안 봐도 될 것 같습니다." 닉이 말했다.

로즈메리가 고개를 끄덕였다. "좋아요." 몇몇 약속이 취소되어

다른 약속으로 넘어가듯 그녀가 말했다. "이것들을 드려도 될까
요……?"

"아니요, 그러지 않아주시면 고맙겠어요." 닉이 대답했다. 누군
가 자신의 감정에 실험이라도 하듯 격심하고 급속한 압력을 받는
느낌이었다.

제마가 화장실에 갔다. 그녀는 문을 밀면서 화장실 가는 길을 혼
잣말로 중얼중얼 되뇌더니 친구라도 만난 것처럼 미끄러지듯 안으
로 들어갔다. 닉과 로즈메리 사이에는 잠시 침묵이 흘렀다. 물론 이
극단적인 사태 앞에서 어떤 행동도 용납될 수 있었지만, 닉에 대한
그녀의 딱딱한 태도는 또다른 충격이라 쉽게 적응이 되지 않았다.
그러지 않아도 참담한 기분이 더욱 혼란스러웠다. 그녀는 연인의
동생이었고 그는 당연히 그녀를 친구로 생각했다. 단순히 예절을
넘어 자연스러운 호감과 생생한 공감으로 그녀를 대했다. 그러나
그녀 쪽에서도 그런 것 같지는 않았다. 그는 시험 삼아 미소를 띠
었다. 남매의 모습이 너무나 닮아서 마치 리오와 조금 다툰 뒤 그
에게 상냥하게 대해달라고 청하는 기분이었다. 그러나 그녀는 리
오 본인조차 너그럽게 봐주지 않기로 결심한 모양이었다.

"그러면 일이년간 못 만나신 거군요?" 그녀가 말했다.

"맞습니다."

그녀는 조심스럽게 그를 올려다보았다. 마치 오빠의 동성 애인
인 그에게 오빠에 대한 권리를 인정해주기로 해볼까 생각한 듯, 그
리고 그렇게 그의 권리를 인정해준다면 이제는 그를 어떤 식으로
바라봐야 할까 궁금하다는 듯. "오빠를 보고 싶으셨나요?" 그녀가
물었다.

"예…… 그랬죠, 분명히."

"오빠와 마지막으로 만난 때를 기억하세요?"

"아, 그럼요." 닉은 마루를 내려다보았다. 감상적인 질문들이 이어졌지만 묻는 태도에서는 거리가 느껴졌다. 거의 따분하기까지 한 태도였다. "정말 힘들었어요."

그녀가 말했다. "오빠는 유언장을 남기지 않았어요."

"아, 글쎄요, 아직 그렇게나 젊은 나이였으니까요!" 그녀가 리오의 소지품 가운데 하나를 자신에게 줄 거라고 생각하니 다시 눈물이 날 것만 같아 닉은 얼굴을 찡그렸다. 그녀가 그렇게 냉랭하게 구는 건 물론 이 일이 그녀 자신에게 너무 힘들기 때문이 틀림없었다.

"화장했어요." 로즈메리가 말했다. "오빠에게 물어본 적은 없지만 그걸 원할 것 같아서요. 물어보고 싶지 않았거든요."

"흠." 닉은 자신도 모르게 울고 있다는 것을 알았다.

자리로 돌아온 제마가 말했다. "화장실 좀 꼭 가봐." 로즈메리는 성의 있게 웃어주었지만 마지못한 표정이었다. "아니면 합성사진이에요?" 제마가 뜬금없이 물었다.

"아! 아니…… 아니, 실은 진짜예요." 그는 이렇게 터무니없이 화제가 바뀐 게 반가웠다.

"이분이 매기²랑 춤을 추는 사진이 있어!"

은혼식 파티 때의 사진이었다. 닉은 상기된 얼굴로 앞을 응시하고 있고, 당시 그는 의식하지 못했지만 수상 또한 조심스러운 표정이었다. 화장실 갤러리가 드러내고 있는 특유의 자조를 제마가 알아차렸을까? 그런 자조를 그는 사립학교 시절 친구들에게서 배웠다. "그럼, 그분을 아시는 거예요?" 그녀가 말했다.

---

2 Maggie, 마거릿 대처 수상을 가리킨다.

"아니, 아니에요." 닉이 말했다. "그냥 파티에서 제가 술에 취해서 그런 거죠." 마치 누구한테라도 그런 일이 일어날 수 있다는 듯이.

"얘기해보세요, 그녀에게 투표했겠죠?" 제마가 궁금해했다.

"아닙니다." 닉은 꽤나 단호한 표정으로 대답했다. 로즈메리가 그 화제에 전혀 관심을 보이지 않았기에 그는 그녀에게 말했다. "제가 그분을 만나게 되면 어머님께 말씀드리기로 약속했던 게 기억나네요."

"그랬나요……?"

그는 염려스러운 얼굴로 미소지었다. "어쨌든, 어머니께서는 이 모든 일을 어떻게 받아들이고 계신지……."

"어머니가 어떤 분인지 기억하시겠지요." 로즈메리가 말했다.

"그분께 편지를 드려야겠군요." 닉이 말했다. "아니면 언제 한 번 들러서 뵈어도 좋고요." 그는 집 안에 있는 그녀의 모습을, 의자 위에 놓인 그녀의 팸플릿과 모자를 떠올렸다. 몇년 전 자신의 매력은 그녀에게 아무런 효과도 없었고, 이제 그것을 벌충하기 위해서라도 무언가를 할 마음이 생겨났다. "훌륭하게 대처하셨으리라 믿어요."

로즈메리는 울상을 지으며 그를 바라보더니 자리에서 일어나 자신이 가져온 물건들을 주섬주섬 모으며 결심한 듯 말했다. "전에 그렇게 얘기하신 거죠? 우리 집을 방문했을 때 말이에요."

"무슨……?"

"리오가 말해줬어요, 우리가 훌륭하다고 그랬다고."

"그랬나요?" 닉은 고통스럽게 그때의 일을 떠올렸다. "글쎄요, 나쁜 뜻으로 한 얘기는 아니었는데요." 자신이 무엇 때문에 비난을 받고 있는 것인지 확신할 수 없어서 그는 말을 멈췄다. 그간 있었던 모든 일에 대해 당장이라도 자신에게 비난이 쏟아질 것 같은 기분이었다. 그들은 리오의 죽음을 그의 탓으로 돌리고 싶었는데 그러지 못했고 그래서 어쩐지 더 화가 난 것 같았다. "물론 그분, 어머니께서는 모르셨지요? 리오가 동성애자라는 것 말입니다. 리오를 결혼의 제단 앞에 세우고 싶다고 말씀하셨으니까요."

"글쎄요, 이제 제단 앞으로 갔군요." 로즈메리는 마치 그것이 어머니의 잘못이기라도 하다는 듯 약간 비난하듯 웃었다. "어쨌든, 거의 그런 셈이죠."

"그런 식으로 그 사실을 알게 되시다니 너무 끔찍하군요."

"어머니는 안 받아들이세요."

"죽음을 안 받아들이신다……."

"그가 동성애자라는 것을 안 받아들이세요. 그건 **용서받지 못할 죄**악이니까요, 아시다시피." 로즈메리가 말했고, 이제 자메이카식 어조에서 비웃음기가 전해졌다. "그리고 당신의 아들은 절대 죄인일 수 없으니까요."

"글쎄요, 전 죄에 대해서는 도무지 이해해본 적이 없어서요." 닉의 어조에 숨은 의미를 그들은 알아채지 못했다.

"아, 소위 용서받지 못할 죄야말로 최악의 죄거든요." 제마가 말했다.

"그러면 그분은 적어도 에이즈가 벌이라고는 생각지 않으시겠네요."

"그럼요, 그럴 순 없죠." 로즈메리가 말했다. "하지만 사무실 화장실에서 병이 옮았을 테고 그곳은 물론 신을 모르는 사회주의자들이 우글거리는 곳이라고 생각하세요."

"아니면 샌드위치에서 옮았거나." 제마가 끼어들었다.

그들의 조롱에는 뭔가 상황에 맞지 않는 구석이 있었다. 닉은 죄와 비난의 기습을 받은 집안, 가족과 사별한 이들의 어쩔 수 없는 가혹함을 헤아리려 애써보았지만…… 도무지 짐작이 가지 않았다.

로즈메리가 말했다. "집에 다시 데리고 오셨어요."

"무슨 뜻인지?"

"재를 단지에 담아 벽난로 위 선반에 놓아두셨죠."

"저런!" 그 일이 너무 충격적이어서 닉은 다소 비꼬는 투가 되었다. "맞아요, 기억나는군요. 선반이 있었죠. 가스불 위에, 예수님과 마리아 등등의 조상이 놓여 있고……."

"예수님과 성모마리아와 빠도바의 성 안또니오…… 그리고 리오가 있지요."

"글쎄, 아주 좋은 분들과 함께 있는 셈이군요!" 닉이 말했다.

"그러게요." 제마가 고개를 흔들고는 우울하게 웃었다. "저는 그것들을 참을 수가 없어요. 거기 갈 수가 없다고요!"

"엄마는 리오가 거기 있다는 느낌이 좋으시대요."

닉은 몸이 떨렸지만 이렇게 말했다. "아들을 잃으셨는데 그런 환상을 가지신다고 해서 나무랄 수는 없겠죠."

"하지만 그것들이 진짜 도움이 되는 것은 아니니까요."

"글쎄, 우리에게야 도움이 안되겠지. 그렇지, 로즈메리?" 제마가 말하며 로즈메리의 등을 힘있게 쓰다듬어주었다.

로즈메리의 눈이 잠시 감겼다. 그녀 어머니의 눈처럼, 그 가족 특유의 고집스러운 모습이었다. "어머니는 오빠에 대한 진실도 그렇고 우리에 대한 진실 역시 안 받아들이시려고 해요." 말하면서 거의 동시에 그녀는 가방을 어깨에 걸치더니 떠나려고 일어섰다.

닉은 자신의 이해력이 굼뜨다는 사실에 얼굴을 붉혔고, 이어 그것이 그들 두 사람 때문이라고 그녀들이 오해할까봐 마음이 쓰였다.

　두 사람이 가고 나서 닉은 위층으로 올라갔다. 그 소식이 무자비하게 그를 노려보고 있는 탓인지 방은 전보다 더 천박하고 허세에 찬 듯 보였다. 자신이 그 안에서 어떻게 그렇게 행복하게 자만심에 차서 그렇게 오랜 시간을 보냈는지 이해하기 어려웠다. 장식 커튼과 거울, 밝은 조명과 블라인드들이 그를 아낌없이 비난하는 것 같았다. 그 방은 수백만 파운드의 돈을 가졌지만 취향이랄 것은 없는 사람이나 갖는 그런 곳이었다. 사적인 공간을 사치스러운 호텔방처럼 만든 곳. 호텔들이 사치스러운 주거지를 저속하게 모방함으로써 고객들의 비위를 맞추듯이 말이다. 이제 그곳은 스스로를 돌보는 능력을 상실한 부자 청년의 흔적을 내비치고 있었다. 와니가 비디오 앞에 끊임없이 누워 있던 소파 방석의 가장자리 장식이 반들거렸다. 진홍빛 다마스크는 와니의, 그리고 다른 청년들의 체액으로 얼룩져 있었다. 그곳에 앉아 평범한 말로 그의 마음을 아프게 하는 동안 제마는 그 사실들을 알아차렸을까? 다시는 검은 부츠를 신은 그녀를 이곳에 들이지 않으리라. 와니가 방석을 망친 것에 닉은 엄청나게 화가 났다. 조지 양식 책상에는 술 쏟은 얼룩과 면도칼 자국이 생겨서 낙천주의자인 돈 게스트조차도 그것을 감추기란 힘들 것 같았다. "적당히 화장으로 가릴 수 있는 정도가 아니야, 얘야." 돈이라면 아마 그렇게 이야기하겠지. 작은 자국들을 손가락으로 만져보던 닉은 자신이 슬픔 때문에 숨이 막히도록 흐느끼고 있다는 사실을 깨달았다.
　그는 소파에 앉아서 좋은 위안거리인 것처럼 『텔레그래프』를 읽기 시작했다. 선거라면 신물이 났지만 오늘 그 일이 벌어지고 있다는 사실에는 흥분이 느껴졌다. 선거에는 뭔가 원시적이고 축제 같은 면이 있지 않은가. 그의 귀에서는 로즈메리가 "글쎄, 그가 죽었어요, 아시겠지만……" 혹은 "글쎄, 아시겠지만, 그가 죽었어요……"라는 문장을 끝없이, 한 문장이 끝나기도 전에 다음 문장을 이어가는 소리가 들렸다. 그 문장이 내는 둔탁한 폭발음에 맞춰 심장이 쿵쿵 뛰었다. 집 안에 그의 유해가 있다는 생각이 끔찍했고, 터무니없는 로꼬꼬풍 단지에 담긴 그 모습이 계속 눈앞에 떠올랐다. 그녀가 그에게 보여준 마지막 사진은 참으로 끔찍했다. 리오가 남긴 그 자신과 그의 삶. 첫 연애의 경솔하고 거리낌 없는 상상 속에서 닉은 리오와 노년을 함께할 것이라고, 그가 예순살이면 자신은 쉰살이라고 농담을 하던 기억이 떠올랐다. 그리고 리오는 이미 그곳에 이르러 있었다. 아니, 죽기 전 일주일 동안은 예순살이었다. 하늘색 병원복을 입고 침대에 누워 있는 모습. 얼굴 표정은 파악하기가 어려웠다. 에이즈가 표정을 앗아가고 그 대신 공포와 피로의 메시지를 써놓았기 때문이다. 그 메시지에 맞서 리오는, 진짜 미소인지는 알 수 없지만 일종의 미소를 띤 채 자신의 개성을 주장하려 희미한 노력을 보여주고 있었다. 그의 허세는 일종의 두려움이 되어서, 그는 자신의 미소가 그것을 보는 사람들을 두렵게 하는 것은 아닌지 두려워하고 있었다. 닉이 본 것 중에 가장 외로운 표정이었다.

그는 편지를 써야 한다고 생각하고 책상에 앉았다. 리오의 어머니를 위로할, 혹은 그녀가 지니고 있을 자신에 대한 인상을 바꿔줄 필요가 있었다. 자신의 동성애 때문에 실제적인 고통을 겪는 한 사람인 자신의 어머니에게 느끼는 깊고 복합적인 감정 때문에, 찰스 부인 역시 자신이 위로하고 달래주어야 할 사람으로 여겨졌다. "찰스 부인께." 그는 편지를 썼다. "리오의 죽음에 대한 소식을 듣고 정말 참담한 심정을 금할 수 없습니다." 그렇다, 그 죽음이 실제로 일어났다. 그는 망설였지만 그렇게 적었다. 지워질 수 없는 현실이니까. 그러다가 문득 죽음을 실제로 언급하면 안될 것 같다는 생각이 들었다. 조심스럽게 간접적으로 말해야 하지 않을까. '슬픈 소식' '최근의 슬픈 사건'…… '리오의 죽음'은 너무 잔인하다. 그러자 "정말 참담한 심정을 금할 수 없습니다"라는 표현이 그녀를 훌륭하다고 말하는 것처럼 그저 형식적인 수사로 들릴까봐 걱정이 되었다. 자신의 진심을 담은 말들이 다른 사람들에게는 무성의하게 비칠 수도 있음을 그는 알고 있었다. 그는 비탄에 잠긴 여자인 그녀가 두려웠고, 그녀가 어떤 감정을 느낀다고 생각해야 할지 자신이 없었다. 그녀는 아마도 약간의 광신적인 즐거움마저 느끼며 그 모든 사태를 자신만의 방식으로 받아들인 듯했다. 자신이 쓴 유식한 언어와 최상의 필체를 보고 우쭐해하는 그녀의 모습이 떠오르는 것 같았다. 하지만 이어서 자신이 쓴 편지 내용을 불신의 눈으로 살피는 모습도 상상할 수 있었다. 그는 어조를 조율하는 자기 능력의 한계를 실감했다. 그것이야말로 자신이 연구해온 주제이건만……. 일분쯤 창밖을 물끄러미 보던 그는 헨리 제임스가 포의 죽음에 대해 쓴 어구가 자신을 빤히 바라보고 있음을 느꼈다. 그게 뭐였지? 개인적 부재의 극단성이 그를 넘어섰다. 한때 영리하고 심지어 익살맞다고 생각했던 그 말이 갑자기 무시무시하게 느껴졌다. 너그럽고, 현명하며, 딱딱한 말. 그 어구가 죽음에 의해 삶을 지속적으로 관통당해온 사람이 쓴 것임을 그는 처음으로 이해할 수 있었다. 그리고 그는 아마도 6개월 후, 라운즈 스퀘어의 거주자들에게 비슷한 편지를 쓰려고 앉아 있을 자신의 모습을 떠올렸다.

# 14

켄징턴파크 가든스로 돌아갔을 때 그는 캐서린에게 리오의 소식을 바로 전하지 않았다. 창백한 유족이자 저승의 소식을 가져온 사자로서 그는 굳이 자신이 그 소식을 말로 전하지 않더라도 자신의 태도에서 그 소식이 저절로 우러나올 것 같았다. 그는 자신이 자연스러운 한숨과 응시의 길이를 조금 연장함으로써 캐서린의 질문을 이끌어내려 하고 있다는 것을 깨달았다. 하지만 십분쯤 지나자 그녀가 자신의 행동을 주목하지 않는다는 사실을 받아들일 수밖에 없었다. 그녀는 사방에 신문들이 널려 있는 가운데 안락의자에 늘어져 있었고, 옆의 탁자에는 반쯤 빈 물잔과 찻잔들이 놓여 있었다. 뒤에서 내려다본 그녀는 병든 아이처럼 작고 수동적인 모습이었다. 그를 올려다본 그녀가 밝게 보이려 애쓰며 말했다. "아, 닉, 뉴스 다음에 **선거 특집**이 있어." 마치 그것을 알아내려고 큰 노력이라도 들인 듯, 마치 그것이 좋은 소식이라도 되는 것처럼.

"그래, 달링." 닉이 말했다. "좋아, 같이 보자." 그는 그들 각자의 고통이 필요로 하는 의식을, 그중 어느 쪽이 더 중요한지 가늠해 보며 방을 둘러보았다. "음…… 그래, 좋아!" 그녀에게 지금 죽음의 소식을 전하는 것은 옳지 않은 일 같았다. 그가 느끼기에 모든 뉴스는 그 나름의 가속도를 지니고 있었다. 너무 오래 놔두면 김이 빠져 더이상 말할 수 없는 상태가 될 것이었다.

캐서린의 상태 때문에 그는 정신적으로 다소 부담을 느끼며 자신의 방으로 향했다. 그렇게 무기력하고 부정적인 사람과 지내는 것은 그 자체로 힘든 일이었고, 만일 그 사람이 비판적이고 재미있는 사람이기도 하다는 사실을 알고 있다면 더 힘든 일이었다. 글쎄, 가끔은 아마도 그 때문에 자신의 문제가 가벼워지기도 했다. 하지만 다른 경우에는 연민 때문에 우울해져서 이미 다루기 힘든 자신의 문제가 더욱 악화되기도 했다. 그는 캐서린의 치료자 에덜먼 박사가 쓴 책을 레이철에게 빌렸었다. 『산속의 오솔길 ― 조울병의 임상적 대응』. 에덜먼 박사의 문체는 견디기 힘들었다. 그는 그 책이 일깨운 미신적 공포에서 자신을 보호하기 위해 그의 문법을 고쳤다. 그 공포란 이제 그가 그 병의 증상을 알게 되었으니 자신에게서 같은 증상을 발견할지도 모른다는 두려움이었다. 책에 나오는 증상들은 확실히 그가 아는 사람들 중에서 비교적 다혈질이고 성마르거나 지나치게 무기력한 사람들 누구에게서나 찾을 수 있을 것 같았다.

책에는 도움이 되는 사실도 있었다. 그러나 그 책 때문에 캐서린을 볼 때나 그녀에게 말할 때 그녀가 어떤 상태에 있느냐를 짐작하는 데 오히려 어려움을 겪게 되기도 했다. 그녀가 우울증의 전형적 상태인 어둡고도 빛나는 어딘가에 있는 것이 아니라 에덜먼 박사가 새로 처방한 리튬으로 인해 전혀 다른 미지의 장소에 가 있는 것은 아닌지 혼란스러웠다. 캐서린 자신은 그것을 묘사할 기운도 이유도 없었다. 그녀는 책이나 심지어는 기사에도 집중할 수 없다고 말했다. 때로는 특유의 재바르고 건방진 태도로 행동했지만 그 것은 조건반사에 지나지 않았다. 그녀 자신이 혼란 속에서, 일종의 갈망과 함께 그런 상태를 관찰하는 것만 같았다. 대체로는 앉아서 무언가를 기다리고 있지만 기대의 분위기는 찾아볼 수 없었다. 닉은 캐서린에게 무언가를 이야기할 때 자신이 늙고 귀먹은 사람에게 말하는 것처럼 끔찍하리만치 명확한 목적의식을 가지고 있다는 사실을 깨달았다. 그리고 그 사실은, 그녀가 닉의 그런 태도에 대해 자신을 무시하는 처사라고 생각하지 않았기 때문에 더욱 끔찍했다.

그날 저녁에는 각양각색의 전화가 걸려왔다. 닉의 어머니도 흥분해서 전화를 걸어 선거에 대해 늘어놓았다. 선거야말로 자신이 닉의 런던 생활을 공유할 수 있는 기회라고 생각했던 것이다. 그로서는 어머니와의 대화가 편안하거나 유쾌하지 않았다. 그리고 종종 그렇듯, 자신이 말할 수 없는 중요한 내용을 어머니가 모른다는 이유로 그녀를 비난하는 마음이 생겨난다는 사실을 깨달았다. 그는 리오에 대해 한번도 어머니에게 말한 적이 없었고, 만일 그러려고 했다 하더라도 그들 둘 다 기분이 상하고 서로를 원망하게 되었으리라. 그녀는 제럴드의 지역 라디오 방송 출연에 대해 이야기했는데, 마치 닉에게 제럴드를 칭찬해야 한다고 생각하는 듯한 태도였다. "그가 우리에게는 그런 거, 그러니까 레즈비언 워크숍 같은 거 필요하지 않다고 말했어." 용감하게도 레즈비언이라는 단어를 쓴 데 자부심이라도 느끼는 목소리였다. 그러다가 제럴드가 다른 선으로 전화를 걸어오자 그녀는 마치 무슨 짓을 하다 들킨 사람처럼 화닥닥 전화를 끊었다. "별일 없지?" 제럴드가 자기 이야기를 늘어놓고 싶은 기색이 역력한 목소리로 경쾌하게 말했다. 투표 결과를 기다리는 긴 저녁시간이야말로 그의 자신감이 가장 큰 시련을 겪는 때였다. 그리고 그는 마치 벌써 지기라도 한 것처럼 동정을 구하고 있었다. "연설은 어떠셨어요?" 닉이 물었다. "저녁식사처럼 잘 넘어갔지." 제럴드가 대답했다. "저녁식사 자체는 그렇지 못했지만. 여보세요? 맙소사, 이 시골 호텔하고는 참." 제럴드가 리오를 만난 적이 있고 조심스럽게나마 그에 대한 호의도 보였던 터라 닉은 자신의 이야기를 꺼내서 그를 괴롭혀주고 싶다는 충동이 치밀었지만 실은 그의 주의를 끌지 못할 것 같았다. 이 순간은, 이번 주는 적당한 때가 아니다. 사실 죽음 자체도 적절한 화제는 아니고.

엘레나가 깐넬로니 요리를 준비해서 닉과 캐서린은 가족사진과 만화 따위가 걸린 주방의 벽 아래서 그것을 먹었다. 가족사진 같은 것들은 찬장 문과 다른 쪽 벽까지 늘어나서 마크가 그린 제럴드의 캐리커처는 이제 그쪽에 자랑스레 걸려 있었다. 「스피팅 이미지」[3]의 찬사는 아직 못 받았는데, 그것은 제럴드가 새 의회 회기 중에 꼭 이루었으면 하고 바라는 일 가운데 하나였다. 식사하는 내내 캐서린은 무의미한 처벌 과제를 수행하는 사람처럼 멍하니 음식을 바라보았고, 닉은 자신이 현재의 그녀를 사진 속에 보이는 여섯살 때의 그녀, 하나뿐인 앞니로 너무나 강렬하게 웃고 있어서 고통스럽게까지 보이는 모습과 비교해보고 있다는 사실을 깨달았다. 또한 십년 뒤의 사진, 부잣집 자녀들을 야회복 모델로 내세운 『하퍼스』지 특집 사진과도 비교해보았다. 그 사진 속에서 캐서린은 팔에

---

[3] Spitting Image, 1980, 90년대 명사들의 캐리커처 인형을 등장시켜 풍자한 영국 텔레비전 방송 프로그램. 1984년부터 12년 동안 방영되었다.

난 최초의 상처를 흰 장갑으로 가리고 있었다. 어쨌든 사실상 그 벽은 제럴드의 벽이었고, 그의 아내와 아이들은 명사들과 악수하는 일련의 장면으로 이루어진 영웅의 삶에 일종의 장식적인 조연으로 등장할 뿐이었다. 가장 최근의 전리품은 고르바초프로, 제럴드와 악수가 아닌 대화를 나누는 모습이었는데, 그 소련 지도자의 미소를 보자니 통역의 설명으로 듣는 영어의 말장난이 그에게는 지루하게 여겨진다는 사실을 알 수 있었다. 닉이 물었다. "저 사진 언제 찍은 건지 기억나?" 캐서린이 대답했다. "아니, 기억 안 나. 사진만 기억나." 그녀는 미안한 듯 움찔해서 어깨 너머 사진을 흘깃 보았다. 거기 걸린 사진들이 죄다 자신의 귀 주변을 강타하며 마구 떨어지고 있다는 표정이었다.

그가 말했다. "우리 엄마가 『노샌츠 스탠더드』지에 제럴드에 대한 만평이 났다고 하시던데. 여기 걸 수도 있지 않을까 싶어 보내주신대."

"아……." 캐서린은 차분한 눈으로 그를 바라보았다. "만평이라면 잘 모르겠네."

"너 풍자 좋아하잖아, 달링, 특히 제럴드에 관한 것이라면."

"그렇지. 하지만 사람들이 저렇게 생겼다고 상상해봐. 뇌수종이라고 하나? 제럴드의 저 괴물 같은 이빨이며……." 그러더니 그녀의 손이 떨렸다. 그런 단어를 기억했다는 사실에 스스로 놀란 듯했다.

그들은 곧 응접실로 옮겨갔고, 닉은 갑자기 힘이 빠져서 스카치 한잔을 듬뿍 따랐다. 그녀가 만들어내는 무겁지만 자의식 없는 침묵 속에서 그들은 나란히 소파에 앉았다. 닉은 리오가 이 응접실에 왔던 날, 그가 피아노로 모차르트를 연주해서 놀라고 감동한 동시에 약간 당황하기도 했던 날이 기억났다. 그날 그들은 위스키를 한잔씩 했는데 그것이 닉이 아는 한 리오가 술을 마신 유일한 때였다. 그 시절의 아름다운 생경함, 눈앞에 열리던 본능을 존중하던 삶, 가을의 한기 속에 펼쳐지던 거리와 런던의 쾌락이 머릿속에 떠올랐다. 새로움과 모험으로, 서리의 빛과 체온의 따스함으로, 그리고 수백만의 낯선 사람들 가운데서 자신이 원하던 사람을 찾아 안는다는 충격으로 모든 것이 짜릿했다. 남자와 사랑을 나눈다는 사실의 파격적인 본질은 한주 한주가 지남에 따라 연애라는 평범한 환희로 변했다. 그는 리오가 응접실을 가로지르던 모습을 그려보았다. 그 장면은 볼록렌즈를 들여다볼 때처럼 찬란하면서도 점점 작아졌다. 그날밤 리오는 소유에 대한 닉의 깊은 환상을 비웃듯 힐끔거리면서도 조심스럽게 그 속으로 한걸음씩 들어섰다. 자신의 집에 연인과 함께 있다는 환상, 집에 대해서는 자신의 취향을 통해, 연인에 대해서는 자신의 갈망을 통해 권리를 주장하고 소유한다는 닉의 환상 속으로.

이제 비는 그쳤고, 어스름이 내리기 시작하면서 하늘이 약간 밝아졌다. 창백하고 어렴풋한 빛이 앞쪽 창문들을 통해 들어와 무언가 찾다가 실패하고 다시 탐색하기를 되풀이하는 듯했다. 닉은 문장을 만들어보았다. '오늘 끔찍이 슬픈 소식을 들었어. 리오가 죽었대. 기억하지…….' 하지만 그 문장은 힘든 고백과도 같이 그의 머릿속에만 갇혀 있었다.

그는 정원에서 들려오는 새의 노래에 귀를 기울였다. 평소보다 더 분석적인 귀로 들었기 때문인지 경고와 항의와 성난 복종의 곡조가 들렸다. 길고 창백한 빛이 더욱 부드럽게 퍼지면서 난로 기구의 금박 손잡이와 벽난로 아래 흰 대리석 덩굴을 어루만지며 비추었다. 이어 그것은 낡은 나무의자의 굽은 다리에 닿으며 옷깃을 세우고 펀치넬로 모자를 쓴 배불뚝이 나인핀스 인형들처럼 그것들을 새롭고 확실한 존재감으로 빛나게 했다. 그 모습을 바라보는 젊은 이들보다 이 다리들이 몇세기는 더 오래 살리라는 한가지 진실을 알리듯 강렬하고 엄숙하게.

9시 뉴스에서는 이미 토리의 압승을 이야기하고 있었다. 닉은 다시 위스키를 잔뜩 따라 마셨고, 이 친근한 구원자가 그날의 우울한 기분을 누그러뜨리기 시작하는 것을 느꼈다. 사별한 사람에게 마땅히 주어져야 할 존중이나 관용, 혹은 학교에 있다가 갑작스럽게 소식을 들어야 하는 소년들에게 줄 법한 특별한 슬픔의 상 같은 것이 아쉬웠다. 잠시 코카인을 할까 하는 생각도 들었지만 코카인이 주는 무의미한 즐거움은 원치 않았다. 그날밤에 대한 존중을 표현하기엔 술이 더 나았고, 애도와 시사 문제의 요구 사이에서 서너 시간쯤은 중재를 할 준비가 되어 있는 듯했다.

개표는 그 나름의 속도로 느리게 진행되었다. 전문가들은 스튜디오에 앉아 정당한 절차를 거쳐 결과가 발표되기까지 무한정 기다리고 있었다. 사주라는 긴 선거기간의 지루함이 선거를 요약하고 결과를 예측하려는 시도들 속에서 가장 순수한 형태에 도달했다. 다양한 오래된 격언과 전통들이 시연되며 무언극과도 같은 위안을 주었다. 아직 보도할 내용이 전혀 없는 기자들이 열두어군데 지역의 시청에 앉아 대기 중인 모습이 보였고, 그들 아래쪽으로 긴 탁자들 앞에 서서 개표를 마무리하기 위해 한창 서두르는 계표원들의 모습이 흐릿했다. 주요 경기를 마친 뒤편에서 다른 놀이가 진행되는 모양새였다. 잠시 뒤 바윅의 당선자 발표 장면을 보여준다는 멘트가 나왔고 오초 동안 마켓홀의 위원실과 이 일에 익숙지 않은 듯한 인물들의 모습이 보였다. 그런 뒤 주요 후보자들의 유세

영상이 나왔다. 제럴드는 시원시원하게 자신감을 내비치는 유형이라 사무실로 들어가는 사장처럼 사람들을 흘깃 보며 "안녕하세요?" 인사한 뒤 다른 목소리에는 전혀 귀기울이지 않은 채 광장을 성큼성큼 가로지르는 모습이 소개되었다. 그와는 대조적으로 경험이 없는 여성 '연합'후보는 트레이시 위크스와 선의의 토론을 하는 장면이 잡혔다. 트레이시 위크스가 거의 제정신이 아닌 사람이라는 사실을 깨닫기까지는 시간이 좀 걸렸고, 그녀는 카메라 앞에서 그 점을 인정하기를 주저하고 있었다. 트레이시 같은 사람이 전국의 시청자 앞에서 바윅 선거구민들을 대변하는 것은 안타까운 일이었다. 닉은 신중한 미소로 고향과 거리를 두기는 했지만 텔레비전에 바윅이 어떻게 나올지 궁금했다. 화면에 잡힌 그곳은 바깥세상의 주목에 놀라면서도 압도당하지는 않는 지방의 침착한 분위기가 느껴졌다. 닉이 아는 바윅과 꼭 일치하는 모습은 아니었다.

얼마 뒤 닉은 아래층에 있다가 캐서린이 "폴리가 나오네!"라고 외치는 소리를 듣고 서둘러 올라가 소파 뒤에 기대섰다. 선관위 담당자가 이미 발표를 시작했다. 폴리 톰킨스는 전통적인 토리당 지역이지만 83년 사민당 표가 꽤 많이 나왔던 퍼쇼어에서 출마했다. 반드시 당선되리라는 보장이 없는데다, 폴리에게 무척 감탄하던 제럴드조차 그의 어린 나이가 불리하게 작용할 수도 있다고 경고한 터였다. 닉은 젊은 후보자들에 대한 기사를 읽었다. 30세 이하인 150명가량의 후보자 가운데 대여섯명 정도는 당선될 것이라는 밋밋한 예측 기사였다. 무대 중앙에 서 있는 폴리는 워낙 뚱뚱한 체구에 더블버튼 재킷 차림이라 마흔다섯이라 해도 믿을 만한 풍채였다. 그는 이미 당선인 행세를 하는 듯 보였다. 자신이 그의 당선을 바라는지 아닌지 닉은 확신할 수 없었다. 그저 그 모습은 볼만한 구경거리였고 그는 권투를 관람하듯 무심하고 잔인하게 바라볼 뿐이었다. 그가 한방 맞는 것을 보는 것도 좋지 않을까? 후보자들은 여태 개표장에 있었으니 아마 지금쯤은 결과를 알 테지만 만일 경쟁이 무척 치열했다면 아닐 수도 있다. 이제 폴리는 도전의 빛을 쏘아보고 있었다. 갑자기 그를 향한 보이지 않는 수백만의 눈을. 노동당이 얻은 보잘것없는 득표수가 발표되자 그는 동정을 표하며 성의 없이 얼굴을 찡그렸다. 그리고 이제 폴리 자신의 이름이 불리고 있었다. "톰킨스, 폴 프레더릭 저버스"—("보수당"이라는 작은 소리)—17,238표." 표라는 마지막 단어가 발음될 때 의기양양한 함성이 얼마나 재빨리 뒤따랐던지, 폴리 자신조차 그 의미를 이해하지 못한 듯 그의 얼굴에 일순 멍한 표정이 떠올랐다. 이어서 그는 함성에 굴복해 아이 같은 미소를 지으며 공중으로 두 주먹을 번쩍 들었다. 괴물 같은 그 모습에 캐서린이 따분하디따분한 어조로 중얼거렸다. "세상에……." 하지만 결과 발표 담당자가 소음과 싸우며 "그러므로 폴 프레더릭 저버스 톰킨스가 정식으로 당선되었음을 선포합니다"라고 선언하는 순간 닉은 자신이 뜻밖에 기뻐하며 동경의 미소를 짓고 있다는 사실을 알았다. "폴 톰킨스," 기자는 우스터 MCR의 끔찍한 퀸이었던 폴리에 대해서는 모른다는 것을 침착한 목소리로 보여주며 경쾌하게 말을 이었다. "이제 겨우 28세인……." 그러는 동안 폴리는 패배자들과 악수를 나누며 기를 죽였고, 그런 뒤 뒷걸음질을 치더니 군중의 관대함, 인기의 첫 흥분을 활용하며 영리하게도 어리둥절한 표정을 지었다. 주변을 둘러본 그는 팔을 뻗어 무대 뒤에서 한 여자를 불러냈다. 그녀가 성큼성큼 나와 그에게 바짝 다가서자 두 사람은 서로의 손가락을 만지작거렸고 곧 폴리가 그녀와 함께 두 손을 공중으로 번쩍 쳐들었다.

"폴 톰킨스의 아내에게도 멋진 밤이군요." 해설자가 말했다. "지난 달에 결혼했죠. 모건 스티븐스, 보수당 중앙사무실의 모범적인 인물들 가운데 한 사람입니다. 모두가 알다시피 이 선거운동을 위해 뒤에서 쉬지 않고 일했죠……." 두 사람이 어색하게 쥔 주먹을 계속 머리 위로 흔드는 동안 폴리가 입은 재킷의 깃이 아래턱까지 끌려올라왔다. 그의 얼굴에서는 위장할 수 없는 어떤 표정, 경멸보다 더 깊은 광적인 자신감이 엿보였다. 이미 연설을 시작할 시간인데도 노골적으로 환호를 계속 들이켜대는 그는 다소 허풍선이처럼 보였다. 마침내 앞으로 나섰을 때도 그는 여전히 모건의 손을 느슨히 잡고 있었다. 그러다가 몸을 살짝 뒤로 젖혀 그녀에게 입을 맞추었는데, 결혼식 스타일이라기보다는 이모나 고모에게 할 만한 입맞춤이었다. 그가 채 연설을 시작도 하기 전에 화면이 갑작스레 스튜디오로 되돌아왔다.

"모건이 진짜 여자긴 해?" 캐서린이 물었다.

"아주 좋은 질문이야." 닉이 말했다. "하지만 여자이긴 한 것 같아."

"남자 이름인데."

"글쎄, 모건 르 페이도 있잖아, 그 유명한 마녀."

"그랬나?"

"어쨌든 폴리라는 이름을 가진 남자랑 결혼했으니 아마 균형이 맞겠지."

이제 각 지역구 결과들이 너무 빠르게 들어오고 있어서 개인별로 주목하기가 힘들었다. 산사태 같은 압승 얘기가 현기증 나는 도표로 그려지기 시작했다. "지난번이 산사태인 줄 알았는데." 캐서린이 말했다. "그에 대해서 책도 나왔잖아."

"그래, 그랬지." 닉이 대꾸했다.

그녀는 정당별 득표율 상황판이 거의 같은 자리에 멈춰 있는 텔레비전 스크린을 멍하니 바라보았다. "하지만 바뀌는 건 전혀 없지." 그녀가 말했다. "노동당이 겨우 두 자리를 더 얻은 거잖아. 그런데 무슨 산사태야."

"아, 그러게." 닉이 말했다.

"산사태라면 대참사라고. 모든 것을 바꾸잖아."

"그러니까 네 생각엔……." 닉은 캐서린이 특유의 무성의하고도 고지식한 방식으로 이 선거가 노동당의 산사태라고 확신했었다는 사실을 깨달았다. "그건 그저 은유야, 달링. 그냥 압승이라는 뜻으로 쓰인 거지."

"맙소사." 캐서린은 거의 눈물을 흘리기 일보 직전이었다.

"그러니까, 산은 이미 한번 무너져내린 거야, 우리가 다 알다시피. 그리고 그냥 그렇게 무너져내린 상태로 있을 것 같아."

바윅의 결과는 반시간 뒤에야 발표되었다. 스튜디오에서 곧 무슨 일이 일어날 것처럼 웅성거리는 소리가 들렸다. 닉과 캐서린은 소파 앞쪽으로 몸을 내밀고 앉았다. "바윅입니다." 턱수염을 기른 젊은 기자가 말했다. "이곳은 크리스토퍼 렌 경이 지은 멋진 마켓 홀 건물이고요. ("아니, 아니지"라고 닉이 중얼거렸다.) 곧 발표가 있겠습니다. 바윅은 물론 지난 선거 이래 내무부 차관이자 다소 독불장군이라는 평을 듣는 제럴드 페든이 의석을 차지하고 있었지요. 차기 정부 내각에 들어갈 것이 기대되는 인물입니다. 83년에는 8천표 이상의 격차로 승리했지만 이번에는 이 지역구에서 연합후보의 표가 크게 증가하리라 예상되고 있습니다. 뮤리얼 데이는 이 지역에서 무척 인기있는 인물로……." 카메라에 비친 두 후보자는 각기 사무원들과 무언가를 의논하는 모습이었는데, 제럴드는 아무 일도 없다는 듯 농담을 하고 있었고 뮤리얼 데이는 이미 너그러운 패배자의 미소를 연습하는 중이었다. 아마 결과에 대해 단단히 착각하고 있는 게 분명한 노동당 후보는 세면짜리 연설문을 들여다보고 있었다.

닉은 분위기를 누그러뜨리기 위해 웃으면서 소파에 기대앉았다. 화면을 응시하며 그는 마치 자신이 원래 있던 곳, 학생 시절에 가늠하고 그려보던 방이 지금 그가 앉아 있는 이 방에 대해 심판을 내리기 직전인 듯 이상한 책임감을 느끼고 있었다. 좀 당황스러웠지만 그가 할 수 있는 일은 아무것도 없었다. 그저 빠른 속도로 분명해지는 이 사태를, 집중된 활동이 끝나는 것을, 사람들이 움직이고 간단한 회의를 연 뒤 그날의 노역, 철제 상자와 빌린 탁자들, 시적인 면이라곤 찾아볼 수 없는 순수한 과정, 일종의 극장에서 벗어나는 모습을 지켜볼 뿐이었다. 그 극장은 워낙 전례가 많아 마치 본능적으로 굴러가는 듯했다.

늙은 아서 스테이트가 무척이나 느릿느릿 입을 떼는 참이었다. "나, 아서 헨리 스테이트는 노샘프턴셔 카운티 바윅 의회 구역의 선거 결과 담당자로서……." 그러면서 그는 캐서린이 연단 위 그의 옆에 서 있던 아버지를 지켜보는 동안 다양하고 고풍스러운 문구들로 자신의 텍스트를 확실하게 확장해나갔다. 닉은 캐서린의 옆모습을 바라보았다. 그녀는 지속적이고 설명할 수 없는 방식으로 앞길을 가로막는 물체를 바라보듯 피곤한 표정으로 화면을 지켜보고 있었다. 하지만 동시에 흥분의 기미도 약간 느껴졌다. 그녀 자신은 무력했지만, 오늘밤에는 다른 세력들이 움직이고 있었다. 무슨 일이 일어날 수도 있었다. 노동당 후보는 브라운이라는 사람이었고 그의 득표수가 먼저 발표되었다. 8,321표("지난번보다 3천표 이상 늘어났습니다"), 그리고 도전적인 환호성. 다음은 뮤리얼 데이였고 그녀의 득표수 11,507표 역시 앞사람이 얻은 것에 비해 2,500표가량 더 많았다. 그녀는 감사를 표하면서도 다소 심란한 미소로 박수갈채를 받아들이고는 나머지 결과를 마저 듣자며 지지자들의 환호를 누르다시피 했는데, 아서가 늘 완벽한 정적을 기다렸고, 완벽한 정적이 만들어지고서도 중단됐던 문장을 처음부터 되풀이하곤 했기 때문이다. 꽤 만만찮은 이 수치에 제럴드는 닉이 아주 잘 아는 표정을 하고 있었다. 머릿속으로 암산을 하며 이를 감추기 위해 상대방을 우습게 보는 듯 선웃음을 띤 표정이었다. 무시할 수는 없지만 대개들 잊어버린 후보자인 에설리드 에그("미치광이 괴물 루니당") 때문에 긴장감이 더 길어졌다. 에그는 겨우 31표를 얻었지만 지지자의 절반이 거기 모여 있는 모양이었다. 그는 광대 옷을 입은 채 앞으로 뛰쳐나와 초록색 실크해트를 흔들며 껑충껑충 뛰었다. 그와 제럴드 사이에 존재하는 약간의 유사성을 느끼지 않을 도리가 없었다. 제럴드의 흰 깃과 핑크색 넥타이는 아래 리본인지 줄인지가 달린 커다란 푸른색 장식물에 반쯤 가려 있었고 가슴 주머니의 손수건이 그 위로 간신히 고개를 내밀고 있었던 것이다. "제발 낙선, 낙선해라……." 캐서린이 중얼댔다. "페든," 아서 스테이트가 입을 열었다. "제럴드 존"("보수당……"), 그때 클랙슨 소리가 났기 때문에 너무 평범해서 기이하게까지 들리는 '존'이라는 가운데 이름이 반복되었고 "11,893표"라는 선언이 이루어졌다. 이어서 제럴드는 미소를 지으며 잠시 얼굴을 붉혔는데, 아마도 결국 자신이 졌다고 생각한 모양이었다. 이어진 환호는 간신히 이긴 사람에 대한 조롱의 "우—우" 소리가 섞여 좀 기묘하게 들렸다.

닉은 잔을 더 채우고 발코니로 나갔다. 바깥의 추위에 놀라 정신이 번쩍 났다. 투표소에서 제럴드가 구사일생한 것은 드라마이자 수치였다. 그가 귀가할 때 뭐라고 말해야 좋을까? 단순한 축하인사는 제럴드에게조차 조소나 지나친 태평함으로 비칠 수 있다. 하지만 어쨌든 그는 당선했고, 모든 것은 계획대로 진행될 터였다. 어두운 나무들을 배경으로 그의 번득이는 미소가 잠시 떠올랐다가 사그라들었다. 모든 뉴스가 그렇듯이 그것 역시 사라질 수 있는 것이었으므로. 집들에서 새어나오는 빛 속에서, 부드럽게 반사하는 밤의 구름 아래서 나무들이 서서히 모양을 드러내며 자세히 보이기 시작했다. 닉은 정원을 사랑했다. 사유지 정문으로 들어서서 집들과 정원들 사이를 산책하며 한편으로 높이 치솟은 플라타너스와 다른 편으로 흰 치장벽토로 장식된 벽을 올려다볼 때면 마치 자신의 행운을 바라보는 기분이었다. 지금 그곳을 산책하면 좋을 텐데. 하지만 비가 너무 세차고 추웠다. 멋진 여름이 펼쳐질 테니 조급하게 생각할 필요는 없었다.

안절부절못하며 어둠을 뚫고 그곳으로 리오를 데려갔던 일, 그들이 마침내 만났던 그날밤이 떠올랐다. 그리고 지지난여름에는 인부들의 헛간 뒤 모랫길로 다른 남자들을 데려갔던 일도. 그것은 그사이에 매력과 위험이 약간 덜해져 자신만만하게 할 수 있었던 일종의 장난이었다. 그들에게 마실 것도 샤워할 기회도 주지 않는, 아주 기본만 갖춘 비사교적인 행위 — 괜찮았다. 그리고 아마도 매번 무심히 다른 사람들을 만날 때마다 더욱 소중해지고 또한 아파지던 기억, 리오에 대한 은밀한 찬사이기도 했으리라. 닉이 그를 만나기 전에 얼마나 많은 상상을 했는지, 그와의 첫 키스와 그의 몸에서 느낀 첫 감촉이 그때껏 머릿속에서만 살았던 청년 닉에게 얼마나 압도적인 경험이었는지 리오는 알지 못했다. 상상력이 풍부한 사람은 아니었으니까. 그것이 그의 매력이자 아름다운 면이었다. 그러나 닉에 관한 한 그는 일종의 천재였다. 닉의 편지에 그가 적어넣은 커다란 붉은색 체크 표시가 닉으로 하여금 삶다운 삶을 향해 적극적으로 뛰어들도록 밀어주었으니 말이다.

그는 잔에 든 위스키를 몽땅 입에 털어넣었다. 리오를 기념하고 용서하는 마음으로. 죽은 이를 어떻게 못마땅해하겠는가? 동시에 다른 생각, 스스로를 용서할 필요가 있다는 마음도 들었다. 하지만 그는 얼굴을 찡그려 그 생각을 쫓아보냈다. 로즈메리가 그에게 언제 마지막으로 오빠를 만났느냐고 물었을 때, 그는 옥스퍼드 스트리트에서 리오와 헤어지던 날의 절망적이고 보잘것없는 광경 속에서 그녀를 바라보며 눈을 깜빡였다. 거의 모든 종류의 친밀함을 감춰줄 수 있는 눈먼 군중 때문에 그때는 아무것도 할 수가 없었다. 리오는 자전거에 올라 뒤도 돌아보지 않고 천천히 붉은 신호등을 통과한 뒤 모퉁이를 돌아 사라졌다. 사실 닉이 기억하는 그 장면 —정말로 마지막이 될 것을 모르는 상태로 이루어진 몇번의 불행한 작별인사 중 가장 최근의 것인 그 장면 —은 군중 속에 거의 완전히 감추어졌다. 나중에 알게 된 사실에 비추어 그 의미를 분명히 이해할 때까지 닉은 여러주에 걸쳐 그 일상적인 일련의 행위를 되새겨야 했다. 당시에는 그저 리오가 거리의 차량들 속으로 서둘러 가버렸다고만 생각했을 뿐이지만.

그러나 훨씬 최근에, 서너달 전 비 내리는 2월 말의 어느날 밤에 다른 일이 있었다. 오늘 아침에는 미처 생각해내지 못했던 일이. 와니가 이미 빠리에 가 있던 때였는데, 닉은 가슴이 타고 허벅지가 아파오며 갑자기 아무라도 만나야 한다는 충동에 사로잡혀 섀프츠베리로 갔었다. 그는 곧장 뒤쪽의 작은 바로 갔다. 가스불이 켜진 점잖은 분위기에 술이 빨리 나오는 곳이었다. 처음에는 조금쯤 사교적인 태도로 군중을 밀고 들어가며 두어명의 친구를 마주쳤고 술을 기다리는 동안에는 자신 쪽으로 등을 돌린 채 중년의 백인 남자와 이야기하고 있던 모직 모자를 쓴 작은 흑인 남자가 눈에 들어왔다. 벨트를 매지 않은 청바지가 살짝 벌어져 푸른색 속옷이 들여다보이자 닉은 뜻밖에도 잠시 날카롭게 리오를, 그의 허리와 근육질 엉덩이가 그리는 이중의 굴곡을 떠올렸다. 그 유사함에 슬퍼졌지만 그 이미지는 그저 가만히 자리하고 있었다. 상실의 차가움이라기보다는 축복의 따스함이 느껴지는 이미지. 그 때문에 닉은 기분이 좋아졌다. 술집은 가능성으로 충만했다. 그는 부지런히 카운터 너머 섹시한 자신감으로 출렁대는 바를 응시했다. 그 작은 사내는 사실 닉을 흥분시키기에는 너무 말랐고 외모가 좀 기묘했다. 턱수염이 얼마나 무성한지 뒤에서도 보였는데 수염의 검은색이 귀옆의 회색 머리칼에 닿아 있었다. 닉은 그와 대화를 나누고 있는 사람을 바라보았고 그와 일초 동안 눈을 맞추며 살짝 미소를 교환했다. 그런 뒤 맥주 1파인트 대신 평소처럼 실용적으로 럼과 콜라를 주문했다.

그는 그것을 들고 나와 아는 사람과 이야기를 나누며 그곳에 있던 여러개의 거울에 자신의 모습을 비춰보았다. 그 흑인 사내의 옆모습이 거울에 나타났다. 그가 무의식적으로 잠깐 고개를 돌리자 얼굴이 완전히 드러났고 이어 다시 고개를 돌려 친구의 말에 대답하는 모습이 보였다. 그때도 그가 리오와 닮았다는 향수 어린 인상이 그가 리오라는 인식으로 바뀌기까지는 일이초가량 걸렸다. 잿빛으로 변해가는 턱수염이 그의 핼쑥한 낯빛을 감추었고 그는 모자를 눈썹까지 내려 쓰고 있었다. 그러고도 닉은 이것이 사실일 가능성을 회피하며 그가 거울 속에서 자신의 의문에 찬 눈초리를 마주 보고 충격을 던질 것이 겁나 얼굴을 돌렸고, 자신이 알아본 사람이 리오가 아니라는 허구를 굳히고서야 다시 돌아보았다. 그런 뒤 그는 사람들을 헤치고 다른 방으로 갔다. 그곳에는 프랑스 사람들 무리와 그가 Y에서 보고 호감을 가졌던 남자가 있었다. 바 전체가 엄청나게 고함을 질러대는 중이었다. 닉은 열광적인 파티에 말짱한 정신으로 늦게 나타난 사람처럼 예의 바른 미소를 지으며 그곳에 있는 사람들을 헤치고 나아갔다. 심장이 쿵쿵 뛰었고, 가슴속에서 빛나던 기대는 비슷했지만 그것은 다른 감정, 죄의식과 후회로 바뀌어 조여들기 시작했다. 그가 돌아선 것은 순수한 본능, 일종의 조건반사 같은 것이었다. 조금 뒤 그는 바로 그 본능이 마찬가지로 간단히 자신을 리오에게 던지게 만들 수 있었다는 사실을 깨달았다. 그러나 그는 겁쟁이였다. 그는 리오가 두려웠다 ── 그가 자신에게 무안을 줄까봐 두려웠고, 자신을 가득 채운 우울한 의혹이 두려웠다. 아마도 그는 되돌아가서 그 사람이 진짜 리오였는지 확인해야 했겠지만, 문득 그가 리오였을 리 없다는 생각이 들었고 갑자기 행복해졌다. 군중을 뚫고 다시 바 안으로 들어가면서 그는 사람들이 자신에게 자리를 내주며 약간 짜증스러워하는 것을 느낄 수 있었다. 그러나 중간에 발길을 멈추고 Y에서 본 남자에게 대담하고 무심하게 말을 걸었다. 그는 그 남자의 왼쪽 엉덩이에 푸른 새 문신이 있다는 것을 알고 있었다. 또 그가 샤워 중에 상당히 발기한 모습을 본 적도 있었다. 하지만 이런 귀여운 기억들은 점점 무의미하게 느껴졌다. 그는 심란한 채로 술을 몇모금 마셨다. 그리고 남자 화장실을 찾아 아래층으로 갔는데, 지린내 나는 홈에 서서 곁눈으로 보니 그 남자가 자신을 따라와 있었다. 다른 사람들이 오가는 동안 두 사람은 긴장한 채 참을성 있게 기다리며 거기 서 있었고, 그러다가 잠시 후 마침내 그 남자가 빈 화장실 쪽을 가리키며 고개를 끄덕였다. 닉은 너무 위험하다고 대꾸했다. 이런 일이 벌어지고 있다는 사실이 짜증스러웠지만 신기하게도 곧 마음이 누그러졌고 감사한 생각까지 들었다. 그 남자가 자신은 소호에 산다고, 오분만 걸으면 갈 수 있는 곳이라고 말해서 닉은 좋다고 했다. 이것은 일종의 방패였다. 사실상 눈부시고 기민하게 거둔 성공이자 환상이 재빨리 실현된 경우였지만 닉은 그런 것조차 느낄 수 없었다. "옆길로 나가죠." 자기 이름을 조라고 소개한 그 남자가 말했다. "아, 그래요." 닉이 대답했다. 그들은 바로 뒤편을 통과했다. 닉은 조의 넓은 어깨에 손을 얹고 기분 좋게 바짝 붙어 가면서 조는 전혀 모르는, 한때 자신의 연인이었던 모직 모자를 쓴 작은 남자를 찾느라 멍한 눈길로 그 방을 훑었다.

# 15

"아, 세상에!" 트리트가 외쳤다. "팬지[4] 샐러드네!"

"진짜 꽤 좋은 거야." 닉이 말했다.

트리트는 칵테일잔 너머로 그가 농담을 하는 건지 살펴보았다. "그게 다 팬진가?"

"그게 뭐라고?" 브래드가 물었다.

"대부분은 부치[5] 같은 상추야." 닉이 대답했다. "그냥 팬지 한두 장을 맨 위에 놓은 거지."

"부치 같은 상추라니!" 트리트가 들뜬 목소리로 짐짓 나무라듯 말했다.

"팬지는 형식적으로 들어간 셈이지." 닉이 말했다.

---

**4** pansy, 꽃이름이자 여자 같은 남자라는 뜻으로 남성 성소수자를 가리키는 은어로도 쓰임.
**5** butch, 여성 성소수자 가운데 사회적 의미의 남성성이 강한 쪽을 일컫는 은어.

"일단 먹어는 봐야겠군." 트리트가 말했다.

"당연히 한번은 먹어봐야 해." 닉이 말했다.

"그게 뭐라고?" 브래드가 다시 물었다.

"트리트가 팬지 샐러드를 먹어보겠대." 닉이 대답했다.

"아아, 그렇군. '팬지 샐러드'라니, 세상에!"

"내 말이 그 말이야." 트리트가 말했다.

　미소를 지으며 식당을 둘러보던 닉은 어느 테이블에 유명 작가 두 사람이 앉아 있고 다른 테이블에는 유명 여성 배우가 앉아 있는 모습을 보고 안도했다. 여태까지는 단순히 근육질에 미국적인 분위기를 풍기는 강강격[6] 운율이던 브래드 크래프트와 트리트 러시가 사교적 갈증을 지닌 한쌍으로 밝혀진 참이었다. 브래드는 이해력이 조금 둔한 편이지만 진짜로 건강한 체구에 잘생기고 유쾌한 성격이었다. 트리트는 닉과 비슷한 키에 빛나는 금발 가장자리에 새끼손가락을 세우고 떠들어대는 수다쟁이였다. 그들은 냇 핸머의 결혼식에 왔다가 아예 영국에서 10월을 보내는 중이었다("뉴잉글랜드의 가을을 피할 수 있다면 뭐라도 좋지!"라고 트리트는 말했다). 오늘은 영화 이야기를 해야 했지만 그들은 런던을 완벽하게 파악하려는지 바깥 광장에 한눈을 팔며 사람들과 직위에 대해서 생각나는 대로 여러가지 질문을 던졌다. 질문을 던지는 게 목적인 듯했다. 대답에는 별 신경을 쓰지 않았으니까. 그들은 쉽게 지루해하는 사람들이었다. 닉은 이 식당, 구스또가 그들을 즐겁게 해주었으면 했다. 트리트는 푸른 유리벽 너머 주방을 살펴보는 눈치였다.

---

6 spondee, 고전시에서 두개의 긴 음절로 이루어진 운율을, 영시에서는 강세를 받는 두개 음절로 이루어진 운율을 가리키는 용어. 브래드 크래프트와 트리트 러시 두 사람의 성과 이름이 모두 단음절로 이루어져 있기 때문에 쓴 표현이다.

그 유리벽이 벽 뒤의 주방장과 땀 흘려 일하는 그 밑의 사람들 모습을 열심히 노동하는 다소 육감적인 까바레로 변모시켜주었다.

"이 줄리어스 머니라는 친구를 아나?" 브래드가 물었다.

"글쎄, 만난 적이 있지." 닉이 대답했다.

"굉장한 이름 아냐? 그리고 꽤 잘 어울린다고 할 수 있지, 안 그래?"

"아, 그럼." 닉이 말했다. "그들은 노퍽에 아주 커다란 재커비언 양식의 주택을 가지고 있는데 거기 훌륭한 그림이 많더라고. 사실, 나는 늘……."

"아, 퍼모나 브링클리는 어떤 사람이야?" 트리트가 말했다. "우리랑 한번 만났는데, 그녀는 도대체 정체가 뭐지?"

"난 모르는 분이군." 닉이 말했다.

"굉장했는데." 트리트가 말했다.

"아, 맞다, 우리가 존…… 팬쇼 경이라나 뭐 그런 이를 만났는데," 브래드가 말했다. "자네를 아주 잘 알던데! 런던에서 가장 매력적인 사람이라고 하더라고."

"그랬지." 트리트가 말하고는 닉을 다시 찬찬히 보았다.

"그분이 생각한 사람은 다른 사람인 것 같은데." 닉은 수줍게 대꾸했지만 자신이 그 귀족에 대해 들어본 적도 없다는 사실은 고백하지 않았다.

"냇은 아주 잘 알지?" 트리트가 말했다.

"아, 그럼." 닉은 한층 부드럽고 자신 있게 말을 이었다. "옥스퍼드에 함께 다녔거든. 요새는 그보다도 그의 어머니를 더 자주 뵙는 것 같긴 하지만. 나와 친한 레이철 페든 부인이랑 아주 가까운 사이라." 그들은 페든이라는 이름을 얼핏 알아듣는 것 같았다.

"그 친구 진짜 다정해."

"아, 귀엽지. 알다시피 많은 난관을 겪었지만."

"그래?" 트리트가 말했다. "그가 가족이 아니라는 게 안타까워."

"글쎄······." 닉이 말했다. "두 사람은 그를 어디서 만났지?"

"지난가을 이스트 햄프턴의 로젠하임가에서 만났던가? 물론 우리가······ 앙뚜안을 만난 것도 거기서고."

"그리고 마티나도." 브래드가 덧붙였다.

"아, 마르뗀." 닉이 말했다.

"맞아, 브래드가 앙뚜안에게 완전히 반했지." 트리트가 말했다. 그는 빨대를 입에 물고 붉은색 도는 갈색 액체를 후루룩 빨아들였다.

브래드가 말했다. "맞아, 얼마나 사랑스러운 사람인지."

"그래서, 그후로는 못 본 거야?" 닉은 그들에게 경고를 해야 한다고 생각했지만 어떻게 말을 꺼내야 할지 알 수 없었다.

"그래, 냇은 일종의 귀족이지?" 브래드가 물었다.

"응," 닉이 대답했다. "후작이지."

"세상에!" 트리트가 감탄을 토했다.

"그러니까 후작이라면 어떤······ 처크?"

"처크가 성이야. 작위는 핸머의 후작이고."

"브래드, 저기 있는 사람 보여?"

"그럼 그의 아버지는 어떻게 불러?" 브래드가 의자에서 몸을 돌리고는 고개를 흔들면서 물었다.

"그의 부친은 플린트셔의 공작이야. 내가 부를 때는 그냥 어르신이라고 불러야 하지만."

"트리트, 세상에, 네 말이 맞잖아. 베치야!"

"그녀가 내 영화에 출연했으면 좋겠는데." 트리트가 말했다. "아주 훌륭한 영국 배우지."

"두 사람이 공작님을 만나게 될지는 모르겠네." 그 단어를 쓰는 것만으로도 허식을 이용하는 게 아닐까 생각하며 닉은 말을 이었다. 당신이 아는 백작들 이름을 읊어대는 아버지를 부끄러워했던 기억이 있어서 닉은 귀족에 대해서 최대한 사무적으로 말하고 싶었다. "나는 그분을 딱 한번 뵈었어. 성을 떠나는 일이 전혀 없는 분이야. 그분이 절름발이라는 건 알고 있지?"

"자네들 영국인들이란⋯⋯." 어린아이처럼 베치 틸든을 쳐다보던 트리트가 얼굴을 반만 돌리고 말했다. 그녀가 경이롭고 도전적인 존재로 보이는 듯 그는 그녀를 유심히 살폈다. 그녀는 게레스 부인 역을 맡기에는 너무 젊었고 플레다 베치 역에도 영 맞지 않았다. "자네 참 잔인해!"

"무슨⋯⋯?" 닉이 물었다.

"그러니까 '그분이 절름발이'라는 그 표현이 참."

"아⋯⋯." 의도야 어떠했든 간에 닉은 자신의 숨겨진 속물성을 비판받은 듯 얼굴을 붉혔다. "미안해. 하지만 실제로 공작 자신이 그렇게 말씀하시니까. 어린 시절 이래 걸어본 적이 없으시거든." 자신이 섬세하지 못하다는 투의 지적을 받고 보니 그는 기분이 약간 언짢았다. 더욱이 그것은 직접적이지는 않더라도 분명 이 점심의 또다른 참석자와도 관련된 문제였다. 그는 목청을 가다듬고 말했다. "그런데 내가 이야기할 것이 있는데⋯⋯ 아, 저기 왔군." 그는 문가 탁자 쪽에 나타난 와니를 보고 손을 들었다. 그리고 닉이 일어서는 사이 두 미국인은 "아, 세상에⋯⋯"라고 낮게 속삭였다.

그는 다양한 감정 — 연민과 반감, 와니를 돕고 싶은 마음, 그리고 사람들이 그를 주목한다는 사실에 대한 두려움 —— 이 섞인 혼란스러운 심정으로 미소를 띠며 유능한 사람처럼 그에게 다가갔다. 여직원이 와니의 지팡이를 든 채 그가 코트 벗는 것을 도왔다. "안녕." 와니가 말했다. 닉의 키스는 원치 않는 듯했다. 그는 은손잡이가 달린 우아한 검은 지팡이를 다시 받아들고 대리석 바닥을 두들기며 걸었다. 아직 지팡이 사용이 충분히 익숙지 않은 것 같았다. 학생이 노인 역을 하는 것 같은 모습이었다. 지팡이가 그 자체로 이목을 끌면서 동시에 시선을 거부하는 듯 보였다. 사람들이 그를 보고 눈길을 돌렸다.

미국인들이 일어섰다. 트리트는 가슴께에 냅킨을 쥔 채였다. "어이, 앙뚜안, 만나서 정말 반가워!"

"잘 지내나!" 브래드가 숨가쁜 목소리로 쾌활하게 말했다. 그는 잠시 와니의 등에 손을 댔는데, 마침 닉 역시 반대편에서 같은 동작을 취한 터라 마치 그들이 그를 축하해주는 듯한 모습이었다. 그들의 손에 닿은 거라고는 모직 양복 속의 툭 튀어나온 등뼈뿐이었지만. 와니는 거리를 둔 예의 바른 태도로 형식도 결과도 익숙한 주례회의에라도 참석한 양 미소를 지으며 자리에 앉았다. 잠시 적응의 침묵이 흘렀다. 닉은 와니를 향해 미소지었지만 손님들의 존재 때문인지 더 새삼스러운 충격이 느껴졌고, 목구멍으로 뭔가 치미는 것만 같았다.

"그래, 무슨 이야기를 하고 있었어?" 와니가 물었다. 목소리가 전보다 더 나른했는데, 그러지 않을 수가 없었을 것이다.

"브래드와 트리트에게 처크 집안에 대해서 설명하고 있었지." 닉이 대답했다.

"아, 그랬군." 마치 그것이 익숙한 농담거리라는 듯 와니가 말했다. "물론 그 공작이란 건 겨우 19세기 작위고."

"그렇군……." 브래드가 그를 슬쩍 바라보며 동의했는데, 워낙 불안하고 산만한 탓에 그 작위가 터무니없이 최근에 얻은 것이라는 견해에 동의하는 것처럼 여겨졌다.

트리트가 밝게 웃으며 말했다. "나한테는 그것도 오래된 거야. 그거면 됐지 뭐."

닉이 말했다. "사실 큰 기여를 한 것은 샤론, 공작부인이었어." 그러고는 와니에게 구체적인 이야기를 넘겼다.

"그래, 식초를 투여해서 생명을 구한 거지." 와니가 말했다. 그들은 다 함께 마치 전제군주의 농담이라도 들은 것처럼 큰 소리로 웃었다. 사실 그런 평은 와니 자신의, 그러므로 막연하게나마 그들 모두의 잔인한 면을 슬쩍 드러내주는 것이었다. "바로 주문을 할까?" 와니가 몸을 돌려 파비오에게 손을 드는 사이 브래드와 트리트는 삼사초가량 표정을 드러내지 않은 채 뚜렷하게 시선을 교환했다. 파비오는 즉시 그들에게 다가와 늘 그러듯 그들의 결정을 예측하고, 칭찬하고, 그들이 언급한 요리 하나하나의 이름을 되풀이하며 기억의 창고에 저장했다. 아마도 그의 어조에서 전에 없던 딱딱함을 느낀 것은, 또 그의 웃음이 순식간에 사라진다는 사실을 깨달은 것은 닉뿐인 듯했다. 브래드가 팬지 샐러드에 관해 묻자 파비오는 애매한 농담으로 얼버무리고는 탁자 주변을 돌며 메뉴를 돌려받아 가슴에 바짝 댔다. 닉은 레스토랑이 참 잘된다는 말로 자신들이 이 성공에 기여했음을 강조하며 미소를 지었다. 작년 개업식 때 와니와 자신이 손님들을 데려온데다 그후로도 이곳을 자주 이용해온 터였다. 그러자 파비오가 말했다. "불만은 없죠. 아, 닉, 불만은 없습니다." 그런데 불만이라는 단어를 두번째로 사용할 때 그는 와니를 약간 냉정한 눈으로 훑은 뒤 곧장 문가에 새로 도착한 손님들, 으레 들르곤 하는 스탤러드 집안 무리를 바라보았다. 파비오는 냉랭한 태도를 거두고 그들에게 인사를 하러 다가갔고 수석 웨이터와 사교계 고객들 사이에 으레 오가는 입에 발린 소리가 들려왔다. 글쎄, 파비오는 심하게 변한 와니의 모습에 충격을 받은 것이 틀림없었다. 하지만 그의 반응에는 다른 요소, 공포와 불쾌감 또한 깃들어 있었다. 마치 와니의 존재는 자신의 사업에 더이상 도움이 안된다는 듯.

쏘피와 제이미가 다가와서 제이미는 와니의 어깨를 두드렸고 쏘피는 입맞춤을 하는 대신 탁자 너머로 코만 찡긋했다. 제이미는 최근 저예산 할리우드 영화에서 낭만적인 주인공 역을 맡았는데, 축 늘어진 머리칼의 우둔하지만 잘생긴 이튼 졸업생 역을 기가 막히게 잘 연기해냈다는 찬사를 받고 있었다. 쏘피는 임신해서 쉬는 중이었다. 물론 그녀가 들고 있는 요람 같은 바구니에 담긴 두꺼운 뭉치가 영화 스크립트일 수도 있겠지만. 트리트와 브래드는 그들을 만났다는 사실에 무척 기뻐했다. 제이미에게 「전리품들」의 오언 게레스 역을 맡길 수도 있었기 때문이다. 그들은 명함을 교환하고 결코 생기지 않을 사교적인 방문을 서로 기쁘게 약속했다. 와니의 건강은 전혀 언급되지 않았다. 쏘피가 제이미와 함께 그들의 식탁을 떠날 때 돌아보며 손가락을 흔들고 안됐다는 의미로 움츠러든 미소를 짓기는 했지만.

"와, 무척 싹싹한 사람이네." 브래드가 말했다.

닉은 소개에 대한 칭찬으로 받아들이며 말했다. "저 친구 제이미? 그렇지……."

"오래 알아온 사인가보지?"

"응, 그러니까 저 친구도 옥스퍼드 동기거든. 사실 와니하고 더 친한 친구지."

그러나 와니는 굳이 더 친하다고까지는 할 수 없다는 표정으로 가느다란 손을 식탁보 위에 얹은 채 가만히 앉아 있을 뿐이었다. 어깨가 각진 그의 재킷은 단추가 채워져 있었지만 느슨한 코트처럼 앞쪽이 불룩했다. 한때 아름다움과 매력으로 주목을 끌었던 그가 지금은 동정과 배려의 대상으로 시선을 끌고 있었다. 주목받는 것은 여전했지만 그의 태도는 전보다 더 강렬하면서도 차분했다. 어떤 면으로는 여전히 멋있어 보인다고 닉은 생각했다. 하지만 그 사실을 인정하는 것은 견디기 어려운 비교를 피할 수 없게 했다. 그는 스물다섯살이었다. 그가 입을 열었다. "스텔러드는 항상 좀 우스꽝스러웠는데 이제 아름다운 티퍼 양이라는 완벽한 파트너를 구한 셈이지."

"아." 브래드가 말했다. "그녀는 그러니까⋯⋯."

"그에게는 아주 괜찮은 결혼이었어. 그녀는 영국에서 아홉번째로 부유한 집안의 딸인데 그는 주교의 아들이니까."

"주교들은 그다지 돈을 못 벌겠지." 트리트가 말한 뒤 칵테일에 꽂힌 빨대를 물고 한번 더 후루룩 빨았다.

"주교들은 돈을 전혀 못 벌지." 와니가 대답했다. 그러고서 곧 식탁을 둘러보며 주교들의 어리석음을 비웃듯 웃었다. 다른 사람들도 모두 불안하게 공모의 미소를 지었다. 핼쑥하고 얼룩덜룩해진 와니의 얼굴에 새로운 표정의 기미가 나타났다──더 나이 들고 성격도 상당히 다른 어떤 사람, 거리에서 모르고 지나치는 다른 사람의 표정들이 어느새 그의 것이 되어 있었다. 아마 혼자서 거울을 향해 얼굴을 찡그리고, 눈썹을 치올리고, 자신을 마주 보는 이 참을 수 없는 이방인의 찡그린 얼굴을 응시했었으리라. 최근 그의 얼굴에서 보이는 비꼼과 경악의 표정은 분명히 그의 것은 아니었다. 그가 그것들을 이용하는 것 같은 순간은 물론 있었지만. 허약한 광대뼈에, 이마뼈는 두드러져서 잔인해 보이기까지 했다. 그것은 그의 아버지의 모습이었다. 전에는 촛불 아래서만 보이던 모습이 이제는 낮에도 보이게 된 것이다.

닉이 말했다. "와니의 아버지께서 작위를 받으신 건 알지?" 이것이 누구더러 듣기 좋으라고 하는 소리인지는 분명치 않았다.

"와!" 브래드가 말했다. "그렇다면 와니도 언젠가는 귀족이 되는 건가?" 몇초의 침묵이 흐른 뒤 와니가 대답했다. "세습되는 작위는 아니야. 그런데 도대체 뭘 마시고 있는 거야, 트리트?"

"묻지 마!" 브래드가 몹시 당황하며 말했다.

"이게 뭐라고 했더라……. 험프리? 험프리의 최신 메뉴지. 검은 월요일."

와니는 다시 미소를 지었다. 환하고 조롱기 어린 미소였다. "시간이 얼마 안 걸렸네." 그가 말했다. 험프리는 구스또의 신망 있는 바텐더로 기나긴 계산서를 (어느 수준까지) 유지하며 명사들의 비밀을 챙기는 이였다. "퀸 메리에서 훈련을 받았는데 칵테일에 대해서라면 모르는 게 없지."

"그러니까 그게 뭐였더라? 진한 럼주하고 체리 브랜디, 그리고 쌈부까. 거기다 레몬주스를 많이 섞은 거지. 완전 옛날 설사약 같은 맛이야." 트리트가 말했다.

"난 이제 술을 못 마셔." 와니가 말을 이었다. "하지만 그런 얘길 들으니 별로 아쉽지도 않군."

잠시 침묵이 흘렀다. 트리트는 손가락으로 앞머리를 쓸었고, 브래드는 한숨을 내쉬고 나서 입을 열었다. "그래, 물어보려고 했는데……." 두 사람 모두 와니가 그 화제를 꺼내자 다행스러워하며 안도하는 듯했다.

와니는 턱을 집어넣었다. "아, 아주 난리야." 그가 두 사람을 번갈아 보며 얼굴을 찡그렸다. "못 믿을 일이지. 내 망할 놈의 회사 중 하나는 점심시간과 티타임 사이에 자산가치의 3분의 2를 잃었다고."

"아…… 아, 그랬군." 브래드가 어색하게 웃었다. "그러게, 우리도 상태가 아주 안 좋았지."

"런던 증시에서 단 하루 만에 500억이 사라졌으니."

트리트가 그를 차분한 눈으로 바라보았다. 와니가 회피하는 것을 알지만 자신은 그에 도전할 의사가 없다는 점을 보이려는 것이었다. 조금 뒤 그가 입을 뗐다. "게다가 다우지수도 500포인트나 내려갔어."

"세상에, 그랬지." 와니가 말했다. "다 너희 나라 탓이야."

브래드는 이의를 제기하지 않고 월스트리트의 실업이 끔찍하다는 얘기를 꺼냈다.

"아, 어쨌거나 상관없어." 와니가 다시 말했다. "어쨌든 다시 일어날 테니까. 이미 일어나고 있지. 항상 회복이 돼. 항상 회복이 된다고."

"우리 모두에게 걱정스러운 시간이긴 해." 닉이 책임감 있는 태도로 덧붙였다.

와니는 비웃는 표정이었다. "우리는 다 절대로 괜찮아." 그런 뒤에 그의 끔찍한 병에 대해서 이야기하기란 불가능했다. 와니가 곧 결혼할 것이라 알고 있던 이 미국인들에게는 와니의 상태가 수수께끼처럼 여겨진다는 것을 닉은 알고 있었다. 이제 자연스러운 염려에 은근한 회상이 섞여들었다.

점심식사를 하는 동안 브래드는 와니처럼 물만 마셨고, 닉과 트리트는 샤블리를 한병 나눠 마셨다. 트리트는 이따금씩 닉의 팔을 잡고 나중에 할 일에 대해서 닉과만 낮은 소리로 이야기를 나눴다. 닉은 다 함께 하는 대화를 유지하려고 애썼다. 와니가 보이는 냉랭한 기색 때문에 그들 모두가 머뭇거리게 되었다. 그가 자신에 대한 그들의 염려를 두고 장난을 치는 것처럼 보였다. 브래드와 트리트는 질문을 던졌고, 와니가 그에 대답해준다는 사실을 행운으로 받아들이며 놀라워했다. 닉이 그들의 질문에 답할 때는 와니가 귀를 기울이고 있다가 사소한 단서를 달거나 수정했다. 화제를 틀어쥐고, 그에 대한 장악력을 과시하고, 그런 뒤 듣는 사람들의 흥미를 비웃으며 그것을 던져버리는 것이야말로 그의 기술이었다. 그는 아주 조금밖에 먹지 못했는데, 비싼 음식과 그것을 먹을 수 없는 자신에 대한 혐오감이 대화에도 스며들었다. 닭고기 조각이나 반투명한 호박을 쾌락의 세계의 딱한 상징처럼 바라보는가 하면 식탁보를 천천히 당겨 눈앞의 모든 광경을 쓸어버리고 싶은 욕망을 참는 듯 식탁을 움켜쥐는 것이었다.

영화에 대한 논의는 좀처럼 화제로 떠오르지 않았다. 닉은 그것이 자신의 프로젝트였기 때문에 먼저 말을 꺼내기가 어색했다. 스크립트를 완성하는 데 여러달이 걸린데다 그가 원작인 책을 쓴 것이나 다름없을 정도로 공을 들인 영화였다. 닉이 바라는 것이라곤 칭찬뿐이었다. 그는 커즌 영화관의 경사 가파른 원형 상영관에서 자신이 쓴 것이 연기로 재현되는 광경을 보며 관객들 모두가 감사의 한숨을 내쉬는 모습을 즐기는 스스로를 종종 상상해보곤 했다.

사실상 그 영화를 감독하기까지 한 기분이었다. 또는 눈을 뜬 채 누워서 필립 프렌치의 리뷰를 읽고 행복감을 느끼는 모습을 상상하기도 했다. 어쩐 일인지 헨리 제임스 원작의 다른 작품 「보스턴 사람들」이 화제에 올라서 슈퍼맨을 연기했던 배우가 그 주인공을 맡다니 말도 안된다는 이야기가 나온 참이었다.

"그런 조합에 대해서 그 거장이 느꼈을 아이러니를 상상해봐." 닉이 말했다. "그 생각에 내심 얼마나 재미있어했을지는 또 어떻고." 하지만 다른 사람들은 그런 상상력이 부족한 모양이었다.

"참 그런데, 자네 글이 정말 마음에 들어." 트리트가 닉의 팔을 다시 쥐며 말했다. "어쩜 그렇게 영국적인지!"

"어쨌든, 우리 영화 얘기를 해야지." 브래드가 입을 연 바로 그때 디저트, 핑크색 쿨리 소스의 웅덩이에 잠긴 한입거리들이 담긴 너비가 1피트는 될 접시가 그들 앞에 놓였다. 비현실적인 당과<sup>糖菓</sup>라는 면에서 그것과 영화가 동등하다는 듯, 와니는 자신의 접시를 바라보았다. "아니면 다음주에 이야기할 수도 있겠고……."

"괜찮아." 닉은 가슴이 쿵쿵 뛰었다. 문득 자신의 아름다운 기획, 헨리 제임스를 향한 열정이 낳은 최고의 결실이 이 우둔한 두 사람의 협력에 달려 있다는 사실이 믿기지 않았다. 그들이 단순한 수정이 아닌 기획 자체의 조정을 생각하고 있다는 것이 이미 분명히 느껴졌다.

"그러니까 우리는 자네 글이 아주 마음에 들어, 닉."

"그래, 아주 좋지." 트리트가 말했다.

브래드는 자신의 디저트인 로건베리 파르페에 덮인 격자무늬 설탕을 보며 잠시 망설였다. "그러니까, 그 점에 대해서 편지에서도 조금 얘기를 했지. 남주인공이 여주인공과 결합하지 않는 줄

거리가 문제야. 그리고 또 그들이 모두 서로 가지려고 다투는 것들—전리품, 맞지?—그게 전부 허망하게 사라진다는 결론. 그건 좀 아니거든."

"그런가……?" 닉이 중얼거리고는 호감 있게 이야기하려고 애쓰며 말을 이었다. "그게 꼭 인생 같잖아. 관습적인 영화에서는 너무 현실적인가? 그 작품은 사람보다 물건을 더 좋아하는 사람에 대한 이야기지. 그리고 물론 그 결과 아무것도 못 갖게 되는 거고. 어둡다는 건 알지만 결국 책 자체도 본질적으로는 코미디이면서도 무척 어두운 책이거든."

"어, 책은 안 읽어봤어." 트리트가 말했다.

"아……." 닉은 트리트가 느껴야 할 수치심을 대신 느끼며 당황해서 얼굴을 붉혔다. 그와 단둘이 있을 기회를 만들 수도 있겠다는 막연한 생각은 한숨을 쉬고 어깨를 으쓱이면서 사라졌다.

"앙뚜안, 자네는 책을 읽어봤나?" 트리트가 물었다.

와니의 입술은 장밋빛이었다. 아이스크림을 수저의 4분의 1만큼씩 떠서 입속에 넣고 녹인 뒤 편도선염에 걸린 아이처럼 심하게 경련을 일으키며 내려보내고 있었다. 그가 대답했다. "아니, 안 읽었지. 나야 대신 읽어달라고 닉에게 돈을 주는 거니까."

"자네 의견은 어떨지 모르겠군." 브래드가 말했다. "짧은 러브신을 하나 넣는 것 말이야. 오언과, 그리고 이름이 뭐였더라……."

"플레다." 닉이 말했다. "플레다 베치."

"플레다 베치!" 트리트가 되풀이하고는 큰 소리로 짤막하게 웃었다. "도대체 무슨 이름이 그래? 전교에서 제일 못생긴 아이 같지 않아?"

"내 생각엔 상당히 마음을 움직이는 이름 같은데." 닉의 대꾸에 브래드는 딱하다는 표정으로 탁자 건너 그를 바라보았다.

"마녀 같은 이름이야." 트리트는 입을 다물기로 동의한 듯 낮은 목소리로 중얼거렸지만 곧이어 다시 말했다. "그러니까, 메릴 스트리프에게 '오, 스트리프 양, 아주 멋진 역할이 있는데요, 제발, 부디, 그 아름다운 플레다 베치 역을 맡아줄 수 있으세요?'라고 묻는 걸 상상할 수 있느냐는 거지. 아마 내가 방금 먹은 것을 몽땅 전화기에 토했다고 생각할걸."

와니만 빼고 모두 웃었다. 와니는 아주 침착하고 우월한 어조로, 마치 냇 핸머의 결혼식에서 만날 사람에 대해 이야기하는 양 "플레다 베치가 그녀의 이름이야"라고 말했다.

"그래, 그녀의 이름에는 크게 상관하지 않아." 브래드가 말했다. "하지만 오언과 플레다, 우리는 그 두 사람이 함께 있는 장면을 더 많이 넣어야 해. 정열이 좀 필요하다고!"

"그가 격정에 사로잡힐 필요가 있다는 얘기지." 트리트가 제이미의 식탁 쪽을 힐끔거리고는 닉에게 눈을 찡긋해 보였다. "저이는 그러니까," 그는 목소리를 낮추고 다소 수줍은 태도로 외면하며 말을 이었다. "옥스퍼드에서 그러니까, 다른 남자들과…… 누가 그런 얘기를 하는 걸 분명히 들은 것 같아서……."

"그는 이성애자야." 와니가 말했다.

"아, 그래그래." 트리트가 고개를 주억거렸다. 마치 이 자리에서 대체 누가 이성애 얘기를 하느냐는 듯. 그러나 와니의 어조에서는 성마름보다 어두운 무엇인가가 느껴졌다. 그는 창백했고, 정적이었다. 자신의 접시 반대편 가장자리를 멍하니 바라보고 있었는데, 더이상 미룰 수 없는 어떤 내적 계산에 몰두하고 있는 것이 분명했다. 그가 의자를 조금 뒤로 젖혔고 그러자 의자 뒤에 있던 지팡이가 빙그르 돌더니 대리석 바닥으로 덜거덕 소리를 내며 떨어졌다.

와니가 그것을 줍기 위해 몸을 돌려 숙였고, 브래드 또한 그를 돕기 위해 벌떡 일어나 지팡이를 주움으로써 책임을 자신에게 돌리고 친밀한 몸짓으로 레스토랑의 사람들을 안심시키는 데 성공했다. 와니는 입을 꼭 다물고 있었는데 곧 토할 것처럼 몹시 고독한 표정이었다. 그 모습을 보며 닉은 잠시 침실을 떠올렸다. 와니는 자리에서 일어나 절룩거리며 식탁들 사이로 나아갔다.

몇초 뒤 닉은 냉정한 목소리로 "선생님?" 하고 묻는 파비오를 향해 재빨리 고개를 끄덕여 보이고는 찌푸린 얼굴로 바닥에 시선을 고정한 채 와니를 뒤따라갔다. 검은 대리석 화장실에는 문이 둘 있었는데 그중 살짝 열린 문 안쪽에서 와니가 몸을 굽혀 토하고 있었다. 닉은 그의 뒤로 들어가서 잠시 그냥 서 있다가 그의 옆구리에 손을 댔다. 와니는 몸을 움찔하더니 "아, 제기랄……"이라고 속삭이고 또다시 웅크려 토하고 몸서리를 쳤다. 몸속으로 집어넣은 그 얼마 안되는 음식물보다 훨씬 더 많은 양이 나오는 것 같았다. 닉은 그에게 가볍게 손을 대어 도우면서 구토를 막아보려 했다. 용기를 내서 와니의 어깨 너머 변기 쪽으로 시선을 돌리니 먹자마자 도로 나온 아이스크림의 웅덩이 속에 닭고기 조각과 채소가 떠 있는 것이 보였다. 휴지걸이에서 휴지를 뽑아 와니의 얼굴을 닦아줘야 할까? 그는 일어나 기다렸고, 와니도 말리지 않았다. 이 순간이 최근 몇달 사이 그들이 가장 가까워진 순간이라는 사실을 생각하자 우울하고도 우스꽝스러웠다. 그는 검게 금이 간 벽을 바라보며 일년 전 이곳에서의 밤들에 대해서 생각했다. 두 화장실 모두에서 조심성 없이 서두르며 종이를 부스럭거리고 신용카드를 타닥대며 소리를 내던 일들. 물통 위에는 반들거리는 선반이 있어서 유용했고 그들은 교대로 안으로 들어가곤 했다. 그 밤들은 기억할 수 없는 눈부신 빛 속에서 빠르게 흘러갔다. "음," 와니가 지팡이를 쥐고서 닉에게 두려운 미소를 지어 보였다. "앙뚜안은 더이상 파르페를 못 먹겠군."

와니가 구스또에 차를 가지고 왔기 때문에 닉은 운전해서 그를 라운즈 스퀘어로 데려다주었다. "정말 고마워." 와니가 느릿느릿 속삭이듯 말했다.

"별소리를 다 하네." 닉이 말했다. 집 건너편에 주차한 뒤 그들은 일분 정도 함께 앉아 있었다. 와니는 달리기경주나 다이빙을 준비하는 사람처럼 깊은 숨을 고르고 있었다. 굳이 자신의 상태에 대해 설명함으로써 닉을 도와줄 생각이 없는 듯했다. 하긴, 그런 적은 사실 한번도 없었다. 와니는 그 자신이 법이자 면허증이었으니까. 만일 닉이 그에게 지금 어떤지 묻는다면 그는 닉이 모른다는 사실과 알려고 한다는 사실 둘 다에 짜증을 내며 건조하게 대할 것이다. 병이 가진 불공정한 특권인 셈이다. 닉은 한 손을 운전대 너머로 뻗어 계기판의 검은 가죽 덮개에 엷게 앉은 먼지를 쓸었다. 시간이 흘러감에 따라 변하는 자동차의 모습이란. 처음에는 견고하고 단단하게 만들어진 가능성들, 꿈의 빛과 날카로운 최면의 향기를 지닌 꿈의 대리자였다가 서서히 예상 밖의 괴팍함과 까다로움을 드러내고, 하나의 유행과 다른 유행 사이에서 창피스러운 물건으로 화해 희미하게 사라지는 것 같았다.

"정말 새 차를 사야겠어." 와니가 말했다.

"그래, 정말 먼지가 끔찍하게도 꼈네."

"아주 망할 놈의 골동품이지."

닉은 어깨 너머 좁은 뒷좌석을 바라보며 그곳에 다리를 쩍 벌리고 앉아 있던 리키, 과거(그러니까 지난여름)에 만났던 그 멍청한 천재를 떠올렸다. "번호판은 간직할 거지?"

"맙소사, 당연하지. 천 파운드짜린데."

"사랑스러운 WHO6."

"됐어……." 닉의 말에서 느껴지는 감상의 기미에 와니는 냉정해졌다.

레이디 우라디가 응접실 창문에서 내려다보는 모습이 닉의 시야에 들어왔다. 그녀는 망사 커튼을 옆으로 밀어 쥐고서 시들어가는 플라타너스 잎 사이로 광장으로 뻗은 길고 지루한 길을 바라보고 있었다. 닉이 손을 흔들었지만 그녀는 그들을 못 본 모양이었다. 아니면 아마 보고도 그냥 다른 곳, 그녀의 성격으로 미루어 과거나 미래의 상상 속 풍경을 응시하기로 한 것 같았다. 소박한 모직 드레스와 한줄짜리 진주목걸이가 눈에 띄었다. 닉에게 그녀는 실내의 존재, 그로서는 상상할 수 없는 추방된 아침과 한결같은 오후에 속한 존재였다. 흰 커튼을 젖혀 잡은 모습은 마치 그 밖을 넘겨다보거나 자신을 내보여서는 안되는 어떤 벽을 살짝 밀고 있는 것 같았다.

"돈은 있어?" 와니가 말했다.

"달링, 괜찮아." 닉은 일년 전과 같은 짓궂은 다정함으로 그를 돌아보며 미소를 지었다. "네 작은 창업 선물이 계속 불었잖아." 그는 허벅지에 놓인 와니의 손 위에 자신의 손을 조심스레 얹었다. 몇초 뒤 와니가 손을 빼고 손수건을 꺼냈다. 빠리에서 돌아온 뒤로 일주일 내내 공기 중에 질문이 떠돌고 있었는데, 그 질문을 막고 있는 것은 와니의 자존심뿐이었다. 그것은 말이 아니라 용감하고 다정한 몸짓을 통해 이루어져야 할 질문이었다. 하지만 그는 말했다.

"너 진짜 페든가에서 이사 나와야 돼잖아. 거처를 따로 구해."

"그러게." 닉이 대꾸했다. "좀 황당하긴 하지. 하지만 그런대로 어떻게 해내고 있어. 그 사람들이 나 없이 잘 지낼 수 있을지 잘 모르겠어서."

"모르는 일이지……." 와니가 말하고는 고개를 돌려 보도 쪽 네모난 정원에 놓인 흉한 콘크리트 화분들과 난간에 체인으로 묶인 자전거를 내다보았다. "내가 너에게 클러큰웰 빌딩을 물려줄 수 있지 않을까 생각했어."

"아……." 닉은 그를 흘깃 보고는 충격과 비난의 뜻으로 인상을 쓰다시피 하며 고개를 돌렸다.

"물론 네가 거기서 살아야 한다는 뜻은 아니야."

"글쎄, 아니, 그게 문제는 아니지."

"완공도 안된 걸 물려준다는 게 좀 이상할 수는 있겠지."

두어번 한숨을 내쉰 뒤 닉이 말했다. "네가 뭘 물려준다는 얘기는 하지 말자." 그러고는 극도로 섬세함을 발휘해서 말했다. "어쨌든 그때쯤엔 완성되어 있을 거야." 상황에 맞는 말을 찾을 수가 없었다. 와니는 일초 정도 그를 보고 차갑게 웃었다. 닉은 지금까지는 와니가 아프다고만 이야기해왔다. 그가 와니의 근황을 전했고 한두번은 "그가 죽어가는 것 같아"라든지 "거의 죽을 뻔했어" 같은 침통하고 가슴 떨리는 얘기를 전하기도 했다. 그것은 닉 자신의 드라마였다. 공포와 연민만큼이나 일종의 자존감이 강하게 느껴지는 그런 드라마. 이제 와니 곁에 앉아 빌딩을 물려주겠다는 제안을 받고 보니 닉은 스스로가 초라하게 느껴지면서 놀랄 만큼 화가 났다.

"글쎄, 두고 보자고." 와니가 말했다. "그러니까, 나는 네가 좋아할 거라고 생각했는데."

"그런 걸 생각하는 게 쉽지 않아." 닉이 말했다.

"난 이 문제들을 다 정리해야 해, 닉. 금요일에 변호사들을 만날 예정이야."

"클러큰웰 빌딩을 가지고 내가 뭘 하지?" 닉이 부루퉁하게 물었다.

"그걸 소유하는 거지." 와니가 말했다. "거기는 3만 평방피트의 사무공간이 있어. 관리할 사람을 구해서 평생 세만 받고 살면 되잖아."

관리할 사람을 어떻게 구할지 닉은 묻지 않았다. 아마도 쌤 저먼이 도와줄 수 있으리라. '평생'이라는 말, 와니에게는 상상해볼 수조차 없는 미래인 그 말이 무의미하게, 아무런 무게도 없이 느껴졌다. 그 빌딩이 스미스필드 마켓 근처 사무실 지구와 붙어 있다는 사실이 닉은 무척 이상했다. 또한 그가 그 빌딩의 디자인을 싫어한다는 사실도 와니는 알고 있었다. 그 선물에는 예리한 지적, 일종의 교훈 같은 면이 있었다. "마르띤은 어떻게 되는 거야?" 닉이 말했다.

"아, 그냥 똑같아. 적어도 결혼할 때까지는 계속 용돈을 받을 거야. 그런 뒤에는 뭉칫돈을 받게 되지."

"아." 닉은 그 이야기의 타당성에 막연히 고개를 끄덕였지만 한마디 덧붙이지 않을 수 없었다. "그녀에게 용돈을 주고 있는 줄은 몰랐네."

와니는 그를 향해, 전에는 음흉하고도 근사했지만 이제는 악의적으로까지 느껴지는 미소를 흘렸다. "글쎄, 내가 주는 건 아니고." 그가 말했다. "너도 짐작했으리라 생각했는데. 엄마가 늘 주었지. 아니면 그녀를 고용하고 있었다고 하는 것이 옳을지."

"그렇군……." 꼬마 와니가 레바논의 관습에 대해 설명해준 것을 떠올리며 닉은 잠시 사이를 두고 중얼거렸다. 벽난로 위의 기우뚱한 거울 속에서 벌어지는 조심스러운 거래를 지켜보는 기분이었다. 닉은 다시 집을 바라보았지만 와니의 어머니는 커튼을 내린 뒤였고 절대적인 신중함의 분위기가 그곳을 지배하고 있었다. 검은색 정문, 커튼이 쳐진 창문들, 벽에서 풍기는 달걀껍데기의 윤기 모두가.

"아들의 여자친구를 고용하다니, 정말 매력적인 방식이네."

"제발." 와니가 시선을 돌리며 말했다. "내 여자친구인 적이 없는 여자야."

"아니, 물론 알지." 닉은 얼굴을 붉히며 서둘러 자신의 어리석음을 감추었고 동시에 터무니없게도 안도를 느꼈다.

"물론 파파한테는 절대 말할 수 없어. 그게 그분의 마지막 환상이니까."

닉이 생각하기에 '평생' 베르트랑을 자주 볼 일은 없을 것 같았다. 이 작은 예술비평가는 이미 닫힌 검은 문이 자신에게 출입금지를 명한다고 느끼고 있었다. 그가 그쪽을 바라보는 순간 문이 열리더니 모니끄와 검은 옷을 입은 늙은 하녀가 준비를 마친 채, 하지만 밖으로 나오지는 않고 서 있는 모습이 보였다. "너를 기다리고 계시나본데." 닉이 조용히 말했다.

와니는 건너다보더니 짐짓 무시하듯 눈을 감았다. 평소 그의 버릇이 모두 담겨 있는 모습, 파닥이는 속눈썹에서 닉은 그의 이기심의 볕을 쬐며 즐겁게 지내던 지난날을 떠올렸다. 와니가 좌석 옆의 지팡이를 집으려 손을 뻗었다. "어떻게 돌아갈 거야?"

"그냥 걸어갈까 해." 무심히도 건강한 닉이 말했다. "운동을 좀 할 필요도 있으니까.

와니가 손잡이를 당겼고, 차갑고 우울한 오후를 향해 문이 조금 열렸다.

"내가 너를 무척 사랑한다는 것 알지?" 닉이 말했다. 직전까지만 해도 정말이지 그런 뜻은 아니었는데, 말을 뱉자 감정이 북받치면서 자신의 말이 여전히 진실일지도 모른다는 생각이 들었다. 그것이 와니의 유언에 대한 자신의 결례를 감추는 방법, 상황의 크기를 가늠하려 혼란스러워하고 있다는 사실을 보여주는 방법 같기도 했다. 와니는 코멘소리를 하고 길 건너 어머니 쪽을 바라보았지만 닉의 말을 따라하지는 않았다. 그는 한번도 닉에게 사랑한다고 말한 적이 없었다. 그러나 닉은 그가 말없이 그 뜻을 전하고 있는지 모른다는 생각이 들었다. 와니가 입을 열었다.

"그리고 너에게 알려줄 게 있어. 제럴드가 좀 곤란을 겪고 있는 것 같던데."

"아, 그래?"

"정확히 무슨 일인지는 모르겠지만 작년에 있었던 페드리 합병이랑 관련된 일이야. 창의적 회계의 오점이지."

"정말? 그렇다면 모리스 티퍼 일이라는 거야?"

"모리스는 뒷단속을 잘했을 거야. 그리고 제럴드도 아마 결국은 그럭저럭 넘어가겠지. 그렇지만 조금 소란은 있을 것 같아."

"맙소사." 닉은 무엇보다도 먼저 레이철을 떠올렸고 그런 뒤에는 캐서린 생각이 났다. 지난 몇주 동안 캐서린은 쉽게 흥분하는 상태였다. "이 소식을 어떻게 알았어?"

"조금 전에 쌤 저먼에게서 전화를 받았거든."

"그렇군." 닉은 약간 질투를 느꼈다. "나도 그에게 전화해봐야겠네."

그들은 차에서 내렸고, 닉은 와니와 보조를 맞추기가 쉽지 않음을 실감하며 걸음을 늦추어 길을 건넜다. 그는 모니끄에게 입맞춤을 한 뒤 와니가 점심을 토했다고 이야기해주었다. 그녀는 고개를 끄덕이고는 입술을 꽉 다물어 터무니없게도 덩달아 구역질을 할까 조심했다. 그녀는 품위 있고 감정을 드러내지 않았지만 아들의 위팔을 잡고 있는 동안 그 얼굴에는 오랫동안 잃었던 그를 보호할 힘을 되찾은 흡족함, 그렇게 절망적인 앞날에도 불구하고 그를 사랑하고 보호하는 일이 허락되었다는 사실에서 오는 동물적 안도감이 드러났다. 지난 두시간 동안 와니를 지탱해준 사교계에 대한 악감정이 집 문턱에서 그를 저버렸다. 그들은 예의를 차릴 수 없었고, 아무도 작별인사를 건네지 못하는 가운데 다시 문이 닫혔다.

# 16

닉은 나이츠브리지를 건너고 앨버트 게이트를 통과해 공원으로 들어갔다. 팔을 휘두르며 걸었고 종아리와 허벅지는 죄의식 가득한 활력으로 아팠다. 생각할 것이 너무나 많아 공원마저 명상에 잠겨 있는 듯 보였다. 밤나무는 제 몸에서 떨어진 낙엽의 웅덩이 속에, 느긋하게 모습을 바꾸는 커다란 플라타너스는 여전히 황갈색과 금색을 띤 채 우뚝 서 있었다. 어쨌든 닉은 그냥 걷고 싶을 뿐이었다. 말을 탄 젊은 여성 몇이 로튼 로를 따라 따가닥거리며 다가와 지나쳐간 뒤 그는 눅눅하고 단단한 모래밭을 가로질렀다. 북동쪽에서 불어오는 바람에도 아랑곳하지 않았다. 뜻밖의 암시와 기억들, 묘한 재생의 느낌으로 대기가 충만한 계절이었다. 그는 늘 이른 저녁 일을 마친 리오와 만나곤 했던 일을, 차가운 공기에서 느껴지던 그 만남의 약속을 기억했다. 오지 무늬의 구리 지붕 건너편 야외음악당에서도 한두번 만난 적이 있었다. 그들의 만남 중에 이루어진 재빠른 키스, 재빠른 애무, 낯설고 불안한 회피 너머 가느다란 기둥들 위에 바로 그 오지 장식이 떠 있었다고 생각하니 기분이 이상했다. 육체의 힘에 대한, 혹은 그것에 바치는 기념물, 즉 발견의 흥분 속에서 켄징턴 팰리스를 응시하며 고삐를 당기는 거대한 넓적다리를 가진 기수의 상을 지나 긴 대각선을 그리며 걸었다. 비평가로서의 관심과 런던 시민으로서의 무심함을 담아 닉은 기념상을 향해 자족적인 시선을 던졌다.

그는 클러큰웰 빌딩에 대해서 생각해보았다. 와니가 산 것은 길모퉁이를 이루는 세채의 좁은 빅토리아풍 건물로, 한 건물이 다른 두 건물 뒤에 자리 잡고서 철과 유리로 된 높은 지붕이 씌워진 작업장 쪽으로 뻗어나가는 구조였다. 작업장은 검게 변한 벽돌로 견고하게 지어져 있었다. 나중에 철거할 때 보니 원래는 자주색 벽돌이었다. 사양 직종의 가게들, 유리 깎는 기술자나 '처치와 리걸' 인쇄소의 초인종이 달려 있었다. 판자로 막은 창문들과 산업용 배선, 오래 써서 망가진 건물의 상태. 와니가 닉을 그곳으로 데려갔을 때 그는 보자마자 완전히 뜯어고쳐서 거기서 살면 좋겠다고 생각했다. 지하실과 다락으로 들어가서 들창문을 들어보고, 삭도기 위로 올라가 가파른 유리 천장을 통해 와니가 아름다운 양복을 입은 모습으로 손에서 차 열쇠를 돌리고 있는 작업장을 내려다보았다. 친구들이 그 방에 와서 파티를 하고 춤을 추는 모습이 저절로 떠올랐다. 하지만 와니의 성급하고 맹목적인 태도가 그런 일은 절대 있을 수 없음을 알려주었다. 닉은 필사적으로 애원하더라도 결코 부모를 설득할 가망이 없는 멋진 계획을 품은 어린아이가 된 기분이었다. 물론 그 건물들은 철거되어서 이전 한세기 동안 밖으로 드러난 적이 없던 다른 빌딩의 뒷부분에 한두달 동안 해를 들였다가, 곧 와니가 시를 짓듯 작명한 발베크 하우스가 올라가기 시작했다. 닉은 두루 둘러보았지만 발베크 하우스만큼 천박하게 디자인된 빌딩은 정말이지 본 적이 없었다. 와니는 다른 종류의 성공에 대한 전망을 고수하며 반항하듯 더 값싼 다른 조언을 따르고는 딱하다는 듯 킬킬 웃어넘김으로써 닉의 견해를 간단히 무시했다. 그리고 이제 이 괴물 같은 건물, 거울로 된 창문과 밤색 대리석 외장재로 이루어진 레고 하우스는 평생 닉의 소유가 될 것이었다.

닉은 켄징턴파크 가든스로 들어가다가 와니가 제럴드에 대해 했던 얘기를 떠올리고는, 점점 가속도가 붙는 골치 아픈 문제에 저항이라도 하듯 천천히 걷기 시작했다. 제럴드를 만날 생각을 하니 마음이 편치 않았다. 제럴드는 자신이 틀렸을 때는 공격적으로, 지원이 필요할 때는 비꼬며 응대할 것이다. 레인지로버가 집 밖에 주차되어 있는 걸 보니 그가 의사당에서 귀가한 모양이었다. 그것조차 의미심장하게 여겨졌다. 아주 자주 그렇듯 닉은 자신이 알 필요가 있는 것이 무엇인지 알 수 없었다─아니면 사실 자신이 무엇을 알고 있는지조차 모르거나. 창의적 회계란 그에게 단순히 익살스러운 용어일 뿐이었다. 레인지로버 뒤편에서는 붉은 기 도는 가죽점퍼를 입은 사내가 주차된 차 지붕에 기대고 운전석에 앉은 다른 사내와 이야기를 나누고 있었다. 그는 닉이 다가오는 것을 보고 고개를 들었다가 다시 대화를 이어갔는데, 그 짧은 사이 그의 눈은 닉을 발견하고, 포착하고, 탐색하고, 놔주는 일을 모두 매끄럽게 해낸 것 같았다. 닉은 48번지 앞에 멈춰선 뒤 열쇠를 찾으며 뒤를 돌아보았다. 사내는 닉을 노려보며 곧 소리라도 지를 듯 턱을 들어올렸지만 아무 말도 하지 않았다. 보는 사람을 불안하게 하는 미소가 그의 얼굴에 나타났다. 차 안에 있던 그의 친구가 창을 통해 카메라를 건네자 그는 그것을 눈앞에 대더니 이초 동안 사진 세장을 찍었다. 닉은 그 찰칵하는 소리에서 느껴지는 느긋한 정확성에 사로잡혔고 너무나 놀란 나머지 어떤 느낌인지도 알 수가 없었다. 그들이 자신을 모르는 것이 분명했기 때문에, 자신이 피해자이면서 아첨의 대상이 된 듯, 상당히 중요하면서 전적으로 사소한 사람인 것처럼 느껴졌다. 그는 무슨 질문이 나오더라도 대답하지 않겠다고 의연하게 결심했는데, 그들이 아무 질문도 하지 않자 오히려 혼란스러웠다. 푸른색 문이 열리기까지 시간이 무척이나 오래 걸렸다.

복도는 조용했다. 부엌에 있던 엘레나에게 인사를 건넨 닉은 그녀가 어떤 암시라도 줄까 하고 기다렸다. 그녀는 '한끼 반' 식사를 준비하고 있었다. 어린아이나 환자에게 주듯이 따로 준비하는 끼니로, 보통 제럴드가 의사당에서 늦게까지 있을 때 내가곤 했다. "바깥에 무슨 일이 있는지 보셨어요?" 닉이 물었다. 엘레나는 솜씨 좋게 빵을 담으며 대답했다.

"모르겠는데요."

"제럴드는 집에 있나요?"

"일하러 가셨죠."

"아, 다행이네요……."

"페든 부인은 오라버님과 위층에 계시고요." 엘레나는 유감스러운 투로 덧붙였는데, 유감스러운 이유가 제럴드 때문인지 아니면 제럴드에게 일어난 일 때문인지 닉은 굳이 묻지 않았다. 어쨌든 모두에게 영향을 미칠 만큼 큰일인 듯했다. "쟁반을 가져다줄래요?" 그녀가 물었다.

주전자가 끓기 시작했고 쟁반에는 찻잔 두개와 레이철이 좋아하는 작고 달콤한 레프쿠헨이 준비되어 있었다. 닉은 찻주전자를 데우고 달콤한 향이 풍기는 고급 홍차 두스푼을 넣었다. 컵과 받침에는 각각 화환을 두른 핑크빛 쁘띠 트리아농 성이 그려져 있었는데, 그동안 식기세척기에서 거칠게 다뤄진 터라 이젠 무디고 흐려진 모습이었다. 그는 물을 붓고 잘 흔든 다음 뚜껑을 덮고 쟁반을 들었다. 엘레나는 약간 누그러진 태도로 그를 바라보며 고개를 저었다. "치욕의 길이에요." 그녀가 말했다. "치욕의 길 말이에요, 닉." 그것은 언젠가 제럴드가 토비를 약올리느라 썼던 용어, 『프라이빗 아이』지에서 플리트 스트리트를 가리키던 이름이지만,[7] 그녀가 이 말을 그런 의미로 쓴 것인지 아니면 켄징턴파크 가든스 자체가 망했다는 뜻으로 쓴 것인지 닉으로선 알 수가 없었다.

응접실은 열려 있었고, 닉은 들어가기 전에 다시 발걸음을 늦추었다. 라이어널의 목소리가 들려왔다. "제럴드가 정말 그 망할 놈의 바보짓을 한 거라면 당해도 싸지. 만일 그러지 않았다면 우리에겐 그 사실을 증명할 무한한 자원이 있고." 그는 평소처럼 침착했지만 평소 같은 다정함은 느껴지지 않았다. 전자의 경우라고 믿고 그것이 집안에 가져올 오명을 염려하는 말투였다. 닉은 쟁반을 움직여 달그락 소리를 내며 방으로 들어갔다. 레이철은 벽난로 옆에 서 있고 라이어널은 안락의자에 앉아 있었는데, 잠시 닉은 『한 여인의 초상』의 한 장면, 멀 부인은 서 있고 자신의 남편은 앉아 있는 모습을 본 이저벨이 즉시 생각했던 것보다 그들이 훨씬 더 가까운 사이임을 알아차리는 장면을 떠올렸다. "아, 닉……." 살짝 하인 시늉을 하며 들어서는 닉을 보고도 그 행동이 장난이라는 것도 알아차리지 못한 채 레이철이 말했다. 라이어널은 눈으로만 인사를 건넨

---

**7** 과거 언론사가 모여 있던 런던의 플리트 스트리트를 비꼬는 이름이었던 듯하다.

뒤 하던 말을 이었다. "언제 오지?" "늦게 표결이 있어요." 레이철이 낮은 목소리로 대답했다. 닉은 쟁반을 내려놓으며 자신이 딱히 비밀이랄 것은 없지만 그동안 짐작해온 것보다 더 오래고 격의 없는 우정, 남매끼리 공유하는 어떤 비밀을 파악했음을 알아차렸다.

"정말 고마워." 레이철이 말했다.

"사진을 찍혔나?" 라이어널이 물었다.

"예." 닉은 대답하고 자신도 모르게 말을 이었다. "사진을 잘 받는 방향에서 찍히지는 못했어요."

"그게 그치들 특기지." 라이어널은 농담을 통해, 그리고 당당하고 편안한 동작으로 걱정할 일이 전혀 없다는 점을 보여주려고 결심한 것이 틀림없었다. "나는 미리 귀뜸을 받았기 때문에 정원 쪽으로 왔다고."

"정원이 있어서 천만다행이에요." 레이철이 말했다. "넷이나 되는 출구를 전부 지키고 있을 수는 없겠지요."

닉은 미소를 지은 채 망설였다. 자신을 위한 찻잔은 준비되어 있지 않았지만 대화에 끼고 싶었다. 그는 요령껏 끼어들었다. "제가할 수 있는 일이 있을지요?"

"아……." 라이어널과 레이철은 서로를 바라보며 자신들이 가진 예의의 기준과 불확실성 사이에서 적당한 대답을 찾고 있었다. 바깥에 기자들이 있기는 해도 레이철로서는 화제로 삼기에 너무 수치스러운 일인 듯했다. "제럴드에 대해서 꽤 끔찍한 내용들이 이야기되고 있어서." 그녀는 의미가 뻔한 수동태로 얼버무렸다.

닉이 볼을 불룩하게 하고 말했다. "와니…… 우라디가 그 일에 대해서 얘기를 좀 해줬어요."

"아, 그럼 다들 아는군." 레이철이 중얼거렸다.

"다 알게 되어 있지, 달링." 라이어널이 대꾸했다.

레이철은 차를 따른 뒤 라이어널에게 찻잔과 레프쿠헨 접시를 건넸는데 표정으로 보아 우울한 생각을 하는 모양이었다. "그러면, 모리스 티퍼는요?" 그녀가 물었다.

라이어널은 자리에 앉아 부지런한 다람쥐처럼 사각사각 비스킷을 먹다가 입술의 설탕을 혀끝으로 핥고는 대답했다. "모리스 티퍼는 냉혈한 깡패지."

"사실 그렇긴 하죠." 레이철이 말했다.

"내가 짐작하기로는 자신에게 도움이 되는 한에서만 제럴드를 도울걸."

"음, 점심때 쏘피를 만났는데요," 닉이 끼어들었다. "좀 피하는 눈치더라고요."

"토바이어스가 그 겉만 번드르르한 여자와 결혼 안 한 게 얼마나 다행인지!" 레이철은 그 뒤늦은 위안을 움켜쥐며 안도감과 새로운 쓰라림 속에서 미소를 지었다.

"그러니까요!" 닉도 맞장구를 쳤다.

"자네가 할 수 있는 일이 두가지 있네." 라이어널이 말했다. "말할 필요도 없는 일이지만 아무에게도 이야기하지 말 것. 그리고 얼른 나가서 『스탠더드』지를 좀 사다줄 수 있을까?"

"그럼요." 닉은 대답했지만 갑자기 사진기자들 때문에 더 불안해졌다.

"그리고 또 하나," 레이철이 말했다. "내 딸 좀 찾아봐줄 수 있겠어?"

"아, 그렇지……." 라이어널이 중얼거렸다.

"요새 무서울 정도로 조증 상태라서요." 레이철이 말했다. "무슨 일을 저지를지 몰라요."

"예, 찾아볼게요." 닉이 말했다.

"약을 안 먹고 있나?" 라이어널이 엄격하면서도 모호한 어조로 물었다.

"양을 제대로 조절하기가 힘든가봐요." 레이철이 대답했다. "두 달 전에는 거의 말도 안했는데 지금은 말을 잠시도 안 쉬어요. 정말 힘들어요."

그들은 동시에 닉을 보았다. 닉이 말했다. "최선을 다해볼게요." 어떤 난해한 임무가 주어진 기분이었다. 자신이 이 가족에 쓸모가 있음을 증명해야 한다는 임무. 이어서 그는 그들의 무뚝뚝한 태도가 자신에 대한 신뢰의 표시일지도 모른다고 생각했다. 벨벳에 감싸인 채 오랫동안 보류되어온 명령의 구조가 재빨리 재조립되고 있었다.

캐서린은 6시에 귀가했다. 바베이도스에 집을 살까 싶어 브렌트퍼드와 긴 논의를 하고 오는 길이라고 했다. 캐서린의 입맞춤을 받던 닉은 머리칼 냄새를 맡고 그녀가 마리화나를 했다는 걸 알아차렸다. 그녀는 들뜬 것 같기도, 좀 정신이 나간 듯 보이기도 했다. 정문을 열 때 플래시가 터지는데도 그게 자연스러운 현상인 것처럼, 마치 자신만의 대기 중에 나타난 유성이라도 되는 양 취급했다. "저게 다 뭐지?" 그러고는 대답을 기다리지도 않고 말했다. "수상님께서 또 오시나?"

"그건 아니고." 닉은 그녀를 따라 위층으로 올라가면서, 지금 일어나고 있는 일이 무엇이든 그것 때문에 수상의 재방문은 가능할 것 같지 않다고 생각하며 말을 이었다. "네가 어디 있는지 다들 궁금해했어." 레이철은 응접실에서 웨스트민스터에 있는 제럴드와 통화 중이었는데, 그로써 필요로 했던 안도를 얻는 것 같았다. 신기하게도 그녀는 너그러웠다. 레이철은 토비의 초상화를 향해 온화한 미소를 지어 보이며 말했다. "물론, 달링, 그냥 평소처럼 해요. 노력하자고요! 나중에 봐요. 그래요, 그래." 닉은 앞쪽 창문으로 다가갔다. 초저녁의 빛 속에서 창문은 무척이나 커 보였고 밝게 빛나고 있었다. 바깥에서 사람들이 진을 치고 기다리고 있다는 사실을 의식하자 기분이 언짢았다. 그동안 커튼은 한번도 닫힌 적이 없어서 그것을 묶었던 양단 장식끈을 풀어도 뻣뻣하게 곡선을 유지한 채 벌어져 있었다. 닉은 몸을 수그려 평소에 거의 사용하는 일이 없는 셔터를 내려 창을 가렸다. 셔터는 놀랄 정도로 크게 타다닥 소리를 내며 내려왔다.

레이철로부터 사태에 대한 설명을 듣는 캐서린의 얼굴에는 어렴풋한 열광이 나타났다. "대단하네……." 그녀가 말했다.

"사실 꽤 심각할 수도 있어." 닉이 말했다.

"감옥은 아니겠지?" 그녀가 이렇게 유순하게 추측을 하며 웃는 것은 아마도 마리화나 때문이리라.

"아니." 레이철이 화난 목소리로 대꾸했다. "더욱이 네 아빠는 잘못한 게 전혀 없어. 분명히 그 가증스러운 티퍼가 문제지."

"그럼 티퍼가 감옥에 갈 수도 있겠네." 캐서린이 말했다. "아니면 티퍼 부부 둘 다. 그게 더 낫겠네."

레이철은 살짝 미소를 보임으로써 자신도 실은 이 농담의 대상을 그다지 좋아하지 않는다는 사실을 드러냈다. "그냥 조사 중이야. 아무도 체포되지 않았고 기소는 더더욱 아니지."

"그렇군요."

"라이어널 삼촌이 함께 있어주셔서 무척 위안이 되었어."

닉은 동의한다는 뜻으로 웅얼거리고는 물었다. "뭐 마실 분 계세요?"

"어쨌든 달링, 네 아버지가 결코 그런 짓을 하지 않을 사람이라는 건 너도 알잖니. 워낙 경험이 많잖아. 지극히 정직한 것은 물론이고!" 레이철은 이 마지막 단언에 스스로 약간 얼굴을 붉혔다.

"그래, 신문에 난 거예요?"

"오늘자 『스탠더드』 석간에는 안 났어. 그리고 토비의 말에 따르면 『텔레그래프』는 안 다룰 거랬고, 고든하고 이야기를 했대. 아빠가 그러시는데 그건 그냥 『가디언』 같은 데서 과장하기 좋아하는 그런 소재일 뿐이라더구나."

"뭘 마실까, 음……." 캐서린이 홀린 듯 웃으며 접대용 술 탁자로 다가가더니 결국 진토닉으로 낙착을 보았다. 닉은 키니네가 섞인 토닉을 많이 넣고 향나무향이 나는 진은 조금 섞어 진토닉을 만들어서 그녀에게 건넸다. 그녀가 조증 상태일 때는 술과 짜증과 웃음, 흥분시킬 만한 어떤 것도 조심하는 것이 최선이었다. 그들은 잔을 턱까지 치켜든 채 서서 '건배!'의 의미로 의미심장하게 고갯짓을 했다.

"사실 달링," 레이철이 말을 이었다. "지금으로서는 절대 아무에게도 말해선 안돼. 침묵의 맹세가 필요하다고 아빠가 그러시더라."

"저는 주식과 지분에 대해서는 아무것도 모르니까 걱정 안하셔도 돼요."

"그렇지만 저 사람들이 유도신문을 하는 게 문제지, 달링, 아니면 너의 말을 왜곡하거나 말이야. 원칙이라곤 없는 사람들이잖니."

"그들은 친구가 아니야." 닉이 말했다. 라이어널이 쓸 법한 건조한 말투였다.

"방울뱀의 도덕성을 지닌 사람들이지." 레이철이 덧붙였다.

캐서린은 소파에 앉아 잔 위로 머리를 가로저으며 두 사람을 차례차례 바라보았다. 그녀가 미소를 짓기 시작하자 그들은 조롱당하는 기분으로 움찔했다. 그러나 점점 번져가는 미소를 보며 곧 두 사람은 깨달았다. 그녀의 웃음은 다른 것, 그들이 자신의 행복을 공유하리라는 굳은 믿음, 다소 장난스러운 계산이 섞인 믿음에서 나온 것이었다. "오늘 참 스릴 넘치는 날이네요." 그녀가 말했다.

그들은 식사를 하기 위해서 부엌에 앉았다. 보통 제럴드가 웨스트민스터에서 늦게 돌아오는 날은 닉에게 즐거운 밤이었다. 소수만 남아 막연히 외부의 위기를 의식하며 아늑한 느낌을 즐기곤 했으니까. 만일 손님이 있거나 제럴드와 레이철이 외출을 앞둔 날이라면 흥분마저 일 정도였는데, 그것이 권력의 날갯짓, 저녁식사보다 더 큰 요구와 결정을 의미했기 때문이다. 오늘밤 그의 부재는 더욱 결정적이었다. 그가 귀가하지 않는 것이 이상했다. 제럴드로서는 모두들 아무 일도 없는 것처럼 지내는 것이 크게 중요하다고 생각하는 게 틀림없었으니 말이다.

캐서린이 말했다. "제럴드가 어떤 안건에 투표를 하는데요?"

"아, 달링, 글쎄다……. 분명 아주 중요한 안건이겠지."

"전화하면 안돼요?"

"사무실의 전화는 안 받고 있어. 그리고 의회에 있거나 궁의 다른 곳에 있다면," 레이철이 강조하듯 말을 이었다. "어차피 그와 통화할 수가 없으니까."

"투표만 마치면 바로 돌아오실 거야." 닉이 말했다. 그는 제럴드가 페니의 새 휴대전화를 가지고 다닌다는 사실을 알고 있었다. 레이철은 딸이 늘어놓을 터무니없고 무의미한 위로의 말로부터 제럴드를 구하기 위해 짐짓 모른 체하는 것이 틀림없었다.

"합병이 뭐예요?" 캐서린이 물었다.

"글쎄, 한 회사가 다른 회사를 사는 경우를 말하지."

"주식의 다수를 소유해서," 닉이 말했다. "회사를 장악하는 거야."

"그럼 사람들은 제럴드에게 그런 지분이 없다고 주장하는 거예요?"

레이철이 자식에게 신중하게 간추린 지식을 전수하듯 대답했다. "가끔씩 주식 가격을 가지고 장난을 치는 사람들이 있는 모양이야."

"가격을 올린다는 건가요?"

"그렇지."

"혹은 내릴 수도 있는 거고, 물론." 닉이 덧붙였다.

"으음……." 레이철은 잠시 생각에 잠겼다.

"그러면 어떻게 그렇게 하는데요?"

"글쎄, 짐작하기에는…… 음……."

"으음……." 닉도 잠시 뒤 웅얼댔다.

그들은 자신들의 비세속적인 면에 겸연쩍게 웃었다.

"회사 자산수탈과는 다른 거네, 어쨌든." 캐서린이 말했다.

"다르지……." 레이철이 망설이면서도 확고한 태도로 말했다.

"왜냐하면 그게 모리스 티퍼 경이 하는 짓이거든요. 토비가 말해줬어요, 모리스 티퍼가 자산수탈자라고. 회사를 합병할 때, 낡은 집이라 치면 부수기 전에 대리석 벽난로를 모두 뜯어내는 거죠."

"그리고 모든 사람을 거리로 나앉게 하고." 닉이 말했다.

"바로 그거지!" 캐서린이 말했다.

"물론, 배저가 아프리카의 온갖 곳을 다니며 그런 일을 했다는 얘기가 있긴 하지." 레이철이 죄의식을 드러내듯 얼굴을 찡그리며 말했다. "그게 사실인지는 모르지만."

"아, 배저……." 캐서린이 너그럽고도 경멸적인 어조로 말했다. "불쌍한 배저는 요새 어떻게 지내는지 궁금하네요."

"어디 가고 없는 경우가 많아." 레이철은 그의 근황을 잘 모른다는 사실에 대해 변명이라도 하듯 대답했다.

"연락 한번 해봐야겠어요."

"글쎄, 그래볼 수도 있겠지."

"소식이 끊긴 여러 사람들을 찾아서 연락을 해보려고요. 연락을 못하고 지내다니 참 딱한 일이잖아요." 캐서린은 자기 자신에 관한 모든 것이 딱했던 지난여름을 적극적으로, 혐오스럽게 되돌아보는 모양이었다.

"배저가 연락을 기다리지는 않을 거야, 분명." 레이철이 말했다.

"예를 들면, 오늘 러셀을 만났어요."

"아, 그랬니?" 레이철이 애매하게 말했다.

"기억하세요?"

"아, 그럼."

"나도 기억해." 닉이 말했다.

"모두들 어떻게 지내느냐고 안부를 묻던데요."

"러셀과 얘기할 땐 좀 조심해야 할 것 같은데." 닉이 레이철에게 동조의 눈길을 보내며 말했다.

"하지만 이런 일이 있기 전에 만났잖아요!" 캐서린은 행복한 짜증을 터뜨렸다.

곧 그녀가 말을 이었다. "만일 제럴드가 사임한다면 나랑 바베이도스에 가요. 그럼 완벽하잖아요? 조용해질 때까지 말이에요."

"무척 고마운 생각이구나." 레이철이 말했다. "하지만 그 문장엔 '만일'이라는 가정이 하나 이상 들어가 있다고 생각지 않을 수 없네."

"아, 엄마, 그 집에는 엄청나게 큰 수영장이 있어요. 게다가 해변에 바로 붙어 있는 집이고요. 그냥 결정만 하면 돼요!"

"그래, 물론 아주 좋은 집일 거라고 믿어."

"그곳이야말로 제럴드에게 꼭 필요할 수도 있어요. 완전한 방향 전환이잖아요."

"사람들에게 뭐가 꼭 필요한지에 대해 넌 참 특이한 의견을 가지고 있더라." 레이철이 말했다. "전에도 그런 점이 좀 눈에 띄긴 했지."

"글쎄요, 솔직히 아빠한테 필요한 게 그 쥐꼬리만 한 하원의원 월급은 아니잖아요."

"아마 잊고 있는 것 같은데, 네 아버지는 나라를 위해서 봉사하고 싶어서."

"좋아요, 그렇담 돌아온 뒤에 자선사업에 뛰어들면 돼요! 사회복지 분야에서 괴물 노릇을 하고 모든 사람이 받는 보조금을 끊는 것보다 훨씬 더 유익할걸요. 아니면 뭔가 설립할 수도 있고요. 제럴드 페든 수탁 자선단체. 사람들은 이런 일이 생기면 종종 완전히 딴사람이 된다던데. 그러니까, 이스트엔드로 간다거나."

"글쎄, 좀 두고 보자." 레이철이 냅킨을 접고 의자를 뒤로 밀었다.

닉과 캐서린은 응접실로 올라갔다. "음악 좀 틀어줘, 달링." 캐서린이 말했다.

"저, 네 어머니는 분명……."

"아, 그냥 좋은 음악 아무거나. 망할 놈의 음악은 말고. 좋아, 내가 고르지." 그녀는 레코드장으로 다가가 음반을 하나 고르더니 놀리듯 콧노래를 흥얼대며 고개를 숙인 채 무릎을 꿇고 앉아 턴테이블을 준비했다. 바늘이 떨어지는 소리와 음악이 시작되는 치직 소리가 들려왔다.

"조금 소리를 낮출까, 달링?"

그녀는 소리를 낮추고 쯧쯧대며 "닉 아저씨!"라고 말했다. 스피커에서는 라흐마니노프의 「교향적 무곡」의 불길한 서두가 작게 흘러나왔다. "자, 이 곡 좋아하지." 그녀가 말했다.

"어느정도는." 닉은 정말이지 그 곡을 듣고 싶지 않았지만 그렇게 대답했다.

"아, 아주 좋아." 그녀가 보이지 않는 특별석에 앉아 멍하니 먼 데를 보며 팔을 들었다. 그것은 그가 사춘기 때 사랑하던 곡이었고, 이제는 숨쉬는 공기처럼 되어버린 회한 어린 갈망을 확인하고 심화하기 위해 옥스퍼드 일학년 시절에 되풀이해서 듣던 곡이었다. 그 갈망은 색소폰의 알또 곡조가 끝없이 펼쳐지듯 그의 앞에 펼쳐졌었다. 이제는 이 곡의 멜랑꼴리가 고통스럽고 심지어는 악의적으로까지 느껴졌다. 그는 캐서린이 놀라울 정도로 무아지경에 빠져 방을 누비며 춤추는 모습을 건성으로 바라보았다. 자신 역시 토비와 마주쳤는지 마주치지 못했는지에 따라 밝아지고 어두워지던 날들의 저녁 무렵에 방에서 혼자 술에 취해 그 곡에 맞춰 춤을 추곤 했었다.

"좀 망할 놈의 음악이다." 러시아정교회의 성가가 들릴 때 그가 말했다. 캐서린은 정신없이 팔을 흔들었다. "이거 약간 성 바실리우스 성당에서 비밥을 추는 기분이네." 닉은 이런 재미없는 사소한 농담으로 난처함을 감추고 싶었다. 그녀는 미소를 짓더니 손 하나를 내밀며 자기와 함께 춤을 추지 않는다고 잠시 인상을 썼다. 그는 넉달 전의 그녀를 생각했다. 항상 좋아하는 누더기를 끼고 다니는 슬픈 아이처럼 방에서 방으로 절망을 끌고 다니던 모습을. 그리고 이제, 약의 단순한 화학작용을 통해 그녀는 마까로바[8]가 되었다. 그녀는 멜랑꼴리를, 저 음흉하고 변화무쌍한 화음을 알아듣지 못했다. 그것은 움직임이었으며, 따라서 삶이었다. 그가 말했다. "그러니까 달링, 지금 일종의 위기를 맞고 있거든. 알잖아, 어머니가 저렇게 걱정하고 계시는데 — 글쎄, 실은 우리 모두가 걱정하고 있지만 — 이렇게 껑충껑충 뛰는 건 좀 이상해 보여." 그는 위기의 조건에 따라 자신이 필요한 존재가 되기도 때로는 배제되기도 한다는 사실에 대한 개인적인 불안을 감추면서 의식적으로 자신이 가족의 일원인 것처럼 말했다. 캐서린은 개의치 않고 태평하고 고집스럽게 콧노래를 불렀고, 잠시 뒤 독자적인 결정에 따른 행동이라는 듯 춤을 멈췄다. 그러고는 뒤쪽의 커다란 창으로 어슬렁거리며 다가가 유리창에 반사된 자신의 모습을 통해 나무 너머 불빛을 바라보며 서 있었다. 그것은 어쩌면 불빛이 아니라 어떤 패턴의 일부로 보이기도 했는데, 올바른 직관으로 그 형태와 의미를 파악하면 어떤 메시지가 나타날 것만 같았다. 그녀는 돌아서며 닉에게 미소를 지어 보였다. 다양한 속임수의 감언이설 앞에 떠 있는 듯한 미소였다. 그녀는 그가 앉은 의자의 넓은 팔걸이에 걸터앉아 그에게 기대며 자리로 미끄러져 들어왔다.

"좋아." 그녀가 말했다. "잠깐 나가자. 차 있어?"

---

**8** Natalia Makarova(1940~ ). 소련 출신으로 영국으로 망명한 발레리나.

"음, 있지." 닉이 대답했다. "모퉁이를 돌아가면. 하지만…… 글 쎄, 제럴드가 곧 돌아올 텐데."

"제럴드가 돌아오려면 아주 오래 걸릴 수도 있어. 필리맨더링이 시작되면 자정까지도 투표를 안할 수도 있잖아."

"혹은 게리버스터링을 한다면."[9]

"내 말이 그 말이라고! 오래 걸리지 않아. 그냥 좋은 생각이 하나 있어."

제럴드가 돌아왔을 때 자신이 집에 없다니, 물론 무척 마음이 동 하는 생각이었다. 그때 레이철이 들어와서 닉은 희희낙락하는 모 습을 들킨 기분이었다. 캐서린이 좌파 사춘기 소녀처럼 자신을 유 혹해 덮치기라도 한 것 같았다. "방금 제럴드한테서 전화가 왔어." 레이철이 말했다. "진짜로 무척 늦을 것 같은가봐. 반드시, 그러니 까 꼭 지켜봐야 하는 법안이라는구나."

"기분은 어떻대요?" 캐서린이 다정하게 물었다.

"괜찮은 것 같아. 정말로 걱정하지 말라고 하시더구나." 그녀에 게서는 새로운 자신감, 거의 유쾌하다고 할 만큼 밝은 기분이 엿보 였다. 제럴드가 방금 그녀에게 진심으로 사랑한다고 말한 것이 틀 림없다고 닉은 생각했다. 그녀는 방을 돌아보며 자신이 할 작은 일 을 찾다가 탁자 위에 떨어진 국화 꽃잎을 발견하고는 그것을 손아 귀에 쓸어모아 휴지통에 넣었다. "아, 내가 좋아하는 곡이네." 그녀 가 말했다. "라흐마니노프 곡이지?" 2악장의 슬픈 왈츠가 막 불붙 는 참이었다. 그녀는 가만히 서서 그들의 머리 너머 과르디의 공상 적인 작품을 응시했다. 아마도 어떤 기억을 떠올리고 있으리라. 닉

---

**9** 합법적 의사진행 방해를 뜻하는 '필리버스터링'과 왜곡된 선거구 획정을 뜻하는 '게리맨더링'을 가지고 두 사람이 말장난을 하고 있다.

은 잠시 그녀도 춤을 추기 시작하지 않을까 생각했다 — 갑자기 그녀의 딸과 무척 비슷해 보였으니까. 그러나 사실 그녀가 철없고 우스꽝스럽게 행동하는 경우는 제스처 게임이나 의태어 놀이를 할 때뿐이었다.

캐서린이 말했다. "엄마, 닉하고 삼십분만 나갔다 올게요."

"아, 달링, 그러니?"

"우리가 꼭 해야 할 일이 있거든요. 무슨 일인지는 말씀 안 드리겠지만…… 금방 돌아올게요!"

"꼭 지금 해야 할까……?"

"글쎄, 꼭 해야 할 일이야?" 닉이 물었다.

"누구한테도 아무 말 안할 거니까 걱정하지 마세요!"

레이철이 생각해보더니 대답했다. "글쎄, 나간다면 닉도 꼭 함께 가야 해."

"우리는 차로 갈 거예요." 캐서린이 말했다. "닉은 내 곁에 꼭 붙어 있을 거고요." 그러고서 그녀는 신이 나서 웃으며 의자에서 닉을 당겨 안았다.

레이철은 눈을 가늘게 뜬 채 이 외출의 보증인인 닉을 바라보았다. 그는 방금보다 더 강하게 저항해야 하지 않을까 생각했다. 하지만 반쯤 미소를 띤 채 천천히 고개를 끄덕이고는 지친 듯 아량 있게 눈을 감았다. 그녀가 말했다. "제발 너무 늦지 말고. 그리고 뒷문으로 드나들고. 손전등도 들고 가도록 해."

그들은 방을 나섰다. 아래층으로 내려가는 동안 왈츠를 방해하는 위협적인 작은 팡파르가 울렸다. 그들이 나간 뒤에도 레이철은 계속 그 음악을 들을까? 복도에서도 음악은 여전히 큰 소리로 울리고 있었다. 얄궂게도 집 전체가 로맨스 분위기에 젖어 있는 것만 같았다.

캐서린은 닉에게 목적지를 알려주지 않은 채 그냥 어디서 차를 돌려야 하는지만 가르쳐주었다. 닉은 마음씨 좋게 한숨을 쉬며, 레이철만 혼자 두고 나와 집을 점점 뒤로하는 동안 느끼던 긴장감을 캐서린이 알아차리지 못하는 것이 어느정도는 다행이라고 생각했다. 마블 아치를 돌아 파크 레인으로 내려갈 때 닉이 말했다. "웨스트민스터 쪽으로 가는 게 아닌가 싶은데."

"어떤 의미에서는." 캐서린이 말했다. "곧 알게 될 거야." 그녀의 유혹적인 태도는 어느새 쾌활함으로 굳어져 있었다.

"의사당으로 가는 건 전혀 무의미한 일이야."

"아니, 아니라니까." 그녀가 말했다.

그들은 그로브너 플레이스를 내려가 빅토리아를 돌고, 그런 뒤 곧장 웨스트민스터 쪽으로 향했다. 투광조명등이 비치는 사원 전면이 나타났고 이어서 의사당 광장 쪽으로 빠르게 나아갔다. 닉에게는 동화책 속 최고의 그림처럼 항상 감동적으로 다가오는 빅벤의 밝은 얼굴이 9시 30분을 가리키고 있었는데, 시간을 알리는 금속성 소리는 부르릉대는 버스 소리에 삼켜져 들리지 않았다. 그는 의사당으로 가지 않는 것에 안도하며 말했다. "나는 그 안에 들어갈 수 없어, 알겠지만." 그러나 그녀는 대신 왼쪽, 화이트홀 쪽으로 돌아서 다우닝가와 뱅퀴팅 하우스를 지나도록 했고, 그런 뒤에는 갑자기 강 쪽을 향했다가 커다란 빅토리아식 건물 벽이 하늘까지 치솟은 옆길로 들어가라고 했다. 닉이 무의식적으로 인지하고 있던 런던 강변의 정경 중 하나였지만 그게 어디인지 짐작하거나 누가 알려준 적은 없는 장소였다. 그로서는 루아르의 성을 기억하듯

이 지붕의 이미지만 기억하고 있었을 뿐이다. 그는 건너편, 불 꺼진 어느 정부 부처 사무실 밖에 주차했다. 가스등과 마차 끄는 말이 있을 것 같은 분위기를 풍기는 출입구의 반짝이는 유리 캐노피를 제외하면 거리 전체는 웬일인지 이상하게 어두웠다. 출입구 중 한 곳에서 끝이 뾰족한 모자를 쓴 수위의 어두운 옆모습이 보였다. 잠시 동안, 차들이 만들어내는 진동처럼 주목받지 못한 채 끝없이 이어지는 런던의 분위기가 선명하게 느껴졌다. 리듬감 있고, 복잡하며, 끝없는 복종을 확신하는 질서와 권력의 분위기. 곧 그는 기억을 떠올렸다. "여기, 배저가 사는 곳 아닌가?"

"그냥, 엄마가 그 사람 이야기를 해서 말이야." 정말 대단한 발견 아니냐는 듯 캐서린이 말했다.

닉은 그녀가 정신이 나가 있다는 것을, 이 외출은 영감이 아닌 무책임의 산물임을 알 수 있었다. 그는 그녀에게 살짝 짜증을 느끼며 맥이 빠져 입술을 꽉 다물었다. 그러고는 친절하게도 이 미친 짓에서 이유를 찾으려 시도해보았다. "배저가 이 일에 대해 뭔가 알려줄 수 있을 거라고 생각하는 거야? 아마 여기 있지도 않을걸, 달링. 그는 남아프리카에 있지 않던가?" 그러나 그녀는 차 문을 열었다. 표정에도 목소리에도 닉의 염려나 이견이 있을 수 있다는 점을 의식하는 기미는 없었다. 종교적 계시라도 받은 사람 같은 확신, 그것이 그녀에게서 느껴지는 기쁨과 긴장의 원천이었다. 닉이 반대하는 이유는 주로 자신이 배저를 싫어한다는 사실, 게다가 그 혐오감은 피차 마찬가지인데 심지어 조증 상태인 대녀를 데려왔기 때문에 배저가 닉을 더 미워하리라는 사실 때문이었다. 배리 그룹의 가혹한 표현을 빌리자면 그곳 아파트는 정식 집이 아닌 러브호텔 같은 곳이었다. 닉은 자기보다 훨씬 어린 여자들과 긴장감 있는 연애를 즐기는 배저의 호텔방, 그 호텔 같은 이미지를 떠올렸다. 그리고 그가 벽의 판화들이나 치펀데일풍 칵테일장처럼 가짜 냄새가 풀풀 풍기는 유혹을 하는 모습도.

그들은 한 유리 캐노피 아래로 들어가 밤색 대리석으로 된 현관 홀을 통과했다. 벽장처럼 작은 방에서 수위가 라디오에 귀를 기울이며 늘 드나드는 사람들에게 하듯 고개를 끄덕였다. 검은색 코트 차림에 화장을 해 복음주의자처럼 보이는 캐서린은 어디라도 통과할 수 있다는 자신감에 차 있었다. 못된 짓을 무사히 넘기려고 조바심을 치는 느낌은 닉만의 것이었다. 엘리베이터 앞에서 기다리는 시간이 그들이 돌아설 만한 합리적인, 그러나 제한된 기회였다. 손을 코트 주머니에 넣고 앞자락은 열어젖힌 채 캐서린은 미소를 지으며 떨고 있었다. "너 정말 자신 있어?" 닉이 말했다. 그녀를 막아야 한다는 것을 알았지만 동시에 그녀의 도전에 응하고 싶은 마음도 있었다. 그녀의 확신은 웬만한 겁쟁이에게는 일종의 도전이었다. 아무리 미치광이 같다 해도 그녀의 통찰에 어느정도는 지적 경외감을 품지 않을 수 없었다. 그녀의 상태가 코카인을 했을 때 생기는, 무엇이라도 할 수 있을 것 같은 기분일지도 모르지만 그보다는 더 영적이라는 느낌도 들었다. 가벼운 경고음에 이어 엘리베이터 문이 열리더니 페니가 화들짝 튀어나왔다.

"페니!" 닉이 외쳤다. 그는 잠시 어깨를 으쓱하고 도와주려는 뜻을 담아 반쯤 미소를 띤 채 머뭇거렸다. 이미 엘리베이터에 올라탄 캐서린은 눈을 가늘게 뜨고 숨을 몰아쉬고 있었다. 닉은 멍청한 바보가 된 기분이었다가, 이어 자기도 모르게 발견한 사실에 막연한 자족감을 느끼고 웃으며 배려하듯 인사를 건넸다. "잘 지내?"

페니는 멈췄다가 돌아섰는데, 화도 나고 겁도 나는 표정이었다.

창백하던 동그란 뺨에 홍조가 떠오르더니 (캐서린이 발을 구르며 "닉, 어서 와!"라고 말하던 삼사초 사이에) 목과 귀로 달아오르듯 번졌다. "아, 닉," 볼을 붉혔다고 기가 죽지는 않겠다는 듯 그녀는 오히려 도전적인 투로 나왔다. "사실 나는, 음……."

닉은 무례하게 굴고 싶진 않았지만 혼란스러웠고, 한편으로는 자신이 아닌 페니가 얼굴을 붉혔다는 사실을 즐기며 엘리베이터에 한 발을 넣고 팔을 내밀어 문이 닫히는 것을 막았다. 문은 무신경하게 계속 다시 닫히려 했다. "제럴드는 좀 어때?" 그가 물었다.

"닉, 어서!" 캐서린이 다시 외쳤다.

닉이 엘리베이터 안으로 발을 들여놓자 페니는 고개를 가로저으며 앞으로 나서서 말했다. "여기 안 계셔, 닉, 안 계신다고……." 그러는 동안 문이 닫혔다.

"그렇다면……!" 닉이 말했다. 그는 캐서린을 보았고, 이어 거울로 된 벽을 바라보았다. 거울 속에서 두 사람은 서로 서먹해하는 낯선 사람들처럼 서 있었다. 이렇게 답답한 구식 맨션에도 표면이 솔질 처리된 철문에 '썹할'이라는 낙서가 비스듬히 긁혀 있었다. 이제 닉은 벌써 여러해 전 제럴드가 처음 페니를 고용했을 때 배저가 페니와 끊임없이 시시덕대던 일이 떠올랐다. 관심도 없는 닉에게서뿐 아니라 틀림없이 관심을 가질 자신의 가장 친한 친구에게서 그녀를 빼앗으려는 저 끔찍한 이성애자들 간의 경쟁이었다. 그는 자신이 히죽거리고 있는 것을 알아차리고 거울에서 시선을 떼지 않은 채 말했다. "세상에, 달링, 배저가 엄청 화를 내겠다. 우리가 알기를 원치 않을 게 분명하잖아." 그러나 엘리베이터가 멈추자 캐서린은 닉처럼 멍청하고 비겁한 인간은 결코 친구로 둘 수 없다는 듯 얼굴을 찡그리며 비웃음을 던지고는 미끄러지듯 앞장섰다.

그는 그녀를 따라 붉은 카펫이 깔린 복도를 지나서 갈색 니스칠이 된 초인종과 명패가 달린 문 앞으로 다가갔다. 한쪽으로는 갈색과 노란색 납틀 창문이 이제 다른 아파트들 뒤창에 되비치는 빛으로 희미하게만 보이는 채광창을 비추고 있었다. 한 아파트에서 텔레비전 소리가 들렸지만 방음장치가 되어 있는지 그밖의 소리는 최소한으로 억눌려 있었다. 가스등 불빛으로 인한 무의식적인 감각인지, 이 괴물 같은 빌딩의 깊은 곳으로 시간을 거슬러올라가는 듯한 느낌은 억압적이었는데 또한 적어도 닉에게만큼은 매혹적이기도 했다. 그의 정신은 잠시 징두리판벽을 따라 백조의 목처럼 생긴 조명등의 곡선을 좇았다. 왼쪽 끝문이 아마도 페니가 돌아오기를 기다리는 듯 살짝 열려 있었다. 캐서린이 가볍게 벨을 눌렀고, 두 사람은 놋쇠틀 안의 'D. S. 브로건 님'이라고 쓰인 이름표를 바라보며 서 있었다. 익숙한 저음의 목소리가 외쳤다. "열려 있어." 그러자 캐서린은 자신이 옳았음을 주장하는 눈빛으로 닉의 얼굴을 쏘아보고는 그의 팔짱을 꼈다. 닉이 생각했던 것보다 훨씬 더 나쁜 상황이었다. 그는 들어가고 싶지 않았다. 캐서린의 손에 꽉 붙들려 있지만 않았더라도 재빨리 도망쳤으리라. 커다란 웃음소리에 이어 부드러운 발소리가 들리더니 제럴드가 문을 활짝 열었다. 신발도 신지 않고 재킷도 입지 않았으며 넥타이도 매지 않은 채였다. 앞단추가 전부 풀려서 흰색 칼라가 비뚤어져 있었다. 왼손에는 담배도 한개비 들려 있었다. 닉이 말했다. "아, 안녕하세요, 제럴드!" 이어 캐서린이 분한 목소리로 외쳤다. "아빠! 끊었다고 했잖아요!"

# 17

## 1

사진기자들이 네군데 입구를 다 지키는 것은 무리였지만 공동 정원에 대해 알아내기까지는 그리 오래 걸리지 않았다. 그들은 사다리를 세우고 울타리 살과 가장자리의 키 작은 나무들 너머를 망원경이나 망원렌즈로 들여다보며 자신들이 찍게 될 멋진 장면을 꿈꾸고 있었다. 낙엽이 져서 원거리에서 사진 찍기가 더 좋았다. 뉴스적 가치도 가치였지만 결국은 인내심의 문제였다. 그들은 휴대폰으로 거리낌 없이 대화를 나누었다. 너무 자주 경쟁관계로 만나온 덕에 이제 친구가 되어 있었고, 함께 보온병 뚜껑에 차를 따라 마시며 자신들의 제물祭物에 대한 무관심을 공유했다. 우유와 설탕을 넣으며 그들은 비웃음으로 건배했다. 잠시 뒤에 집 문이 열리고 토비가 나올 수도 있었다. 한동안 그들과 함께 일했던 토비가 이제는 그들을 피해 한쪽 입구를 향하다가 다른 쪽으로 뛰면 사진기자들은 욕을 하고 털걱대며 먼 길을 돌아 달리거나 한두명은 차 안으로 뛰어들 터였다. 그러고 나면 제프리 티치필드가 매시간 하듯이 정원을 순찰한다. 그 말똥가리들—제프리는 그들을 그렇게 불렀다—중 몇명이 사다리를 이용해 담을 타넘으려 한 일이 있었기 때문이다. "여기 사람이 아니잖소." 제프리는 그들에게 쏘아붙였다. "당장 나가줘야겠소." 제프리 경은 이 사건 전체가 너무도 골치 아팠다. 자기 우상의 정체가 폭로된 것만 해도 충격인 와중에 이젠 정원 침범이라니, 틀림없이 더 큰 무질서가 다가오리라는 위협처럼 느껴졌다.

집의 전면에 셔터나 커튼이 쳐져 있어서 한낮에도 실내 분위기는 끔찍하게 취한 다음날, 혹은 다른 이유로 일어나지 못한 아침 같았다. 전깃불이 흩뿌려지는 햇빛과 뒤섞여 병적으로 번득였다. 신문은 모두 평소처럼 배달되어 문앞 매트에 제멋대로 긴 줄을 이루며 떨어져 있었다. 위협처럼 놓여 있던 그것들은 마침내 멀쩍한 손길로 마지못해 집어올려졌다. 그리고 거기 그들이 있었다. 백만장자 하원의원, 그의 우아한 아내, 금발 내지 붉은 기 도는 금발의 비서가 대문자로 크게 언급되어 있었다. "고통받는 딸이 의원의 정사에 대해 입을 열다." 캐서린이 러셀에게 이야기하고, 러셀이 『미러』지에 있는 친한 친구에게 이야기한 것 같았다. 일단 일이 터진 이상 막을 방법은 없었다. 기이하게도 "상심한 캐시"는 모든 사진 속에서 지극히 확신하는 사람처럼 미소짓고 있었다. 이것이 첫날이었다.

둘째 날에는 정원을 통해 재빨리 나다녀야 하는 굴욕을 참지 못한 제럴드가 챙 넓은 중절모에 짙은색 더블버튼 코트 차림으로 앞문을 열고 거리의 촬영장 속으로 걸어나갔다. 정원에서는 개를 산책시키거나 테니스 코트에서 연습을 하는 다른 거주자들과 마주쳤기 때문이다. 주차된 소형 트럭이며 스포트라이트며 어깨에 멘 텔레비전 카메라며 두툼한 붐 마이크며 수많은 기자들이며 — 모두가 그의 등장과 더불어 생명을 얻고 의미를 띠었다. 흰색으로 칠한 지 얼마 되지 않은 건물 앞벽에 플래시 불빛이 반사되었다. 제럴드는 언제나와 같이 사람들의 주목에서 기운을 얻는 듯 보였다. 무엇을 했건, 그는 이 영화의 스타였다. 그가 길로 내려서며 상류층 특유의 겸손한 어조로 큰 소리로 하는 말이 위층 커튼 뒤에 서서 내려다보던 닉에게까지 들려왔다. "고맙습니다, 여러분. 저는 드릴 말씀이 없습니다." 기자들이 그의 앞에서 반 타원형을 그린 채 어르신, 제럴드, 페든 씨, 의원님 등으로 그를 불러댔다. "이혼할 예정입니까?" "이쪽 좀 보세요, 제럴드!" "페든 씨, 내부자거래를 하셨나요?" "따님은 어디 계시죠?" "사직할 예정입니까, 의원님?" 닉은 그들의 무표정에 담긴 조롱을, 그들이 짧지만 결정적인 권력 행사를 즐기고 있음을 느낄 수 있었다. 그는 그런 것들이 무서웠다. 자신이라면 과연 그런 것에 대적할 수 있을까? 제럴드는 진중하고 참을성 있게 천천히 레인지로버를 향해 움직였다. 확고한 태도로, 그 내용이 아무리 굴욕적이더라도 형식만은 어떻게 하는 것이 옳은지 알고 있다는 자신감을 내비치며 마침내 레인지로버에 올라탄 그는 사직서를 내기 위해 의사당으로 차를 몰았다. 사진기자들을 차로 깔아뭉갤 듯한 기세였다.

닉은 커튼을 손에서 놓고 손님용 트윈베드를 조심스럽게 돌아 더 밝은 층계참으로 갔다. 레이첼이 막 침실에서 나오고 있었다. "이렇게 터무니없이 어둡게 해놔서 미안하구나!" 그녀가 말했다.

"정말이지 사진은 찍히고 싶지 않아서." 추호의 동정도 거부하는 명랑한 어조였다.

"괜찮아요."

붉은색과 검은색 모직 정장에 목걸이를 하고 네댓개의 반지를 낀 그녀의 모습은 혹시 사진에 찍힌다 해도 분명 멋지게 보일 터였다. 닉은 그녀 뒤편에 자리한 어두운 흰 방을 흘깃 보았다. 첫번째 문 뒤로 화장실이 딸린 작은 곁방이 있고, 이어지는 두번째 문은 항상 장엄한 사적 공간 속에 이 부부를 감추고 있었다. 침대 끄트머리와 자식들의 사진이 든 은색 액자들이 놓인 동그란 탁자가 눈에 들어왔다. 그 집에서 보낸 첫 여름, 뒷짐을 진 채 조용히 집을 구경하다가 부부간 사랑의 성전에 일종의 침입자가 되어 들어간 뒤로 그는 다시는 그 방에 가본 일이 없었다. 그때는 사랑의 환상 속에서 부부의 부재를 틈탄 무단 거주자처럼 이 방을 부러워함으로써 자신의 소유로 만들었는데.

"으음, 이상한 시대야." 레이철이 다시 입을 열었는데, 모종의 위기 때문에 어쩌다 한집에 있게 된 마음에 들지 않는 낯선 사람에게 말하는 투였다. 닉은 그들 대화의 짧은 마디마디에 늘 따라붙던 다정한 반어의 기미를 찾아보려 했지만 지금 그런 기미는 없는 것 같았다. 아마 그녀는 자신이 제럴드와 페니에 대해 이미 알고 있었다는 사실을 깨달은 건지도 모른다. 그리고 그녀의 냉담한 태도는 원망 섞인 당혹감의 표현인지도.

그가 말했다. "그러게 말이에요……." 그는 그녀가 딱해서 가슴이 미어질 지경이었지만 어떻게 표현해야 할지 알 수가 없었다. 묘하게 접근을 가로막는 느낌이 들었다. 어떤 의미에서는 그녀와 새로이 가까워질 수 있는 기회였고, 그는 그녀가 그 점을 알아주었으면 했다. 그 결혼의 잔해로부터 아름다운 무언가가 그녀와 자신 둘 다에게 떠오를 수도 있지 않을까 닉은 생각했다. 제럴드의 자만심 함을 은근히 비웃던 그들의 오랜 동맹이 꽃을 피우며 그녀에게 힘이 될 수도 있을 것 같았다. 그는 망설였지만 마음의 준비는 되어 있었다.

그를 보는 그녀의 입술이 굳었다 풀어지기를 반복했다. 이윽고 그녀는 돌아섰다.

레이철은 노먼 켄트가 그린 캐서린의 초상화 옆을 무심히 지나쳤다. 하지만 닉에게는 그 초상화 역시 사건의 전개에서 매순간 어떤 역할을 담당하고 있었다. "네가 가서 캐서린을 데려왔으면 좋겠구나." 그녀가 말하고 아래층으로 내려가기 시작했다.

"아……." 닉이 그 뒤를 따라가며 불안한 웃음으로 안타까운 마음을 드러냈다.

"캐서린은 가족과 함께 이곳에 있어야 해." 레이철이 돌아보지 않은 채 말했다. "돌볼 사람이 필요하지. 그 남자하고 있는 게 얼마나 걱정되는지 너는 모를 거다."

"물론 걱정되시겠죠." 닉이 재빨리 수긍했다. "당연해요." 자기보다 나이가 두배는 더 많은 여성을 위로할 새로운 어조가 필요하다는 생각이 들었다. 말하는 사이에 그는 그런 어조를 익혔고, 레이철의 모든 걱정이 이 한가지 걱정 속에서 출구를 찾고 있음을 깨달았다. 그가 말했다. "그와 함께 있으면 안전할 거라고 생각하지만, 원하신다면 기꺼이 제가 가볼게요." 그녀를 돕고 싶어서, 동시에 존경을 표하려 뒤에 가까이 다가서던 닉은 다시 주춤했다. 사실은 그 자신 또한 기자들과 사진기자들이 두려웠다. 그들을, 아니 전혀 도움도 존경도 보이지 않는 사람들을 어떻게 다루어야 할지 알 수 없었다. 그리고 러셀도 무척 두려웠다. 그는 그토록 원하던 일, 제럴드의 정체를 폭로하는 일을 거의 우연히 이루게 된 듯싶었는데, 지금은 브릭스턴에 있는 자신의 아파트에서 "캐스를 돌보며" 아무도 그녀를 만나지 못하게 하고 있었다.

레이철이 첫번째 층계참에 다다랐다. "그게, 내가 그리로 갈 수는 없잖아. 그러면 기자들 무리 전부가 내 발뒤꿈치에 바짝 붙어서 쫓아올 테니까." 그녀가 이 정도 낮은 곳까지 내려온 것조차 위험해 보였다. 그녀 문밖의 세상이 단순히 낯선 정도를 넘어 적대적인 모습을 드러냈으니까. 게다가 문안의 세상은 갑자기 안락함을 강탈당했다. 그녀가 돌아섰다. 움직이는 입술과는 달리 딱딱하게 굳은 얼굴이었다. 닉은 그녀가 울 것 같다고 생각했고 어떤 의미에서는 그러기를 바랐다. 그것은 자연스러운 일일 뿐 아니라 신뢰의 표시이기도 하니까. 전에는 한번도 그런 적이 없었지만, 자신이 그녀를 안아줄 수도 있을 것이었다. 그는 그녀의 희끗희끗한 머리카락이 자신의 입술 앞에 있는 모습을, 그 모직 정장의 어깨에 자신의 턱이 육감적으로 짓이겨지는 모습을 재빨리 상상해보았다. 그녀는 이해받았다는 느낌과 해방감에 몸을 떨며 그에게 매달릴 것이고 잠시 뒤 그는 그녀를 응접실로 인도해 함께 앉아서 제럴드 문제를 어떻게 처리할지 의논 상대가 되어줄 수 있을 터였다.

"그럼요, 당연히 그러실 순 없죠……." 그가 말했다. "절대로요."

그는 그녀가 재빨리 눈을 깜박이더니 다른 방식으로 긴장을 푸는 모습을 지켜보았다. "그러니까, 너는 사람들한테서 정보를 알아내는 데 재주가 있잖니!"

이 조롱에 닉은 아무런 대꾸도 하지 않았다. 그녀가 그런 식으로 이야기한 것은 처음이었다. "아……." 그는 중얼거렸고, 공손하게 시선을 돌려 카펫과 셰러턴 탁자 다리와 응접실의 윤나는 문턱을 바라보았다. 무척 기분이 언짢았는데, 이윽고 레이철이 덧붙였다.

"그러니까, 우리는 네가 캐서린을 잘 지켜줄 거라고 기대하고 있거든."

닉은 자신이 언제 이런 어조를 들어봤는지 기억해내려 애썼다. 바로 양원협의회의 어떤 간부, 어떤 멍청이에게 화가 난 것을 그녀가 솔직하게 인정했을 때, 그녀가 의외로 귀여웠던 재미있는 순간들 중의 하나였다. "글쎄요." 그가 말했다. "노력은 했죠, 아시기를 바라지만." 레이철은 그 말에 동의하는 것 같지 않았다. "하지만 아시다시피 캐서린은 어른이고 그녀 자신의 삶을 살고 있으니까요!" 그러면서 그는 부드러운 웃음으로 합리적 확신을 드러냈다. 그가 그런 식으로 말할 때 레이철은 늘 동의하곤 했으니까.

"글쎄, 그렇게 생각하는구나!" 아주 다른 종류의 웃음을 보이며, 한차례 숨을 무겁게 들이쉬고 그녀가 대꾸했다.

마호가니 난간에 기대선 닉은 자신이 새로운 상황으로 들어서고 있음을 깨달았다. 그는 아주 침착하게 대꾸했다. "저는 제가 캐서린이 허락하는 한에서 최대한 좋은 친구 노릇을 해왔다고 믿습니다. 아시다시피 캐서린에겐 친구가 있다 없다 하지요. 그리고 모두 그녀에게 실망을 주고요. 그러니 캐서린이 저를 신뢰한다면 제가 뭔가 제대로 친구 노릇을 하긴 했다고 생각하는데요."

"그럼, 그애가 너를 믿는 거야 나도 잘 알지." 레이철이 말했다. "우리 모두 너를 믿어." 그녀의 어조는 그건 별로 중요하지 않다는 듯 날카로운 조건부 인정을 드러내고 있었다. "사실 진짜 중요한 건 네가 캐서린에게 최선의 일을 해주느냐 하는 거지. 그러니까 그저…… 그애가 해주었으면 하는 일을 **공모**해서 하는 게 아니라. 그애는 아주 심각한 병을 앓고 있으니까."

"예, 그럼요." 닉은 낮은 소리로 대답했고, 반박의 말을 듣던 그의 얼굴은 점차 굳어졌다. 레이철은 자기 감정의 맥박이라도 재는 듯 기다리고 있었다. 흘깃 보니 그녀는 다시 눈을 깜빡이고 숨을 들이쉬었지만 내쉬는 것은 날카로운 원망의 한숨뿐이었다. 닉이 말했다. "저는 캐서린을 제럴드와 함께 두고 왔는데요…… 그날밤에요. 그거면 충분히 안전했을 텐데요."

"아, 안전 말이지." 그녀가 말했다. "그래, 하지만 일단 그곳에 가서는 안되는 거였지."

"분명히 말씀드리지만, 캐서린이 절 어디로 데려가는 건지 저는 정말 몰랐습니다."

"캐서린이 너를 어디로 데려간 게 아니었어. 네가 기억한다면 말이지만, 네가 그애를 데려가는 거였지, 너의 끔찍한 작은 차에 싣고."

"아……!"

"미안하구나." 그녀가 말했다. 그녀가 자신의 말을 그 자리에서 철회하는 것인지 우울하게 확인하는 것인지, 닉은 확신할 수 없었다. 그는 충동적으로 그녀를 용서했고 그저 부드럽게 얼굴을 찡그렸을 뿐이다. 자신의 잘못을 견디기 힘든 소년의 반사작용 같은 것이었다. "그애 상태를 알잖아. 지금 그애가 어떤지, 그애가 리브륨이라도 가지고 있는 건 아닌지 누가 알겠어?"

"으음…… 리튬 말씀이시죠."

"책임의 문제라는 게 있지 않겠어? 그러니까 우리는 항상 네가 그애를 책임지고 있다는 사실을, 그리고 물론 그것이 우리에 대한 너의 책임이라는 것을 이해하고 있다고 믿었거든."

"아, 글쎄, 그렇죠!" 그는 그 말에 담긴 가시에 잠시 웃었다.

"무언가 심각하게 잘못되고 있으면 네가 우리에게 말해줄 거라고 생각했단다." 그녀의 침착한 어조, 얼굴을 찌푸리며 강조하는 모습은 닉으로서는 처음 보는 것이었다. 그것은 쉽게 돌이킬 수 없는 관계의 변화를 알리는 신호 같았다. 그는 그녀의 편안한 말투, 묘하게 자족적인 모호함에 익숙해 있었다. "예를 들어 우리는 어젯밤까지 사년 전의 그 심각한 사건에 대해 까맣게 모르고 있었어."

"무슨 말씀이신지?" 닉이 고개를 흔들며 되물었다. 그 말 속의 '우리'라는 단어, 그것이 명백하게 함축하고 있는 그녀와 제럴드의 연대감에 닉은 상당히 맥이 빠졌다.

"내가 무슨 얘기를 하는지 잘 알 거라고 생각해." 그녀가 복합적인 불쾌감을 담은 표정으로 그를 보았다. 그 불쾌감에는 굳이 그 이야기를 입 밖에 내고 싶지 않은 마음도 포함되어 있었다. "우리 여행 중에 그애가 스스로를…… 해치려 했다는 사실에 대해 우린 전혀 모르고 있었지."

"무슨 얘기를 들으셨는지 모르지만 어쨌든 스스로를 해하지는 않았어요. 그냥 저에게 함께 있어달라고 했죠. 그래서 제가 함께 있어주었고, 그런 뒤 곧 괜찮아졌어요. 아시겠지만 그건 그냥 캐서린에게 종종 있는 어려운 순간 중 하나였어요."

"그렇지만 그 사실에 대해 우리에게 말해주지 않았잖니." 레이철의 얼굴은 분노로 창백했다.

"제발, 레이철! 캐서린은 부모님께 걱정을 끼치고 싶지 않다고 했어요. 휴가를 망치고 싶지 않다고요." 반쯤 잊고 있던 변명이 생각났고, 이어서 자신이 이해할 수 없는 영역에 놓였다는 압박감이 느껴졌다. "저는 캐서린이 그 일을 겪는 동안 함께 있어주었고 대화상대가 되어주었어요." 그것은 장황한 떠벌림에 지나지 않았다.

"그래, 그애도 네가 아주 훌륭했다고 하더구나." 레이철이 말했다. "지난밤 제럴드에게 너에 대해서 아주 칭찬을 늘어놨다지." 닉은 마루를, 그리고 검은색과 금색으로 칠해진 S자 형태의 난간장식들이 이루는 리듬감을 응시했다. 잠시 뒤 그 너머 아래쪽에서 앞문이 열리느라 긁히는 듯한 소리가 들렸고 거리에서 "여기 좀 봐요, 아가씨!"라고 외치는 소리가 들려왔다. 문이 쾅 소리를 내며 다시 닫히고 노커가 튕겼다가 부딪치는 소리가 뒤를 이었다.

레이철은 자신의 집, 자신의 분노 속에 그대로 서 있었고, 그녀의 비난의 논리를 마지못해 따라가던 닉은 난간장식 너머를 보려고 몇걸음 내려가며 그녀에게서 멀어졌다. 그러나 그 주인공은 캐서린이 아니라 제럴드의 '오랜' 비서 아일린이었다. 그녀는 계단쪽을 올려다보았다. 검은색 오버코트 차림에 검은색 핸드백을 든 모습이 멋진 파티에 날짜를 착각하고 갔다가 되돌아온 사람 같아 보였다. 사진기자들이 있으니 잘 보이고 싶었던 걸까, 닉은 생각했다. "안녕, 아일린." 그가 인사를 건넸다.

"내가 일을 좀 돌보는 게 좋을 것 같아서 왔어."

"좋은 생각이네요." 닉이 말했다.

"상황을 잘 챙기겠다고 말씀드렸지."

"아, 아주 훌륭해요." 닉은 진심으로 공손하게 미소지었지만 방해를 받은 터라 마음이 어지러웠다. 어쨌든 그는 따뜻하게 말을 맺었다. 가족끼리는 항상 아일린이 제럴드를 짝사랑한다고 농담을 주고받았는데, 제럴드는 그녀의 유능함과 선견지명을 꼴사납게 비웃곤 했다. 그녀는 닉에게 그 집에 대한 첫인상의 일부였다. 레이철이 지금 바위 밑을 조사하듯 들춰내고 있는 그 첫 여름, 닉이 마법처럼 그 집을 자기 것으로 만들었던 첫 여름에 말이다. 그때도 그녀는 상황을 잘 챙기고 있었다. 그녀가 앞으로 나서서 계단 손잡이의 단단한 아래쪽 곡선에 손을 댔다.

"『스탠더드』지를 가져왔어." 그녀가 말했다. 다른 한 손으로 신문을 움켜쥐고 뒤로 감추듯 하는 모습이 마치 그 내용으로부터 그들을 보호하려는 것 같았다. "별로 좋아할 내용은 아니야." 그녀가 몇걸음 올라오자 닉은 부름을 받은 듯한 기분에 계단을 내려가 그녀의 손에서 신문을 넘겨받았다. 자신이 특히 부지런하게 굴어야 한다고, 레이철을 위해 나서서 상황의 어려움을 상대해야 한다고 생각했다. 그는 한 발을 윗계단에 올린 능숙한 자세로 서서 신문을 흔들어 폈다. 먼저 자신의 사진이 눈에 띄었고, 곧 다시 봐야지 생각하며 헤드라인으로 시선을 돌렸는데 이해할 수 없는 말이 씌어 있었다. 그래서 자신의 사진을 다시 보고, 그 옆에 와니의 사진이 있는 것을 발견했다. 기사 자체의 공간은 거의 없었다. 단어와 사진이 너무도 강렬해서 그것들이 제시하는 어떤 의미도 다 몰아내는 것 같았다. 묘하게도 베르트랑이 안됐다는 생각이 들었다. "귀족의 바람둥이 아들 에이즈 걸리다." 그것이 부제였다. "하원의원의 집 동성애 연루." 이 모든 것을 이해하기가 힘들었다. 잘 나아가지지 않았다. 닉은 자신도 모르게 난간장식이 거기 없고, 복도의 문이 자신을 향해 부딪쳐오는 듯한 이상한 기분을 느꼈다. 기절하면서도 의식은 멀쩡한 느낌이었다. 그것이 무척 나쁜 소식이라는 것은 알 수 있었다. 그런 뒤 그 기사의 출처가 어디인지를 깨닫고 복장뼈를 퍽퍽 얻어맞는 느낌으로 기사를 읽기 시작했다.

2

"세상에, 망할, 닉……!" 다음날 아침 토비가 말했다.

닉은 뺨을 씹듯 대답했다. "그러게……."

"이 일에 대해 전혀 몰랐어. 우린 아무도 몰랐지." 그는 들고 있던 『투데이』를 식탁 저쪽에 내려놓고 의자에 털썩 앉았다.

"글쎄, 야옹이는 알았지, 분명히. 작년에 다 같이 프랑스에 갔을 때 그녀가 눈치채버렸거든." 닉은 자신이 캐서린을 '야옹이'라는 가족 간의 애칭으로 부를 자격을 아마 상실했으리라는 것을 알면서도 그렇게 말했다.

토비는 상처받은 표정으로 닉을 바라보았다. 프랑스의 저택에서 길고 덥던 어느 오후에 단둘이 수영장 가 차양 아래서 술을 마시며 보낸 시간을 떠올리는 듯했다. "내게 말할 수도 있었을 텐데. 알겠지만, 나를 믿어도 됐잖아." 토비는 그날 자신의 비밀을, 여자와 성관계 문제까지 닉에게 이야기했었다. 감정을 들여다보는 닉의 세계에 들어갔었고 그 일 자체가 그에게는 우정의 승리였다. "그러니까, 내 가장 친한 친구 둘이잖아. 정말 빌어먹을 바보가 된 기분이야."

"늘 너에게 이야기하고 싶었어, 달링." 다시 한번 토비의 얼굴은 그 애칭을 거부하는 듯 보였다. "그렇지만 와니가 절대로 안된다고 고집을 부려서." 그는 오랜 친구인 토비를 겸연쩍게 바라보았다. "비밀을 털어놓지 않았다는 데 사람들이 무척 감정을 상할 수 있다는 건 알아. 하지만 사실 비밀은 그런 사적인 문제가 아니야. 누구한테 말하느냐 못하느냐의 문제가 아니라, 그냥 누구한테든 말할 수 없는 성격의 진실이라는 거지."

2

"흠, 그래. 그래서 이제 이런 꼴을 당해야 하는 거고." 토비는 식탁 위에 쌓여 있던 여러 신문들 가운데 『썬』지를 골라냈다. "하원의원의 별장에서 동성애 파티." 그는 경멸과 도전을 담은 표정으로 그를 향해 신문을 던졌다.

"파티에 대한 저 사람들의 관념은 차라리 귀엽다고 해야겠지." 닉이 그 내용을 과장하지 않으려 애쓰며 말했다.

"귀엽다고……?" 토비가 믿을 수 없다는 표정으로, 하지만 항상 믿어온 친구에게 이렇게 말해야 한다는 안타까움에 얼굴을 찡그리며 되물었다. 자리에서 일어난 그는 거북하게 식탁 반대편 끝으로 걸어갔다. 햇빛이 셔터 꼭대기 너머로 조금 스며들고 벽의 금박 램프가 붉은빛을 던지는 가운데 과음한 다음날 같은 기나긴 아침의 분위기가 줄곧 방을 지배했다. 그는 렌바흐가 그린 ── 누구였더라? 그래, ── 증조부의 초상화를 등지고 서 있었다. 초상화 속 인물은 검은 코트의 단추를 꽉 채운 건장한 부르주아였다. 혈통을 보는 그 나름의 눈을 가진 닉의 시선 속에서 토비는 그 인물과 점점 비슷한 모습으로 변해가고 있었다. 토비 자신은 검은색 정장 안에 푸른 와이셔츠를 입고 붉은 넥타이를 맨 모습이었다. 그는 회의에 가려 나서던 길이었는데, 사실 이 작은 대화도 약간 회의 같은 구석이 있었다. 그는 사업이라는 명백한 중요성을 향한 존중을, 동시에 이번주에 터질 스캔들을 예상치 못한 품격 있는 사람의 실패를 자기 조상과 공유하는 듯 보였다.

"세상에, 미안해, 토비." 닉이 말했다.

"알았어, 어쨌든." 토비가 사안의 경중을 가늠하고 위협을 암시하는 듯 큰 한숨을 쉬며 말했다. 예상치 못했던 성적 관계들이 그의 주변에서 마구 터져나오고 있었다. 그는 불편한 감정을 감추기 위해 식탁에 기대선 채 신문을 들여다보았다. "처음에는 비리 사건에, 아빠와 페니가 터지더니, 이제는 너하고 와니에다가 또 전염병까지……."

"글쎄, 너도 와니가 에이즈에 걸렸다는 것은 알고 있었잖아."

"으음, 그렇긴 하지." 토니가 애매하게 대꾸했다. 그는 산란한 마음을 다잡듯 귀를 맞춰 신문을 정리했다. 자신이 처한 상황에 대한 놀라운 증거물들을. "그리고 망할 놈의 여동생은 도대체 걷잡을 수가 없고."

"우리 전부 그애 때문에 이 지경이 되었다고 봐야겠지."

"아빠를 증오하는 것 같아."

"어렵네……."

"그리고 너도. 그러니까, 어떻게 이렇게까지 할 수가 있지?"

오래전 호수 곁에서 진지하게 대화와 설명이 오가던 때와 비슷한 상황 같았다. "그애가 우릴 증오한다고는 생각 안해." 닉이 입을 열었다. "리튬의 영향력에서 빠져나오고부터 그저 진실을 말해야 한다는 생각에 빠진 거지. 사실, 생각해보면 그애는 항상 그랬어. 정말로 우리를 다치게 하고 싶어서 그런 적은 없다고 믿어. 아마 제럴드를 미워하는 사람들이 그애를 이용하고 있다고 봐야겠지. 그거야."

"어쨌든, 상황이 완전히 엉망이야." 토비는 이러한 역할 전환에 금세 반감을 보였다. 그리고 놀라운 장면이 이어졌다. 토비가 차오르는 눈물을 참느라 그를 빤히 쳐다보며 비참한 얼굴로 입을 씰룩였던 것이다.

"엉망이지." 닉이 동의했다. 토비의 이야기를 토비에게 설명할 준비가 되어 있다는 사실을 생각하며 그는 자신도 모르게 얼굴을 찡그렸다. 가엾은 토비는 주변의 모든 사람들로부터 기만당했고, 신뢰받지 못했으며, 신뢰받지 못한 것도 실은 일종의 기만이었다. 이 끔찍한 상황을 생각하며 닉은 이상하게도 즐거워져서 미소로 입꼬리가 올라가려는 것을 알 수 있었다.

"『인디펜던트』지의 사진이 지금까지 본 것 가운데 가장 화질이 괜찮던데." 토비가 말했다. "그 사람들은 늘 높은 수준을 유지하지."

"그러게, 『텔레그래프』는 상대적으로 꽤 뿌옇지."

"『메일』은 좀 낫긴 하지만." 토비가 신문 낱장을 들추었다. 그 '신랄한 분석가'가 '페든 족속'에 대한 내부자로서의 정보를 바탕으로 상황 전체를 분석하는 양면 기사를 썼다. 토비가 호크스우드의 무도장에서 쏘피를 안고 있는 사진은 러셀이 찍은 것이었다. "이 상황에서 우리가 대체 어떻게 처신해야 할지." 토비는 이렇게 말하며 닉을 외면한 채 마루를 내려다보았다.

"그래." 닉이 거들었다. "모든 게 다 유동적이니까."

"솔직히 나는 네가 우리 집에 계속 있어야 할 이유를 모르겠어." 그런 뒤 그는 몇초간 닉을 바라보았는데, 항상 온화하고 주저하는 듯하던 그의 아름다운 갈색 눈에 더이상 그런 기색은 없었다.

"그래, 그렇지, 물론." 자신이 남아 있을 거라는 짐작이 오히려 모욕적이라는 듯 닉이 인상을 쓰며 말했다.

토비는 입을 꽉 다물고 똑바로 서서 재킷의 단추를 채웠다. 더 잘할 수도 있었을지 모르지만 어쨌든 일종의 사무를 치러냈다는 분위기가 풍겼고, 그 불편한 만족감 때문인지 그는 재빨리 문가로 다가갔다. "엄마와 이야기를 좀 해야 해서." 그가 말했다. "미안."

닉은 토비가 자신에게 화가 났다는 사실이 이 상황에서 자신이 겪는 최악의 일이라고, 그야말로 전대미문의 사건이라고 생각하며 잠시 앉아 자신의 사진이 나온 신문을 넘겨다보았다. 아치 삼촌의 야회복 재킷 차림에 나비넥타이를 매고 무척 술에 취한 표정으로 지금보다 네살이 더 어린 자신이 집의 정문을 통과해 들어오는 모습. 생각해보면 그들이 닉이 수상과 춤추는 사진을 구하지 않은 것이 흥미로웠다. 하지만 그것을 제외한 나머지는 모두 있었다. 섹스와 돈과 권력 모두가. 그들이 원하던 전부가. 그리고 그것은 제럴드가 원하던 전부이기도 했다. 그 점에서는 기묘하게 일치했다. 닉은 자신의 삶이 끔찍하게, 불필요할 정도로 파괴되었음을 느꼈지만, 그의 내면에 자리한 아주 작고 단단한 부분은 그것과 거리를 둔 채 경멸을 담아 지금 일어나는 일들을 관찰하고 있었다. 부모가 자신 때문에 느낄 수치를 생각하면 당황스럽고 민망했지만 자신이 이 일로 새롭게 배운 것은 없는 것 같았다. 전화로 먼저 아버지와, 다음으로 어머니와 길게 대화를 나누며 의외로 놀랄 게 없다는 사실 때문에 오히려 더 힘들었다. 그들에게 그 일은 '일종의 폭격'이자 닉의 자세한 설명이 필요한, 반격이 필요한 일이었다. 그는 자신의 말이 건방지게 들렸고 그래서 부모에게 더 큰 상처를 주었다는 사실을 깨달았다. 사태가 이 지경에 이르렀을 때 그들의 깊은 본능은 물론 그와 그의 안전과 보호였을 테니까. 그들은 이 일을 무척 심각하게 받아들였지만 동시에 어떤 종류의 곤경이 있을 줄 알았다고, 뭔가 석연치 않았다고 분명하게 말했고, 그 말을 듣자 닉도 마음이 불편했다. 그는 그런 식의 반응에 저항했다. 자신은 충격받지 않았으며, 언론에서 부채질하는 모든 충격을 이해할 수 없다고. 그는 페니에 대해서 이미 알고 있었고, 자신과 와니에 대해서도 알고 있었다. 진짜 끔찍한 것은 언론이었다. "탐욕이 신중함을 몰아내다." 피터 크라우더는 마치 이것이야말로 아무도 전에 생각해보지 못한 새로운 진실인 것처럼 그렇게 썼다. 닉은 자신과 페든가 사이에 여러해에 걸쳐 발전해오던 깊고도 사적인 로맨스가 이 통속적인 글쟁이의 난도질에 따라 규정되고 설명되는 것을 보았다.

초인종이 울렸지만 아무도 나가지 않았으므로 닉이 문가로 다가가 새로 설치한 문구멍을 통해 바깥을 내다보았다. 분노한 배리 그룹의 독단적인 얼굴이 나타났다가 재빨리 옆으로 사라지면서 다시 벨이 울렸다. 닉은 문을 열고 그 하원의원 너머 이제 폐허가 돼 버리다시피 한 길을 바라보았다. "안녕하세요, 배리, 들어오세요. 예, 이제 거의 다 떠나고 없네요."

"자네 덕분은 아니지." 배리가 그의 곁을 지나치며, 눈썹과 입으로 두줄의 가느다란 평행선을 만들며 말했다. "제럴드를 만나러 왔어."

"아, 그러시겠죠." 배리가 자신을 하인으로 취급하는지 장애물로 취급하는지 닉은 알 수 없었다. "이쪽으로 오세요." 닉은 복도 쪽으로 돌아서서 걸어가며 점잖게 말을 이었다. "이 끔찍한 일에 대해서는 정말 유감입니다." 이렇게 이야기를 건네자 묘하게 부드러운 쾌감이 일었다. 배리는 잠시 그 말을 자연스럽게 받아들이는 듯하더니 다시 얼굴을 찡그렸다.

"닥쳐, 이 멍청한 팬지 새끼!" 진기한 문장이었고, 어쩐 일인지 그 진기함 덕분에 더 풍부한 의미를 표현하는 것만 같았다.

"아!" 닉은 목격자라도 찾듯이 재빨리 복도의 큰 거울을 바라보았다. "그건 정말……."

"닥쳐, 이 계집년아!" 배리가 이를 악물고 말하고는 닉을 무시한 채 제럴드의 서재를 향해 복도를 걸어갔다.

"아, 꺼져버려." 닉이 말했다. 실은 그냥 입모양뿐이었지만. 배리가 돌아서서 뺨을 칠 수도 있을 것 같았기 때문이다. 제럴드는 문을 열고 교장선생님처럼 바깥을 내다보았다.

"아, 배리, 이렇게 와줘서 고맙군." 그가 말하고 잠시 닉을 향해 비난의 눈길을 던졌다.

"이 무식하고 멋없고 탐욕스럽고 **못생긴** 년아······." 닉은 모욕을 당한 충격으로 흥분해서 입속말로 중얼거렸다. 그러고는 놀란 눈을 깜박이며 네모난 흑백 대리석 조각을 이어붙인 바닥에 시선을 둔 채 복도를 오락가락했다. 자신이 언제 부엌에 들어갔는지, 엘레나가 그 말을 들었는지조차 그는 알지 못했다. 제럴드가 망할이라는 욕설을 함부로 쓰는 것에 대해 엘레나는 늘 미약하지만 진지하게 항의하곤 했다. 그녀는 모든 것에 진지한 사람이었다.

"안녕하세요, 엘레나!" 닉이 인사를 건넸다.

"그래, 배리 그룸 씨가 왔군요." 엘레나가 말했다. 그녀는 체구가 작은 여자였지만 부엌을 끝에서 끝까지 온통 장악하고 있었다. 그곳을 순찰 도는 셈이었다. "커피 달라시던가요?"

"생각해보니 그런 말은 안했어요. 하지만 아마 원치 않을 것 같아요."

"원치 않는다고?"

"예." 닉은 자신이 베푼 친절에 대한 기억이 그녀에게 얼마나 남아 있는지 확신하지 못한 채 조심스럽고 다정하게 그녀를 보았다. "어쨌든, 저는 오늘 이 댁에서 저녁식사를 하지 않을 거예요." 엘레나는 눈썹을 치올리고 입술을 비틀었다. 새로 알게 된 닉과 와니의 관계는 그녀에게도 놀라운 소식이었으리라. 닉이 동성애자라는 사실조차 그녀가 알고 있었는지 분명치 않았다. 그가 말했다. "상황이 아주 엉망이죠? 운 빠스띠초, 운 임브롤리오(엉망, 엉망이네요)."

"빠스띠초야, 정말." 그녀는 차갑게 웃으며 대답했다. 그동안 두 사람은 이딸리아어로 어색한 대화를 나누며 웃곤 했다. 찬장으로 들어간 그녀가 등을 돌린 채 뭐라고 말해서 닉은 그녀를 따라 들어갔다.

"뭐라고요?"

"여기 얼마나 오래 살았죠?" 그녀가 선반 위 깡통들을 올려다보며 물었다.

"켄징턴파크 가든스에요? 아, 지난여름에 사년이 되었으니 사년하고…… 반의 반년이네요."

"사년. 상당한 시간이군."

"예, 정말 좋은 시간이었어요." 그는 이 모호한 관용적 표현이 불만스러웠다. 그녀가 팔을 들어서 그녀보다 키가 별로 더 크지 않은 닉이 그녀를 도우려고 팔을 뻗었다. "보를로띠?" 보를로띠 깡통을 손에 쥐여주니 그녀는 적어도 감사를 표하며 고개를 끄덕이기는 했다. 그런 뒤 닉은 다시 그녀를 따라나왔는데, 그러다보니 마치 자신에게 다른 일도 시켜주었으면 하는 모양새가 되었다. 그녀는 그 콩이 든 깡통을 깡통따개 아래 놓고 손잡이를 돌리기 시작했다. 닉이 짐작건대 토마토 뿨레와 파졸리를 포함해 그녀가 신선한 것보다 통조림으로 나온 것을 더 선호하는 모든 재료를 그렇게 따는 동작을 수십번, 수백번은 본 것 같았다. 그리고 문득 모든 것이 분명해졌다. 그가 말했다. "엘레나, 난 이제 사직할 때라고 결정했어요."

그녀는 자신이 그의 말을 제대로 이해했는지 확인하듯 그를 날카롭게 바라보았고, 곧 다시 알았다는 뜻으로 고개를 끄덕였다. 그의 표현이 적절하다고 생각하며 속으로 미소를 지었을지도 모를 일이었다. 그녀는 탁자로 되돌아갔는데, 그 바쁜 동작은 그녀의 목적의식을 드러내면서 한편으로 닉이 전한 소식에 대한 일종의 안타까움도 감추고 있을지 몰랐다. 닉 스스로는 자신의 결정에 무척 충격을 받은 터였다. 혹시 그녀가 아쉬움이라도 표하려나 싶어 닉은 그녀를 흘긋 보았다. 그녀 뒤쪽 벽은 온통 가족사진으로 채워져 있었다. 그녀의 모습이 사진들과 친밀한 관계 속에서 유능한 자세로 고개를 숙인 채 서 있는 것처럼 보였다. 사실 그 사진들 중 하나에는 그녀가 유모차에 귀공자처럼 앉은 토비를 내보이는 모습이 담겨 있기도 했다. 그녀는 처음부터, 그 전설적인 하이게이트 시절부터 그 가족의 일부였던 것이다…… 양파를 다지기 시작한 엘레나가 다시 고개를 들고 물었다. "처음 이곳에 왔던 때를 기억해요?"

"예, 물론이죠."

"우리가 처음 만났을 때……"

"그럼요, 기억해요." 그러고서 그는 다정하게 킬킬거리며 약간 얼굴을 붉혔다. 물론 복도에서 일어난 일분여의 혼란스러운 사건을 결국은 전혀 극복하지 못한 탓이었다. 닉은 그녀가 그 일을 얘기해서 기분이 좋았다. 그가 한 실수라고는 그녀를 동등한 사람이 아닌 윗사람으로 대접하며 호감을 사려 애쓴 것뿐이었으니 사실 그다지 당황스러울 일도 아니었다.

"내가 페든 부인인 줄 알았죠."

"그래요, 기억나요. 글쎄, 두 분 다 뵌 적이 없었으니까요. 저는 그냥 멋지게 생긴 분이구나 생각해서……"

엘레나는 양파 때문에 눈을 꼭 감았다 ─ 그러면서 다른 감정으로 슬쩍 넘어가는 듯 아주 잠시 동안. 그런 뒤 그녀가 말했다. "그날 내가 혼잣말을 했죠. 이 친구는 씨오꼬(멍청한, 얼빠진)구나. 그러니까, 아무것도 모르는구나. 아, 아주 착하기는 하지만 그렇지만, 그러니까……." 그녀가 손가락으로 이마를 튕겼다.

"빠쪼(미친)……?" 닉이 마지막 실낱같은 희망을 걸고 물었다.

"멍청한 녀석이구나." 엘레나가 말을 맺었다.


닉은 자신의 방으로 올라가 창턱을 바라보며 서 있었다. 늦은 아침, 늦은 10월의 햇빛이 창 위로 무심하게 흐려졌다 밝아지기를 반복했다. 그는 생각에 잠겨 있었다. 하지만 언어화되지 않는 순수한 추상, 밝으면서도 슬픈 생각이었다. 그러다가 곧 단순한 형태의 언어들이 진짜 쓰이기라도 한 듯 나타났다. 편지로 쓰면 좋을 말들, 거기서라면 완벽한 통제하에 아름답게 쓰일 수 있을 것이다. 말로 표현된다면 떨림과 굴절의 위험이 있다. 그는 제럴드를 만나러 아래층으로 갔다.

서재 문이 열려 있어서 그가 배리 그룹에게 말하는 소리가 흘러나왔다. 이 집에서 우연히 남의 말을 엿듣게 되는 사람으로서 종종 그랬듯이 닉은 문가에 서 있었다. 늘 옆방에서 반쯤 호기심에 차서 엿듣는 전화 통화 속에서 결정들이 이루어지곤 했다. 그는 사업과 정치의 소음을 즐겼다. 밤에 자동차 여행을 할 때 뒷좌석의 졸음에 겨운 아이가 부모끼리 대화하는 무의미하고 단편적인 소리를 들으며 위안을 얻듯이 그것은 어른다운 소리, 다른 가족을 안심시키는 소리였다. 때때로 물론 비밀을 엿들을 때도 있다. 기습을 준비하고 있다거나 하는 내용. 그리고 그가 거기서 얻는 즐거움은 무척 사적인 것, 자신이 신뢰받고 있다는 사실을 확인한 데에서 오는 행복이었다. 배리가 말하고 있었다. "일이 이렇게 되도록 어떻게 방치하고 있었는지 이해가 안 가." 제럴드는 우울하게 웅얼대고 기침 소리를 크게 한번 냈을 뿐 아무런 대꾸도 하지 않았다. "그러니까, 저 호모새끼는 여기서 도대체 뭘 하고 있는 거야? 도대체 왜 그동안 내내 그 간들거리는 새끼가 집 주변을 얼쩡거리게 그냥 놔두었나?"

문장의 끝으로 갈수록 소리가 더 커졌고, 닉은 제럴드가 그의 터무니없는 말을 바로잡아주기를 기다리며 사오초가량 가슴을 두근거렸다. 분노가 치밀어 가슴이 뜨거웠고 새로운 전투의 흥분이 느껴졌다. 배리 그룸은 그들이 이 집에서 어떻게 지냈는지 전혀 모르지 않는가. "글쎄, 그게," 제럴드가 입을 열었다. "판단 착오였다고 해야 할까. 나답지 않은 일이었지. 내가 보통은 사람을 잘 알아보니까. 하지만 맞아, 오류였어."

"그 오류 때문에 너무 비싼 댓가를 치렀어." 배리 그룸이 여전히 성난 태도로 말했다.

"자네도 알겠지만 우리 애들 친구였잖나. 우리는 아이들 친구에게 늘 열린 마음으로 대하는 것을 원칙으로 삼고 있었거든."

"흠," 아들 퀜틴이 밑바닥에서부터 돈에 대해 배우게 하려고 "원칙에 의거해" 재산을 물려주지 않겠다고 공식적으로 선언한 배리가 말을 이었다. "글쎄, 나는 그 녀석이 전혀 신뢰가 안 가더라고. 그것만은 확실하게 말할 수 있어. 그런 유형을 잘 알거든. 아무 말도 안하지. 항상 작은 비판거리들을 속에 담아두고 있거든. 몇년 전인가 여기서 내 옆자리에 앉았었는데, 너는 이곳에 어울리지 않는다, 이 호모새끼. 네가 전혀 모르는 곳에 있구나, 나는 그렇게 생각했지. 그리고 또 말해줄 게 있네. 그놈 역시 자기 주제를 알고 있었어. 위층에 가서 여자들하고 있고 싶다고 생각하는 게 빤히 보이더라고."

"아……." 제럴드가 미약하게나마 항의조로 말했다. "우리는 늘 잘 지냈어, 물론."

"망할 놈, 항상 잘난 체하더군." 배리 그룹은 그런 모욕적인 표현이 자신의 말이 불편한 진실임을 보증해준다는 듯 사납고 냉정하게 욕설을 내뱉었다. 그날밤 저녁식사 후에 보였던 것과 똑같은 태도였다. 멋이나 격식이라곤 전혀 없어서 닉이 지금까지도 기억하고 있는 바로 그 태도 말이다. "그런 놈들은 우리를 증오하거든. 자기재생산이 안되니까 그럴 수 있는 너그러운 바보들에게 기생하는 거야. 자네 앞에서 기고, 망할 놈의 우라디 집안에 가서 기는 거지. 그놈이 자네의 예쁘고 불쌍한 딸을 이렇게 탈선시키고 그애를 이용한 것도 난 전혀 놀랍지 않아. 다르게 표현할 방법이 없군. 물론 호모들의 아주 전형적인 사기 수법이지."

제럴드는 뭐라고 웅얼거리기는 했지만 언짢아하면서도 배리 그룹의 말을 받아들이는 투였다. 닉은 자신을 변호하지 않는 제럴드에 대한 분노와 묘한 쾌감이 느껴지는 배리 그룹에 대한 증오가 뒤섞인 낯선 감정에 혼란스러워하며 문 옆에 이를 악물고 선 채 곧 노크라도 할 것처럼 몸을 살짝 굽혔다. 배리는 간통을 저지른 게 한두번이 아닌데다 파산한 적도 있는 사람이었다. 그의 혐오 대상이라면 분명 청렴결백하다고 할 수 있을 정도였다. 하지만 제럴드는…… 글쎄, 제럴드는 그 모든 잘못에도 불구하고 친구였다.

"돌리 킴볼턴이 이 모든 사태 때문에 엄청나게 화가 나 있어. 말할 필요도 없는 일이지." 배리가 말했다. "우라디가 방금 우리 당에 50만 파운드를 기부한 참이라고."

닉은 조용히 식당으로 물러나 늘 앉던 자리에 앉았다. 그는 '바람둥이' 페든과 페니 켄트가 서로 껴안고 있는 사진, 수백피트 떨어진 곳에서 찍은 것을 크게 확대해서 무의미한 점의 패턴이 되어버린 두 연인을 다시 보았다.

제럴드가 배리를 내보내고 일분쯤 지나서 닉은 그의 서재로 가노크를 하고 머리를 문 안쪽으로 들이밀었다. 그러고는 제럴드가 혼자인지 살피듯, 동시에 배리가 갔다는 사실에 피차 비슷하게 느낄 만한 약간 우스운 안도감을 끌어내보려는 듯 방 안을 재빨리 둘러보았다. 제럴드는 책상 앞에 서서 여러 서류를 살펴보다가 반달형 안경 너머로 그를 바라보았다. "지금 괜찮으신지요?" 닉이 물었다. 제럴드는 콧소리로 대답했는데 약간 크고 탁한 소리에 "뭐?" "아니" "그래", 그리고 분노에 찬 한숨이 실렸다. 닉은 안으로 들어가 다른 사람이 듣지 못하게끔 문을 닫았다. 조금 전 발화된 말들 때문에 방이 여전히 따끔거리는 것만 같았다. 낮은 가죽 안락의자에도 아직 손님이 앉았던 흔적이 남아 있었다. 일종의 절차가 이루어지는 곳, 만남과 결정이, 가죽냄새와 텁텁한 씨가 연기와 광택제처럼 오래되고 질식할 듯한 자만심이 서린 공간.

"지금 괜찮아." 제럴드는 안경을 벗고 닉에게 차갑고 짧은 미소를 지어 보였다.

"예, 그러니까……." 우울하게 퍼지는 자신의 말소리가 닉의 귀에 들려왔다. "잠깐이면 됩니다."

"그래." 자신이 닉과 관련해 생각하는 일을 전부 처리하려면 잠깐으로는 안된다는 듯 오만한 태도였다. 그는 안경을 책상 위에 던지고는 창가로 걸어갔다. 제럴드는 캐벌리 트윌 바지에 담황색 크루넥 스웨터를 입고 있었다. 그 차림새가 군인다운 결단력이 결합된 상징적 겸손의 효과를 자아냈다. 어떻게 복귀하느냐 하는 전략이 이미 다 마련되어 있는 모양이었다. 닉은 곤경에 놓인 그를 사적으로 만날 수 있다는 사실에 우습게도 특권의식을 느꼈다. 그리고 동시에 정말 충격적이게도, 그가 참을 수 없을 만큼 따분한 인간이라는 생각이 엄습했다. 제럴드는 정원을 바라보았지만 실은 자신의 불만만 들여다보고 있었다. 닉은 말을 꺼내도 될지 알 수가 없었다. 생각했던 만큼이나 힘겨웠다. 그는 제럴드가 무슨 말을 꺼낼 것 같다는 생각에 긴장한 채 의자 등받이를 잡고 서 있었다. "와니는 어떻지?" 제럴드가 물었다.

"아⋯⋯." 일종의 차가운 예의를 보여주는 질문이었다. "잘 아시다시피 심하게 앓고 있지요. 희망은 거의 없어 보입니다."

제럴드는 그것이 많은 경우에 흔히 일어나는 일임을 수긍하듯 고개를 살짝 끄덕였다. "부모한테는 정말 끔찍하게 힘든 일이지." 그러고는 공감을 강요하는 듯한 태도로 돌아서서 닉을 빤히 바라보았다. "불쌍한 베르트랑과 모니끄!"

"예⋯⋯."

"자식 하나를 잃는다는 건⋯⋯" 두 사람 모두 그 말에서 레이디 브래크널의 어조를 감지했고 제럴드는 재빨리 농담의 위기를 벗어났다. "글쎄, 그저 상상만 할 수 있겠지." 그는 천천히 고개를 젓고는 책상으로 돌아갔다. 엄숙한 표정이었지만 실은 웃지 않으려 애쓰는 사람 같았다. 엄숙하게 공감을 표하려는 그 나름의 시도가 그렇게 나타난 것이다. 그러나 그 모습에서는 어떤 의미에서는 그 자신도 자식을 하나 '잃어버렸다'고 여기는 역겨울 정도의 감상성이 엿보였다. 그는 우라디 집안의 위기를 자신의 위기 속으로 흡수하고 있었다. "그 아가씨한테도 끔찍한 일이고."

그는 잠시 그 말뜻을 이해하지 못했다. "아, 마르띤 말씀이신가요?"

"약혼녀."

"아⋯⋯ 예, 하지만 사실 여자친구는 아니었어요."

"아니아니, 결혼할 예정이었지."

"결혼을 하더라도 위장을 위해서였어요, 제럴드. 그녀는 돈으로 산 동반자였을 뿐이에요."

제럴드는 이 말에 대해 생각해보더니 씁쓸하지만 포기한다는 듯 눈썹을 치켰다. 그에게 동성애자들의 삶에 대한 지식은 항상 금기였다. 그와 닉은 한번도 그 주제에 대해 솔직하게 이야기하거나 서로 속뜻을 알아듣는 사람끼리의 농담 같은 것을 한 적이 없었고 그렇다고 지금 새삼 그런 걸 시도할 상황도 아니었다. 불안하게 웃으며 닉이 말을 이었다. "물론 저는 와니가 그리울 거예요."

제럴드는 서류 몇장을 분주하게 추려서 서류철에 꽂은 뒤 스프링을 튕겨 닫았다. 그러고는 승인을 구하듯 두개의 액자 속 사진, 레이철과 수상의 사진을 향해 흘깃 눈길을 주었다. "어떻게 해서 우리 집에 오게 되었는지 말해주겠나?"

닉은 예의를 지키려 굳이 그런 대답까지 해야 하는지 확신할 수 없었다. 그는 어깨를 으쓱였다. "아시다시피 토비의 친구라서 오게 되었죠."

"아하." 제럴드는 고개를 끄덕였지만 여전히 닉을 외면한 채였다. 그는 책상 앞, '우주선' 검정이라고 불리는 색깔의 의자에 앉았다. 궁금하다는 표정으로 얼굴을 과장되게 찡그리고 있었다. "그렇지만 진짜 토비의 친구였나?"

"물론입니다." 닉이 대답했다.

"좀 이상한 우정 아닌가?" 그는 아무렇지 않은 표정으로 흘깃 닉을 올려다보았다.

"그렇지는 않은 것 같은데요."

"내 생각엔 그애가 자네에 대해 아무것도 모르고 있었던 것 같은데."

"글쎄요, 저는 그냥 저예요, 제럴드! 무슨 외계에서 온 침입자가 아니라고요. 우리는 삼년 동안 같은 대학에 다녔어요."

제럴드는 그 점에 대해서는 수긍하지 않은 채 의자를 빙그르 돌려서 다시 창밖을 내다보았다. "여기서 늘 편하게 지냈지?"

그 질문에 닉은 실망으로 숨을 훅 들이마셨다. "그럼요……."

"그러니까, 사실 우리는 자네에게 무척 잘해주었다고 생각하는데, 안 그런가? 자네를 우리 가족의 일부로 — 가장 넓은 의미에서 — 받아들였지. 자네는 우리 친구이기 때문에 여러 굉장한 사람들을 만났고. 사실상 최고 수준까지 올라갔어."

"예, 물론입니다." 닉은 숨을 깊이 들이쉬었다. "부분적으로는 그것이 제가 이 사태가 이렇게 전개된 데 대해 그렇게 끔찍하게 죄송스러운 이유이기도 하죠." 내친김에 그는 열심히, 한편으로 영리하게 말을 이었다. "그러니까, 최근에 캐서린의 병이 발발한 것에 대해서요."

제럴드는 이 말을 엄청난 공격으로 받아들이는 듯했다. 그는 닉에게서 사과를 받아 진정되고 싶은 것이 아니었다. 더욱이 닉은 사과를 한다기보다 그의 딸에 대해 함께 안타까워하고 있었다. 그는 마치 삽입구를 끼워넣듯 말했다. "내 생각에, 자네는 내 딸을 한번도 이해한 적이 없었던 것 같아."

닉은 이 말을 미묘한 대목으로 받아들임으로써 제럴드의 기분을 맞춰주려 했다. "그녀와 같은 병을 겪은 사람이 아닌 한 누구라도 그 병을 제대로 이해하기란 어려운 게 아닐까 싶습니다. 순간순간 일어나는 일뿐 아니라 장기적인 패턴도요. 그녀가 이 모든…… 위해를 가하고 있다 해도 그녀가 아버님이나 레이철을 덜 사랑한다는 뜻은 아니라고 생각해요. 조증 상태일 때 캐서린은 불가능한 것이 전혀 없는 세상에 사는 셈이죠. 사실 캐서린이 실제로 한 일이라고는 사실을 말한 것뿐이라고 할 수 있고요." 그는 제럴드가 자신의 말을 이해할 수도 있지 않을까 생각했다. 제럴드는 인상을 쓴 채 앞만 바라볼 뿐 아무 말도 하지 않았다. 그러나 텔레비전 인터뷰에서 그랬듯 그는 아무런 반박이나 대답도 못 들은 사람처럼 그 자신의 생각만 따라갔을 뿐이다.

"내 말은, 자네가 이런 가족에 빌붙은 게 상당히 기이하다는 거지. 자네 입장에서도 묘하지 않던가?"

닉은 그것이 특별하다고, 아름답다고, 혹은 적어도 그랬었다고 생각했다. 하지만 이렇게 말했다. "저는 단지 기숙생일 뿐이죠. 댁에서 지내라고 먼저 제안한 건 토비였습니다." 그러고는 과감하게 덧붙였다. "사실 거꾸로 이 가족이 제게 빌붙은 것이었다고 할 수도 있겠지요."

제럴드가 말했다. "내가 좀 생각을 해봤거든. 이건 어디 책에서나 보던 일인데, 호모들의 뻔한 사기 말이야. 진짜 가족을 가질 수 없으니 다른 가족에 빌붙는 거지. 그리고 시간이 좀 흐르면 그냥 견딜 수가 없는 거야. 우리가 가진 모든 것이 무척 부러웠을 게 틀림없고, 게다가 자네 같은 경우는 그런 환경 출신이니 더더욱……. 그래서 그 결과 아주 끔찍한 복수를 한 거야. 사실 알다시피……." 그가 손을 치켜들며 말을 이었다. "우리가 청한 건 그저 헌신적인 애정뿐이었거든."

놀랍고 신기하게도, 그런 이야기를 늘어놓으면서도 제럴드는 닉이 실제로 무슨 일을 했다고 생각하는지에 대해서는 한마디도 꺼내지 않았다. 애완용 양을 희생양으로 삼는 것이 그에게는 너무나 명백히 자연스러운 일인 듯했다. 논쟁해봐야 소용없는 일이었지만, 닉은 놀라서 의자 등받이를 꼭 잡은 채 눈물을 글썽거리는 젊은이였던 조금 전의 자신과 이 순간의 자신은 다르다고 주장하듯 이렇게 대답했다. "제럴드, 무슨 말씀인지 전혀 이해가 안 가는군요. 하지만 제게 다른 무엇보다 헌신적인 애정에 대해 말씀하시는 건 좀 터무니없다 여겨집니다." 그는 자신이 지금까지는 한번도 제럴드를 비판한 적이 없다는 사실을 깨달았다. 믿을 수 없다는 듯 움찔해서 닉의 말을 반박하려 고심하는 모습으로 미루어 제럴드 역시 그 말에 한방 맞았다고 느낀 것이 틀림없었다.

"그래, 정말이지 자네는 자네가 지금 무슨 망할 놈의 말을 하고 있는지 전혀 모르는군!" 그는 발작적으로 벌떡 일어났다가 일종의 조소를 띠며 다시 앉았다. "정말로 자네의 연애 행각이 나와 같은 수준에서 이야기될 수 있는 것이라고 믿는 건가? 그러니까, 다시 묻지만 자네 도대체 정체가 뭔가? 여기서 도대체 무슨 망할 짓을 하고 있는 거냐고?" 문장을 약간 변형해 되풀이함으로써 그는 점차 강경하게 분노의 홍수를 쏟아냈다. 그의 얼굴에 역력하게 떠오른 그 홍수는 육체적인 발작처럼 그 자신을 당혹스럽게 만드는 듯했다.

분노는 닉에게도 감염되어 마침내 그는 작정했던 말을 꺼냈다. 하지만 그것은 원래의 의도와 달리 저열하게 빈정거리는 투로 나왔다. "제가 오늘 이 집을 나간다는 소식을 들으면 무척 가슴 아프시겠죠. 단지 그 말씀을 드리려고 들렀습니다."

그러자 분노에 찬 제럴드는 그 얘기를 못 들은 체하며 말했다. "당장 이 집에서 나가주게."

# 18

공작부인은 제럴드와 레이철이 결혼식에 참석해야 한다고 고집했다. 제럴드가 전화를 걸어 자신의 비참을 시끄럽게 광고한 참이었다. "정말이지 샤론, 그렇게 행복한 날 나 때문에 조금이라도 언짢은 일이 생긴다면 절대 나 자신을 용서할 수 없어요." 그러고는 샤론이 말도 안되는 소리 하지 말라며 그 나름의 강경한 반박을 끝내기도 전에 재빨리 대답했다. "아, 좋아요, 그렇게 하죠." 그 말투만 봐도 그가 마지못해 사소한 겸양의 의례를 따랐을 뿐 처음부터 안 갈 생각이 전혀 없었다는 사실은 분명했다. "그냥 여쭤보는 편이 좋을 것 같아서요." 마치 그렇게 묻게 된 원인이 아니라 물어본 일 자체가 사교적 결례였다는 듯 그가 덧붙였다. 자신 때문에 누군가 언짢아할 사람이 있으리라고는 믿지 않는 사람이었다. 부부는 금요일 아침에 차를 타고 요크셔로 떠났다.

와니는 통이 좁은 바지와 넓은 옷깃으로 홀쭉해진 가슴을 감춰주는 새로운 주간 예복과 야회복을 맞추었다. 자라기 전에 딱 한번 입는 어린 왕자의 정장 같았다. 닉은 오지 침대에 놓인 그 옷들과 침대 아래 마루에 가지런히 놓인 새 옥스퍼드 구두와 실내용 슬리퍼를 보았다. 마치 와니보다 더 마른 사람 둘이 침대보 위에 나란히 누워 있는 것 같았다. 와니가 짐 싸는 것을 도우며 장식단추가 달린 그의 가죽가방 안을 습관적으로 슬쩍 들여다보니 두께가 1인치쯤 되는 연분홍 종이뭉치가 눈에 띄었다. 새로운 사교의례가 옛것을 대치해야 한다는 느낌으로 그는 그것을 꺼내 감추었다.

와니는 하드코어 비디오 앞의 소파에 누워 있었는데, 눈은 감고 벌린 입은 약간 비튼 채였다. 닉이 연민이라는 느린 불꽃 속에서 자신의 공포를 태워버리기까지는 일이초 정도의 시간이 필요했다. 와니가 잠에 빠져든 게 벌써 두번째였다. 닉은 전처럼 연인으로서 와니의 모습에 감탄해서가 아니라 그가 살아 있는지 확인하기 위해 그를 향해 몸을 숙였다. 한숨을 쉬며 와니 곁에 앉은 그는 타인을 돌본다는 사실에 스스로에게 묘한 애틋함을 느꼈고, 동시에 자신의 신중함과 유한성을 의식했다. 그는 그런 것이 부모의 마음가짐, 이를테면 자신의 걱정을 감추는 능력일지 모른다고 생각했다. 와니에게는 말하지 않았지만 닉은 오후에 HIV 검사를 다시 받을 예정이었다. 또 하나의 엄숙한 일이자 공론화되지 않아서 필요 이상으로 두려운 일이었다. 눈꼬리로 보니 비디오에서는 마치 원시생명체들이 추상적인 결단력을 가지고 싹을 틔우는 듯 일렁이는 무언가가 보였다. 주지육림의 장면, 주황색과 분홍색과 보라색 스펙트럼 속에서 누구의 것인지 모를 장기들과 구멍들이 움직이는 장면이었다. 그는 잠시 조소와 회한이 뒤섞인 마음으로 그 장면을 자세히 들여다보았다. 그 비디오는 그들이 이미 '고전'이라고 부르는 것, 포르노 영화에 살균된 고무의 윤기가 첨가되기 이전 시기에 만들어진 것이었다. 와니는 그런 식의 발전을 싫어했다. 적어도 그 점에서는 심미주의자인 셈이었다. 음량이 낮게 맞추어져 배우들 이 웅얼거리는 소리로 이진 부호를 내뱉고 있었다. 아⋯⋯ 오 아, 오 아⋯⋯ 아⋯⋯ 오⋯⋯ 아, 아⋯⋯ 오, 아⋯⋯.

"차가 왔나?" 와니가 잠에서 깨면서 두려워하는 표정으로, 자신 의 질문에 부정의 답이 돌아오기를 갈망하는 듯, 그래서 여행이 취 소되기를 바라는 듯 물었다. 아버지의 운전기사가 그를 밤색 썰버 섀도에 태워 해러게이트로 데리고 갈 예정이었다. 간호사가 그들 과 동행했다. 검은 머리에 푸른 눈을 가진 스코틀랜드 출신의 로이 라는 남자로, 닉은 그에게 기분 좋은 질투심을 느끼고 있었다. "로 이가 곧 올 거야." 그가 기운 없이 부루퉁한 와니의 표정을 못 본 척 대답하고는 이어 기운을 북돋워줄 생각으로 덧붙였다. "말을 안 할 수가 없네. 귀여운 남자던데."

와니는 천천히 일어나 앉아 다리를 옆으로 내렸다. "자기 생각을 거침없이 말하던데, 그 로이라는 젊은이."

"그래, 뭐라는데?"

"좀 고압적이야."

"간호사라면 일을 확실히 해야 할 테지."

와니가 입을 삐죽거렸다. "내가 일분에 천 파운드씩 지불하는데 그러면 안되지."

"네가 좀 거친 사람을 좋아하는 줄 알았는데." 닉이 말했다. 자신 의 거친 말투에 생색내는 어조가 섞인 것 같았다. 그는 와니가 몸 을 일으키도록 거들었다. "어쨌든 롤스로이스를 타고 네시간이나 가다보면 길들일 수 있겠지."

"바로 그게 문제야." 와니가 말했다. "그 친구 아주 골수 좌파거든." 그러더니 예의 삐딱함을 드러내는 유령 같은 미소가 그의 얼굴에서 잠시 빛났다.

초인종이 울려서 닉이 아래층으로 내려가보니 로이가 운전기사에게 이야기를 건네고 있었다. 로이는 닉과 비슷한 또래로, 감색 평상복 바지 차림에 셔츠의 목단추를 푼 차림이었다. 더매스 씨는 진회색 정장에 장례식용 넥타이를 매고 챙 달린 회색 모자를 쓰고 있었다. 그들은 서로 비껴서 있었다. 로이는 솔직하고 실질적인 사람 같았는데, 에이즈라는 위기상황에 흥분해서 자신의 용기와 헌신을 더매스 씨에게 쏟아내고 있는 듯했다. 와니가 어릴 때부터 우라디 집안의 운전기사로 일해온 더매스 씨는 와니의 병을 존중심을 가지고 대했지만 베르트랑의 고용인답게 비난하는 태도도 엿보였다. 최근 신문에 실린 이야기들 때문에 그 역시 망신스러웠고, 그런 민망함과 더 높은 충성심의 요구가 그의 각진 얼굴과 가죽장갑을 낀 손안에서 싸우고 있었다. 그는 모자를 고쳐 쓰고 닉이 가져온 가방 두개를 받아들었다.

"그래, 자네는 함께 가지 않나보네, 닉." 로이가 도발적으로 나무라는 투로 말했다.

"응, 여기서 살필 일이 몇가지 있어서."

"그곳의 모든 공작과 귀부인과 그런 부류의 인간들로부터 나를 지켜주지 않을 작정인가봐."

와니의 수그린 머리 너머로 다른 남자의 관심을 끌었다는 사실에 갑작스러운 안도감이 느껴졌지만, 닉은 조심스레 삼가는 태도를 취했다. 사람들이 자신의 문제에 관심을 보이는, 그로서는 낯선 일에 아직 익숙하지 않았는데, 그런 관심은 주로 그를 이미 알고 있다고 가정하는 태도를 통해 감지되곤 했다. "나야말로 그 사람들로부터 보호받아야 할 것 같은데." 그가 말했다.

로이는 익살스러운 미소를 지어 보였다. "누가 오는지 알아요?"

"전부." 와니가 숨가쁜 목소리로 대답했다.

로이는 롤스로이스 뒷좌석으로 시선을 돌렸다. 와니가 짜증스러운 얼굴로 깔개와 여분의 방석 몇개를 이리저리 옮기고 있었다. "그냥 거기 편히 앉아요." 수업시간에 도맡아 말썽을 부리는 학생을 대하듯 그가 말했다. 그의 싹싹하면서도 사무적인 태도는 꽤 효과를 발휘했다. 로이는 암울한 견해와 희망적 견해를 동시에 지닌 사람 같았다.

더매스 씨가 다가와서 형언하기 힘든 탕 소리와 함께 문을 닫았다. 그가 움직이는 세계의 소리, 그 자신이 소유한 건 아니지만 책임을 맡고 있는 신비한 세계의 소리, 닫히는 문에서 나는 조율된 정확성의 소리였다. 와니는 자리에 앉아 불투명 유리의 반짝이는 그늘에 잠긴 채 앞만 보고 있었다. 밝은 대낮 속으로 점점 희미해져가듯, 닉은 다시는 그를 못 보게 되리라는 느낌이 들었다. 이제 그런 예감은 자주 그를 찾아왔다. 닉이 손짓을 하자 와니가 버저를 눌러 창문을 2인치쯤 내렸다. "냇에게 안부 전해줘." 닉이 말했다. 와니는 닉이 아니라 그 너머, 반어적 추정이라는 중간 영역을 응시했다. 몇초 후 버저 소리와 함께 창이 닫혔다.

닉은 일층의 텅 빈 사무실로 들어가서 자신의 책상을 정리하기 시작했다. 지금 애빙턴 로드에서 이사를 나갈 필요는 없었다. 사실 아파트를 찾을 때까지 위층에 머물 예정이었다. 하지만 정리하고 버리고 싶다는 충동이 그를 사로잡았다. 비록 와니는 말하려 하지 않았지만 『오지』 일은 폐업될 것이 분명해 보였다. 닉은 냇의 결혼식에 가지 않아 다행이라고 생각했지만, 누구든 그의 부재를 알아 채는 사람이라면 아마 이것이 그가 자신의 죄를, 혹은 부적격성을 인정하는 것이라고 여길 수도 있었다. 자신이 없다는 걸 전혀 알아 차리지 못한 친구들이 자리에서 성큼 일어나 무도회의 소용돌이에 동참하는 장면을 그는 영화의 한 장면처럼 선명하게 그려보았다. 아마 머천트 아이보리에서 제작한 영화의 한 장면이었으리라.

초인종이 울려 내다보니 롤스로이스가 있던 자리에 트럭이 서 있었다. 바깥으로 나가자 음악소리가 크게 울리는 가운데 야구모 자를 쓴 마른 소년이 서성이고 있었다. "여기가 『오지』인가요?" 소 년이 물었다. "배달 왔어요." 그는 라디오를 켠 채 운전석 문을 열 어놓았다. 수레에 커다란 사각형 꾸러미들을 쌓아 빌딩으로 가지 고 들어오는 동안 「풀 메탈 재킷」의 가사 "너의 교관이 되고 싶어" 가 집들에 부딪혀 울려퍼졌다. 그가 이 거리 한구석을 오분 정도 차지해버린 셈이니 일종의 사건이었다. 배달된 것은 잡지였다. "고 마워." 닉이 말했다. 한시라도 빨리 그 물건과 혼자 남게 되기를 바 라며 그는 비노동자의 무력하고 미온적인 미소를 띤 채 물러섰다. 소년은 가쁜 숨을 쉬고 텅텅 소리를 내며 들락날락했다. 마치 이 배달 때문에 다른 배달이 참을 수 없을 만큼 늦어진다는 듯, 한꺼 번에 다 배달했으면 좋겠다는 태도였다. 그는 한 다스는 되는 꾸러 미들을 네개의 땅딸막한 기둥 모양으로 쌓았다. 각 꾸러미마다 파 란 플라스틱 끈이 양쪽으로 묶여 있었다. 닉은 그것을 긁적이다가 손톱을 부러뜨렸다. "서명 좀 해주세요." 소년이 청바지 주머니에 서 재빨리 화물 목록이 적힌 서류와 볼펜을 꺼냈다. 닉은 자신의 이름을 대충 휘갈겨쓴 뒤 서류를 돌려주었는데, 고개를 갸우뚱하 고 눈을 가늘게 뜬 채 자신을 바라보는 소년의 얼굴이 눈에 들어왔다. 닉의 얼굴이 붉어지면서 표정이 굳었다. 만일 이 소년이 『미러』 지 독자라면 닉을 알아보았을 것이다. 그는 잠재된 공격성이 뒤범 벅되며 한데 모이는 것을 느꼈다. "보실래요?" 소년이 이렇게 묻더 니 닉이 그 말뜻을 알아차리기도 전에 다른 주머니에서 스탠리 칼 을 꺼내 엄지로 날을 민 다음 가장 가까운 꾸러미의 끈을 끊었다. 그런 뒤 느슨한 종이 포장을 당겨 맨 위에 놓인 반짝거리는 책을 꺼내들고는 뒤집어 닉에게 건넸다. "부알라(자, 보세요)!" 닉은 상이 라도 탄 사람처럼 책을 들고 행복에 겨워 자신의 팔꿈치 쪽에 서서 지켜보던 소년과 기꺼이 그 기쁨을 나누었다. 벌거벗은 기분이었 고, 아무것도 묻지 않았으면 싶었다. "와, 멋지네요." 소년이 말했 다. "저건 천사죠?"

"맞아." 닉이 대답했다. 싸이먼의 디자인은 아주 훌륭했다. 투명 하게 반짝이는 검은색 표지 오른쪽에 흰색 보로미니 천사를 배치 했는데, 긴 날개가 이중의 곡선을 그리며 책등으로 향했고 책등에 서는 그 날개의 끝이 뒤표지 같은 자리에 있는 다른 천사의 날개 끝과 만나 두 날개가 절묘하게 우아한 오지를 그리고 있었다. 책등 아래쪽의 '오지 1호'라는 평범한 대문자 외에는 아무 글자도 넣지 않았다.

닉은 책을 펼치고 싶지 않았다. 호기심과 얼굴이 화끈화끈한 망 설임으로 마음이 들끓었다. 혼자 있고 싶었다. 소년은 감탄하며 고 개를 흔들었다. "망할, 진짜 멋있네요." 그가 말했다. "'망할'이라고 말해서 미안해요." 그가 손을 내밀어서 두 사람은 악수를 나누었 다. "또 뵐게요."

"그래, 어쨌든 정말 고맙다!"

"제 일인걸요."

닉은 미소를 지으며 이 책의 첫 비평가가 사무실에서 튕기듯 나가는 모습을 지켜보았다.

"좋아……." 혼자 남은 그는 중얼거렸고 겸연쩍은 미소를 지었다. 그는 잡지를 멜러니의 빈 책상 정중앙에 놓은 뒤 그 앞에 앉았다. 그러고는 순진한 추측의 표정으로 표지를 넘겼다. 그리고 물론 그의 앞에 펼쳐진 것은 윤기 흐르는 첫 세면에 펼쳐진 경이로운 사치의 세계였다. 불가리, 디오르, BMW, 닉과 와니의 코카인이 낳은 엉뚱한 아이의 놀라운 대부 대모들. 그는 재빨리 발행인란 아래 자리한 자신의 이름으로 향했다. "편집 주간: 앙뚜안 우라디. 편집 고문: 니컬러스 게스트." 자부심으로, 동시에 막연히 자신이 사기를 치고 있는 게 아닐까 하는 자의식으로 그는 얼굴을 붉혔다. 부모가 이 책을 보면, 창피한 근심거리로서가 아니라 영예로서 인쇄된 그의 이름을 보면 얼마나 안도할까. 그렇게 생각하니 기운이 솟았다. 그는 잠깐씩 멈춰가며 한장 한장 계속 살펴보았다. 거기 나오는 단어 하나하나를 교정쇄로 열번씩 읽은 뒤 인쇄소에 넘겼건만, 그것들이 잡지가 되는 동안 설명하기 힘든 변화의 과정을 한번 더 겪은 것만 같았다……. 그가 말도 안되는 마지막 실수를 피하기 위해 눈에 초점이 안 맞을 때까지 살펴본 내용들이었다.

그가 쓴 기사는 사창가에 대한 앤서니 버지스의 기사와 이딸리아의 고딕 복고에 대한 마르꼬 까사니의 글 다음으로 잡지 뒷부분에 겸손하게 실려 있었다. '아름다움의 선'에 관한 글로, 브로치와 거울과 호수와 로꼬꼬 시대 성인과 소파 다리의 화려한 사진이 함께 실려 있었다. 그는 가슴을 두근거리며 그것을 읽었고, 한두번 더 우아한 문장의 미끄럼을 타기 위해 앞으로 돌아가기도 했다. 그것을 읽는 동안 그의 곁에는 다른 찬미자들도 함께였다. 에트릭 교수가 좀처럼 만나지 못한 제자에 대한 신뢰를 회복하고, 모나코의 앤서니 버지스는 필자 증정본을 살펴보다가 너무나 경탄한 나머지 동작을 멈추고, 라이어널 케슬러는 아름다움의 선 모양으로 꽃장식을 두른 루이 16세 시대의 침대 겸용 의자에 편히 앉아 중상모략의 희생자가 된 영리한 젊은 친구가 훌륭한 사람이라는 증거를 반갑게 받아들인다……. 닉은 자신감에 찬 미소를 띠고 잡지 뒷부분, 마작 세트와 라지의 장난감 병정에 대한 멋진 소특집을 한장 한장 넘겼다. 뒤표지 안쪽은 기쁘게도 '즈 프로메' 광고였고 그다음으로는 천사가 화답의 날개를 펴고 있었다. 닉은 그 모든 것을 최고로 만족스럽게 보았다. 처음의 소심함은 그 반대편, 자신들이 걸작을 만들어냈다는 확신 속으로 잠겨들었다.

시소를 타듯 변덕스러운 기분. 오분 뒤 그는 잡지를 처음 읽는 기분을 한번 더 느껴보고 싶다는 생각이 들었다. 하지만 그것은 절대 있을 수 없는 일이다. 그는 위층 아파트로 한권을 가져가 아무렇게나 몇번 펼쳐보면서 그 화려함에 번득임이 있다고, 유리 같은 악의성이 엿보인다고 생각했다. 아니, 그것은 무척 훌륭했다. 빛났다. 그 광택은 완벽했고 강렬했다, 대리석과 니스의 광택처럼. 그것은 완성된 무언가의 찬란함이었다.

와니가 있어서 함께 보았다면 얼마나 좋았을까. 겨우 오분 차이로 못 보고 떠났다. 요크셔에 그 책을 가져가서 하객들에게, 토비와 쏘피와 공작부인과 브래드와 트리트에게 한부씩 줄 수도 있었을 텐데. 닉은 연미복에 실크해트를 쓴 거구의 로디 셉턴이 마실 것을 기다리며 조심스럽게 그 잡지를 들추는 장면을 상상해보았다. 와니 자신이 수백만 파운드의 돈으로 만들어낸 아름다운 물건 하나를 그들에게 보여주며 차갑고 도전적으로 방을 돌아다니는 모습도. 그랬다면 그가 무언가 해낼 줄 알았다거나 못할 줄 알았다는 그들의 기대를 확인해주거나 배반했을 텐데. 부자 친구의 아들이 출판한 것이라면 그게 무엇이든 반사적으로 요란한 명성이 뒤따르겠지만, 그조차 그의 병에 대한 혐오감과 그의 출신에 대한 기억이 주는 불편함으로 수그러들 것이다. 잡지는 침실이나 화장실에 놓이겠지. 닉은 잡지들의 운명에 한숨을 짓고는 자신이 참 우스꽝스럽다고 생각했다. 와니는 잡지를 가져가지도 않았으니까. 게다가 정말이지, 훨씬 더 나쁜 상황도 상상할 수 있었다. 예를 들어 자신이 와니의 가방을 충분히 주의 깊게 점검하지 않았을까봐 걱정스러웠다. 와니가 주머니나 둘둘 만 양말 같은 데 쉽게 코카인 싼 것을 넣었을 수도 있는데. 5월의 위기로 습관적 복용이 크게 줄긴 했지만 한동안 참았다가 런던으로 돌아와 갑자기 쾌락이 제한되면 분명 강력한 유혹을 느낄 것이다. 내 자신은 이제 끊었지만 그의 친구들 중에는 대여섯명쯤 되는 상습 복용자들이 있다. 그들이 와니에게 별일 아닌 듯 코카인 한줄을 줄지도 모른다. 와니의 심장은 무척 약하다. 코카인을 하는 것은 일종의 자살행위다. 닉은 부엌 창문 앞에 서 있었지만 건너편 집 뒷면이 거의 눈에 들어오지 않았다. 아마도 샤론이나 아니면 제럴드가 의무감에서 걸어온 퉁명스러운 전화를 받는 장면을 상상하고 있었기 때문이리라. 와니가 심장마비로 사망했다는, 그들이 할 수 있는 일은 아무것도 없었다는.

거실로 가니 탁자 위에 잡지가 놓여 있었다. 사실 좀 기이한 창간호였다. 2호가 발행될 가능성은 없으니까. 사람들이 그 사실을 알고 이 잡지를 앞으로 나올 다른 것의 예고나 시험판으로 보는 대신 그 자체로 칭찬해준다면 좋을 텐데. 유일한 『오지』. 온화한 가을 날 정오에 와니의 방에 그렇게 놓인 그것은 와니의 기념비라 할 수도 있었다. 그의 이름과 업적이 다다라야 할 곳에 대신 자리한 공허를 천사의 날개로 가려주고 있는.

　다음날 아침 닉은 자신의 물건을 가지러 켄징턴파크 가든스로 갔다. 간간이 이슬비가 내리고 있어서 그는 요크셔의 결혼식에 참석한 사람들의 모자가 망가지지 않을까 생각했다. 넓은 거리는 텅 비어 있었다. 런던 거리에 이따금씩 우연히 펼쳐지는 적막감, 보도와 집앞과 빗줄기가 들이치는 창문들에 언젠가 본 듯한 분위기가 감도는 순간적인 고요. 48번지 앞에서 그는 새롭게 터득한 사람들의 주목을 피하는 법, 서두르는 걸음걸이로 안에 들어선 뒤 그 은밀함을 벌충하듯 쓸데없이 세게 쾅 하고 문을 닫았다.
　집 안 복도에 들어서자 런던이 내는 무감동한 웅웅거림은 거의 들리지 않는 소리로 줄어들었다. 마치 희미한 빛이 섬세한 울림을 자아내는 듯했다. 무엇에도 방해받지 않는 그 집의 분위기, 올해의 말썽을 넘어선 더 거대한 분위기, 그가 오기 전, 그리고 떠난 뒤에도 변하지 않는 분위기를 우연히 엿본 기분이었다. 층계참에서 금박 등불이 창백하게 타올랐지만 식당에는 언제나와 같은 그림자가 구석으로 갈수록 깊어지다가 천장의 돌출부에 연기처럼 매달려 있었다. 상감세공을 한 시계가 무심하고 부지런하게 똑딱거렸다. 그는 돌계단을 올라 응접실로 들어갔다. 이것은 그야말로 자신의 소지품을 여기저기서 조금씩 찾아내는 행위일 뿐이다. 가족의 일원으로서 그들의 것과 섞여 있던 CD와 그가 빌려주었지만 읽히지 않은 채 쌓인 책더미 바닥으로 서서히 내려앉은 책 같은 것들. 그는 피아노 옆에 서서 마지막으로 모차르트의 안단떼를 쳐볼까 생각했지만 그것은 우스울 만큼 어색하고 감상적인 결과가 될 것 같았다. 토비의 초상화가 그를 내려다보고 있었다. 호르몬으로 인한 광채가 번득이는, 미래를 향해 인상을 약간 찌푸린 사춘기의 상징. 그것을 보니 서둘러야겠다는 생각이 더욱 절실했다. 닉은 소지품을 가슴에 든 채 벽난로 앞에 서 있었다. 밖에서 화물차가 지나가자 우르릉 소리와 그뒤의 덜커덩 소리에 맞춰 창문이 창틀과 함께 잠시 흔들렸고, 이어서 다시 고요에 가까운 상태가 공기 중에 번졌다. 그리고 다른 것, 뭐였더라? 그 장소의 냄새, 태피스트리 냄새, 윤을 낸 가구들, 백합, 거의 교회 같은 분위기도 — 그는 그동안 익숙해진 수천의 인상을 자신의 감각으로 포착했다가 놓아주는 느낌이었다.

그리고 그 모든 것은 과거에 닿아 있었다. 눈에 보이는 어떤 방해물도 없이 모든 것이 제럴드와 레이철에 대해서 이야기하고 있었다. 그는 부엌으로 갔다. 그곳의 정돈된 모습과 풍요로움, 단지들과 게시판, 걸린 행주들이 광범위하고도 뿌리 깊은 체계를 암시하고 있었다. 그는 이미 그곳에 부재하는 명사들의 사진을 올려다보는 침입자였다.

그는 트루 드 글루아르에서 두꺼운 종이상자들을 가져오려고 지하실로 다시 한층 더 내려갔다. 부엌 아래 고방에는 무도회용 금박 의자들이 쌓여 있었고 흥미로운 옛 탁자들과 흐려진 거울들이 내버려져 있었다. 그리고 그곳은 듀크 씨가 페인트와 사다리와 연장통을 주전자와 달력 곁에 보관해두는 곳이기도 했다. 그의 소굴이었으니, 닉이 생각하기엔 지금 그가 그 집의 무의식이라고도 할 수 있는 그곳에 있을 가능성도 다분했다. 전기 스위치를 내린 그는 벽지를 보고 깜짝 놀랐다. 검은 연철 같은 무늬가 그려진 보라색 벽지가 잡동사니에 부분적으로 가려 있었다. 닉은 그 벽지를 볼 때마다 놀랐다. 그것은 제럴드와 레이철 이전의 시기를, 즐거움에 대한 그들과는 다른 취향을 드러내주었다. 닉의 부모와 마찬가지로 그들 또한 새로운 가능성과 가치 있는 실수로 특징지어지는 1960년대를 애써 기피한 모양이었다. 하이게이트 시절에는 향과 마루에 까는 방석을 가졌을지 모르지만 이곳에서 보라색 방은 잡동사니 창고일 뿐이었다. 닉은 오래된 포도주 상자들을 발견하고 힘들여 위층으로 날라다놓았다. 그는 페든가가 이사오기 전에 누가 이 집에 살았을까 궁금했다. 노팅힐의 방목지와 슬럼에 투기가 시작된 이래 이곳을 거쳐간 주인의 숫자는 아마 많아야 서너명 정도일 것이다. 이 집은 거주자의 자만심을 북돋는 곳이었다. 닉은 제럴드의 쇼맨십과 파티들, 수상의 방문이라는 서글픈 절정을 떠올렸다. 그게 겨우 일년 전 일이었다. 오늘과 마찬가지로 비 내리는 가을의 은혼식날…….

그는 이층 층계참에 멈춰서서 상자들을 내려놓고 제럴드와 레이철의 침실로 들어갔다. 창문 밖으로 비스듬히 비 내리는 정원이 내다보였고 플라타너스의 커다란 갈색 이파리들이 떨어지며 흩날렸다. 그가 위층에서 보던 익숙한 광경, 다른 집 지붕들과 그 너머의 첨탑과 나무 꼭대기가 보이던 모습보다 더 웅장하고 가까운 정경이었다. 한해 중 이 무렵의 정원은 크기가 줄어서 먼 곳의 울타리와 바깥 거리까지 볼 수 있었다. 그는 돌아서서 옅은색 카펫 위를 조심조심 걸어 침대 쪽으로 다가갔다. 누가 어느 쪽에서 자지? 분명 레이철이 이쪽이겠군, 소설책들과 귀마개가 있는 것을 보니. 라이어널이 선물한 고갱의 작은 풍경화는 침대 맞은편에 걸려 있었다. 동그란 밤나무 탁자 위에는 라벤더가 꽂힌 항아리와 자기 상자와 함께 은제며 아이보리며 붉은 벨벳 액자에 끼워진 사진들이 놓여 있었다.

그는 티레의 영주 역할을 맡았던 토비의 사진을 집어들었다. 그 인물의 이름은 기억나지 않지만 페리클레스가 여행을 간 동안 살림을 돌본 신임받는 신하였다. 그는 처음과 끝에만 나왔고, 중간 막이 진행되는 동안에는 크리켓용 가건물에서 한가로이 쉬면서 시간을 보냈다. 그런 야외공연이 있을 때면 분장실로 사용되는 곳이었다. 6월, 호수와 야외의 깎은 잔디, 답답한 가건물의 크레오소트와 아마씨 냄새가 풍기는 시기. 토비는 무거운 튜닉을 벗고 마리나 역을 맡은 쏘피가 나오기를 기다리며 크리켓 배트로 상상 속에 던져진 공을 막아내고 있었다. 그때 누군가 사진을 찍은 것이다. 짙은 색 타이츠에 스웨이드 신발을 신은 모습. 목 언저리의 메이크업 선을 배경으로 벗은 상반신이 새하얘 보였다. 그의 얼굴은 여성적이고 지나치게 아름다운 무용수의 얼굴이었지만 근육질의 몸은 다른 사람에게 즐거움을 불러일으키고도 남을 만큼 울퉁불퉁했다. 닉은 기억할 만한 단역, 관에 담겨 해변에 다다른 타이사 여왕을 소생시키는 에페수스의 영주 세리몬 역을 맡았고, 그것은 그의 가장 강렬한 경험 중의 하나였다. "나는 늘 믿노라/미덕과 교활함은 귀함과 부보다/더 큰 능력임을……." 가슴이 뛰고 눈물이 글썽거렸다. 그 대사가 끝나고 위엄 있게 퇴장할 때는 둥둥 떠 있는 느낌이었다. 불 밝힌 무대와 어두운 청중석 바깥으로 나와 무대 뒤의 현장에 애써 적응할 즈음에는 청중은 이미 다음 장면에 주목하고 있었다. 그는 회색 턱수염을 떼어내고 가운을 빙 돌려 벗은 뒤 토비가 쏘피에게 자신의 이두근을 '은연중에' 자랑하는 동안 질투에 차서 기네스를 마셨다. 그 두 사람은 서로에게, 그리고 아직 무대에 올라가야 했기 때문에 연극에 열중해 있었다. 토비는 썩 훌륭한 배우는 아니었지만 그가 맡은 역할은 약간의 과장된 면모가 엿보일 뿐 심리 연기를 필요로 하는 구석은 전혀 없었다. 그래서 그는 열렬한 박수갈채를 받았다. 그의 연기에는 어딘가 그와 꼭 들어맞는 느낌이 있었으니까. 그는 노를 젓거나 럭비공을 패스하는 일 이상이 아니라는 듯 그 연기를 해냈다. 겸손해하지도, 잘난 체하지도 않았다.

그것을 다시는 볼 수 없으리라는 사실을 알고 있었기에, 닉은 손에서 사진을 내려놓기가 힘들었다. 그 사진은 자신이 왜 이 집에 들어와 살았는지에 대한 상징물로서 빗속의 불빛 아래 반짝이고 있었다. 리오나 와니가 그랬듯이 토비에게도 환상이 시간을 정지시킬 수 있을지, 이년차 선수다운 그의 다리와 멋진 엉덩이가 지금부터 오년 뒤 살찐 그를 만날 때도 여전히 자신을 흥분시킬지 닉은 알 수 없었다. 글쎄, 마음속에서는 아닐지라도 이미지 속에서, 사진 속에서는 그럴 수 있을지도. 진실에 저항하는 행위에는 어느정도 심미주의자다운 용기가 필요한 법이다. 그는 어리석고도 엄숙한 일을 했고, 액자 유리에는 그의 입술과 코끝의 가볍고 흐릿한 자국이 남았다.

자신의 방으로 올라간 그는 선반에서 몇권의 책을 뽑아 벽돌인 듯 상자에 담았다. 그는 과거를 그리워하는 스스로의 마음을 잠갔다──긴 호흡으로 한가하게 보내던 지난날은 끝났고, 이제 더 긴박하고 불안정한 상황이니까. 지금부터 한주는 이미 검사 결과를 향한 기다림이라는 그림자 속에 들어서 있었다. 자신감, 최악의 결과를 확인하는 일을 스스로 주도하고 동의했다는 사실이 주는 성급한 안도감은 검사 이후의 날들 동안 급속히 사라졌다. 그 생각을 하면 벌써 그는 누구도 접근할 수 없는 혼자만의 영역에 있는 것만 같았다. 이번이 세번째 검사였는데 그 사실이, 그 3이라는 숫자의 신비로움이 매순간 쪼그라들며 양성반응의 가능성을 부풀리는 느낌이었다.

상자들은 그 용량과 선반 길이 간의 도무지 이해할 수 없는 비율을 증명하며 즉시 채워졌다. 그가 상자 하나를 아래층으로 가져가 복도에 내려놓는 사이 뒷문이 열리더니 누군가가 매트에 발을 비비고 우산을 터는 소리가 들렸다. 엘레나일까? 아니면 또 아일린? 정말이지 누구든 만나고 싶지 않았다. 그는 그들의 자신감뿐 아니라 그 은밀함에도 짜증이 났다. 그는 따분한 얼굴로 부엌에 들어섰다.

"아이, 깜짝이야!" 페니가 숨을 들이쉬며 외쳤다. 가슴 앞으로 핑크빛 우산을 움켜쥔 채였다. 그러고는 자신이 놀랐다는 사실에 화가 난 목소리로 말했다. "음, 안녕, 닉." 그리고 닉과 마찬가지로 따분하다는 표정을 하고 싱크대로 향했다. "너는 떠난 줄 알았는데."

"난 네가 떠난 줄 알았는데." 닉이 상당히 부드럽게 대꾸했다. 그들은 둘 다 전쟁을 치렀고 따라서 마침내 두 사람이 공유할 수 있는 부분이 생겼을지도 모른다고 그는 생각했다. 만에 하나라도 그녀가 그에게 공감을 표할 가능성이 있지 않을까? 아직까지는 경험한 바 없지만 말이다. 어쨌든 위로를 건네는 것은 그에게는 늘 쉬운 일이었다.

그녀는 젖은 우산을 피어난 꽃처럼 바닥에 놓고 방을 가로질러 다가왔다. "오분 안에 떠날 거야. 내 물건을 가지러 왔어." 그가 그녀의 길을 가로막은 꼴이었다. "결혼식에 안 갔네." 그녀가 말했다.

"가고 싶지 않아서."

"그렇구나. 나야 물론 그 사람들을 모르지만."

"아, 냇은 굉장히 좋은 친구야."

"그렇군."

"비어트리스에 대해서는 아무도 잘 모르는 것 같고. 사실 냇조차 별로 모르지 싶다니까!"

"아르헨띠나 사람이라지?"

"그래, 돈 많은 과부래. 첫 남편은 폴로 경기를 하다가 목이 부러졌다던데." 그는 망설이다 말을 이었다. "실은 임신 사개월째래."

페니는 우울하게 코를 훌쩍였다. "적어도 난 그 꼴은 피했지." 이 조소 섞인 자기폭로와 함께 그녀는 그를 살짝 피해 방 밖으로 나갔다.

닉으로서는 배저의 아파트에서 본 이후 처음으로 그녀를 만난 것이었다. 그녀가 흥밋거리가 되었으며 예상치 못하게 암울한 명성을 얻었다는 사실은 인정해야 할 것이다. 일주일 전까지만 해도 그녀의 이름은 가족과 학교와 대학 친구들 사이, 그리고 고용계약서 정도에만 오르내렸는데, 이제는 전세계 수백만의 사람들이 그녀의 성생활에 대해서 알고 있는 것이다. 그는 당당하게 복도를 걸어가는 그녀의 모습을 바라보았다. 유머감각도 없고 자기 야망에 바쁜 편협한 사람이라는 그녀에 대한 그의 비웃음 섞인 평가가 약간 흔들렸다. 그는 희미한 후회의 미소를 머금고 서 있다가 잠시 뒤 그녀를 따라 제럴드의 서재로 갔다. 그녀는 길이가 1미터는 될 법한 팩스 용지를 적당히 접어내리면서 읽고 있었다. 그녀가 말했다. "그래, 어디로 가?" 자신이 그를 어디로 보내기나 하는 듯 쾌활한 어조였다.

"아, 지금은 와니의 집에 머물고 있어. 그래." 그가 자신의 스캔들이라는 성벽 너머로 서글픈 미소를 건넸다. 그러나 그녀의 내부에서는 그에 상응하는 파장이 전해오지 않았다. "곧 독립해 살 곳을 찾기 시작해야겠지."

"돈 때문에 문제 있는 건 아니겠지."

닉은 어깨를 으쓱였다. "사실 지난 한해는 괜찮았어. 친구들 도움을 좀 받아서……. 너는 어때?"

"난 별로 없어."

"아, 내 말은, 어디서 지내느냐고?"

"아, 잠시 집에서 지냈지."

"그랬구나. 노먼은 이 일을 어떻게 받아들여?"

"글쎄, 어떨 것 같아? 사실 굉장히 힘들어하셨지." 그녀는 책상 위의 서류들을 만지작거리다가 무심코 둥그렇게 놓인 팩스 용지 위에 내려놓았다. "물론 제럴드를 증오해서, 항상 그래왔듯이."

닉은 자신으로서는 이해하기 힘든 일이라는 듯 천천히 고개를 저었다. "난 그런 건 정말 못 믿겠던데. 단지 제럴드가 토리라는 이유로 미워한다는 거."

"그런 시시한 이유가 아니야. 제럴드가 아빠한테서 레이철을 빼앗았거든. 그게 아빠가 제럴드를 절대 용서하지 못하는 이유지."

"그건 아주 오래전 일이잖아." 닉은 자신의 놀라움을 감추기 위해서 창 쪽으로 돌아섰다.

"글쎄, 그런 분이야. 젊었을 때 아빠는 자신이 아주 행복하게 잘 살 거라고 생각했지. 그런데 제럴드가 등장한 거야."

그녀 자신이 그 등장의 위력을 보증하는 셈이었다. 닉은 잠깐 웃었고 막연한 감동을 느꼈다. 그가 말했다. "제럴드의 승부욕이 어느 정도인지는 우리 둘 다 잘 알지."

페니는 한동안 서랍 속을 살펴보다가 "으음……" 하고 대꾸했다. 그것은 경쟁적인 정도를 넘어 병적이었다 ─ 여자친구를 훔치고, 그다음엔 딸을 망치고. 그의 별명이 '망나니'라는 데에는 분명 이유가 있었다. 닉은 믿을 수 없다는 듯 불만스럽게 말했다.

"그가 새 이사로 취임한다는 소식 들었지."

"어…… 그래, 들었어."

"정말 놀랍지 않아? 그 주식거래 문제도 아직 해명이 안된 상태 인데."

"그 사람들이 그를 원해." 페니가 말했다.

"그렇군." 닉이 중얼거렸다. 그는 그녀가 처음 이 집에 왔던 때를 기억했다. 좋은 학위 외에는 아무것도 가진 것 없이 촛불 켜진 식 탁에 앉아 있던, 순진하고 온순하며 약간은 자족적이던 모습. 지금 휘황한 불빛에 반사된 그녀의 눈은 피곤해 보였고 경계심도 엿보 였다. "불명예로 사직한 다음날 연봉 8만 파운드의 직업을 얻다니 참 대단하네."

자신이 사용한 '불명예'라는 단어에 페니가 화를 내지는 않을까 닉은 염려스러웠다. "그게 세상 돌아가는 방식이야, 닉. 제럴드는 절대 질 수 없게 되어 있는 사람이야. 그걸 이해해야 해." 그녀는 책 상에 앉아서 주변을 둘러보았다. 닉은 그녀가 감상의 찌꺼기까지 모조리 치워버리고 있다는 느낌을 받았다. 그것은 은밀한 습격이 었다.

"혼자 있고 싶겠지." 그가 말했다. 다가가 그녀 앞에 서자 팩스 용지가 보였는데 거기에는 해독 불가능한 제럴드의 필적이 있었 다. 끝부분에는 아마 '사랑'이거나 '당신의' 혹은 '안녕'을 의미할 휘갈겨쓴 그림문자와 제럴드의 머리글자인 G가 커다랗게 씌어 있 고 키스를 뜻하는 X로 한줄이 채워져 있었다. 그는 그 필적과 키스 를 알아본 페니가 강렬한 표정으로 자신을 바라보고 있다는 사실을 깨달았다. 이어 페니는 결심한 듯 눈을 깜빡이며 말했다.

"난 그 사람 포기 안해, 닉."

"아⋯⋯."

"포기 안할 거야."

"그렇군."

"아빠가 뭐라든, 수상이 뭐라든, 아니면 『썬』 편집자가 뭐라든, 난 신경 안 써."

닉은 존경스러운 눈으로 그녀를 보면서도 이렇게 말했다. "그를 포기하는 문제는 네 의사와 상관없이 이미 이루어진 일이라고 생각했는데."

"뭐라고⋯⋯? 아, 글쎄, 공적으로야 그렇지. 사람들이 그렇게 생각하는 게 우리가 바라는 바야."

"'우리'라는 단어를 쓰네."

"우리는 아주 깊이 사랑하고 있어."

마루를 내려다보면서, 닉은 못 견딜 것 같은 기분이었다. 모든 일이 어렵게 되어가는 것 같았다. 우선 제럴드와 이혼할 마음이 없는 레이철이 그랬고, 이제 페니도 제럴드와 헤어질 생각이 없다는 것이다. 그에게 뭔가 특별한 게 있는 모양이었다. 제럴드, 닉으로선 이해할 수 없는 어떤 특별한 존재. 그는 그의 이야기가 불투명한 미래를 향해 나아가고 있다는 것을 알 수 있었다. '신랄한 분석가' 가 수많은 기사를 써내겠지. 그가 말했다. "하지만 몰래 만나는 걸 어떻게 견딜 수 있지?" 그는 정말로 이 질문에 대한 다른 사람의 대답이 궁금했다.

"몰래가 아닐 수도 있지."

"흐음." 닉이 눈썹을 치키며 건조하게 킬킬 웃었고 그 때문에 그녀는 얼굴을 붉혔지만, 결심이 바뀐 것 같지는 않았다.

"어쨌든 난 상관없어." 그녀가 말했다.

"글쎄……."

"캐서린은 항상 제럴드를 비웃고 조롱했지." 페니는 자신이 시작한 이야기의 흐름을 견디기 힘들다는 듯 말을 이었다.

닉이 망설이면서 대꾸했다. "내 생각엔 서로 그런 것 같던데." 페니의 세계는 혐오의 파장이 미치는 범위로서만 의미를 갖는 듯했다.

"캐서린이 항상 날 싫어했다는 거 알아." 닉도 같은 범주에 속한다는 듯 그녀가 우울한 미소를 지으며 말했다. 솔직하게 드러내지는 않았지만 닉이 몇 해 동안 자신에 대해 어떻게 생각하고 말해왔는지 아는 것 같았다.

"그렇지 않다는 거 알잖아." 그렇게 말해봤자 소용없다고 생각하면서 닉은 낮게 웅얼거렸다. "내 생각에 지금 그애가 가장 싫어하는 건 자기 자신일 거야."

페니는 턱을 쑥 집어넣고 늙은이 같은 눈길을 닉에게 건넸다. "내 생각엔 이 사건 전체를 아주 즐기고 있는 것 같은데."

"그건 즐기는 게 아니야, 페니. 처음엔 흥분이 됐겠지. 하지만 그런 조증 상태에 계속 있는 건 그녀한테도 고문이야." 그는 캐서린에 대한 페니의 견해가 주로 제럴드의 영향 속에서 형성되었다는 사실을 깨달았다. 자신의 견해가 친한 친구의 직감과 E. J. 에덜먼 박사의 격렬한 산문에 의해 형성되었듯이 말이다.

"글쎄, 그녀가 만들어낸 고문에 비하면 그건 아무것도 아니야." 페니는 전혀 안타까워하는 기색 없이 대꾸했다.

닉은 놀라서 고개를 저었고 그녀에게 이야기해봤자 소용없겠다고 생각했다. 그녀는 너무나 흥분한 나머지 닉을 바라보지도 않은 채 말을 이었다. "캐서린에게 말해준 게 너겠지?"

"절대 그런 일 없어!" 닉이 외쳤다.

"글쎄, 제럴드는 그렇게 확신하고 있던데."

"캐서린 혼자서는 그 일을 알아낼 수 없다고 생각하는 게 정말 제럴드답네. 사실 우리 중에서 가장 똑똑한 사람은 캐서린인데."

"프랑스에 있을 때 네가 의심하고 있다는 걸 알았어." 페니가 말했다.

"난 그저 레이철이 너무 걱정됐어." 닉이 말했다. "그녀와는 오랜 친구 사이니까."

"글쎄, 그녀도 너에 대해 같은 생각일까." 페니가 짧고 날카로운 미소를 지어 보이고는 팔꿈치를 책상에 얹고 몸을 당겨 앉았다. "그리고 이제 괜찮다면," 그녀가 말을 이었다. "난 할 일이 있어서." 그렇게 가장 뻔한 공식에 따라 결국 그녀는 그를 쫓아냈다.

닉은 푸른색 정문을 당겨 닫고 예일 자물쇠와 처브 자물쇠를 이중으로 잠근 뒤 서서 열쇠들을 고리에서 빼냈다. 우편함을 열고 빼낸 열쇠들을 던져넣자 그것들이 대리석 바닥에 떨어지며 짤그랑 소리가 들려왔다. 그는 우편함 안을 들여다보고 열쇠들이 손이 닿지 않는 곳에 놓인 것을 확인했다. 뒷문 열쇠도 하나 있었기 때문에 아직도 들어가려면 들어갈 수 있었지만 그것도 곧 빼서 던져넣었다. 가장 망설인 것은 매끄러운 놋쇠로 된 공동정원용 예일 열쇠였다. 그 물건에는 비밀스러운 표정이 있었다. 원한다면 그냥 가질 수도 있으리라. 아무도 기억하지 못할 것이다. 사실 사용권한 같은 건 차치하고 열쇠를 간직하는 것은 좋은 기념이 될 듯도 했다. 결정을 내리지 못한 그의 눈동자가 천천히 흔들렸다. 자신이 그리로 돌아와 배회하며 자기 없이 살고 있는 그들 삶의 흔적을 확인하기 위해 페든가의 창문을 올려다본다는 것은 거의 상상도 할 수 없는 일이었다. 고통스럽고 무의미한 일. 그는 우편함 뚜껑을 들어올려 손을 안으로 집어넣은 채 열쇠를 잠시 들고 있다가 매트 위로 떨어뜨렸다.

상자들과 옷걸이에 건 채로 둥글게 만 옷더미로 작은 차가 가득 찼다. 승객만큼이나 무거운 이 모든 소유물의 무게로 스프링이 눌리며 차가 가라앉았다. 닉은 생각에 잠긴 채 차 옆에 서 있다가 자신도 모르게 거리를 걸어내려갔다. 보도는 이제 부분부분 말라 있었지만 하늘은 금방이라도 비를 쏟을 듯했고 구름이 빠르게 움직이고 있었다. 높다란 집의 흰 앞면들이 희미하게 반짝였다. 검사 결과가 양성으로 나올 것 같은 느낌이 들었다. 다른 사람들에게 매일 주어지는 소식이 자신에게도 주어지리라. 저 조용한 진료실에서 책상과 카펫과 네모난 현대식 안락의자가 그 순간을 공유하리라. 그곳에는 평온한 사진이 담긴 커다란 액자가 걸려 있고 창밖으로는 병원의 굴뚝이 보였다. 그는 젊었고, 금욕 훈련 같은 건 별로 되어 있지 않았다. 그 방을 나온 다음에는 무엇을 할까? 이처럼 한낮에 환영을 보면서, 그는 다소 숨가쁘게 머뭇거렸다. 합리적으로 자신의 공포를 진정시키려 해봤지만 그것은 너무도 강하게, 너무도 독창적으로 그를 끌어당겼다. 공포는 내면에 있었지만 그것이 그의 주변 세계, 주차된 차들, 천천히 지나가는 택시, 나무들 사이로 보이는 교회 첨탑의 모습까지 바꾸어놓았다. 그것들이 자신의 정체를 드러냈다. 마약을 할 때의 감각과 비슷했지만 즐긴다는 의식은 없었다. 길 건너편에 사는 오토바이족이 가죽옷을 입고 쿵쿵대며 나오더니 오토바이를 살펴보았다. 닉은 그를 응시했고, 그런 뒤 안타까움 속에서 시선을 돌렸다. 그 안타까움의 시선으로 그를 파악하고, 그에게 윤기를 주고, 다시 그를 놓아주었다. 그 사람이 닉을 위해 해줄 수 있는 일은 아무것도 없었다. 친구들 중 어느 누구도 그를 구할 수 없었다. 그들은 그들의 방에서 그들이 계획한 대로 이어지는 날들을 보내다가 때가 되면 어느날 어느 순간에 그의 소식을 들을 것이다. 그들은 다음날 깨어날 것이고, 곧 그 소식을 다시금 떠올릴 것이다. 닉은 그들이 그 소식에 대한 그들의 감정을 경험하는 동안 일어날 표정의 변화를 생각해보았다. 그는 꽤 빠르게 희미해지리라. 그는 자신이 간절히 알고 싶어한다는 것을 알았다. 그들의 일, 그들의 성공, 자신을 기억할 몇명의 친구들이 닉은 몰랐고, 알 때까지 살지 못했다고 얘기할 소설들과 새로운 생각들을. 그의 시선은 텅 빈 거리를 바라보는 아침의 시선이었지만 또한 훨씬 먼 미래, 몇십년 뒤에나 올 지금 같은 오후, 그들의 일이 만들어낼 먹먹한 소란을 내다보는 시선이었다. 그 감정이 그를 놀라게 했다. 짧은 생의 모든 단계에서 경험한 감정들, 홀로서기와 그리움과 선망과 자기연민 등이 모여 이룬 일종의 공포. 그러나 이러한 자기연민은 더 큰 연민, 충격적일 만큼 가차없는 세상에 대한 사랑의 일부이리라. 그는 페든가의 저택을 뒤돌아본 뒤 몸을 돌려 더 걸어나갔다. 리본 휘장의 치장벽토로 장식한 마지막 집, 24번지의 집을 그는 현혹된 눈길로 바라보았다. 그 순간의 빛 속에서 그렇게 아름답게 보인 것은 그 길모퉁이만이 아니라, 그것이 길모퉁이라는 사실이었다.

영문학을 오래 공부했음에도 불구하고 내가 앨런 홀링허스트의 이름을 처음 들은 것은 2004년 그가 이 작품 『아름다움의 선』으로 맨부커상을 수상하고서였다. 앨런 홀링허스트는 2017년 노벨문학상을 수상한 카즈오 이시구로(Kazuo Ishiguro)와 더불어 우리 시대 영국 최고의 작가 중 한 사람으로 꼽힌다. 그런 이의 이름을 뒤늦게 들었으니, 원래 빅토리아 시대 영국 소설에 주로 관심을 가졌고 이후에는 한국과 아시아, 전쟁과 트라우마, 그리고 여성문제를 주로 공부했기 때문일 수 있다 해도 다소 민망한 고백이기는 하다. 하지만 나의 이런 무지는 세계문학의 추세에 민감하면서도 그동안 이 작가에 대해 무관심했던 우리 문학계, 사회와도 무관하지 않은 것 같다. 그리고 이런 무지 내지 무관심이 사회적 소수자이자 약자이지만 노동자나 농민, 빈민이 아닌 동성애자를 주인공으로 내세우는 그의 작품 소재와 관련이 깊다는 것은 쉽게 짐작할 수 있는 일이다. 동성혼이 불법이며 동성애가 아직도 많은 사람들에 의해 사갈시되는 우리나라에서, 오스카 와일드나 E. M. 포스터(Forster)처럼 이미 고전적 명성이 확립된 과거의 작가들이라면 몰라도 현재 활발하게 활동하고 있는 동성애자 작가가 동성애자를 주인공으로 내세운 소설은 아무나 쉽게 집어들 수 없는 '뜨거운 감자'일 테니까. 이런 주요 작가의 손꼽히는 걸작을 뒤늦게나마 우리말 번역으로 소개하게 되어 무척 다행스럽다.

앨런 홀링허스트는 1954년 영국 글로스터셔의 스트라우드라는 소도시의 중산층 가정에서 외아들로 태어났다. 은행 지점장이던 아버지가 고전음악과 건축에 깊은 취미와 일가견이 있는 사람이어서 홀링허스트도 영향을 많이 받으면서 자랐고, 그 증거는 그의 작품 곳곳에서 발견된다. 영국 남부 도싯의 기숙학교에서 중등교육을 마친 홀링허스트는 이어서 옥스퍼드 대학의 모들린 칼리지에 진학해 영문학으로 1975년에 학사학위를, 1979년에 석사학위를 받았다. 원래 시 쓰기를 즐겼는데, 나중에 영국의 계관시인이 된 앤드루 모션(Andrew Motion)과 기숙사 생활을 함께했다고 하며, 가장 뛰어난 시를 발표한 옥스퍼드 학생에게 주는 뉴디게이트상을 모션보다 1년 먼저 수상하기도 했다. 학위를 받은 뒤에는 옥스퍼드 대학의 모들린과 써머빌 및 코퍼스 크리스티 칼리지, 그리고 유니버시티 칼리지 런던 등에서 영문학을 가르쳤고, 1982년에 『더 타임스 리터러리 써플리먼트』(The Times Literary Supplement)의 편집자로 취직해 1985~90년 부편집장을 지냈다. 그는 비교적 혜택받은 계층에서 태어나 순탄한 성장배경과 경력을 지닌 사람이라고도 할 수 있겠지만, 부모에게 직접적으로 자신이 동성애자라는 것을 밝힌 적이 없고 부모가 저절로 알게 되어 묵인하는 선에서 계속 지내왔다고 하니, 한편으로는 결핍된 환경에서 살았다고도 할 수 있겠다.

어려서부터 글쓰기를 즐겼고 대학 시절에 문학동아리 활동을 하기도 했던 홀링허스트는 강사 생활 동안이나 편집자로 일하는 동안에도 지속적으로 글을 썼고, 프랑스의 극작가 라신(Jean Racine)의 17세기 작품 「바자제」(Bajazet)와 「베레니스」(Bérénice)를 1991년과 2012년에 각각 번역해 발표하기도 했다. 그의 첫 장르였던 시로도 크게 인정을 받아 페이버 앤드 페이버(Faber and Faber)에서 시집 출간을 계약하기도 했지만, 이후 소설에 이끌리면서 시작을 중단하고 1988년에 출간한 첫 장편 『수영장 도서관』(The Swimming Pool Library)이 평단의 호평을 받으며 지속적으로 작품을 발표해 오늘날 영국 최고의 작가 반열에 오르기에 이른다. 이밖에도 『폴딩 스타』(The Folding Star, 1994) 『스펠』(The Spell, 1998) 『이방인의 아이』(The Stranger's Child, 2011), 그리고 최근작인 『스파숄트 어페어』(The Sparsholt Affair, 2017) 등의 장편이 있다. 앞서도 언급한 것처럼 이 작품들은 모두 동성애자 남성을 주인공으로 하고 있는데, 한 인터뷰에서 작가 스스로 밝혔듯 이는 작가의 의식적인 선택이었다.

하지만 이런 선택은 단순히 자신이 동성애자이니까 동성애자를 위한, 동성애자를 대변하는 이야기를 하고 싶다는 작가의 욕구나 의도의 산물만은 아니었다. 사실 홀링허스트의 작품은 18, 19세기 이래 동시대 영국사회의 현실을 충실히 묘사함으로써 풍자하고 비판해온 영국 리얼리즘 소설 전통의 연장선상에 있고, 동성애자인 주인공을 활용함으로써 그 작업을 새로운 각도에서 더욱 효과적으로 해내고 있다. 소설 속에 동성애자 주인공을 내세운 것에 대해 작가 자신은 동성애자의 관점에서 동성애자의 경험을 제시하되 이성애자의 경험과 마찬가지로 굳이 변명할 필요 없이 자연스러운 현실의 일부로 제시하려 했다고 하는데, 이 작품 『아름다움의 선』을 읽어보면 그 말뜻을 이해할 수 있다. 동성애는 주인공의 정체성의 중요한 일부로서 그가 겪는 다양한 경험에, 다른 소설에서 이성애자들의 연애와 사랑 이야기가 엮이듯 자연스럽게 엮여 있을 뿐이기 때문이다. 다시 말해 『아름다움의 선』은 동성애자에 관한 이야기일 뿐 아니라 한 젊은이의 성장과 각성의 이야기, 그리고 그가 살던 사회의 구조와 문화, 그 시대의 흐름에 대한 심층적인 비판──어쩌면 그가 동성애자이기 때문에 더욱 통찰력 있는 비판──을 수행하는 소설이다.

작품의 줄거리를 통해 조금 더 부연해보자. 『아름다움의 선』은 바윅이라는 가상의 시골 소도시에서 중산층 가정의 외아들로 자라 옥스퍼드 우스터 칼리지에서 영문학을 전공하고 유니버시티 칼리지 런던의 박사과정에 진학한 주인공 닉 게스트의 런던 생활의 부침을 다루고 있다. 작품의 배경이 되는 시기는 1983년에서 1987년까지 영국의 대처 수상 집권 2기와 정확히 일치하는데, 작품이 시작하는 시점에 닉은 대학을 졸업한 해 여름 런던의 상류층 거주지역인 노팅힐에 있는 옥스퍼드 동창 토비 페든 가족의 저택에 임시로 머물게 되고, 4년 후 그가 그 집을 떠나면서 작품이 끝난다. 이제 막 보수당의 압도적 승리로 끝난 총선에서 토비의 아버지 제럴드 페든이 보수당 지도부로서 전도유망한 하원의원으로 당선된 직후 그 저택에 기숙하기 시작한 닉이 4년 뒤 제럴드의 부정부패 스캔들에 엉뚱하게 휘말리면서 그곳을 떠나게 되는 것이다. 원래 페든 가족이 프랑스의 별장에서 여름을 보내는 동안 런던 저택에 혼자 남은 조울증 환자인 토비의 여동생 캐서린을 돌보는 오빠 같은 역할을 하다가 그 집에 눌러앉게 된 닉은, 가족 같지만 가족보다는 열등한 구성원인 애매한 처지로 그 저택에 머물며 당시 영국의 유력자들과 상류사회를 엿보고 체험한다. 그리고 그 덕분에 독자는 탁월한 미적 감성의 소유자이자 사회적 약자인 동성애자 닉을 통해 당시 핵심 권력층과 상류사회의 면면을 심도 있게 관찰하고 그 위선과 내적 모순을 생생하게 경험할 수 있는 것이다.

많은 평자들이 지적하듯 이 작품의 주인공 닉은 그가 함께 어울리는 페든가가 대표하는 대처 시기 영국 지배권력층의 일원도, 완전한 국외자도 아니다. 무엇보다도 그는 그들의 생활양식에 존재하는 아름다움과 세련됨을 사랑하고, 사실은 내부자들보다 그것을 더 본질적으로 즐길 줄 아는 사람이다. 하지만 권력자들에게 그 아름다움과 세련됨은 실상 그들의 삶에 윤기를 더해주는 장식에 지나지 않으며 그들에게 진정으로 중요한 것은 권력과 재력처럼 따로 있는데, 닉은 그 점을 막연히 의식하면서도 애써 눈감아주며, 그들의 곁에서 누릴 수 있는 즐거움과 아름다움에만 몰두하려 한다. 하지만 닉이 페든가 세계의 내부자가 아니라는 점은 다른 계층의 사람들과 그의 피상적이지 않은 관계에서도 분명히 드러난다. 닉이 페든가에서 지내는 시기는 동성애자로서 닉이 처음으로 연애를 시작하고 런던 사회의 여러 계층을 체험하는 시기이기도 해서, 그는 하급 공무원인 첫 연인 리오를 통해 유색인종 이민자 가정의 세계와 런던 동성애자들의 세계를 접한다. 그리고 전통적 귀족과는 다른, 거대 슈퍼마켓 체인을 소유한 대재벌의 아들인 두번째 연인 와니와의 연애를 통해 부유하고 화려하지만 마약과 쾌락에 젖은 공허하고 위선적인 상류계층 동성애자의 삶에도 동참한다. 작품은 닉의 섬세한 관찰을 통해 그가 애써 부인하는 그 시대 여러 행위자들의 모순과 부조리가 서서히 모습을 드러내다가, 말미에 동성애자로서 닉의 정체성이 연루된 스캔들에 대한 그들의 반응을 통해 닉에게 엄청난 환멸과 각성을 가져다주는 것으로 끝을 맺는다. 그리고 이런 의미에서 이 소설은 전형적이고 전통적인 성장소설이자 사회비판 소설이다.

특히 주목할 것은, 닉이 동성애자이며 부자들과 권력자들이 누리는 아름다움과 세련됨에 진심으로 매혹된다는 설정을 통해 대처 시기 주요 행위자들에 대한 이 작품의 비판이 간접적이지만 오히려 더 설득력 있게 이루어진다는 점이다. 널리 알려져 있다시피 '대처주의'라는 이름의 대처 집권기의 개혁은 일부 효율성을 상실한 공공서비스 부문을 모두 민영화함으로써 사회 전체의 효율성과 생산성을 부분적으로 높였을지 모르나, 부를 소수에 집중시키고 다수에게서 사회복지 서비스를 빼앗는 결과를 가져왔다. 그리고 이 민영화 과정은 작중에 그려지는 부패 스캔들 등에서 보듯 결코 투명하거나 공정하게 이루어진 것이 아니었다. 그 시기에 이루어진 신자유주의적 '개혁'은 지금까지도 계속되고 있고, 영국뿐 아니라 전세계로 비슷한 경제 구조조정이 확산되어 엄청난 빈부격차와 대다수 사람들의 생활수준의 저하를 가져왔다. 영국에서 이루어진 구조조정의 결과로 실직하고 고통받는 평범한 사람들의 이야기를 그린 「풀 몬티」(The Full Monty)나 「빌리 엘리엇」(Billy Elliot) 등의 영화가 우리나라를 포함해 전세계적으로 공감과 감동을 불러일으키기도 했다. 『아름다움의 선』은 바로 그와 같은 '대처주의' 구조조정의 주역들을 그 계급의 외부가 아닌 내부에서 관찰하며 비판한 이야기라고 할 수 있고, 닉처럼 감수성과 계급적 배경이라는 면에서 모호하지만 동성애자라는 약자 그룹에 속한 사람을 통하기 때문에 상황의 복합성을 희생시키지 않은 채 비판을 할 수 있었다고도 하겠다. 작품의 중심인 페든 가족에 대한 비판도 결코 단순한 희화화가 아니라 애정을 동반하고 있어서 오히려 더욱 호소력을 갖는다.

이 작품의 주인공 닉이 가장 흠모하는 작가이자 그가 박사학위 과정에서 문체를 연구하는 작가인 헨리 제임스는 이 작품의 저자인 홀링허스트가 가장 좋아하는 작가이기도 하다. 『아름다움의 선』에도 헨리 제임스의 영향은 명백하다. 헨리 제임스에 대한 작중 언급이나 인용을 떠나서도, 홀링허스트의 작품을 논할 때 빼놓지 않고 언급되는 화려하고 섬세하면서도 정확하고 침착한 문체는 제임스의 영향과 뗄 수 없으며, 그런 문체를 통해 이루어지는 인물과 사건, 배경에 대한 생생한 묘사는 어떤 의미에서는 제임스 이상의 독특한 경지라 할 만하다. 그리고 더욱 중요하게는, 순진한 주인공의 환멸을 다룬 작품의 플롯이 『한 여인의 초상』(*The Portrait of a Lady*)을 비롯한 헨리 제임스의 주요 작품들을 많이 닮았고, 그 결과 섬세한 문체 속에 아이러니와 비애감이 교차하는 독자적인 희비극의 세계를 창조하고 있다. 이렇게 닮은 점이 많음에도 홀링허스트의 작품에서는 헨리 제임스와는 구별되는 소재와 계층의 폭이 발견되며, 헨리 제임스라면 인상을 찌푸렸을 것이 틀림없는 노골적인 성애 장면들도 포함되어 있다. 그런 장면들을 불편해하는 독자들도 있을지 모르지만, 성적인 이중잣대를 가지고 에이즈 환자나 동성애자들을 비난하는 제럴드나 배리 같은 작중인물들을 고려하면, 홀링허스트가 작중에 그같은 장면을 삽입한 것은 그 나름의 진지한 사회비평의 산물로서 짓궂다 할 만큼 의도적인 것이다.

현재는 우리나라보다 훨씬 개방적이 된 영국에서도 오스카 와일드가 "감히 이름을 부를 수 없는 사랑"이라고 칭한 동성애는 오랫동안 범죄로 여겨졌고, 19세기 중반까지는 사형에 처할 정도로 억압적이었다. 1885년부터 그와 같은 억압이 조금씩 완화되었지만 오스카 와일드가 동성애 때문에 재판을 받고 2년 징역형을 받은 것은 유명하며, 1950년대까지도 연간 1,000여명이 동성애 혐의로 구금되곤 했다. 이런 상황은 21세 이상 성인간의 사적 성행위에 대해서는 처벌하지 않는 것을 법제화한 1967년에야 완화되어서 2017년에는 그 50주년을 기념하는 행사가 영국 곳곳에서 벌어지기도 했다. 하지만 1967년의 완화된 법적 조치에도 불구하고 에이즈가 처음 번지던 1980년대에는 수많은 희생자가 나오고 동성애 관련 단체들이 항의할 때까지 주류사회는 강 건너 불 보듯 냉담했다. 『아름다움의 선』은 바로 그 시기의 주류사회에 대한 묘사이자 비판이기도 하다. 이후 동성애자들의 운동이 더욱 활발해지고 그들의 조건과 권리에 대한 사회적 인식이 변화하면서 1967년의 조치에 가담하지 않았던 스코틀랜드와 북아일랜드가 2001년과 2009년에 차례로 합류했다. 이어 2014년에는 동성혼이 법제화되었고, 2017년에는 사후사면법이 통과되어 이제 동성애자들은 더이상 사랑할 권리를 통제받거나 자신들의 사랑을 감추지 않아도 되게 되었다. 이 책을 내보내며 우리나라에서도 남들에게 피해를 주지 않는 개인간의 사랑이 더이상 억압받지 않는 사회가 하루 빨리 오기를 희망한다.

2018년 가을 보스턴에서
전승희

아름다움의 선

초판 1쇄 발행 / 2018년 11월 9일
초판 2쇄 발행 / 2018년 12월 12일

지은이 / 앨런 홀링허스트
옮긴이 / 전승희
펴낸이 / 강일우
책임편집 / 정편집실 양재화 홍상희
조판 / 한향림
펴낸곳 / (주)창비
등록 / 1986년 8월 5일 제85호
주소 / 10881 경기도 파주시 회동길 184
전화 / 031-955-3333
팩시밀리 / 영업 031-955-3399 편집 031-955-3400
홈페이지 / www.changbi.com
전자우편 / lit@changbi.com

한국어판 ⓒ (주)창비 2018
ISBN 978-89-364-7670-0  03840